KB125931

The Dawn, Revolution, and Destiny of Korea

시놉시스(Synopsis) – 여명의 강가에 해가 뜬다.

시간은 쉼 없이 , 강물처럼 흐른다. 역사는 그 위에 거품을 머금은 부유물로 떠올라 맴돌며 흘러가고, 때로는 침전물이 되어 가라앉는다. 그리고 바닥에 묻혀 사라지고 잊혀진다. 어떤 때는 화사한 연꽃처럼 피어오르다가도, 어떤 때는 혼탁한 찌꺼기와 냄새나는 쓰레기로 둥둥 떠내려간다. 그 역사의 강물 속에서 누군가 젖은 물살을 후두둑 헤치고 빠져나온다. 새벽 한기에 소스라치듯 부르르 떨며 물기를 털어 내더니 어슬렁어슬렁 강가에 쪼그리고 앉는다. 푸른 여명의 빛이 서서히 그 누군가의 젖은 몸을 휘감는다. 따스한 아침 햇살에 한숨 돌리며 그 누군가는 자신이 떠내려가던 그 시간을 거슬러 바라본다. 그때 누구의 인생도 잦아들며 잠시 멈추어 선다. 그리고 생각한다. 누가 방금 전까지 속해 있었던 날렵한 물살들의 거친 향연과 각축장을. 그들은 지금 다 어디 있는가? 서로를 헤집고 암초에 부딪히며 먼저 내려가고자 어깨를 밀치고 속살을 다 드러내던 그 참혹한 경연들은 역사의 부유물들에 가려 더 이상 보이지 않는다. 여전히 있을 그들이 누군가의 시야에서 사라진 것이다. 그러나 누군가 자세히, 뚫어지게 들여다보면, 보인다. 아니, 들린다. 강물 아래서 재잘대며 노래하고 포효하며 소리치는 온갖 향락과 비명과 신음 소리들이... 애절하게 때로는 오싹하게, 그리고 때로는 비장하게. 부서지고 깎여 나간 모래와 자갈들의 부딪혀 우는 소리가 강바닥에 가라앉아 혁명의 노래가 된다. 요란한 군화 소리와 말발굽 소리가 광야에 길을 낸다. 누군가의 노래는 그렇게 아픈 핏소리가 되어 역사의 강바닥을 엉금엉금 기어간다. 그 소리들이 응집되어 피와 눈물로 뚝뚝 떨어지지만 곧 희석되어 형체도 없이 사라지고, 누군가의 역사가 된다. 오랜 기다림 후에 때가 차면 그 아픈 소리들은 붉은 석양빛 아래 눈부시게 떠올라 황금빛 비늘처럼 반사된다. 그리고 불꽃과 함성이 햇살 먹은 거품이 되어 일어난다. 부활체처럼 투명하게 빛을 내며 유유히 흘러 대양으로 들어간다. 그때 누군가 그 웅장한 마지막 자태를 드러낸다. 벌떡 일어선다. 길게 드리운 그림자와 긴 한숨... 운명이다. 여상하게 중얼거린다. 해 아래 새 것이 없다고. 그리고 다시 물 속으로 뛰어든다. 해가 진다. 한숨도 잦아든다. 깊고 푸른 흑암 또 암흑, 흐느낌, 적막 그리고 멀리서 다가오는 작은 촛불들의 향연... 어둠은 여명을 다시 잉태한다.

여명과 혁명, 그리고 운명

구례선과 리동휘, 그리고 손정도

정진호 지음

올돋

김철수, 계봉우, 미상(한형권 또는 김하구?)

이극로(?), 이동휘, 박진순, 김립

화해와 용서, 하나 됨의 소망을 담아

평화통일을 염원하는

남과 북, 디아스포라 코리안에게

이 책을 전합니다.

목차

하권

< 좌우를 아우르며 엄선된 인사들의 서평 및 추천사들 >

추천 서평   화해와 통합을 위한 역사/력사의 재발굴 : 소설로 풀어 쓴 역사교과서

               반병률 (한국외국어대학교 사학과 교수)

추천사 上   사랑과 열정으로 빚어낸 여명과 혁명, 그리고 운명 (송영길 국회의원)

               미래를 향한 용서와 치유의 서사 (안도현 시인)

               운명 같은 이 책, 꼭 한번 읽어 보세요 (김진향 개성공단 이사장)

               불꽃의 사람, 미스터 선샤인 씨유 어게인 (김우현 다큐 감독)

               감춰진 보물의 발굴, 꿈꾸는 미래의 통일 (강준민 새생명비전교회 목사)

               감동과 기적을 만드는 사람 (장순흥 한동대 총장)

               활과 화살이 만나야 활시위를 당길 수 있다 (정세현 전 통일부 장관)

추천사 下   분단의 벽을 넘나드는 참 자유인, 정진호 교수 (방인성 하나누리 대표)

               역사의 고샛길에서 찾아낸 화해의 단초 (김기석 청파감리교회목사)

               통일을 위한 사랑의 원자탄 (손명원 손컨설팅 대표 - 손정도 목사 손자)

               민족의 희망을 일으키는 역사의 대서사시 (이후정 감신대학교 총장)

               이동휘와 정진호, 통일을 위한 독립운동가 (한석현 NEAFC 이사장)

               읽고 났을 때 가슴이 찡한 이유 (정태헌 고려대학교 역사학 교수)

               어둠을 밝히는 한 줄기 빛 (김기석 성공회대 총장)

               뉴 실크로드로 달려갈 미래 세대를 향한 도전 (만복유통 K 부장)

화해와 통합을 위한 역사/력사의 재발굴 : 소설로 풀어 쓴 역사교과서

반병률(한국외국어대학교 사학과 교수)

『여명과 혁명, 그리고 운명 : 구례선과 리동휘, 그리고 손정도』의 작가 정진호 교수는 짧은 문자 메시지로 자기를 소개했다. 첫 통화에서 정 교수는 이동휘 선생을 '발견'하고 그를 주인공으로 한 역사 소설을 쓰게 된 동기를 설명하였다. 중국의 연변, 북조선 평양, 그리고 캐나다 토론토와 미국 등지를 오가며 활동하면서 이동휘라는 인물에 주목하게 되었다는 것이다.

20여 년 전에 출간된 『성재 이동휘 일대기』(1998, 범우사)를 비롯한 필자의 웬만한 글들을 모두 읽었다고 했다. 정 교수가 보내준 소설 초고를 읽으면서 한국 근현대사에 관한 필자의 생각을 명쾌하게 정리하고 있었음을 알고 감탄하였다. 필자의 글들을 이처럼 꼼꼼하게 읽어 준 역사학자가 있을까. 유감스럽게도 없다. 필자의 제자들까지도... 진심으로 감사할 뿐이다.

그는 소설의 주인공으로 로버트 그리어슨(구례선)선교사, 이동휘 선생, 그리고 손정도 목사 세 분을 선택하였다. 이들 세 분을 선택한 그의 역사적 안목이 심상치 않다. 이분들에 대한 개별적인 호감 이상으로 한국 근현대사를 꿰뚫고 있는 그의 깊은 통찰력과 문제의식을 짐작할 수 있다. 그의 남다른 삶의 역정과 민족에 대한 그의 실천적 고민에서 비롯되었을 것이다. 한마디로 한국 근현대사에 대한 그의 지성적 내공이 만만치 않음을 느꼈다.

그는 이 역사 소설을 집필한 목적을 다음과 같이 말했다.

"'구례선과 리동휘, 그리고 손정도'로 상징되는 력사/역사의 재발굴은 분열의 근대사를 회복하고 바로 세우는 중요한 경첩이 될 것이다. 그들이 민족의 독립과 해방을 위해 아프게 투쟁하며 살았던 여명과 혁명과 운명의 이야기를 풀어내려는 것이다."

그는 "한국 근현대사는 한마디로 외세의 침략에 반응하여 우리 민족 내부에서 일어난 사분오열의 역사였다"라고 선언한다. 그는 또한 이러한 "분열과 분단"의 역사가 "개인과 가정과 집단 그리고 민족 공동체 전체를 병들게 했다"라고 진단한다.

그는 기독교와 공산주의가 "우리 민족의 분열과 분단의 역사에 가장 큰 영향과 역할과 책임을 안고 있다"라고 했다. 그런데 소설의 세 주인공들은 모두 기독교인이다. 이에 더하여 이동휘는 사회주의 내지 공산주의 운동의 선구자로 평가되고 있는 인물이다. 이들 세 분에게 "분열과 분단"의 한국 근현대사에 영향과 책임의 일단이 있다는 말인가? 물론 아니다. 역설적이게도 정 교수는 역사 소설을 통해서 이들이 사회와 민족의 통합과 연대를 위해 싸웠던 대표적인 인물임을 보여주고 있다.

세 분은 타의 추종을 불허할 정도로 사회와 민족에 대한 책임감과 헌신적인 삶을 보낸 이들이다. 개인의 명예와 출세보다 사회와 민족을 우선시했다. 그리어슨 박사는 캐나다 장로교 선교사로서 한말 이후 1930년대 초까지 함경도, 북간도, 연해주 일대를 무대로 선교 활동을 했던 분이다. 3·1 운동 당시 일본인 군인들을 꾸짖을 정도로 그의 반일 의식은 누구 못지않게 철저했으며, 사회와 민족에 대한 기독교의 책임을 강조했다. 1960~70년대 반독재 민주화 운동과 민중 운동을 이끌었던 진보적인 한국 기독교의 씨앗을 뿌린 선교사들 가운데 한 분이다.

그는 1909년 구국의 방안을 기독교에서 찾고자 찾아온 고급 장교 출신의 이동휘를 성경 매서인으로 받아 주어 그의 애국 연설 활동을 지원했고 1913년에는 이동휘의 해외 망명을 기획하고 주선했다. 그리어슨 선교사는 후일 자신의 선교 수기에서 이동휘와의 만남을 "운명의 5년간"이라며 감격스러운 필치로 회상했던 것이다.

이동휘는 한말 민족운동에 투신한 이래 해외 망명 후 북간도와 러시아에서 지방 파쟁과 이념의 차이를 뛰어넘어 초지일관 통합을 지향했던 인물이다. 그의 진면목은 그의 반대파들에 의해서 크게 왜곡되었으며 오늘날까지도 그 잔재가 강하게 남아 있다.

또 다른 주인공 손정도 목사는 중국 상하이의 대한민국 임시정부에서 제2대 임시 의정원 의장을 지낸 분이다. 이른바 통합 임시정부(1919.11.3~1921.2.24)에서 이동휘는 국무총리로, 손정도 목사는 의정원 의장으로, 요즈음 표현으로 내각 수반과 입법부 수장으로 임시정부를 이끌었던 동지였다. 손정도 목사는 임시 의정원과 임시정부에서 자신을 내세우기보다 통합을 위해 활동한 대표적인 인물이다. 일례를 들면, 1921년 이동휘의 탈퇴로 통합 임시정부가 붕괴되고 가까웠던 안창호를 비롯하여 김규식, 남형우, 유동열 등이 탈퇴한 기호파 중심의 임시정부에 남아 임시정부를 지켰던 것이다.

또 하나의 공통점이라면 이들은 한국 근현대사에서 의미 있고 비중 있는 족적을 남겼음에도 불구하고 일반 사람들에게 잘 알려져 있지 않다는 점이다. 정 교수는 이승만과 김구는 알아도 이동휘, 김립, 전덕기는 모르고, 선교사들 가운데서 언더우드, 아펜젤러, 스코필드는 알아도, 스크랜턴이나 그리어슨은 알지 못한다고 질타한다. 신흥무관학교는 알아도 라자구사관학교에 대해서는 무지하다고 꼬집는다. 여전히 우리 사회의 역사의식이 매우 편중되고 낮은 수준에 있음을 지적하고 있는 것이다.

정 교수는 소설가도, 역사학자도 아닌 공학도이다. 그러나 이미 여러 권의 저서들을 출간한 바 있어 상당한 독자층이 형성되어 있는 문필가로서 정평이 나 있는 것으로 알고 있다. 놀라운 것은 정진호 교수는 역사학도가 아님에도 역사학도 이상으로 역사를 이해하는 눈을 제시한다는 점이다. 남북의 대립적 또는 차별적 역사 인식에 대하여 "력사는 역사를 알아야 하고 역사는 력사를 배워야 한다"라고 강조한다. 이 땅의 역사학자들과 대중들에게 거리낌 없이 던지는 경종이 아닐 수 없다.

『여명과 혁명, 그리고 운명 : 구례선과 리동휘, 그리고 손정도』는 단순한 문학 작품이 아니다. 역사 소설의 형식을 빌린 훌륭한 역사 교과서라 할 수 있다. 공학도가 대충 쓴 소설이 아니고 역사적 고증이 비교적 탄탄한 작품이다. 한국 근현대사를 올바르고

추천 서평

균형 있게 이해하고자 하는 이들에게 좋은 교훈을 줄 수 있을 것으로 기대한다. 유려한 문장력과 뛰어난 표현력 덕택으로 딱딱한 역사를 소재로 하고 있음에도 가독성이 매우 높은 작품이다. 거칠 것 없이 매끄럽게 읽힌다. 한국 근현대사에서 중요하지만 알려지지 않았던 인물과 사건들이 한층 생동감 있게 감동적인 모습으로 그려져 있다.

상권의 감동을 넘어 하권에서는 독립운동사의 가장 아픈 역사, 통합임시정부의 형성과 분열과정 및 자유시 참변의 내막이 잘 묘사되어 있다. 그러나 이 책의 마지막은 그 비극을 극복하고 우리 민족이 이제 함께 가야할 화해와 용서의 길을 제시한다. 그뿐 아니라 분단의 세월을 뛰어넘는 21세기 미래적 비전까지 보여주고 있다. 제4부에는 냉전시대를 살아온 기성세대가 다 이루지 못한 통일의 길, 그러나 그 길을 이어받아 실크로드를 향해 달려갈 2030 젊은이들의 꿈이 흥미진진하게 펼쳐진다.

정 교수가 기대하는 바 한국 근현대사에 드리워져 있는 분단과 분열의 뿌리에 대해 이해하고자 하는 이들에게, 그리고 이러한 분열의 역사를 청산하고 남과 북이 하나가 되는 새로운 역사를 갈망하는 모든 이들에게 기쁜 마음으로 일독을 권한다. 아울러 "핵전쟁의 위협과 평화통일의 염원이 어떻게 맞닿아 있는지, 그것을 극복하기 위한 방안까지 모색"하게 되는 그의 후속 작품을 기대한다.

추천사

분단의 벽을 넘나드는 참 자유인, 정진호 교수

방인성 (하나누리 대표)

분단의 땅에서 태어난 정진호 교수는 참 자유를 갈망하며 민족의 비극을 치유하기 위한 열정적 삶을 살아온 분이다. 작가의 치열한 삶은 역사/력사 소설을 집필하게 이끌었고, 분단의 땅에 회복을, 인류에게 희망의 빛을 선물하고 있다. 이 소설은 우리가 분단 현실을 어떻게 보고 생각하며 살아야 하는지를 일깨워주고 실천케 하는 힘이 된다. 우리의 편협한 역사 속에 감추어진 인물(구례선과 리동휘 그리고 손정도)을 주인공으로 펼쳐지는 역사 이야기는 뜨겁다 못해 장엄하다. 추천사를 쓰는 본인도 북쪽 땅을 오가며 평화를 위해 몸부림치지만, 정 교수의 깊고 넓은 민족 근현대사의 이해는 한(조선)반도를 화해와 번영으로 성큼 다가서게 만든다. 소설에 등장하는 위대한 주인공들 속에 작가 정진호 교수가 열망하는 삶이 담겨져 있기에, 나도 모르게 소설 속으로 빠져들게 된다. 흥미있게 펼쳐지는 주인공들의 이야기는 책에서 눈을 뗄 수 없고 가슴 뛰게 한다. 특히 리동휘와 손정도 목사의 이야기는 북쪽 친구들과도 나누고 싶다. '닫는 글'에 등장하는 용수와 서성식 교수의 이야기는 150년의 간극을 뛰어넘어 현재 이 시대에 펼쳐지는 그림이기에, 더욱 감동과 놀라움으로 다가온다. 진보와 보수, 기성세대와 미래세대 등의 여러 남남갈등이 양극단으로 대립하는 우리 사회는 분단의 벽을 허물어야만 소통과 치유, 대안의 길이 열릴 것이다. 그래서 정진호의 소설 '여명과 혁명, 그리고 운명'이 제시하는 화해와 번영의 길을 기대감과 설레임으로 추천하게 된다. 이 책 마지막 장을 덮을 때, 우리 모두는 감동으로 '평화의 길로 함께 나아가자'고 외치게 될 것이다.

역사의 고삿길에서 찾아낸 화해의 단초

김기석 (청파감리교회 목사)

보스턴에서 박사 후 과정을 밟는 중에 참석한 어느 집회에서 정진호는 "장차 다가올 영적 삼국 통일을 준비하라"는 강사의 메시지에 사로잡혔다. 그것이 그의 인생을 영원히 바꿔 놓았다. 예언자들의 소명체험과 다를 바 없다. 안일하고 평범한 삶은 그의 것이 아니었다. 오랜 분단의 현실을 극복하기 위해 할 수 있는 일을 모색하기 위해 그는 근 25년 동안 연변과 평양에서 통일의 꿈을 심었다. 경계인의 삶이었다. 그는 토론토에서 연구년을 보내는 중 역사의 고삿길에 감춰져 있으나 우리 근대사의 여명기에 새로운 역사의 지평을 열기 위해 분투했던 이들의 삶에 깊이 천착했다. 북간도와 연해주, 한반도의 서북 지역에서 활동했던 기독교 지도자들의 모습을 통해 그는 통일의 비전을 보았다.

정진호는 캐나다 선교사 구례선, 상해 통합임시정부의 리더십 리동휘와 손정도의 삶을 씨줄과 날줄로 삼아 우리 근현대사의 역사를 새롭게 그리고 있다. 그것은 분단의 뿌리를 바로 보아야 통일의 길도 열린다는 확신 때문이다. 성경에 나오는 야곱과 에서는 각각 이스라엘과 에돔의 조상이다. 인접한 두 나라는 늘 긴장과 갈등 속에서 살아간다. 그러나 성경은 그 둘이 한 어머니의 배에서 나온 쌍둥이임을 강조한다. 갈등의 현실을 거슬러 뿌리로 돌아갈 때 화해의 단초가 마련된다. 이 놀라운 소설은 바로 그런 길로 우리를 안내한다. 뜨거운 가슴으로 역사의 밑바닥을 기었던 신실한 신앙인들의 이야기는 오늘의 지리멸렬한 교회에도 경종이 될 것이다.

통일을 위한 사랑의 원자탄

손명원 (손정도 목사 손자, 손컨설팅 대표)

3·1 만세운동은 일본의 폭압정치에 항거하여 일어난 조선민족의 비폭력 의거입니다. 저의 조부이신 손정도 목사님께서는 3·1 운동을 뒤에서 기획하신 후 망명하여 상해임시정부의 의정원원장으로 활약하셨습니다. 그 시기에 유관순을 비롯한 수많은 기독교인들이 앞장서서 만세를 부르다가 체포되어 끔찍한 고문 가운데 돌아가시기도 했습니다. 유관순 열사 역시 정동교회에서 손정도 목사님이 가르치신 제자였습니다. 저는 이 소설이 단순한 독립운동가들의 흔적과 역사적 사실을 드러내는 데에서 멈추지 않고, 더 나아가서 그들이 그토록 원했던 민족이 하나 되는 평화통일의 길에 이바지하는 책이 되기를 간절히 바랍니다. 이 소설을 읽은 젊은이들이 통일된 우리나라를 세계에서 으뜸 되는 나라로 우뚝 세우는 사랑의 원자탄들이 될 수 있기를 바라며, 이 책을 추천합니다.

민족의 희망을 일으키는 역사의 대서사시

이후정 (감리교신학대학교 총장)

정진호 교수님과의 만남은, 뜻밖의 일이었다. 하지만 그를 통해 이 민족의 분단의 아픔과 역사를 어떻게 치유하고 극복해야 하는가를 공감하게 된 것은, 감동적 일이었다. 사실 교회사 학자로서 일생을 보내고 유서 깊은 감리교신학대학교의 총장직을 맡았지만 한국교회사에 대한 지식의 부족함은 고백할 수밖에 없다. 실향민이신 어머님의 한 맺힌 삶을 뼈아프게 지켜본 사람으로서 나이가 들수록 분단의 아픔은 커져만 간다. 그래서 탈북 신학생들에게 관심과 돌봄을 더하게 되었을 것이다. 이 책은 정 교수님의 특별한 삶과 사명의 열매이다. 감리교인이었던 이동휘와 손정도를 새롭게 해석한 책이다. 이 민족의 미래를 꿈꾸었던 그들의 시퍼렇게 살아있는 역사이다. 공학도의 치밀한 상상력과 창조력, 더하여 문학적 재질이 어우러져, 구례선-이동휘-손정도의 삶으로 투영된 그의 나라 사랑, 민족 구원의 뜻을 펼치고 있다. 독자들은 <여명, 혁명, 운명>의 역사를 통해 이 민족이 겪은 고난과 시련을 넘어 통일을 향한 새로운 희망의 비전을 꿈꾸게 될 것이다. 의미 깊고 귀한 책을 쓰신 정 교수님께 깊은 감사의 마음을 표하면서 진심으로 일독을 추천하고 싶다.

이동휘와 정진호, 통일을 위한 독립운동가

한석현 (캐나다 동북아 교육 재단 이사장)

나는 저자가 이야기해 주는 이동휘를 읽으며 저자의 삶이 환영처럼 내 머리 속에 자주 떠오르는 것을 경험했다. 힘있는 자들의 오만함에 대한 혐오감, 가난하고 힘없는 자들과의 절대적 연대, '의분을 참지 못하고 화롯불을 집어 던지는 변함없는 기개', '가족들의 희생' 등 삶이 참 흡사하다. 정진호는 독립운동가이다. '통일이 되지 않는 한 독립한 것이 아니다'라는 일념으로 젊은 시절 헌신하여, 지난 25년 연변과 평양을 오가며 교육자요 통일꾼으로 종횡무진하였다. 그의 주 무대였던 만주 벌판에서 100여 년 전에 펼쳐졌던 독립운동사를 그가 써서 그런지, 이야기가 현재 진행형이고, 살아 있다. 나는 현재 170여 민족이 함께 모여 평화롭게 나라를 이룬 캐나다에서 살고 있다. 다문화 다민족 국가인 캐나다에서 조국을 바라다 보면 가장 우스꽝스러운 것이 한반도라는 작은 영토의 우리 민족이 분열되어 반목하고 싸우고 있다는 것이다. 정진호 교수 부부가 뿌린 씨앗들을 통해서 그 분열의 끝을 보고 싶다. 미래의 주인이 될 남과 북, 그리고 디아스포라 코리안 청년들이 이 책을 읽고 독립운동가로 화해와 통일의 일꾼이 되어 우리 조국의 역사를 새롭게 해 주길 소망해 본다.

읽고 났을 때 가슴이 찡한 이유

정태헌 (고려대 한국사학과 교수, 남북역사학자협의회 이사장)

독립운동 과정에서 지역색, 이념을 넘어 통합에 주력했던 이동휘와 손정도, 그리고 일반적 선교사 상과 다른 궤적을 보인 구례선(그리어슨)을 모르는 분들이 많을 것이다. 우리의 역사교육이 그만큼 분단 체제에 갇혀 있다는 반증이다. 이 책은 남과 북, 연변을 중심으로 세계 곳곳을 돌아본 필자가 통일 지향적 시각에서 이들 세 주인공의 '삶'을 중심으로 풀어 쓴 독립운동사 대하소설이다. 들어봤거나 반대로 아주 낯선, 좌우 진영의 주요인물들이 수없이 등장한다. 독립운동 전선에서 변절하여 밀정으로 전락한 인물까지 포함해서. 오늘날 한국 기독교의 주류적 흐름이 '개독교'로 비난받는 역사적 배경에 대한, 기독교인으로서 필자의 고민도 절절하게 다가온다. 이 책을 읽고 났을 때 가슴이 찡한 이유는 독자마다 다를 것이다. 각 사람에게 다가올 그 이유들을 꼭 한번 찾아보라고 권하고 싶다.

어둠을 밝히는 한줄기 빛

김기석 (성공회대학교 총장)

약 150년 전, 이 땅의 민중들의 삶은 무능한 정부와 탐관오리들이 파놓은 깊은 구덩이에 빠져 헤어나올 길이 없고, 강대국의 발톱 아래 놓인 민족의 운명은 거센 바람 속의 촛불처럼 가물거리며 꺼져갔다. 뜻있는 사람들은 나라의 앞날을 걱정하며 얼마나 심한 괴로움으로 몸부림쳤을까? 칠흑 같은 어둠 속을 헤매던 이들의 눈에 어렴풋이 한 가닥 빛줄기가 비쳤으니 그것은 바로 기독교였다. 기독교를 통해 새 희망을 발견한 이들은 새로운 세계에 눈을 뜨게 되었고 나아가 민족의 지도자가 되었다. 오늘날 기독교가 이런저런 스캔들로 인해 사회의 눈총을 받는 일이 종종 발생하고 있지만, 망국의 어두운 기운이 가득했던 개화기 기독교인들은 회심을 통해 거룩한 생활을 추구하였고 민족과 공동체를 위하여 희생하였다. 그 결과 기독교인들은 세상의 존경을 받았다. 100년 전, 복음과 희망의 빛을 좇아 치열한 삶을 살았던 이동휘와 그 시대 사람들의 이야기는 오늘날 우리가 가야할 길을 알려주는 이정표가 될 것이다. 아울러 연변과 평양을 오가며 과학기술대학을 세우고 통일 엘리트를 가르쳤던 정진호 교수가 민족의 화해를 도모하는 작가로 새롭게 태어남을 축하한다.

뉴 실크로드로 달려갈 미래 세대를 향한 도전

K 부장 (만복유통)

중국에서 조선족으로 태어나 대학을 졸업하고 상하이에서 일하던 제가 평범한 일상에서 갑자기 평양과기대 프로젝트 팀에 뛰어들면서 정진호 교수님을 만났습니다. 연변과기대 졸업생인 제 아내와 결혼하면서, 그 후로 저와 정 교수님은 사제간의 관계를 넘어 새로운 시대를 꿈꾸는 동역자가 되었습니다. 평양과기대를 설립한 후에 정 교수님과 저는 실크로드 육로 대장정을 함께하며, 이 길이 바로 우리 민족 남과 북, 그리고 디아스포라가 함께 달려갈 미래의 길임을 확신하였습니다. 이번에 정 교수님이 쓰신 책, <여혁운>을 읽으면서 지난 세기 험난했던 우리 조선족들의 삶의 발자취와 일제시대 독립운동사가 얼마나 깊이 연관되어 있었는지 그 뿌리를 알게 되어 너무나 기뻤습니다. 특히 조선족으로서 만주 벌판과 이 땅의 선구자들의 발자취를 더듬으며 정체성을 재발견하고 흩어진 디아스포라의 역할이 있다는 것을 더욱 확신하게 되었습니다. 분단으로 상처난 민족의 아픔이, 하나 된 조국으로 통일되는 날까지 이 책을 통해 서로를 향한 깊은 이해와 화해, 용서의 문이 열리기를 소망합니다.

일러두기

1. 이 책에 나오는 임정 초대 국무총리 리동휘 장군의 생애는 역사적 사실에 근거하여 소설로 재구성한 것입니다.

2. 리동휘 선생 연구의 권위자이신 한국외국어대학교 사학과 반병률 교수님께서 정독 후 조언을 주셨으며, 기독교 근현대사에 관련된 부분은 숙명여자대학교 역사학과 명예교수이신 이만열 교수님과 한동대학교의 역사학자 류대영 교수님의 부분적 조언을 거쳤습니다.

3. 역사와 력사를 함께 아우르기 위해 지문에서는 남쪽에서 사용하는 두음법칙을 따라 '역사체'로 기술하였고, 대화문은 북쪽식의 '력사체'로 기술하였음을 밝힙니다.

4. 소설에 등장하는 광범위한 지역의 방언들로 인해 독자들의 이해도가 떨어지는 것을 막기 위해 방언은 그 지역 사람들 또는 가족들과의 친밀한 대화에 부분적으로 사용하였으며, 대부분의 경우는 표준어를 사용하여 가독성을 높이고자 했습니다.

5. 독닙협회에서 발행했던 "독닙신문"과 상해임시정부 기관지 "독립신문"을 구분하기 위해 그 시대에 쓰여진 철자대로 표기했습니다.

6. 외래어는 발음 그대로 표기하는 것을 원칙으로 하되, 그 당시 구어체에서 쓰이던 장개석, 모택동 및 상해 임정, 연길, 룡정과 같이 고유명사로 굳어진 경우는 예외로 하였습니다.

7. 대하 장편소설에 등장하는 수많은 인물들을 쉽게 찾아보아 독자들의 내용 이해를 돕고자, 〈개화기 및 일제시대 주요 등장인물의 출생지별 도표〉와 〈활동 배경 지도〉및 〈출생일순 등장인물 주요활동 색인표(하권)〉를 부록에 첨부하였습니다.

8. 보수와 진보 진영의 양극화의 담을 허물기 위해 좌우 양 진영을 아우르는 엄선된 인사들로부터 추천사를 받아 상·하권에 각각 배치하였습니다.

제3부

운명에
지다

정치가 (나라를 찾고자 했더니 사람도 돈도 잃었구나)

변절자 (입지보다 지조가 더 어렵소이다)

황혼객 (석양의 그림자는 이리도 아프고 아름다워라)

운명에
지다

정 치 가

.

.

.

.

<나라를 찾고자 했더니 사람도 돈도 잃었구나>

41

"성재 장군! 지난번 몽양이 제안했던 것 기억나심까? "
일세 김립이 물었다.
"무스그? "
동휘가 무심한 얼굴로 일세를 쳐다본다.

만세 운동이 발발한 직후 한인사회당 사무실, 동휘 주변에 당원들이
몰려 있다. 매서운 만주의 꽃샘추위에 옷깃을 세운 장정들이 난로 주변
에 둥그렇게 둘러앉아 곱은 손을 비비며 녹이고 있었다. 여전히 싸락눈
을 흩뿌리고 있는 회색 빛 바깥 한기가 금이 간 창문 틈새로 파고들었
다. 난로 옆구리에서 빠져나온 연통이 목을 길게 꺾어 어지러운 세상을
염탐이라도 하듯 사무실 창밖으로 고개를 내밀었다.

"상해로 내려가서 림시정부를 같이 만들자고 했던 거이 말임다."

"무슨 말도 안되는 소리! 지금 상해에 있는 한인들이 기껏해야 기백 명 남짓인데, 거기서 무슨 정부를 세운단 말이오? 정부는 백성이 있어야 성립하는 것이오."

난로 곁 나무 걸상에 앉아 오른손으로 턱을 괴고 곰곰이 무엇인가 생각하고 있던 동휘가 고개를 내저으며 말했다.

"그러나 우리 한인사회당이 이렇게 쫓겨 다니는 동안 일제와 련합하던 문창범이 대한국민의회를 만들어 의장이 되고 김하석이 부의장이 되었으니, 우리 입지가 좁혀지는 것 같아서 말임다."

"김하석이 그노므 간나 새끼 우릴 배반하고 그쪽에 가 붙어?"

옆에서 따로 떨어진 사무실 책상에 엉덩이를 걸치고 앉아 팔짱을 끼고 지켜보고 있던 러시아 육군 장교 복장의 사내가 붉으락푸르락한 표정으로 끼어들었다. 김동한이었다. 단천 출신 김동한은 망명 이후 줄곧 동휘를 따라다니며 사무적인 일들을 돕고 있었다. 한때 연길 국자가에서 황병길이 이끄는 독립군 본부의 사무원으로 일하다가 블라디보스토크에서는 동휘의 소개로 신채호를 도와 권업신문 교정원으로 일하기도 하였다. 동휘가 훈춘에서 북일학교를 만들 때에도 훈춘 교우회 총무로서 도움을 주기도 했다. 가는 곳마다 학교를 세워 민족 교육에 힘쓰는 동휘의 곁에서 학력이 부족한 김동한은 가르치는 일을 할 수 없어서 늘 열등감에 싸여 있었다. 김립이나 윤해, 오영선, 정창빈 같은 함경도 인근 지역 출신 인사들이 법학, 물리, 수학, 군사학 등을 가르칠 때, 그들과 함께 여학교에서 선생이 되어 가르치는 인순이와 의순이에게도 늘 눈치가 보였던 것이다. 동한은 어려서부터 인순이와 의순이를 따라다니며 골탕 먹이는 한동네 개구쟁이였고 더러는 단천 바닷가에서 모래성을 같이 쌓으며 함께 자란 소꿉친구였다. 망명 전에도 김동한은 어려서부터 좋아하던 의순이에게 다가가 몇 번 고백까지 했으나 의순이의 마음을 얻지 못했다. 그러다가 결국 의순이에 이어 동갑내기 인순이마저 정창빈에게 빼앗기고 나자 김동한은 실의에 빠져 한동안 동휘 곁에서 사라졌다. 그리고 몇 년 만에 다시 나타난 것이다. 그 사이에 김동한은 이르쿠츠크에서 2년제 러시아 육군사관학교를 나온 후 민스크 전선에서 보병 사관으로 실전에 참여하는 등 어느새 열혈 볼셰비키가 되어 있었다. 그리고 갑자기 독립군 본부에 모습을 드러냈다. 동휘에게 잠시 인사차 들린 것이라 했다.

"걱정 마오. 지금 온 로씨아에 우리 볼셰비키 혁명 정부가 세워디구 있재이오(있지 않소)? 조금만 참으면 연해주도 인차 해방이 될 거이요. 그리 되면 한인사회당이 인차 무장독립운동의 중심을 되찾을 거이 아이겠소?"

"김하석이 그 간나가 경성에서 3·1 만세 운동을 참관하고 돌아와서 국민의회 조직을 전국 조직으로 만들면서리 우리 철혈광복단 아이들을 수태 끌어갔슴다. 게다가 지난 3월 17일에 문창범이를 부추겨서 독립선언서를 발표하고 평화 시위를 해대는 등 숭내를 내면서리 자신들이 중심 세력임을 과시하고 있슴다. 김하석이 그 간나 이제 노골적으로 성재 장군이 만세 시위에도 얼굴도 아이 비치고 숨어만 있다고 비방을루 해대구 있재이오? 우리가 이리 앉아서 당하고만 있으무 아이 될 것 같슴다."

김립은 여전히 김하석을 경계해야 한다는 생각을 멈출 수 없었다.

"아무리 그래도 성재 장군이 그동안 무장독립운동의 중심이 되어온 것을 뉘기 모르겠소? 간도와 연해주에서는 삼척동자도 다 아는 사실 아님매? 그러니 국민의회 쪽에서도 성재 장군을 감히 무시하지 못하고서리 군무부를 총괄하는 선전 부장으로 내세운 거이 아이겠슴둥? 민심이 여전히 리동휘 장군을 흠모하고 돌아오기를 기다리고 있는데 무시기 걱정이 그리 많소?"

잠잠히 노트를 정리하며 받아적고 있던 계봉우가 반문했다. 계봉우는 영락없는 사관이어서 항상 모든 것을 기록하는 습관이 있었다.

"그러나 지금 파리강화회의 참석을 두고 서로 경쟁적으로 대표단을 파견하려 하지 않소? 림시정부를 세울라 서간도와 우리 연해주에 있던 독립지사들도 속속 상해로 몰려들고 있다함다. 박은식, 신채호, 이시영, 이동녕, 안정근, 조완구 등이 이미 상해로 내려갔다고 하이…. 비록 백성은 적으나 국제적 외교 도시에서 외교력을 발휘하기 위해 상해가 중심이 되어야 한다는 주장에도 도리(일리)가 있지 않슴둥?"

김립이 재차 말하자, 동휘가 뜻을 살피듯 김립을 한참 물끄러미 바라보다가 다시 물었다.

"일세는 파리 회담에서 무슨 소득이 있을 것 같소?"

"모두들 그 소식을 목 빠지게 기다리고 있지만 아마도 큰 소득은 없을 겜다. 련합국에 일본 놈들이 합세해 있쟎소? 오래전 헤이그 밀사 때와 같으루하게 자기들끼리 잔치를 하고 말 공산이 크다."

"내 생각도 그렇소. 그런데 무슨 걱정이오. 외교독립론이라는 것은 허상에 불과하오. 우리가 힘을 갖추어 전쟁을 통해 나라를 되찾는 수밖에 없다는 것이 내 일관된 생각이오."

"물론 그렇슴다. 무장투쟁을 접자는 거이 아니라 그 방략을 독립운동 세력 전체에 확산시키기 위해서라도 우리가 중앙 정치 무대에 뛰어들어 가야 하지 않을까 하는 거이 제 생각임다. 상해가 국제 정치의 중심이라면, 범을 잡기 위해 호랑이 굴에 뛰어들어야 하지 않겠슴까?"

"독립운동 세력이 련합하여 3·1 운동을 평화적으로 진행하고자 했던 것도 파리 회담을 의식한 것이었소. 그러나 그거이 아무 소득이 없이 끝

정치가

난다면 이제 우리가 주장했던 무장독립전쟁론이 본격적으로 부상할 것이오. 그때를 대비하여 착실히 준비하는 것이 더 중요하오."

"알겠소이다. 장군."

김립도 그 선에서 물러났다.

"아 참, 헤이그 밀사였던 리준 선생의 장남 리용이 최근 우리 한인사회당에 합류했다고 하지 않았소? 한번 만나봅시다. 내 그 아이를 어릴 때 본 기억이 있으나 이제는 장성한 군사가 되었을 터이니, 아버지의 뒤를 이어 독립군 대장으로 키워야 하지 않겠소? "

"성재 장군! 내가 먼저 만나보겠소이다. 독립군 장수가 되려면 모름지기 육군사관학교를 나와야하디 않겠슴메? "

김동한이 으스대는 표정으로 말했다. 한성무관학교 출신 오영선이 팔짱을 끼고 마주보며 기가 막히다는 표정으로 그를 노려보고 있었다. 김동한의 귀환은 자신의 달라진 모습을 보여 주기 위한 일시적인 것이었고, 얼마 후 그는 다시 러시아 공산당 핵심 간부가 되겠다고 포부를 밝힌 후 모스크바 정치 학교로 떠나갔다.

1919년 3월 말, 이동휘를 중심으로 한 한인사회당 세력은 블라디보스토크를 중심으로 독립 군부를 설치하고 군대 모집과 훈련을 통해 독립군 조직 사업에 착수하였다. 1914년 라자구사관학교를 졸업한 사관생도를 장교로 선발하여 독립군 총사령관에 홍범도를 임명하였다. 지휘관에 이준의 아들 이용, 접제원, 최병준, 황원오가 포진하였고, 군자금 모집책에 오주혁 박군부가, 그리고 총괄 서기에 김립이 선임되었다. 독립군의 훈련을 위해 노중령(러시아와 중국 영토) 접경의 훈춘현 토문자와 삼차구 사이에 위치한 사도강자를 군사 기지로 택하였다. 그 이유는 제1차 세계대전 발발 후 러시아 당국의 징집령을 피해 도망을 와서 일제와 연합하기를 거부했던 유민들이 몰려사는 곳이었기 때문이었다. 이들은 원호인과는 달리 여전히 조선을 조국으로 생각하고 강한 항일 의식을 지닌 사람들이 대부분이었다. 동휘가 다시 독립군을 양성하기 시작했다는 소문이 퍼지자 인근 지역에서 활동하던 무장독립군 대장인 황병길, 이명순, 최경천 등도 자신들의 부대를 이끌고 다시 합류하였다. 그뿐만 아니라 원호인 2세 중에서도 볼셰비키 혁명과 사회주의의 영향을 받은 고려인들도 백위파 정부의 징집령을 피해 리동휘의 캠프로 몰려들었다. 김아파나시, 박일리야 같은 청년들이 그들이었다. 3·1 운동 직후 고양된 무장독립운동에 대한 한인들의 애국심은 국내의 청년들에게도 불같이 일어나 이동휘 장군의 소문을 듣고 독립군이 되겠다고 찾아오는 자원 입대자가 속출했다. 동휘는 그들에게 자신의 독립군에 들어오기 위해서는 각자 자신이 소지할 무기를 지참하고 들어오도록 독려하였다. 전쟁 직후라 러시아령에서는 밀거래되는 무기들을 손쉽게 구입할 수 있었기 때문이었다. 동휘 휘하의 독립 군부는 점차 일제에게 위협이 될 만한 군자금과 무기를 모으기 시작했다.

*

"성재 장군, 신민단의 김규면 목사를 우리 한인사회당에 끌어들여야 함다. 내가 가서 만나고 오겠소이다."

어느 날 독립 군부 참모 회의에서 김립이 동휘에게 제안했다.

"찬성이오. 나도 같은 생각을 하고 있었소. 그럴 수만 있다면 우리에게 큰 힘이 될 것이오."

신민단은 침례교 목사들이 주도하여 만든 무장독립단체였다. 그들은 일제의 무력 합방 이후 1914년, 조선에 침례교를 처음 전파한 캐나다 선교사 말콤 펜윅의 후계자 선정 과정에서 분열되어, 조선 총독부에 협조적인 영미 선교사들로부터 독립하여 성리교라는 이름으로 독립 교단을 세웠다. 그 지도자 격인 백추 김규면 목사는 함북 경흥 사람이었는데 배재학당을 거쳐 한성무관학교를 졸업하고 신민회 활동을 하던 동휘의 후배였다. 1915년 조선 총독부에서 포교를 제한하고 교회 등록을 강요하며 핍박을 가해 오자 그에 반발하여 일제에 비타협적인 목사들을 이끌고 북간도로 망명하였다. 105인 사건으로 큰 타격을 입은 신민회의 남은 지하 조직을 이끌고 망명한 후 신민회의 정신을 이어받기 위해 비밀 군사 조직을 만들어 자신들의 단체 이름을 신민단이라고 지었던 것이다. 백추는 성리교의 교주 겸 무장독립단체 신민단의 단장이 되었고, 북간도와 연해주 일경에서 포교 활동을 열심히 하여 단원을 늘려나갔다. 그는 한중러 3국 국경 지대인 훈춘에 본거지를 두고 성리교의 핵심 간부 3백 명을 주축으로 조국의 완전한 독립과 당파를 초월한 대동단결을 주장하며 무력 항쟁을 표방하는 기독교 신앙 공동체라는 독특한 활동을 전개하였다. 교세 확장을 위한 포교 활동과 함께 무장 항쟁을 위한 군사 모집과 군자금 확보에 주력하면서 북간도와 연해주에서 유격대를 조직하여 활동하고 있었다.

신민회 가입 시절부터 선배인 동휘를 흠모하며 동휘의 무장독립론에 절대 찬성을 하던 김규면은 1918년 3월 한인 혁명가 대회에 참가하여 독립운동 세력의 대동단결에 기대를 가졌었다. 그러나 뜻밖에 신민회 주요 멤버들이 쑤라와 동휘의 제안에 반발하며 퇴장하자 크게 당황하였다. 자신이 흠모하던 신민회의 지도자들이 양쪽으로 갈라서자 어느 편을 들어야 할지 혼란스러워 한인사회당 출범 시에는 가입하지 않았던 것이다. 그러나 일제와 한통속인 백위파와 미영 연합국을 지지하는 양기탁 등의 신민회원들을 좇아갈 수도 없는 노릇이었다. 그 같은 미묘한 상황 속에서 망설이고 있을 때에 3·1 운동 직후 김립이 찾아와서 적극적으로 설득하자 마침내 한인사회당에 합류하게 되었다.

김립이 김규면 목사를 데리고 한인사회당 당사로 들어오자, 동휘는 벌떡 일어나 두 팔을 벌리며 환영했다.

"백추 동지, 어서 오시오. 우리가 이렇게 힘을 합했으니 이제 일제를 무너뜨릴 날이 곧 올 것이오. 고맙소."

"성재 장군님, 신민회 가입 당시부터 장군을 존경해 왔고, 우리나라의 독립은 스스로 군사를 일으켜 일제와 맞서 싸우는 길밖에 없다고 생각해 왔습니다. 그래서 성재 장군의 무장독립론을 늘 지지해 왔고요. 함께하게 되어 저도 영광입니다."

"이제 한인사회당과 신민단이 련합하는 재창당 대회를 열도록 합세다."

"한 가지 제안이 있소이다. 우리 신민단이 한인사회당과 합하여 무장독립운동을 적극 지지하고 협조하는 데에는 이의가 없으나, 로령(露領, 러시아 영토) 사회와 북간도에 흩어진 우리 믿음의 동지들을 규합하고 우익 민족주의자들과의 련대를 위해서도 신민단은 계속 유지하고 싶습니다."

동휘는 김규면 목사의 마음을 곧 헤아릴 수 있었다. 분명 제국주의에 맞서서 고통당하는 인민을 해방하고 독립된 나라를 찾기 위해 사회주의 혁명이 필요하다는 생각에서 볼셰비키 혁명가들과 연합하였고 한인사회당을 창당하였지만, 동휘 역시 자신이 걸어온 신앙의 길과 모순되는 것 같아서 내심 안타까웠던 것이다. 북간도에서 자신이 일으켰던 기독

정치가

교 부흥 운동과 조국에서 세웠던 많은 기독교 학교와 교회들을 생각할 때 더욱 그러했다.

"백추의 마음은 내가 더 잘 알고 있소. 나 역시 현재 우리의 무장독립 운동을 도울 세력은 볼셰비키밖에는 없다는 생각에서 한인사회당을 창당했지만 우리가 지닌 믿음을 저버릴 생각은 추호도 없소. 결국 전쟁은 하나님께 속한 것이라 하지 않았소? 신민단에서 계속 믿음의 기도를 지속해 주시오. 일세의 생각은 어떠하오?"

동휘가 옆에서 듣고 있던 김립에게 물었다.

"저도 동감입니다. 한인사회당 재창당 대회를 열어서 신민단이 우리 당 안으로 들어온 것을 안팎에 천명하되, 신민단은 지금껏 백추께서 잘 운영해 오셨듯이 인민 대중 조직으로 남아서 활동하실 수 있도록 하면 좋겠습니다. 포교 활동을 통해 교세를 넓혀가되, 신민단은 한인사회당의 무장독립단체로서의 역할을 동시에 수행하는 것입니다. 백추께서 한인사회당의 군사 부위원장을 맡아 주시고, 차제에 신민단을 정식 무장독립단체로 내세울 대한신민단을 만들어 출범시키는 것이 어떨지요?"

"역시 일세의 지략은 탁월하오. 백추, 어떻소? 그리하면 되겠소?"

"좋습니다. 저도 돌아가서 우리 동지들을 설득하여 한인사회당 재창당 대회에 참여함과 동시에 대한신민단 출범을 준비토록 하겠습니다."

"이제 우리 한인사회당이 해야 할 일은 만주와 연해주와 일경에 흩어진 우리 한인 빨치산들을 규합하여 독립군 련합 부대를 만드는 일이오. 그 일을 백추가 맡아 주면 좋겠소."

"알겠습니다. 지금 자생적으로 일어난 항일 빨치산 부대들이 수청 지방을 중심으로 많이 흩어져 있습니다. 그곳에 가면 신영동, 동개터, 우지미 등 한인 마을이 곳곳에 있습니다. 빨치산 독립군들은 일본 놈들과 싸울 뿐 아니라 중국 마적떼 훙후즈(홍건적)로부터 마을을 보호하는 일도 함께하고 있어서, 마을 한인들의 큰 신뢰를 받고 있습니다. 그들을 결집해야 할 것입니다."

"과연 백추의 지략과 기개가 놀랍소. 우리 한인사회당이 수청에 연해주 한인 총회를 만들고 동시에 연해주 통합 부대를 창설하면 어떻겠소? 내가 그 임무를 백추에게 드리리다."

"예, 성재 장군, 받들어 수행하겠습니다!"

후일 '빨치산의 도시'라는 뜻이 담긴 명칭으로 파르티잔스크가 되었던 곳, 수청! 블라디보스토크에서 약 160킬로미터 정도 떨어진 동쪽, 그곳에는 블라디보스토크나 니콜스크(우수리스크)와 마찬가지로 1868년 대기근을 피해 몰려든 초기 이민자들이 모여 살던 한인 마을이 많이 있었다. 그러나 원호인 출신의 부농들이 많았던 수이푼 지방 니콜스크나 블라디보스토크에 비해 여호인들이 많이 몰려 살아서 상대적으로 가난하고 취약했던 곳이다. 그래서 러시아 부농 밑에서 불법 체류자 소작인 신분으로 살아야 했던 여호인들은 러시아 정부의 보호도 받지 못했을 뿐 아니라 홍후즈(홍건족)라 불리던 중국 마적떼들에게 습격의 대상이기도 했다. 이 같은 상황 속에서 빨치산 독립군들이 자생적으로 발생하고 몰려들어 한인 마을의 보호막 역할을 했던 것이다. 이런 분위기는 볼셰비키 혁명 이후 처음으로 수청 지방 니콜라예프카(신영동)에서 첫 한인 소비에트가 형성되는 계기를 만들었고, 이에 한창걸이 의장이 되었다. 동휘는 이러한 상황을 김규면 목사에게 보고받고는 수청에 연해주 한인 총회를 만들고 독립군들을 집결시킬 것을 명하였다.

한인사회당 재창당 대회가 1919년 4월에 열렸다. 블라디보스토크 인근의 깊은 삼림 속에서 한인사회당 당원 1만 명과 신민단 단원을 대

정치가

표하는 49인의 대표자 대회가 비밀리에 개최되었다. 이동휘가 당위원장, 김규면이 부위원장에 선임되었고, 김립이 총서기를 맡아 당과 신민단 사이를 오가며 두 사람을 보좌하기로 했다. 1918년 3월 창당 대회가 러시아 볼셰비키의 후원으로 열렸다면 1919년 4월의 재창당 대회는 그 영향력을 배제한 채로 민족 해방을 위해 우리 민족끼리 모여서 사회주의 정당을 일으켜 세운 것이라 더 의의가 있었다. 한인사회당은 3·1 운동에 참여했던 천도교, 기독교 및 일부 철혈광복단을 비롯한 우익 독립군 세력과는 달리 친모스크바 정책을 천명하였고, 국제 공산당에 가입하기 위해 러시아어에 능통한 박진순, 박애, 이한영 세 사람을 당 대표로 파견하기로 결정했다. 민족 세력의 통합을 위해 국민의회, 상해임시정부, 길림 군정사와 함께 국민 대회를 개최할 것을 제안하였다.

신민단은 신앙적 강령과 믿음으로 일심단결하여 견고한 조직력과 자금력을 지니고 있었을 뿐 아니라 그 세력이 날로 확장되어 3만 명가량의 단원을 확보하고 있었다. 신민단이 가세하자 노령 한인 사회의 구심점은 자연스레 국민의회에서 한인사회당으로 다시 옮겨오게 되었다. 그것은 곧 이동휘를 중심으로 한 한인 독립운동 세력들의 결집을 의미했다. 한인사회당의 활동을 지지하는 기관지 〈자유종〉을 출간하기 위해 김립과 이한영이 발기하여 보문사라는 출판사를 설립하였다. 이 소식을 들은 크라스노체코프는 한인사회당의 이 사업을 지지하기 위해 출판 기계와 함께 6,000루블의 인쇄 비용을 지원해 주었다.

한편 김규식은 그에 앞서 1919년 2월 1일 상하이에서 파리로 떠나는 프랑스 우편선 뽀르토스호를 타고 장도에 올랐다. 민족의 운명을 싣고 떠난 배였다. 여운형의 헌신적 노력으로 독립운동가들이 모아준 여비를 지참하였고 중국인으로 가장하여 여권을 만들었다. 한 나라의 대표였으나 국권을 상실한 나라였으니 여권을 만들 수가 없었던 것이다. 그 배가 인도양을 지나갈 때 그의 조국에서는 큰 만세가 일어났다. 그러나 김규식은 그 사실을 알 수 없었고 3월 13일 파리에 도착한 이후에야 외신을 통해 그 소식을 듣게 되었다.

김규식은 파리 시내 불가베라는 시인의 집에 임시로 한국공보국을 차렸다. 낭만의 도시로 동경했던 파리는 전쟁 직후 참혹한 폐허와 상흔으로 덮여 있었고 거리에는 걸인과 부상자가 들끓었다. 밤에는 전기가 없어서 촛불을 켜고 일을 해야 했다. 게다가 어떻게 알았는지 파리 주재 일본 대사관 직원들이 수시로 들이닥쳐 온갖 협박을 했다. 김규식을 돕기 위해 스위스에서 유학 중이던 이관용이 날아왔고, 독일의 황기황에 이어 상하이에서 조소앙과 김탕, 여운형의 동생 여운홍이 합류했다. 그들은 〈공보국 회보〉를 만들어 진행 중이던 3·1 만세운동의 기사부터 알리기 시작했다. 일본의 만행을 각국 대표들에게 알리기 위해서였다. 다행히 스코필드와 마틴을 비롯한 캐나다 선교사들이 보내온 사진과 기사들이 이미 외신을 타고 보도된 상태여서 그들의 주장이 신빙성을 얻을 수 있었다.

그 과정에 4월 11일 상해임시정부가 급히 조직되어 김규식을 외무

정치가

총장으로 임명하였다. 이제 김규식의 신분은 신한청년당 이사장에서 대한민국 임시정부 외무 총장으로 승격되었다. 김규식은 꼼꼼하고 치밀한 성격의 소유자였다. 임시정부에서 현순이 보내온 각종 자료와 자신들이 파리에서 수집한 정보들을 엮어서 한국이 독립하여야 할 10가지 이유를 들어 미국 정부에게 파리 회담에서 한국의 의제를 상정할 것을 요청하였다. 이어서 파리평화회의에 20가지 항목을 들어 한국의 독립을 주장하는 탄원서를 제출하였다.

그 내용은 아래와 같았다.

1. 한민족은 4,200년의 역사를 갖고 있다.
2. 한국이 주권 국가라는 것은 조미 상호조약 등 여러 나라가 이미 조약으로 인정했다.
3. 한국의 주권은 이러한 조약으로 인정된 것일 뿐만 아니라 국제적으로 인정받은 것이었으므로 어떤 한 나라가 단독으로 처리할 수 없다.
4. 일본은 한국의 독립을 침범했다.
5. 이러한 주권 침범에 대하여 한국 민족은 항의를 하였고, 또 지속적으로 하고 있다.
6. 일본의 폭압적인 통치로 인해 이 같은 항의는 계속 강화되고 있다.
7. 일본은 한국의 교육과 사상을 통제하여 억압하고 있다.
8. 한국의 재산권을 일본이 억압적으로 통제하고 있다.
9. 일본이 한국에서 시행했다는 개혁은 형무소 내에서의 개혁과 마찬가지이며 일본인을 위한 것이다.
10. 일본의 한국 지배는 일본인의 이익만을 위한 것이다.

11. 일본은 한국의 구미 각국에 대한 무역통상을 제거하고 있다.

12. 한국의 독립은 한국 민족의 이익뿐만 아니라 구미 각국의 극
    동에서의 이익을 위해서도 긴요하다.

13. 일본의 한국 침략은 극동 대륙으로 팽창 침략하여 영국 프랑
    스 각국과 대항할 것이다.

14. 일본의 대륙 침략의 각종 증거는 무수히 많다.

15. 한국의 기독교를 일본 정부가 박해하고 있다.

16. 한국인의 일본 통치에 대한 반항은 3·1 혁명으로 실증되었다.

17. 한국 대표부는 지금 한국 내에서 벌어지고 있는 혁명 운동에
    관한 전보를 계속 받고 있다.

18. 3·1 혁명은 전국적으로 전파되고 있으며, 일본 정부는 폭행과
    보복으로 진압하고 있다.

19. 한국의 임시정부가 상하이에 조직되었다.

20. 고로 국권 피탈에 대한 조약은 무효이다.

파리평화회의는 회의 준비 과정이 길어져서 다행히 본 회의는 6월
에 개최되기로 늦춰졌다. 31개국 연합국의 대표가 참가하였지만 미국,
영국, 프랑스, 이태리, 일본의 5개 승전국 정부 수반과 외상들로 구성
된 이사회가 회의를 주재하였다. 윌슨 대통령이 발표하였던 14개 항 원
칙이 전후 패전국 처리 문제의 기준이 되어 독일 및 오스트리아에 대한
배상 처리가 주요 안건으로 떠올랐다. 일본이 주요 승전국 대열에 서
서 이 회담에 참여하고 있는 상황에서 한국 대표의 발언권이 주어질 가
능성은 거의 없었다. 그럼에도 불구하고 김규식은 탄원서와 함께 〈한
국민족의 주장〉이라는 전단지를 윌슨 대통령과 로이드 조지 영국 수상
및 클레망소 파리강화회의 의장에게 별도로 발송하였다. 그와 별개로 〈

한국의 독립과 평화〉라는 35쪽의 인쇄물을 첨부하여 한국이 개항 이후 각국 정부와 맺었던 조약들을 체계적으로 분석하여 설명하였다. 김규식은 개인적으로 미국 유학 시에 경험했던 기독교 국가들이 지닌 정의와 평화에 대한 기본 양심에 기대를 걸고 있었다.

김규식은 강화회의를 취재하러 온 각국의 기자들과도 긴밀한 접촉을 가졌다. 그는 유창한 영어와 불어 실력을 발휘하여 각국 대표단과 프랑스 고위층과도 접촉하며 한국의 입장을 설명했다. 8월 6일, 한국 공보국은 파리 시내의 각국 대표단들과 저명 인사 및 기자단들을 초청하여 큰 연회를 열었다. 안중근의 마지막 고해성사를 받았던 프랑스인 홍석구 신부와 헤이그 밀사의 후견인이었던 헐버트 선교사까지 함께하여 그들을 도왔다. 이 연회를 위해 프랑스 하원부의장 샤를 르북(Charles Leboucg)이 사회를 맡았고 대한제국 시에 한국에서 근무한 경력이 있는 많은 외교관들과 베이징대학 교수 및 파리 주재 중국 총영사까지 참석하여 지지와 성원을 보냈다. 연회석상에서 프랑스어로 된 기미 독립선언서와 조르주 뒤클룩이라는 프랑스인이 쓴 〈가난하지만 아름다운 한국〉이라는 소책자, 그리고 작은 태극기가 기념품으로 배포되었다. 그 자리에서 김규식은 임시정부의 외교 총장으로서 한국의 오랜 전통과 역사와 지리를 설명했고, 일제 강점 후의 한국인의 고통을 호소하여 많은 감동과 지지를 얻어내었다. 그들은 최선을 다했다. 그러나 거기까지였다.

파리 평화 회담과 윌슨의 민족 자결주의에 독립의 희망을 걸고 파리로 몰려든 약소국 대표들은 김규식만이 아니었다. 3·1 운동의 영향을 받아 파리로 달려온 베트남의 젊은 독립운동가 호치민도 있었다. 그는 미국과 영국에서 어린 시절을 보냈던 경험으로 영어와 불어를 유창하게 구사하는 점에서 김규식을 닮은 베트남인이었다. 상하이에 있을 때부터 김규식과 교우를 맺었던 그는 파리에 도착한 이후에도 한국 공보국에서 도움을 받아 베트남의 독립을 위한 책자를 만들어 발간하는 등 동일한 독립의 꿈을 꾸고 있던 동지이기도 했다. 김규식은 공보국의 인쇄기를 마음껏 사용할 수 있도록 배려하는 등 호치민을 적극 도와주었고, 그로 인해 베트남의 독립운동가들은 한국에 대해 깊은 감사의 마음을 갖게 되었다. 그러나 국제 정치의 현실은 냉혹했다. 1차 대전 이후 유럽은 물리적인 파괴뿐 아니라 오랜 기독교적 기반 위에 쌓아왔던 신념과 자부심이 흔들리는 정신 문명의 붕괴를 동시에 경험했다. 그것은 대영 제국을 통해 전파되었던 약육강식의 진화론적 세계관을 기반으로 유럽의 세계 식민 지배를 정당해 왔던 유럽만의 카르텔에 균열을 가져왔다. 그 틈을 타고 들어온 두 신진 제국주의 국가가 미국과 일본이었다.

미국은 유럽 대륙에 일어난 끔찍한 전쟁을 종식시키고 영토분쟁을 조정하는 정의로운 심판자로 국제 무대에 화려하게 등장하며 대영 제국이 누리고 있던 세계 최강자의 지위를 획득했다. 19세기 이전 유럽의 시대가 저물고 아메리카가 20세기 역사의 전면에 등장하는 결과를 가져온 것이다. 반면 일본은 동아시아에서 유럽 강국들의 골칫거리인 러시아의 남하를 막아주는, 그들에게는 매우 쓸모 있는 존재였기에 제국주의 카르텔에서 강대국 테이블의 끝자리를 얻는 어부지리를 취할 수 있었다. 윌슨이 주창했던 민족 자결주의의 성스러운 슬로건은 패전국 독일과 오스트리아, 헝가리를 두고 벌어지는 강대국들의 땅따먹기 경쟁을 위한 구실에 불과했다. 유럽의 약소 민족을 위해서는 정의로운 칼날을 사용하여 패전국을 산산조각 내어 독립시켜 줌으로써 전범 국가에 대한 심판을 가했지만 아시아의 식민지 국가들은 아예 처음부터 그들의 관심

정치가

의 대상이 아니었다. 김규식과 호치민 같은 아시아 약소국의 대표들은 평화회의 회담장에 입장하는 것조차 거부되었다. 파리의 여름을 달구었던 동방의 작은 나라의 매미 울음소리 같은 처절한 외침은 무시되었다. 매미의 울음소리는 포식자들에게는 한낮의 자장가 소리만큼이나 보잘것없었다. 그들은 일본의 조선 지배를 막아 조선을 독립시킴으로 필리핀과 인도네시아와 베트남과 인도 등의 수많은 먹잇감을 포기할 만큼 정의롭지도 어리석지도 않았다. 물론 그 이면에는 일본 정부의 집요한 사전 방해 공작과 로비가 있었다.

*

(밀담 4)

"하세가와 총독 각하, 긴히 드릴 말씀이 있어서 들렀소이다."

이완용이 하세가와 총독의 사저 내실로 들어서자마자 허둥대며 말문을 열었다. 이완용은 조선인을 대할 때의 거만한 모습에 비해 일본인을 대할 때의 자신의 태도가 180도로 바뀌는 것에 대해 스스로 놀라거나 때로는 대견해 하는 습관이 있었다.

"특별한 일 아니면 관저로 오라니까 웬 수선이오? 이태왕(李太王)이 돌아가시기라도 했소?"

하세가와는 화초가 만발한 일본식 정원이 창문 밖으로 내다보이는 넓은 다다미방 안에서 도복을 입고 검도를 연습하고 있었다. 몸이 불어난 늙은 하세가와는 힘 빠진 기압 소리에 비지땀을 흘리며 숨을 헐떡이고 있었다.

러일전쟁에 참여하여 압록강 전투에서 큰 승리를 세운 공로로 남작 작위를 받고 1904년 주한 일본군 사령관이 되었던 하세가와는 1907년 대한제국 군대 해산에 공을 세워 다시 자작으로 승진한 바 있었다. 그 후 일본군 참모총장과 육군 원수로 승승장구하다가 1916년 마침내 테라우치 총독 후임으로 2대 총독에 부임하였다. 과거 정미의병을 잔혹하게 진압하던 하세가와가 다시 돌아오자 데라우치를 능가하는 더 가혹한 무단 정치가 펼쳐질 것이 염려되었다. 그러나 하세가와는 이미 이빨 빠진 호랑이였다. 그는 조선 주차군 사령관 시절에 고로라는 게이샤에게 푹 빠져 있었다. 청일전쟁 후에 일인들의 성적 욕구를 충족하기 위해 요정을 만들어 게이샤들을 하나둘 들여오기 시작했다. 러일전쟁 이후에는 일본군이 용산에 집단으로 주둔하자 을종 요리집이라는 명분으로 본격적으로 오키야라는 유곽을 만들어 출장 매음을 하는 본격적인 매춘 영업이 시작되었다.

그에 편승하여 일인 창기의 절대 수요가 부족한 것에 눈을 뜬 송병준이 조선 여인들을 끌어다가 왜각시 옷을 입히고 유곽을 만들었다. 그로부터 평양 기생으로 상징되던 가무와 시조의 전통적 풍류와 법도는 사라지고 왜색과 음란과 매독이 퍼져나가면서 양반들뿐 아니라 평민들의 몸과 영혼마저 갉아먹었다. 여색을 밝혀 색귀(色鬼)라고 불리던 이토 히로부미는 조선 통감으로 부임할 당시부터 화류계 여성들을 수행원으로 데리고 다녔고, 술과 여자로 조선의 관리들을 매수하는 밤의 정치를 시작한 장본인이다. 또한 본격적으로 일본의 공창(公娼)제도를 도입하여, 조선의 여인들을 매음굴로 끌어들였을 뿐 아니라, 아편을 전매청에서 보급하여 조선의 일반 평민들의 영혼까지 마비시키는 정책을 펼쳐나갔다. 송병준은 그에 편승하여 기생조합 권번을 다스리고 각종 요리집과 요정을 만들어 성상납을 하면서 큰 돈을 벌었고 색으로 작위를 받았다

정치가

하여 색작(色爵)이라 불렸다. 하세가와는 그 시절 조선 유곽에서 만났던 애첩 고로를 일본으로 데리고 돌아가 백작 부인으로까지 올려놓았다가 낭비벽이 심한 그녀로 인해 재산을 다 탕진하고 빈털터리가 된 후 조선 총독으로 부임했던 것이다.

"각하의 체력은 나이를 거꾸로 잡수시는 듯하오. 부럽소이다."

이완용은 틈새를 보아 비굴한 웃음을 지으며 아부하는 것을 잊지 않았다.

"이 백작 나리께서 사저까지 달려오시는 걸 보니 보통 일은 아닌 듯한데, 대체 무슨 일이오?"

하세가와는 투구를 벗어 나전칠기 장식장 위의 선반에 올려놓고 수건으로 얼굴의 땀을 닦았다. 두 사람의 탁자 옆에는 기모노를 입은 조선 하녀가 앉아 향긋한 일본 차를 따라주며 사근대듯 통역을 하고 있었다. 미국 외교관 출신 이완용은 영어는 잘 구사하나 일어는 아직도 능통치 못하여 항상 동시통역이 필요했다.

"총독 각하, 아주 불순한 모의가 조선의 민족주의자들 사이에서 준비되고 있소이다. 독립선언서를 작성하여 발표를 한다고 하오."

이완용이 고개를 앞으로 내밀며 목소리를 죽여 이야기하자, 하세가와는 잠시 멈칫하다가 갑자기 박장대소를 하였다.

"난 또 뭐라고, 으하하하… 겁쟁이 조센징들이 무슨 선언을 한다고? 으하하하…."

"그래도 미리 단속을 하심이 좋지 않겠소이까?"

"우리 총독부의 헌병과 경찰력을 무시하는 거요? 설사 그자들이 무슨 선언을 한들 그게 무슨 힘이 있겠소?"

이완용은 하세가와의 큰소리에 자신의 선의가 무시당한 듯하여 적이

화가 났으나, 표정을 감추고 차를 홀짝이며 궁리를 하였다. 어떻게 해야 이 자의 관심을 끌 수 있을지 고민이 됐다. 새 총독이 부임한 이후 총독부의 기강이 해이해지고 헌병과 경찰력도 이전 같지 않다는 소문이 돌고 있음을 이완용도 알고 있었기에 하세가와의 허세가 더 못마땅했다.

"그나저나 이태왕은 건강하시오? 신하가 주군을 잘 모셔야지, 아니 그렇소? 절대 감시를 늦추어서는 안 되오. 헤이그 밀사를 모의했던 이회영이라는 작자의 거동이 매우 수상하다는 첩보가 들어왔소. 이완용 백작에게 조선 귀족회 부의장을 시키는 이유가 무엇인지 아시오?"

"수상하다니요? 무슨 말씀이신지?"

"곧 파리에서 열릴 평화회의에서 독립 청원을 하려고 앞서서 이태왕을 망명시킬 계획을 짜고 있다는 것이오."

고종은 순종에게 왕위를 양위한 이후 이태왕으로 불리고 있었다. 이완용은 가슴이 덜컥 내려앉았다. 그런 일이 벌어지면 자신에게 가장 큰 책임 추궁이 떨어질 것이기 때문이었다. 그러다가 갑자기 기발한 생각이 떠오른 듯 다시 목을 쭉 빼고 목소리를 낮추었다.

"각하, 그렇다면 이번 기회에 아예 화근을 없애는 것이 어떻겠소이까?"

이완용이 자신의 목에 손칼을 들이대는 시늉을 내면서 말했다.

"화근을 없앤다? 흠, 그것도 나쁘지 않겠소만…. 해낼 수 있겠소?"

"그것은 제게 맡기시면 됩니다."

"흐흐…, 그럼 난 못 들은 것으로 하겠소."

"그나저나 그런 고급 정보들은 어디서 다 구하시오이까? 대단하십니다…."

"흐흐흐, 대일본 제국의 첩보망은 세계 도처에 깔려 있소. 백작의 내실에도 우리 제국의 귀가 있으니 부부관계 하실 때 조심하시오."

정치가

"각하, 허허허, 농담도 지나치시오."

"이승만이란 자가 윌슨에게 편지를 보내 국제 련맹에 신탁청원을 했다는 정보도 미국으로부터 들어와 있소. 흐흐, 어리석은 것들. 우리 대일본 제국이 미국과 련합군으로 혈맹관계에 있는 줄 모르고 그런 짓을 하다니…."

"이런 이런 고약한 것들이 있나? 감히 천황 폐하의 은덕을 모르고 나라를 팔아먹는 역적질을 하다니?"

하세가와는 입술에 가져다 댄 찻잔 너머로 이완용의 얼굴이 붉으락푸르락 하는 모습을 올려다보며 빙그레 의미심장한 미소를 지었다.

"그나저나 의친왕 이강의 거동도 잘 살펴야 하오. 황실 귀족 중 어느 누구도 조선의 경내를 벗어나서는 안 되오. 그자를 파리에 보내려는 자들이 있다는 첩보도 중국에서 들어왔소."

"잘 알겠소이다."

"하란사라는 계집을 아시오? 그리고 김규식이 또 누구요?"

"하란사는 의친왕 이강과 친분이 있는 이화학당 교수이오이다. 김규식이라면 언더우드의 비서를 지내던 자이온데, 그자들이 무슨 일이라도 벌였소이까?"

"그자들 역시 파리에 가서 조선의 독립을 청원하겠다고 준비한다 하오. 괘씸한 것들… 하란사는 배정자를 붙여 놓았으니 조만간 제거될 거고… 김규식이 문제인데…."

"흠…, 김규식은 세계 각국 언어에 능통한 자라 가능성이 있소이다. 그럼 그자도 제거하실 생각이오?"

"프랑스 조계지에 있는 자를 우리가 함부로 손댈 수는 없지. 그러나 염려 마시오. 파리에 있는 우리 총영사관 직원들이 철저히 대비하고 있으니… 정미년의 헤이그 밀사 짝이 날 게요…. 회의장에 들어가지도 못하고 쫓겨나겠지. 으핫하하하."

"암, 그렇다마다요. 헤이그 밀사로 폐위가 된 이태왕이 아직도 정신을 못 차리고 있으니, 쯧쯧, 한심한 노릇이외다."

이완용도 그때 일이 떠오르는지 일그러진 미소를 지으며 고개를 끄덕인다.

"그나저나 이 백작, 요즘 송병준 자작 이 작자는 왜 안 보이는 거요? 반반한 조선 처녀 왜각시 하나 만들어 오라는데 이리 꾸물대서야 원! 정미년에 왜각시 사업으로 돈을 벌게 해준 게 누군데 은혜를 모르고서니… 헹."

하세가와는 조선인들의 독립선언을 무시하다가 전국적으로 일어난 3·1 만세 운동을 미연에 방지하지 못했고, 뒤늦게 무리수를 두어 잔인무도한 진압을 하다가 제암리 사건 등이 국제 사회에 널리 알려지면서 1919년 8월 12일 총독에서 해임되었다.

43

파리 회담을 앞두고 임시정부의 필요성이 대두되면서 3·1 운동 직후 곳곳에서 경쟁적으로 임시정부들이 만들어지고 있었다. 이미 여운형의 블라디보스토크 방문 시에 임시정부의 위치에 관한 치열한 논쟁이 있었다. 연해주에서 활동하던 이동녕, 조완구, 조성환 등의 기호파 인사들은 여운형의 편을 들어 임시정부는 무장독립단체가 아니니 상하이와 같은 국제 외교 도시에 위치해야 한다고 주장했다. 반면에 문창범과 김립, 남공선 등의 서북인들은 절대다수의 동포들이 모여있는 연해주에 임시정

정치가

부가 위치하는 것이 마땅하다고 역설하였다. 이와 같은 이견에도 불구하고 여운형이 떠나간 이후 연해주 블라디보스토크에서 3월 17일 독립선언과 동시에 임시정부인 대한국민의회의 내각이 발표되었다. 문창범이 의장, 김철훈이 부의장이 되어 행정 조직에는 군무 총장 이동휘, 내무 총장 안창호를 선임하였고, 참모총장 류동열, 외무 총장 최재형을 앉히는 등 주로 서북인 중심의 내각을 발표했다. 그러자 그에 반발한 기호파의 이동녕, 조완구, 조성환 등이 상하이로 내려가 버렸다.

상하이에는 독립운동가들이 속속 모여들고 있었다. 김규식의 파리행에 대한 지지와 모금을 위해 출장을 떠났던 여운형은 연해주에서 돌아오는 기차 안에서 3·1 만세 운동의 소식을 전해 들었고 3월 8일 상하이로 귀환했다. 서간도에서는 조소앙과 이회영, 이시영 형제가 내려왔고, 국내에서는 만세 운동 직후 최창식, 선우혁, 김철 등이, 일본에서는 이광수와 신익희, 신석우가 들어왔다. 여운형은 상하이 프랑스 조계지 보창로 329호에 임시정부 독립 사무소를 차렸다. 그들에게는 김규식을 떠나 보낸 후 속히 임시정부를 만들어야겠다는 다급함이 있었다.

그러던 중 3월 25일 베이징에 잠시 체류하던 손정도와 현순 목사가 상하이로 내려왔다. 의친왕의 망명 작전을 도모하다가 하란사의 돌연사로 실의에 빠진 이들은 결국 상하이에서 임시정부 수립을 도와야 한다는 결론에 이르렀던 것이다. 이 두 사람의 등장으로 임시정부 설립은 급물살을 타기 시작했다. 현순이 주로 사회를 보았고 해석의 제의로 임시 의정원이 먼저 구성되었다. 조소앙이 상하이에 모인 인사들로 임시정부 기구 구성을 서두르자고 했지만 손정도는 임시 의정원 즉 임시 국회를 만들어 입법을 추진한 후 각료를 임명하는 정식 절차를 거쳐야 함을 강조했다. 아울러 손정도와 현순은 한성에 있는 국내 독립운동 세력과의 연계와 합의를 도출하지 않으면 정통성을 얻을 수 없음을 주장했다.

이 무렵, 한성에서도 홍진, 이규갑 등의 인물들이 모여 인천에서 비밀리에 13도 대표를 선발하여 한성 임시정부를 구성하고 있었다. 한성 출신 홍진(본명 홍면희)은 한성 법관 양성소 출신으로 대한제국에서 평리원 판사를 지낸 자였고, 이규갑은 충남 아산 출신으로 협성신학교를 거쳐 와세다대학을 나온 후 의병 활동을 하다가 3·1 운동 시에는 평양 남산현교회 전도사로 있었다. 홍진은 연동교회 교인이었던 평리원 출신 이준과 함태영의 후배였고, 이규갑 역시 기독교 전도사였기에 한성 임시정부를 추진한 인물들은 주로 이상재, 신흥우 같은 기호파 기독교인들의 배후 지원을 받고 있었다. 그러나 4월 8일 한성에서 파견한 강대현이 상하이로 가지고 온 임시정부 각료와 헌법 초안에는 뜻밖에도 연해주의 이동휘를 집정관 총재로, 이승만을 국무총리로 추대하는 안이 들어 있었다.

"아니, 집정관 총재라면 국가수반이나 마찬가지인데, 대외적으로 외교력을 행사해야 할 그 자리를 총칼만 쓰던 리동휘가 어찌 감당할 수 있단 말이오?"

그 일로 인해 상하이에 있는 기호파 사람들이 발끈하여 분노를 일으켰으며, 자체적인 임시정부 수립을 서두르는 계기가 되었다. 4월 9일 임시 의정원이 만들어지고 초대 임시 의장을 이동녕으로, 부의장을 손정도로 추대했으나 며칠 후 이동녕의 사의로 말미암아 손정도가 실질적 초대 의정원 원장이 되었다. 그들은 4월 10일 손정도와 현순이 묵고 있었던 프랑스 조계지의 김신부로(金神父路) 집에 모여 29명의 대표를 즉석에서 출신 지방에 따라 각 도의 대표로 선임하였고, 밤샘 토론을 거쳐

정치가

임시정부 헌법을 만들었다.

"우리가 이렇게 서둘러 정부 조직을 만들어도 국내에서나 연해주에서 인정해 주지 않는다면 무슨 실효성이 있겠소이까? 차라리 아직은 당 조직을 강화해서 합의점을 찾을 때를 기다리는 것이 낫지 않겠소?"

연해주를 다녀온 여운형이 뜻밖에 정부 조직안에 대해 반대하며 한 걸음 물러섰다.

"몽양, 그게 무슨 소리요? 지금 연해주와 한성에서 자체적으로 정부 조직안을 만들고 있는데 우리가 실기를 하면 주도권을 빼앗기지 않겠소? 그런 말일랑 아예 꺼내지도 마오."

모두들 이구동성으로 여운형의 말에 반대를 했다.

"정부가 성립하려면 주권, 영토, 백성이 있어야 하는데, 주권과 영토야 우리가 강제로 빼앗겼으니 지금 되찾고자 독립운동을 하는 것이라 해도 백성이라도 있어야 하지 않겠소? 그러나 상해에는 그 점이 가장 약점이오."

"몽양, 어찌 연해주에서와는 정반대로 이야기를 하시오? 당신 말을 듣고 여기까지 내려왔는데, 이제 와서 그게 무슨 소리요?"

석오 이동녕이 불쾌한 듯 목소리를 높였다. 여운형은 동포들이 몰려 사는 연해주에서의 반발을 직접 목격했기에 현실적인 문제를 지적한 것이었지만, 이제 그 이야기는 더이상 먹혀들지 않았다. 어쩌면 여운형의 심중에 자신이 주도하고 있는 신한청년당 당수로서 당의 존립을 더 바랐던 마음도 없지 않았을 것이다. 그러나 파리로 보낸 김규식을 지원하기 위해서는 새로운 정부 조직을 만드느라 시간을 허비하기보다는 당 조직이 나서는 것이 당장 더 급선무라고 생각했다.

"나도 몽양의 의견에 동감이오. 정부를 만들면 누가 윗자리에 올라가

느냐를 두고 인물 중심으로 파당이 생길 것이니, 조선조 500년 동안 지속된 싸움이 다시 재현될 것이오. 파당과 분열을 막기 위해서는 지금 국내외적으로 각 지역이나 단체에서 벌이고 있는 독립운동 세력들을 하나로 규합할 수 있는 독립운동 본부를 만들어서 일제에 대항하는 것이 더 낫다고 생각하오."

뒤에서 멀찌감치 지켜보고 있던 우당 이회영이 무겁게 말을 꺼냈다. 우당의 말은 무게가 있어서 잠시 좌중에 침묵이 흘렀다. 한참 후에 손정도가 입을 열었다.

"우당 선생님의 말씀에도 일리가 있으나, 지금 만세 운동 후에 모든 백성이 새로운 정부가 세워지기를 바라고 있습니다. 누군가 지도자가 세워지고 그래야 비로소 구심점이 생기고 독립운동도 활기를 띄게 될 것이 아니겠소이까?"

정부 조직에 관하여도 많은 토론이 오갔다. 왕정 복고를 주장하며 입헌 군주제를 주장하는 사람에서부터 그 당시 상하이에 유행하고 있던 공산주의 운동에 영향을 받은 조동호 같은 사회주의자들도 있었다.

"조선 사람에게는 그래도 왕이 있어야 하지 않겠소? 황실을 다시 옹립하되 헌법을 만들어 통치하는 영국과 같은 나라를 만드는 것이 현실적이지 않겠소이까?"

기호파 노론 인사들의 이 같은 주장에 조소앙이 강하게 반대 의견을 냈다.

"융희 황제가 우리나라의 주권을 포기하고 일제에 넘겨주었기 때문에 그 주권은 인민에게 넘어온 것이오. 나라의 주권은 소멸될 수 없는 것이니, 이제는 마땅히 인민이 주인이 되는 민주의 나라를 만들어야 할 것이오."

정치가

조소앙은 1917년 대동 단결 선언문을 기초할 때부터 주권 불멸론과 인민 주권론을 주장하며 이미 삼균주의에 의한 민주공화국의 설립에 대한 구상을 해 둔 상태였다. 조소앙은 그 당시 유럽에 유행하던 사회 민주주의 사상에도 깊은 관심을 가지고 있었기에 스웨덴 스톡홀름에서 열린 만국 사회당 대회에도 참석하고자 애를 쓰는 등 사상의 폭을 넓히던 사람이었다.

결국 한참의 토론 끝에 오래전 신민회에서 결정하였던 민주공화정으로 의견이 모아졌다. 사회주의와 기독교에서 주장하는 만민 평등 정신에 자본주의에서 주장하는 자유의 정신을 결합하여 헌법을 만들었다. 왕정복고파에게는 구 황실을 우대하자는 의견으로 절충안을 만들었다.

"나는 그 의견에 절대 반대요. 나라를 도탄에 빠뜨리고 결국 왜구들에게 주권을 넘겨주고 만 망국의 죄를 물어도 모자랄 판에 왜 황실을 우대한단 말이오?"

몽양이 얼굴을 붉히며 두 번째 반대를 하였다.

"그러나 고종 황제가 돌아가셨을 때 전국의 백성이 통곡하는 것을 보지 못하셨소이까?"

최창식, 신익희 등 국내에서 들어온 인사들이 주장을 굽히지 않았다. 한성 출신 최창식은 오성학교 교사로 있다가 만세운동 이후 상하이로 합류하였고, 경기도 광주 출신 신익희는 와세다대학에서 유학 후 보성전문학교에서 법률을 가르치다가 만세 이후 상하이로 합류하였다.

"그것은 나라를 빼앗긴 한이 맺혀서 그때를 기해 목놓아 울음이 터져 나온 것일 뿐이오."

여운형도 지지 않고 맞섰다. 나라를 망친 임금과 조선의 노론 양반 세도가들에 밀려 유배를 당한 후 동학에 뛰어들어야 했던 자신의 조부로부터 배웠던 저항 의식이 여운형에게는 있었다.

"몽양의 마음을 이해하나, 조선 백성들의 마음은 아직 황실에 복종하는 마음에서 벗어나지 못했으니, 당분간은 황실을 우대하는 것이 온 백성들의 마음을 모으는 지혜가 될 것이오. 크게 봅시다."

결국 이시영이 중재에 나서서 그 문제도 해결이 되었다.

"그럼 누구를 집정관으로 하면 좋겠소?"

"한성에서 리동휘를 집정관으로 추천했는데, 우리는 집정관을 둘 필요 없이 국무총리를 내각 수반으로 하는 의원 내각제를 만들면 어떻겠소?"

손정도가 제안하자 모두 찬성했다.

"그럼 외교에 능한 리승만 박사를 국무총리로 합시다."

신석구가 이승만을 총리로 제안하자 이동녕, 이시영, 신규식과 같은 대부분의 기호파들이 선뜻 동의했다. 그 당시 백성들의 신임을 얻어 정부 수반으로 거론되고 있는 사람은 이동휘와 이승만 그리고 손병희 세 사람이 가장 유력했기 때문이다.

"미국에서 박사까지 받은 인물이 리승만 외에 또 누가 있소이까?"

"박사가 나라를 잘 다스린다는 법이 있소? 입만 열면 독립 정신 운운하다가 독립운동도 안 하고 미국으로 달아난 리승만보다야 손병희가 낫지 않소?"

이승만과 항상 각을 세우던 신채호가 정색을 하고 반대에 나섰다. 신채호는 이승만이 105인 사건 직전에 친일파 감리교 감독 해리스와 함께 미국으로 빠져나간 것에 대하여 의혹을 지니고 있었다.

"단재 선생님, 손병희 선생은 지금 옥에 갇혀 있는데 어찌 총리직을 감당하겠소이까?"

조소앙이 완곡히 신채호를 설득하였고, 재차 박영효를 또 다른 총리 후보로 추천하면서 투표할 것을 제안했다. 그것은 친일파 박영효를 선택할 사람이 거의 없음을 알고 이승만을 선출하기 위한 조소앙의 지혜였다. 기호파 기독교인들이 다수로 모여 있었기에 결국 이승만으로 낙찰이 되었다. 더구나 윌슨의 민족 자결주의에 대한 기대감이 넘치던 때라 이승만의 역할이 가장 중요하다는 것이 중론이었다. 그때까지만 해도 이승만이 윌슨 대통령에게 신탁 통치 청원을 한 것이 알려지기 전이었다.

"그럼 국호는 어찌하오?"
"조선 공화국이 어떻겠소?"
"조선조 500년의 군주제에서 벗어나야 하는데, 조선을 다시 붙이는 것은 좋은 방략이 아니라고 생각하오."
"우리가 대한으로 망했으니 대한으로 다시 흥합시다. 대한민국이라고 합시다."
만석꾼의 아들로 와세다대학에서 유학을 하고 상하이에 들어온 우창 신석우가 말했다.
"그것 좋은 생각이오. 인민이 주인이 되는 대한민국! 아주 좋소."
"우리 력사에 대한은 잠시 있다가 망한 나라인데 나는 반대요. 고려국을 다시 회복해야 하지 않겠소? 나는 고려 공화국을 제안하오."
여운형이 세 번째 반대를 했다. 그러나 그 역시 다수가 대한민국을 선호하였다.

몽양 여운형은 신한청년당을 구성하여 상하이에 사람을 끌어모으고 임시정부를 만드는 일에 가장 큰 공로를 세운 산파였으나 실제로 정부를 구성하는 과정에서 계속 소수파 반대 의견을 내다가 결국 실세에서 밀려나고 말았다.

*

이튿날 4월 11일 국호를 대한민국으로 하고 의원 내각제 중심의 민주공화국을 선포하는 임시 헌장 10조를 발표하였다. 이 헌장은 조소앙이 중심이 되어 이광수, 신익희 등이 도와서 만들었다. 국무총리 이승만을 내각 수반으로 하여 내무 총장 안창호, 외무 총장 김규식, 군무 총장 이동휘, 재무 총장 최재형, 법무 총장 이시영, 교통 총장 문창범의 6부 총장을 선임하였다. 다분히 연해주 국민의회를 의식하여 6부 중 3부 총장을 그쪽 인물로 안배한 것이었다.

"신인일치로 중외 협응하여 한성에서 기의한 지 30유여 일(有餘日)에 평화적 독립을 300여 주에 광복하고, 국민의 신임으로 완전히 다시 조직한 림시정부는 항구 완전한 자주독립의 복리로 아 자손 여민(黎民)에게 세전(世傳)키 위하여 림시의정원의 결의로 림시헌장을 선포하노라."

제1조 대한민국은 민주공화제로 한다.
제2조 대한민국은 임시정부가 임시 의정원의 결의에 의하여 통치한다.
제3조 대한민국의 인민은 남녀, 귀천 및 빈부의 계급이 없고 일체 평등하다.
제4조 대한민국의 인민은 종교, 언론, 저작, 출판, 결사, 집회, 통신, 주소 이전, 신체 및 소유의 자유를 가진다.
제5조 대한민국의 인민으로 공민 자격이 있는 자는 선거권과 피선거권이 있다.
제6조 대한민국의 인민은 교육, 납세 및 병역의 의무가 있다.
제7조 대한민국은 신(神)의 의사에 의해 건국한 정신을 세계에 발휘하고 나아가

인류문화 및 평화에 공헌하기 위해 국제연맹에 가입한다.

제8조 대한민국은 구 황실을 우대한다.

제9조 생명형, 신체형 및 공창제(公娼制)를 전부 폐지한다.

제10조 임시정부는 국토 회복 후 만 1개년 내에 국회를 소집한다.

구성원들 중 절대다수가 종교인들이었기에 대한민국의 수립은 신의 뜻에 합하여 된 것임을 헌장 제7조에 명기하였다. 천도교의 한울님과 기독교의 하나님을 두고 갑론을박하다가 그냥 신(神)으로 하자고 통일했다. 이 헌장 안에는 조소앙의 삼균주의(三均主義) 정신이 스며들어 있어, 의회주의에 기초한 민주공화국에서 모든 인민이 평등함을 먼저 천명하고 그 위에서 각양각색의 자유를 누릴 수 있게 하였다. 그 건국 정신을 발휘하여 인류 문화와 평화에 기여하겠다는 광대한 포부까지 들어가 있었다. 비록 10조에 불과한 헌장이었지만, 그 안에 많은 정신적 가치를 함축적으로 담고 있었다. 그 당시 세계가 인종과 여성에 대한 차별이 심하던 시기였음을 감안할 때 임시 헌장이 처음부터 남녀, 귀천, 빈부에 대한 계급을 철폐하고 평등 참정권을 부여한 것은 실로 파격적인 일이었다. 특히 일제의 무단 정치 속에서 마구잡이로 영장 없이 체포하고 고문과 사형을 집행하던 그 시절의 피눈물을 반영하듯, 비록 범죄자라 할지라도 태형이나 사형을 하지 못하도록 하였다. 이것은 인내천 사상으로 사람을 하늘처럼 생각하는 천도교의 정신이나 모든 사람은 하나님의 형상으로 지음 받았다고 가르치는 기독교의 사상과 맥을 같이하는 것이었다. 아울러 온 백성들의 정신을 갉아먹기 위해 일제가 의도적으로 전국에 뿌려 놓았던 공창(公娼)을 폐지하겠다는 의지를 분명히 하였다. 후일, 이 의지를 담아 대한민국 정부 수립 후에 공식적으로 공창제는 폐지되었으나 유곽은 일제 잔재로 전국에 남아 여전히 사창가의 악취를 내뿜었고, 일제가 뿌린 밤 문화와 가진 자와 권력자들에 의한 향흥성 성 매수, 성 상납의 독초는 그 뿌리를 제거하지 못하고 한 세기를 더 퍼져나갔다. 독재 정권이 지속되는 동안 일제가 만든 '치안유지법'에서 배운 그대로 무고한 자들을 잡아 고문하고 감옥에 집어넣고 사형시키는 인권 유린의 악법은 '국가보안법'이라는 이름으로 탈바꿈하여 여전히 그 위세를 떨쳐 나갔다.

44

"해석, 이것 좀 보시오. 큰일 났소."

현순 목사가 병상에서 쉬고 있는 손정도에게 달려왔다. 손정도는 지난 3·1 만세 운동을 위해 조직 사업을 하느라 과로했고, 의친왕 망명 작전에 실패한 낙담을 무릅쓰고 임시 의정원 원장의 중임을 맡아 수다한 밤을 새우다시피 일하다가 오랜 위장병이 도져서 병상에 눕고 말았다.

"보시오. 한성에서 보내온 련통(聯通)이오. 한성 림시정부가 발표되었소. 리승만을 집정관 총재, 리동휘를 국무총리로 발표하였으니 이 일을 어찌하오?"

손정도는 침대에서 급히 몸을 일으키고 현순이 건네주는 전단지를 찬찬히 뜯어보았다. 전단지에는 4월 23일 자로 한성에서 선포된 임시정부의 행정부의 명단이 적혀 있었다. 한성 임시정부를 추진한 중심 인물 홍진과 이규갑 등은 현석칠과 김사국 등 학생 대표들에게 국민 대회 거사와 한성 임시정부 선포를 맡긴 후 평양 용천을 거쳐 압록강을 건너 안동에서 상하이로 먼저 망명하였다. 학생들은 4월 23일을 거사일로 정하여 서린동 봉춘관에서 13개 도 대표가 모여 선포식을 갖고 보신각에서 학생들이 전단지를 배포하고 만세 시위를 하기로 하였다. 그러나 이번에도 13개 도 대표들은 나타나지 않았고 학생들이 일제 경찰을 피하여 경복궁 앞에서 임시정부 선포서를 뿌려 버린 것이다. 여전히 3·1 만세의 여파가 남아 있어 전국적으로 만세가 지속적 산발적으로 일어나던 시기였다.

"지난번 상해를 방문했던 한성 대표가 우리의 주장을 반영하여 리승만 박사를 집정관 총재로 발표했으니 잘된 일 아니오?"

"그것보다 13개 도 대표가 서명한 한성 림시정부가 더 권위와 정통성을 가질 터이니 우리가 힘들여 만든 상해림시정부는 이제 어찌해야 하오?"

손정도 목사는 여전히 전단지에서 눈을 떼지 않고 말을 했다.

"민주공화국 만세를 외치고 있으니 그것도 문제가 없고…. 결국 사람 문제 아니오? 오히려 우리가 더 걱정했던 연해주 국민의회를 설득할 수 있는 좋은 기회가 된 것 같소이다."

"해석 그게 무슨 뜻이오? 좀 더 자세히 설명해 주시오."

사람을 설득하고 연결하는 데 달인이었던 손정도 목사는 한성 임시정부의 안을 오히려 기회라고 말하고 있었다.

"외무 총장을 박용만으로, 내무 총장을 리동녕, 교통 총장을 문창범으로 세운 것은 다분히 국민의회 쪽을 의식한 것이고, 우리 쪽에서는 재무, 법무, 학무에 리시영, 신규식, 김규식이 들어가서 안배를 하였고 군무 총장 노백린, 참모부 총장 류동열로 배치한 것도 상해와 연해주의 균형을 잡겠다는 것이니, 정말 신경을 많이 써서 만든 것 같소. 오직 도산을 노동국 총판이라는 낮은 직책을 준 것이 마음에 걸리오만…."

"일단 이 문건을 도산 선생에게 급히 전해서 의견을 들어 봄이 어떻겠소? 이럴 때에는 도산의 지혜가 가장 필요할 것 같소이다."

"그럽시다. 도산에게 곧 련통을 넣도록 합시다. 이미 홍콩에 도착했다 하니 속히 상해로 오시도록 부탁하오."

그 무렵, 3·1 만세 이후에 바쁘게 돌아가는 독립운동가들의 왕래와 연락을 돕기 위해 연통제(聯通制)가 시작되었다. 신의주를 넘어 중국 첫 접경인 안동(지금의 단둥)에 이륭양행이라는 무역회사를 차린 조지 쇼(George L. Shaw)라는 아일랜드계 영국인이 일제의 눈을 피해 조선과 중국을 오가는 편지와 사람과 물자 수송을 지원하였다. 쇼는 영국의 식민지로 있는 자신의 조국 아일랜드와 매우 흡사한 처지에 놓인 조선에 대하여 동병상련의 동정심을 가진 사람이었다. 자신의 회사 2층에 임시정부 안동 교통국 연락 사무소를 차려주고, 중국의 연안 항구를 오가는 무역선박을 통하여 서신과 사람들의 왕래, 더러는 군자금 전달과 무기 반입까지 도와주고 있었다.

한성 임시정부가 선포되자 임시정부를 둘러싼 3파전이 본격적으로 시작되었다. 13개 도 대표가 서명하고 참여한 것이라는 점에서 한성 임시정부가 가장 법통의 우위에 있었으나, 그 주도자들의 대부분이 체포됐고 홍진과 이규갑 등 남은 지도자들도 속속 상하이로 모여들고 있었다. 그리고 실질적으로 한성 임시정부의 내각에 올라가 있는 사람들이 결국 연해주와 상하이의 임시정부 요인들, 그리고 미국에 있는 이승만이었기 때문에 한성 임시정부는 점차 힘을 잃어갈 수밖에 없었던 것이다. 그러나 상하이 측에서 발표한 내각 역시 문제에 봉착한 것은 마찬가지였다. 연해주 측 인사들이 전혀 상하이로 취임할 의사를 보이지 않았을 뿐 아니라 원세훈을 대표로 내려보내어 임시정부를 거꾸로 연해주로

정치가

옮겨야 한다고 주장하고 있어서 줄다리기는 팽팽하게 맞서고 있었다.

그러나 파리로 보낸 김규식의 활약상이 전해지기 시작하면서 상해임시정부가 주목을 받기 시작했다. 연해주 국민의회 쪽에서 파리로 파견했던 윤해와 고창일은 육로로 시베리아를 통과하다가 내전 상황에 직면하여 붙잡혀 있는 동안 시간이 지체되었고 결국 파리 회담이 다 끝난 후에야 도착하였다. 반면에 김규식의 활동 상황은 의정원 원장 손정도가 상해임시정부의 공식 서한 형태로 국내외 주요 단체와 유지들에게 비밀리에 발송하여 널리 알려지게 되었다.

"우리 정부의 특파 전권대사 김규식 씨는 미국인 헐버트 씨와 안중근 의사의 최후 유탁을 받은 프랑스인 홍신부와 더불어 강화회의에서 맹활약을 한 바, 각국의 정치가 법률가 언론계의 여러 인사들이 우리 대표부를 내방하여 우리의 사정을 청취하고 적극 원조할 것을 자신들의 천직이요 명예라고 하였다. 김규식 씨를 한국전권대사로 승인하고 발언권을 주었으며 우리 대사는 한국 독립 청원서를 제출하였는데, 다른 약소국과는 달리 우리의 청원서는 정식으로 수리된 바, 내년 미국 수도 와싱턴 국제련맹회의에서 결정·승인될 것이라 확신한다."

이 내용은 파리 현지에서 벌어졌던 사실 또는 분위기와는 차이가 있는 내용이었다. 그 시절 통신 수단의 제약으로 전달이 잘못된 것인지 김규식이나 임시정부 인사들의 희망사항을 담고 있었던 것인지 알 수 없으나, 결과적으로는 이런 보고들이 회람됨으로 상해임시정부의 입지는 올라갈 수밖에 없었고, 상대적으로 국민의회는 위신이 실추되었다. 여전히 민족 자결주의에 대한 기대감은 지속될 수밖에 없었다.

그 무렵 5월 25일 도산 안창호가 상하이에 모습을 드러냈다. 안창호는 한일 병탄 이후 미국으로 건너가서 샌프란시스코에 거주하며 흥사단을 만들고 우리가 실력이 없어 나라를 잃었으니 각 사람이 실력을 키워나가야 함을 역설하였다. 3·1운동 직후 현순이 보낸 전보를 통해 만세 소식을 들은 도산은 샌프란시스코에서 중국행 배를 탔으며, 홍콩을 거쳐서 상하이로 들어왔던 것이다. 숭실대를 졸업하고 미국서 신학을 공부한 정인과가 안창호를 수행하였다.

"그동안 다들 수고가 많았소이다. 이제 바야흐로 여러분들의 수고와 헌신으로 대한민국이 탄생하였으니 독립을 쟁취할 날이 머지않은 것 같아 기쁘기 한량없소이다."

상해임시정부는 안창호의 합류로 새 힘을 얻었다. 신익희, 윤현진, 최창식, 이춘숙 등의 20~30대 소장파들은 도산이 이승만 대신 국무총리 대리를 맡아 임시정부를 정비해 줄 것을 기대했다. 그러나 도산은 도착하자마자 임시정부를 둘러싼 3파전의 양상을 접하고 고민에 빠졌다. 이제 겨우 사람들을 모아 정부 형태를 취하려고 하는 마당에 또다시 분열부터 시작하고 있으니 앞길이 심히 염려되었다. 안창호는 자신이 국무총리 대행을 하는 것을 처음에는 극구 사양하였다.

"조선이 망한 것도 실력이 없어서요, 대한민국 역시 아직 독립을 쟁취할 만한 실력이 미비하니 실력 양성이 먼저가 아니겠소? 동포들 교육 계몽부터 합시다."

미국에서 흥사단 활동을 전개하였던 것처럼 교육을 통한 실력 배양에 힘쓰자는 것이 도산의 생각이었다.

"도산 선생님, 그게 무슨 말씀입니까? 당장 독립 청원과 만세 운동이 일어나고 있고, 국내에서 많은 독립운동가들이 옥에 갇히고 고초를 당하는 판에 언제 한가하게 그럴 새가 있소이까?"

정치가

"당장 림시정부를 세워서 국내외 백성들의 마음을 하나로 모으는 것이 급선무입니다."

대다수의 소장파들이 강하게 반박하고 나섰다. 오직 이광수만이 안창호의 실력 양성론에 적극적인 지지를 표명했다. 안창호는 〈독립신문〉을 재창간하여 이광수를 사장 겸 편집국장으로 앉혔고 주요한, 조동호 등이 기자로 활동을 개시했다.

상해임시정부가 맞닥뜨리고 풀어내야만 했던 또 하나의 어려운 변수가 있었다. 상해임시정부에서 정작 국무총리로 추대한 이승만이 한성 임시정부의 발표를 듣고 나자 상해임시정부를 인정하지 않고 한성 정부의 법통성 우위를 주장하며 워싱턴에 곧바로 한성 정부 집정관 총재 사무실을 차렸던 것이다. 그리고 집정관 총재는 영어로 번역하면 프레지던트, 곧 대통령이라고 명함을 새기고 활동하기 시작했다. 이승만에게는 상하이에서 제시한 국무총리라는 직책보다 한성 정부의 집정관이라는 직책이 훨씬 매력적이었던 것이다.

정작 상해임시정부가 내세운 국무총리 이승만이 상해임시정부를 인정하지 않자 많은 엇박자가 일어났다. 상하이 임시 의정원에서는 현순을 통해 서신을 보내 속히 상하이에 와서 국무총리에 취임하기를 요청했지만, 이승만은 그것을 무시하고 한성 정부 집정관으로서 워싱턴에서 구미 위원부를 차리고 독자적인 행보를 시작한 것이다. 그로 인해 상해 임시정부와 그 지시를 받지 않는 구미 위원부 사이에 많은 마찰이 시작되었다. 당장 구미 위원부가 애국 공채를 별도로 발행하면서 그동안 미주 동포들의 성금으로 독립 공채를 발행하던 대한인 국민회와의 충돌도 발생했다. 대한인 국민회는 1909년 샌프란시스코에서 안창호, 박용만, 이승만이 결성한 미주 동포들의 독립운동 단체로서 상하이와 연해주까지 지회를 확장하였고, 그 당시에는 안창호의 주도하에 활발히 운영되고 있었다. 곳곳에서 하층 노동을 하던 동포들까지 성금을 내어 독립운동을 지원해 왔는데, 이승만의 구미 위원부가 자체 경비 조달을 위해 활동을 개시하니 경쟁관계에 놓일 수밖에 없었던 것이다.

"우리 상해림시정부가 내지뿐 아니라 해외 동포들로부터 법통과 정통성을 인정받기 위해서는 로령 사회와의 통합이 필수적이오. 국민의회 쪽에서 림시정부는 많은 동포들이 모여 사는 로령에 위치해야 함을 주장하는 것도 설득력이 있으니 어찌하든지 그들을 끌어들여야 하오."

안창호가 국무원 회의를 주관하며 각부 총장들과 차장들 앞에서 말을 했다. 위기를 극복하기 위해서 도산의 국무총리 대행 체제로 가야 한다는 소장파들의 간청 앞에 결국 자신의 주장을 꺾었다. 그 대신 자신은 이승만과 이동휘를 상하이로 불러 취임하도록 한 이후에 물러날 것임을 확인하고 그 전제로 대행 체제를 받아들인 것이다.

"무슨 수로 그들을 설득하겠소이까?"

현순이 좌중을 둘러보며 물었다.

"게다가 로령 동포 사회 내부에서도 문창범의 국민의회파와 리동휘의 한인사회당이 갈라져서 세력 다툼을 하고 있는데 그 의견을 통합하여 우리와 합한다는 것이 가능하겠소이까?"

"림시정부를 차린 것은 국민의회 쪽이지만 실질적으로 동포 사회에서 가장 큰 영향력을 미치고 있는 사람은 리동휘 장군이니 그 또한 애매한 상황이외다. 지금 연해주를 아직 백위파가 장악을 하고 있기에 리동휘와 함께하는 한인사회당이 표면적 활동을 못 하고 있을 뿐이지요."

아령 상황을 제일 잘 아는 이동녕이 말했다.

"그렇소. 그러하기에 아령 동포들의 마음을 잡기 위해서는 리동휘 선

정치가

생을 상해로 오게 하는 것이 필수적이오. 아령 동포뿐 아니라 간도와 국내에 있는 백성들에게도 큰 영향력을 미칠 것이외다."

안창호가 힘주어 말했다.

"지난번 방문 시에 우리가 성재 장군의 마음을 떠보았으나, 전혀 그럴 의사가 없더이다. 그분은 독립군을 만들어 무장 투쟁하는 것만이 옳을 길이라고 철석같이 믿고 있으니 말입니다."

여운형과 함께 갔던 조소앙이 고개를 저으며 말했다. 여운형은 외무차장으로 선임이 되었으나 임시정부 안 구성 시에 여러 반대안을 제출한 이후로 일절 임시정부 회의에 참석하지 않고 있었다.

"그래서 그 마음을 바꾸려면 특단의 조치와 제안이 필요하오. 우리 쪽에서도 무엇인가 양보하는 것이 있어야만 하는 것이오."

"양보라니요? 그럼 우리 상해림시정부를 무효화하고 다시 통합 정부를 만들겠단 말이오이까? 그것은 불가합니다. 아니 쌍방이 서로 생각이 다른데 어찌 그게 가능하겠소이까? 저는 안 된다고 봅니다."

조완구가 손을 저으며 말했다.

"그래서 한성 림시정부의 안을 리용하자는 것이오. 여러분도 보았다시피 한성 림시정부의 안에는 우리 측과 로령 정부의 인사를 적절히 배합하고 있고, 13개 도의 대표들이 만든 것이니 법통도 우세합니다. 쌍방에서 동시에 자신들이 만든 정부를 해체하고 한성 림시정부의 안을 받아들이자고 우리 측에서 제안을 하면 그들도 반대할 명분을 찾기 힘들 것이외다."

안창호의 기발한 제안에 모두들 숙연해지고 한동안 침묵이 흘렀다.

"내가 국민의회 쪽에서 대표로 상해에 보낸 원세훈 동지를 만나 양쪽 정부를 해체하고 한성 정부를 승인하자고 먼저 설득을 하겠소이다."

안창호의 말에 윤현진이 물었다.

"좋은 제안이기는 합니다만, 그럼 누가 국민의회 쪽에 가서 고양이 목에 방울을 달 수 있겠소이까?"

"방울만 다는 것이 아니라 리동휘를 상해로 데려와야 하니… 쉽지 않은 일일 터…."

"특사를 보내려 하오. 리동휘와 국민의회 쪽의 마음을 바꿀 수 있도록 말이오."

안창호가 말했다.

"특사라… 그럼 일전에 연해주를 방문했던 몽양 려운형 동지가 적격이겠소. 아니 그렇소?"

이광수가 말했다.

"안 됩니다. 몽양은 그 일을 성사시킬 수 없습니다."

"안 되다니요? 그게 무슨?"

"지난번 몽양이 서간도, 북간도, 연해주를 방문하여 많은 인사들을 상해로 결집시킨 일은 우리 측에서 볼 때는 아주 큰 역할을 수행한 것이나, 그들에게는 자신들과 일하던 대부분의 기호파 인사들을 빼내 간 일로서 매우 분개하고 있을 것이 분명하오. 그런 마당에 몽양이 다시 간다면 그들은 곧바로 마음과 귀를 닫아 버릴 것이오."

"그렇다면 누가 그 일을 할 수 있겠소이까?"

"현순 목사를 보냅시다."

안창호는 해석 손정도가 가면 틀림없이 해내리라는 것을 알고 있었으나, 몸져누워 있는 사람을 보낼 수가 없으니 차선책으로 현순을 보내기로 결정하였다.

"해석 아우, 속히 병석에서 일어나시오. 내가 해석을 해삼위로 보내고자 했으나 어찌 이리 오래 기침(起寢)을 못 한단 말이오?"

정치가

걱정스러운 눈빛으로 병상을 찾아온 도산에게 오히려 위로하듯 해석이 빙그레 웃음을 지었다.

"도산 형님, 그렇지 않소이다. 오히려 북도 출신인 현순 목사가 더 나을 것이외다. 나는 상동청년학원과 신민회 활동 시에 성재 형님을 잠깐잠깐 만나서 교제하였지만, 현순 목사는 그렇지 않습니다. 성재 장군이 팔도를 누비며 교육자로 대부흥사로 다닐 때에 정동교회에서도 그를 모시고 부흥회를 하였으니 더 깊은 교류가 있었을 것입니다."

그 말을 듣고 힘을 얻은 도산은 현순을 보내기에 앞서 활발히 준비 활동을 전개하였다. 우선 블라디보스토크에서 내려온 원세훈을 만나 통합 정부의 통일안에 대하여 자초지종을 설명하여 동의를 받아내었고, 상하이에 모여 있던 각 지역 대표들과 연합하여 통일 정부에 대한 의견들을 종합하여 합의를 도출하였다. 그들이 만든 통일 정부 안은 각 지역의 임시정부를 모두 해체하고 한성 정부를 봉대하되, 그 위치는 독립 청원을 위한 외교 역량을 총 집중해야 하는 작금의 상황을 고려하여 상하이에 두기로 한다는 것이 주요 내용이었다. 이 모든 중심에 안창호의 지혜가 있었다. 한성 임시정부를 봉대함으로 현재 그 집정관으로 행세하는 이승만을 껴안을 수 있을 뿐 아니라 내각 책임제의 국무총리로 이동휘를 상하이로 내려오게 하는 명분을 제공할 수 있으니 아령 동포들의 마음을 사로잡을 수 있으리라는 판단이었다. 안창호는 원세훈과의 만남에서 자신은 상해임정의 해체를, 원세훈은 국민의회의 해체를 서로 책임지고 수행하자고 약조까지 했던 것이다. 국민의회와의 최종 설득 작업을 뒤로 미룬 상태에서 안창호는 먼저 상하이에 내려 있던 서성권을 서간도로, 정재면을 북간도로 파견하여 각 지역 독립운동 세력들에게도 통일 임시정부 안을 설명하고 동의를 구하였다.

한편 그 같은 일이 상하이에서 진행되고 있는 동안, 연해주 블라디보스토크에서는 그 무렵 한인사회당과 신민단이 합하여 새로운 독립운동 진영을 구축하며 큰 활기를 띠고 있었다. 오직 무장독립전쟁을 통하여 나라를 되찾겠다는 일념으로 뭉친 젊은이들이 날로 숫자를 더해가고 있었다. 연해주의 국민의회에서나 상하이의 임시정부에서 동휘를 군무 총장으로 선임했다는 소식이 들려왔지만 짐짓 모른 체했다. 정보도 수집할 겸 김립을 국민의회 쪽에 종종 파견하여 대화를 시도하고는 있었으나 연해주의 실질적 중심은 한인사회당 쪽으로 옮겨오고 있었기에 서두를 필요가 없었던 것이다. 그러나 상해임시정부의 위상이 날로 올라가고 있는 상황 속에서 한인사회당이 어떤 입장을 표명해야 할지에 대하여 내부적으로 활발한 토론이 진행되고 있었다. 1919년 6월 말, 한인사회당 당사에는 이동휘를 포함한 부위원장 김규면과 김립, 박진순, 박애, 이한영, 장기영, 김하구, 김아파나시, 김진 등 주요 간부들이 모였다.

"성재 장군, 예상 밖으로 우사 김규식이 파리에서 성공적인 활동을 하고 있다고 하오. 그로 인해 상해림시정부가 힘을 얻고 있는데, 우리도 함께 참여하는 것이 좋지 않겠소이까?"

김립이 또다시 상하이행에 대한 자신의 생각을 표출했다.

"내 생각은 반대요. 이제 겨우 신민단과 련합하여 무장독립운동 세력들이 하나로 결집되고 있는데, 우리가 상해로 내려가 버리면 자칫 전열이 흩어질 수 있소. 좀 더 관망합시다."

동휘는 여전히 그 의견에 부정적인 생각이었다.

"맞소이다. 나도 동휘 장군 생각과 같소."

"그렇습니다. 홍범도, 류동열 같은 무장독립군 장군들이 하나로 뭉쳐 있는 터에 성재 장군이 빠져버리면 구심점이 상실되어 그들을 혼란하게 할 가능성이 있소이다."

강원도 영월 출신으로 동휘의 무장독립운동에 찬성하여 뛰어든 장기영과 원호인 출신으로 한인 청년회의 대표 격으로 3·1 만세 운동을 주도하다가 최근에 합류한 김아파나시 등 소장파들이 강경하게 말했다.

"누가 그걸 모르오? 그러나 최근에 많은 변화가 있소이다. 한성에서 13개 대표들이 모여 림시정부를 선언하면서 리승만을 집정관 총재로 성재 장군을 국무총리 총재로 추대했다고 하더이다. 이때가 우리 한인 사회당이 힘을 받을 수 있는 기회입니다. 제 생각도 성재 장군께서 국무총리직을 받아야 한인사회당의 혁명 사업도 힘을 더 받을 것 같소이다."

김하구가 고향 동기 김립의 편을 들며 거들었다.

"나도 그 소식은 들었소. 허나 국무총리인지 집정관인지 그깟 감투가 다 무슨 소용이오? 외교를 통해 독립을 얻겠다는 생각은 너무 순진한 것이오. 제국주의는 결코 자신들의 식민지를 포기하지 않을 것이오. 나는 이곳에서 무장독립군을 만들어 일제와 싸우는 길만이 독립을 앞당기는 최선이라 생각하오."

동휘가 다시 고개를 저었다.

"장군, 우리가 원하는 무장 투쟁을 위해서라도 민족 세력과 련합해야 합니다. 그래야 일본 제국주의와 싸울 수 있지 않겠소이까? 지금 상해 림정이 중심이 되어 가고 있는데, 장군이 내려가셔서 민족 기관의 대표가 되어야 해외와 내지에 있는 독립운동 진영과도 련결을 하고 우리가 군자금도 얻을 수 있는 명분이 생기지 않겠소이까? "

김립의 입에서 군자금 이야기가 나오자 동휘가 말을 멈추고 한참 생각에 잠겼다. 오래전 강화도 진위대장 시절부터 뼈저리게 느꼈던 것으로, 전쟁의 승리를 위해서는 최신식 무기를 대량 구입하여 독립군에게 배치해야만 한다는 것을 늘 염두에 두고 있었다. 문제는 군자금이었다.

"흠… 군자금이라…. 허허, 내 아픈 곳을 찌르는구려. 백추는 어떻게 생각하오? 백추의 의견을 말해주시오."

김규면은 두 사람의 논쟁을 듣고 있으면서 갈피를 잡을 수가 없었다. 큰 결단을 내리고 한인사회당과의 연합을 막 시도한 판에 중심에 있어야 할 위원장이 상하이로 내려가 자리를 비우고 나면 그 공백을 자기가 메꾸어야 할 판이었다.

"이제 막 수청 지방에서 연해주 한인 총회 결성을 위해 바삐 움직이고 있는데, 그러나 꼭 가셔야 한다면…."

김규면은 동휘와 김립을 번갈아 바라보았다. 자기를 찾아와 무쟁 투쟁 세력의 결집을 위해 힘을 합하자고 확신에 차서 이야기하던 사람이 바로 김립, 그였다. 백추가 침례교 목사들을 이끌고 만주로 건너와 신민단을 일으킬 때에도 김립이 몇 해 전 먼저 망명하여 북간도 일대에 기독교 부흥을 일으켰던 바탕이 있었기에 가능했음을 잘 알고 있었다. 치밀한 전략가 김립이 저토록 강하게 주장한다면 그 안에 분명히 감추어진 뜻이 있을 것이라 생각했다.

"일세의 말도 일리는 있습니다. 그러나 성재 장군이 상해에 내려갈지라도 그것은 어디까지나 일시적이고 전략적인 것이 되어야 합니다. 언젠가는 림시정부가 백성들이 결집해 있는 이곳으로 돌아와야 하지 않겠소이까? 그 약속을 해 주신다면 장군이 자리를 비우시는 동안 제가 독립군 빨치산들을 모아 연해주를 지키겠소이다."

뜻밖에 김규면 목사조차 같은 뜻을 비치자, 동휘는 무겁게 한숨을 내쉬며 결론을 지었다.

"그거야 당연하오. 국내 진공 작전의 중심은 반드시 이곳이 되어야 하니 림시정부의 거점도 다시 이곳으로 돌아와야 할 것이오. 다만 지금은 대세가 외교론을 중심으로 겨레가 뭉치고 있으니 우리도 같이 그 대열에 합류하는 것이 전략상 필요하다는 것인 게지. 흠… 그럼 일단 우리 한인사회당과 신민단이 상해림정을 지지한다는 성명부터 발표합시다. 그 말은 국민의회가 아니라 상해림정을 중심으로 민족 세력이 결집해야 함을 우리가 천명하는 셈이 될 것이오."

동휘의 말에 김규면과 김립을 비롯한 대부분의 간부들도 고개를 끄덕이며 찬성을 표했다. 그러나 장기영과 김아파나시는 얼굴이 굳어져 침묵하고 있었다. 지금 이 자리에 없는 홍범도나 류동열 등의 군인들과 박일리야 같은 빨치산 독립군들이 과연 이 일에 찬성할까 하는 염려도 되었다. 그들은 이동휘를 중심으로 독립전쟁의 일사 항쟁을 목표로 모여있는 사람들이었기 때문이다.

"백추 동지에게 한 가지 부탁이 있소이다. 우리 한인사회당은 이미 국제 공산당에 가입하기로 당 정책을 정한 바 박진순, 박애, 리한영 세 동지가 모스크바로 떠나는 려비를 백추께서 지원해 주시면 어떨지요?"

자신의 뜻대로 결론이 나는 것을 기뻐하며 김립이 기회를 놓치지 않고 대표 파견 자금 문제까지 함께 거론하여 김규면의 승락을 받아내었다. 그날 회의는 김립의 완전한 승리였다.

간부 회의 직후, 세 사람은 곧바로 자금을 지원받아 모스크바로 떠났다. 또한 이와 같은 한인사회당의 결정이 신민단 기관지 〈신민단보〉를 통해 공식 발표되었다. 한인사회당은 상해임정을 승인하고 지원할 뿐 아니라 파리 회의에서 활동 중인 대표 김규식에 대한 독립운동 자금도 발송하겠다는 내용이었다. 이 발표가 가져다준 파급력은 대단히 컸다. 동포 사회의 가장 큰 신뢰를 받고 있던 이동휘의 한인사회당과 신민단의 지지 성명이 있자마자, 블라디보스토크의 노인 독립단과 류동열이 이끌고 있었던 길림군정사, 북간도 한인 자치 조직이며 동휘의 오랜 동지인 구춘선 회장의 국민회 등이 모두 상해임정의 지지를 표방하며 자신들의 활동에 대한 보고서들을 제출했던 것이다. 그러자 연해주임정 국민의회 쪽에서도 상해임정에 대한 협력적 태도로 선회하지 않을 수 없었고, 김규식의 활동 지원을 위한 백만인 서명 운동을 시작했다. 이같이 통일 정부를 향한 행보는 상하이 쪽에서뿐만 아니라 연해주에서도 함께 진행되고 있었던 것이다.

*

마침내 안창호는 현순과 김성겸을 통일 정부 수립을 위한 특사로 임명하여 블라디보스토크를 향해 떠나보냈다.

"현순 목사님, 이번 특사의 임무는 다른 것이 아니오. 문창범의 국민의회를 전부 설득하지 못하더라도 무조건 성재 장군만은 반드시 상해로 모시고 오시오. 그것이 목표임을 명심하시오."

그들을 보내면서 오래전부터 블라디보스토크에 머물며 안창호의 분신 역할을 하던 이강에게도 밀서를 보내어 동일한 임무를 전달했다. 그만큼 이 일은 장차 임시정부와 대한민국의 운명을 가늠할 만큼 중차대한 일로 도산은 판단하였고, 그래서 신중하고 치밀하게 준비하였던 것이다. 8월 중순에 떠난 일행은 보름이 지나 블라디보스토크에 도착했다. 함께 떠난 원세훈의 안내로 그들은 8월 30일에 열린 국민의회 상설의원 총회에 참석하였다. 그 회의의 중요성을 인지한 국민의회 측에서도 문창범 의장을 비롯한 최재형, 김하석 등 모든 주요 간부들이 다 참석하였고, 한인사회당 측에서도 이동휘, 김립, 김규면 등이 함께하였다.

국민의회 주도 세력인 문창범과 김하석 등이 안고 있었던 최대의 약점은 일본과 긴밀한 협력 관계에 있었던 러시아 백위파와 협력했다는 전력이었다. 그로 인해 비록 연해주 임시정부 국민의회의 군무 부장에 불과했지만, 연해주 한인들이 바라볼 때 무장독립운동의 정통성과 지지 기반은 동휘에게 몰려있음을 누구나 다 알고 있었다. 그것을 잘 알고 있는 상해 측 역시 문창범을 상대하기보다는 동휘를 연해주의 대표로 인정하고 있었던 것이다. 문이 열리고 회의 석상에 상하이 대표가 들어오자, 앞장 선 현순의 모습이 눈에 들어왔다. 현순은 꾸벅 좌중을 향해 인사를 올리더니, 곧바로 동휘를 향해 뚜벅뚜벅 걸어갔다.

"리동휘 권사님 그간 평안하셨습니까? "

동휘가 놀란 표정으로 그 자리에서 벌떡 일어나더니 두 팔을 활짝 펴고 맞이했다.

"이게 누구요? 현순 목사가 아니오? "

그 두 사람은 같은 감리교 교인으로서 을사늑약 이후 동휘가 한창 부흥사로 전국을 누비며 다닐 때 자주 마주치며 함께 동역하던 오래된 동지였던 것이다. 두 사람은 성큼성큼 다가서더니 두 손을 서로 잡고 반갑게 흔들었다. 사방에 길게 탁자를 놓아 만든 회의장 중심에서 두 사람의 극적인 재회 장면을 그 방안의 모든 사람들이 긴장된 표정으로 지켜보고 있었다.

"이게 얼마 만이오? 정동교회 목사를 그만두었다는 소문을 들었소만? 언제 나오셨소? "

"저도 성재 장군께서 무장독립 투쟁을 활발히 하시며 고초도 많이 겪으셨다는 소식을 전해 들었습니다."

눈물이 글썽하여 반갑게 안부를 주고 받던 두 사람은 격정을 이기지 못한 듯 서로 껴안고 눈물을 흘리기 시작했다. 동휘는 현순 목사를 만나는 순간 오래전 복음을 위한 부흥사로 혼신의 힘을 다해 전국을 돌며 교회와 학교를 세우기 위해 눈물로 호소하던 그 시절 자신의 모습이 불현듯 생생하게 떠올랐고, 복받쳐 오르는 감정을 감출 수가 없었다. 그 두 사람의 갑작스러운 포옹을 지켜보던 모든 사람들의 마음이 뭉클해지며 눈시울이 촉촉이 적셔왔다. 서로 생각들은 조금씩 달랐어도 고향 땅을 떠나와 나그네 삶으로 전전하던 독립운동가들의 마음속에 감추어졌던 향수가 이슬이 되어 굳어진 마음의 꺼풀들을 벗겨내며 속살을 드러내어 부드럽게 만들었고, 순간 눈물을 펌프질하듯 끌어올렸던 것이다.

감격의 시간이 잠시 흐른 후, 현순이 입을 열었다.

"성재 장군님, 예수님께서 십자가에 달리신 것은 우리 죄로 인해 산산히 갈라진 모든 민족을 하나로 만들기 위함이라고 요한 사도가 말씀하지 않았소이까? 그런데 하물며 같은 민족이요, 함께 독립운동을 하는 우리가 서로 갈라져서야 어찌 적을 물리치겠소? 하나로 합칩시다."

상하이와 연해주의 임시정부를 동시 해체하고 한성 임시정부의 안을 통일 정부 안으로 봉대하자는 것이 도산 안창호 선생과 상하이 측의 제안이라는 현순의 설명에 깊은 침묵이 지나갔다. 한참 후에 동휘가 좌중을 향해 무겁게 말을 열었다.

"오늘날 우리의 공동의 적은 일제 놈들이오. 우리 동포가 하나로 합하여야 할 이 마당에 나누이는 것은 적들을 이롭게 할 뿐이오. 이제 현순 동지의 설명대로 우리가 하나로 합하여 통일 정부를 이루는 것만이 일제를 무찌를 수 있는 길이 아니겠소? 여러 동지들이 승낙한다면 나는 기꺼이 이 길을 따르겠소."

정치가

아무도 감히 이 말에 토를 달지 못했다. 동휘와 경쟁적으로 국민의회를 만들어오던 문창범과 김하석조차도 침묵했다. 그날 그들은 그 자리에서 국민의회 해산을 선포하였다. 한성 정부가 새로운 국회를 구성할 때까지 남은 일들만 처리하기로 결정하였다. 국민의회 의원의 4/5가 상하이 임시 의정원으로 들어가기로 합의하였고, 국무총리 이동휘, 외무총장 박용만, 교통 총장 문창범, 참모부 총장 류동열이 함께 부임하기로 결정하였다. 그러나 김하석은 갑작스럽게 진행된 그 모든 상황을 바라보면서 주먹을 불끈 쥐고 김립을 노려보고 있었다. 자신이 김립과 경쟁적으로 다투다가 동휘의 수하에서 빠져나와 기를 쓰며 쌓아 올린 임시정부 국민의회가 일시에 무너지는 순간이었다. 사흘 후, 현순은 상하이의 안창호에게 "로령 상황 양호"라는 전보를 날림으로써 그의 임무가 성공했음을 알렸다. 안창호의 계획이 적중했던 것이다.

*

"도산 선생, 무슨 생각을 그리 골똘히 하고 계시오이까? "
임시정부 국무원 사무실 총리 대행 책상 위에 긴 석양이 드리우고 있을 때, 뒤에서 인기척이 있었다. 돌아보니 석양을 등지고 커다란 몸집의 사내가 눈부신 검은 실루엣이 되어 문을 열고 서 있었다.
"누구시오? 아니, 그대는? "
"예, 옳습니다. 창수올시다."
"아니, 이게 얼마 만이오? 언제 오셨소? "
"상해에 들어온 지는 몇 달이 되었습니다."
"그런데 왜 모습을 감추고 있었소? "
"감춘 것이 아니라 도산께서 못 보신 것이지요, 허허."

"못보다니? 105인 사건으로 붙잡혀 들어갔다는 것은 들었소. 그 이후 도통 소식을 듣지 못했는데 어떻게 지낸 것이오?"

"출옥한 후 낙향하여 농사를 지었소이다. 만세 후에 경의선으로 압록강을 넘었소. 후에 안동(단둥)에서 이륭상회의 도움을 받아 배를 타고 상해로 들어왔소."

"의정원 위원 중에 김창수라는 이름을 본 일이 없는데? 혹시 개명을 했소?"

"그렇소이다. 김구라고 불러주시오. 백범 김구요."

"백범 김구라… 아무튼 반갑소이다. 어서 들어오시오."

"도산께서 매일 격무에 시달리시고 근심이 많으신 듯하여 무슨 도움이 될까 해서 찾아왔소이다."

"그래 지금 무슨 일을 맡고 계시오?"

"허허, 의정원에 과거 양반 대신 학사들이 즐비한데, 나같이 배우지 못한 자가 무슨 일을 맡을 수 있겠소이까? 그저 림시정부 문지기라도 해보려 합니다."

"문지기가 뭐요? 백범이 하실 수 있는 일이 반드시 있을 것이오. 그렇소. 앞으로 림시정부를 둘러싸고 많은 쟁투가 있을 것인즉, 치안을 담당하는 경무국장이 되어 주시오."

현순 일행이 연해주로 떠나고 난 이후, 상해임시정부는 또 다른 진통을 겪고 있었다. 워싱턴의 이승만이 대통령 호칭을 사용하고 있음이 상하이에 알려지자 내각 책임제에서 무슨 대통령이냐는 큰 반발이 일어났다. 신채호를 중심으로 소장파 차장들의 거센 성토에 직면한 안창호는 이를 중재하기 위해 더이상 대통령 호칭을 사용하지 말도록 서신을 보내는 등 노력을 했지만, 이승만의 고집을 꺾을 수는 없었다.

정치가

"구미위원부 리승만 각하,

대한민국 림시정부는 국무총리 제도이고, 한성정부는 집정관 총재 제도며, 어느 정부에나 대통령 직명이 없으므로, 각하는 대통령이 아닙니다. 지금은 각하가 집정관 총재 직명을 가지고 정부를 대표하실 것이요, 헌법을 개정하지 않고 대통령 행사를 하시면 헌법 위반이며 정부를 통일하려던 신조를 배반하는 것이니, 대통령 행사를 하지 마시오."

– 대한민국 국무총리 대리 안창호

"상해 대한민국 림시정부 안창호 씨,

우리가 정부 승인을 얻으려고 전력하는데, 내가 대통령 명의로 각국에 국서를 보냈고 대통령 명의로 한국 사정을 발표한 까닭에, 지금 대통령 명칭을 변경하지 못하겠소. 만일 우리끼리 떠들어서 행동이 일치하지 못한 소문이 세상에 전파되면 독립운동에 큰 방해가 있을 것이며, 그 책임이 당신들한테 돌아갈 것이니, 떠들지 마시오."

– 와싱턴 리승만

"백범, 이 일을 어찌 생각하오? 어찌했으면 좋겠소?"

하루 일과가 끝난 후, 석양이 도산의 책상을 넘볼 즈음에 허리에 권총을 찬 경무국장 김구가 들어와 앞자리에 앉았다. 안창호가 중국 차를 한잔 따라주며 김구에게 이승만의 편지를 보여주었다.

"도산, 서북인이 림시정부의 지도자가 될 수 있다 보시오이까?"

편지를 묵묵히 들여다보던 김구가 고개를 들고 되받아 물었다.

"잠시 후면 리동휘가 상해로 들어올 것이오. 그가 국무총리를 맡는다면 내각 책임제에서 국가 수반이나 마찬가지 아니오?"

"그래서 안 된다는 것이외다. 지금 림시 의정원에 기호파 양반들이

다수인데, 그들이 서북인을 받들려 하겠소이까? 그들은 조선조 500년
을 틀어쥐고 있던 기득권 세력이오이다. 아직 황실을 우대해야 한다고
주장하는 자들이외다. 게다가 성재는 중인 출신이라….”

“그렇다면?”

“왕족의 후예인 리승만 박사를 세워야 합니다.”

“허허, 백범이 같은 황해도 출신이라고 감싸는 것 같구려.”

한성과 경기 충청 지역에서 가까운 황해도 출신들은 자신들을 범기
호파에 속한다고 생각하고 있었다. 그러나 기호파들에게 철저하게 배
제되었던 함경도와 평안도의 서북인들은 오랜 차별과 편견으로 기호인
들과 항상 각을 세워왔던 것이다. 그러던 중에 평안도 출신들은 대한제
국 시기에 나뉘어진 선교지 분할 정책에 의해 기호파와 동일한 미국 선
교사의 할당 지역이 되는 바람에 애매한 회색 지대에 놓이게 되었다. 많
은 평안도 출신 인사들이 기독교 부흥과 함께 미국 선교사와의 접촉이
많아지고 미국 땅을 밟을 기회도 생기면서 서구 열강의 새로운 신지식
을 가장 빨리 흡수하였다. 그 과정에서 미국과 기독교라는 공통분모를
공유하게 된 평안도 지식인들은 신앙적 측면에서 기호인들과 대화할 수
있는 약간의 틈새가 생긴 셈이었다. 그들에게는 자신에게 기독교 신앙
을 전수해준 미국 선교사들의 영향 속에서 미국이라는 나라에 대한 신
뢰와 동경이 공통적으로 있었다. 그래서 도산 안창호와 해석 손정도 같
은 서북인이 기호파 중심으로 구성되었던 상해임정에서도 주요한 역할
을 감당할 수 있었던 것이다.

“도산이 서북인이라 이 일을 할 수 있소이다. 기호인이 서북인을 내
친다면 그들이 가만있겠소?”

“그러나 그리되면 우리가 약조를 파기하는 것인데 더 큰 문제를 일

정치가

으키지 않겠소?"

"문제는… 풀면 되는 것이 아니겠소이까?"

백범이 허리춤에서 권총을 꺼내 탁 소리와 함께 책상 위에 올려놓았다.

"내가 림시정부를 지킬 것이외다."

*

안창호는 고민했다. 다시 손정도를 찾아갔다.

"해석, 오늘은 건강이 어떠시오?"

"국사에 바쁘신 도산께서 어찌 이리 자주 이 아우를 찾으시오이까? 왜놈들이 들어온 후 위장이 뒤틀린 오랜 지병이라… 어디 쉽게 낫겠소? 독립을 해야 낫는 독립병이올시다. 하하."

해석은 어려움 속에서도 늘 긍정적인 웃음을 잃지 않았다.

"리박사의 고집이 대단하니 이 일을 어찌하겠소?"

워싱턴에서 온 편지를 묵묵히 읽어보던 해석은 곧바로 문제를 직시했다.

"작금의 국면은 미국의 편에 서는 것이 대단히 중요합니다. 와싱턴 회의가 내년에 열린다 하지 않았소? 민족 자결주의를 약속한 윌슨이 우리를 독립시켜줄 것을 기대하는 수밖에 없는데… 우리가 리박사를 의지하지 않을 수 없습니다."

"성재 리동휘와는 오랜 세월 호형호제하던 사이이나, 그는 무관이라 국정을 제대로 운영할 수 있을지 그것도 걱정이오."

"허나 성재 장군의 힘은 북간도와 아령 동포들뿐 아니라 국내에서도 큰 신임을 얻고 있습니다. 그것을 무시할 수는 없지요."

"나는 오히려 그가 최근에 미국에 적대적이고 볼셰비키에 가까운 공산주의자가 되는 듯하여 그 점이 더 걱정이오."

"평등을 가르치는 사회주의는 성경의 가르침에 기반을 두고 있다 하지만, 무력을 사용하는 공산주의는 이 아우도 찬성할 수 없소이다. 그것은 예수님의 가르침이 아니라 생각합니다."

"글쎄 말이오. 조선 반도를 호령하던 부흥사가 어찌 공산주의자와 어울리는지, 허허…. 아령 동포들의 마음을 얻기 위해 성재를 모시기로 했으나, 나도 그 점이 걸리오. 그래서 같은 서북인인 우리 두 사람이 간곡히 권하면 성재도 리박사를 앞세우는 데 동의하지 않겠소? 그는 감정이 불붙는 듯 하는 사람이라 다루기에 따라 오히려 쉽게 따라올 수도 있을 것이오."

며칠 후, 손정도, 이시영, 조완구 등 상해임시정부 지도부와 머리를 맞대고 의논한 후 이 사태를 수습하기 위해서는 이승만의 요구대로 대통령 호칭을 사용하도록 해 주자는 쪽으로 방향을 잡았다. 그러자면 임시 의정원에서 헌법을 개정하여 대통령제로 만들어야만 가능하다는 안창호의 주장을 따라 의원 내각제로 만들어졌던 임시정부의 초기 헌법을 5개월 만에 대통령제로 바꾸는 개조 작업에 착수했던 것이다. 8월 18일에 시작된 헌법 개정 작업은 집정관 총재를 대통령으로 바꾸는 것을 골자로 한 개헌안을 임시 의정원에 제출하였고, 9월 6일 임시 의정원은 이승만을 대통령으로 선출하였다. 아울러 9월 8일, 임시 의정원 의원을 재선출하고 9월 11일 대통령제 헌법을 발표함으로 개조 작업을 마무리하였다. 그러나 임시 의정원 위원 57명 가운데 오직 6명만을 노령 의석으로 배정하였다. 이 같은 행보는 천신만고 끝에 만들어진 통일 정부 정국을 시작하기도 전에 혼돈의 폭풍 속으로 몰아가는 단초를 제공하였다.

이런 사실을 알지 못하는 동휘는 한인사회당 중앙 위원회 정치국 회의를 열어 국민의회의 모든 직책에서 사임함과 동시에 상하이로 내려갈 사람들을 선발하기 시작했다. 당의 모든 직무는 부위원장 김규면에게 맡기고 서둘러 떠나기로 하였다. 안창호와 지속적으로 연락하는 이강이 혹시 상황이 변하여 동휘가 마음을 바꿀까 염려하며 곁에서 계속 속히 떠나라고 독촉하고 있었다.

　"백추 동지, 참 미안하오. 중책을 맡기고 이리 떠나려니 마음이 무겁소. 우리가 추진하는 무장독립운동은 이제부터 시작이니 내 늦지 않도록 속히 돌아오리다."

　"위원장 동지, 림시정부에 들어가시더라도 우리 한인사회당을 잊지 마시고 계속 기도해 주십시오. 성재 장군이 돌아올 때까지만 부족한 이 사람이 이곳을 지키고 있겠소이다."

　9월 13일 동휘는 김립, 남공선, 현순, 김성겸과 함께 상하이를 향해 길을 떠났다. 그리고 그 다음날 14일, 블라디보스토크 한인촌의 동휘의 집에 일본 헌병 50여 명이 들이닥쳤다. 9월 2일 서울역 앞에서 발생한 신임 사이토 총독 암살 미수 사건의 배후로 동휘를 지목하고 긴급 체포하기 위해서였다. 조선 총독부의 지시로 블라디보스토크 일본 총영사관에서 이동휘, 김규면, 김하구, 이강 4인을 체포하라는 명령이 떨어졌었다. 그들은 이미 떠나고 없는 동휘 대신 남아 있던 가족, 동휘의 아버지 이발과 부인 강정혜, 큰 사위 정창빈, 그리고 함께 있던 이강을 체포하였다. 정창빈은 장인의 독립운동을 돕기 위해 오랜 교직 생활을 접고 블라디보스토크로 이사와서 아내와 함께 사업을 시작하고 있었다. 어려서부터 효자로 이름났던 정창빈은 자기 집 바로 옆집을 구입하여 장인, 장모를 극진히 모시고 있었다. 다정다감한 정창빈은 늦게 맞이한 각시 인순을 자기 목숨보다 더 아끼고 사랑했으며, 존경하는 장인 동휘를 돕기 위해 연해주 일경을 불철주야 동분서주 뛰어다니고 있었다. 아버지가 떠나자마자 어머니와 남편까지 붙잡혀 가는 모습을 지켜보며 인순은 겁에 질려 울고 있는 어린 아들 광우를 껴안고 달래느라 사랑하는 남편의 손도 제대로 잡아보지 못하고 황망히 떠나보냈다.

그 같은 일이 일어난 줄도 모르는 동휘는 9월 18일 마침내 국제도시 상하이에 도착했다. 오직 북간도와 노령 지방의 밤이슬과 새벽서리를 밟으며 무장독립운동에만 매진하던 동휘는 시가(cigar) 연기와 퍼퓸(perfume) 냄새로 물든 도시, 국제 정치와 외교의 화려함 속에서 온갖 퇴폐적 향락과 배신과 밀정의 미소가 들끓는 인육의 도가니 상하이에 첫발을 내딛었다. 상하이는 그 커다랗고 음흉한 범아가리를 마음껏 벌리고 동휘를 한입에 삼켰다가 내뱉을 준비를 하고 차분히 기다리고 있었다.

45

"성재 장군, 상해 입성을 축하하오."
"리동휘 선생! 상해에 오심을 진심으로 환영하오이다."

이동휘의 상하이 도착 후, 상해임정 측에서는 대대적인 환영 행사를 벌였다. 한성 임시정부에 대해서는 법통성이 부족하고 연해주 임시정부에 비해서는 백성들이 부족하던 상해임시정부는 동휘의 국무총리 취임으로 명실공히 통합 임시정부의 간판이 되었다는 새로운 출발을 대내외적으로 과시할 수 있는 절호의 기회였던 것이다. 안창호 추종 세력의 사실상 기관지인 〈독립신문〉에서는 동휘의 상하이 도착 소식을 대서특필하고 그의 약력과 과거 진위대 대장 시절의 여러 가지 유명한 일화까지 소개하며 방문객 접견 및 동정기사를 게재하는 등 연일 환영 분위기를 한껏 띄우고 있었다. 동휘의 숙소에는 안창호의 측근뿐 아니라 장건상, 이춘숙, 남형우 등 동휘를 반대하던 기호파 인사들까지 줄을 이어 방문하여 인사를 하였다. 동휘는 예상을 뛰어넘는 환대에 처음에는 조금 어리둥절하였지만, 곧 그 이유를 알게 되었다.

연해주의 국민의회와 상해임정을 동시에 해산하고 한성 임시정부를 승인 봉대하자고 한 약속은 깨어졌다. 통합 의정원을 재구성하기는커녕 상해 임시 의정원에서 독자적으로 자신들의 헌법을 개조하여 대통령제로 만든 후 이승만을 대통령으로 선출해 놓고 있었던 것을 동휘는 뒤늦게 알게 되었다. 심지어 처음에는 동휘를 상해임정의 군무 총장으로 그대로 둔 채로 맞이하려고 한 사실까지 알게 되었다.

"도산 대체 어찌 된 일이오? 설명을 좀 해 보시오. 나는 도산을 믿고 예까지 내려왔는데, 그럼 현순 목사를 통해 연해주에서 한 약조는 처음부터 거짓이었소?"

동휘는 얼굴을 붉히며 임정 국무원 국무총리 대행 사무실로 쳐들어갔다.

"성재! 잠시 진정하시고 내 말을 들어 보시오. 자 먼저 자리에 앉으시오. 무조건 우리가 힘을 합쳐야 합니다."

안창호는 기다렸다는 듯이 중국 차를 따라주며 동휘의 흥분을 가라앉혔다.

"지금은 국제 사회에 림정의 외교력을 총결집해야 할 때요. 리승만을 대통령으로 추대하고 우리가 도와야 독립을 쟁취할 수 있지 않겠소? 그가 대통령이 되어야 외교력을 발휘할 수 있다고 고집하는데 어찌하겠소? 민족의 장래를 크게 내다보고 성재 장군이 혜량하시오."

"도산! 이는 나 한 사람이 동의해서 될 문제가 아님을 왜 모르시오?"

동휘는 연해주에서 국민의회를 해산하게 만든 자신이 책임지고 지켜야 할 약속의 문제였기 때문에 그 사실을 쉽게 받아들일 수 없었다.

"성재, 지금 상해에 몰려든 인사들 중에는 기호 출신들이 다수요. 우리가 내년도에 열릴 와싱턴 국제 군축 회의에서 외교로 미국의 지원을 받아 일제로부터 독립을 쟁취하려면 리박사의 역할이 반드시 필요한데, 리박사를 밀고 있는 기호인들의 의견을 무시할 수 없다오. 그래서 절충안을 낸 것이니 이 아우의 고충 또한 이해해 주시오. 우리 서북인들이 통 큰 마음으로 양보합시다."

"와싱턴 군축 회의에서 정말 우리나라 독립 문제가 제출될 가능성이 있소? 나는 믿지 않소."

"이제 우리가 기대를 걸 것은 그것뿐이오. 그래서 우사 김규식이 와싱턴으로 달려간 것 아니오. 우리가 힘을 합해 최선을 다해야 하지 않겠소?"

"어찌 그 한 가지에 매달린단 말이오. 림시정부가 전력을 다해 추구해야 할 것은 무장독립전쟁을 위해 독립군을 재정비하는 것이오."

"좋소. 그것도 함께 추진합시다. 일단 속히 통합 림정이 출범하고 국정을 안정시키는 것이 급선무니 성재께서 이 자리에 빨리 취임하시오. 통합정부가 출범하면 이 아우는 노동국 총판이라는 가장 낮은 국무위원으로 내려갈 것이오. 오직 우리가 자리에 연연함이 아니라, 나라를 먼저 생각함이 아니겠소?"

평소에 깊이 신뢰하고 있던 도산 안창호의 설득에 동휘는 마음이 더 복잡해졌다.

안창호가 연해주에 특사를 보내 국민의회를 해산하게 하고 이동휘를 데려오는 한편, 상해 의정원을 유지하며 헌법 개조를 시도한 것은 그야 말로 노련한 정치적 술수였다. 상해임정 측에서는 자신들이 주도권을 장악하기 위해서는 한성 임정을 승인하여 통합된 새로운 의정원을 구성 하기보다는, 상해의 임시 의정원에서 이승만을 대통령으로 선출하기 위 한 임시 헌장 개조 작업을 통해 이동휘 등의 연해주 세력을 흡수하는 것 이 더 유리하다는 것을 잘 알고 있었다. 처음부터 기호파 인사들은 상해 임정을 내려놓을 추호의 생각도 없었다. 현실적으로 연해주의 국민의회 와 한성 임시정부 인사들을 포함한 통합 임시정부의 명분이 필요했기 때문에 안창호의 제안을 따라갔을 뿐이었다.

"성재, 이게 말이 되는 게요? 어찌 이들이 이렇게 우리를 우롱할 수 있단 말이오?"

아니나 다를까 교통 총장으로 부임하기 위해 상하이로 뒤따라 내려 온 문창범이 동휘를 만나자마자 펄펄 뛰며 화를 내었다. 그렇지 않아도 자신이 힘겹게 만들어놓은 국민의회가 동휘의 말 한마디에 춘풍에 눈 녹듯이 사라져버리자 허탈감에 빠져있던 문창범은 동휘를 향해 독화살 을 쏟아붓기 시작했다.

"창범이 잠시만 기다립세. 내가 어찌하든 그들이 한성 정부를 승인하 도록 만들어 봄세."

이리하여 통합 임시정부는 시작도 하기 전에 상해임정의 개조냐, 한 성 정부의 승인이냐를 두고 날 선 공방을 펼치기 시작했다. 동휘는 양손 에 방패를 들고 칼과 활을 막아야 하는 입장에 놓이게 되었다. 게다가 이승만이 미국을 통해 국제 연맹에 신탁 통치안을 제출한 사실이 알려지자 문제는 더욱 복잡해졌다. 신채호는 펄쩍펄쩍 뛰면서 이승만을 향해 독설을 퍼부었다.

"리완용이는 있는 나라를 팔아먹었으나, 리승만은 빼앗겨서 없는 나라를 팔아먹은 더 기막힌 매국노요. 그런 자가 어찌 우리 지도자가 된단 말이오?"

동휘 역시 더 이상 참을 수 없어 분통을 터뜨렸다.

"독립 정신이 결여된 이런 썩은 대가리 밑에서 어찌 내가 총리가 될 수 있단 말이오?"

이는 한편으로는 문창범을 비롯한 국민의회 측 사람들을 달래기 위함이기도 했다. 실제로 외무 총장으로 선임된 박용만과 참모부 총장 류동열 역시 이승만을 반대하며 취임을 거부하고 있었다. 박용만은 한성 감옥에서 만난 정순만과 함께 3만이라 불리며 이승만과 옥중 우애를 다진 일이 있었고, 한일 병탄 후 이승만을 하와이로 초청한 장본인이기도 했다. 그러나 무장독립 투쟁을 주장한 박용만과 외교 독립을 주장한 이승만 사이에 간격이 벌어지다가, 거꾸로 이승만에 의해 하와이 교포 사회에서 박용만이 만들어 놓았던 기반을 다 빼앗기고 자신이 축출된 후 두 사람은 돌이킬 수 없는 정적이 되어 있었다. 결국 이승만의 위임통치안과 대통령제 개헌에 반대하여 신채호, 이회영, 박용만은 상해임정을 떠나버렸고, 베이징에 거주하며 독자적인 활동을 개시하게 되었다. 이 같은 상황에서 마지막까지 문창범을 달래고 설득하려다가 실패한 동휘는 결국 중대한 결정의 기로에 놓이게 되었다.

"성재 장군, 여기까지 내려왔는데 빈손으로 다시 연해주로 돌아갈 수는 없소이다. 장군의 위신이 어떻게 되겠소이까? 그냥 개조된 상해림정의 국무총리로 취임하도록 합시다."

사태를 지켜보던 동휘의 책사 김립이 나서서 동휘를 설득하기 시작했다.

"어차피 문창범과 박용만은 마음을 돌이킬 가능성이 없으니, 여기서 일단 상해 측에 양보하고 림시정부를 수습하는 것이 옳겠소이다."

국무총리 취임이 미루어지면서 상해임정 내부에서도 불만의 목소리가 고조되고 있음을 의식한 김립은 쌍방을 오가며 중간에서 동휘의 대변인 역할까지 하고 있었다. 이광수와 주요한이 발간하는 〈독립신문〉에서는 이동휘 씨가 이승만과의 권력 다툼으로 국무총리 취임을 연기함으로 임시정부의 혼란을 야기하고 있다는 논조의 기사를 내보내고 있었다. 김립은 동분서주하며 동휘를 변호하기 바빴다.

"리동휘 선생의 국무총리 불취임은 그런 개인적 사유가 아니라 상해와 연해주 전체 인민의 통합을 위해 쌍방의 원만한 합의를 도출하기 위함이오. 잠시만 더 기다리기 바라오."

김립의 중재에 힘입어 10월 28일, 동휘는 각부 총장에 취임하기 위해 상하이에 내려와 있던 이동녕, 이시영, 신규식 등과 함께 안창호의 사무실에서 승인 개조 분쟁을 마무리하기 위한 첫 회합을 가졌다. 그리고 마침내 국민의회 측의 불신임과 불참에도 불구하고 1919년 11월 3일 국무총리 이동휘, 내무 총장 이동녕, 법무 총장 신규식, 재무 총장 이시영, 노동국 총판 안창호의 취임식을 거행함으로써 개조된 통합 대한민국 상해임시정부가 출범하였다. 며칠 후, 김립 역시 개조된 상해임정의 국무원 비서장에 취임하면서 상해임정의 공식 기관지 〈공보〉의 편집장을 겸하게 되었다. 따라서 국민의회 측과의 통합 임시정부를 만들려던 당초의 계획은 무산되었고, 이동휘와 김립이 주도하는 한인사회당과의 통합 정부로서 만족할 수밖에 없었던 것이다. 동휘는 이를 두고 행여 오해를 할 수도 있을 연해주와 북간도의 자신의 오랜 동지들에게 장문의 편지를 보내어 자신의 진심 어린 고충에 대한 이해를 구하였다. '승인'의 명분을 버리고 '개조'의 현실을 취한 것이 결코 개인의 양심에 반한 것이 아니라, 오히려 자신의 주장을 굽히고 오직 나라를 구하려는 충정심 때문임을 강조했던 것이다.

"…나는 2천만을 피아(彼我)의 구분 없이 양심에 따라 생각하며 그 양심의 고통을 참아 마침내 동지 간의 편견에 서는 것을 거부하였습니다. 금일 나는 그 같은 인내심으로 로령 측의 주장만을 고집하여 상해 당국 제군과 정쟁(政爭)을 일으키는 것을 막으려 한 것입니다. 오직 한 가지로 광복만을 목적으로 하기에 '승인'을 주장함이 성공이거나 '개조'를 주장함이 실패라 여김이 아니요, 그러므로 우리 동지들 간의 의견 충돌에서 양보하는 리동휘가 될지언정 나의 의견을 극단적으로 주장함으로 대국적인 판을 깨는 리동휘가 될 수는 더욱 없기 때문입니다…."

동휘의 이 같은 고심 어린 결정에도 불구하고, 이는 장차 전개될 상해임정 내부의 좌우 대립뿐 아니라 함께 무장독립운동을 하던 북간도와 연해주의 독립운동 세력들 간에도 동휘를 따르는 자들과 배척하는 자들로 크게 나뉘게 되는 결과를 가져왔다. 오랜 세월을 독립운동에 혼신의 힘을 바쳐 온 간도와 연해주의 해외 동포들에게는 이것이 상하이 기호파들에게 쉽게 독립운동의 주도권을 내어 준 배신의 결과로 여겨질 수 있었던 것이다. 결국 오랜 세월 북방의 무장독립운동을 주도하며 존경과 기대를 한 몸에 모았던 동휘는 자신의 지지 기반의 절반을 잃게 되는 안타까운 상황을 맞이하게 되었다.

정치가

그가 상하이에 내려온 것이 과연 잘한 결정이었던가? 역사는 가정을 허락하지 않는다. 그러나 아쉬움은 남는다. 그 당시 백위파의 수중에서, 일촉즉발 체포의 위험 속에서 숨어다녀야만 했던 동휘의 입장에서 상하이행을 하루만 지체했더라도, 또다시 일제에 의해 감옥에 갇혀 혹독한 고문과 목숨의 위협에 처해야만 했던 것도 사실이었다. 그러나 동휘가 블라디보스토크로 떠나가고 난 후 얼마 되지 않아 연해주는 해방을 맞이하였고 동휘를 적극 지지하던 볼셰비키의 지배하에 떨어졌다. 일제와 제정 러시아와 중국 당국에 의해 끝없이 쫓기며 독립운동을 해야 했던 그가 비로소 볼셰비키와 연합하여 처음으로 본격적인 무장독립 투쟁의 중심에 설 수 있었던 기회를 놓쳤던 것이다. 어차피 동휘에게 사상적인 연합은 독립을 위한 수단에 불과한 것이었기에 큰 문제가 되지 않았다.

그러나 운명의 여신은 동휘를 더욱 거센 궁지로 몰아가고 있었다. 상해임정 참여를 결정한 직후 11월 22일, 블라디보스토크의 애국부인회 활동을 활발히 전개하고 있던 큰딸 인순이와 눈에 넣어도 아프지 않을 만큼 동휘가 품에서 애틋하게 품었던 손자 광우가 그 당시 유행하던 장티부스에 걸려 사망하였다. 의지하던 아버지와 남편이 갑자기 사라진 이후 홀로 아이를 키우며 외로움에 시달리던 인순의 약해진 심신에 병독이 침투하였고 그것을 견뎌내지 못했던 것이다. 그리고 얼마 후 일제에 체포되어 온갖 고문의 수모를 겪고 집으로 돌아온 정창빈은 그 끔찍한 현실을 목도하고 자신이 그토록 사랑하던 아내와 아이를 지켜내지 못했다는 자괴감과 절망감 속에서 음독자살하고 말았다.

"인순아, 아가, 우리 딸 인순아!"
김립을 통해 블라디보스토크에서 전해진 비보를 듣고 동휘는 석고상처럼 굳어져 임정 국무총리 집무실에 앉아 있었다. 모든 이가 물러간 이후, 창문 너머 보이던 프랑스 조계지의 화려한 밤거리 등불마저 다 꺼져 버린 칠흑의 시간에, 동휘의 입에서 옅은 신음 소리가 새어 나오기 시작하였고, 마침내 꺽꺽대며 그의 내장이 식도를 타고 솟구쳐 올라오는 분노와 절망과 고통의 사자 울음소리가 터져 나왔다.

"하나님, 당신이 내게 어찌 이럴 수가 있소이까? 당신은 지금 어디 있소이까? 당신이 계시기나 한 것이오? 난 이제 당신을 못 믿겠소. 광우야, 인순아, 이 아비가 잘못했다. 아가! 할애비가 미안하다."

46

동휘가 통합 상해임시정부의 국무총리로 취임한 파급력은 대단히 컸다. 비록 한인사회당만의 반쪽 참여로 이루어진 통합 정부였지만, 동휘의 영향력으로 인해 1919년 말 "통합"상해임정을 지지하고 그 명령에 복종하겠다고 선언한 중국과 러시아 및 국내의 단체가 45개에 달하였다. 특히 동휘의 오랜 지지 기반이었던 북간도와 연해주에서는 '임시정부 응원회'를 조직하여 적극 지원 의사를 밝혔다.

반면에 취임을 거부하고 떠난 국민의회의 문창범은 처음부터 이승만과 대적하여 상해임정을 반대하던 박용만, 신채호 등의 인사들을 만나 연합 전선을 모의하기 시작했다. 연해주에서 철혈광복단 우파를 규합하여 국민의회 재기를 시도하던 김하석이 가세하면서 약속을 저버린 상해임정 세력과 그에 동조한 동휘의 한인사회당을 한꺼번에 규탄하기 시작했다. 상해임정은 약속을 깨뜨린 부적법한 단체이며, 오랜 세월 함께 동고동락하던 동지들에 대한 신의를 저버리고 동휘와 김립이 그 같은 상해임정에 취임하였다고 성토한 것이다. 그것은 후일 위기에 처한 상해임정을 해산하고 새로운 임정을 구성해야 한다는 '창조파'의 태동을 의미했다. 또한 함께 무장독립운동을 추구하던 사회주의 진영이 동휘를 중심으로 한 '상해파 고려 공산당'과 그에 반하는 '이르쿠츠크파 고려 공산당'으로 나뉘는 결과를 가져왔다.

그 같은 어려움 속에서도 동휘의 취임에 힘입은 상해임정은 활발하게 활동을 재개하였다. 1920년 1월 31일 시베리아의 백위파 정부가 붕괴하고 블라디보스토크에서도 볼셰비키 혁명 정부가 들어서면서 좌우 양쪽을 오가던 원호인들도 이제는 사회주의로 선회하지 않을 수 없게 되었다. 이때를 기해 상해임정의 국무총리 동휘는 중국과 노령 사회 동포들에게 보내는 국무원 포고 제1호(1920.2.5)를 선언 발표했다.

"림시정부는 대한민국의 주권이 행사되는 최고기관이며, 동시에 독립운동의 모의, 계획, 명령의 중앙기관이다. 대한의 독립을 바라는 사람이라면 림시정부에 복종하여 이를 옹호할 것이다."

그러자 상해임정을 반대하던 노령 사회의 국민의회 재건파 내에서도 일부가 임정 찬성 쪽으로 의견들이 기울어지기 시작했다. 3·1 독립선언 1주기를 기해 상해임정은 노령 총판부를 설립하여 노령 사회 독립운동의 오랜 대부 최재형을 총판으로, 김치보를 부총판으로, 김규면을 재무관으로 임명하는 등 지방 정부를 수립하였다. 또한 동휘는 상해임정과 각 지방을 오가는 연락 책임을 위해 안정근과 이탁을 북간도 파견원으로, 계봉우를 서간도 파송원으로, 이용과 안태국을 노령의 특파원으로 임명하면서 조직을 강화해 나갔다.

아울러 동휘의 국무총리 취임과 함께 달라진 상해임정의 분위기는 이제 독립전쟁론이 임정의 기본 전략으로 자리를 잡게 했다. 통합 정부 출범의 산파 역할을 한 안창호가 1920년 임시 의정원 신년축하회 자리에서 임정이 추진해야 할 여섯 가지 주요 문제에 관한 연설을 하면서 군사 문제를 외교, 교육, 사법, 재정, 통일보다 먼저 거론하였던 것을 보아도 알 수 있다.

"이제 우리 림정에서는 독립전쟁 수행을 위해 그동안 북간도와 로령의 험지를 오가며 오랜 세월을 몸 바쳐 일제와 싸워온 리동휘 총리의 명령에 절대 복종해야만 할 것이오."

상해임정은 '독립전쟁에 반대하는 자는 독립에 반대하는 자임'을 천명하는 포고문을 반포하는 한편, 〈독립신문〉 사설을 통해서도 빈번히 독립전쟁의 중요성을 거론하였다. 3·1절 1주기 기념식이 끝난 직후, 3월 2일 첫 임시 의정원에서 동휘는 독립전쟁을 준비하기 위한 3개 시정 방침을 제시하였다.

"우리 림시정부는 독립전쟁을 대대적으로 개시하기 위해 군사 지식을 양성하고 의용병을 모집하며 제도를 정비할 것임을 밝히는 바이오."

이로 인해 그해 말 상해임정은 육군 임시 군제와 육군무관학교 조례를 정비하기에 이르렀다.

*

그러나 통합 임시정부 출범 이후 동휘가 맞닥뜨려야 했던 첫 번째 장애물은 대통령 이승만과 국무원 사이에서 발생한 갈등이었다. 상해임정

정치가

은 헌법의 개조를 통해 공식적으로 이승만이 대통령에 선출되었음을 통지하였고, 이승만 역시 감사의 답전과 함께 11월 9일 통합 임정의 출범을 축하하는 전보를 보내왔다. 그러나 문제는 그때부터 시작되었다.

이승만은 그 이후에도 여전히 대통령이라는 호칭과 집정관 총재라는 두 가지 호칭을 혼용하여 사용하고 있었다. 그것은 자신의 입지를 상해임정 위에 올리려는 이승만의 미리 계산된 교묘하고도 노련한 처신이었다. 자신은 엄연히 13개 도 대표가 선출한 집정관 총재로서 그것은 번역하면 대통령이니, 상해임정이 자신을 대통령으로 다시 뽑은 것은 그저 고마운 일일 뿐 바뀐 것은 아무것도 없다는 뜻이었다. 상해임정이 선출한 대통령으로서만 활동하면 임정의 여러 가지 결정에 따라야 하지만 자신은 더 법통성이 우위에 있는 한성 임시정부가 선출한 집정관 총재 즉 대통령이기에 독자적 행보가 가능하며 구미 위원부가 곧 그 임시정부 사무실이 되는 셈이었다. 이승만은 보기에 따라서는 미국의 구미위원부가 대통령이 집무하는 임시정부 본부이고 상해임정은 그를 보좌하는 원동부 지방 정부 사무실 정도로 여길 수도 있다는 태도였다. 최소한 이승만에게 구미 위원부는 상해임정과 대등한 관계에 있는 임시정부였던 것이다. 그러하기에 이승만은 '미주의 일은 내가 알아서 할 터이니 관계하지 말고, 원동에서의 일은 중대한 일만 자신과 의논하고 나머지는 국무총리를 중심으로 알아서 처리하시오.'라는 전언을 했던 것이다. 이는 이승만의 대통령 호칭 문제를 해결하기 위해 노령 정부 즉 국민의회와의 약속까지 깨뜨리며 헌법 개조 작업을 단행했던 상해임정 측으로서는 도저히 받아들일 수 없는 일이었다.

이승만이 일으킨 두 번째 문제는 금전적인 문제였다. 3·1 독립선언

당시에 국민회 중앙 총회장 안창호를 중심으로 동포 사회에서 독립운동을 지원하기 위해 활발히 모금되어 상해임시정부의 재정을 충당해 오던 것이 애국금이었다. 그러나 이승만이 구미 위원부를 조직하며 마침 파리에서 건너온 김규식을 구미 위원부 위원장으로 앉히면서 애국금 제도를 폐지하고 국가 공채를 발행하였던 것이다. 이는 상하이로 건너가던 독립 자금줄을 막고 공채 발행의 주도권을 장악하여 자금을 구미 위원부 경비로 쓰기 위한 전략이었다. 이 문제는 상해임정 입장에서는 도무지 묵과할 수 없는 일이라 애국금은 손대지 말고 공채를 발행하려거든 외국인만을 대상으로 하라고 주장했으나 이승만은 전혀 개의치 않았다.

결국 12월 12일 각부 총장과 차장들까지 동참한 국무원 정례 회의에서 이승만에 대한 결의문을 채택하여 보내게 되었다.

첫째, 상해임정 대통령으로서의 이승만은 상하이에 와서 취임할 때부터 주권을 행사할 수 있다. *둘째*, 워싱턴 구미 위원부는 대통령의 외교 활동 보좌 기관이므로 정부의 기능을 가질 수 없으므로 공채권 발행을 즉각 중단하라. *셋째*, 구미 위원부의 재정도 상해임정에서 파견하는 재무관이 전담할 것이다.

그러나 이승만은 이 결의에도 불구하고 여전히 집정관 총재의 이름으로 국무총리 이동휘에게 답신을 보내었고 그의 측근인 현순, 안현경과 편지를 주고받으며 고집을 꺾지 않았다. 이에 안창호와 이동휘를 비롯한 임시 의정원 내에서 큰 반발이 일어났고 헌법을 무시하는 대통령에 대하여 탄핵을 해야 한다는 주장이 젊은 차장들 사이에서 일어났다. 그 같은 분위기를 감지한 안현경과 현순이 긴급히 간곡한 만류 편지를 보냄으로 인해 겨우 상해임정의 대통령 호칭을 받아들이기에 이르렀다.

정치가

그러나 이는 이승만이 단순히 호칭 문제가 복잡하므로 잠시 양보한 것에 지나지 않았다. 그 이후에도 수시로 자신은 한성 임시정부의 법통성으로 선출된 대통령임을 강조하며, 1925년 탄핵을 당할 때까지 이 문제는 지속적으로 논쟁의 불씨를 일으켰다.

그러나 구미 위원부의 지위에 대한 입장과 애국금과 독립 공채에 관한 다툼은 안창호와 이승만 사이에서의 주도권 다툼으로 더 크게 비화되었다. 그로 인해 처음에는 이승만을 돕던 김규식과도 갈등을 일으켰고, 구미 위원부 내에서도 불화를 자초하여 그동안 독립운동 자금줄이었던 애국금과 하와이에서의 후원금도 다 막히는 상황에 이르게 되었다. 안창호의 방해로 공채 발행과 독립 자금의 모금이 다 막히게 되었다는 이승만의 주장에 대하여 결국 임시정부의 기호파 국무 위원인 이동녕, 이시영, 신규식 등이 12월 12일의 결의를 뒤집고 다수결로 이승만의 편을 들어줌으로 미주 구미 위원부는 결국 독자적인 재정 권한을 획득하게 되었다. 이는 팔이 안으로 굽는다는 속담을 입증하듯 조선시대의 오랜 기득권 세력이었던 기호파 노론의 재결집이요, 서북인 안창호의 세가 더 커지는 것을 거부하려는 움직임이기도 했다. 백범 김구의 예측이 적중했던 것이다.

이로 인해 통합 임시정부에서 비록 노동국 총판이라는 낮은 직급이었지만, 흥사단 단원들과 미주 국민회 중앙 총회의 재정 지원 및 서북인들과 이광수를 비롯한 〈독립신문〉 언론인들의 지원으로 그동안 임시정부의 재정과 정국을 이끌어왔던 안창호는 결정적 타격을 입게 되었다. 임정의 재무 총장 이시영은 안창호와 국민회 중앙 총회에서 발행하던 애국금 제도를 폐지하고 안창호와 각을 세우던 서재필을 구미 위원부 재무관으로 임명하였다. 궁극적으로 임정 내부에서 주도권을 장악하였던 안창호의 세력을 밀어내고 이승만을 받드는 기호파의 진영으로 물갈이를 했던 것이다.

이에 이동휘와 김립, 윤현진, 이규홍, 김철 등 젊은 차장들이 연합하여 대통령 이승만의 불신임과 탄핵을 추진하려 했으나 안창호는 그것에는 반대 입장을 보였다. 앞장서서 이승만을 대통령으로 선출했던 장본인인 안창호가 스스로 자신이 한 일을 부정할 수는 없는 노릇이었다. 이로써 결국 기호파의 후원에 힘입어 이승만이 원하던 모습으로 초기 임정은 자리를 잡게 되었다. 안창호는 자신이 세운 이승만과의 정치 게임에서 거꾸로 밀려났으며, 이승만의 탄핵에 반대하는 과정에서 이동휘와도 거리가 멀어지고 말았다. 동휘는 국무회의를 주관하는 총리였으나 기호파의 다수에 밀려 어떤 주장도 관철할 수 없었을 뿐 아니라, 믿었던 안창호까지 자신을 지지하지 않음을 보고 실망하여 상해임정에서 마음이 점차 멀어지게 되었다.

*

"어찌 왜놈들의 술수에 말려들어 몽양이 도일을 한단 말이오?"
일본 정부가 여운형을 도쿄로 초청하였다는 소식을 접하고 국무총리 이동휘는 불같은 호령을 토해냈다. 일제 밀정에 의해 체포를 당하기도 하였고, 온갖 고문 끝에 은사금과 고위 지위로 회유까지 당했던 동휘는 몽양 여운형이 일본놈들의 계략에 말려든 것이라 확신했다. 더구나 상하이에 부임하자마자 자신의 아내 강정혜와 큰사위 정창빈마저 체포당했다는 소식까지 밀려오자 동휘는 일제의 만행에 치밀어 오르는 분노를 금할 수 없었으며 치를 떨고 있었던 것이다. 밀정 배정자의 보고에 의해

정치가

일본 정부는 상해임정을 구성하는 데 주도적 역할을 한 인물이 여운형임을 파악하고 있었다. 게다가 3·1 거사 준비로 국내로 들어갔다가 체포된 장덕수를 고문하던 중, 신한청년당의 결성과 상해임시정부를 준비하는 과정에서 여운형을 중심으로 사람들이 모여들었다는 것을 다 알아내었던 것이다. 그런데 의외로 초기 임정 내각에서 여운형이 주류에서 밀려나 외무 차장에 임명되었을 뿐 아니라 그마저도 마다하고 바깥으로 돌고 있다는 사실 또한 알아차렸다. 독립운동 세력을 끊임없이 이간질하여 약화시켜왔던 일제는 이를 절호의 기회로 파악하였다. 이는 필시 여운형이 정치 다툼에서 밀려난 것이니 임정에 대해 많은 불만을 가지고 있으리라 판단하여 회유책으로 유인할 음모를 세운 것이다. 임시정부의 직책을 사임하는 조건으로 일본 정부가 그를 국빈 초청하였다는 소식이 전해지자 임정은 발칵 뒤집혔다. 평상시 여운형이 상하이에서 알고 지내던 일본인 목사 후지타를 통해 상하이 한인 교회 전도사로 활동하던 여운형을 접촉했던 것이다.

일제의 계략은 처음엔 적중했다. 임정의 외무 차장 여운형을 국빈 초청한 그 자체가 임정에 대한 모독이었고 분열책이었던 것이다. 임정의 지도급 인사 이동휘와 안창호를 초청한 것도 아니고 그 당시만 해도 아직 명성이 나지 않았던 여운형을 높임으로써 자연스레 분란이 일어날 것을 일제는 간파하고 있었다. 이를 두고 이동휘와 신채호, 원세훈, 박용만을 비롯한 반 이승만 진영은 여운형이 일제에 매수되었다고 격렬히 비난하였으나, 이동녕, 이시영, 신규식의 기호파와 안창호, 이광수 등의 독립신문은 여운형의 도일을 지지하였다. 특히 이동휘는 국무총리 포고문 1호를 발표하면서 여운형을 일제에 매수된 첩자로 규정하였다. 이 사건은 이동휘를 지지하는 함경도, 강원도, 경상도 출신과 안창호를 지지하는 평안도, 황해도, 경기도, 충청도 출신의 동서 분열의 양상으로까지 나타나 독립운동 진영에 다시 한번 금을 가게 했다.

그러나 뜻밖에도 여운형은 특유의 배포와 담력으로 일본 내각을 쥐고 흔드는 쾌거를 보였다. 초청에 응할 때부터 자신이 3·1운동 준비를 위해 국내로 파견하였다가 일경에 검거되어 진도에 유배되어 있던 장덕수를 석방하여 통역관으로 동행하는 조건으로 현해탄을 건넜다. 상하이에서 떠난 여운형은 시모노세키와 나가사키를 거쳐 도쿄에 도착하여 대대적인 환영을 받았다. 그를 맞이하여 회유하려는 척식장관 코가 앞에서 당당히 한일 병탄의 부당성과 독립운동의 정당성을 밝혔다. 이어서 일본 정부의 육군 대장, 외무대신, 총독부 정무 총감, 체신대신 그리고 마침내 하라 수상에 이르기까지 전 각료를 차례로 만났으며 여운형을 귀순시키려는 그들의 회유와 협박을 다 물리치고 국내외 외신기자들 500여 명 앞에서 장쾌한 연설을 함으로 일본 내각을 매우 난처한 입장으로 몰아넣었다. 계략은 결국 실패로 돌아갔다. 공연히 불령선인을 불러들여 국내외적 망신을 자초했다는 질책이 쏟아지면서 결국 그 일을 주도했던 하라 수상의 내각이 붕괴하는 결과까지 가져왔던 것이다. 이 사실이 알려지자 국내의 총독부 기관지 매일신보에서는 여운형의 불손한 발언을 맹비난하였으나, 상해임정에서는 여운형의 쾌거를 독립신문에 상세히 실었고 축하하는 분위기로 한껏 고무되었다.

"몽양 수고했소. 내가 몽양을 미처 몰랐소이다."
여운형이 돌아오자 국무총리 이동휘는 그의 공로를 인정하고 치하하며 국무원 포고 2호를 통해 여운형의 도일은 독립운동의 일환이었다고 정정하기에 이르렀다. 이 사건은 여운형을 임정을 뛰어넘는 국제적인

정치가

인물로 만들었을 뿐 아니라 국내외 독립운동 진영에서도 그를 지도급 거물로 인정하게 되는 계기를 만들었다.

*

"백범, 요즘 어찌 지내시오?"

2층 총리실을 나와 계단을 내려가 상해임정 당사 건물을 나가려던 국무총리 이동휘가 1층 출입구 근처에 있는 경무국장실로 들어갔다. 책상에 앉아 노트에 무엇인가 적고 있던 김구가 꿈쩍 놀라 엉거주춤 일어섰다. 책상 앞에는 블라디보스토크에서 이동녕과 함께 일하던 안정근이 앉아 있었다. 백범은 오래전 동학접주로 쫓겨 들어갔던 당시, 안중근의 아버지 안태훈의 보호를 받아 목숨을 구한 후 그 집의 식객으로 한동안 지낸 바가 있었다. 그 연고로 김구는 안중근의 동생 안정근과 가까이 지내고 있었다.

"총리께서 무슨 일로? 무슨 급한 사건이 벌어졌소이까?"

동휘는 껄껄 웃으며 손을 내저었다.

"아니오. 백범이 좋은 차를 가지고 있다는 소문도 있어서, 그냥 지나다가 차 한잔 얻어 마시려고 들렀소."

"아, 그러시면 이쪽에 앉으시지요. 제가 인차 차 한잔 올리겠소이다."

안정근은 두 사람의 대화를 위해 자리를 피해 방을 나갔다. 후일, 안정근의 딸 안미생은 김구의 장남 김인과 결혼하여 며느리가 되었고 해방 이후에도 김구 주석의 비서 역할을 감당했다.

"도산이 총리 대리를 할 때는 자주 총리실에 놀러 와 차도 함께 마시고 했다고 들었소만, 허허, 어찌 나와는 내외를 하시오? 가끔 총리실로 래방을 하시오. 상해 조계의 정세도 내 백범에게 듣고 싶기도 하고…."

백범은 투박한 손으로 룡정차 가루를 집어 청색 연꽃무늬가 그려진 중국 다기에 넣었다. 동휘의 말에 대꾸도 없이 묵묵히 화롯불 위에서 보글보글 끓고 있던 쭈그러진 양은 주전자를 들어 물을 부었다. 아직 실내 한기가 느껴지는 초봄이라 따스한 온기가 차 향기와 함께 피어올랐다.

"적은이의 의기와 투지는 전국에 알려질 만큼 용맹하여 도산이 경무국장으로 천거했다는 소식을 전해 들었소."

세 살 아래 김구를 동휘는 적은이라고 불렀다. 동휘가 전덕기 목사에게 불렸던 그 호칭은 사석에서 호형호제를 할 만한 사람 사이의 친근함을 나타내는 것이었다. 그러나 김구에게는 그 호칭이 귀에 거슬렸다.

"과찬이오. 나는 림정의 문지기로서 이곳에 들어오는 자들을 살펴서 밀정들을 색출하는 일에 충성할 뿐이외다."

짧게 대답을 하고 묵묵히 차를 마시며 김구는 동휘를 살펴보았다. 이 자가 무슨 일로 찾아왔을까 하는 의구심이 들어있는 경계의 눈빛이었다. 동휘 역시 백범의 눈빛에 약간의 적의가 서려 있는 것을 보고 그냥 일어설까 하다가 말문을 열었다. 썩 마음에 내키지는 않았지만 백범 김구를 수하에 넣어야 한다는 김립의 조언 때문에 일부러 찾아온 것이었다.

"허허, 충성이라, 내가 참 좋아하는 말이오. 적은이, 우리 날씨도 따뜻해 오는데 밖에 나가서 산책이나 함께 합시다."

"적은이도 알다시피 우리 민족의 독립을 위해서는 무장 투쟁이 필수적이라 북간도와 연해주의 많은 투사들이 그동안 독립군을 만들어 투쟁하여 왔소. 우리가 한인사회당을 만들어 로씨아 혁명에 성공한 볼셰비키와 련합하려고 하는 것도 무장독립운동을 성공시키기 위한 방편에 불과하오."

정치가

두 사람은 화려한 간판으로 수놓은 프랑스 조계지의 비좁은 골목을 이리저리 누비며 걸어갔다. 동휘는 차분히 김구에게 자신이 겪어온 삶을 요약하여 설명했다. 기호파와 서북파의 갈등을 봉합하려고 이상설 선생을 모시고 대한광복군정부를 만들었다가 실패한 이야기와 기호파 밀정에 의해 투옥되어 고생하다가 김알렉산드라의 도움으로 옥에서 나오게 된 이야기 등 파란만장했던 자신의 지난날들을 떠올리고 있었다. 쓰라의 안타까운 죽음을 이야기할 때, 덧없이 죽어간 큰딸 내외와 손자가 생각나서 목이 메어 잠시 말을 멈추었다. 햇빛이 얼룩얼룩 흔들리는 길가의 플라타너스 가로수 아래 노천 카페에는 찬바람에도 불구하고 커피와 맥주를 마시는 서양 연인들이 한낮의 여유를 즐기고 있었다.

"백범은 내년도 와싱턴 군축 회의에 어떤 기대를 하고 있소?"

"리승만 대통령과 김규식 선생이 최선을 다해 준비하고 있으니 좋은 결과가 있지 않겠소이까?"

"그렇지 않소. 제국주의의 회의에는 우리는 들어갈 수 없소. 헤이그에서 그리하였고 파리에서도 마찬가지가 아니었소? 그들은 그들만의 목표가 있을 뿐이오."

"허나 미국의 윌슨 대통령은 새로운 사상을 발표하지 않았소? 그래서 우리가 온 힘을 다해 만세를 부른 것 아니오?"

"윌슨이 비록 그 같은 생각을 가졌을지라도 미국이라는 나라는 그것을 허용하지 않을 것이오. 벌써 미국 의회에서 윌슨이 제창한 국제 련맹에 미국이 가입하는 것이 부결되었다는 소식을 듣지 못했소? 제국주의는 맹수와 같아서 한번 문 먹잇감을 절대로 스스로 내놓지 않는 법이오."

김구는 할 말이 없는 듯 동휘의 말을 들으며 묵묵히 걷기만 했다.

"우리나라가 독립할 길은 그들과 맞서 싸울 수 있는 군사와 무기를 확보하여 전쟁을 치르는 길밖에는 없소. 그것이 그동안 내가 일제와 맞서 싸우면서 배운 것이오."

그들은 어느새 황푸 강가에 다다랐다. 누런 강물이 유유히 흐르고 있었다. 상류 각 지류에서 끌어모았던 혼탁한 세상 찌꺼기들을 한 아름 품에서 풀어내고 있는 듯, 탁류 황푸강은 말없이 흔들리고 있었다.

"적은이! 나를 도와 함께 독립전쟁을 치러 냅시다. 백범의 도움이 필요하오."

동휘의 갑작스러운 제안에 김구는 적잖이 놀라고 당황했다. 그 말을 꺼내기 위해 여기까지 자신을 데리고 온 것을 깨달았다. 동휘는 강가에 서서 팔짱을 끼고 김구를 주시했다. 특유의 카이저수염이 강바람에 가늘게 흔들리고 있었다.

"우리가 힘을 합해 공산 혁명을 합시다. 무능하고 부패한 양반 계급을 없애고 노동자와 농민이 평등하게 잘 살 수 있는 사회를 만들어 갑시다. 그를 위해 내가 연해주에서 상해까지 내려온 것이오."

"그 공산 혁명이라는 것이 외부 간섭 없이 우리 민족끼리 할 수 있는 일이오?"

"지금 로씨아의 레닌 동지를 중심으로 코민테른 국제 공산당 운동이 활발히 일어나고 있소이다. 우리는 그들의 도움이 필요하오. 우리가 독립을 하는 데 도움을 줄 나라는 제국주의와 맞서 싸우고 있는 국제 공산당밖에는 없소. 그동안 우리가 겪었듯이 영국이나 프랑스, 미국 같은 제국주의자들은 결국은 일본 편이오. 힘 없는 노동자 농민들이 힘을 합해야 봉건 양반 귀족들을 몰아내고 진정한 민주공화국을 만들 수 있소. 그래서 우리가 힘을 합해야 한다는 뜻이오."

김구는 오래전 조선조 양반 계급의 횡포에 분을 느껴 노동자 농민들과 함께 동학으로 들고 일어났던 때가 떠올랐다. 동학접주로 해주에서 전투를 벌이다가 패하였고 홍역까지 걸려 죽게 되었을 때 그를 거두어 준 것은 안중근의 부친 진사 안태훈이었다. 양반 계급과 맞서 싸우던 김창수가 양반댁의 식솔이 되어 목숨을 건졌던 것이다. 그 시절 김창수는 아랫사람에게도 예를 갖추어 대하는 양반 안태훈의 학식과 인격에 큰 감흥을 얻었다. 양반에 대한 인식도 그 시절 바뀌었다. 그 이후 인천 감옥에서 사형수가 되었다가 가까스로 목숨을 건진 김창수는 감리교인이 되어 엡윗 청년회를 섬기면서 미국 선교사들과도 접촉하였다. 그가 만났던 양기탁, 이동녕, 이회영 등의 양반들은 김창수가 따라갈 수 없는 학식과 경륜을 지니고 있었기에 창수를 항상 열등 의식에 빠지게 했다. 이름을 바꾸고 상하이로 들어온 김구는 안창호를 통해 임시정부의 경무국장이 된 이후 기호파 총장들이 세운 대통령 이승만에게 충성을 다했다. 미국에서 박사까지 받은 이승만이야말로 우리 민족의 영도자가 되기에 부족함이 없는 사람이라고 판단했다. 그에 비해 중인 계급 출신 이동휘는 그의 눈에 무식한 군인에 불과했다. 최근 임시정부 국무원에서 이동휘를 중심으로 이승만을 탄핵하려는 소장파 차장들의 움직임이 있다는 소식을 듣고 분개하던 차였다. 김구의 얼굴에서 점차 불쾌한 표정이 번져 가기 시작하더니 한참 만에 입을 열었다.

　　"나는 공산주의자와는 결코 합작하지 않소이다."
　　"무슨 말을 그리하오? 공산주의가 중요한 게 아니고 우리나라의 독립이 더 중요한 것이오. 공산주의는 우리를 지배하는 제국주의를 타도하기 위한 수단에 불과하오."
　　"국제 공산당의 지도를 받는 혁명이라면 또 다른 외세에게 짓밟히는 것 아니오? 어찌 대한민국 정부의 국무총리께서 그 같은 생각을 하고 있단 말이오이까? 만일 총리께서 그런 생각을 버리지 않는다면 나는 총리의 지시를 더 이상 따를 수 없소."

김구의 강경한 어조와 태도에 흠칫 놀란 동휘는 한 발짝 뒤로 물러섰다. 동휘도 몹시 기분이 상했다.

"좌우 합작으로 세워진 우리 림시정부에서 합작을 못 하겠다면 나라를 둘로 쪼개겠다는 뜻이오?"

"나라가 아니라 내 몸이 둘로 쪼개져도 그리 못합니다."

"헛허, 정승도 제 싫으면 할 수 없는 법, 알았소이다."

카이저수염을 한번 쓰다듬고 동휘가 뒤돌아섰다. 공연히 김립이 이 작자에게 약점만 잡힐 이야기를 하게 한 것 같아 동휘는 마음이 상했다. 몇 걸음 성큼성큼 걸어가던 동휘가 갑자기 다시 고개를 돌려세우며 김구에게 물었다.

"그런데 말이오. 적은이가 자주 이야기하던 거이 있쟎소? 사형 집행 직전 황제께서 인천 감옥에 전화를 걸어 사형을 면하게 했다는 것 말이오. 내 알기로 전화가 개통된 것은 을미사변이 있고 몇 년이나 지나서리 황제가 아관에서 돌아오신 이후인데, 어째 말이 아이 되지 않소?"

47

"총리 동지, 모스크바에서 도착한 박진순 동지로부터 우리 한인사회당이 국제 공산당에 가입하였다는 기쁜 소식이 당도했소이다. 소비에트 정부가 공식적으로 이 사실을 성명서로 밝혔다 하오. 이제 우리가 국제 공산당의 정식 도움을 받을 수 있게 되었소."

정치가

국무원 비서장 김립이 상기된 얼굴을 하고 총리실로 뛰어 들어왔다. 그 사실은 국제적인 뉴스가 되어 중국 신문 〈원동보〉에 실렸고, 한인들을 크게 고무시켰다.

"그게 사실이오? 정말 잘된 일이외다. 그래 박진순 동무는 지금 어디에 있소? "

"레닌 50회 생일 잔치에 참석한 후에 우리 한인사회당이 국제 공산당으로부터 독립 자금 차관을 얻어내기 위해 공작을 펼치고 있다 하오이다."

"함께 떠난 박애와 리한영 동무는 어찌 되었소? "

"백위파가 장악한 시베리아를 어렵사리 통과하다가 장질부사에 걸렸다 합니다. 몸이 축나서 옴스크에 있는 리인섭 동무가 돌봐주고 있다 하오이다."

"고생들이 많구려. 고생한 보람이 있어야 할 터인데."

"그렇소이다. 장군! 어찌하든지 이번에 우리가 국제 공산당으로부터 독립 자금을 얻어내어 신무기를 사들여야 합니다."

"혁명 동지 쑤라의 명성이 이미 모스크바에까지 널리 알려진 바 있고, 원동 소비에트 공화국의 크라스노체코프 동지가 우리 한인사회당을 적극 후원하고 있으니 반드시 차관에 성공할 것이오. 정 안되면 내가 직접 모스크바로 가서 레닌 동지에게 청을 하겠소."

"아닙니다. 어려운 시기에 총리께서 림정을 비울 수는 없으니 특사를 보냅시다."

"특사라… 일세 그럼 누구를 보내면 좋겠소? "

"한형권 동지가 가장 적격입니다. 우리 한인사회당의 가장 믿을 만한 중핵일 뿐 아니라 로씨아어에도 능통한 인물이고, 얼마 전 상해로 내려온 포타포프 장군을 만나서 이 일을 이미 의논했다고 합니다."

"포타포프라면 한성 로씨아 공사관에 근무하던 무관 아니오? 나도 잘 아는 인물이오. 2월 혁명에서 큰 공을 세웠다고 들었소만."

"그가 우리를 돕고 있소이다. 그러나 차관에 성공하려면 한형권이 림정 총리의 밀서를 가지고 우리 림시정부의 대표로 가는 것이 더 좋을 듯하다는 것이 포타포프의 조언이라고 합니다. 그러니 총리께서 국무원회의를 속히 열어서 승인을 얻어주시오."

그때 총리실 문이 벌컥 열리면서 계봉우가 신문을 들고 뛰어 들어왔다.

"성재 장군, 이 보시오. 우리 철혈광복단 동무들이 룡정에서 왜놈 은행 수송 마차를 습격하여 운반하던 15만 원의 거금을 탈취했다는 소식이 전해졌소."

세 사람은 한꺼번에 고개를 숙여 계봉우가 펼쳐 보이는 독립신문 기사 안으로 빨려 들어갔다.

'본 월 4일 회령에 있는 일본우편소에서 우편물을 간도 룡정촌으로 보내는 동시에 회령 조선은행지점에서 룡정촌의 은행출장소에 현금을 송달하는 도중에 동일 오후 6시경에 룡정촌을 거하기 약 20리 되는 곳에서 모를 한인 10여 명이 총기를 가지고 이 일행을 포위 공격하여 왜 순경 1명을 사살하고 우편 행리 4개 외 현금 전부를 탈취하였다. 은행원 1명도 행방불명이요, 은행원 1명은 룡정촌으로 급히 가야 이 급보를 왜경찰서에 통지하여 왜경은 즉시 탐사선을 정하여 활동 중이라 하며 조선은행의 피해액은 15만 원이 더 되며 동행하던 한인 1명도 총상을 입었다 한다. (1920년 1월 17일)'

"참 듣던 중 낭보요. 장하고 장하오. 일세는 이 일을 알고 있었소?"

정치가

동휘가 흥분하여 김립을 쳐다보았다.

"사실은 극비리에 이 일을 추진하고 있었습니다. 나중에 실패할 경우를 대비하여 총리께 부담을 드리지 않으려고 일부러 말씀을 드리지 않았습니다. 작전이 성공했다니 참 다행입니다."

철혈광복단을 만드는 데 결정적 역할을 했던 김립은 여전히 길동기독학당 제자였던 전일과 그 지하 조직과 연결하여 비밀스러운 공작을 하고 있었던 것이다.

"그나저나 그 돈으로 속히 무기를 구입해야 할 터인데, 누구를 련결시켜야 하오?"

"북간도를 빠져나가 연해주로 들어갔으니 무기상과 련결할 수 있는 믿을 만한 사람을 알아보겠소이다."

"무기를 대량으로 구입하려면 극히 조심해야 하오."

*

러시아 소비에트 정부로부터 차관을 얻기 위한 대표 선발을 의제로 열린 국무원 회의에서 난상 토론과 설전이 오갔다. 이동녕, 이시영, 신규식의 기호파 총장들과 김구, 안창호까지 가세하여 차관을 얻으려면 미국으로부터 얻어야지, 왜 공산주의자에게 손을 내미느냐고 큰 소리들이 터져 나왔다.

"어허, 참 답답하오. 미국 같은 자본주의 국가에서 그것도 일본 제국주의와 같은 패거리인데, 우리가 독립전쟁을 위해 차관을 해 달라고 하면 가당키나 하겠소? 실리를 중시하는 그들이 콧방귀를 뀔 것이 뻔하지 않소? 우리를 동정하고 도와줄 수 있는 나라는 로씨아 혁명 정부밖에는 없다는 것을 왜 모르시오?"

"로씨아는 차르 시대에 진 빚조차 갚지 않겠다고 선언한 거렁뱅이 도둑놈들 아니오? 그런 나라의 돈을 빌려다가 우리의 신성한 독립운동에 어찌 쓴단 말이오? 정의롭고 잘사는 미국의 도움을 받아야 하오."

믿었던 안창호까지 함께 반대를 하자 동휘는 벌컥 화를 내었다.

"남의 나라를 힘으로 강탈하는 제국주의가 도둑놈들이오. 그래서 그 도둑놈의 정부를 무너뜨리려고 혁명을 일으킨 것 아니오? 약소국을 돕는 나라가 정의로운 것이지 말만 앞세우는 정의는 우리에게 아무짝에도 필요 없소. 리승만이 대통령이 된 이후 미국에서 들어오던 애국금조차 끊어진 마당에 무슨 수로 림정을 운영한단 말이오? 의결을 못 하겠다면 내가 총리 개인 자격으로라도 한형권 동무를 특사로 보낼 것이오."

동휘가 총리 직권으로 한형권을 보내겠다고 하자 이동녕이 헛기침을 하며 말했다.

"그렇다면 일본서 공을 세우고 돌아온 려운형을 함께 보냅시다."

"둘보다는 셋이 낫소. 안공근도 같이 보냅시다."

도산 안창호도 덧붙였다. 결국 각자 자기 계파에 속한 사람을 보내려는 것이었다.

"세 사람이나 보내면 그 려비는 어찌하려고 하오? 결국 동포들이 많이 사는 로령에서 려비를 얻어야 할 터인데 몽양은 로령 한인들로부터 인심을 잃어서 대표가 되기 힘드오. 그리고 안공근은 지금 어디에 있소? 이 일은 시급을 다투는 일인데 요즘 통 안보이는 사람을 언제 찾아서 대표로 보낸단 말이오?"

"그래도 대표단이 되려면 남도와 북도와 서도에서 한 명씩 뽑아야 하지 않겠소이까?"

결국 타협점을 찾지 못하고 세 사람을 보내는 것으로 결정이 났다.

정치가

국무원의 의결 내용을 전해 들은 김립은 불같이 화를 냈다.

"돈 한 푼 없는 주제에 모스크바에 세 사람을 보낸다는 것이 말이 되오? 그것은 한형권을 보내기 싫어 초를 치는 것이 아니고 무엇이오이까?"

"왜 공연히 국무원 의결을 하자고 했소? 나 원 참."

"우리끼리 그냥 보내면 그 일로 인해 또 나중에 말들이 많아질 것 같아서 추인을 받으려 했던 것인데, 제 생각이 짧았소이다."

"이제 어찌하면 좋겠소?"

"이 일은 화급을 다투는 일입니다. 내가 어찌하든지 한형권의 려비는 마련해 보겠소이다."

"좋소. 한형권만 보냅시다. 세 사람을 보냈다가는 우리 내부의 계파 싸움으로 자멸할 수 있소."

김립은 국무원 비서장으로서 자신이 주재하는 차장급 회의에서 이 상황을 설명하고 차장들의 협조를 구했다. 김립의 설명을 들은 차장들은 곧바로 상황을 이해하였다. 이 문제는 대표단 선발로 다투느라 지체할 일이 아님을 깨달았다. 모스크바에서 열리는 피압박 민족을 위한 국제 공산당 회의에 참석하고 있는 박진순을 외교적으로 도와 레닌의 결심을 받아낼 특사가 급히 필요한 상황이었다. 김립이 솔선수범으로 돈을 내놓자 경남 양산 출신의 재무 차장 윤현진, 경북 예천 출신의 내무 차장 이규홍, 전남 함평 출신의 교통 차장 김철 이 세 사람도 각기 상관들인 총장들에게는 비밀로 하고 2천 원을 갹출하여 한형권의 여비를 마련하였다. 경상도와 전라도 출신인 그들은 비록 서북인도, 공산주의자들도 아니었지만, 평상시에 김립과 더불어 젊은 차장급의 4인조로 마음을 맞추며 총리 이동휘의 의견을 존중하며 돕고 있었던 것이다.

한형권을 특사로 보내기로 한 이 결정은 주효하였다. 한형권은 상해 임정의 특사 겸 밀사로서 동휘의 오랜 동지요, 후원자인 원동 소비에트 공화국의 크라스노체코프 대통령 겸 외무상에게 보내는 편지까지 지니고 모스크바로 떠났다. 쑤라가 죽고 난 이후의 외무상 자리를 크라스노체코프는 다른 사람에게 주지 않고 자신이 겸직하고 있었던 것이다. 한형권은 모스크바에 미리 가 있던 박진순의 안내를 받아 대한민국 임시정부의 특사 자격으로 레닌을 만났다. 레닌은 이미 오래전부터 크라스노체코프를 통해 한인사회당의 쑤라와 동휘의 명성을 익히 들어 알고 있었던 터라 이동휘가 보낸 사람임을 알고 기쁘게 접견을 했다. 특별히 조선에서 일어난 3·1 운동에 대해 남다른 관심과 놀라움을 표시했다.

"조선의 인민들이 총과 칼도 없이 제국주의에 맞서서 투쟁을 벌인 그 용기는 전 세계 인민들을 놀라게 하였소. 피압박 민족들에게 우리도 할 수 있다는 한 줄기 서광을 비추어 준 대사건이오."

한형권은 국무총리 이동휘의 서신을 전달하는 한편, 대한민국 임시정부를 인정해 줄 것과 함께 독립군에게 최신 무기를 지원하고 사관학교를 설립해 주며, 독립운동 자금을 원조해 줄 것 등 4개 항을 요청하였다. 레닌은 소비에트 정부 인민 외무 위원장 치체린을 불러 이 같은 4개 항을 받아줄 것과 독립 자금으로 우선 1차금 200만 루블을 지원해 줄 것을 약속하면서 곧바로 60만 루블어치 금괴를 지급하였다. 혁명의 여파로 소비에트 루블은 통화가치가 급락하여 국제적으로 통용이 어려운 상황임을 감안한 세심한 배려였다. 레닌은 이 거금을 한인사회당에서 파견한 박진순을 수령인으로 하여 전달했다. 레닌의 이 파격적인 조치는 그 당시 러시아 소비에트 정부가 내세우고 있던 정책과 맞물려 있었는데, 약소국의 독립 지원을 통하여 국제 공산당 조직을 구성하려는 목

정치가

적이 있었다. 한인사회당의 이동휘를 통해 공산당 원동부 조직을 강화해 나가고자 하는 구체적인 계획도 지니고 있었던 것이다. 나중에 이 소식을 전해 들은 이동휘와 김립이 한인사회당의 당대표 대회를 상하이에서 급히 개최하고 명칭을 한인 공산당으로 개칭하게 된 것은 이에 보조를 맞추기 위함이다. 모스크바에서 열렸던 제2차 국제 공산당 대회에서 채택한 제3 국제 공산당에 가입하기 위해 당의 개칭이 필수적이라는 것을 박진순을 통해 전달받았던 것이다.

"박진순 동지, 그동안 수고 많았소. 이제 우리가 이 금괴를 어떻게 상해까지 운반할지, 그게 문제요."

60만 루블 중 20만 루블을 모스크바에 맡겨두고 떠났는데도, 40만 루블의 금괴는 엄청난 무게와 부피를 지니고 있었다. 300kg이 넘는 순금을 일곱 개의 궤짝에 옮겨 담은 후 한형권은 크게 심호흡했다. 도무지 생각지도, 상상하기도 힘든 어마어마한 양이었다. 한두 푼의 금화도 아쉬울 판에 일곱 궤짝의 금화라니? 두 사람은 마치 꿈을 꾸는 것만 같았다.

"과연 레닌 동지는 통이 크고 약속을 지키는 사람이구려. 한형권 동지가 특사로 온 것이 정말 큰 역할을 하였소."

"레닌 동지의 리동휘 총리에 대한 신임이 매우 두터운 것을 이번에 새삼 확인하였소."

거금의 금괴를 손에 넣은 한형권과 박진순은 호텔 방 안에서 흥분이 가라앉지 않아 뜬눈으로 밤을 새우다시피 하였다.

"속히 이 사실을 전보로 알려서 김립 동지를 불러오도록 합시다. 우리가 다 운반하기엔 너무 양이 많고 또 위험하오."

"어디서 만나는 것이 좋겠소? 모스크바로 오게 하기엔 시간이 너무 많이 걸리오."

"시베리아는 아직 백위파 운게른의 잔당들이 남아 있으니 위험하오. 횡단 열차를 타고 원동 공화국 수도 베르흐네우진스크(울란우데)까지 가서 만나는 게 좋겠소. "

"몽골 고륜(울란바토르)에 있는 리태준 동지의 도움도 받아야 하오. 함께 전보를 치시오."

몽골의 화타라 불리던 이태준도 이미 한인사회당의 지하 조직원으로 활동하고 있었다.

"우리가 이 궤짝들을 직접 지켜야 하오. 외무 위원장 치체린 동지 측에 부탁하여 우리가 열차 화물칸에 탈 수 있도록 교섭을 해 보겠소."

박진순과 한형권은 모스크바에서 출발한 시베리아 열차의 화물칸에서 내내 금괴 궤짝 위에서 번갈아 잠을 잤다. 잠결에서도 금궤를 탈취하려는 강도들과 맞서 싸우는 꿈을 꾸었다. 이 자금을 가지고 마침내 독립 전쟁을 치를 수 있다고 생각하니 가슴이 부풀어 올랐고, 자신들의 이 거사에 민족의 운명이 달렸다고 생각했다.

*

모스크바로 떠난 한형권과 박진순이 60만 루블의 독립 자금을 확보했다는 기쁜 소식이 상하이로 전해지자 환호성이 터져나왔다.

"총리 동지, 마침내 우리가 해 내었소."

전보 쪽지를 들고 총리 집무실로 뛰어 들어오는 김립은 감출 길 없는 희색이 만면하였다. 계봉우와 이한영, 박애 그리고 김철수가 뒤따라 들어왔다.

"허허, 우리 동지들이 참으로 수고했구려. 이제야 비로소 우리가 본격적으로 독립전쟁에 뛰어들 수 있게 되었소이다. 아니 그렇소?"

동휘도 전보쪽지를 받아 들고 몇 자 안 되는 글자를 또 읽고 읽으며 함께 기뻐했다.

"일세의 지략이 과연 주효하였소. 한형권을 특사로 보낸 것이 큰 작용을 하였을 것이오."

전보 쪽지를 건네받은 계봉우도 함께 소리치듯 목소리를 높였다. 차분한 성격의 계봉우가 이렇게 큰 목소리를 내는 것은 드문 일이었다.

"그거이 다 총리 동지의 명성이 모스크바에까지 널리 퍼진 덕분 아니겠소? 하하하."

"이제 우리가 림정 내부에서 주도권을 잡게 되었소이다. 아무래도 돈을 쥔 자가 큰소리를 칠 수 있지 않겠소?"

박애가 맞받아쳤다.

"이제야말로 간도와 시베리아에 흩어진 우리 동포들과 독립군 부대들을 모두 련합하여 큰 군대를 만들 수 있게 되었소. 하늘이 비로소 우리에게 길을 열어주시는구려. 이제 레닌 동지가 약조한 200만 루블이 다 도착하면 우리는 일제와 맞서 싸울 무기로 무장한 대한독립군단을 만들 수 있을 것이오."

동휘는 흥분을 감추지 못했다. 군인으로서 오랜 세월 기다려왔던 그 결전의 때가 다가온 것이었다.

"맞소이다. 성재 장군! 이제 전통을 보내 흩어진 우리 독립군들을 모두 한자리에 모이도록 함이 어떻겠소이까? 어느 장소가 좋을까요?"

이한영이 여전히 흥분을 감추지 못하고 말했다.

"군사를 모으기에 앞서 각 도시의 한인 단체들을 모아 한인부를 만드는 것이 더 시급할 것입니다."

계봉우가 차분히 가라앉은 목소리로 제안하였다.

"맞는 말이오. 계봉우 동지가 서둘러 치타로 떠나야겠소. 박애 동무와 함께 그곳 원동 공화국의 크라스노체코프 대통령을 찾아가 도움을 청하시오. 원동부 산하에 한인부를 설치하게 해 달라 하시고 그 한인부에 모든 우리 한인 기관들을 모아 주시오."

"알겠소이다. 성재 장군!"

박애가 자신 있는 큰 목소리로 먼저 대답했다. 박애는 모스크바 대표로 선발되어 박진순, 이한영과 함께 떠났다가 중간에 시베리아에서 장질부사가 걸려 자신이 뒤처진 사이에 박진순이 모스크바에서 대활약을 하여 국제 공산당이 인정하는 한인사회당의 인물이 된 것에 대하여 무척 시기 질투하고 있었다.

"아울러 이번 기회에 림정의 조직을 개편해야겠소. 자리에 있지도 않은 대통령과 이리저리 씨름하며 계파싸움만 하는 림정이 이대로 나가다간 독립전쟁은커녕 내부 전쟁만 치르다가 멸망할 것이오."

"그렇소이다. 이제 우리 수중에 독립 자금이 들어왔으니 급할 것 없소이다. 우리가 제시한 개혁안에 따르지 않는다면 굳이 림정 안에 머물 이유도 없지 않겠습니까?"

김립의 말에 동휘도 굳게 결심을 한 듯 둘러싼 동지들을 찬찬히 쳐다보며 고개를 끄덕이었다.

"맞는 말이오. 그나저나 뒷일은 내게 맡기고 일세 동지는 속히 베르흐네우진스크로 떠나도록 하시오. 금궤 운반이 시급하오. 그 자금은 다만 우리 한인사회당에게 주어진 것이니, 림정이 관여할 바가 아니고 극동의 국제 공산당 활동을 위해서도 함께 사용될 것이오. 그것은 중국은 물론 일본 제국주의에 반발하는 일본 공산당과도 련합하여 일제를 몰아내기 위한 련합 전선을 펼치기 위함이오. 그것이 가장 효과적인 독립운동이 될 것이오."

"맞소이다. 우리는 독립을 쟁취하기 위한 련합 전선을 구축해야 합니다. 림정 역시 그것을 위해 우리가 필요해서 찾아온 한 방편일 뿐입니다."

김립이 맞장구치며 거들었다. 동휘의 생각은 주로 김립과 사전 조율이 되어서 나오는 것이 대부분이었다. 그만큼 김립은 동휘의 최측근으로서 작전 참모의 역할을 충실히 해내고 있었던 것이다.

"레닌 동지가 림정을 지지한 것도 리동휘 장군께서 총리로 있기 때문에 지지한 것이 아니겠소이까? 림정은 우리에게 차관의 명분을 제공했을지라도 실질적으로 이 자금은 국제 공산당 활동을 위해 우리 한인사회당에게 책임성 있게 주어진 것임을 분명히 해야 할 것입니다. 그것이 우리의 독립전쟁이 될 것입니다."

김립의 설명에 모두 고개를 끄덕였다.

*

한형권과 박진순은 사람들의 눈을 피해 베르흐네우진스크에서 몽골과 러시아의 접경 도시 치타로 이동하였다. 낭보를 듣고 서둘러 상하이를 떠난 김립도 때를 맞추어 도착했다. 한 호텔 방에 집결한 세 사람은 작전 회의를 했다.

"동지들! 정말 수고가 많았소이다."

김립은 한형권과 박진순을 차례로 끌어안고 힘있게 포옹하였다. 한형권과 박진순은 그동안 있었던 일들을 김립에게 상세히 설명하였다. 그들은 아직도 흥분이 가라앉지 않은 상태였다.

"레닌 동지가 리동휘 동지의 안부까지 물으며 관심을 표명하였소이다. 언제 꼭 한번 레닌 동지를 방문하도록 청하기도 하였소.”

“참으로 고맙고 감개무량한 일이오. 이 자금이야말로 우리나라를 다시 세우기 위한 기초석이 될 것이오.”

“이제 우리가 어떻게 상해까지 이 자금을 운발할지 그것부터 토론을 합시다.”

한형권이 마음이 급한 듯 재촉하였다. 그러자 김립이 자세를 가다듬으며 목소리를 낮추어 입을 열었다.

“동무들의 수고에 대하여 한인 공산당 중앙 위원 리동휘 위원장 동지의 치하와 함께 긴급 명령을 전달하오. 한형권 동지는 다시 모스크바로 돌아가서 레닌 동지와 함께 국제 공산당 활동을 지속하시는 게 좋겠소. 그래야 우리 한인 공산당의 입지를 더욱 높이고 앞으로 더 많은 지원을 끌어낼 수 있을 것이오.”

개선장군처럼 레닌 자금을 가지고 상하이로 귀환할 것을 기대했던 한형권은 순간 당황하였다.

“다시 모스크바로 돌아가다니요? 일세 동지 그게 무슨 말씀이오?”

“이 자금은 우리 한인 공산당에게 지급된 것이오. 이제 이 돈은 우리의 무장독립운동을 위한 준비 자금이기도 하지만 제국주의 타도를 위해 원동 지구의 국제 공산당 조직을 강화하는 데 함께 쓰여야 할 돈입니다. 중국과 일본의 공산당 조직에게도 일부 할당이 되어야 합니다. 그를 위해 레닌이 이 거금을 쾌척한 것이기도 하오. 그러나 림시정부에서는 이 자금을 자신들에게 내놓으라고 할 것이 불 보듯 뻔한 일입니다. 그러니 한 동지는 당분간 상해에 나타나지 않는 것이 좋을 듯하오.”

“아니, 우리가 국제 공산당에게 차관을 요청하자고 할 때는 쌍수를 들고 반대하던 자들이 이제 와서 무슨 낯짝으로 이 돈을 탐낸단 말이오? 허허, 원 참!”

정치가

한형권이 불쾌한 표정을 드러내었다. 대표 선발 과정에서 있었던 불협화음을 누구보다도 잘 알고 있었기 때문이었다. 이 생각은 모스크바 대표로 선발된 3인 중 한형권만을 보냈던 일로 인해 한형권이 상하이에 나타날 경우 임시정부에서 발생하게 될 잡음을 미연에 방지하기 위한 김립의 책략으로 제안된 것이었다.

"우리가 독립 자금을 얻기 위해 얼마나 애썼는지를 생각하면 이 돈은 결코 함부로 사용될 수 없소."

"일세 동지의 말씀이 옳을 듯하오. 우리가 받은 60만 루블 중에서 20만 루블을 모스크바에 맡겨 놓고 오지 않았소? 그 돈도 다시 가서 찾아야 하니 한 동지는 모스크바로 돌아가는 것이 좋겠소."

박진순도 수긍을 하듯 고개를 끄덕였다.

"그 자금은 일단 안전한 곳에 보관하시오. 한형권 동지에게 활동 자금으로 다시 6만 루블을 지급하겠소. 22만 루블은 박진순 동지가 안전한 루트를 통해 철도로 상해까지 운반하시오. 나머지 12만 루블은 내가 몽골 울란바트르로 들어가 이태준 동지와 함께 중국 북경을 거쳐 빠른 루트로 운반하겠소."

한형권은 모스크바로 돌아갔고 박진순은 철길을 따라 무사히 상하이까지 자금을 운반하는 데 성공하였다. 김립은 12만 루블을 가지고 몽골 고륜의 이태준의 집으로 찾아갔다. 경남 함안 출신 대암 이태준은 에비슨 선교사가 세운 세브란스 의전의 2회 졸업생으로, 우사 김규식의 권유로 몽골에 독립군 기지를 세우기 위해 고륜에 자리를 잡고 중국과 몽골을 오가며 많은 지하 활동을 하고 있었다.

"리태준 동지도 몽골에서 그간 참 수고 많았소이다. 이곳은 아직 백위파들이 준동하여 위험하다고 들었소만…?"

그 당시 포악한 러시아 백위파 운게른 남작의 몽골 침공으로 이태준의 거처 고륜도 매우 위험한 환경에 노출되어 있었다. 그들은 위험 부담을 줄이기 위해 4만 루블은 이태준의 집에 감추어 두고 나머지 8만 루블을 삼엄한 경계를 뚫고 장자커우와 베이징을 거쳐 상하이까지 무사히 운반하였다. 그때가 1920년 가을이었다.

*

이태준은 고륜으로 돌아가는 길에 베이징에서 의열단 단장 약산 김원봉을 만났다. 이태준은 김규식과 함께 몽골과 중국을 오가며 의사로서, 사업가로서 얻은 돈을 비밀리에 독립운동가들에게 군자금으로 지원하고 있었다.

"대암 선생님, 오랜만입니다. 몽골은 전황이 어떠하오이까? "

깔끔한 검은 양복 넥타이 차림에 중절모를 눌러쓴 약산이 두 사람을 더 대동하고 잰걸음으로 들어오더니 음식점 구석자리에 등을 내보이며 앉았다. 약산의 좌우에 앉은 두 사람은 처음 보는 인물들이었다. 왼쪽에는 날카로운 눈매의 청년이 주변을 살펴보며 앉았고 허름한 중산복 차림의 오른쪽 인물 역시 입술을 굳게 다문 모습이 결연한 의지가 엿보였다. 중산복은 신해혁명을 일으킨 손중산(손문)이 즐겨 입던 옷이라 혁명의 상징이었다. 좌우를 살펴보니 두 사람 모두 약산보다 더 나이 들어 보였다.

"겨우 피해 나왔소이다. 백위파 늑대 운게른이 풀어놓은 사냥개들이 워낙 많아서리…."

이태준은 김립을 통해 받은 모스크바 자금 일부를 김원봉에게 즉시 넘겨주었다. 그 일이 오늘 김원봉을 만난 목적이었던 것이다. 약산은 금

정치가

궤가 든 가방을 받아 열어 보지도 않고 옆에 앉은 젊은 사내에게 건네주었다.

"대암 선생님, 혹시 폭탄 제조 기술자 아는 사람 없소이까? 우리 거사를 도와줄….

약산과 함께 온 눈매가 범상치 않은 사내가 가방을 받아 들면서 물었다. 그는 3·1 운동 후 청년 외교단이라는 항일 단체를 만들어 활약하다가 일경에 발각되어 망명한 충주 사람 류자명이었다. 그는 김원봉의 뒤에서 의열단의 작전 참모 역할을 하는 중심 인물이었다.

"폭탄 기술자? 아, 마침 있소… 있다마다. 내가 잘 아는 동무가 있소."

이태준은 고륜에 있는 헝가리 출신 폭탄 제조 기술자 마자알을 보내주겠다고 약속했다. 그 무렵 의열단의 가장 큰 고민은 그들이 직접 만든 조악한 사제 폭탄이 불발함으로써 거사를 종종 망치게 되는 것이었다.

"마자알은 내가 돌보고 있는 헝가리 기술자요. 전쟁통에 백위군에 끌려왔다가 도망친 동무인데, 약소국인 헝가리인의 아픔을 잘 알고 있기에 조선에 대한 동병상련이 있어서 잘 도와줄 것이외다."

그들은 베이징 뒷골목의 자그마한 사천요리 집에서 육수에 고기와 야채를 잔뜩 넣어 김이 훨훨 오르는 훠궈를 땀 흘리며 먹고 있었다.

"대암 선생님, 번번이 도와주시니 참 고맙습니다. 차제에 선생께서도 우리 의열단에 들어오시면 어떻겠소이까?"

약산은 의미심장한 미소를 띠면서 태준에게 도전하듯 질문을 던졌다. 이 순박하고 진실된 그러나 독립운동에는 자신이 지닌 모든 것을 내던질 수 있는 헌신적인 몽골 의사 양반이 의열단에 들어온다면 큰 물주를 잡는 것이라 김원봉에게는 나름대로 속셈이 있었다.

"의열단의 취지가 무엇이오?"

"하하, 대암 선생님, 오늘 밤 제 거처에서 하루 묵으시지요. 제가 모시고 자세히 알려 드리리이다."

그때, 김원봉과 함께 와서 동석하여 이야기를 듣고 있던 중산복 차림의 눈빛이 온화한 사내가 태준에게 말을 걸었다.

"대암 선생님, 고륜으로 가시는 길에 제가 동행하면 안 되겠습니까?"

그는 경남 의령 출신 이극로였다. 상하이 동제대학 문학부 예과를 막 졸업한 이극로는 학문의 꿈을 펼치기 위해 독일 유학을 준비하고 있었다. 독립운동을 위해 1912년 서간도로 망명한 이극로는 우암 이회영 선생과 백암 박은식 선생에게 깊은 영향을 받았고, 밀양 출신 윤세복을 통해 대종교에 귀의했다. 상하이로 건너가 동제대학에서 수학 중이던 그는, 당시 임정 국무총리로 부임하기 위해 내려온 성재 이동휘를 만나 그의 기품과 애국심에 크게 감동하여 상해파 고려 공산당의 김립, 계봉우, 김철수 등과 가까이 지내고 있었다. 독일 유학의 길을 모색하던 중 이회영 선생을 만나기 위해 베이징을 찾아왔다가 단재 신채호의 소개로 김원봉을 알게 된 것이다. 상해임정의 노선에 반대하여 베이징으로 빠져나온 이회영과 신채호는 그 당시 제국주의와 공산주의 양 진영에 회의를 느낀 지식 계층들에게 불길처럼 타오르며 유행하던 무정부주의 아나키즘에 매료되었고, 김원봉과 류자명도 그 영향을 받고 있었다.

그날 밤 네 사람은 술상을 받아 놓고 밤을 새며 나라의 독립을 위해 어떻게 싸워야 할지 고민하며 토론했다.

"약산, 아직 약관의 젊은 나이에 어찌 이렇듯 험난한 독립운동에 뛰어들게 되었는지 난 그게 더 궁금하오."

이태준의 질문을 받자 김원봉은 잠시 망설이면서 이태준의 얼굴을 묵묵히 들여다 보았다. 이 사람을 어디까지 믿어도 될지 가늠하는 눈치였다. 마침내 이태준의 흔들림 없는 눈동자와 선한 의지를 파악한 듯,

정치가

김원봉은 자신이 어떻게 독립운동에 헌신하게 되었는지 고향 밀양 독립운동의 정신적 대부이며 자신의 고모부인 백민 황상규 선생의 이야기를 꺼내 들었다.

"백민 선생은 성격이 올곧고 불같아 별명이 관운장이었습니다. 병탄 이후 밀양의 비밀 결사 조직 일합사에 가입하여 독립운동을 시작한 분입니다. 경북 풍기에서 시작한 대한 광복회에 뛰어들어 총사령 박상진 선생의 참모로 활동하던 중 대구의 악질 토호 장승원을 사살하고 일경에게 쫓기자 길림으로 망명하였지요."

"아, 백민 선생 이야기는 내 고향 함안에서도 들은 바 있소이다."

"백민 선생은 밀양 동화중학교에서 저를 가르치신 스승님입니다. 제게 약산이라는 아호를 지어주신 분도 그분이었습니다. 제가 중앙고보 시절 동창인 김두전, 이명건, 저희 세 사람에게 조국의 독립을 위해 '산처럼(若山), 물처럼(若水), 별처럼(如星)' 살라고 아호를 나란히 지어주셨지요."

김원봉은 자신의 고모부 황상규보다도 연장자인 대암 선생에게 깍듯이 예를 갖추고 있었다. 황상규는 길림에서 조소앙이 주도적으로 작성한 무오년 대한 독립선언에 해외 독립운동가 39인 중 한 사람으로 서명을 했던 사람이었다. 서일, 김좌진 등과 함께 북로군정서를 조직하여 재정 담당으로 군자금을 모으던 황상규는 상해임시정부가 설립되자 합류하여 재정 위원으로 잠시 참여하기도 하였다.

"일제나 친일 모리배들이 조선이 독립의 의지나 능력이 없는 나라임을 선전하고 있는 현시점에서 일제에 가장 큰 타격을 입힐 수 있는 일은 조선 총독부나 동양척식회사 같은 주요 기관을 파괴하거나 요인 암살을 통해 우리의 독립 의지를 만방에 알리는 일이라 생각하오이다. 그 일을 위해 백민 선생이 조직한 독립운동 방안이 의열단을 조직하는 것이었습니다. 사람을 모아 의열단을 조직하셨지만 자신은 뒤에 물러서시고 그 일의 선봉을 제게 맡기셨습니다. 백민 선생은 최근까지 제자들인 우리 젊은이들과 함께 직접 조선 총독부 폭파 계획을 세우고 실행에 옮기기까지 했습니다. 허나 내부 밀고자로 인해 실패하였고, 악질 친일 경찰 김태석 경부에게 붙잡혀 모진 고문을 당하셨지요."

황상규는 조직을 보호하기 위해 일절 자백을 하지 않았고, 김태석은 그의 혀를 3촌이나 펜치로 뽑아내는 혹독한 고문을 가하였다. 그로 인해 말이 어눌해진 황상규는 늘 뒤에서 조용히 돕는 역할을 감당하였다. 의열단 발기인 13명 중에 황상규의 동화중학교 제자가 5명이나 포함되어 있었기에, 그는 의열단 초대 단장으로 추대되었으나 사양하고 조카 김원봉에게 그 자리를 내어주었다.

"우리 의열단은 김태석 같은 악질 민족 반역자와 밀정들을 찾아내어 처단하는 일도 할 것입니다."

가장 연장자인 이태준 앞에서 가장 젊은 김원봉이 자신의 신념을 토해내고 있었다. 김원봉의 열변에 조금씩 빨려 들어가는 이태준의 그 모습을 류자명은 곁에서 술잔을 들이키며 묵묵히 지켜보고 있었다. 어쩌면 의열단의 선봉장 김원봉이 행동 대장이라면 그 뒤에서 이 모든 일을 연출 기획하는 사람이 류자명일 수 있겠다는 생각을 하며, 이극로는 또다시 그 세 사람을 객석에서 관찰하듯 바라보고 있었다.

"자, 존경하는 몽골의 화타 대암 선생님, 이것이 우리 의열단 동지들의 신조입니다. 내 한번 읽어드리리다. 흐흠…

첫째, 천하에 정의로운 일을 맹렬히 실행하기로 한다.

둘째, 조선의 독립과 세계 만인의 평등을 위하여 신명을 바쳐 희생하기로 한다.

셋째, 충의의 기백과 희생 정신이 확고한 자라야 단원이 될 수 있다.

정치가

넷째, 단의를 우선하고 단원의 의를 급히 한다.

다섯째, 의백 1인을 선출하여 단체를 대표하게 한다.

여섯째, 어떤 시간, 어떤 곳에서든 매일 1차씩 사정을 보고케 한다.

일곱째, 어떤 시간, 어떤 곳에서든 초회에는 필히 응한다.

여덟째, 죽음을 피하지 아니하여 단의에 뜻을 다한다.

아홉째, 일이 구를 위하여 구가 일을 위하여 헌신한다.

열째, 단의를 배반한 자는 학살한다.

어떻습니까? 이제 함께할 마음이 생기십니까?"

술기운이 거나하게 오른 김원봉이 흔들리는 호롱불 앞에서 신조를 적은 종이쪽지를 쥐고 조목조목 낭독하더니 재차 물었다. 이태준은 김원봉이 적어준 의열단 10개조를 받아들고 고민하다가 입단을 결심했다. 날이 새자 이태준은 이극로를 데리고 길을 떠나 몽골까지 동행하였으나, 운게른의 삼엄한 경계로 인해 이극로는 시베리아를 통과하지 못하고 다시 베이징으로 돌아갔다. 그리고 몇 달 후, 이태준은 운게른의 사냥개들에게 붙잡혀 잔인하게 살해되었다. 그가 감추었던 4만 루블도 역사 속에서 사라졌다.

김원봉이 앞장선 의열단은 부산 경찰서 폭탄 투척, 밀양 경찰서 폭탄 투척, 김상옥 열사의 종로 경찰서 폭탄 투척, 나석주의 조선 식산 은행 습격 사건 등으로 일제 경찰을 경악과 공포로 몰아넣었고, 이용구 등의 친일파 암살 기도, 밀정 배정자 암살 기도 등으로 친일파들의 등골을 오싹하게 하는 경계의 대상이 되었다. 류자명은 의열단의 이론가로 활약하며 신채호 선생을 찾아가 〈조선혁명선언〉을 작성케 하여 의열단 활동의 정신적 지주로 삼았다. 김원봉의 목에는 후일 임시정부 주석이 된 백범 김구보다도 더 많은 현상금이 걸렸고, 일제가 수배하는 독립운동가 중에서 가장 위험한 인물이었다. 1930년대 조선 민족 혁명당과 조선 의용대를 결성하여 독립 항쟁을 지속하던 김원봉은 1942년 김구의 광복군과 연합하여 대한 광복군 부사령관이 되었다. 미국의 이승만을 통해 광복군이 연합군에 소속되기를 청원하며 기다리던 중 일제가 항복하는 바람에 결국 참전에 실패하고, 해방 후에 자신의 고향을 따라 남쪽으로 내려왔다. 그러나 의열단이 제거하지 못했던 악질 경찰 김태석과 노덕술 같은 인물들에 의해 체포되어 거꾸로 모멸과 수치의 고문을 받았고 결국 월북하고 말았다.

정치가

변 절 자

.

.

.

.

<입지보다 지조가 더 어렵소이다>

48

1919년 9월 2일 하세가와 총독이 물러가고 사이토 총독이 부임하던 날, 남대문역(현재의 서울역)에서 큰 소동이 벌어졌다. 신임총독 사이토 는 시모노세키를 출발, 부산항에서 하루를 보내고 다시 아침 일찍 출발 하여 오후 다섯 시경 서울역에 도착했다. 이완용 백작을 비롯한 애국부 인회, 재향군인회와 적십자사의 한인 대표들 300여 명은 부산까지 내 처 달려내려 갔다가 같이 상경했다. 서울역 앞에는 호위 경찰과 신문 기 자들을 포함한 1,000여 명의 환영 인파가 운집했다. 신임총독 부임에 대한 반대 시위와 암살 계획에 대한 소문이 퍼져 있어서 삼엄한 경계 속 에서 환영객조차 모두 조사를 거친 상태였다. 총독 일행이 기차에서 내 리자 플랫폼에 도열하고 있던 의장대가 예포를 터뜨렸다. 군악대의 취 주에 맞추어 간단한 환영 행사를 마친 후 사이토는 귀빈실을 통과하여 역 앞 광장으로 나왔다. 환영 인파의 환호 속에서 흰색 해군제독 복장의 사이토가 대기 중이던 마차에 막 올라선 순간, 둘러선 구경꾼들 사이에서 갑자기 수류탄이 날아와 마차 옆에서 터졌다. 폭탄 파편은 비명 소리와 함께 사방으로 퍼져나갔다. 기병대의 말들이 푸른 가을 창공으로 뛰어올라 이리저리 날뛰기 시작했다. 3명의 사망자를 포함한 37명의 중경상자를 낸 대형 폭발이었으나 파편은 사이토를 비껴갔다. 그는 운이 좋았다. 혼비백산한 무리들 속에서 사이토는 경호원들의 엄호를 받으며 간신히 자리를 피해 사라졌다. 그리고 이 기상천외한 테러를 저지른 범인을 잡기 위해 일제 경찰은 눈에 불을 켜고 초비상이 되었다.

이 사건은 블라디보스토크 노인 독립단의 강우규의 작품이었다. 아수라장이 된 현장을 묵묵히 지켜보고 있던 흰색 도포를 입은 강우규는 설마 백발의 노인이 이 무장테러를 저질렀으리라고는 상상조차 못 하는 경찰 헌병대의 수비망을 빠져나가 유유히 사라졌다. 그러나 현장 목격자의 진술을 따라 포위망이 좁혀져 왔고 마침내 35일 만에 은신처에서 검거 되었다. 배후를 찾아 백방으로 수사하던 일제 경찰은 그 과정에서 연해주의 동휘의 집까지 급거 들이닥쳤다. 운명처럼, 동휘는 그 전날 상하이로 길을 떠났고 맏사위 정창빈이 대신 검거되었다. 66세의 노인 강우규는 재판석상에서도 자신의 기독교 신앙에 근거한 동양평화론을 설파하며 기개를 굽히지 않았다. 종종 재판장을 꾸짖거나 유머로 방청객을 박장대소하게도 만드는 여유를 보이며 시종 공범으로 지목된 자들의 형량을 감하기 위해 노력했다. 자신이 나라를 위해 죽는 것을 아들과 가족이 슬퍼하지 않도록 거꾸로 위로하다가 1920년 11월 29일 한복 두루마기 차림으로 시 한 수를 읊고 서대문 형무소 교수대에서 순국하였다.

"단두대에 홀로 서니 춘풍이 감도는구나.
몸은 있으되 나라가 없으니 어찌 감회가 없으리요."

변절자

노인은 초겨울 싸늘한 교수대에 서서 오히려 봄바람을 느꼈다. 몸은 있으나 나라가 없는 겨울 속에서, 그의 몸은 사라지지만 나라가 되살아날 부활의 봄날을 꿈꾸었던 것이다. 삼천리를 메아리친 독립 만세의 함성이 귓전에서 사라지기도 전에 벌어진 총독 살해 미수 사건, 이 사건은 10년의 무단 정치를 끝내고 사이토 총독으로 하여금 문화 통치로 전환할 수밖에 없도록 만든 결정적 계기가 되었다.

그러나 일제의 간교한 문화 통치는 오히려 무단 통치 시에 강렬하게 불타올랐던 항일의 의지를 무력화시키는 결과를 가져왔다. 거리와 교실과 관공서에서 칼을 차고 다니던 경찰, 교사, 공무원들의 제복이 사라졌다. 헌병 경찰이 보통 경찰로 바뀌고 무자비한 공개 태형 제도를 없애기로 했으나, 치안 유지법이 새로 제정되면서 경찰의 수가 세 배로 늘어났다. 독립운동가와 노동 운동가들에 대한 밀실 고문은 더욱 악랄해졌다. 공무원에 조선인이 선발되었다. 지주와 소작인 사이에서 군림하는 조선인 마름의 역할이 사회 전반으로 퍼져 나갔다. 교육 기관을 확대하며 신문, 라지오(라디오), 잡지 등의 언론 기관이 새로 신설되었다.

사이토가 선택한 소위 굴뚝 전략은 조선인에게 신문 발간을 허용함으로 그들의 불만이 불길이 되어 터져 나오기 전에 굴뚝 연기로 빠져나오게 하여 압력을 줄이자는 것이었다. 한편으로는 연기 냄새를 맡아보며 조선인들의 생각을 관찰하고 감시하면서 회유 전략을 짜려는 이중적 계산을 담고 있었다. 그로 인해 1920년 3월과 4월에 조선일보와 동아일보가 연이어 창간되었다. 친일 매판 자본가들의 단체인 대정(다이쇼) 실업친목회가 주축이 되어 창간하고 대표적인 친일 대신 송병준이 사주가 되었던 조선일보는 처음부터 친일의 뿌리가 깊었다. 송병준의 급사 후에

1924년 부유한 민족주의자 신석우가 조선일보를 인수하여 월남 이상재를 사장으로 앉힘으로 민족지의 위상을 올리려는 시도가 있었다. 그러나 오래지 않아 월남이 사망하자 신석우가 사장직을 물려받았고, 그 자리는 신간회 활동을 함께 하던 역사학자 안재홍에게 다시 넘어갔다. 그러다가 만주사변 이후 금광업으로 돈을 번 방응모가 조선일보를 인수하면서 친일 잡지 〈조광〉을 함께 발간하는 등 친일 색채가 깊어졌다.

조선일보와는 달리 동아일보는 처음에는 민족 신문을 자처하며 민족주의자 김성수가 창간했다. 그러나 동아일보 역시 상하이에서 돌아온 춘원 이광수가 편집국장을 맡으면서 많은 물의를 빚기 시작했다. 춘원 이광수는 안창호와 윤치호의 영향을 많이 받아 실력 양성론을 주장했다. 일제의 문화 통치 하에서 김성수와 그의 동생 김연수, 송진우와 이광수 등 대부분 일본 유학파로 구성된 민족주의자들은 물산장려운동, 민립 대학 설립 운동, 민족 기업 육성 운동 등을 펼쳐갔다. 그러나 대다수의 실력 양성론자들은 일제 지배의 현실을 인정하고 그 밑에서 자치권을 얻자는 타협적 민족주의로 기울어지면서 결국 친일의 길에서 벗어나지 못했다. 일본 유학 중 근대화된 일본에 대해 애증의 양가 감정을 지니게 된 이광수는 〈개벽〉 잡지에 일본을 탓하기 전에 나태한 우리 민족의 근원적 악습을 먼저 고쳐야 한다는 민족 개조론을 실어 공분을 샀다. 동아일보에 일본이 조선을 지배하는 것이 하늘의 뜻이라는 내용의 〈민족적 경륜〉을 주창하여 민족주의자들과 사회주의자 양 진영으로부터 큰 공격을 받았다.

초창기에는 두 신문 모두 애국적 젊은 기자들에 의해 민족 정신을 앞세우는 반일적인 기사를 싣기도 하였지만, 일제와 친일 사주들에 의해

변절자

늘 제지당하였다. 사주에 의해 영향을 받을 수밖에 없는 두 신문의 저변에는 친일의 깊은 정신적 뿌리가 늘 꿈틀거리고 있었다. 굴곡의 근현대사 속에서 해방 이후에도 정권의 색깔에 따라 카멜레온처럼 변신을 하며 끈질긴 권력 지향적 보수 언론으로 민족사에 어두운 영향을 미쳤다.

종로 거리에 백화점이 생겨나고 각종 기생 요릿집과 영화관이 성업을 하면서 문화라는 허울을 쓴 최면제가 민족 의식을 약화시켰다. 이상재, 조만식, 한용운 등의 민족주의자들에 의해 민립 대학 설립 운동이 일어나자 이를 저지하기 위해 경성제국대학이 급히 설립되었다. 이는 일본 본토의 도쿄제국대학, 교토제국대학, 도호쿠제국대학, 규슈제국대학 그리고 홋카이도제국대학에 이어 여섯 번째로 세워진 제국대학이었고 국내에서는 최초로 학사 학위를 수여하는 대학이 되었다. 법문학부와 의학부로 시작한 경성제대는 일본의 대륙 침략이 본격화된 이후 태평양전쟁을 앞두고 이공학부도 설치되었다. 초창기에는 조선 거주 일본인 자제들이 대거 입학하고 조선인의 입학은 소수 인원으로 제한되었다. 그러나 점차 조선인 수재들을 이용하여 일본 식민지 지배의 마름 역할을 감당시키고자 조선인의 숫자를 늘여 갔다. 특히 경성제국대학의 법학부 출신들은 최고 수재들의 집합소 역할을 하였는데 그것은 일본제국대학의 전통과도 일치하였다.

메이지 유신을 완성하고 일본의 제국 헌법을 기초했던 이토 히로부미는 영국 유학 시절 서양의 과학기술을 배우고자 화학을 전공했으나 오히려 법학에 더 매료되었다. 대영 제국을 이끌고 있는 정신이 국왕조차도 법질서에 따를 수밖에 없는 마그나카르타 대헌장에 기초하고 있음에 감동했다. 그는 귀국 후 일본 역시 법치주의 국가로 만들어야 세계 무대에서 어깨를 나란히 할 수 있는 선진국 대열에 들어갈 수 있음을 자각하고 제국 헌법을 기초하는 한편 고등 교육 기관 설립에 혼신의 힘을 기울였다. 1886년 법학, 의학, 공학, 문학, 이학의 5개 단과대학을 합한 종합대학으로 시작된 제국대학은 국가의 지도급 인사의 등용문이 되었고, 그중에서도 도쿄제국대학 법학부의 위상은 단연 돋보였다. 실제로 일본의 역대 총리들 중에 도쿄제국대학 법학부 출신들이 줄을 이었던 것처럼 일본은 법학부 엘리트가 지배하는 나라가 되었고, 그 전통은 경성제국대학 법학부로도 이어졌다. 경성제국대학 법학부 출신들은 일본 제국주의의 충복이 되어 일제 시절 서슬 퍼런 판검사와 친일 경찰로 이름을 날렸고 해방 후에도 정치권의 가장 큰 기득권층으로 올라섰다. 일본의 고등 문관 시험을 본 딴 고등고시가 지배 계층의 등용문이 된 그 잔재는 한국 사회 속에서 지배 계층의 강력한 카르텔을 형성하여 영욕의 근대사를 쥐락펴락하였다.

3·1 만세 운동 이후 가장 큰 변화를 가져온 것은 천도교와 기독교였다. 천도교는 3·1 운동의 실질적 책임자요, 민족 대표였던 손병희가 만세 이후 3년 형을 받고 복역 중에 건강이 악화되어 병보석으로 풀려났다가 사망하자 큰 타격을 입게 되었다. 정신적 지주 손병희가 사라진 천도교는 신파와 구파로 나뉘어 서로 반목하며 친일과 반일의 상반된 길을 걷게 되었고 교세는 급격히 약화되었다. 처음에는 만세 운동의 탄력을 받아 〈개벽〉, 〈신여성〉과 같은 잡지를 발행하며 사회 계몽운동을 펼쳤다. 특히 〈개벽〉은 천도교 청년 기관지로 출발했으나 20년대 신문학과 신문화 운동을 주도하였다. 현진건, 염상섭, 김동인과 같은 낭만주의 순수 문예 문인들뿐 아니라 박영희, 김기진과 같은 사회주의 문인들까지 끌어들이며 식민지 시대 지식인들의 비평적 공론의 장을 이끌었다.

변절자

손병희의 사위 소파 방정환은 순수아동잡지 <어린이>를 출간하며 아동 문학의 길을 열었고 천도교 교당에서 동화 구연을 하며 어린이를 하나의 인격체로 존중하는 운동을 펼쳐갔다. 출옥한 최린은 천도교 신파를 이끌며 송진우, 김성수, 이광수 등과 함께 타협적 민족주의로 선회하면서 결국 친일의 길을 걸었다. 반면에 이종일, 오세창, 권동진은 천도교 구파를 이끌며 비타협 민족주의자가 되어 일제에 저항했다. 특히 권동진은 6·10 만세 운동을 주도하였고 신간회 운동에도 적극 참여하다가 다시 옥고를 치르는 등 끝까지 지조를 지켰다.

그러나 만세 이후 더 큰 변화를 겪었던 것은 기독교 교회였다. 기독교 전래 과정에서 대한제국 시절 초창기 내한했던 선교사들은 궁지에 몰린 고종 황제를 도왔고 학교를 세워 청년 지도자들을 민족주의자로 양성하는 등 일제의 무자비한 만행에 반하는 행동으로 민족주의 세력에게 호감을 주었다. 그러나 영일 조약과 카츠라 태프트 밀약을 통해 영미 제국주의가 대한제국을 일본에 내주는 과정에서 많은 친일 선교사들이 생겨났다. 을사늑약 이후에는 이토 히로부미의 통감부가 적극적으로 선교사들을 활용하여 서방 세계에 일본의 조선 강점을 호의적으로 홍보하고 더러는 하나님의 뜻으로 선전하는 도구로 사용하였기에, 통감부와 선교부 사이에는 밀월관계가 이루어졌다. 그러나 한일 병탄 이후에 조선 총독부의 무단 정치가 시작되면서 교회와 더불어 내한 선교사들도 함께 탄압을 받았고, 1915년에는 포교 규칙을 제정하여 선교사들이 세운 미션 스쿨에서도 성경을 가르치지 못하게 했다. 간섭을 피하려고 평양의 숭실학교나 함흥의 영생학교처럼 성경을 계속 가르치기 위해 국가에 등록된 보통 학교의 지위를 자진해서 포기하고 미등록 학교로 내려가는 경우들도 발생하였다. 반면 일본의 조선 통치를 뒷받침하기 위해 일본의 어용 기독교인 조합 교회가 들어와서 활동하였고, 그에 편승하는 친일 기독인들이 나타나기 시작했다. 그 같은 상황을 견디지 못해 만주나 연해주로 독립운동을 위해 떠나간 기독교인들도 많았지만, 국내에 남아 어려운 환경 속에서 신앙을 지키던 기독교인들이 3·1운동을 기해 큰 함성으로 떨치고 일어났던 것이다.

3·1운동 재판 과정에서 드러난 기독교인들의 적극적인 만세 참여와 역할로 인해 조선 총독부는 내심 당황하였다. 검찰 송치자의 수만 보아도 100만의 교세를 자랑하던 천도교인이 1,322명이었음에 비해 전국 성도 23만 명에 불과했던 기독교인 중에서 훨씬 많은 1,914명이 감옥에 갇힌 것이다. 이로 인해 얼마나 기독교인들이 열성적으로 만세에 참여했는지가 드러났다. 총독부는 그때부터 적극적으로 기독교 교회를 달래고 특혜를 주면서 자신들에게 협조적인 조직으로 만들기 위해 유화 정책을 시작하였다. 새로 부임한 사이토 총독은 워싱턴에서 4년간 체류한 경력으로 영어가 유창하였을 뿐 아니라 미국에서 교회를 다닌 경험까지 있어서 선교사들과 매우 가까운 친분관계를 유지하였다. 지방 순찰 시에는 항상 그 지역의 선교사들을 찾아가 식사를 하면서 그들의 의견을 묻는 등 친기독교 행보를 유지하였다. 선교사들은 전도, 교육, 의료, 문서, 재산권 확보, 도덕적 개선에 관한 6개 요구 사항을 총독에게 전달하였다. 우선 총독부가 전매청을 통해 주도하던 주초와 아편 판매를 중단할 것을 강력히 요구하였다. 만세 직전 조선의 아편 생산이 2,000관을 넘어서고 있었으나 이 요구에 의해 아편 생산이 42관으로 급감하였다. 나라를 잃은 허탈감과 분노로 지식인들조차 아편의 유혹에 시달리며 심지어 어린아이들을 가르치는 소학교 교사들이 아편에 취해 강단에 서는 일도 종종 있었다. 온 국민을 아편쟁이로 만들어 정신을 썩게 하려던 일

제의 간계가 만세 운동을 통한 저항으로 한풀 꺾인 것이다.

아울러 총독부는 포교 규칙을 개정하여 전도와 종교 교육의 자율권을 보장하였으며 교회의 재산권 확보를 위한 법인화를 허용하였다. 교회와 선교부가 재단 법인을 설립했고, 세금 감면 조치가 이루어졌다. 법인 설립은 병탄 이후 협조적이었던 감리교에 먼저 허락되었고, 장로교의 지속적 요청에 따라 1930년대에는 각 지방 노회별로 장로교도 법인 설립이 이루어졌다. 이 같은 회유 정책의 효과는 곧 선교사들과 각 교단 노회 및 교회가 총독부에 협조하는 태도로 나타났다. 핍박 속에서 가난하여 쫓겨 다니던 교회가 재산을 지닌 부유한 단체로 등장했다. 목회자들에게는 세금 감면과 심지어는 공무 시 철도 이용권까지 제공되는 등 각종 특혜가 주어졌다. 교회의 재산권을 지키기 위한 노력은 일제 말기로 넘어가면서 신사 참배의 자발적 참여와 일본의 침략 전쟁에 참여하도록 독려하는 설교로 부일 협력하는 데 일조했다. 친일 목사들은 백성들의 저항의지를 부추길 수 있는 구약성경의 일부분을 폐기하는 운동을 벌이기도 했다. 또한 태평양전쟁 말기에, 모자라는 전쟁 물자를 조달하기 위해 교회 철문과 종까지 뜯어서 바쳤고 비행기 헌납 운동을 벌이기도 했다.

민족 대표 33인 중 친일로 변절한 세 사람은 천도교의 최린과 기독교의 박희도와 정춘수였다. 독립선언서 준비를 도왔던 민족 대표 48인 중의 변절자까지 포함하면 최남선, 현상윤 등이 더 있다. 불교계를 대표했던 한용운은 출옥 후 언론인이자 문인으로 민립 대학 건립 운동, 물산장려운동 및 신간회 운동에 힘쓰며 비타협 민족주의자로 끝까지 항일 운동을 벌이다가 해방 직전 타계했다. 그는 변절자 최남선을 거리에서 만나도 일절 아는 체하지 않았으며 잃어버린 조국을 그리워하는 저항시 〈

님의 침묵〉을 남겼다.

님은 갓슴니다 아아 사랑하는 나의 님은 갓슴니다

푸른산빗을 깨치고 단풍나무 숩을 향하야 난 적은길을 거러서 참어 떨치고 갓

슴니다

황금(黃金)의 꽃가티 굿고 빗나든 옛 맹서(盟誓)는 차듸찬 띠끌이 되야서 한숨의

미풍(微風)에 나러갓슴니다

날카로은 첫 키스의 추억(追憶)은 나의 운명(運命)의 지침(指針)을 돌너노코 뒷

거름처서 사러젓슴니다

나는 향긔로은 님의 말소리에 귀먹고 꽃다은 님의 얼골에 눈멀었슴니다

사랑도 사람의 일이라 맛날 때에 미리 떠날 것을 염녀하고 경계하지 아니한 것

은 아니지만 리별은 뜻밧긔 일이되고 놀난 가슴은 새로은 슬븜에 터짐니다

그러나 리별을 쓸데없는 눈물의 원천(源泉)을 만들고 마는것은 스스로 사랑을

깨치는 것인줄 아는 까닭에 것잡을 수 업는 슬븜의 힘을 옴겨서 새 희망(希望)의

정수박이에 드러부엇슴니다

우리는 맛날 때에 떠날 것을 염녀하는 것과가티 떠날 때에 다시 맛날 것을 밋슴

니다

아아 님은 갓지마는 나는 님을 보내지 아니하얏슴니다.

제 곡조를 못이기는 사랑의 노래는 님의 침묵(沈默)을 휩싸고돔니다

49

"무엇이라? 엄인섭이 밀정이었단 말이오? 도무지 믿을 수가 없소.
어찌 이런 일이 있을 수 있단 말이오?"

변절자

레닌 자금을 받아 모스크바에서 돌아온 동지들과 시베리아 치타의 낡은 호텔에서 밤을 새워 이야기하던 날, 김립은 그동안 연해주에서 벌어진 일들을 상세히 전해 주었다. 한형권이 특사로 떠나고 난 후에 일제가 참혹한 4월 참변을 일으켜서 최재형을 비롯한 연해주의 동지들이 순국한 사실과, 군자금을 얻기 위해 목숨을 걸고 15만 원을 탈취했던 철혈광복단 청년들이 엄인섭의 밀고로 인해 모두 체포되어 죽임을 당하고 최봉설 한 사람만 살아남았다는 사실을 전해 주었다.

"그래서 한 동지와 박 동지가 이번에 모스크바에서 들고 온 이 자금이 더 소중하게 된 것이오."

"그거이 말이 되오? 엄인섭이가 밀정이라니? "

명사수 엄인섭이 누구인가? 안중근과 의형제를 맺어 의병 활동을 하던 의병 대장이 아니던가? 엄인섭은 홍범도와 더불어 의병 중에 명사수로 쌍벽을 이루던 인물이었다. 포수 출신 홍범도가 양손에 두 자루 장총을 들고 다녔다면, 엄인섭은 쌍권총의 사나이였다. 안중근도 이토를 격살하기 전에 엄인섭에게 사격 훈련을 받지 않았던가? 틈틈이 자기 집 안가를 열어 독립운동가들의 비밀 회의 장소로 내어주기도 했던 인물이었다. 그래서 연해주 한인들에게도 후한 인심으로 인정받았던 그였다. 15만 원 탈취 계획을 세울 때 무기 구매선을 확보할 수 있도록 거사에 성공하면 홍범도나 엄인섭을 찾아가라고 철혈광복단 청년들에게 지시를 내렸던 것도 김립이었던 것이다. 충성스럽게 키워낸 어린 제자들을 범 아가리에 몰아넣은 셈이 되고 말았다.

1920년 1월 벽두 15만 원(현재 시세로 환산하면 150억 원 가량) 탈취에 성공한 철혈광복단 청년들은 명동 학교, 창동 학교, 광성 학교 출신들이 섞여 있었고, 김립을 추종하던 좌파와 김하석을 따르던 우파 청년들이 함께 있었다. 좌우로 갈라진 것은 우두머리들이었지, 이들은 더러는 한 학교에서 수학하던 동무들이었고 3·13 만세 운동 시에 함께 만세를 외쳤고 목숨을 걸고 함께 싸우던 동지였기에 이 거사를 위해 뭉칠 수 있었던 것이다. 추격을 따돌리고 현금 다발이 든 행랑을 나누어 메고 그들은 함께 뛰었다. 추격을 피하기 위해 룡정의 도심을 우회하였다. 인적을 피해 눈 내린 산길 80리를 밤새 걸어 마침내 연길 국자가 와룡동의 최봉설의 집에 새벽녘에 도달하였다. 이들은 거기서 한복 두루마기로 옷을 갈아입고 소달구지를 얻어 약속된 집결지 왕청 의란구의 최포수 집으로 다시 이동했다. 그런데 그곳에 가 보니 뜻밖에 김하석이 미리 와 있었다. 일행 중에 김하석과 연결된 사람이 있었던 것이다. 김하석은 그들의 발걸음을 동쪽으로 옮겨 블라디보스토크의 엄인섭에게 가서 무기를 구할 것을 권했다. 그러나 동휘와 김립 밑에서 활동하던 최봉설은 갑자기 나타난 김하석을 의심했다. 그의 의견에 반대하며 오래전 동휘의 활동 거처였으며 홍범도가 기다리고 있는 북쪽의 하마탕으로 갈 것을 주장했다. 그러나 과거 라자구사관학교 시절 교관이었던 김하석의 권위에 눌린 다른 동지들이 동조하자 할 수 없이 뜻을 꺾고 블라디보스토크로 향하고 말았던 것이다.

"엄인섭이 한때 최재형 선생과 함께 동지회를 만들어 부회장까지 하던 사람 아니오? 국내 진공 작전 때 안중근과 더불어 좌영장, 우영장을 맡았고, 안중근과 단지 동맹까지 했댔잖소?"

한형권은 한참 동안 분이 안 풀린 듯 엄인섭을 되뇌고 있었다.

"지금 생각해 보니 여러 가지 의문이 풀리지 않소? 엄인섭이 있는 곳에는 항상 분열이 있었소. 안중근과 국내 진공 작전 시에 다투고 갈라져서 먼저 퇴군했고, 일인들을 쳐서 그 약탈물을 취하여 그 돈으로 도박을

변절자

했다고 주변에서 말들이 많았재이오? 최재형 선생의 수하에 있으면서도 한때 기호파 우두머리 이범윤의 통역을 맡기도 했지비? 그놈이 이리저리 붙어 다닐 때 우리가 진작 알아보았어야 했는데…. 허허, 참!"

박진순도 허탈한 듯 한마디 거들었다.

"그뿐이오? 권업회 기관지 대양보를 창간한 후 갑자기 인쇄기를 도난당한 일 있지 않았소? 우린 그것이 기호파 놈들이 한 짓이라고만 생각했는데, 이제 보니 사무실을 제집 드나들 듯하던 엄인섭의 짓이었음이 틀림없소. 그로 인해 한동안 우리와 기호파가 얼마나 갈라져서 싸웠드랬소?"

한때 블라디보스토크에서 권업회 활동을 하며 엄인섭과 동고동락하던 때가 눈앞에 아른거리자 한형권은 악몽을 꾼 듯한 표정으로 귀를 막고 소리 지르며 고개를 좌우로 흔들었다.

"그만 닥치라우! 내래 미쳐버리겠소. 그 간나 새끼 지금 어디레 있소? 내가 찾아내 골통을 박살을 내 버리고 말겠소."

숨이 차서 씩씩거리는 한형권을 달래며 김립이 차분히 말했다.

"성재 장군이나 내가 밀정 놈들에게 잡혀서 옥고를 치른 것도 우리들의 활동과 거처를 정확히 알고 있던 엄인섭이 밀고했을 것이오. 그뿐이오? 작년에 성재 장군께서 해삼위를 떠난 다음날, 일본 헌병 놈들이 들이닥쳐서 사위 정창빈이 붙들려가디 않았드랬소? 그거이도 다 그놈이 한 짓이디. 그렇잖고 말고. 원수가 우리 안방 구들목에 앉아 있었소. 더욱 정신 차려야디."

"적은 우리 내부에 있다? 그렇다면 임시정부도 마찬가지 아니오? 아니 우리 한인사회당은 믿을 수 있소?"

박진순이 다그치듯 물었다.

"설마 우리끼리야…."

한형권이 말을 흐리자, 김립, 박진순 세 사람이 서로를 쳐다보았고, 잠시 침묵이 흘렀다.

"입지보다 지조가 더 어려운 법이니….'"

박진순이 신음하듯 중얼거렸다.

"림정 안의 기호파 놈들이야 언제든 우리를 배신할 수 있지만, 더욱 위험한 것은 우리 안에 있다가 빠져나간 김하석이와 김동한일게요. 극히 조심해야 하오."

김립이 말했다.

10년간 철저히 신분을 속이고 일제 밀정으로 암약하던 엄인섭은 15만 원 사건으로 그 실체가 낱낱이 드러났다. 시베리아에서 일본군이 철수할 때 함께 고향땅 경흥으로 돌아갔으나, 일본말을 못 하여 더 이상 쓸모가 없어진 엄인섭은 해고를 당했다. 밀정이라는 딱지가 붙어 이리저리 몰려다니던 엄인섭은 훈춘에서 폐병을 얻어 피를 토하고 죽으며 마지막 말을 남겼다.

"내가 김하석 그놈에게 속아 밀정이 되어 천추의 한을 남기는구나."

*

3·1 운동에 대한 보복으로 일본이 연해주에서 벌인 1920년 4월 참변에 의해 일본이 다시 블라디보스토크를 장악하자 국제 공산당 원동 본부가 상하이로 일시적으로 옮겨오게 되었다. 그로 인해 임정 총리 동휘가 상하이에서 다시 한인사회당 활동을 재개하는 계기가 마련되었다. 레닌의 공식 서한을 지니고 동휘를 찾아온 원동 본부 특파원 보이딘스키는 국민의회 부의장이었던 원호인 출신 김만겸을 대동하고 있었다.

레닌의 편지는 이동휘가 총리로 있는 임시정부를 지지하며 볼셰비키는 한인들의 독립운동을 끝까지 지원할 것이며, 그에 반응하여 한인들도 볼셰비키 사상에 떨치고 일어나 국제 공산당 활동을 개시하도록 촉구하는 내용을 담고 있었다. 김만겸 역시 레닌 자금을 얻어내려는 시도 중에 이동휘에 대한 레닌의 절대적 신임을 감지하고 함께 한인 공산당을 창당하고자 찾아온 것이다. 마침 김만겸이 레닌 정부로부터 받아가지고 온 공작금 4만 원이 큰 역할을 하였다.

"성재 장군, 이제 로씨아 전역이 혁명 세력으로 덮이고 있소이다. 일제와 맞서 함께 혁명을 도모해야 할 우리가 두 쪽으로 갈라져서 싸워서야 되겠소이까? 함께 뭉칩시다."

과거에 연해주에서 서로 반목했던 여호인과 원호인이 합세하여 한인 공산당을 창당하자는 김만겸의 제안에, 항상 민족 진영의 통합을 원했던 동휘는 적극적인 동의를 표했다.

"그렇고말고! 힘을 합해야디. 잘 오셨소."

"감사합니다. 역시 늘 흠모하던 대로 성재 장군의 품은 넓기가 하해와 같소이다."

못마땅한 표정으로 두 사람의 주시하던 김립이 옆에서 듣고 있다가 차갑게 이야기했다.

"우리 한인사회당에서는 이미 한형권 동지를 모스크바로 특사로 파견하여 레닌 동지로부터 자금을 기다리는 중이오. 그 자금만 들어오면 우리는 곧바로 스스로 떨쳐 일어날 수 있소."

그때는 아직 모스크바 자금이 도착하기 전이었다.

"잘 알고 있습니다. 우리가 마냥 기다리고만 있을 수 없으니, 한인 공산당을 함께 출범시켜서 성재 동지께서 위원장에 취임하심이 어떻겠소이까? 그리하면 성재 장군께서 앞장서서 국내와 일본과 중국의 공산당 조직과도 련합할 수 있을 것이외다. 그동안 전 상해 지역의 젊은 청년 동지들을 규합하여 당 조직 사업을 강화하겠소이다. 마침 모스크바에서 지급한 공작금 4만 원이 있으니 우리가 그 일을 먼저 시작할 수 있소이다."

김만겸은 모스크바와 레닌의 전폭적 지원을 얻기 위해서는 이동휘와 연합하는 것이 불가피함을 알고 있었다.

"그 자금은 동지에게 준 것이오? 아니면 레닌 동지가 성재 장군에게 이 일을 하도록 준 것이오?"

김립이 의심에 찬 눈초리로 반문했다.

김만겸이 나가고 난 후, 김립이 동휘에게 바싹 다가와서 근심 어린 표정으로 속삭이듯 말했다.

"장군, 너무 쉽게 김만겸을 믿으시는 것 아니오이까? 김만겸이 누구입니까? 세계 대전 시에는 일제와 다시 련합한 로씨아의 국경대표부 통역관으로 있던 사람 아니오이까? 나는 당최 통역관 출신을 믿지 못합니다. 한때는 니콜스크에서 박은식, 조완구 등의 기호파 놈들과 붙어 〈청구신문〉 편집을 하던 자입니다. 이제 로씨아의 전세가 공산 혁명으로 넘어가니 다시 공산당을 만들자고 찾아온 자를 어찌 그리 신뢰하십니까?"

"일세, 나도 아오. 그러나 힘을 합하자고 찾아온 자를 어찌 내친다 말이오. 합하는 일에는 더러 속아 주는 것도 좋은 일이오."

"장군, 김만겸이 북도파 대신 리용익 영감을 해친 기호파 김현토의 동서라는 사실은 아시오이까?"

그 말에는 동휘도 몰랐다는 듯 움칠하고 놀란 표정이었다.

"흐흠… 그렇소? 나도 조심하겠소. 그러나 통역관 출신을 무조건 배척하는 것은 지나치오. 쑤라도 원호인이었고 또한 통역관 출신이었음을 잊었소?"

쑤라의 이야기를 꺼내며 동휘의 눈가에 슬쩍 물빛이 비치는 것을 보며 김립이 물러났다.

기호파가 다수를 장악하고 있는 임정에서 활동의 한계를 느낀 이동휘는 이승만을 탄핵하기 위해 20년 6월 임정 국무총리를 사임하고 중국 웨이하이(威海)로 올라가 거처했다. 그 사이 6월에 홍범도 장군이 봉오동 전투에서 일군들을 크게 격파했다는 승전보가 들려왔다. 홍범도는 동휘와 함께 광복군 정부에서도 활동하였고, 한인사회당 발기 시에도 동참했던 오랜 동지이기에 이 소식은 동휘 측근들을 크게 고무시켰다. 북간도와 연해주에서의 승전보는 독립전쟁을 부르짖는 동휘의 입지를 동시에 높여주는 결과를 가져왔던 것이다. 그 상황 속에서 이동휘의 사임이 가져온 파장이 커지자 안창호는 "국무총리가 안 오시면 우리나라는 멸망한다."라고 부르짖으며 사람을 보내어 복귀를 청해왔다. 처음에는 돌아갈 뜻이 없다고 잘라 말하던 동휘는 특사로 떠난 한형권이 모스크바 자금을 얻는 과정에서 동휘의 임정 국무총리의 지위가 유리하게 작용할 것이라는 김립의 책략에 따라 8월에 다시 상하이로 복귀하였다. 그러나 이미 동휘가 속한 북도파는 이승만의 기호파와 안창호의 서도파와의 불신이 깊어질 대로 깊어진 상태라 갈등의 불씨는 여전히 남아 있었다. 상하이로 돌아온 동휘는 임정 활동보다도 공산당 조직 활동에 더 치중했다.

1920년 9월 동휘는 한인사회당을 재정비하여 한인 공산당 조직을 출범시켜 중앙 위원장에 취임하였고, 중앙 위원에 김립, 이한영, 김만겸, 안병찬을 선출하고 당의 선전·선동 활동을 위한 번역 출판부에 여운형과 조동호를 함께 동참시켰다. 5월부터 활동을 개시한 김만겸의 중재로 임정 법무 차장이던 안병찬과 상해임정에서 외부로 떠밀린 여운형과 조동호가 합세하게 된 것이다. 중앙 위원으로 함께 선출된 안병찬은 1854년 평북 의주 출신 변호사로 박은식과 더불어 상해임정의 가장 어른 중 한 사람이었다. 경술 국치 직전에 나라를 팔아넘긴 일진회의 이용구와 송병준을 국권 괴손죄로 경성 지방 재판소에 고소했다가 본인이 체포된 바 있었던 열혈 법조인이기도 했다. 국민의회 부의장을 겸했고 이르쿠츠크 고려 공산당의 상해 지부를 구성하고자 하는 복심을 품고 내려온 김만겸은 이동휘의 한인사회당 세력에 맞서기 위해 안병찬 선생을 적극 포섭하여 함께 중앙 위원으로 밀어 넣었던 것이다. 김만겸의 자금력과 뛰어난 화술과 친화력으로 한인 공산당은 금세 든든한 조직력을 갖추게 되었다.

그동안 한인사회당은 기관지 〈자유종〉의 주필이었던 계봉우를 통해 〈아령일기〉 및 〈김알렉산드라 전기〉를 발간하는 등 북간도와 연해주에서의 사회주의 계열 독립운동을 동포들에게 널리 알리는 데 힘써왔었다. 그러나 한인사회당이 한인 공산당으로 전환되면서 기관지를 〈공산〉으로 개칭하였고 여운형에 의해 〈공산당 선언〉을 번역 발간하기도 하였다. 이 무렵 김만겸은 여운형에게 매월 100원씩의 자금을 지급하여 그 당시 유행하던 사회·과학 서적을 구매하여 사상 학습을 시킨 후, 그것을 번역하게 하였다. 그뿐만 아니라 김만겸은 〈사회과학연구소〉라는 공식 간판을 내걸고 안병찬을 소장으로 모신 후 20대 청년들을 포섭하였다. 그 당시 3·1 운동 직후에 몸을 피해 독립운동을 위해 상하이에 몰려들던 젊은 유학생들을 적극적으로 포섭하여 공산주의 학습을 시키기 시작했다. 그 무렵 김만겸에 의해 사상 학습에 들어갔던 청년들 중에 장차 조선 청년 공산당의 열혈 행동주의자요, 화요파 3인방으로 불렸던 박헌영, 김단야(본명 김태연), 임원근이 모두 이 연구소에 모여 있었다. 그리고 그들의 연인에서 아내로, 마침내 혁명 동지가 되었던 주세죽과 허정숙도 그 모임에 함께했다. 김만겸이 접촉했던 청년 공산주의자들은 결국 이동휘와 김만겸이 갈라져 상해파 고려 공산당과 이르쿠츠크파 고려 공산당으로 나뉘어질 때, 모두 이르쿠츠크파로 몰려감으로써 동휘에게 큰 타격과 손실을 입히게 되었다. 잠시 하나로 뭉쳤던 한인 공산당은 한 지붕 두 가족을 이루며 오히려 분열의 불씨를 안고 있었고, 장차 자유시 참변과 김립 암살이라는 독립운동사에서 가장 큰 비극을 낳는 결과를 가져왔다.

*

"자네는 누군가?"

동휘는 임시정부 청사를 나가다가 경무국장실 앞에 서 있는 청년을 보고 물었다. 어딘지 낯이 익은 듯 아닌 듯 반듯한 용모의 청년이 동휘를 보고 흠칫 놀라 차렷 자세로 얼굴이 붉어지며 대답했다.

"예, 총리님, 저는 경무국 직원 조봉암입니다."

그는 강화 출신 죽산 조봉암이었다. 빈농의 아들로 태어나 어려서 농업보습학교를 졸업한 후 중학교 진학을 포기하고 강화 군청에 근무하였다. 그 시절 뛰어난 주산 실력으로 경리의 일을 돕는 한편 일제가 농민들의 토지를 강제로 국유화하는 과정에서 토지 대장을 만드는 일을 지켜보며 혼자 울분을 삭이곤 했었다. 동휘가 다니던 잠두교회에 열심히 출석하며 교회 주보를 접는 봉사를 했고, 교회에서 만난 김조이와 연애를 하였다. 학업의 꿈을 버리지 못한 조봉암은 그 후 1919년 경성 YMCA 중학부에 진학하여, 여운형, 김규식, 박헌영 등을 만났으며, YMCA가 조직한 3·1 만세 운동에 적극 참여했다가 체포되었다. 출옥 후 상하이로 망명하여 김구 휘하의 경무국에서 근무하고 있었던 것이다.

"자네는 어디서 나를 만난 일이 있었는가? 무슨 할 말이 있으면 하게나."

입을 뗄 듯 말 듯 망설이며 우물쭈물하고 있는 청년을 물끄러미 바라보며 동휘가 말했다.

"저, 총리님, 저는… 아, 아닙니다. 어… 없습니다."

조봉암은 자기가 강화 출신이고 총리가 권사로 계시던 잠두교회를 다녔었노라고 말하고 싶었지만, 입을 떼지 못하고 그만두었다. 고지식하고 정직하기 이를 데 없어서 늘 주변 사람들과 마찰을 빚었던 조봉암의 성격에 공연히 지연을 이유로 자신을 들이대고 싶지 않았던 것이다. 유난히 정이 많은 동휘가 아마도 봉암이 강화 출신임을 알았다면 극진히 돌보아 주었을 것이지만.

조봉암은 상하이에서 두 살 아래 박헌영을 다시 만났다. 그러나 그들이 모이는 〈사회과학연구소〉 활동에는 적극 참여하지 않았다. 과거 경성 YMCA 활동을 같이할 무렵 중학교도 제대로 못 나온 자신에 비해 수재들만 다닌다던 경성고보 출신으로 영시를 줄줄 외우던 박헌영에게 말 못할 열등감을 느꼈었다. 상하이에서 만난 박헌영 주위에는 여전히 아름다운 여학생들이 몰려 있었다. 박헌영은 그 당시 상하이 교민들에게 인기가 높았던 여운형 전도사를 도와서 〈공산당 선언〉을 번역하는 일까지 하고 있었다. 김구 밑에서 경무국 일을 하던 조봉암은 자신이 흠모하던 동휘를 비롯, 안창호, 이승만 등의 임정 지도자들이 끊임없이 싸우고 분열하는 모습에 크게 실망하였다. 결국 동휘가 임정을 탈퇴한 후 조봉암도 임정을 떠났고, 1921년 일본으로 건너가 유학 생활을 시작했다.

변절자

고학으로 고등학교 과정과 대학을 마치면서 조봉암은 박열을 만나 흑도회라는 아나키스트 단체에서 활동하다가 공산주의자가 되었다. 코민테른의 지령을 받고 모스크바에서 동방노력자공산대학까지 졸업한 박헌영은 조선 공산당을 조직하라는 임무를 띠고 조선으로 귀국하였다. 거기서 조봉암은 세 번째 박헌영과 만났다. 이번에는 당당하게 화요회(마르크스가 태어난 요일을 기념하여 만든 청년 공산당 조직)의 한 멤버가 되어 조선 공산당 조직 사업에 뛰어들었다.

그 이후 조봉암은 박헌영과 더불어 조선 공산당의 대표적인 인물로 지목되었고, 거듭되는 체포와 투옥으로 혹독한 일제 시대를 통과하였다. 신의주 감옥에서 7년 수감 중에 한겨울 동상으로 손가락이 다 잘려 나가는 시련 속에서 변절자 프락치가 되었다는 의심까지 받았다. 해방 공간에서 네 번째 다시 만난 박헌영과 사상적으로 부딪혀 서로 비판하다가 조봉암은 결국은 우익으로 전향하고 말았다. 이승만 정부의 초대 농림부 장관으로 발탁된 그는 남한의 농지 개혁을 성공적으로 이끌어 냄으로 일제에 의해 만들어진 최악의 지주 제도에서 소작농들을 구출해 내었다. 한국전쟁 이후 독재 정권에 맞서 진보당을 이끌며 이승만을 넘보는 대선 주자까지 되었으나 평화 통일을 주장했다는 죄목으로 간첩으로 체포되어 1958년 결국 형장의 이슬로 사라졌다. 대한민국 최초의 사법 살인이었다.

*

1920년에서 1921년 무렵, 상하이에는 조봉암 이외에도 3·1 운동 이후에 정치적 망명을 선택한 많은 청년 유학생들이 몰려 있었다. 그들에게 동휘는 일종의 우상이자 영웅이었다. 우리 민족을 혹독한 식민 지배로부터 일본 군대를 몰아내고 독립된 나라를 되찾아줄 수 있는, 미래의 구세주 같은 존재였던 것이다. 동휘의 명성은 강직 용맹한 군인이면서 동시에 전국에 170개의 보창 학교를 세운 교육자로 대한제국 시절부터 13도에 널리 퍼져 있었다. 그들은 어려서 부모로부터 리동휘 장군에 대한 많은 이야기를 듣고 자랐던 세대였다. 청년들은 종종 동휘를 찾아와 이 혼돈과 불확실성의 세계 속에서 자신들을 이끌어 줄 그 무언가를 듣고 싶어했다. 동휘 역시 청년들을 좋아하여 그들을 데리고 프랑스 조계지의 눈부신 공원이나 노을 진 황푸 강가를 산책하곤 하였고, 땅거미가 질 때면 맛집이나 허름한 한족 만두집으로 데려가서 밥을 사 주며 자신의 옛이야기를 들려주는 것을 좋아했다. 그러나 그는 청년들에게 공산당에 가입하라고 적극적으로 끌어당기지는 않았다. 동휘가 전해 주고 싶었던 것은 떳떳한 독립국을 되찾아 당당한 내 나라를 세우기 위해 청년들이 가져야 할 뜨거운 민족 사랑의 정신이었다. 그 청년들이 자신의 뒤를 이어 독립 항쟁을 해낼 것을 요구했던 것이다.

그들 가운데는 일본 유학을 거쳐 서간도의 신흥무관학교 속성반을 졸업한 후 상하이로 찾아온 장지락(님 웨일즈가 쓴 아리랑에서 '김산'으로 더 알려진 인물)이 있었다. 그는 활달하고 거침없는 청년이라 당돌한 질문도 마구 해 대었다. 상하이로 흘러들어 왔을 때 김산의 나이는 겨우 17세였다. 김산은 유난히 동휘를 좋아하여 졸졸 따라다녔다.

"장군님 고향은 어디시요? 언제부터 무관이 되실 꿈을 꾸셨나요? 그동안 왜놈들은 몇 명이나 죽였나요?"
"허허, 이놈아, 한 가지씩 질문해라. 네 놈 고향은 어디냐?"

변절자

"이놈은 평북 룡천에서 태어났소. 어려서부터 내 커서 성재 장군과 같은 독립투사가 되는 게 꿈이었어요. 그래서 집에서 돈을 훔쳐 달아나 압록강을 건너 700리를 걸어 신흥 강습소를 찾아갔소."

김산은 쉴 새 없이 말을 이어갔다.

"내가 상해에 와 보니, 성재 장군님은 내가 상상한 조선 군인이 아니고 꼭 프랑스 원수같이 생겼소. 언제부터 그 팔자 콧수염을 기른 게요?"

"허허, 이놈 봐라. 내 수염이 그리 재미있느냐? 그럼 너도 한번 길러 보거라. 그런데 네 놈은 아직 솜털 애송이라 카이저수염을 기르려면 밥술을 좀 더 먹어야겠구나. 으핫하하."

"그럼 장군은 이제 군인이 아니고 정치가가 된 게요? 나는 장군이 계속 군인으로 남아 우리나라를 되찾아 주기를 바랐소."

"아니란다. 나는 군인이다. 내가 상해에 온 것은 우리 독립군이 왜놈들과 맞서 싸울 수 있도록 군대를 키우기 위함이다. 그 준비가 되면 나는 다시 연해주로 돌아가 왜군들과 싸울 것이다."

"휴… 다행이오. 그런데 무장 군대를 일으키려면 군대를 훈련시킬 무기가 있어야 하잖소? 내 들으니 임시정부에서는 무장 투쟁을 반대하고 리승만 대통령을 중심으로 외교로 독립을 하자는 무리들이 더 많다고 들었소."

"허허, 당돌한 녀석이로고. 네 놈이 어찌 그런 일까지 알았느냐?"

"림정 안에 〈아메리카파〉와 〈로씨아파〉가 나누어져서 싸운다는 것은 상해에 있는 교민들에게 다 퍼져 있소. 그런데 〈로씨아파〉가 숫자가 적어 늘 진다고 들었소. 어찌 장군만 모르시오?"

동휘는 가슴이 철렁 내려앉았다. 임정 지도자 간의 계파 싸움이 이미 교민들도 다 아는 일이 된 것이다. 그 싸움이 기호파와 서북파의 싸움이라면 승산이 있었다. 그러나 미국 선교사들의 세례를 받아 이미 미국물을 먹은 많은 서도인(평안도 사람)들이 〈아메리카파〉에 붙어 있었기에 승산이 없었던 것이다. 안창호, 양기탁, 손정도 같은 이가 바로 그들이었다. 동휘가 상하이행을 결심할 때, 과거 서북학회 활동을 같이 할 때 호형호제하며 막역한 사이라 생각했던 안창호가 기호파의 손을 들어줄 줄은 상상도 못 했던 것이다.

김산은 자기와 어울리는 아나키스트 의열단원들을 데리고 오기도 하고, 나중에는 공산당 학습을 하는 동무들을 데리고 와서 자신이 성재 장군과 친분이 있다는 것을 자랑하곤 했다.

"장군, 우리 동무들에게 장군이 시베리와 만추리에서 용맹히 왜놈들과 싸운 이야기를 다시 들려주오."

처음에는 김산은 동무들에게 동휘가 압록강을 건너 민족 교육을 위해 교회와 학교를 세우고 라자구사관학교에서 군대를 양성하던 그 이야기와 로씨아 혁명이 일어난 후 일군과 맞서 싸우며 도망쳐 다니던 무용담을 들려주기를 좋아했다. 그 무용담이 끝나고 나면 동휘는 그들에게 반드시 하나의 약조를 하게 했다.

"내가 죽더라도 너희들이 반드시 뒤를 이어 무장독립운동으로 내 나라의 독립을 찾아내야 하느니라. 알겠느냐?"

"예, 알겠습니다. 장군! 우리가 반드시 해내겠습니다."

그들은 일제히 용맹스러운 목소리로 대답하곤 했다. 그것이 동휘가 그 청년들에게 줄 수 있는 가장 큰 선물이었다. 그러나 거기까지였고 그것은 잠시였다.

"장군, 아나키스트와 공산주의자 중에서 누가 우리 민족을 살릴 수 있다고 생각하오?"

김산은 영민하고 명석한 청년이었다. 시간이 지나며 톨스토이와 마

르크스의 저작을 늘 주머니에 넣고 다니는 김산의 질문은 더 날카로워
졌다. 언제부터인가 동휘가 대답하기 어려운 헤겔의 변증법과 레닌의 〈
국가와 혁명〉과 같은 책을 들이대며 철학적 질문을 쏟아내더니 점차 동
휘에게서 멀어져갔다.

동휘는 자신을 찾아온 허헌의 딸 허정숙을 친딸처럼 아껴 주었다. 허
정숙도 동휘를 큰아버지처럼 여기며 그의 큰 가슴에 안기는 등 더러는
응석까지 부리기도 했다. 그녀가 데리고 온 청년 중에는 함흥 영생여고
출신의 아리따운 처녀 주세죽이 있었다. 구례선 선교사와 함께 종종 함
흥에 들려 같은 캐나다 선교사 맥캐런 양이 사역하는 영생 학교에서 강
의와 설교를 한 적이 있었던 동휘는 주세죽도 딸처럼 여겨 함께 귀여워
했다. 그들이 데리고 온 박헌영, 임원근, 김단야 같은 젊은 청년들을 앞
에 두고 동휘는 늘 자식을 먼 타국에 유학 보낸 부모의 마음으로 훈계를
하곤 했다. 그들에게 만두를 사 주며 인생상담을 하고 등을 두드려 주고
타지에서 용기를 잃지 않도록 격려하는 것이 동휘의 역할이었다. 그들
에게 일절 공산주의에 대한 이야기를 하지 않았고, 그들을 동휘가 속한
한인 공산당으로 이끌 생각을 하지 않았다. 아니, 나중에 한인 공산당이
상해파와 이르쿠츠크파로 나뉘어진 이후에도 고려 공산당 상해파로 들
어와 가입하라는 말을 해 본 일이 없었다. 동휘는 허정숙과 주세죽을 바
라보며 항상 자신의 두 딸을 생각했다. 아버지를 도와 독립운동을 하다
가 결국 먼저 천국에 가고 만 큰딸 인순이와 지금도 독립운동가의 아내
로 이리저리 옮겨 다니며 고생하고 있는 의순이를 떠올리며 그들에게
그런 삶을 살라고 말을 꺼낼 용기가 없었던 것이다.

그런 사이에 김만겸은 사상 학습을 통해 상하이의 열혈 청년들을 모

두 공산주의자로 몰아가고 있었다. 주세죽을 동시에 사랑했던 박헌영과 김단야, 허정숙과 짝이 된 임원근은 차가운 이성으로 무장된 공산주의 사상과 감성과 낭만으로 끓어오르는 청춘의 양가 감정 사이를 오가며 상하이의 뜨거운 밤을 불태우고 있었다. 주세죽과 허정숙은 귀국 후 단발머리 모던 걸로 경성에 나타나 유림의 분노를 자아내며 세간을 들끓게 했다. 그것은 여성을 성적 도구로 억압하며 일방적 순종을 강요했던 조선조 500년의 유림과 남성들을 향한 일종의 공개 항의였다. 그들은 곧바로 사회주의 사상으로 무장된 조선 여성 동우회를 만들었고, 당시 YMCA에서 분리하여 YWCA를 결성했던 김활란, 유각경 등의 유학파 기독교계 신여성들과 함께 신간회 근우회 활동을 하는 등 최초의 여성 해방 운동을 이끌었다.

50

모스크바로부터 온 레닌 자금이 확보되자 김립은 그 자금의 사용권이 한인 공산당이 아니라 한인사회당에게 있음을 분명히 하며, 이르쿠츠크에서 온 김만겸 세력을 배제시킬 것을 분명히 하기 시작했다. 실제로 한형권과 박진순이 모스크바에서 활동하던 그 시기는 한인 공산당이 창당되기 이전이라 문건상에도 그 자금은 약소 민족의 식민지 해방 운동을 위해 한인사회당에게 지급된 것이고 자금의 사용 권한과 결산 보고의 주체도 한인사회당에게 있다고 명시가 되어 있었던 것이다. 그러나 동휘의 생각은 약간 달랐다.

"일세 동무, 이번에 올라가거든 반드시 국민의회의 문창범 동무나 이르쿠츠크에 있는 동무들과도 함께 상의하여 우리가 련합 전선을 펼칠 수 있도록 하시오."

모스크바 자금을 확보한 박진순과 한형권을 만나러 가던 김립에게 신신당부하듯 명하였던 것이다. 연해주 국민의회를 해산하고 상하이로 내려왔던 때에, 한성 임시정부를 봉대하여 상해임정과 대등한 연합을 하기로 했던 그 약속을 지키지 못한 일이 동휘에게는 오래된 부채처럼 남아 있었고, 이번 기회에 그 빚을 갚기를 원했던 것이다.

동휘는 김립, 이한영, 박애, 계봉우를 임정 사업에서 손을 떼게 하고 러시아로 파견하여 모스크바와 이르쿠츠크 등지에서 벌어지고 있는 국제 공산당 사업에 치중하도록 했다. 독립전쟁을 위한 무장투쟁 자금이 확보된 상황에서 임정에만 신경쓸 겨를이 없다고 판단한 것이다. 김립이 맡았던 임정의 국무원 비서장은 동휘의 사위 오영선이 대신 맡았다. 사사건건 부딪히는 기호파 출신 총장들을 상대하기에는 같은 기호 출신의 오영선이 더 나을 수 있다는 판단이었다. 오영선을 통해 기호파 총장들과의 화해와 대동단결을 취하며 오히려 이승만 탄핵에 반대 입장을 취했던 안창호를 견제하였다. 이와 같은 기호파, 서도파, 북도파의 삼각 대립은 연해주에 이어서 상하이에서도 그대로 재현되고 있었다.

그러나 동휘의 상하이 복귀로 어느 정도 다시 안정을 찾아가던 상해 임정에 또 다른 악재가 발생하였다. 그 무렵 상해임정에서 북간도와 연해주 지방에 파견한 동로사령관 이용, 노령 특파원 안정근, 서간도 특파원 왕삼덕에 의해 대한북로독군부가 형성되었다. 특히 홍범도, 안무, 최진동이 이끈 독군부와 김규면 목사가 이끌던 대한 신민단이 연합하여 6월 봉오동 대첩에서 승리를 이끌었고, 이어서 9월에 김좌진과 홍범도가 연합하여 청산리에서도 큰 승리를 거두자, 임정이 권위를 찾아가고 있었다. 일제는 그 상황을 두고 볼 수가 없었다. 만주를 점령하여 대륙 침략의 발판으로 삼으려는 궤계를 꾸미고 있던 일제에게는 북간도와 연해주에서 활약하는 조선 독립군들이 눈엣가시였다. 게다가 3·1 운동으로 큰 기세를 얻은 독립군들이 연일 승전을 거듭하자 일제는 만주에 주둔하던 관동군으로는 이들을 격파할 수 없음을 깨달았다.

결국 일제는 훈춘 사건을 조작하여 10월에 간도 참변을 일으킴으로 대대적인 피의 복수를 단행하였다. 조선에 진주하던 정규군을 투입하고자 훈춘 지역의 중국인 마적들을 회유하여 중국 영사관을 불태우고 마을 사람들을 살해·약탈하는 만행을 저질렀다. 일본인들은 이 일이 조선인들에 의한 소행이라고 거짓 선동하며 이를 빌미로 정규군 3개 사단 25,000명을 투입하여 훈춘 일대의 마을을 습격하였고, 10월 초에서 11월 초까지 약 한 달간 끔찍한 만행으로 북간도 주민들을 약탈, 강간, 방화, 학살하여 마을마다 비명과 통곡과 피로 물들였다. 오랜 세월 눈물의 한파를 이겨내며 북간도를 개척했던 삶의 터전이 순식간에 잿더미로 산화해 버렸다. 이들의 만행으로 의란현 한 마을 30호가 전면 초토화된 것을 비롯해 인근 지역 3,500여 명이 살해당했으며 수만 명의 이재민이 발생하였다. 일본군들은 마을마다 찾아다니며 조선 사람의 씨를 말리려는 듯 부녀자와 아이들까지 가리지 않고 살해했다. 가족들이 지켜보는 가운데 작두로 가장의 목을 자르고 임산부의 배를 가르고 아이를 솥에 삶아 죽이고 총칼에 찔려 죽어가는 부상자들을 흙구덩이에 파묻어 생매장시키는 등 인간이 상상할 수 없는 지옥도가 연출되었다. 이 비극적 사건은 훈춘 지역을 중심으로 발생했다 하여 훈춘 참변, 혹은 간도 지방 전체에 피해가 확산되었기에 간도 참변, 그리고 1920년 경신년에 발생하였다 하여 경신 참변으로 역사에 기록되었다.

변절자

경신 참변은 임정 국무총리로서 자신의 활동 무대였던 북간도와 연해주에서의 독립군에 대한 지배적 장악력을 펼쳐 가던 동휘에게 큰 타격을 안겨 주었다. 동휘는 고향 떠나 타국에서 살아가던 북간도와 연해주 지방 조선 사람들에게는 항상 그들을 지켜주는 바람막이요, 정신적인 버팀목으로서 단순한 독립군 이상의 상징성을 지닌 인물이었다. 어린 아이들조차 따라다니며 흠모하던 이동휘 장군, 동휘의 명성만 듣고 조선 팔도에서도 독립군이 되겠다고 몰려들던 청년의병들, 동휘가 밀정에게 붙잡혀 옥고를 치를 때는 그의 석방 운동을 위해 너도 나도 앞다투어 의연금을 내어 동참하던 그들이었다. 그런데 그가 홀연히 상해임정으로 떠나자 간도 지방과 연해주의 동포들은 왠지 모를 허전함과 두려움에 싸여 있었다. 가장이 어린 식솔들을 남기고 사라진 것처럼, 막연한 원망이 커져 가고 있었던 것이다. 그러던 와중에 그들에게 몰아닥친 이 끔찍한 참변으로 인해 그들은 돌이킬 수 없는 상처를 입었다. 상해임정에 부임한 국무총리 동휘의 통치력이 결국 북간도와 연해주에서 벌어진 이 비극적인 참변을 막아 내지 못했다는 동포들의 원망과 원성이 높아지면서, 상해임정에 대한 지지 기반이 급격히 무너졌다. 이 일은 그렇지 않아도 불만을 품고 재기를 노리던 국민의회 측이 재기하는 결과를 가져왔다. 특히 동휘의 텃밭이나 다름없었던 북간도 무장독립 세력의 기반이 완전히 파괴되었고 결국 노령, 연해주 지역으로 후퇴하고 말았던 것이다.

"장군, 이제 간도의 남은 독립군 세력을 로령으로 결집시켜야겠습니다."

일세 김립이 회의석상에서 비장한 표정으로 동휘에게 말했다.

"그렇소. 일전에 백추가 말했던 수청 지역으로 모아 새로이 독립 군단을 만드는 게 어떻겠소?"

"수청은 너무 멀리 떨어져 있소이다. 일단 간도의 독립군들이 모이기 쉬운 밀산의 한흥동으로 집결시킵시다."

"그러면 백추에게도 곧 연락을 하시오."

"예, 백추와 니항에 있는 박일리야, 다반의 최니콜라이 등 우리 쪽에 속한 빨치산 독립군들에게도 연락을 하겠소이다."

그해 12월 영하 40도가 넘는 극심한 추위와 눈보라 속에 떨면서 간도 참변으로 밀려난 독립군 세력의 남은 군사들은 노령의 밀산 지역의 한흥동으로 집결하고 있었다. 동상으로 손발을 못 쓰는 군사들이 속출하였다. 이리저리 흩어진 독립군의 남은 군사들은 퇴각하면서 내부적으로 집결지를 선정했다. 비록 일본군의 영향력이 크게 미치는 간도에서는 철군을 할 수밖에 없었으나 볼셰비키 혁명이 일어난 노령 지역은 비교적 안전했기 때문이다. 그들은 밀산의 한흥동에서 집결한 후 남아 있는 독립군들을 총집결시켜 단일 부대를 만들기로 했다. 밀산에 몰려든 주요 독립군 부대는 홍범도가 이끌던 '간도국민회'의 의병 부대 '대한독립군', 지청천이 이끄는 '서로군정서', 총재 서일과 김좌진을 총사령관으로 하는 '북로군정서(대한군정회)', 구춘선이 이끄는 '대한국민회', 한인사회당과 함께했던 김규면 목사의 '대한신민단' 등이 속속 몰려들었다. 간도 참변으로 근거지를 잃은 항일 빨치산들이 거의 한자리로 모이고 있었던 것이다. 이들은 독립군의 재기를 위해 연합하여 대한독립군단을 만들기로 합의하고 일제와 더불어 다시 한번 독립전쟁을 치를 것을 맹세했다. 그러나 이들에게는 자유시 참변이라는 더 큰 비극이 기다리고 있었다.

변절자

*

이와 같이 혼전을 거듭하던 상해임정의 틈을 타고 1920년 12월 대통령 이승만이 전격 부임하였다. 이는 병석에 있으면서도 이승만의 상하이행을 위해 끈질기게 편지를 써서 설득했던 의정원 원장 손정도 목사의 공이 가장 컸다. 워싱턴의 구미 위원부야말로 13개 도 대표가 서명한 한성 임시정부의 정통성을 받은 공식 임시정부라고 주장하며, 상해임정의 활동을 근본적으로 부인하고 불신임하던 이승만은 자신에 대한 탄핵이 진행되는 위기를 접하고 나서야 현순, 안현경 등의 측근의 조언과 기호파 총장들의 요구에 의해 상하이행을 결심했던 것이다. 일단 워싱턴에서 하와이로 거처를 옮겼으나 반 이승만 여론이 거세어지자 건너갈 시기를 정하지 못하고 상하이의 분위기와 상황을 지켜보고 있었다. 그러다가 간도 참변 이후 약해진 정국을 수습하기 위하여 12월 5일 상하이행을 단행하였다. 간도 참변의 비극이 이승만에게는 기회가 되었던 것이다.

1920년 12월 28일 국무총리 이동휘를 비롯한 각부 총장들, 차장들이 모두 참여한 대통령 이승만 환영식이 대대적으로 개최되었고, 이어서 1월 1일 신년 축하식에서 이승만이 연두 연설을 하였다. 김규식, 이동녕, 이시영, 신규식 등의 기호파 총장들과 원로 격인 박은식 선생까지 참석함으로 독립운동을 위해 각처에서 흩어져 싸우던 인사들이 오랜만에 상하이에 다 모였다. 환영사와 축사에 이어 기념 촬영까지 하는 등 임정은 오랜만에 잔치 분위기로 흥분하였다. 임정 역사에 남을 기념비적인 그 사진의 중앙에는 대통령 이승만이, 좌우에는 이동휘와 안창호가 나란히 서서 사진을 찍었다. 그 사진의 겉모습은 축하 분위기 속에 포장되어 있었지만 임정 안에 내재한 삼각 갈등의 진면목을 그대로 드러낸 상징적 사진이었다. 기호파와 북도파 그리고 서도파를 대표하는 세 거두가 마침내 한자리에 모인 것이다. 1월 15일에는 상하이 교민단 주최로 환영 행사도 개최되었고 그 연설문이 독립신문에 전문이 게재되었다.

마치 신랑이 오기를 기다리듯, 임명받은 대통령의 취임을 1년 넘어 기다리던 끝에 마침내 그 신랑이 도착한 것이다. 각종 환영 행사로 혼인 잔치와 같은 밀월의 시간이 빠르게 지나갔다. 연말연시의 잠시 들뜬 분위기도 가라앉자, 수면 아래 있던 갈등의 불씨가 서서히 지펴지기 시작했다. 권위가 실추되고 혼란스러워진 상해임정을 근본적으로 개혁해야 한다는 목소리들이 올라오기 시작한 것이다.

간도 참변의 여파를 만회하기 위해 이동휘는 무장독립의 급진론을 더욱 과격하게 주장하였고, 안창호는 여전히 실력 양성론의 온건적 태도를 취했다면 새로 부임한 대통령 이승만은 곧 다가올 워싱턴 군축 회의를 언급하며 외교 독립론이 중심이 되어야 함을 힘주어 강조하였다.

"와싱턴은 과연 전 세계 외교가 오가는 세계의 중심부니 상해와 견줄 바가 아니오. 조만간 와싱턴에서 세계 대전의 승전국들이 다시 모여 군축 회의를 진행할 때, 우리 대한의 독립에 대하여도 반닷이 심의를 하게 될 것이오. 그러니 나라의 독립은 대통령의 외교 역량에 맡기고 나를 중심으로 각 국무 위원들은 일심 단합하여야 할 것이오."
그러나 이미 파리강화회의의 쓴맛을 보았던 사람들에게 그 말은 먹혀들어 가지 않았고, 오히려 이승만의 위임통치 청원의 문제가 다시 불거지면서 설전이 오가기 시작했다.
"그놈의 계획만 무성한 외교 만능 주장에 우리가 얼마나 더 기다려야 하오? 제국주의의 심장부에 앉아 외교 운운하고 있는 것이 과연 독립운동이오? 그따위 외교는 이제 그만두는 것이 옳소. 우리가 이제 상해임정을 중심으로 일심으로 새로운 개혁을 단행합세다. 군대를 일으켜 총력으로 일제와 맞서 싸우는 것이 마땅하오."

동휘의 큰 목소리에 젊은 차장들이 가세하여 임정 개혁을 주장하였으나, 그에 맞서 기호파 총장들은 이승만을 옹호하였다.

"아직 와싱턴 군축 회의 결과가 나오기까지는 기다려야 하오."

"그 와싱턴에 앉아 한 일이 결국 우리나라를 남의 손에 넘기겠다는 위임통치나 청원한 것 아니오?"

"허허, 그것은 오해올시다. 내가 주장한 위임통치는 결코 독립을 포기하자는 것이 아니라, 국제 련맹의 힘을 빌려 절차를 밟아 외교적으로 독립을 쟁취하자는 방략이었소. 공연한 시빗거리를 만들지 마오."

이승만도 지지 않고 맞서서 목소리를 높이자 기호파 총장들이 역성을 들면서 대안을 제시했다.

"그러면 임정 내외와 동포 사회에 만연한 그 오해를 풀기 위해 대통령께서 그 의중을 풀어서 설명하시며 성명서를 발표하심이 어떻겠소?"

"성명서라니? 결국 사과를 하란 말이 아니오? 내가 잘못한 것이 없는데 왜 사과를 하오? 그것은 불가하오."

퇴로를 만들어 주자는 기호파 총장들의 제안에도 이승만은 완강히 자신의 잘못이 없음을 주장하며 거절했다.

"그 이야기는 그만둡시다. 그동안 대통령이 미국에 앉아 있으니 상해에서 벌어지는 일들을 이해치 못하여 어려움이 많았소. 대통령제를 폐지하고 국무 위원회의 결정으로 국사를 정하는 것이 어떻겠소?"

"그것이 무슨 말이오? 국무 위원제라는 것은 한성 정부의 정신에 위배되는 것이니 그런 가당치도 않은 말은 꺼내지도 마시오."

동휘의 말에 이승만이 더욱 펄쩍 뛰듯 반대에 나섰다.

"그렇다면 차제에 한성 정부를 봉대하기로 했던 애초의 약속을 지키기 위해 대통령제를 폐지하고 집정관 총재로 다시 환원함이 어떻겠소?"

이승만을 도와 외교 독립을 위해 워싱턴으로 건너갔던 김규식이 절충안을 꺼내 들었다. 김규식 역시 워싱턴 구미 위원부의 활동 중에 이승만의 독단으로 인해 충돌이 발생하여 사이가 벌어진 후 상하이로 돌아와서 학무 총장을 맡았던 것이다.

새롭게 대통령제 폐지가 도마 위에 오르면서 한참 설전을 벌이던 중, 수세에 몰린 기호파 총장들까지 나서서 이승만을 설득하기 시작했다.

"그럼 대통령제는 그대로 유지하되 대통령이 상해와 와싱턴을 오가면서 정무를 주관하고 상해에 안 계실 때는 국무총리에게 행정 결제권을 위임하여 한 달에 한 번씩 보고를 하게 하면 어떻겠소이까? 그리하면 대통령께서는 외교 역량에 더 집중할 수 있지 않겠소?"

"지금 와싱턴의 사업이 가장 중요한 마당에 무슨 행정 결제권을 국무총리에게 위임한단 말이오. 그럴 필요 없소."

현실에 맞닥뜨린 대통령 이승만의 이 같은 독선과 고집에 임정 내부에서는 적잖은 반발이 일어났다. 그 같은 모습은 논쟁을 지켜보던 학무 총장 김규식, 군무 총장 노백린, 교통 총장 남형우 등 기호파 출신조차 이승만에게 등을 돌리는 결과를 가져왔다.

난항에 난항을 거듭하던 중 이동휘와 소장파가 제출한 임정 쇄신안은 결국 국무회의에서 부결되었다. 이미 이승만의 편에 서서 국무총리 이동휘를 견제해왔던 기호파 총장 신규식, 이동녕, 이시영 등과 결정적으로 안창호까지 가세하여 임정은 현상 유지론으로 다시 굳어지고 말았던 것이다. 같은 서북인으로서 신민회 시절부터 호형호제하던 안창호가

변절자

기호파의 손을 들어주리라고는 미처 예측지 못한 상태로 상하이로 내려왔던 동휘의 임정에 대한 마지막 기대가 그날 무너졌다.

"일세, 나는 이제 임정을 떠나려 하오. 그동안 일세의 충고를 받아 총리직을 수행해 왔지만 더 이상은 아닌 듯하오."

"도산 선생이 어째 번번이 기호파 놈들의 편에 선단 말입니까? 당최이해할 수 없소이다."

사위 오영선도 분을 참지 못한 듯 얼굴을 붉히며 고개를 좌우로 저었다.

"그 역시 이미 미국물을 먹은 게야. 로씨아 혁명의 회오리 속에서 칼날 바람 피눈물 바람을 맞고 살아온 우리 같은 독립군들과는 이미 다른길을 가는 것 같소. 아무래도 내가 처음 도산의 청을 받아 상해로 내려온 것이 잘못된 판단이었던 것 같소."

"성재 어른 말씀이 옳소이다. 처음부터 그들은 우리를 리용할 생각밖에 없었던 게요. 이제 우리가 떠날 때가 된 듯하오이다. 우리 수중에 로씨아에서 온 군자금이 있는데 무엇이 아쉬워 이곳에 미련을 두겠소이까? 떠납시다."

김립도 결심을 굳힌 듯 고개를 끄덕였다.

"그럼 림정은 누가 이끌어 간단 말입니까?"

젊은 차장으로 동휘를 끝까지 지지하던 김철이 씁쓸한 입맛을 다시며 동휘를 쳐다보았다.

"도산이 있지 않소? 그러나 그도 오래가지는 못할 것이오."

동휘는 자신의 역량이 임정 내에서 더이상 먹혀들 수 없음을 깨닫고임정 쇄신안의 부결을 이유로 1921년 1월 24일 상해임정을 완전히 탈퇴하였다. 사위 오영선을 통해 안창호가 국무총리를 이어받기를 바란다는 전언을 남기고 광동으로 떠났다. 이로써 3·1 운동의 민족 역량을 총결집하여 좌우 통합 정부를 이루어 독립에 매진하겠다는 동휘의 노력은 결국 무너지고 말았다. 독립 투쟁의 선봉에서 간도와 연해주 한인들의 사랑과 기대를 한몸에 받던 그 시절, 연해주에서 큰 결단을 하고 상하이로 내려왔던 동휘의 정치적 행보는 무산되었고, 형식적이나마 좌우가 하나된 통합 정부는 1년 2개월의 짧은 생을 뒤로하고 붕괴되고 말았다.

*

안창호, 손정도, 양기탁으로 이어지는 서도파가 어찌하여 기호파와 연합하였을까? 역사의 수수께끼다. 반드시 풀어야 할 문제가 아닐 수 없다. 안창호는 이동휘를 상하이로 불러들인 장본인이 아니었던가? 만일 안창호가 이동휘의 손을 들어주었다면 역사는 바뀌었을지도 모른다. 대통령 이승만이 많은 문제로 탄핵까지 거론되던 임정 초기의 리더십을 동휘가 거머쥘 수 있었던 기회였다. 그 상황에서 안창호의 서도파는 결정적 순간마다 기호파의 편에 서서 캐스팅 보트(casting vote)의 역할을 하였고, 결국 동휘를 지지하던 개혁 세력의 젊은 차장들, 그리고 북도파와 연해주 세력을 물리쳤던 것이다. 이를 이해하기 위해서는 조선 반도 근대화에 결정적 영향을 미쳤던 서구 선교사들의 선교지 분할 정책과 함께 생각해야 한다. 대다수의 서도인들은 평양 대부흥 이후 평안도 지역에 먼저 들어섰던 미국 선교사의 영향을 받았고, 그들이 세운 교회와 학교에서 교육을 받음으로 이미 친아메리카 세력으로 자리를 잡았던 것이다. 또한 그들 중에서 안창호와 양기탁을 비롯하여 많은 청년들이 이미 미국을 다녀왔거나, 손정도처럼 내한 미국인 선교사와의 깊은 교제

속에서 신앙을 키웠던 사람들은 이미 친미파가 되어 있었다. 미국 사회의 풍요와 자유, 선진 민주 사회를 접하고 돌아온 그들에게 춥고 가난한 러시아는 따라 배울 것이 없는 나라였기에 사회주의에 경도되어 친러시아 성향을 띠던 북도파에 대한 내밀한 경계심리가 작용했던 것이다.

조선시대 지배 계층의 지배 논리였던 성리학으로 맺어진 기호파는 주로 한성에서 가까운 경기, 충청, 황해도 지역의 양반 세력들이었다. 그러나 전통적 기호파 노론의 거두 충청 옥천의 송시열과 그 후예들은 조선의 성리학을 집대성한 두 정신적 지주, 즉 양대 기둥을 흠모하고 있었다. 걸출한 성리학자 안동 출신 퇴계 이황과 강릉 출신 율곡 이이가 바로 그들이었다. 그러다 보니 전통적 기호파에 강원도와 경상북도가 가세하여 대기호파가 일차 형성되었다. 그러던 중에 구한말 그들과 맞서며 대척점에 있었던 북쪽의 평안도와 황해도 그리고 전라도까지 가세한 미국 기독교 연합 세력이 뭉쳐서 범기호 연합을 형성하였던 것이다. 그것이 결국 해방 공간까지 이어지는 친미 세력이 되었다. 그에 비해 북도파는 함경도와 북간도, 연해주에 퍼져 있었던 캐나다 선교사들의 영향권 속에서 배우고 자라났다. 그리고 볼셰비키 혁명 이후에 급격히 성장한 사회주의 세력과 연합한 북도파는 숫자적으로 열세에 밀릴 수밖에 없었던 것이다. 조선조 500년을 끌어온 기호파와 서북파의 오랜 대립 상황이 미국 선교사들의 영향으로 인해 친미파와 친러파의 새판 짜기로 바뀐 것이다. 이 사실은 임정의 운명을 갈랐을 뿐 아니라 장차 이어진 독립운동사와 해방 후 좌우대립의 분단 역사에도 큰 영향을 미쳤다.

동휘의 임정 탈퇴는 파급력이 컸다. 곧이어 김규식, 남형우가 연속으로 사퇴하였고 상해임시정부는 혼란에 빠졌다. 뒤를 이어 4월 11일 총사령관 참모총장 류동열이 사직서를 제출하였다. 그리고 5월 11일 마침내 노동국 총판 안창호가 사퇴하였다. 그동안 어찌하든지 기호파와 서북파의 중간에서 타협점을 도모하려고 애쓰던 임시정부의 또 다른 한 축이 빠져 버린 것이다. 이로 인해 이승만에 대한 불신임이 고조되면서 반상해임정 세력들이 곳곳에서 들고일어나기 시작했다. 의정원 앞에서 임정과 이승만을 규탄하는 시위가 일어났다. 베이징에서 이승만을 반대하던 박용만, 신숙, 남공선과 박은식, 안병찬 등의 원로들까지 가세하여 임정을 철폐하고 국민 대표 회의 개최를 주장하기에 이르렀다. 제 기능을 못 하는 임정을 폐기하고 새판을 짜자는 것이었다.

수세에 몰린 이승만은 그제서야 독립신문에 문제를 일으켰던 자신의 위임통치안에 대한 해명 기사를 게재하며 마비 상태가 된 임정 수습에 혼신의 힘을 기울였다. 신규식을 국무총리 대행으로 하여 이동녕, 이시영, 노백린을 잔류파 총장에, 손정도를 교통 총장에 추가 임명하였고, 김립이 맡았던 국무원 비서장에 신익희를 선임하였다. 동휘를 따라 나간 젊은 차장급들의 빈 자리를 메꾸기 위해 내무 차장에 조완규를 임명하였고, 외무 차장 이희경, 학무 차장 김인전을 선발하여 차장급 인사도 마무리하였다. 이로써 어렵사리 상해임정은 기사회생하였으나 처음 시작할 때보다도 세력이 크게 약화되어 기호파 일색으로 축소된 왜소한 모양새를 갖추게 되었다. 그리고 5월 17일 대통령 이승만은 긴박한 재정 문제 해결과 임박한 워싱턴 군비 축소 회의 참가를 위해 도미가 불가피함을 알리고 상하이를 떠났다. 그리고 해방이 될 때까지 다시는 돌아오지 않았다.

초라해진 상해임정은 박은식, 이시영, 손정도 등에 의해 어렵사리 살림을 유지했으나, 구미 위원부의 이승만과의 잦은 마찰로 인해 결국 기호파마저 이승만에게 등을 돌리고 1925년 3월 18일 대한민국 임시 의정원에서 대통령 이승만을 탄핵하기로 결정하였다. 이 사실은 독립신문 호외로 발간되어 그 내용이 상세히 알려졌다.

주문,

림시 대통령 리승만을 면직시킴. (중략)··· 리승만은 외교를 빙자하고 직무지를 떠나 5년 동안 원양일우에 편재해서 난국수습과 대업진행에 하등 성의를 다하지 않았을 뿐 아니라, 허무한 사실을 제조 간포해서 정부의 위신을 손상시키고 민심을 분산시킨 것은 물론, 정부의 행정을 저해하고 국고수입을 방해하고 의정원의 신성을 모독하고 공결을 부인하고, 심함에 이르러서는 정부의 행정과 재부를 방해하고, 림시 헌법에 의해 의정원의 선거에 의해 취임한 림시 대통령으로서 자기의 지위에 불리한 결의라고 해서 의정원의 결의를 부인하고, '한성 조직 계통 운운'과 같은 것은 대한민국의 림시 헌법을 근본적으로 부인하는 행위다. (이하 생략)

그 이후 상해임정은 결국 이승만을 위해 만들었던 대통령제를 폐지하고 국무령 제도를 도입하여 초기 설립 시의 내각 책임제와 대통령제를 결합한 어정쩡한 형태로 이어가다가 주석 제도로 변환하는 등 변화에 변화를 거듭하며 힘들게 연명하였다. 그 과정에서 박은식, 이상룡, 이동녕, 홍진, 김구 등 기호파가 주로 국무령과 주석을 역임하면서 주류를 형성하였다. 한때 임정 유지를 위해 애쓰던 서도파의 손정도도 1922년 말 길림으로 떠나갔고, 1926년 임정 수습을 위해 미국에 가 있던 안창호가 국무령으로 지명되어 다시 불려왔으나 기호파의 반대로 결국 취임도 못 하고 쫓겨나고 말았다.

그 후 독립운동의 중심은 연해주와 동북 지역의 무장독립 투쟁과 의열단의 테러 투쟁으로 옮겨갔다. 상해임정은 독립운동의 변방으로 밀려나 오직 백범 김구가 충성스러운 문지기처럼 가난한 임정 사무실을 지켜나갔다. 상해임정이 역사의 전면으로 다시 떠오른 것은 1931년 만주사변 이후 이봉창, 윤봉길 두 청년이 상해임시정부 사무실을 찾아가, 이듬해 세계를 놀라게 한 의거를 터뜨린 이후였다.

51

동휘가 연해주를 떠나 있었던 1년여 사이에 시베리아를 괴롭히던 백위파 세력이 무너지고 러시아 혁명 세력 볼셰비키가 그 땅을 장악했다. 파리강화회의를 주도했던 미국, 영국, 프랑스, 일본의 지원을 받던 백위파 정권이 붕괴되자 노령과 중국의 한인들 사이에서는 3·1 운동 이후 기대를 걸었던 미국과 윌슨의 민족 자결주의에 대한 실망감이 배신감으로 바뀌면서 레닌과 볼셰비키 진영으로 급격히 선회하려는 움직임들이 일어났다. 그 결과 각 도시마다 한인 공산주의 단체들이 우후죽순 격으로 생겨났다. 대표적으로 한때 백위파와 손을 잡았던 원호인 출신으로 대한국민의회를 만들었던 문창범과 김하석이 흑룡주(아무르 주)에서 일어났고, 이르쿠츠크에서도 역시 한인 공산당 조직을 독자적으로 형성하기 시작한 남만춘, 김철훈, 최고려 등이 일어나고 있었다. 남만춘은 아무르주 블라고슬로벤노예라는 매우 비옥한 땅에서 태어난 부농의 아들이었으나 그와 그의 두 여동생은 제정 러시아의 차르 통치에 반대하여 사회주의 혁명에 뛰어들었다.

시베리아의 파리라고도 불리던 바이칼 호수 근교의 아름다운 도시 이르쿠츠크는 시베리아 철도가 지나가는 중간 기착지로서 교통의 요지가 되면서 러시아의 지식인들이 많이 거주하였고 관광객과 상인들이 몰려들던 도시였다. 그러다 보니 러시아 공산당 중앙 위원회 시베리아국이 이르쿠츠크에 자리를 잡았고 백위파를 물리친 후에 러시아 적군 5군단이 이곳으로 옮겨왔다. 그 바람에 일찍이 볼셰비키에 입당했던 남만춘 같은 젊은 한인 공산주의자들 역시 이르쿠츠크에 집결하기 시작하면서 이르쿠츠크는 한인 공산주의 운동 세력의 중심지로 급부상하기 시작했다.

그 당시 모스크바 자금을 수령하기 위해 상하이의 한인 사회당에서 파견되어 온 김립은 모스크바에서 레닌 자금 40만 루블을 운반해온 박진순과 한형권을 베르후네흐진스크에서 만난 바 있었다. 레닌 자금을 직접 수령한 박진순은 모스크바에서 자신에게 부과된 임무에 따라 조선 내지는 물론 일본 및 중국을 비롯한 동아시아 각국에 공산당 조직을 만들어 후원하기 위한 동아 총국(원동 공산당 연맹)을 조직하기로 결정하였다. 이어서 그들은 원동 공화국의 임시 수도였던 치타로 옮겨서 한인 사회당 간부들을 불러 모아 별도의 회합을 가졌다. 치타에는 레닌의 측근이며 원동 공화국 대통령이자 동휘의 든든한 후원자 크라스노체코프가 커다란 영향력을 미치고 있었다. 이들은 치타 원동부 내에 한인부를 설치하고 연해주에서 활동하여 온 구 한인사회당 멤버들인 박애, 계봉우, 김진, 장도정, 박창은 등 5인을 간부로 세웠다. 그곳에서 그들은 레닌 자금의 사용처와 운반책을 정하고 분배하는 작업을 하였다. 한형권은 자신에게 주어진 6만 루블 중에서 4만 루블을 빨치산 운동을 통해 독립전쟁을 치르고 있는 김규면과 이용에게 건네주었다. 나머지 34만 루블은 한인사회당 중앙위에서 대표로 온 김립과 박진순이 나누어 상하이까지 운반하도록 책임을 맡겼다. 그러나 이 회합에서 김립은 상하이에서 떠나올 때 이르쿠츠크 측과 함께 협의하도록 명했던 동휘의 뜻과는 달리 그 자금의 사용처에서 이르쿠츠크 측을 배제함으로 장차 전개될 상해파와 이르쿠츠크 고려 공산당이라는 두 개의 조직 사이에 큰 갈등의 불씨를 만들고 말았다.

이런 사실이 알려지자 이르쿠츠크파와 국민의회파가 연합하여 상해파를 맹렬히 비난하며 독자적으로 이르쿠츠크파 고려 공산당을 형성하였고, 이르쿠츠크의 동양 비서부 책임자로 새로 부임한 슈미야츠키를 앞세워 상해파 고려 공산당을 파상적으로 공격하기 시작했다. 슈미야츠키는 치타에 있던 크라스노체코프의 원동 공화국과 경쟁하며 각을 세우고 있었던 강경 극좌파 공산주의자였다. 그는 정치적 야욕이 많은 자였고, 자기에게 붙은 이르쿠츠크의 젊은 한인 공산당원들을 자신의 정적 크라스노체코프와의 싸움에 이용하겠다는 계산을 하고 있었다. 슈미야츠키의 절대적 지지와 후원을 받은 남만춘과 문창범은 자신들이 유일한 한인 공산당 대표임을 천명하면서, 1921년 5월 4일 이르쿠츠크에서 단독으로 거족적인 고려 공산당 창당 대회를 개최하기로 결정하였다. 그에 앞서 그를 방해하는 세력이자 크라스노체코프의 후원을 받고 있는 이동휘의 측근들을 제거하기로 결정한 슈미야츠키는 상해파 고려 공산당원인 박애, 장도정, 계봉우 등을 체포하고 상해파 군사 지도자 김규면과 이용, 박진순에 대한 체포령을 내렸다.

"일세 동무, 어째서 시베리아에 있는 동무들과 합심하여 독립 자금을 배분하지 않은 게요? 우리가 나뉘는 것을 제일 좋아할 놈들이 일제 놈들임을 모른단 말이오?"

가까스로 김만겸을 곁에 붙들어 두고 한 지붕 두 가족을 이끌어 가고 있었던 동휘는 불같이 화를 내었다.

"성재 장군, 그렇지 않소이다. 그들은 오직 우리가 레닌에게 받을 독립 자금에만 눈독을 들이고 접근해 온 불순한 무리들입니다. 상황 변화에 따라 끝없이 배를 갈아타던 기회주의자들임을 왜 모르십니까? 처음부터 선을 그어야 합니다. 운전자가 둘이 되면 두고두고 큰 말썽이 생길 것입니다. 박진순 동무도 분명히 이 자금은 우리 한인사회당 앞으로 지급된 것이라고 말했습니다."

김립도 지지 않고 자신의 결정이 옳았음을 강변하였다.

"그래서 그들을 더 감싸안아야 하는 거요. 외부의 적 왜놈들과 싸우려면 비록 밉더라도 내부의 적은 한편으로 만들어야 함을 왜 모르오? 내가 아무 생각 없이 김만겸을 붙들고 있었던 것 같소?"

과거의 자신의 지지 세력과 독립운동 기반이었던 연해주와 시베리아로 돌아가 모든 독립운동 세력을 규합한 고려 공산당 연합 창당 대회를 열기를 원했던 동휘는 안타까움을 금할 길 없었다. 어떻게든 한인들의 연합 세력을 구축하기 위해 계봉우와 박애를 치타로 보내어 원동 공화국 내의 각 도시 한인 공산당 세력들을 하나로 묶는 한인부를 조직하는 데 힘을 쓰도록 당부까지 했던 것이다. 그러나 이제는 엎질러진 물이 되고 말았다. 이 같은 상황이 벌어지자 임시정부를 탈퇴한 동휘와 그의 측근들은 앞으로의 활동을 위해 독자적으로 서둘러 고려 공산당 창립 대회를 갖지 않을 수 없었다. 슈미야츠키를 앞세운 이르쿠츠크 패거리들이 치타에 있는 한인부를 해산시키고 그 산하에 있는 모든 한인 공산당 기관들을 무력화하며 동휘를 충실히 따르던 장도정, 오성묵 등이 발간하던 기관지 〈신세계〉마저 폐간시켰다는 소식을 듣자 결국 동휘는 마음을 접었다. 마치 그 일은 동휘의 상해파를 향한 선전 포고나 마찬가지의 일이었다. 이제 이르쿠츠크 고려 공산당이 독을 품고 독자의 길을 가겠다고 선언한 이상, 그리고 이미 자신의 측근들이 그들에게 줄줄이 체포된 엄중한 상황에서 동휘는 결국 연합 창당 대회를 포기할 수밖에 없었던 것이다. 동휘와 김립은 이르쿠츠크파인 김만겸과 연합하여 만들었던 한인 공산당에서 탈퇴하여 독자적인 고려 공산당 창당을 선언했다. 김만겸과 안병찬 등은 이르쿠츠크 고려 공산당 대회에 참석하기 위해 그동안 키웠던 젊은 당원들을 데리고 떠나갔다. 이때 김단야, 임원근 같은 젊은 청년들도 따라갔다. 결국 잠시 한배를 탔던 두 세력은 완전히 결별하고 말았다.

1921년 5월 20일, 상하이에서 열린 고려 공산당 대회에서 동휘가 위원장이 되었고, 김규면이 부위원장, 김립이 총비서, 김철수가 재무를 맡기로 결정되었다. 중앙위원에는 김철수, 장덕수, 홍도, 박진순, 한형권을 비롯한 10인이 선임되었고, 군사부에는 김규면, 이용 그리고 박일리아와 김동한 등을 선임하였다. 특별히 장차 전개될 독립전쟁을 대비하여 군사 부원을 선정하는 것은 매우 중요한 일이었다. 거리가 멀어 비록 함께 참여하지는 못했지만, 한인사회당 시절부터 오랜 동지인 김규면과 이용을 앞세웠고, 원호인 출신 중에서는 김립이 추천하여 새로 박일리아를 선임하였다.

"박일리야는 니콜라엡스크(니항) 전선에서 적위군 트라피친 사령관과 함께 큰 공을 세운 무관입니다. 니항에서 사할린 의용군을 만들어 빨치산운동을 하던 자라 우리 고려 공산당에 입당시키면 큰 몫을 할 것입니다."

변절자

"나도 그의 용맹에 대해 말을 많이 들었소. 그러나 니콜라옙스크에서 너무나 잔혹한 학살을 하였다 하여 말들이 많지 않았소? 아무리 적군이라지만, 로씨아 백위군과 일본군 그리고 죄 없는 유대인 민간인까지… 4,000여 명을 학살하였다니… 좀 마음에 걸리오."

"그것은 반유대주의자인 적위군 사령관 트라피친이 저지른 일입니다. 박일리야는 일본놈들을 처단하는 것이 목적이었으니 너무 괘념치 마십시오. 지난 4월 참변 때 왜놈들이 한 짓을 생각해 보십시오. 최재형 선생을 비롯하여 연해주의 우리 한인들을 얼마나 참혹하게 죽였소이까? 우리가 독립전쟁을 치르려면 박일리야 같은 군인도 필요합니다."

김립은 그 밖에도 한인사회당이 해산된 이후에도 여전히 빨치산 투쟁을 해온 다반 군대 최니콜라이와 독립단 군대 박그레고리도 추천했다.

"알겠소. 그럼 이번에 김동한이도 함께 우리 진영에 넣도록 합시다. 그자도 로씨아 육군사관학교를 정식으로 나왔으니, 장차 여러모로 쓰임새가 있을 것이오."

동휘는 고향 단천의 김장로가 자신에게 아들을 데리고 와 돌보아 달라고 신신부탁하던 일이 떠올라 김동한을 두둔하였다. 김동한이 자신의 두 딸을 연모하였다는 사실도 알고 있었다.

"저는 그자의 눈매가 늘 마음에 걸립니다. 듣자 하니 이번에 이르쿠츠크 고려 공산당 쪽에도 기웃거린다는 소문이 있던데 괜찮겠습니까?"

이번에는 김립이 동휘에게 미심쩍은 질문을 하였다.

창당 대회에는 국내에서 김립의 절친인 허헌 변호사의 소개와 일본 유학파 김철수의 연결을 통해 사회 혁명당 대표 8인이 건너와 참석하여 힘을 실어주었다. 사회 혁명당은 오래전 전덕기의 절친 주시경에 의해 1911년 조직되었던 '배달 모임'의 후신이기도 했다. 일본 유학파 김철수 장덕수 등이 중심이 되어 일본에서 조직했던 신아 동맹단과 배달 모임을 주도했던 15인이 1920년 6월 서울에서 총회를 열고 일본 제국 주의타파와 사회주의 제도 실현을 목표로 사회 혁명당이라는 비밀 결사 조직을 만들었던 것이다. 창당 대회를 마치면서 동휘는 시베리아에서 벌어지고 있는 급박한 사태를 수습하기 위하여 모스크바에서 열리게 될 제3차 국제 공산당(제3기 코민테른) 대회에 본인이 직접 대표로 참가하기로 결정하였다.

*

동휘와 함께 국제 공산당 대회 참가 대표로 함께 선출된 사람은 박진순과 홍도였다. 최근 고려 공산당에 합류했던 사회 혁명당의 대표 자격으로 선발된 홍도는 시베리아의 상황을 살피고 모스크바로 합류하라는 동휘의 밀명을 받고 육로로 먼저 떠났다. 시베리아에서 벌어지고 있는 일촉즉발의 사태를 그저 관망할 수 없었기 때문이다.

"홍도 동무, 하얼빈으로 먼저 떠나시오. 그곳에서 동중철도(동청철도)로 치타까지 올라간 후, 시베리아 열차로 갈아타시오. 어려운 길이 될 것이오. 그러나 홍도 동무는 아직 우리 상해파 인물로 주목받고 있지는 않으니 시베리아를 다니는 데 큰 문제가 없을 것이오. 도대체 무슨 일이 벌어지고 있는지 치타와 이르쿠츠크에 들러서 상황을 파악해 주시오. 정확한 정보를 알아야만 우리가 모스크바에서도 레닌 동지에게 우리의 입장을 바로 설명할 수 있을 것이오."

동휘는 상해파에 대한 체포령이 내려진 시베리아의 상황에서 시베리아 철도를 타고 가는 것을 포기하고 머나먼 해로를 택할 수밖에 없었다. 그 길은 물 넘고 산 넘어 지구를 반 바퀴 돌아야만 갈 수 있는 길이었다.

변절자

그것도 나라 잃은 백성이 여권도 없이 그 많은 나라들을 거쳐 간다는 것은 불가능에 가까운 일이었다. 그러나 다른 방법이 없었다. 동휘는 그 불가능을 선택했다.

"단재 아우, 참 오랜만이오. 그간 어찌 지내셨소?"

동휘는 여행길에 통역관으로 도와줄 사람을 천거해 달라고 부탁하기 위해 베이징에 올라가 신채호를 만났다.

"리승만이 결국 또 화성돈(워싱턴)으로 떠났다는 소식을 들었소만…. 제국주의 나라에서 무슨 외교를 펼쳐서 나라의 독립을 되찾겠다는 겐지. 참 한심하오. 성재도 나오고 도산도 떠났다 하니 이제 상해림정은 무주공산(無主空山)이 되었구려."

단재는 그럴 줄 알았다는 듯, 씁쓸한 웃음을 지었다.

"그렇소이다. 결국 나도 기호파에게 밀려 림정을 탈퇴하였고, 고려 공산당을 다시 창당하였소."

"공산당도 또 파벌 싸움을 벌이기는 마찬가지요. 그래서 이회영 선생과 나는 차라리 무정부주의가 더 낫다고 생각 중이오. 그놈의 자리 싸움 때문에 나라가 망하고도 아직 정신들을 못 차리니 허허…."

"맞는 말씀이오. 그러나 악독한 일제를 물리치려면 또한 그에 맞설 강력한 련대가 필요한 것도 현실이오. 현재 우리 민족이 처한 상황에서 제국주의자들을 물리치고 독립을 쟁취하려면 국제 공산당과 레닌 동지의 도움이 절대적으로 필요하오. 그래서 부득이 내가 이번에 모스크바로 가려는 것이오. 해서 통역관이 필요한데…."

"국제 공산당 대회라면 영어나 법어(불어)보다는 독어가 더 낫지 않겠소이까? 마르크스도 독일인이고 레닌도 독일인 어머니 밑에서 자라 독일어가 유창하다 들었소."

"그렇소이까? 그럼 독일어를 할 줄 아는 사람이 누가 없소?"

"있다마다. 마침 잘 되었소이다. 성재 형님도 잘 아는 리극로가 있지 않소? 그 젊은이가 활발하고 중국어와 영어, 일본어까지 할 수 있으니 행로에 큰 힘이 될 것이오."

"아니, 극로가 아직 독일로 떠나지 못하였소?"

"오래전부터 독일 유학을 꿈꾸어 길을 찾고자 했으나, 번번이 길이 막혔더랬소. 지난번 대암 리태준 선생이 몽골로 데리고 가서 시베리아를 통과하려다가 대암이 운게른 일파에게 참변을 당하지 않았소이까? 겁을 먹은 극로가 그 길로 북경으로 되돌아오고 말았다오."

"아, 나도 그 비보를 일세를 통해 들었소…. 진실로 아까운 사람을 우리가 잃었소이다."

동휘는 세브란스의 첫 한인 의사요, 몽골의 화타로 존경받던 명의 이태준의 헌신을 종종 임정 식구들을 통해 들어 알고 있었다.

"그 청년도 독일로 가고자 하니, 함께 길동무가 되어 독일에 떨어뜨려주고 가시오. 극로도 성재 선생과 동행한다 하면 뛸 듯이 좋아할 게요."

중국 여권을 만들어 중국인으로 변장한 세 사람은 1921년 6월 18일 프랑스 배를 타고 상하이를 출발했다. 나라 없는 백성의 슬픈 선택이었다. 동휘는 떠나기 전에 재무를 맡은 김철수로부터 레닌 자금에서 여비를 건네받았다. 그 자금이 있었기에 가능한 여행이었다.

"철수 동무, 앞으로 동무는 우리 당의 자금책이오. 이 독립 자금은 장차 우리 민족의 운명을 가늠하게 될 중요한 자금이니 잘 간수하시고 꼭 필요한 곳에 쓰도록 하시오. 그러나 우리가 1차로 받은 이 자금으로는 왜놈들과 전쟁을 치르기엔 아직 부족하오. 내가 이번에 국제 공산당 대회에서 레닌 동지를 통해 나머지 자금을 꼭 받아 돌아올 것이니 그동안 우리 당의 살림을 잘 보살피도록 하시오."

전북 부안의 대지주 아들로 태어나 일본 와세다대학에 유학을 하던 김철수는 민족주의에 눈을 뜨고 일제에 항거하는 해방 전선을 구축하게 되었다. 어느 날 조선에서 온 도지사가 유학생들을 모아놓고 친일 연설을 하는 것을 듣던 중 김철수가 분을 참지 못하여 단상으로 뛰어 올라가 그의 멱살을 잡고 끌어내린 사건이 있었다. 그 장면을 지켜보던 동경제국대학 농학과 유학생 우장춘이 김철수의 그 기백에 크게 놀라고 탄복하여 그를 따라다니며 호형호제하는 아우가 되었다. 우장춘은 민비 살해 현장에서 일본 군인들을 경복궁으로 끌어들인 친일 군사 우범선과 일본인 아내 사카이 나카 사이에서 태어난 아들이었으나, 이 일로 김철수와 함께 민족주의 진영으로 전향을 하게 되었다. 김철수는 그 이후 태국, 베트남 등의 식민지 국가에서 온 유학생들을 결집하여 신아 동맹단을 결성하고 민족 해방 전선에 뛰어들었으며, 마침내 서울서 사회 혁명당을 결성하고 상하이로 들어왔던 것이다.

"만일 상해림정 측에서 이 자금을 쓰겠다 요구하면 어찌하오리까?"

김철수의 질문에 동휘가 흠칫 놀라 반문하였다.

"흠 그런 요구가 있었소? 말해 보시오."

신아 동맹단 시절부터 가까이 지낸 장덕수를 통해 얼마 전 여운형을 비롯한 임정 일행이 이르쿠츠크에서 열리기로 되어 있는 동방 피압박 민족 대회에 떠날 여비를 도와달라는 부탁을 해 왔었던 것이다.

"도와주시오. 그들도 우리 독립을 위해 싸우는 동지들이오. 내가 이번에 모스크바로 떠나는 이유는 자금만 얻으려 하는 것이 아니라, 갈라진 우리 고려 공산당 동지들을 다시 합치려는 뜻도 있소."

동휘 일행이 모스크바를 향해 떠났다는 소식은 상하이에서 활동하며 동휘를 밀착 감시하고 있던 일제 밀정들을 통해 총독부에 즉시 알려졌다. 독립전쟁의 자금을 얻기 위해 떠나는 동휘를 체포하라는 긴급 명령이 떨어졌고 그것은 각국의 영사관에 전달되었다. 배는 홍콩을 거쳐 베트남 사이공에 잠시 정박하였다가 다시 싱가포르항에 도착하였다. 그때 영국 영사관의 협조를 받은 일본 영사관 직원들이 배에 올라타 중국인들을 집중 수색하기 시작했고, 결국 동휘 일행은 붙잡히고 말았다. 임정 국무총리였던 동휘가 끌려 나가는 모습을 영국 유학길에 올라 같은 배에 동승했던 청년 윤보선이 멀찌감치 안타깝게 바라보고 있었다. 그러나 동휘는 침착하게 대응하며 그 배의 선장을 먼저 찾았다. 그리고 자신의 신분과 여행 목적을 설명하였다. 곁에서 잔뜩 겁을 먹은 이극로가 더듬거리며 영어로 통역하고 있었다. 그들의 진실된 모습, 그리고 동휘의 인품에 감복한 선장이 동휘를 끌어내리려는 일인들을 막아섰고, 함께 조사를 받았던 중국인들도 오히려 일본인들에게 야유를 퍼붓자 위협을 느낀 영사관 직원들이 도망치듯 하선하고 말았다. 하늘이 도와 가까스로 일본인의 손을 벗어날 수 있었던 것이다.

이 같은 위기 상황은 곳곳에서 벌어졌다. 콜롬보항에 도착하니 이미 일본 영사관에서 압력을 받은 프랑스 조계에서 일행의 입국을 불허하였다. 수에즈 운하를 통과하려면 영국 관청의 승인을 받아야 영국 영지를 통과할 수 있다는 것이었다. 일행은 배에서 사귄 영국 선교사의 도움으로 겨우 위기를 모면하였다. 그 선교사는 동휘가 과거에 구례선 선교사와 한아청 선교회를 만들고 만주 땅을 다니며 부흥사로 활동했던 이야기를 들으며 큰 감동을 받았던 것이다. 그들을 실은 배는 인도양을 지나 홍해를 타고 올라가고 있었다. 동휘는 오른쪽에 보이는 거대한 돌산과 광야 그리고 사막 지형이 구약 성경에 나오는 시나이반도라는 것을 알고 몸을 떨었다. 이 홍해를 가로질러 이스라엘 백성이 이집트에서 탈출했단 말인가? 그 홍해를 지금 자신이 탈출하듯 가로질러 마침내 사도 바울이 활동하던 지중해를 향하고 있는 것이었다. 바로 눈앞에 자신이 한때 그토록 열심히 읽던 성경의 땅들이 펼쳐지고 있었다. 내가 바라보는 저 땅 위에 모세가 불꽃 가운데 십계명을 받았다던 시내 산이 아직도 있을까? 그 순간 천국에 간 전덕기 아우가 떠올랐다. '형님, 이스라엘은 아시아에 속한 나라요. 예수님도 아시아인입니다. 그런데 어째 기독교가 서양 종교라 하시오?' 선하게 웃음 짓던 전덕기의 얼굴이 아른거렸다. 오래전 기억의 상류에서 재잘대며 흘러내리는 상념의 강물 속에서 동휘의 의식이 허우적대며 헤엄치고 있었다. 이윽고 사람이 자연을 거스르며 파 낸 거대한 강줄기 수에즈 운하를 통과하였다. 그들은 마침내 중간 기착지 포르트사이드 항에서 발을 내디딜 수 있었다.

"이제 우린 어찌해야 합니까?"

멀고 긴 여정 중 동휘의 보디가드에 통역관 역할까지 해야 했던 이극로가 계속되는 긴장의 연속 속에서 겁에 질린 듯 울상을 하고 동휘를 쳐다보았다.

"하하, 염려 마오. 지금껏 하늘이 길을 열어주시는 것을 보지 못하였소? 기왕 지중해로 들어왔으니 며칠 쉬었다 갑시다."

정작 불령선인으로 지목되어 일제에게 쫓기는 장본인인 동휘는 시종 여유 있는 웃음으로 오히려 일행을 안심시켰다. 그들은 이집트의 카이로에서 이틀간 머물면서 이집트의 피라미드와 스핑크스를 바라보며 고대인들이 만들어 놓은 그 거대한 구조물에 입을 벌리고 감탄을 연발하였다. 이 피라미드가 이집트 왕 파라오의 혹정 속에서 노예로 살던 이스라엘 사람들이 거대한 돌들을 끌어다가 차곡차곡 쌓아 모래 사막 위에 만든 것일까? 그 시대에 이런 기술이 있었다니…. 동휘의 생각이 복잡해졌다. 피라미드를 만들 당시 파라오의 이름을 따서 만든 카이로 람세스 역에서 기차를 타고 해변가 도시 알렉산드리아에 도착한 그들은 출항을 기다리며 이집트 문명의 고대 유적을 모아놓은 박물관을 구경하였고, 망중한의 시간을 보냈다.

그들은 알렉산드리아에서 다시 이태리 배를 타고 로마 밑에 있는 큰 섬 시실리의 항구 도시 시라쿠사에 도착했다. 선상에서 내내 한성무관학교 시절 배웠던 군사 기술자 아르키메데스가 떠올랐다. 아르키메데스는 수학자요, 철학자였을 뿐 아니라 그 당시 로마와 식민지 사이에서 벌어진 해상 실전에도 사용되는 여러 가지 군사 무기도 발명했던 공학자이기도 했다. 배를 타고 오면서도 이 무거운 배가 두둥실 떠다닐 수 있는 이유가 부력의 원리임을 이극로와 박진순에게 설명해 주었더니 다들 놀라워했고, 동휘는 어깨를 으쓱한 일이 있었다. 그 부력의 원리를 발견한 아르키메데스의 고향에 온 것이다. 잠시 돌아가신 스승 이상설을 회상했다. 에메랄드빛 청명한 지중해를 바라보며 바닷가 해변을 거닐 때 동휘는 인생무상을 깊이 체감했다. 어릴 때 뛰놀던 고향 단천의 앞바다도 스치듯 지나갔다. 도대체 여기가 어디인가? 천국에 가면 바로 이런 모습일까? 오래전 한성무관학교 수리 시간에 천재적인 이상설 선생에게 들었던 아르키메데스에 대한 여러 일화들이 귀에 맴돌았다. 부력의 원리를 발견한 그가 '유레카'를 외치며 목욕을 하다가 발가벗고 뛰어나왔다는 이야기에 사관 생도들이 배를 잡고 깔깔대고 웃었던 그 시절 그 광경이 눈에 선했다. 열심으로 배워서 큰 군인이 되어 반드시 왜놈들 손에서 나라를 되찾고야 말겠다는 결심을 다지며 한 시간 한 시간, 한 자라도 놓칠까 귀 기울이며 강의를 들었던 것이다. 그런데 어느새 30년 가

변절자

까운 세월이 흘러가고 말았다. 그는 군인에서 교육자로, 부흥사에서 독립군으로 그리고 이제는 정치가로 변모되어 있었다. 평생을 풍찬노숙하며 나라의 독립을 찾겠다고 달려왔지만 일제는 갈수록 힘을 얻어 가고 동방의 작은 나라 조선의 독립은 요원하기만 하다. 갑자기 다리에 맥이 풀리는 듯하여 동휘는 시라쿠스의 바닷가에 잠시 쭈그리고 앉았다. 그리고 다시 아르키메데스의 인생과 그의 죽음을 생각했다. 로마의 식민지 시라쿠스에서 태어나 지렛대의 원리를 발견하고 양수기와 투척기와 같은 전쟁 무기를 발명하기도 했던 군사 기술자 아르키메데스! 알렉산드리아에서 유학하고 활동하다가 로마를 이롭게 하는 군사 무기를 더 이상 발명하기 싫어서 말년에 고향 시라쿠사에 돌아왔다던 노인! 그가 해변 모래사장에 쪼그리고 앉아 손으로 도형을 그리며, 새로운 기하학 원리를 연구하고 있을 때 지나가던 정복자 로마 군인이 웬 정신 나간 시골 노인인 줄로 생각하고 창으로 찔러 죽였다는 그 일화가 너무나 선명하게 다시 떠올랐던 것이다. 자신의 인생도 결국 그와 같을 것인가? 그래도 그는 자기 고향 땅에서 죽을 수 있어서 행복했을 것 같았다.

일행을 태운 기선은 다시 아름다운 항구 도시 나폴리로 입항하였다. 이태리의 수도 로마에서 원형 경기장을 둘러보고 초대 기독교인들이 숨어 지내던 지하 도시 카타콤을 구경하며 동휘는 일제의 폭정 속에서 억압받는 조선의 기독교인들을 생각했다. 언어가 통하는 이극로가 곁에 있으니 거칠 것이 없었다. 일행은 밀라노에서 출발하여 아름다운 알프스 산맥을 넘어 스위스의 베른과 제네바를 거쳐 마침내 독일 베를린으로 들어갔다. 베를린에 도착하여 독일 공산당에 연락하니 곧바로 그들이 동휘 일행을 반갑게 영접하였고, 그들은 자신들과 함께 모스크바의 코민테른 대회까지 같이 가자고 제안을 하였다. 독일인을 압도하는 동

휘의 체구와 카이저수염이 그들에게 호감을 샀으며, 이극로의 유창한
독일어 실력도 빛을 보기 시작했다.

그들은 러시아 비자를 받기 위해 한 달을 더 베를린에서 유한 후에 9
월이 다 지나서야 독일 공산당 대표들과 함께 다시 길을 떠났다. 고맙게
도 독일 공산당 대표이며 국회의원인 빌헬름 픽이 동행하여 친절히 안
내해 주었다. 에스토니아를 거쳐 레닌그라드에 도착한 일행은 하룻밤
을 더 달려 신흥 러시아의 떠오르는 도시 모스크바에 도착하였다. 그들
은 속속 들이닥치는 각국 대표들과 함께 고려 공산당 대표로 럭스(Lux)
호텔에 투숙하였다. 이미 다른 경로로 도착한 임정 특사 한형권과 김아
파나시 그리고 김동한이 기다리고 있었고, 시베리아를 관통하여 도착한
홍도도 합류하였다.

52

"성재 장군 먼 길 오시느라 정말 수고가 많았소이다. 어서 가방을 풀
고 편히 쉬도록 하십시오."
한형권이 김아파나시와 홍도, 그리고 김동한을 데리고 방으로 찾아
왔다.
"동무들, 우리를 기다리느라 애썼소. 아파나시 동무는 정말 오랜만에
보는구려."
동휘는 한 사람 한 사람씩 끌어안으며 러시아식으로 볼을 맞대고 인
사를 했다. 그러나 동휘를 대하는 그들의 표정이 반가우면서도 그리 밝
지 않았다.

변절자

"그대들도 미리 와서 대회 준비하느라 수고가 많았소. 그런데 지금 복도에서 안병찬 노인과 함께 앞장서 지나간 한인은 누구요?"

"그자가 이르쿠츠크 고려 공산당 측 대표로 참석한 남만춘이라 하는 젊은입니다. 동양 비서 부장 슈미야츠키가 늙은 문창범을 젖히고 그를 대표로 내세우고 있소이다."

슈미야츠키를 앞세운 남만춘이 한명세, 서초, 장건상, 안병찬의 5인 대표와 함께 미리 도착해 있었던 것이다. 그뿐만 아니라 이번 대회에서 자신들의 세를 과시하여 결정적으로 승인을 받기 위해 청년 대표단 50인을 함께 끌고 나타나 가장 큰 대규모 대표단 행세를 하고 있다는 것이다. 그에 비해 상해파는 초라하기 그지없는 숫자였으나 그들에게는 동휘가 있었다.

여장을 푼 동휘는 한형권, 김아파나시, 홍도, 그리고 김동한을 불러서 그간의 정황들을 보고받았다. 그리고 충격적인 이야기를 듣게 되었다. 동휘 일행이 모스크바를 향해 상하이를 떠난 지 열흘 후에 시베리아 남동부 중국 접경 자유시(스보보드니)라는 곳에서 상해파에 속한 독립군들이 무수히 학살당하고 체포당하는 끔찍한 참변이 있었다는 것이었다. 상해파 독립군이라면, 오래전부터 동휘의 휘하에서 시베리아의 일본군과 백위군을 상대로 빨치산 투쟁을 벌여온 김규면의 대한 신민단을 비롯하여 박일리야의 니항 군대, 최니콜라이의 다반 군대, 박그레고리의 독립단, 김표트르의 이만 군대를 의미했다.

"대체 그게 무슨 말이오? 어찌 그런 일이 있을 수 있다는 말이오?"

동휘는 옆방에서 다 들릴 만한 큰 목소리로 목청이 터질 만큼 고함을 질러대었다. 얼굴이 벌겋게 달아오른 동휘의 두 눈이 시뻘겋게 충혈되기 시작했다. 긴 여행 중 동휘가 한 번도 화를 내는 모습을 본 일이 없는 이극로는 옆에서 그 장면을 지켜보며 두근두근 떨고 있었다.

"김규면과 리용은 어찌 되었소? 간도국민회의 구춘선 로인은 살아 계시오? 설마 그들도?"

동휘는 당장 오랜 동지인 신민단의 김규면 목사와 이준의 아들 이용의 안위가 걱정이 되었다.

"불행 중 다행으로 자유시 참변이 있기 직전에 이르쿠츠크파의 오하묵이 김규면 단장을 체포하는 바람에 위험을 모면했다 합니다. 제가 치타에서 군자금으로 지급한 3만 루블을 소지하고 있다가 그것을 노린 놈들에게 체포당하여… 구춘선 회장께서도 살아 계십니다."

한형권의 설명에 동휘는 깊은 안도의 한숨을 내쉬었다. 돈이야 다시 구하면 되는 것이지만, 사람의 목숨은 천금을 주고도 살 수 없는 것이 아닌가? 그러나 동지들의 허망한 사망 소식을 접하고 상상하기도 힘든 끔찍한 비보에 한참 동안 넋을 잃고 앉아 있던 동휘는 잠시 후 마음을 가라앉히고 차례로 보고를 받았다.

"대체 이 일이 어찌 된 형편인지 이야기를 해 보오."

한형권이 공산당 대회장 안팎에서 긴박히 돌아가고 있는 모스크바의 정치적 상황을 설명해 주었다.

"지금 이르쿠츠크파 아이들이 일찌감치 도착하여 레닌 동지의 측근들을 향해 온갖 정치 공작을 하면서 우리를 모함하고 있소이다. 성재 장군의 명성이 아니었다면 우리는 벌써 쫓겨났을 것이외다. 지도부에서는 양쪽의 이야기를 다 들어보겠다고 기다리고 있는 중이오이다."

김아파나시가 가쁜 숨을 몰아쉬듯 시베리아에서 진행된 그동안의 정치 파동을 빠르게 요약해 주었다.

"그동안 원동에서는 치타의 원동 공화국 대통령 크라스노체코프 동

변절자

지와 이르쿠츠크의 동양 비서 부장 슈미야츠키 사이의 권력 투쟁이 치열하게 벌어져 왔습니다. 그런데 젊은 슈미야츠키가 이르쿠츠크파 고려 공산당과 손을 잡고 온갖 음모를 펼치면서 크라스노체코프 동지를 밀어내고 있는 상황입니다. 슈미야츠키가 결국 당·군·정의 최고 실권을 쥐게 되었고 이르쿠츠크파가 그에게 달라붙은 것입니다. 우리 민족의 연해주 독립운동의 력사를 이해하고 있던 크라스노체코프와는 달리 그는 자신의 권력 장악에만 급급한 자인지라 상해파를 밀쳐내려는 똑같은 생각을 가진 이르쿠츠크파와 덥석 손을 잡은 것이고요. 슈미야츠키는 그동안 연해주의 일본군과 치열한 전투를 벌여 온 박일리야의 사할린 의용대와 같은 조선의 항일 빨치산 부대를 무장 해제하여 자신의 동양 비서부 러시아 적군 5군단 안에 편입시키기를 원하였고, 일본놈들도 자신들의 철군 조건에 그것을 내걸었다고 합니다. 독립군을 약화시키려는 음모임을 눈치챈 우리 상해파의 박일리야가 그것을 완강히 거부하는 과정에서 자유시에서 큰 참변이 일어난 것입니다."

"훨씬 숫자적으로도 많고 용맹을 떨쳐 온 박일리야의 사할린 의용대가 이르쿠츠크파의 지원을 받는 조무래기들인 오하묵, 최고려의 자유대대 통솔을 받으려 했겠소이까? 계봉우, 박애 동지들이 치타에 도착하여 한인부를 세우고 박일리야를 돕고자 했으나 역부족이었습니다. 처음에는 크라스노체코프 동지의 지원을 받는 한인부의 명령으로 이르쿠츠크파의 오하묵 자유대대를 먼저 무장 해제시켰습니다. 박일리야는 자유시에 집결한 독립군들을 대한 의용군 부대로 재정비를 하고 이청천의 독립군을 모아 군사 훈련까지 시키기도 했지요. 대한이라는 국호가 오해를 살 수 있다 하여 원동 공화국의 요청으로 사할린의용대로 다시 이름을 바꾸었고요. 그런데 이르쿠츠크파를 뒤에서 밀고 있는 슈미야츠키가 두 계파 간의 갈등을 이용해 로씨아 군대를 파견하여 우리 상해파 빨치산들을 강제로 무장해제시키려고 한 것입니다. 그 과정에서 끔찍한 참변이 일어나고 말았지 뭡니까. 이것이 제가 조사하고 파악한 내용입니다."

홍도가 덧붙여 설명했다.

"이거이 우연히 된 일이 아니지비. 이르쿠츠크파와 국민의회 놈들이 처음부터 짜고 벌인 일이란 말이제. 문창범 패거리들이 처음부터 꾸민 일이지비."

김동한이 붉으락푸르락 얼굴빛을 변화시키며 언성을 높였다. 김아파나시가 김동한을 물끄러미 쳐다보며 이어서 말했다.

"그렇소이다. 성재 장군의 수하에서 막강한 영향력을 행사하는 상해파 독립군들을 와해시킬 목적으로 강제 무장해제시켜서 로씨아군에 편입시킬 계획을 했던 것이오. 그래서 밀산 한흥동에 모여있던 모든 독립군들을 로씨아령 자유시로 결집하도록 끌어들였단 말이오."

그 당시 간도 참변을 겪고 밀산으로 피신한 독립군 부대들은 서일을 총재로, 홍범도 등을 부총재로 하는 대한독립군단을 결성하고 전열을 재정비하고 있었던 것이다.

"문창범, 오하묵, 최고려 등이 우리 독립군들을 자유시로 유인하고자 하자 그걸 수상하게 여긴 북로군정서의 서일, 김좌진, 이범석 등은 중간에 그에 응하지 않고 도로 밀산으로 돌아가서 참변을 면했다 합니다. 간도국민회의 홍범도와 안무, 서로군정서의 이청천, 그리고 독군부의 최진동 등은 따라나섰고요. 나중에 독립군의 끔찍한 소식을 들은 북로군정서의 서일 장군께서는 독립 군단의 총재로서 그것을 막지 못한 큰 책임감과 상심 가운데 곡기를 끊고 스스로 자결을 했다 하오이다."

홍도가 침울하게 덧붙였다. 그리고 자신이 조사한 자료들을 상세히 보여주며 설명하였다. 1,400명이나 되던 사할린 의용대가 600명 이상이 죽거나 실종 당하고 나머지도 체포를 당하는 끔찍한 일이 벌어졌다는 것이다.

"서일이 그렇게 허무하게 죽다니….."

북간도에서 독립운동으로 오랜 세월 풍찬노숙을 하던 서일의 죽음은 동휘에게 깊은 탄식을 자아냈다. 동휘가 눈을 감고 한참 동안 숨을 고르고 있었다. 고통으로 가슴이 미어지는 듯했다. 침묵이 흐른 후, 동휘가 다시 입을 열었다.

"허나 문창범 선생이 설마 그런 책략을 꾸몄겠소? 원호인으로 형편이 달라 비록 우리와 다른 길을 갔지만 그럴 위인은 아니오."

한때 연해주를 오가며 그의 집에서 식객으로 머물던 때를 생각하며, 오랜 세월 함께 동고동락했던 동휘는 문창범을 두둔하고 나섰다.

"성재 장군께서는 너무 사람을 잘 믿으셔서 탈이오. 문창범이 권력욕이 있는 자요, 마약장사로 돈을 모은 사람임을 모르십니까? 비록 이 일이 그 밑에서 책사로 활동하는 김하석의 머리에서 나온 일이 분명하다 할지라도 문창범이 몰랐을 리 만무하오. 류류상종이란 말이 있지 않소이까? 독립군 내부에서 어찌하든지 성재 장군의 영향력을 말살하려는 계략을 꾸밀 자는 그들밖에 없소이다."

박진순이 얼굴을 붉히며 신음하듯이 말했다. 김하석의 이야기가 나오자 김동한의 얼굴빛이 그림자 지듯 검게 변했다.

"자유시 참변이 있기 직전, 슈미야츠키는 상해파의 계봉우, 박애, 장도정 등을 체포하고 5월에 이르쿠츠크에서 고려 공산당 대회를 크게 개최하였소. 이때 남만춘, 한명세 등의 연해주 세력이 상해에서 올라온 안병찬 로인을 회장으로 추대하고 상해의 김만겸, 북경의 장건상 등이 합세하여 중앙 위원회를 구성하였다 하오."

"그뿐인 줄 아시오? 그 자리는 우리 상해파 고려 공산당의 성토 대회나 마찬가지였는데, 우리가 레닌 자금을 유용하고 있을 뿐 아니라 김립이 광동에서 첩을 두고 혁명 자금을 빼돌리고 있다는 둥 입에 담지 못할 거짓말들을 유포하였소. 김립, 박진순, 김하구, 이한영, 김규면 등의 우리 사람들을 반혁명주의자로 낙인찍고 당에서 축출할 뿐 아니라 체포령을 발동하였소이다. 그때부터 그들은 우리 군사들을 몰아낼 책략을 꾸미고 있었던 것이 분명하오."

"그런데 그 자리에서 재미있는 일이 벌어졌소이다. 성재 장군의 상해파 고려 공산당 세력을 물리치자고 모인 자리에서 위원장에 선출된 안병찬 로인이 김립이 죄인이지 성재 장군은 죄가 없다고 끝까지 주장하여 결국 다수결로 성재 장군만은 체포령에서 제외시켰다 하오."

동휘는 복도에서 만난 안병찬 노인이 멋쩍은 듯 고개를 돌리고 지나가던 모습이 떠올라 안타까움이 더했다. 평북 의주 출신인 안병찬은 동휘와 독립협회에서 처음 만났고, 평안도와 함경도가 힘을 합하자는 뜻에서 도산 안창호와 동휘가 합심도모하여 만들었던 서북학회에서도 한때 함께 활동했었다. 그때는 다 한길을 가는 동지였던 것이다. 을사늑약 후 피 토하는 도끼 상소를 올렸고 일진회의 이용구, 송병준 등을 국권 손괴죄로 기소를 하는 등 젊은 날 기개가 하늘을 찌를 듯했던 그가 이제 노인이 되었고, 상하이에 와서 김만겸에게 붙들려 이르쿠츠크 고려 공산당에 가입했던 것이다. 박헌영, 주세죽, 김단야, 허정숙과 같은 청년들이 사회과학연구소에 모여 김만겸에게 사상 훈련을 받을 때에도 안병찬의 보살핌이 있어서 구심점이 되었었다.

"그 대회에서 여기 있는 김아파나시 동무와 내가 성재 장군과 상해파 고려 공산당을 옹호하고 반대 의견을 제시하다가 결국 추방 명령을 받았던 것입니다. 그리고 모스크바로 도망쳐 온 것이올시다."

김동한이 어깨를 으쓱하듯 부연 설명을 했다. 동휘가 힘없이 고개를 끄덕이고 있었다.

"다들 고생들이 많았구려. 내 머리가 복잡하여 좀 쉬어야겠소. 내일 다시 만나서 작전 회의를 합시다."

*

"가을인데 벌써 눈인가?"

모두가 물러간 이후, 깊은 밤 정적 속에서 동휘는 혼자 창문 곁 소파에 앉아 있었다. 빗줄기인지, 눈발인지 얼핏 구분이 안 가는 진눈깨비가 휘날리기 시작했고, 동휘는 호텔 바깥 황량한 거리를 무상하게 쳐다보았다. 이상 기온인지 갑자기 온도가 내려가고 있었다. 난방이 안 되는 호텔 안에 한기가 쨍하고 돌았다. 언제 우리 민족의 운명이 이 모진 바람과 눈발에서 벗어날 수 있을지 답답하기만 했다. 그날 들은 이야기들이 너무나 기가 막혀서 동휘의 가슴을 짓누르고 있었다. 이 비바람 눈보라를 헤쳐 나가려면 하나로 뭉쳐도 모자랄 판에 갈가리 찢겨진 동족들을 생각하니 처량하고 불쌍했다. 그들을 하나로 만들어 보려고 처음 연해주를 방문하며 스승 이상설을 찾아가 피 토하는 설득을 하던 그 시절이 다시 떠올랐다. 권업회에서 동휘의 연설을 듣고 갈라진 동포들이 하나로 뭉쳐 눈물짓던 그때는 그 일이 가능하리라 굳게 믿고 있었다. 그런데 지금의 현실은 어떤가? 기호파와 서북파, 거기서 서북파가 서도와 북도로 다시 나뉜 것도 부족하여 같은 북도 출신들 중에서도 원호인과 여호인이 갈라지고 이렇게 상해파니 이르쿠츠크파니 하며 산산조각이 나고 만 것이다. 더 한심한 것은 외세를 끌어들여 서로 죽이고 올라서려는 그 모습이 오늘의 참상을 만들어 낸 것이다. 정말 안 되는 것일까? 동포가 하나로 뭉쳐서 이 외세들을 물리치는 그 일은 결단코 불가능한 일인가? 동휘의 애간장을 끊어내는 듯한 깊은 한숨이 정적의 고요를 깨뜨리고 새어 나왔다.

그때 인기척이 나며 누군가 호텔 방문을 노크하였다. 김아파나시였
다. 오래전 첫 만남부터 사리분별이 뛰어나고 민족을 사랑하는 마음과
충정심이 느껴져서 동휘가 아끼던 원호인 청년이었다.

"장군, 드릴 말씀이 있어서 찾아왔습니다."

"이 야심한 밤에 찾아온 것 보니, 사람들 앞에서 말 못할 무슨 사연이
있는 듯하구려. 말하시오."

김아파나시는 입을 열 듯 말 듯 망설이며 잠시 뜸을 들이고 있었다.

"김동한이 수상하오이다."

"그게 무슨 뜻이오?"

"이르쿠츠크 공산당 대회에서도 의장으로 활동하며 마치 자신을 상
해파 대표인 듯 내세우고 이해하기 힘든 말들을 많이 해서 고개를 갸우
뚱했소이다. 그 후에 자유시 참변에도 관여하여 로씨아 군사들에게 체
포되었다고 분명 들었는데 어떻게 재판도 안 받고 풀려나서 우리가 숨
어 있던 우크라이나로 갑자기 나타났단 말입니다. 그의 행동에 의아한
점이 한두 가지가 아닙니다."

"그럼 그자가?"

"예, 맞습니다. 이중 첩자인 듯 합니다."

동휘는 움칫하며 놀랐다. 그동안 동휘를 따라다니며 우직하게 일을
하던 김동한이 주변 친구들로부터 늘 따돌림을 받아도 고향 어른의 부
탁을 생각하며 어렵게 어렵게 감싸왔던 것이다. 툭툭 돌출행동과 말을
해도 열등감에서 비롯된 것이라 여기고 측은히 생각했다. 한동안 사라
졌다가 모스크바에서 보병 학교를 졸업하고 돌아온 후 자신감이 생긴
듯하여 다행이라 여기고 일을 더 시키려했는데, 첩자라니… 갑자기 가

변절자

슴이 서늘해졌다.

"김하석과도 내통하여 우리 군사들을 자유시로 끌어들였을 수도 있습니다. 로씨아 군대에 짐짓 체포된 것도 그것을 감추려 함이었고요. 아마 여기도 장군의 동태를 살피려고 들어온 것일 수 있으니 조심하셔야 합니다."

동휘는 일어나서 창밖을 묵묵히 내려다보았다. 여전히 하염없는 모스크바의 거센 눈발이 속절없이 휘날리고 있었다. 긴 코트 옷깃을 여미며 밤길을 재촉하는 행인들의 바쁜 발걸음이 이국적 정취를 더하였다. 어떻게 해야 하나? 침묵이 흘렀다.

"김군, 이 사실을 다른 사람에게 말한 적이 있소?"

"아닙니다. 없습니다."

"그럼 없었던 일로 합시다."

"예? 그럼 장군께서는 제 말을 못 믿으신단 말이오이까?"

"아니오. 나는 당신을 믿소. 내가 만난 원호인 중에 가장 믿음성이 가는 사람이 김군이오."

"그런데 어째서?"

"동한이 역시 당신처럼 자신을 믿어주는 사람이 필요한 사람이오."

"…."

"그자가 스스로 자신을 밝힐 때까지는 우리는 속아 주어야 하오. 그것이 진짜 믿음이오."

*

김동한은 러시아와 조선과 중국과 일본을 오가며 밀정으로 살았다. 만주사변 이후 일본군 특무 조직 간도 협조회를 창설하여 수천 명의 항일 독립군을 잡아들이고 잔인하게 고문하여 전향시켰고, 결국 1937년 분노한 독립군에게 처참하게 살해당하는 최후를 맞았다. 그는 뼛속까지 일본인으로 살았고, 그의 죽음을 애석하게 여긴 일본 정부에서는 그를 기념하여 욱일 훈장을 추서했다.

김아파나시는 동휘의 말년에 그가 힘을 잃어갈 때에도 끝까지 의리를 지켰고, 동휘의 장례식까지 주도하였다. 연해주 한인의 권익을 위해 헌신하는 젊은 볼셰비키 지도자로 맹활약하다가 1937년 고려인들에 대한 스탈린의 대대적 숙청과 강제 이주에 앞서 일본의 밀정이라는 죄목으로 처형되었다. 억울한 죽음을 당한 김아파나시는 스탈린 사후 1957년 러시아에서 복권되었고 2006년 대한민국 정부는 그에게 독립 훈장을 추서하였다.

53

가난한 농민의 나라 러시아에서는 혁명의 여파가 아직 가시지 않은 상태에서 흉년까지 겹친지라 국제 투숙객에게도 변변한 식사가 제공되지 못하였고, 말린 과일 껍질을 갈아 만든 딱딱한 흑빵이 식사로 나왔다. 그러나 노동자 농민이 주인이 되는 프롤레타리아 혁명을 완수하겠다고 몰려든 세계 각국의 대표들은 어느 누구도 불평을 토로하지 않았다. 오히려 체류 기간 중에 수보트니크라고 불리는 토요일 안식일에도 자원봉사하여 도시 건설에 참여하는 모범을 보였고, 레닌을 비롯한 지도부가 가장 앞장섰다.

"허허, 솔선수범하는 저 레닌 동지의 모습을 보시오. 그래서 혁명이 성공한 것이오. 조선의 양반 지식인들에게서 저런 품성이 어디 있단 말이오?"

동휘는 카이저수염을 쓰다듬으며 매우 감동한 듯 고개를 끄덕였다. 국제 공산당 대회는 단순히 이론과 정치 논쟁만을 하는 대회가 아니라, 장기간 함께 체류하며 각국 대표가 서로 사귀고 함께 일을 하며 혁명의 동질성을 확인하는 실천 학습의 장이기도 하였다. 어느 겨울비 내리는 토요일, 작업복이 따로 없는 동휘와 이극로는 외투를 거꾸로 뒤집어 입고 나갔다. 추위에 옷이 젖어 온종일 몸을 떨면서 일을 했는데, 박진순이 그날 나오지 않은 것에 대하여 동휘는 호되게 야단을 쳤다.

마침내 11월 3일 붉은 광장에서 러시아 혁명 3주기 기념식이 개최되었다. 각국 대표단이 퍼레이드를 하는데, 단상에는 레닌과 트로츠키가 함께 나란히 앉아 있었다. 동휘는 그날 행사의 주빈 중 한 사람으로 축사 순서에 들어 있었다. 그러나 이르쿠츠크의 슈미야스키와 연결되어 이동휘를 좋지 않게 평가하던 국제 공산당 동양부 책임자 샤파로프가 순서를 바꾸어 일본 대표를 먼저 세우려 하자, 그것을 안 동휘가 그 자리에서 샤파로프를 둘러메치는 소동이 일어났다. 감히 왜놈을 앞세워? 동휘는 분노를 참을 수 없었다. 군수 머리 위에 화롯불을 던져 부었던 그 기개가 또 발동되었던 것이다. 옆에서 지켜보던 사람들은 유럽인보다 건장한 체구에 카이저수염을 한 동양인의 그 모습에 깜짝 놀랐으나, 모두 과연 소문으로 듣던 바 조선에서 온 고려 공산당 대표 이동휘에 대하여 혀를 내두르며 겁을 먹었고 그 이후로 아무도 감히 동휘를 함부로 하지 못하였다.

제3차 국제 공산당 대회가 있기 전 남만춘 일행은 슈미야츠키를 통해 이미 5월 말에 레닌을 방문한 바 있었고, 그로 인해 이르쿠츠크파 대표로 온 남만춘이 고려 공산당 대표 연설을 하게 되었다. 그러나 3차 국제 공산당 대회에 동휘가 나타나자 그를 지원하던 레닌과 지도부의 생각을 바꾸고자 남만춘은 집요하게 상해파 고려 공산당을 공격하였다.

"상해파는 조선 독립운동에만 전력을 기울일 뿐이고, 공산주의는 편의상 가면일 뿐입니다. 우리 국제 공산당의 선전에는 백해무익한 존재들입니다. 그들은 인텔리겐차 지식분자요, 대중적 기반이 없는 애국적 민족주의 세력일 뿐이니, 우리 이르쿠츠크 고려 공산당만이 사회주의 혁명 완수를 위한 정강을 지니고 있습니다. 저들이 지난 2년간 보여준 낡은 정치는 분열만을 가져왔고, 늙은 지도력은 이미 혁명 투쟁의 지도자가 될 수 없음을 증명하였소이다. 혁명의 완수를 위해 우리 같은 젊은 공산당이 대표가 되어야 합니다."

남만춘은 아울러 상해파가 레닌 자금으로 받은 40만 루블을 이미 반혁명적 활동에 전횡하였다고 모함을 하였다. 자신을 깎아내리기 위해 늙은 지도력 운운하는 그 연설을 들으며 동휘는 국제 무대에서조차 동족들끼리 싸우는 모습을 보이는 것이 민망하여 낯이 뜨거워졌다. 이동휘와 박진순, 홍도 일행은 그 같은 일을 예상하고 남만춘의 대표 연설이 있기 전에 이미 국제 공산당 집행 위원회와 러시아 공산당 중앙 위원회를 방문하여, 슈미야츠키와 이르쿠츠크 고려 공산당이 어째서 자신들을 공격하는지 그 이유를 홍도가 조사한 자료를 토대로 상세히 설명한 바 있었다. 그들이 벌인 무자비하고 끔찍한 자유시 참변에 대한 불법성을 덮기 위함이라는 것을 미리 보고하였던 것이다. 그리고 상하이에서 결성한 고려 공산당 창당 대회의 조직 구성에 대한 보고서도 제출하였다. 이미 이르쿠츠크 고려 공산당의 창당 승인을 해 버렸던 국제 공산당 지도부는 갑자기 나타난 두 개의 고려 공산당에 대해 어찌할 바를 몰라 난

감한 입장에 처하게 된 것이다.

*

1921년 11월 28일, 동휘가 고대하던 블라디미르 일리치 레닌과의 첫 회합이 성사되었다. 다양한 행사를 치르고 각국의 공산당 대표들을 접견하기 바빴던 레닌의 일정을 맞추기가 쉽지 않았다. 더욱이 나라의 주권을 잃은 고려 공산당에게 그 차례가 돌아오기란 매우 어려웠던 것이다. 이미 이르쿠츠크 고려 공산당이 레닌 접견을 마친 이후라 더욱 그랬다. 그러나 이동휘의 명성을 익히 듣고 있던 레닌의 특별 지시에 의해 마침내 회담 일시가 결정된 것이다. 접견을 위한 대표단은 동휘와 홍도, 박진순 그리고 동휘의 비서 겸 통역으로 김아파나시(김성우)가 결정되었다.

회담 시간이 오후 다섯 시였으나 그들은 일찌감치 크렘린궁에 들어섰다. 모스크바 강가에 세워진 화려하고 웅장한 크렘린 궁은 러시아 정교회의 상징이었으나 이제는 러시아 공산당 중앙 위원회가 장악하고 있었다. 동쪽 성벽 아래 붉은 광장을 거쳐 정문을 통과할 때 러시아 국기 색깔로 군복을 차려입은 보초가 차렷 자세로 거수경례를 하였고, 강화도 진위대장 출신 동휘가 마치 사열을 하듯 여유 있게 걸어가며 그 경례를 받았다. 동휘는 긴 코트를 망토처럼 어깨에 걸치고 있었다. 이제 갓 오십을 바라보는 나이였으나 오랜 망명 생활과 독립군의 파란만장한 세월이 그의 머리를 회색으로 물들이고 있었다. 육중한 철문이 열리고 마치 무도회장처럼 중앙이 뻥 뚫린 넓은 홀로 들어가니 미리 대기하고 있던 비서가 그들을 응접실로 안내하였다. 응접실 소파에 앉아 기다리는데, 동휘가 무척 흥분한 듯 레닌을 만난다는 것에 격앙된 심경을 감추지 못하고 앉았다 섰다를 반복하며 응접실 안을 서성이고 있었다. 다섯 시를 알리는 크렘린궁의 시계탑 타종 소리가 들린 후에 자그마한 키에 머리가 벗겨진, 그러나 눈매가 날카로운 구부정한 사내가 들어왔다. 그는 세련된 양복에 넥타이를 매고 재킷 안에는 검정색 조끼를 입고 있었다. 블라디미르 일리치 레닌이었다. 깔끔하게 다듬은 콧수염과 턱수염이 인상적이었다. 일동은 약속이나 한 듯 모두 자리에서 벌떡 일어났다. 레닌은 곧 동휘를 알아보고 다가와 악수와 포옹을 하고 동휘 손을 잡고 이끌 듯이 소파로 걸어가 옆자리에 두 사람이 나란히 앉았다. 그리고 서로를 비껴 보면서 대화를 시작했다.

"위원장 동지와 고려 공산당 여러 동지들을 환영하오."

"일리치 동지, 뵙게 되어 무한 영광이올시다."

"내가 크라스노스코프 동지를 통해 그리고 우리의 혁명의 전설인 김 알렉산드리아 동지를 통해 위원장 동지를 비롯한 조선의 혁명가들이 제국주의와 맞서기 위해 온갖 어려움을 겪으며 고초를 당해 왔다는 것을 들었소이다. 이렇게 문화의 중심지 크렘린궁에서 편하게 살고 있는 나보다 동지들이 진정 혁명가들이오."

레닌은 진심으로 조선 대표단을 치하하며 위로하는 듯하였다.

"이렇게 격려해 주시니 감사할 뿐입니다."

동휘와 일행은 얼굴이 상기되어 고개를 숙였다.

"일전에 붉은 광장에서 보여준 위원장 동지의 무술 실력을 감탄하며 보았소. 하하… 내가 듣던 대로 위원장께서는 장군의 위용을 지녔소."

레닌은 스스럼없이 동휘를 고려 공산당 위원장으로 칭하였다.

"일전에 박진순 동무를 통하여 우리 한인사회당에게 우리 민족의 해방을 위해 혁명 자금 200만 루블을 약속하시고 60만 루블을 지급해 주

변절자

신 것에 대하여 큰 감사를 올리는 바입니다."

김아파나시가 옆에서 유창한 러시아어로 통역을 하고 있었다.

"위원장 동지, 나는 조선 민족이 세계에 보여준 3·1 운동의 소식을 매우 감동 있게 자세히 전해 들었소. 특별히 피압박 민족인 조선인이 일본 제국주의의 폭력에 맞서서 비폭력적으로 일떠서서 강인한 저항 정신을 펼친 것은 가히 세계 력사에 빛날 혁명 정신의 발로가 아닐 수 없소."

"그렇소이다. 그러나 비폭력 운동의 한계로 일제의 탄압을 면할 수 없어 실패로 돌아가고 만 것이오. 그래서 우리는 이제 무장독립전쟁을 통해 반드시 나라를 되찾으려 하는 것이올시다. 모든 피압박 민족이 함께 일어나 제국주의를 무찌르고 국제 공산당으로 소비에트 연방 국가를 만드는 데 우리 조선 민족도 함께 싸울 생각이오."

동휘는 박진순에게 미리 들은 대로 국제 공산당 대회의 방향에 맞추어 레닌의 비위를 맞추려 노력했다. 그러나 레닌의 대답은 의외였다.

"나는 폭력과 테러에 반대하오. 폭력은 폭력적 제국주의에 맞서기 위한 어쩔 수 없는 최소한의 일시적 선택일 뿐이오. 위원장 동지도 가급적 폭력적이고 공포적인 수단을 쓰지 않는 것이 좋을 것이오."

"그러면 어떤 방법으로 혁명을 한단 말이오이까?"

"대중을 선전하고 대오를 각성시키는 것이 첫째요. 지하 조직을 활용해야 하오. 그리고 비록 적들이 만든 것이라 할지라도 가급적 기존의 시설들을 적극 활용하여야 하오. 3·1 운동 때에 일제의 감시망을 피해 교회와 련합하고 비밀 결사를 만든 것은 최상의 방법이었소. 그리고 일제가 만든 철도를 독립선언서를 배포하기 위해 조선 민중이 매우 적절히 이용한 것 역시 매우 잘한 일이오."

동휘는 마치 머리를 한대 얻어맞은 사람처럼 입을 열지 못했다.

"우리의 적은 특정 민족이 아님을 잊지 마시오. 무산 계급 인민 대중을 착취하는 부르주아 유산자 계급이 바로 우리의 공통 적이오. 그러니 일본과 중국 민족의 무산자 계급과도 함께 련대해야만 하오."

"알겠소이다. 이미 중국 공산당과 일본 공산당 대표들과 만나 교류를 하고 있소이다. 그들에게도 혁명 자금을 지급하여 돕는 중이외다. 그러나 일단 우리나라를 되찾아야 혁명도 완수할 수 있지 않겠소이까?"

"핫하하, 맞소이다. 내가 보니 위원장 동지는 민족을 사랑하는 마음이 넘치는 것 같소. 현재의 조선은 공산 혁명에 앞서 아직 민족 운동이 더 필요한 시점이니, 위원장 동지의 소신대로 민족 운동에 먼저 매진하시오. 내가 적극 밀어 주리이다."

레닌을 만나고 돌아오는 길에 동휘는 더욱 흥분하였다. 그동안 자신이 이끌어 온 민족 해방을 위한 독립운동이 이르쿠츠크파가 주장하는 국제 공산당 운동보다 더 중요하다는 것을 확인한 듯 얼굴에 만면의 미소를 띠고 좋아하였다.

*

레닌의 지시에 의해 국제 공산당 지도부는 두 고려 공산당의 연합을 명령했다. 먼저 승인을 받았던 이르쿠츠크파가 크게 반발하자 국제 공산당 집행 위원회에서는 검사 위원회를 만들어 직접 조사에 착수하였다. 그것은 레닌을 비롯한 초기 볼셰비키들이 동휘에 대해 지니고 있었던 신뢰에 바탕한 것이었다. 더욱이 검사 위원회의 조사 과정에서 드러난 여러 가지 문건들 중에 과거 백위파의 케렌스키정부가 이동휘를 가장 위험한 인물로 간주하여 줄기차게 감시하고 체포령을 내려 일본에게 넘겨주려고 했다는 사실이 드러났다. 그것이 볼셰비키 혁명으로 인해 실패로 끝났다는 사실들이 밝혀지면서 동휘에 대한 신뢰는 더 커지게 되었다. 자유시 참변에 대한 책임에 관해서도 이르쿠츠크파를 편파적으로 지원한 동양 비서부의 문제점도 지적되었다. 그 조사 과정에서 억울하게 체포된 상해파의 박애, 계봉우, 장도정 등 80여 명을 즉각 석방시켰다. 그리고 양 진영 동수의 연합 중앙 간부를 선정할 것을 명하였다. 양측에서 4인의 대표가 나와 총 8인의 중앙 간부가 선출되었는데 그 과정에서 동휘의 의견이 전격 반영되었다. 상해파에서는 이동휘, 홍도와 더불어 상하이에서 합류한 김철수와 막 석방된 장도정이 선출되었다. 이르쿠츠크파에서는 안병찬, 이성, 김응섭, 장건상이 선출되었는데, 반상해파의 선봉에 섰던 남만춘, 한명세, 최고려, 김하석이 배제되고 온건파들이 대표가 된 것은 전적으로 동휘의 영향력 때문이었고 그 자체가 상해파의 승리를 말해주고 있었다.

"안병찬 선생, 우리 힘을 다시 합쳐 고려 공산당을 세웁시다. 그래서 레닌 동지가 약속한 나머지 혁명 자금 140만 루블도 같이 받아내어 왜놈들을 물리쳐야 할 것 아니겠소? 안선생께서 부족한 이 사람을 위해 친히 엄호해 주었다는 것을 다 들었습니다. 고맙기 이를 데 없었소이다."

"오랜 세월을 같이 지낸 성재 장군의 나라 사랑하는 충정을 어찌 내가 모르겠소. 이르쿠츠크의 젊은 친구들이 형편없는 거짓말을 자꾸 만들어내는 것이 한심해서 쯧쯧…. 내가 너무 오래 살았나 보오."

"글쎄 말입니다. 일세 김립이 민활하고 책략이 많은 자이기는 하나, 그렇듯 어렵게 얻은 독립 자금을 첩살이에 쓸 그런 위인은 아닙니다. 제가 그를 오랜 세월 지켜보아 잘 알고 있소이다."

"누가 아니라 하오? 일세가 국무원 비서장으로 젊은 차장들을 통솔하고 림시정부의 초기 틀을 잡는 과정을 나 또한 법무 차장으로 지켜보앞소이다. 탁월한 행정가요, 지략가임에는 분명하나 그런 허튼 짓을 할 사람은 아니지, 암!"

늦은 밤 호텔 방에서 만난 두 지도자는 힘차게 손을 맞잡고 흔들었다. 두 사람은 고려 공산당 연합 대회를 베르후네우진스크(울란우데)에서 열기로 합의를 했고 그 자리에 모인 중앙 위원들은 모두 상기된 표정으로 열렬한 박수로 환영하였다. 그리고 다음 날, 안병찬과의 만남에 크게 고무된 동휘는 상하이에 있는 동지들에게 전보를 쳤다.

"량당 련합 순적."

그러나 동휘의 그 꿈은 얼마 있지 않아 사상누각처럼 힘없이 무너져 내리고 말았다. 모스크바에서 다시 상하이로 돌아가는 도상에서 안병찬 선생은 마적의 습격을 받아 목숨을 잃고 말았다. 이르쿠츠크 편에서는 상해파에서 살해한 것이라고 소문을 내었지만, 그것은 동휘에게는 얼토당토않은 이야기였다. 겨우 합당을 위한 합의를 하고 상하이에 돌아가서 젊은 청년 당원들을 설득하여 데리고 다시 돌아오겠다고 떠난 안병찬 선생을 상해파에서 제거할 아무런 이유가 없었던 것이다. 떠날 때 노잣돈을 두둑이 챙겨 드렸는데 그것을 노린 마적의 소행이었을 가능성이 더 높았다.

"마적 떼를 이용한 이르쿠츠크 놈들이 한 짓일 수도 있소이다. 안 선생께서 성재 장군을 두둔하고 우리 상해파와 련합하려는 것을 가장 싫어한 놈들이 누구인지 생각하면 바로 알 수 있는 일 아니오이까?"

한형권과 박진순이 분통을 터뜨리며 말했다.

안병찬의 갑작스러운 사망으로 인해 결국 이르쿠츠크파의 중앙 위원은 한명세가 추가로 보충되었다. 그리고 이르쿠츠크파의 반격이 다시 시작되었다.

변절자

레닌 면담이 끝난 직후 자신감을 얻은 동휘와 홍도는, 검사 위원회의 결정을 실행에 옮기기 위해 이르쿠츠크를 향해 떠나갔다.

"위원장 동지, 그냥 모스크바에 남아 계시는 것이 더 좋지 않겠소이까? 이곳은 레닌 동지의 후원이 있어 우리를 지켜주지만, 이르쿠츠크는 완전 적진입니다. 혹시나 안병찬 선생처럼 몸 상하실까 걱정이오이다."

김아파나시와 박진순이 만류하였다.

"염려 마오. 이 결정서가 있는데 그들도 어찌하겠소. 하루속히 우리 두 당이 련합하여 독립 자금을 받아 돌아가야 하지 않겠소? 그 일을 위해 내가 이 먼 길을 왔는데 어찌 지체하겠소?"

당시 국제 공산당 동양 비서부는 이르쿠츠크에서 열릴 예정인 원동 민족 혁명 단체 대표회의 준비에 여념이 없었다. 그러나 동휘가 온다는 소식을 들은 이르쿠츠크파와 국민의회 연합 세력은 국제 공산당 동양 비서부의 슈미야츠키에게 압력을 넣어 자유시 참변 이후 체포되어 감옥에 있던 상해파 장교들에 대한 군법 재판을 서둘러 실시하였다. 그들이 체포하였던 박애 등 상해파에 속한 한인부 간부들에 대한 석방을 결정서에서 지시하고 있었기에 자유시 참변의 책임을 물어 미리 기정 사실로 만들어 그들의 발을 묶어두기 위함이었다. 때마침 대회 참석을 위해 이르쿠츠크에 집결해 있던 김규식, 여운형의 조선 대표단들이 엉겁결에 그 재판의 배심원으로 참가하여 남의 나라에서 같은 민족이 동족을 재판하는 쓸쓸한 광경을 지켜보아야 했다. 그 재판의 재판관 중 한 사람은 어이없게도 봉오동 전투와 청산리 대첩의 영웅 홍범도였다.

그 대회에서 정치적으로 이용된 두 사람, 김규식과 홍범도가 있었다.

그 무렵, 이승만의 장담과는 달리 1921년 11월 11일에 워싱턴에서 열린 태평양 군축 회의에서도 결국 조선의 독립 문제가 채택되지 못하였다. 임정에서 동휘를 젖히고 이승만을 지지했던 서도파의 안창호와 손정도는 〈외교연구회〉를 조직하여 그 회의에 총력을 기울여 돕자는 제안까지 했으나 대표 선발 과정에서 또 내부 분열이 일어났고 결과마저 실패로 돌아가고 말았던 것이다. 마지막 희망의 끈이 사라지자 크게 실망한 상해임시정부와 기호파 인사들 중에 많은 사람들이 이제 다시 레닌의 국제 공산당에 희망을 갖고 눈길을 돌리기 시작하였다. 여운형은 우사 김규식을 먼저 설득하였다.

"우사 형님, 더 이상 미국에 우리가 눈길을 두는 것은 어리석은 일이오. 이번에 이르쿠츠크에서 열리는 원동 민족 혁명 단체 대표 회의에 함께 갑시다. 지난번 리동휘 총리의 주장처럼 우리 민족의 처지를 알고 도울 사람은 레닌밖에는 없는 듯하오."

"그렇소. 파리강화회의에서 이미 한 차례 수모를 겪고도 림정이 아직 정신을 못 차린 게요. 우리가 우당을 대통령으로 세운 것도 그를 통해 오직 미국의 도움을 받고자 함이었는데 이제 모든 것이 허사로 돌아갔소. 그의 주장을 믿고 기다린 것이 어리석은 짓이었소."

여운형과 원세훈, 박헌영 등 이르쿠츠크 고려 공산당원들은 우사 김규식을 고려 공산당 후보 위원에 가입시켰다. 파리강화회의의 임정 대표였으며 구미 위원부 부위원장을 지냈고, 임정의 학무 총장까지 역임한 우사가 고려 공산당 대표로 러시아에서 열리는 국제 공산당 대회에 참석하는 것은 상징성이 대단히 컸기에 그들은 김규식을 설득하는 데 심혈을 기울였다.

"그런데 우리 림정이 재정난으로 쩔쩔매는데 그 먼 길을 떠날 려비는 준비가 되었소?"

파리강화회의에 앞서 여비 마련에 큰 곤란을 겪은 바 있었던 김규식이 걱정스러운 표정으로 물었다.

"형님, 염려 마십시오. 장덕수를 통해 이미 다 얻어 놓았소이다."

그 당시 박진순과 김립을 통해 레닌 자금이 상하이에 들어온 이후, 오직 독립운동 진영의 자금줄은 상해파 고려 공산당밖에는 없었다. 여운형은 상해파 이동휘와는 껄끄러운 사이인지라 평소 가까이 지내던 설산 장덕수를 통해 일본 유학생 시절부터 함께 신동아련맹 활동을 해오던 상해파 재무 담당 김철수에게 줄을 대었던 것이다. 김철수는 동휘의 지시에 따라 이르쿠츠크파 고려 공산당 일행의 대회 참가 여비 일체를 다 대 주었다. 그 대회가 이르쿠츠크파 중심의 대회인 것을 알고 있었지만, 동휘는 그때까지만 해도 이르쿠츠크 고려 공산당과의 양당 연합에 대해 낙관적으로 생각하고 있었던 것이다. 그리하여 김규식을 단장으로 하여 여운형, 박헌영, 김단야의 공산 청년 단원과 일본 유학파 나용균, 2·8 독립선언의 중심 인물이었던 김상덕, 장덕수의 동생 장덕진 그리고 현순 목사 등이 앞다투어 길을 떠날 수 있었다. 그들은 새로운 희망을 품고 베이징에서 장가구와 몽골의 고륜(울란바토르)에 이르는 길을 기차와 지프차, 그리고 마차를 갈아타며 질풍노도처럼 달려갔고, 극동 공화국의 수도 치타를 거쳐 마침내 이르쿠츠크까지 도착한 것이었다. 그리고 도착하자마자 이르쿠츠크에서 군사 재판의 배심원으로 껄끄러운 자리에 앉게 되었던 것이다.

한편 이르쿠츠크에 도착한 동휘는 고려 혁명군 군인들을 모아놓고 양당 연합을 위한 연합 중앙 간부의 자격으로 보고 대회를 가지며, 신민회 시절에서 출발한 조선 독립운동의 역사를 한편의 대하드라마처럼 풀어놓았다. 그것은 실로 그동안 살아온 동휘의 인생을 되돌아보는 자리이기도 했다. 대한광복군정부 시절과 러시아 혁명의 소용돌이 속에서 백위군에게 쫓기고 일본 밀정에게 붙잡히는 등 파란만장했던 그의 인생 여정을 듣고 있던 젊은 신세대 혁명 군인들에게는 그 내용이 놀랍고 신기하기는 했지만, 이제 한 시대를 풍미했던 노혁명가의 지나간 옛이야기처럼 아득하기만 했다. 동휘는 한인사회당을 창당하게 된 배경과 자신이 어째서 국민의회를 해산시키고 임시정부 국무총리로 내려가야만 했는지 그리고 임정 탈퇴와 고려 공산당 창당에 이르기까지 그 과정에서 원치 않던 작금의 두 개의 고려 공산당이 충돌하였으나, 레닌 동지와 국제 공산당 중앙 위원회의 결정으로 이제 다시 합당을 하게 된 경위를 장황하게 설명하였다. 그뿐만 아니라 함께 온 홍도에 의해 상해파 고려 공산당이 국내에서 결성된 사회 혁명당과의 연합으로 결성되었다는 점을 강조하여 이르쿠츠크 고려 공산당에 비해 상해파가 국내 기반까지 함께 지닌 정당으로서의 정통성을 부각하였다. 그리고 12월 21일 두 당파의 대표가 모여 더 이상의 당파적 투쟁을 중지하고 민족의 독립을 위해 진정한 연합을 이루자고 호소하며 연합을 위한 선언문까지 채택하였다. 27일에는 이르쿠츠크 고려 혁명군 총회에 동휘가 다시 참석하였다. 그 당시 원동 민족 혁명 단체 대표 회의에 참석차 원근 각지에서 몰려든 김규식, 여운형, 권애라, 임원근, 서국환, 백남준 등이 그 자리에 있었고 동휘는 고려 혁명 군대의 그동안의 노고를 치하하고 위로하는 연설을 하였다. 그때까지만 해도 동휘와 홍도는 자신들이 연합 중앙 간부의 주도권을 장악하고 있다고 착각하여 곧 모스크바 자금을 확보하여 상하이로 돌아갈 것이라고 자신 있게 전보를 쳤던 것이다.

*

    운명의 장난이었을까? 아니면 사전에 모의된 음모였을까? 이르쿠츠크에서 열리기로 되었던 원동 민족 혁명 단체 대표 회의가 갑자기 모스크바로 장소가 변경되었다. 그리고 그 사실을 먼저 알게 된 이르쿠츠크파의 대표들은 핫바지에 방귀가 새 나가듯 슬며시 밤길을 빠져나가 모스크바로 향하고 있었다. 상해파 주요 인물들은 재판을 받아 이르쿠츠크 감옥에 투옥되어 있었거나, 그나마 다른 지역에서 오고 있던 대표들은 이르쿠츠크에서 검문에 걸려 통과하지 못하였다. 그 대회의 준비 위원의 면면을 살펴보면, 붉은 광장에서 만인들 앞에서 동휘가 패대기를 쳐서 창피를 주었던 국제 공산당 동양 부장 샤파로프와 이르쿠츠크파의 절대적 후원자 동양 비서 부장 슈미야츠키, 그리고 김만겸과 함께 일하던 부부장 보이딘스키였다는 사실은 이 같은 급작스러운 장소 변경이 우연이 아니었음을 말해주고 있었다. 더군다나 대회 서기로서 진행을 총괄하는 사람이 바로 슈미야츠키였다. 그들은 이동휘의 상해파에 매우 적대적인 태도를 취하고 있었다. 상해파의 활동에 의해 자신들이 저지른 자유시 참변의 전모가 드러날 것에 대한 경계심도 있었지만, 이르쿠츠크파를 이용하여 겨우 장악한 한인 공산주의 혁명군들의 군권을 빼앗기고 싶지 않았다. 상해파의 대회 참가를 막기 위해 이르쿠츠크파 공산당원인 김만겸, 한명세 등에게 전권을 위임하여 조선 대표단의 선발과 심사를 주관하게 하였고, 청년 공산당원들의 심사는 여운형, 박헌영, 김단야에게 맡겼다. 그러다 보니 상해파 고려 공산당이 대회에 참여할 가능성은 거의 없었던 것이다. 이르쿠츠크파 고려 공산당, 이르쿠츠크파 고려 공산당 상해 지부, 이르쿠츠크 공산 청년회, 신한청년당, 고려 혁명군, 대한 독립단, 대한 광복군 총영, 대한 애국 부인회, 조선 학생 대회, 대한 청년 연합회, 조선 공제단, 조선 기독교 연맹 등 국내외 각급 항일 운동 단체를 망라하다시피 하였으나 상해파 고려 공산당은 포함되지 않았다

1922년 1월 21일 모스크바 크렘린궁 대극장에서 대회가 개막될 때, 단장 김규식을 앞세워 대회 최대 인원 56명이 참가한 조선 대표단 중에 결국 동휘는 모습을 나타내지 않았다. 중국 대표 37명, 일본 대표 13명, 몽골 대표 14명 등 각국의 대표들이 속속 입장하였고, 대회 명예 회장단으로 레닌 좌우에 트로츠키와 스탈린이 나란히 단상에 앉아 있었다. 세계 정세와 워싱턴 군축 회의에서 나타난 결과를 성토하며 각국 대표단의 보고와 피압박 식민지 민족의 해방을 위한 민족 간 협력의 문제들을 심도 있게 토의하였다. 특히 코민테른 위원장 지노브에프는 기조연설에서 워싱턴의 태평양 군축 회의에서 '마치 코리아가 지구상에서 존재하지도 않는 것처럼, 코리아에 대해 한 번도 들어본 일이 없는 자들이 모여서 코리아에 대하여 한마디도 언급하지 않았다.'라고 날카롭게 지적하여 조선인들의 큰 환심을 샀다. 그 자리에서 조선 대표단 단장으로 참석한 우사 김규식은 유창한 영어로 미국 일본을 비롯한 제국주의의 위선을 신랄하게 비판하며 사자후를 토해 내었다.

"과거에 미국은 민주주의와 번영의 상징이었고, 로씨아는 차르 통치와 억압의 표상이었다면 이제 그 위치는 역전되었습니다. 와싱턴은 세계 제국주의 착취와 팽창의 중심이 되었고, 모스크바가 세계 프롤레탈리아 혁명의 중심지가 되어 피압박 민족을 환영하게 되었습니다."
김규식은 서두에 미국과 러시아, 그리고 워싱턴과 모스크바를 비교하며 날카롭게 이야기를 시작하였다.

변절자

"우리는 원동(遠東)에서의 혁명 과업과 관련하여 종종 '련합 전선'과 '협동'의 필요성을 말합니다. 최근에 우리는 이의 필요성을 더욱 절실히 느끼게 되었습니다. 왜냐하면 서구라파와 미국의 자본주의 열강이 동아시아 전체를 공동으로 착취하기 위해 서로 어떻게 결탁하였는지를 목도하였기 때문입니다. 심지어 자국의 '리타주의(利他主義)' 지향성과 '민주주의' 원칙의 범세계적 적용을 그토록 떠들어 온 미 공화국조차 와싱턴 회의에서 영국·프랑스·일본 등 악명 높은 3대 흡혈귀 국가와 가증할 4강 협정을 체결함으로써 자신의 가면을 벗어던졌습니다."

　연설을 통해 김규식은 자신이 왜 모스크바를 향해 달려왔는지, 그 당시 그의 심경을 그대로 드러내었다. 그리고 코민테른이 하나의 불씨로 타올라 세계 제국주의와 자본주의 체제를 불태워 버릴 불씨가 되자고 호소함으로 그곳에 모인 140명의 대표자뿐 아니라 수많은 방청객들로부터 기립박수를 받았다.

　이 연설은 3·1 운동 전에서부터 윌슨의 민족 자결주의의 세계적 선포에 의해 미국이라는 정의로운 나라에 대하여 온갖 기대와 환상을 가지고 준비하여 왔던, 그래서 각고의 노력 끝에 파리강화회의에 참석했으나 그 꿈이 산산조각 나는 과정을 몸소 겪어야만 했던 우사 김규식의 그동안 쌓여 왔던 분노의 표출이기도 했다. 그러나 우사 김규식은 거기서 한 발 더 나아가 구한말 이후의 조선 혁명사를 소개하면서 의도적으로 동휘와 한인사회당의 역사를 제외시키고 이르쿠츠파 고려 공산당과 국민의회의 활동상만을 부각시켰다. 그뿐만 아니라 자유시 참변 이후에 고려 혁명군이 소비에트 러시아 제5군에 부속된 것을 정당한 일로 보고하였던 것이다.

그러나 당초 계획은 레닌의 지시에 의해 일본의 가타야마 센, 중국의 해통과 더불어 이동휘를 조선 대표단 단장으로 초청하도록 되어 있었다. 하지만 대회 준비를 총괄하고 있던 국제 공산당 동양 비서 부장 슈미야츠키의 방해공작으로 국제 공산당 중앙 위원회에서 보내 온 초청 전보를 중간에서 가로채어 전달하지 않았던 것이다. 또한, 동휘가 모스크바에 남겨 놓고 온 박진순에 의해 자유시 참변의 실상이 들추어질 것을 염려하여 여러 가지 모함을 통해 박진순의 대회 참가를 원천 봉쇄하고 자격을 박탈하였을 뿐 아니라 그를 대회장인 럭스 호텔에서 추방까지 하고 말았다. 그 모습을 지켜보던 중국인 대표 한 사람은 탄식하듯 이렇게 말했다.

"이 대회에서 벌어진 흑막 중 가장 안타까운 일은 한인 노혁명가 리동휘가 참석하지 못한 것이다. 그는 동양 혁명의 매우 중요한 인물이었으나, 소년파 고려 공산당과 결합한 로씨아 공산당 요인들의 배척을 받아 결국 뜻을 펴지 못했다. 그는 레닌과 트로츠키와도 깊은 우정을 나눌 만큼 자질이 뛰어나 존경받는 인물이었으나 많은 사람들이 그를 배척하기 위해 공작을 펼치는 것을 막을 수 없었다."

이르쿠츠크파와 슈미야츠키는 한인 사회의 독립운동가의 간판 격으로 알려진 동휘의 명성을 깎아내리기 위해 자유시 참변 직전에 무장 해제를 하고 러시아 적군에 편입된 홍범도를 내세워 조선 빨치산의 총지휘자로 레닌에게 소개하는 치밀함을 보였다. 리동휘를 필적할 인물로 슈미아츠키에게 홍범도를 추천한 사람은 김하석이었다.

"홍범도 장군! 이제 우리 로씨아 혁명군에서는 당신을 조선 혁명군의 최고 지휘관으로 세울 예정이오. 그러니 당신이 겪은 일들을 지혜롭게 잘 이야기 하시오. 홍장군이야말로 로씨아 혁명의 중심인 프롤레트리아 무산 계급의 대표적인 혁명 투사가 아니오?"

홍범도는 평양 양반집 머슴살이를 하다가 뛰쳐나온 후 금강산 신계
사로 들어갔었다. 머리를 깎고 지담스님 상좌가 되어 절에서 글을 깨우
쳤다. 임진왜란 때 구국의 승병으로 일어났던 사명대사의 법통을 잇던
스승 지담의 영향으로 홍범도의 국가관은 구국의 열정으로 타오르기 시
작했다. 신계사를 찾아온 북청의 처녀와 눈이 맞아 파계한 이후 산을 나
와 함경도 일대를 전전하는 포수 생활을 했다. 북청에서 처가살이를 하
며 농사와 포수의 일을 겸하던 홍범도는 을사늑약 이후 포수들을 모아
의병장이 되었고, 일찍부터 그의 탁월한 사격 솜씨로 명성을 날렸다. 대
한제국 진위대 출신 차도선과 함께 다니며 최초의 의병 첫 격전지였던
후치령 전투를 비롯하여 삼수갑산의 개마고원, 북청과 단천 전투에서
두루 승리하며 일본군에게 타격을 입히고 친일파를 응징하였다. 홍대장
이라는 애칭으로 함경도 일대에서는 이미 백성들의 입에 노랫가락으로
오르내리며 일본군을 두려워 떨게 할 만큼 홍범도는 용맹을 떨쳤다.

홍대장 가는 길에 일월이 명랑한데,
왜적 군대 가는 길에는 눈과 비가 내린다.

정미의병 이후 연해주로 건너와 유인석, 이상설, 안중근 등과 함께
대한 13도 의군에 합류하여 본격적인 독립운동에 뛰어들었다. 권업회
부회장에도 선출되는 등 연해주 한인 사회에서의 입지와 명망도 얻었으
나 기호파와 서북파의 양반들이 파당 싸움을 벌이자 한발 뒤로 물러섰
다. 동휘가 연해주로 들어와 권업회를 재정비하고 대한광복군정부를 창
설할 때 희망을 품고 적극적으로 참여하였으나 역시 이상설과 동휘 사

이에 분쟁이 생기자 또다시 뒤로 물러섰다. 그는 어려서부터 양반들의 다툼에 의해 억울하게 목숨을 잃거나 다치는 천민 출신들 사이에서 자라나면서 절대로 분파 싸움의 어느 한 편에 서지 않는 철칙을 세워 오면서 살았던 사람이었다.

그러나 그는 자신과 같이 양반이 아닌 중인 출신의 동휘가 전국을 주름잡는 큰 인물이 되어 나타났을 때 그를 지지하고 돕고자 하는 생각이 마음 한 켠에 간절히 일어났다. 동시에 동휘가 자신과는 달리 놀랍게도 한성무관학교에서 신식 교육을 받고 어느새 양반들과 어깨를 나란히 하며 민족 지도자로 부상한 그 모습이 부럽기도 하였다. 볼셰비키 혁명 이후 쫓겨 다니던 동휘가 다시 힘을 얻어 한인 사회의 지도자로 부상하자 그 이후로는 한인사회당에 속한 독립 군부의 사령관으로 활약하는 등 동휘의 측근에서 주로 활동해 왔다. 그러나 동휘가 정치가가 되어 상해 임정으로 내려갈 때 그를 따르던 무관인 류동열과 함께 크게 실망했다. 그 이후 간도국민회 소속으로 독자적으로 독립군을 양성하다가 봉오동 청산리 전투에서 큰 공훈을 세우며 대표적인 독립군 장군으로 그 이름을 전국에 떨치게 되었다. 일제가 벌인 복수극 간도 참변 이후 간신히 피신한 밀산에서 대한독립군단 결성 시에 서일 총재에 이어 홍범도가 부총재로 선임이 되었던 것이다. 그러나 자유시에 집결한 독립 군단이 같은 편이라고 생각했던 러시아 적군에 의해 끔찍한 참변을 당하는 일을 겪으며 큰 충격을 받았다. 무장 해제에 끝까지 불응했던 박일리야의 조선 의용군과는 달리 그때 홍범도와 그의 부대는 러시아 적군에게 무기를 다 내주고 순응하여 위기를 모면하였다. 일본군과 싸워 빼앗았던 700여 정의 총기를 러시아 군대에 내줄 때 홍범도는 피눈물이 났지만, 원동 러시아 군대 밑에서 다시 독립운동을 할 수 있으리라 생각했다.

"대한독립군단 서일 동무도 죽었고, 김좌진도 도망간 마당에 홍장군 당신이 이제 독립군을 이끌어야 하는 것이 마땅하지 않겠소? 그러니 이제 우리와 힘을 합쳐 혁명을 완수합시다."

홍범도를 찾아온 슈미야츠키 옆에 한명세, 김하석이 함께 서 있었다.

독립군들이 죽어 나가는 참변의 트라우마에서 채 벗어나기도 전에 바로 석방된 홍범도는 복잡하게 돌아가는 이르쿠츠크에서의 정치 공작의 내막을 제대로 이해하지 못한 상태였다. 평생을 오직 독립군 대장으로만 살아온 그는 정치와는 거리가 먼 사람이었다. 게다가 그는 정세를 면밀히 파악하고 자신의 주장을 펼치기에는 이미 나이가 많은 노병이었다. 슈미야츠키는 홍범도를 레닌에게까지 데려가서 인사를 시켰다. 그리고 홍범도는 이르쿠츠크파와 슈미야츠키가 시키는 대로 자유시 참변에 대하여 불가피한 상황에서 우발적으로 벌어진 일이라고 해명을 함으로 이루크츠크파에게 면죄부를 주고 말았다. 나오면서 레닌과 함께 사진을 찍었고, 100루블의 상금과 레닌의 사인이 새겨진 권총까지 선물로 받자 홍범도는 크게 기뻐하였다. 그때부터 홍범도는 적극적으로 이르쿠츠크파의 편에서 상해파를 단죄하기 시작하였다. 슈마이츠키와 이르쿠츠크파는 홍범도의 명성을 이용하여 상해파를 재판하는 재판 위원으로까지 앉혔다. 살육극은 러시아 적군이 벌여 놓고, 그 재판을 고려인들끼리 하도록 한 것이다.

러시아군에 협조하면 다시 일본군과의 싸움을 할 수 있으리라 예상했던 홍범도의 기대는 빗나갔다. 러시아 적군 5군단 밑 한인 여단의 제1대대장으로 임명받아 러시아제 장총을 지급받았지만 전투는 허락되지 않았다. 오히려 자유시 참변에서 탈출하여 살아남은 박일리야와 이용, 김규면, 장기영 등의 상해파 군인들은 백의파와의 접경지 이만(달네레첸스크)에 재집결하였다. 당시 귀주 육군 군관 학교를 졸업한 김홍일이 고려 혁명군을 이끌고 이만 전투에 투입되어 싸우고 있었다. 상해파 의용군은 그와 연합하여 고려 의용 군사 의회를 편성하였고, 김규면이 위원장, 이용이 대한 의용군 사령관이 되어 치열한 전투를 전개하였다. 홍범도는 오히려 그들이 한없이 부러웠고 자신이 내렸던 결정을 후회하기 시작했다.

*

럭스 호텔에 홀로 남아 있던 김동한은 초조하기 이를 데 없었다. 상해파의 득세로 이르쿠츠크파를 몰아낼 것이라고 굳게 믿고 있었으나, 믿었던 동휘의 개회식 불참과 박진순의 추방이라는 예기치 못한 상황이 발생하자 안절부절못하고 있었다. 집행부를 통해 알아낸 정보로 동휘를 단장으로 하는 레닌의 초청장이 나간 것을 알고 있었기에, 비록 늦을지라도 동휘 장군이 도착하기만 하면 지난번처럼 전세가 역전될 것이라고 믿었다. 그는 그 전에 자신이 할 수 있는 최선의 역할을 다해야겠다고 판단하였다. 따라서 홍도와 박진순을 대신하여 자유시 참변의 실상을 국제 공산당에 밝힐 수 있는 절호의 기회로 판단하였다. 그리되면 동휘의 큰 신임을 얻을 수 있을 것이 아닌가? 김동한은 밤을 새워 보고서를 작성하였다.

"아무르강을 피로 물들인 자유시 참변의 실상은 조선 독립군의 가장 큰 명성을 얻고 있는 성재 이동휘 장군과 그를 따르는 상해파를 배척하여 주도권 세력을 빼앗으려는 이르쿠츠크파와 그들을 이용하려는 동양 비서 부장 슈미야츠키의 음모에 의해 발생한 것이다. 그동안 백위군과 일본군을 물리치기 위해 각고의 노력 속에서 용맹을 떨쳐 온 한인 혁명가들을 로씨아군이 반혁명 일본 스파이라는 거짓 죄명을 씌워 무장해제시킨 후 무차별 학살한 사건이다. 한인 혁명가의 희생이 수백 명에 달한 것에 비해 로씨아군은 오직 한 명만 죽은 것이 바로 음모에 의한 학살의 증거다."라고 주장했다. 이 보고서는 어려서부터 자신이 따르던 고향 단천의 영웅 성재 이동휘 장군에 대한 김동한의 마지막 의리였다. 그러나 그의 진상 보고서 역시 중간에서 누군가에 의해 제지당하여 레닌에게 보고되지 못했고, 동휘는 2월 1일 대회 마지막 폐막식까지 모습을 드러내지 않았다. 이에 크게 실망한 김동한은 그날 밤 대회장을 떠나 조용히 사라지고 말았다. 그 이후에도 틈틈이 몇 번 동휘 근처에 슬쩍슬쩍 나타나던 그는 몇 년 후 일본군 밀정이 되어 전혀 다른 모습으로 북만주에 등장하였다.

대회가 끝난 후 국제 공산당 동양 부장 샤파로프는 대회 결과 보고서를 작성하여 레닌을 만났다. 그러나 레닌은 그 보고서에 서명한 동방의 혁명가들 이름에 동휘의 이름이 빠진 것을 보고 화를 내며 반려하였다. 그리고 이르쿠츠크파가 요청한 고려 공산당의 재정 지원에 대하여 조선뿐 아니라 동아시아 전체에서 명망 있는 혁명가인 동휘의 서명을 반드시 받아올 것을 요구했던 것이다. 그러나 여러 가지 방해로 인해 이르쿠츠크에 발이 묶여 있었던 동휘는 대회가 다 끝난 후에야 모스크바에 모습을 나타내었고, 이 모든 사실들을 알게 되었다. 동휘는 자신을 배제한 채 진행된 조선 대표단의 활동과 단장 김규식의 위상을 거부하였고, 국민 대표 회의를 개최할 것을 새로이 주장하였다. 여전히 동휘의 입장은 연합된 고려 공산당을 건설하고 조선 독립운동을 위한 통일 기관을 만들겠다는 의지를 굽히지 않았다. 동휘의 재등장으로 인해 자신들의 당초 계획대로 자금 확보가 어려워진 한명세 등의 조선 대표단은 국제 공산당 집행위에 동휘가 서명을 거부하는 비협조로 고려 공산당 활동을 방해하고 있다며 그를 깎아내리는 내용의 장문의 편지를 보냈다. 그 편지를 받은 국제 공산당 집행위에서는 먼저 동휘를 불러 그의 입장을 청취하였다. 그리고 양당 연합을 위해 연합 간부를 구성하도록 지시했던 지난 1차 결정 이후에 상황이 더 악화된 것을 알게 되었다. 집행부는 이르쿠츠크파에 의해 제명된 당원들을 전원 복당시키도록 명령하였고, 사태의 책임을 물어 양측에서 2인씩 박진순과 박애, 그리고 김규식과 최고려에게 당 활동 금지 처분을 내리는 동시에 3개월의 시간을 주어 다시 한번 연합의 기회를 주었다. 그 조치는 모스크바 대회의 조선 대표단 단장이었던 김규식과 자유시 참변의 이르쿠츠크 측 군사 책임자였던 최고려에 대한 불신임을 내포하고 있다는 점에서 상해파의 손을 들어 준 결정이나 마찬가지였다. 그 결정에 힘을 얻은 동휘는 재차 고려 공산당 연합 대회를 치를 준비에 돌입하기 시작했다. 그것이 마지막 기회였다.

*

국제 공산당 행사가 꼬리에 꼬리를 물고 길어지자 이극로는 먼저 독일로 돌아가는 빌헬름 픽 국회의원과 함께 떠나게 되었다.

"장군님, 제가 떠나고 나면 통역은 어찌합니까?"

염려가 되어 떠나기를 주저하는 이극로를 끌어안으며 동휘가 안심시켰다.

"기회가 있을 때 잡아야 한다. 이제 아파나시 동무가 대신 통역을 할 수 있으니, 너는 속히 독일로 돌아가 학업을 시작하도록 해라."

반년이 넘는 긴 여정 가운데 온갖 위기를 함께 넘기고 정이 들 대로 든 동휘와 이극로는 석별의 정을 나누며 깊은 포옹을 하였다. 상하이에

변절자

유학 온 모든 청년들의 우상이요, 민족의 큰 별과 같은 존재인 성재 장군을 평소에도 늘 흠모해 오던 이극로는 그를 모시고 이렇듯 장도의 여행을 동행할 수 있었다는 것이 일생일대의 행운이요, 잊지 못할 추억이 되었다. 여행 중 바라본 이동휘 장군은 평소에 자신이 상상하던 것 그 이상의 품위를 지닌 국제 신사였을 뿐 아니라 그가 위기 상황 속에서 보여 주는 담대한 용기와 배짱에 감복하여 존경하는 마음이 샘솟듯 하였던 것이다.

"장군과 헤어짐이 너무나 아쉽습니다."

"극로야, 내가 너를 아들처럼 품고 함께 이 길을 오게 되어 참 든든했구나. 부디 학업을 잘 마치고 나라를 위해 큰 인물이 되거라. 허나 나라를 찾기까지 절대로 일본놈들과 싸우는 것을 잊지 말아야 할 것이다."

동휘는 장래가 촉망되는 젊은 청년에게 자신이 가지고 있던 소중한 물건, 사진기와 망원경을 아낌없이 주었다.

눈물로 길을 떠난 이극로는 동휘가 남긴 그 말과 기념품을 마음에 간직하여 평생 잊지 않았다. 그리고 훗날 조선으로 돌아가 〈조광〉 잡지에 이동휘 장군과의 여행기를 〈수륙이십만리 주유기〉라는 제목으로 연재하여 상세히 기록으로 남겼다. 독일 프리드리히 빌헬름대학에서 경제학을 공부하여 1927년 조선인 최초로 독일 박사 학위를 취득한 이극로는 베를린대학에서 조선어 강좌를 열어 가르치는 교수가 되었다. 그러나 이극로는 그 안정되고 안락한 독일에서의 삶을 뒤로하고 동휘가 남긴 그 부탁과 다짐을 지키기 위해 다시 조선으로 돌아갔다. 그리고 조선어학회 회장을 지내며 일제의 조선어 말살 정책에 끝까지 대항하였다. 전국의 방언을 모아 사라져가는 우리말을 지키는 말모이 작업으로 우리말 대사전을 만드는 일에 헌신하였다. 조선어학회 사건의 주모자로 일제에 체포되어 6년간 혹독한 감옥살이를 마치고 해방이 되는 날 들것에 실려 출옥하였다. 그는 조봉암 등과 함께 좌우 합작 운동을 벌이던 중 백범 김구와 평양 남북 연석자 회의에 참석하였다가 김원봉과 함께 북한에 남았다. 북한에서 무임소 장관, 최고 인민 회의 부위원장, 과학원 원사로 지내면서 조선어 연구에 큰 업적을 세웠다.

55

모스크바 대회장에서 동휘를 기다리던 몇 달 동안 이르쿠츠크파에 유리하게 전세가 역전되는 것을 지켜보던 한형권은 머리가 복잡하였다.

"이제 성재는 이렇게 끝나고 마는가?"

그를 믿고 따라다니던 지난 세월들이 허무하기 이를 데 없었다. 동휘가 권업회에 나타나서 동포가 하나되어야 한다고 일장 연설을 할 때, 함께 눈물을 흘리며 감화를 받았고 그 이후로 줄곧 동휘의 측근에서 그를 도왔던 한형권이었다. 그가 밀정으로 모함을 받아 감옥에 갇혔을 때도 김립, 김하구와 함께 앞장서서 교민 대표들에게 호소하며 이동휘 장군 석방 운동을 벌이기도 했다. 그래서 한인사회당에도 제일 먼저 가입하였고 동휘의 신임을 받아 모스크바 특사로까지 선발되었던 것이다. 그러나 지금 벌어지는 상황은 한형권의 심리를 흔들어놓기에 충분하였다. 젊은 이르쿠츠크파 공산당원들이 파상공격으로 동휘를 끌어내리려고 하고 있지 않은가? 과거의 동포 사회에서 큰 신임을 얻던 성재 이동휘 장군이 더이상 아니었던 것이다. 동휘는 그를 지지하던 연해주 동포들을 버리고 떠난 일개 정치가에 불과했다. 모스크바에 도착한 동휘는 함께 온 홍도와 박진순을 더 신뢰하는 듯 자유시 참변에 대한 대책을 세우도록 명하였다. 러시아어와 독일어 통역도 김아파나시와 이극로가 맡아서 하다 보니 한형권은 자연스레 뒤로 밀리게 되었다. 대회장 안팎에서 만난 이르쿠츠크파 젊은 공산당원들 중에는 과거 연해주에서 사귀던 오랜 친구 후배들도 많았다. 한가한 틈을 내어 고창일, 윤해 등 과거 친구들과 함께 모스크바의 화려한 밤거리 뒷골목에서 보드카를 마시며 국제 공산당의 미래에 대해 토론을 벌이기도 했다. 함께 따라나선 박헌영, 김단야 등 젊은 친구들이 활발하게 박식한 공산당 이론을 펼치며 철학적 논증을 가세하여 공산 혁명의 당위성을 설명할 때, 그들의 기세에 비해 상해파는 이미 한물 간 조직처럼 느껴졌다. 게다가 동휘를 지지하던 크라스노체코프도 결국 슈미야츠키에게 밀려나고, 레닌마저 젊은 공산당원들에게 이리저리 휘둘리는 모습을 보니 한심하기 그지없었다. 레닌의 병세가 위중하다는 소문도 대회장 안팎에 가득하였다.

긴 숙고 끝에 마침내 결심을 내린 한형권은 모스크바의 복잡한 정치상황을 뒤로하고 떠나기로 했다. 그러자 마음이 급해졌다. 1차 지급된 60만 루블의 지원금 중 자신이 소비에트 정부 외무 인민 위원 치체린에게 맡겨두고 떠났던 20만 루블을 찾는 것이 급선무라 생각했다. 레닌이 살아 있을 때, 그리고 동휘에 대한 그의 신임이 여전히 작용하고 있을 이때가 마지막 기회라고 생각했다. 마침 파리강화회의에 국민의회 측 대표로 파견되었던 이르쿠츠크파의 고창일이 그 대회에 참가하고 있었다.

"창일이 자네 도움이 필요하네."

"형권이 자네가 이 밤중에 웬일인가?"

같은 나이 또래인 그들은 블라디보스토크에서 함께 지내던 오랜 친구였으나, 서로 당파가 달라 헤어졌던 것이다. 한형권이 동휘를 도와 한인사회당을 세울 때, 제정 러시아 장교 출신이던 고창일은 원호인 중심의 전로 한족 중앙회를 통해 대한국민의회 쪽으로 발길을 옮겼다. 그리하여 각각 상해파와 이르쿠츠크파 고려 공산당이라는 이름으로 반대파가 되어 모스크바에서 재회한 것이다. 한형권에게는 파리강화회의 대표로 선발될 만큼 언어에 능통한 고창일의 도움이 필요했다.

"내가 치체린에게 맡겨둔 20만 루블의 금괴가 있네. 그것을 찾는데 도와주게. 독일 베를린으로 함께 가세."

"그것을 상해파 고려 공산당에게 또다시 집어넣자는 것인가?"

고창일이 의심쩍은 눈빛으로 반문했다.

"아니네. 상해파든 이르쿠츠크파든 이 싸움에 나는 진력이 났네. 일단 그 돈을 찾아서 상해림정으로 가보세. 어쩌면 그들이 우리를 반겨줄 수도 있지 않겠는가?"

적과의 동행이 시작되었다. 그들은 한형권이 지닌 위탁 증서와 고창일의 유창한 외교적 수완에 힘입어 베를린 주재 소비에트 정부 대사관을 통해 마침내 그 자금을 받아내었고 유럽을 통해 시베리아 횡단 열차를 타고 상하이로 들어왔다.

한형권이 상하이에 들어왔다는 소식을 들은 임시정부에서 그를 즉시 호출했다. 한형권은 신규식, 김구, 노백린, 이시영, 신익희, 이동녕 등 상해임정의 기호파 주요 당직자들 앞에서 그동안의 진행 과정을 보고하였고, 그로 인해 큰 소란이 벌어졌다. 왜 이동휘가 몰래 한형권만 보냈느냐는 원론적 질책이 쏟아졌다. 양반 사대부의 기질에 사로잡힌 그들은 북도 출신 한형권을 여전히 얕잡아 보았고, 동휘의 하수인 정도로 죄인 취급하였다. 무조건 모스크바 자금을 내놓으라고 윽박지르기 시작했다. 그러자 한형권은 그 자금을 상해임정에게 넘기기를 거부하였고, 자신이 속한 상해파 고려 공산당의 김립에게도 넘기지 않았다. 오히려 그동안

척을 지고 있었던 대한국민의회 측의 고창일, 윤해와 함께 자금을 지니고 상하이를 떠났다. 상해임정은 모스크바 자금을 임정에게 넘기지 않는 한형권과 김립을 처단할 것을 결의했다. 그리고 1922년 1월 26일 신규식 국무총리와 각 내각 총장의 명의로 모스크바 자금을 임정에 납부하지 않은 이동휘와 김립을 공금 횡령범으로 낙인찍는 성토문을 발표하였다. 그리고 그 과정에서 이르쿠츠크파가 퍼뜨린 김립에 대한 추문을 공공연하게 사실로 인정하고 경무국장 김구는 그를 사살하라는 명령을 내렸다. 이 소식을 워싱턴에서 접한 상해임시정부의 대통령 이승만은 레닌 자금 나머지 140만 루블을 확보하기 위해 외무 차장 이희경을 주러시아 대사로 임명하고 안공근과 함께 급파했다. 140만 루블을 둘러싼 독립운동 진영의 싸움은 급기야 3파전 양상이 되고 말았다.

*

1922년 2월 8일 상하이 북쪽 외곽의 중국인 밀집 지역인 바이통루에 멋쟁이 양복 차림의 두 남자와 중국인 복장의 두 장년 남자가 나란히 걸어가고 있었다. 그들은 막 식당에서 나온 듯 손짓을 하며 서로 웃으며 무엇인가 유쾌한 화젯거리를 나누는 듯하였다. 그들의 복장은 달랐으나 모두 조선말을 사용하는 것으로 보아 한국인들이었다. 상하이 거리는 정월 대보름을 며칠 앞두고 각종 장식으로 부산하였다. 네 사람은 양춘산, 김철수, 김하구 그리고 유진희였다. 그들은 모두 상해파 고려 공산당에 속한 간부들이었다. 동휘를 비롯한 다른 간부들이 모두 모스크바 코민테른 대회에 참석하기 위해 떠난 이후에 상하이 본부를 지키는 중이었다. 상하이 프랑스 조계지에서 살던 그들은 최근 며칠 전 중국인 거리로 이사하였다. 40대 초반으로 보이는 중국인 복장의 양춘산은 키는 가장 작았으나, 그중에서 제일 연장자인 듯 중앙에서 대화를 주도하고 있었다.

그들이 골목을 돌아서는 순간, 미리 잠복하여 숨어 있던 네 사람의 다른 사내들이 갑자기 나타났다. 둘은 앞에서 둘은 뒤에서 마치 포위하듯 다가서더니, 바로 앞에 있던 두 사람이 가슴에서 권총을 꺼내어 연속으로 쏘아대기 시작했다. 그러나 그들의 표적은 오직 한 사람, 중앙에 있던 양춘산이었다. 그는 무려 12발의 총탄을 머리와 가슴에 맞고 그 자리에 쓰러져 즉사했다. 길바닥에는 피가 낭자하게 흘러내리고 있었다.

"초초… 총… 총비서 동지, 정신 차리시오."

"일세 형니임! 눈을 뜨시오!"

놀라고 당황한 동료 세 사람이 벌집처럼 파헤쳐진 양춘산의 시신을 붙들고 흔들며 이름을 부르고 있었으나 소용이 없었다.

"여보시오! 일세! 정신 차리게… 이게 웬일이냐? 익용아, 제발 눈을 뜨거라."

김립의 고향 친구 김하구가 시신을 끌어안고 짐승처럼 울부짖고 있었다. 김립의 심장에서 분수처럼 뿜어져 나오는 검붉은 피가 김하구의 가슴을 적셨다. 어느새 저격을 한 네 사내는 사라지고 없었다. 그 순간 김철수가 소리치듯 말했다.

"여보게들, 일세의 시신을 잘 수습해 주게. 나는 급히 가야 할 데가 있어."

김철수는 그 자리에서 달음박질하듯 달려가 골목 끝으로 사라졌다.

자객의 표적이 되었던 양춘산은 임정 국무원 비서장을 역임했고, 한인사회당과 고려 공산당에서 동휘의 오른팔 역할을 하며 일해왔던 김립이었다. 신변 보호를 위해 중국인으로 변장을 하고 양춘산이라는 가명을 사용하고 있었으나, 자객들의 총구를 피하지 못했다. 김립을 암살한 두 사람은 상해임정 경무국장 김구 밑에서 경무국 직원으로 일하는 오면직과 노종균이었다. 둘 다 황해도 안악 출신으로서 오면직은 김구가 안악에 세우고 가르친 양산중학의 학생이기도 했다. 상하이로 망명하기 직전 진남포 경찰서에 폭탄을 투척한 후 일경을 피해 상하이로 들어와 고향 선배인 임정 경무국장 김구를 찾아왔었다. 그들이 김구의 지시를 받아 얼마 전까지 김구의 상관이요, 임정 수뇌부의 브레인 역할을 하던 김립을 사살한 것이었다. 김립의 저격 직후 상해파 고려 공산당 재무 담당이었던 김철수는 임정 측 자객의 소행임을 깨닫고 모스크바 자금이 저축되어 있던 은행으로 곧바로 달려가 그 돈을 찾아서 안전한 곳에 보관했다.

이 비보를 접한 상해파 고려 공산당은 혼비백산하였다. 김하구는 모스크바에 있는 동휘에게 "일세 피격 사망"의 급전을 보냈다. 당사에 모인 젊은 당원들은 분노와 슬픔으로 가득차서 흥분하였고, 당장 김립의 복수를 하겠다고 펄펄 뛰고 있었다.

"어찌 이럴 수가 있소이까? 같은 동족끼리 참혹해도 이리 참혹하게 죽일 수 있소이까?"

"일세 형님의 복수를 하러 갑시다. 김구, 오면직, 노종균 그놈들의 면상에 총알을 쑤셔 넣어야 하오."

현장에서 임정 측 자객임을 바로 알아보았던 김하구의 증언을 듣고 젊은이들 서넛이 권총을 빼 들고 뛰쳐나가려고 했다.

"여보시오들! 잠깐 멈추게!"

김철수가 외마디 소리를 질렀다.

"우리가 싸울 원수는 일본 제국주의지, 같은 동족이 아님을 모르는

가? 우리가 또 살인을 한다면 똑같은 죄를 짓는 것일세. 피는 피를 부른다는 것을 왜 모르는가? 당장 그 총을 내려놓게!"

김철수의 얼굴은 벌겋게 상기되어 있었고, 붉은 백열전등 아래 눈물인지 핏물인지 분간키 힘든 불그스레한 액체가 그의 충혈된 눈에서 주르륵 흘러내렸다.

"그 말이 맞소. 내가 전보를 쳤으니 곧 회신이 올 것이오. 성재 위원장의 지시를 따릅시다. 흥분을 가라앉히고 일세의 장례를 치를 준비부터 합시다."

김하구도 침통한 어조로 그들을 만류하였다.

일세 김립은 그렇게 갔다. 본명 김익용, 함경북도 명천에서 태어나 서북학회와 신민회 활동을 하였고 보성 전문학교를 졸업한 후 이동휘의 교육생으로 북간도에서는 간민 교육과 기독교 선교에 심혈을 기울였으며, 라자구사관학교의 교관이요, 연해주에서는 권업회와 대한광복군정부에서 활동하였고, 한인사회당과 고려 공산당의 창당 발기인이요, 임정의 인사와 재무를 통괄하던 국무원 비서장이요, 탁월한 행정가였던 김립은 마흔세 살의 나이로 상하이 뒷골목 차가운 길바닥에 뜨거운 피를 적셨다. 한인사회당과 신민단과의 합당, 상해 통합 임시정부 출범의 견인차요, 조직가, 모스크바 차관을 성사시킨 기획자로서 세계 정세를 읽을 줄 알았던 뛰어난 정치가 김립. 그 죽음에 대하여 그의 암살을 뒤에서 명했던 김구는 훗날 백범일지에 이렇게 기록했다.

"통쾌하다."

백색테러의 시작이었고, 이것이 좌우대립 민족상잔의 불씨가 되었다.

변절자

황혼객

.

.

.

.

<석양의 그림자는 이리도 아프고 아름다워라>

56

모스크바에 머물고 있는 동안, 동휘는 자신의 인생에 드리워진 석양의 그림자를 느꼈다. 모스크바를 향해 기나긴 여정을 출발할 때까지만 해도 동휘는 자신만만하였다. 불굴의 투지로 반드시 레닌 자금을 얻어서 일제와 독립전쟁을 치르고야 말겠다는 군인의 패기가 있었다. 그가 추구해 온 동포들의 연합에 대한 의지를 불태우며 갈라진 고려 공산당을 하나로 다시 만들어보겠다는 야심찬 계획까지 심중에 품고 모스크바를 찾아왔던 것이다.

그러나 자유시 참변이라는 끔찍한 비극이 해일처럼 그를 엄습했다. 해일이 물러난 자리에는 주검들이 즐비하였고, 이르쿠츠크파와 상해파는 이미 핏빛 강물을 사이에 두고 돌이킬 수 없는 강을 건너 갈라서기 시작했다. 동휘와 함께 두 파의 연합을 꿈꾸었던 안병찬이 비명횡사를 하는 사건을 지켜보며 동휘는 가슴이 철렁 내려앉았다. 연합을 가로막는 어두움의 세력이 비 내리는 밤바다의 검푸른 파도처럼 혓바닥을 날름거리며 다가옴을 느꼈다.

"우리가 하나되는 것을 기를 쓰고 가로막는 네놈들은 누구냐?"

동휘는 호텔 방에서 창밖을 내다보며 어둠에 덮인 거리를 향해 마치 유령을 꾸짖듯이 신음 소리를 내며 중얼거렸다. 한형권도 떠나고 김동한도 떠났다. 박진순도 쫓겨나고 이극로까지 떠나보낸 동휘는 이 먼 이방 땅에 덩그러니 홀로 남아 있는 듯한 외로움을 느꼈다. 갑자기 천국 간 인순이가 보고 싶어졌다.

"아가야, 이 아비가 너무 무심했지? 아부지 품에 한 번 안겨 보지도 못하고 커 버린 너를 그렇게 허무하게 보냈구나."

함께 떠나간 어린 손자 광우와 사위 정창빈을 생각하자 가슴이 답답하고 쓰라려 오른손 주먹으로 가슴을 몇 번이고 내리쳤다.

박진순과 한형권이 모스크바에 그냥 남아 있어 달라고 간절히 부탁할 때 그것을 뿌리치고 이르쿠츠크를 향해 떠나간 것이 실책이었나? 그 때만 해도 동휘에게는 자신감이 넘치고 있었다. 그러나 적진에게 남겨진 그들의 눈에는 마치 자식을 떨치고 떠나 버린 아버지의 무심한 뒷모습이 보였을 것이다. 그들의 불안함을 동휘는 외면했던 것이다. 모스크바에서 이르쿠츠크가 얼마나 먼 거리인가? 기약 없이 떠나버린 남편과 아버지를 그리며 눈물짓고 한숨 쉬었던 아내 정혜와 인순이의 얼굴이 떠올랐다.

"그래, 그들이 떠난 것도 다 내 잘못이지. 내가 누구를 탓하랴."

이르쿠츠크파의 계략에 휘말려 원동 피압박 민족 혁명 단체 회의의

황혼객

장소가 모스크바로 변경되었다는 것을 알게 된 것은 한참 후의 일이었다. 동휘를 매일 만나 상대하던 이르쿠츠크의 동양 비서부에서도 의도적으로 그 사실을 알려주지 않았다. 이르쿠츠크 측 고려인들이 갑자기 시야에서 사라졌을 때에도 그저 자기들끼리 모여 무슨 꿍꿍이 회의를 하는 것쯤으로 치부하였다.

"너희들이 그래 봐야 무슨 소용이 있으랴? 일리치 동지가 나를 신임하지 않는가?"

동휘는 크렘린궁에서 만나 자신의 손을 굳게 잡아 주던 레닌의 모습을 떠올리며 흐뭇하게 미소를 지었다.

자신을 조선 대표로 초청한 레닌의 편지를 손에 넣은 것은 이미 대회가 시작한 한참 후의 일이었다. 동휘는 가방을 대충 챙겨 턱이 숨에 닿듯 기차역으로 달려갔다. 눈앞이 캄캄해지는 심경으로 시베리아 횡단열차에 올라탔을 때, 차창 밖에는 이미 땅거미가 내려 앉았다. 운명의 저울추가 휘청하며 기울어지고 있음을 서늘하게 느꼈다. 일주일이 넘는 긴 시간을 하염없이 내리는 눈발 속에서 끝도 없이 펼쳐지는 대륙의 벌판을 지겹도록 보고 또 보았다. 그리고 자신의 조국 조선을 생각했다. 도대체 우리나라 조선은 얼마나 작은 나라인가? 그 속에서 또 갈라지고 싸우고 서로를 향해 총구를 들이대는 이 민족의 운명은 어디를 향하고 있단 말인가? 달리는 기차의 얼룩진 창문에 흐릿하게 비친 흔들리는 자신의 모습이 부쩍 초췌했다. 처음으로 자신이 나이 들어 늙어 가고 있다는 것을 느꼈다.

"네가 다 할 수 없다. 너는 네 몫이 있고 네 후대가 이룰 일은 그들에게 맡겨야 할 것이다."

이용익 대감이 자신에게 남겼던 마지막 말이 문득 떠올랐다.

'이제 내가 할 일이 끝나가고 있는가?'

*

홍도가 파랗게 질려서 전보 쪽지를 들고 호텔 방으로 쳐들어 왔을 때, 뒷짐을 지고 창밖을 내다보고 있던 동휘는 힐끗 그를 쳐다보고 다시 창밖을 주시하였다.

"성재 장군! 비보입니다."

"…."

동휘는 듣고 싶지 않았다. 이미 지금 이 상태로도 그는 충분히 괴로웠다. 여기에 무슨 또 더 큰 비보를 덧붙이겠다는 것인가? 동휘의 그 마음을 읽었던지, 홍도 역시 침묵으로 멈추어 서 있었다. 슬쩍 돌아섰을 때, 동휘의 두 눈에서 흘러넘치는 눈물을 보았던 것이다.

"말해 보게."

한참 만에 돌아선 동휘의 눈에는 홍도와 뒤따라 들어온 김아파나시가 보였다.

"김립 동지가…."

홍도가 말을 맺지 못했다.

"일세가?"

동휘도 더 이상 캐물을 용기가 나지 않았다. 침묵과 정적이 흘렀다. 방안에 희미하게 남아 있던 빛들도 아득한 시간의 블랙홀 속으로 빨려 들어가는 것만 같았다. 흐트러진 모습을 부하들에게 보이기 싫어서 다시 창 쪽으로 돌아섰다. 초 단위로 흘러가는 시간이 영원처럼 길게 느껴졌다.

황혼객

"죽었는가? "

창밖을 향해 지나가는 나그네에게 물어 보듯 무심히 말을 흘렸다.

"…."

"알았네. 그만 나가 보게나."

일세의 죽음을 접한 동휘는 사흘간 식음을 전폐하였다. 호텔 방을 나서지도, 사람을 만나지도 않았다. 걱정이 되어 음식을 쟁반에 들고 찾아온 김아파나시가 방문을 노크하고 쟁반을 문 앞에 두고 갔지만, 하루 종일 그 음식은 그 자리에 말없이 놓여 있었다. 일세 김립! 교육자와 부흥사로서 독립군과 혁명가로서, 정치가와 그리고 풍운아로서 언제나 그 곁을 지켜주었던 동무요, 제자요, 동지였다. 그리고 자신에게 부족한 부분을 채워주던 책사요, 조력자였던 한 인간을 떠나보낸, 한 인간의 예의를 동휘는 그렇게 갖추었다.

*

모스크바의 세월이 덧없이 흘러가고 있었다. 고려 공산당 연합 대회를 열기 위한 사전 준비와 줄다리기가 양쪽 진영에서 지루하게 진행되었다. 두 파가 연합하지 않는 한 고려 공산당은 코민테른 지도부로부터 인정을 받을 수 없을 뿐 아니라 추가적인 자금 지원도 불가능한 상태였다. 연합을 명했던 1921년 11월의 명령서에 이어 1922년 4월에 떨어진 제2 명령서에도 불구하고 그 과정은 쉽지 않았다. 어찌하든지 당권을 더 장악하려는 두 파의 기 싸움은 끝도 없이 계속되었다. 잔인한 4월이 그렇게 흘러갔다. 5월 들어 양측 4인씩 총 8인으로 구성된 임시 연합 간부 회의가 열렸다. 안병찬 대신 한명세가 들어왔고, 동휘의 지시에 의해 홍도 대신 김동한을 집어넣었다. 어찌하든 김동한을 붙들어 보려는 동휘의 노력이었다. 그러나 이리저리 눈치를 살피던 김동한은 결국 몇 달을 못 버티고 다시 동휘 곁에서 사라졌다.

그러던 중에 자유시 참변 1주기가 다가오자, 그 책임 공방이 치열하게 일어났다. 자유시 참변에서 정신 차릴 겨를 없이 당하여 이르쿠츠크파에 체포되었다가 석방된 피해자들이 목소리를 내기 시작하며 논쟁이 시작되었다. 상해임정의 기관지 〈독립신문〉에 '흑하사변의 진상'이라는 기고문이 실렸고, 가해자와 피해자들의 논쟁은 극에 달하였다. 이 사건을 뒤에서 기획한 주모자로 지목된 김하석에 대한 야간 피습 사건도 일어났다. 동포가 동포를 죽음의 골짜기로 몰아넣었다는 분개심이 죽다가 살아난 군사들로부터 번져 나갔던 것이다. 급기야 이르쿠츠크파의 편에 서서 재판관이 되었던 홍범도가 박일리야의 군대에게 암살당할 뻔한 사건까지 발생했다. 그 소식을 들은 동휘가 불같이 화를 내었다.

"더 이상 피를 흘리지 마라. 누구 좋으라고 우리끼리 싸우느냐? 박일리야를 당장 제명시키시오."
"장군, 안 됩니다. 박일리야는 우리 상해파의 핵심입니다. 로씨아 적군의 무장 해제 명령에도 불구하고 목숨을 걸고 끝까지 저항하여 오늘의 독립군들의 명맥을 유지시킨 것이 박일리야올시다. 그를 제명하면 상해파가 크게 흔들릴 것이외다."
홍도와 계봉우가 동휘를 진정시키고 있었다.
"폭력을 쓰지 말라던 일리치 동지의 말을 잊었단 말이오?"
일세가 비명에 죽은 이후, 동휘는 테러와 폭력을 접하면 그 분노를 참지 못하였다.

*

　그해 10월 19일 초승달처럼 늘어진 아름다운 바이칼 호수 동남단에
위치한 베르흐네우진스크(울란우데)에서 고려 공산당 연합 대회가 개최
되었다. 상해파와 이르쿠츠크파 이외에도 김철환(조봉암의 가명)을 비롯
한 국내 대표와 중국 간도와 일본에서도 대표들이 건너와 참석자가 150
명이나 모였다. 그러나 참석자의 2/3가 상해파 지지자들이어서 연합 대
회는 비교적 손쉽게 끝을 맺을 것으로 예상되었다. 대회를 준비하는 과
정에서 이르쿠츠크파와 동양 비서부 책임자 슈미야츠키의 자유시 참변
에 대한 실책이 점차 드러나면서 상해파에게 유리한 상황으로 전개되
었다. 더군다나 자유시 참변에서 체포되어 시베리아 벌목꾼으로 강제노
역을 하던 사람들이 풀려나자, 참변 이전에는 이르쿠츠크파와 상해파의
중도에 섰던 이들 군사들이 모두 상해파 쪽으로 기울어지면서 자생적인
상해파들이 더 늘어났던 것이다. 마침내 그 책임을 물어 슈미야츠키가
물러나고 동양 비서부가 해산되자 이르쿠츠크파의 기반은 약화되었다.

　대회를 주관하기 위해 러시아 공산당 중앙 위원회 원동부 대표이면
서 원동 공화국 수반인 쿠뱌크가 참석한 가운데, 동휘를 대회장으로 하
여 쌍방의 아홉 명의 연합 간부들이 주석단에 앉았다. 레닌을 기념하는
인민의 전당에서 성대하게 열린 연합 고려 공산당 대회에서 고려 공산
당 연합 간부 대표로서 동휘가 개회 선언을 했다. 비극적으로 목숨을 잃
은 전몰자들에 대한 묵념이 끝나자 동휘가 비장한 표정으로 개회사를
시작했다.

　"오늘 우리는 과거의 모든 아픔을 뒤로하고 이 자리까지 왔습니다.

지금부터는 오직 세계 공산 혁명의 성공을 위해 고려 공산당의 련합만을 생각합시다. 분명히 우리에게는 과오가 있었고, 우리가 나뉘어서 싸움으로 많은 피를 흘리고 손해를 보았습니다. 세계 사회주의 혁명을 위해 일떠선 우리가 어찌 파당을 나누어 서로를 미워하고 음해할 수 있으오리까? 그러니 이제부터 우리는 오직 하나 된 고려 공산당만을 생각합시다. 그래서 제국주의를 물리치고 고통받고 신음하는 조선의 백성들을 해방시키는 그 전쟁에 다 함께 일떠섭시다."

동휘는 그 유명한 동포가 하나되어야 민족이 산다는 그 연설을 하고 싶었다. 그러나 그 자리가 자리인 만큼 세계 공산 혁명을 위해 고려 공산당이 하나되어야 함을 힘주어 강조함으로 자신의 심중을 대신하였다. 만세 삼창을 제안했다.

"세계 공산주의 혁명 만세! 고려 공산당 만세!"

명예 대표로 레닌, 트로츠키, 지노비예프, 그리고 참석자 쿠뱌크를 선임하였다. 축사를 위해 단상에 선 쿠뱌크 역시 한인 공산주의자들이 이제부터 과거의 분열을 청산하고 하나된 고려 공산당을 위해 일어나서 구체적인 사업에 돌입하라고 격려하였다. 쿠뱌크는 동휘와 상해파에게 매우 호의적인 태도로 대회를 이끌어 갔는데 그것이 오히려 반발을 야기하였다. 쿠뱌크가 치타로 떠나가고 나자 대회는 또다시 극심한 대립 상황으로 전개되었다. 숫자상으로 훨씬 우세에 있었던 상해파가 결의문을 채택하려 하는 것에 반발하여 이르쿠츠크파가 대회장을 박차고 나가 버렸고, 국내에서 참가한 박철환(조봉암), 정재달 등도 이르쿠츠크파에 동조하였다. 남아 있던 상해파에서는 고려 공산당 연합 대회가 성공적으로 끝났다는 결의서를 채택하여 선언함으로 통합 연합 간부를 선출하

황혼객

여 모스크바의 국제 공산당 승인을 받으려 했다. 그러나 대회장을 떠나간 이르쿠츠크파는 치타에서 자기들끼리 별도로 대회를 열고 독자적인 중앙 간부를 선출하였다. 그로 인해 베르흐네우진스크 대회가 결렬되었음을 알리고자 자신들의 입장과 정당성을 주장하는 서신을 따로 보내었다. 국내에서 참가했던 서울 청년회의 김일성, 김영철 등 역시 자신들의 입장을 알리는 서신을 보냄으로써 대회의 정당성을 훼손하는 데 일조를 가하였다. 결국 동휘가 그 많은 시간을 들여서 연합을 도모했던 마지막 기회도 그렇게 사라지고 말았다.

세 파의 대표들을 불러 모아 자초지종을 듣던 모스크바의 국제 공산당 중앙 위원회의 부하린은 한 치의 양보도 없는 그들의 주장을 듣다가 결국 고려 공산당의 해산을 선언하고 말았다. 부하린은 마르크스주의의 탁월한 사상가로 공산당 기관지 프라우다의 편집장을 지내며 〈공산주의 ABC〉라는 책까지 저술한 저명한 공산주의자였다.

"그만, 그만! 이제 그만들 싸우시오! 당신들은 보아하니 사회주의가 무엇인지 공산주의가 무엇인지도 전혀 모르는 사람들이오. 그저 독립운동 하겠다고 모인 사람들이 어찌 그리 싸운단 말이오?"

부하린은 고려 공산당의 성립을 불허하고 국제 공산당 집행 위원회 동방부 부장 보이딘스키 밑에 고려국을 설치함으로 이 논쟁을 마무리 지었다. 보이딘스키는 이르쿠츠크파에게 우호적이었던 인물이었다. 레닌의 입김이 사라진 모스크바에서 동휘를 지켜줄 사람은 없었다. 그뿐만 아니라 더이상 러시아 영토 내에서 고려인들이 임시정부를 세우는 것을 불허하였다. 그것은 일본군이 물러나면서 러시아와 맺은 기본 조약에서 일본이 요구한 사항이기도 했지만, 4월 참변 이후 일본이 원동을 지배하던 그 시기에 일어났던 블라디보스토크 조선인거류민회, 간화회 등 각 도시에서 우후죽순 격으로 발생한 친일 단체와 고려인 밀정들의 활동을 지켜보던 러시아 당국의 조치이기도 하였다. 이리하여 독자적 입지가 사라진 고려인들은 러시아 공산당 밑에서 장차 전개될 큰 고난을 자초하고 말았다.

1922년이 그렇게 저물어가고 있었다. 동휘를 적극 지지하던 레닌이 고혈압으로 쓰러졌다. 유대계 독일인 어머니 마리아 밑에서 태어났던 레닌은 볼셰비키 혁명 이후로 유럽과 미국에 있던 유대 자본가들로부터 막대한 자금을 지원받고 있었다. 유대 자본가들은 유대인을 학살하고 핍박하던 제정 러시아에 맞서 혁명을 일으킨 레닌을 지지하고 있었다. 그 자본의 일부가 한인 공산당에게까지 흘러들어 왔던 것이다. 레닌은 쓰러지기 직전에 스탈린보다는 유대인 공산주의자 레온 트로츠키를 훨씬 신뢰하여 그에게 권력을 물려주려고 하였다. 트로츠키에게 폭력적인 스탈린을 경계하고 그를 속히 제거하라고 지시까지 하였으나, 역사는 그렇게 흘러가지 않았다. 마르크스주의 이론가이며 적군을 창시하여 제정 러시아의 백군을 무너뜨리며 볼셰비키 혁명을 성공시키는 데 결정적 공로를 세웠던 레온 트로츠키, 그러나 그는 이론적 이상주의자였다. 트로츠키는 인민 위원회 부의장을 맡아 후계 승계를 하라는 레닌의 제안을 거절하였다. 부당한 방식으로 권력을 승계받지 않겠다는 것이었다. 식물인간처럼 휠체어에 앉아 있던 레닌이 1924년 사망하자 즉시 무력으로 권력을 장악한 스탈린은 마르크스와 레닌이 꿈꾸었던, 노동자와 농민이 평등하게 잘사는 공산주의 세계를 만들자던 그 이상과는 동떨어진 공산당 1인 독재의 또 다른 폭력의 제국을 만들어갔다. 정적 트로츠키는 스탈린에게 쫓기는 신세가 되어 멕시코로 망명하였고, 러시아에는 반트로츠키 운동이 벌어져서 유대인은 물론 수많은 정적들과 무고한 인민들이 숙청되었다.

57

해석 손정도가 1931년 2월 19일 쉰의 나이로 세상을 떠났다. 길림시 동양병원, 병원에 입원한 지 하루 만에 피를 토하고 숨을 거두었다. 일본 만철(만주 철도)에서 운영하던 병원이었는지라 독살당했다는 소문도 있었다. 눈엣가시처럼 여기던 요시찰 인물 해석의 죽음은 길림 총영사 이시이에 의해 본국 외무대신에게 급전되었고, 이틀 후 동아일보에 보도되어 온 국민과 기독교계를 비탄에 빠지게 했다. 해석(海石), 바닷속의 큰 돌처럼 온갖 세파에도 불구하고 오로지 하늘이 맡긴 자신의 외길을 묵묵히 걸어가던 손정도 목사가 그렇게 숨졌다.

*

손정도는 초창기 상해임정에서 의정원 원장으로 기호파와 북도파의 사이에서 중재자의 역할을 위해 노력하였다. 신채호를 비롯한 수많은 자들의 불평과 탄핵 요구에도 불구하고, 병상에 누워서까지 편지를 써서 이승만을 대통령으로 세우고 상하이로 불러들이는 데 결정적 공로를 세웠던 그였다. 그러나 결국 그는 거꾸로 상해임시정부 기호파로부터 공금 횡령의 혐의로 추궁을 받아 큰 상처를 입고 상하이를 떠났다. 손정도 목사가 길림으로 사역지를 옮긴 것은 1922년 말이었다.

레닌 자금을 찾아내기 위해 1922년 2월 김립까지 암살한 상해임정은 자금난으로 쩔쩔매고 있었다. 같은 해 9월에는 20만 루블을 가지고 떠난 한형권을 처단하기 위해 김구가 다시 김상옥을 보내 윤해를 피격하여 중상을 입히는 사건도 벌어졌다. 안창호를 통해 미주 쪽에서 보내오던 독립 자금도 이승만이 대통령이 된 이후로 주로 구미 위원부의 자금으로 사용되며 상하이에는 거의 들어오지 않았다. 그 당시 독립 자금을 얻어낼 능력을 지닌 사람은 내지에서 큰 목회를 했던 손정도 목사밖에는 없었다. 그래서 종종 백범 김구가 이륭양행의 도움을 받아 상하이에서 배를 타고 단둥을 거쳐 신의주로 건너가 평양의 박신일에게 몰래 다녀오곤 하였던 것이다.

박신일은 남편 손정도가 망명한 직후, 일제 경찰에게 끌려가 모진 고문을 받았다. 그러나 억척스러운 다섯 아이의 어미로서 또한 독립운동가의 아내로서 그 자리를 굳게 지켰다. 일제의 감시를 피해가며 상하이로 독립 자금을 건네주는 연락책 역할을 하고 있었던 것이다. 일제 경찰이 요시찰 인물로 박신일을 감시하고 있었기 때문에, 그 눈을 피해 그의 시어머니 오신도 여사가 대한 애국 부인회를 만들어 조용히 자금을 모으는 역할을 하고 있었다. 이화학당을 막 졸업한 큰딸 진실이 부인회 서기를 하면서 중간 심부름을 하곤 했다.

진실은 걷는 것을 좋아했다. 서울 정동교회의 관사를 떠나 평양 보통강변의 초라한 초가집으로 이사 온 이후 진실은 말수가 적어졌다. 늘 책속에 빠져들어 혼자만의 세계를 날아다녔다. 어린 동생들이 옹기종기 모여 다투고 싸우는 집구석보다는 한가한 평양 거리를 걸으면서 혼자 자유를 만끽하는 것이 그녀의 숨통을 열어 주었다. 그래서 할머니와 어머니의 심부름을 자처하여 늘 시내를 걸어 다니곤 했다. 진실은 평양을 걸으며 뉴욕을 꿈꾸었다. 그녀의 할머니 오신도 여사는 장남 손정도가 집에서 우상을 부수고 뛰쳐나가 기독교인이 된 이후에 한동안 큰 상심에 빠졌다. 결국 구박하던 며느리 박신일을 통해 아들이 믿는 예수를 믿게 되었다. 1909년부터는 홀 선교사의 후임으로 남산현 교회를 이어받은 노블 선교사와 루퍼스 선교사의 전도부인이 되어 활발히 활동했다. 외국 선교사 부인들의 활동을 돕고 함께 다니며 통역의 일이나 전도의 일을 담당하는 조선인 부인 전도사를 전도부인이라 불렀다. 오신도는 주로 평양과 해석의 고향 강서 그리고 진남포를 오가는 길목에서 만나는 사람마다 붙들고 전도하기로 이름이 난 전도부인이었다. 하루는 돈을 빼앗으려는 강도를 만나서 그를 붙들고 전도를 한 일이 알려지면서 매우 유명해졌다. 큰아들 해석이 상하이로 망명한 이후에는 평양 시내 장로교와 감리교에 속한 부인들을 모아 대한 애국 부인회를 결성하여 총재가 되었고, 이 단체가 모금한 자금이 상하이로 건너가고 있었던 것이다.

그날도 진실은 흰 저고리에 검정색 치마를 입고 사뿐사뿐 걷고 있었다. 평양시를 관통하는 대동강 지류인 보통강변의 오솔길은 사시사철 다른 모습으로 옷을 갈아입으며 계절의 운치가 있었다. 평양 시내가 한눈에 내려다보이는 언덕바지에 위치한 남산재교회에서 열린 대한 애국 부인회 정례 모임에 다녀오는 길이었다. 교회 모임이라 일제 경찰의 눈을 피하기 안성맞춤이었다. 서기로 일하는 진실은 부인회 모임 때마다 참가하여 안건과 참석인들을 꼼꼼히 기록할 뿐 아니라 각자 지역에서 모아온 헌금을 관리하는 역할까지 하였다. 할머니 오신도는 그 헌금을 몇 번이고 정성스레 헤아렸다. 그것을 곱게 흰 창호지에 싸서 품 안에 넣어 주면, 진실은 아무 일도 없었던 듯이 사뿐히 교회를 빠져나와 평양 거리를 활보했다. 독립 자금을 운반하는 책임을 맡았다는 중압감보다

화창한 평양의 여름 풍경이 나풀거리며 날아다니는 노랑나비처럼 진실의 마음을 더 사로잡았다. 수양버들이 늘어진 유월의 보통강변을 거닐다 보면 그녀는 잠시 현실을 잊고 몽상에 빠지곤 했다. 낚시하는 노인들이 군데군데 보이고, 개구장이들이 물속에서 벌써 텀벙대고 있었다. 그 모양을 구경하느라 어머니 박신일이 늘 당부하던 것도 잊고 있었다.

"진실아 돈을 받아 나올 때는 반드시 뒤에 누가 따라 오는지 살펴야 하느니라. 그 돈은 독립 자금으로 쓰일 소중한 돈이니 한치도 흐트러짐 없이 지켜야 한다."

멀찌감치 거리를 두고 진실의 뒤를 밟는 사내가 있었다.

달빛이 없는 그믐날 밤이면 중절모자를 눌러쓴 백범이 평양 보통강 유역의 허름한 손정도의 집에 그림자도 없이 바람처럼 다녀가곤 했다. 틈틈이 남편 손정도의 손편지를 전해주고 국내의 독지가가 전달한 자금을 받아 갔던 것이다. 그날 밤, 남편 해석의 편지를 받아든 박신일은 급히 잠든 두 딸 진실과 성실을 흔들어 깨웠고 가방과 보따리를 챙겨 조용히 상하이로 딸려 보냈다. 그리고 며칠 후 들이닥친 일본 경찰에 의해 박신일과 오신도 여사는 불법 독립 자금을 모금한 죄목으로 끌려가 큰 고초를 당했다.

아내와 어머니의 희생에도 불구하고 장성한 두 딸이 찾아와 상하이에서 학교를 다니며 아버지를 보필하자 손정도 목사에게는 큰 위로가 되었다. 특히 큰딸 진실은 큰 키와 뛰어난 미모에 연극과 음악에 소질이 있는 팔방미인이라 인기를 독차지하였다. 아버지의 권유로 흥사단에 가입하여 활동하면서 임정 식구들뿐 아니라 한인 사회의 이목을 사로잡았고 청년들의 가슴을 설레게 만들었으나, 3년 만에 꿈에 그리던 미국 유학을 떠났다.

"진실이 너, 딱 미국에 가야 되갔어? 여기 상해서 아바지하구 림시정부와 흥사단 일을 하맴서리 돕고 있으문 안 되갔나?"

손정도 목사가 낮은 목소리로 조곤조곤 타이르듯이 맏딸 진실에게 말했다. 두 딸이 상하이로 건너온 후, 손정도는 법조계 대안리에 주택을 얻어 안중근 의사의 유가족을 거두어 함께 살았다. 손목사가 기거하는 내실의 희미한 백열등이 조는 듯 마는 듯 깜빡거리고 있었다.

"…."

손정도는 평소 사윗감으로 눈여겨보고 있던 흥사단의 건실한 청년 김군을 떠올렸다. 진실을 상하이로 불러들인 이유 중 하나도 그와 짝을 지어주고 싶은 마음이 없지 않았던 것이다.

"너캐메(저번에) 왔던 그 사람 김군은 마음에 없던?"

묵묵부답 고개를 숙이고 있던 성실이 한참 만에 눈을 들어 대답했다.

"아바지, 내래 이런 생활이 견딜 수가 없습네다. 미국과 같은 문명 사회에서 화려하게 살고 싶습네다."

"사람은 떡으로만 사는 존재가 아니디. 네가 그걸 모르간? 하나님의 말씀이 있으야 산 생명이디. 화려함을 좇는 것은 불나방이나 하는 짓이디."

"아바지, 내래 오마니처럼 독립운동가의 아내로는 못살갔시요."

아버지 손정도의 설교가 길어질 것 같자, 진실이 그 말을 가로막고 나섰다. 평소에 아버지에게 보이지 않던 딸의 단호한 표정과 어조였다.

"그… 그게 무슨 말이가? 독립운동가인 이 아바지를 네가 부인하나?"

"내래 동무들처럼 아바지를 존경하디만, 오마니가 불쌍해서리 못봐주갔시요. 딱 미국서 공부 해서리 크게 사업에 성공해갖구 아바지의 독립 자금도 대주구, 울 오마니와 어린 동생들도 모두 내래 거두갔시요. 허락해 주시라우요."

두 눈에 눈물이 그렁그렁 맺혀 있었다. 무릎을 꿇고 앉은 진실의 손에는 미국 시카고대학에서 날아온 입학허가서가 쥐여 있었다. 그 서류 위에 눈물방울이 떨어지는 것을 보고 해석은 말없이 고개를 끄덕였다.

그 무렵 손정도 목사가 베이징에서 열린 세계 선교사 대회에 참석하여 대한민국 망명 정부를 알리는 외교 활동의 일환으로 그가 모금한 돈의 일부를 사용한 바 있었다. 그러나 그 일로 인해 임정 내부의 기호파들로부터 독립 자금의 후원금을 사사로이 유용했다는 비난과 공격을 받게 되었다. 결국 잡음이 커지자 이 사건을 수습하기 위해 안창호가 진상 조사단을 꾸려 해석을 취조하고 자금을 보낸 사람을 찾아가 면담까지 한 이후에야 혐의 없음으로 결론을 냈지만, 이미 해석의 마음은 돌이킬 수 없었다. 더 이상 상해임정에서 자신의 역할이 끝났다는 결론을 내린 후였다. 이제 정치가 아니라 자신의 본분인 목회를 다시 해야겠다고 마음을 굳힌 것이다. 손정도마저 길림으로 떠나자 상해임정은 내리막길로 치닫기 시작했다.

그러나, 3년 반 남짓한 상하이 생활 동안 해석이 남긴 영향력과 발자취는 대단히 컸다. 해석은 상해임정의 임시 의정원 원장 및 교통 총장의 공식적 역할 이외에도 다양한 분야에서 매우 중요한 업적들을 남겼다. 먼저 의친왕 이강공의 망명이 실패한 이후 이강이 맡았었던 대한 적십자사 총재를 물려받았다. 한인 회원들로부터 의연금을 모아 구제 활동을 하는 것은 물론, 국제 적십자사 및 선교 단체와 연결하여 일제의 만행을 폭로하고 임시정부의 입장을 홍보하는 준 정부적 차원에서의 민간

외교를 담당하였다. 또한 그는 박은식과 더불어 대한 교육회를 창설하여 동포 교육에 관심을 기울이기 시작하였고, 여운형과 함께 상하이 한인 교육의 요람인 인성 학교를 설립·운영하였다. 이 학교는 상하이 지역의 비친일계 한인 자제들을 위한 교육 기관이었다. 해석이 이 학교의 교장으로 취임한 1919년 10월 이후 학생 수가 5명에서 40명으로 급증하여 학교가 자리를 잡게 되었다. 또한 상하이 한인 교회 목회자들의 연합체인 대한 야소교 진정회의 회장으로서 국내의 각 교회와 연결하며 장로교와 감리교가 연합하여 독립운동에 함께 이바지하도록 하는 중개 역할을 감당하였다. 현순 목사를 이르쿠츠크에서 열릴 동방 피압박 민족 혁명 단체 대표 회의에 파견하기도 하였다. 아울러 안창호와 함께 흥사단 운동을 활발히 벌여 상하이에 흥사단 원동 위원부 설치를 추진하였다. 흥사단은 민족과 국가에 봉사하기 위해 무실, 역행, 충의, 용감의 4대 정신으로 무장하여 자신의 일생을 바치겠다고 서약하고 들어오는 일종의 청년 비밀 조직이었다. 이 무렵 흥사단의 주요 위원으로 안창호, 이광수, 차리석, 주요한 등이 손정도와 함께 활동하였다. 안창호를 도와 독립신문 기자로 흥사단 단원으로 함께 활동하던 이광수, 주요한이 모두 친일로 돌아설 때, 차리석은 김구를 도와 상해임정을 끝까지 지키며 고난의 길을 함께했다.

해석은 그 당시 평안도와 황해도 및 기호 지방 등 미국 선교사들이 치리하던 내지에 있었던 대다수의 목회자들과는 달리 기독교 성직자로서는 독특하게 무장독립운동을 지지하는 입장에 서 있었다. 그것은 손정도의 신학이 개인 복음을 넘어서서 사회적 불의와 모순을 용납하지 않고 적극적으로 치유하려는 사회 복음의 두 축으로 균형을 잡고 있었기 때문이었다. 이러한 그의 신앙의 바탕은 상동교회와 신민회 시절부터 많은 독립운동가들과 교류하며 얻어진 것이기도 했다. 그 무렵 조선에 들어온 기독교 선교사들 중에 대체적으로 미국 선교사보다는 캐나다 선교사가 사회 복음적이고 진보적인 성향이었다면, 교단적으로 보면 장로교보다는 감리교가 사회 복음에 더 적극적이었다. 그를 인도한 문요한 선교사가 감리교 선교사였기에 그는 손정도를 캐나다 출신 선교사 윌리엄 제임스 홀이 세운 남산현교회로 인도하였다. 홀이 청일전쟁 시 병으로 소천한 이후 남산현교회에는 노블 선교사 부부가 들어와서 사역하고 있었다. 문요한은 윌리엄 홀이 세운 광성 학교의 2대 교장이었다. 손정도가 처음 접촉한 서양인들은 주로 감리교인이 많았다. 그러나 한편 손정도는 미국 장로교 선교사 베어드가 세운 숭실중학을 다녔기에 미국과 캐나다, 장로교와 감리교를 연결하는 사람으로서 최적의 조건을 갖추고 있었던 것이다.

상하이 시절 손정도는 1920년 1월 무장독립단체인 의용단의 발기인으로 김립, 김구, 김철, 윤현진, 김순애와 함께 들어갔다. 손정도는 자신의 측근이자 의정원 황해도 대표였던 김석황을 의용단 단장으로 앞세웠다. 자신의 아내 박신일과 연결하여 평양 기홀 병원에 위장 입원시켜 국내 조직을 구축하는 시도까지 하였다. 김석황의 국내 조직은 평양 경찰서와 평남 도청에 폭탄을 투척하는 의거를 벌이기도 하였는데 그 배후에는 손정도가 있었다. 그러나 이동휘와 김립이 떠나고 좌우가 갈라진 이후에는 김구, 여운형, 이유필 등과 함께 1922년 10월 한국노병회를 다시 발족하여 독립군 양성과 군자금 조성에 애쓰기도 하였다.

그렇게 손정도의 3년 반 상하이 생활이 흘러갔다.

황혼객

58

석양으로 아롱진 눈부신 황금노을이 멀리 평야 끝에서 반짝이는 설산을 비추고 있었다. 백마를 탄 한 러시아인이 기차를 따라 기를 쓰며 달려가는 모습이 차창 너머 눈에 띄었다. 평행선을 긋듯 말은 열심히 달렸지만 기차를 이길 수 없어 뒤로 밀리고 있었다.

"저자가 저러다가 말에서 기차로 올라타려는가?"

동휘가 무심코 중얼거렸다. 무엇인가 쫓기듯 그러나 간절한 눈빛의 기수와 동휘의 눈이 잠시 마주쳤다. 그는 채찍을 휘두르고 박차를 가하며 가열차게 달리고 있었지만, 결국 점점 미끄러지듯 동휘의 뒤로 시야에서 사라졌다.

베르흐네우진스크에서의 마지막 연합 대회가 실패한 이후, 동휘는 착잡한 심경으로 아버지 이발(이승교)이 기다리고 있는 블라디보스토크를 향하고 있었다. 시베리아 열차에 몸을 싣고 눈 덮인 대륙을 밤낮으로 달리면서 질풍노도처럼 달려왔던 자신의 인생을 회고하였다. 백마 위에 올라탄 그 남자가 마치 자신의 지난 인생을 보여주는 듯 했다. 도무지 따라가 붙들 수 없는 그것을 붙들기 위해 달려왔던 한 인생! 동휘에게 다가온 분명한 한 가지 사실은 이제 자신은 공적인 삶을 마무리를 해야 할 시점이라는 것이었다. 일선에서 물러나서 후진들을 양성하고 돕는 일을 해야겠다는 결심이 섰다.

그 기차에 함께 타고 있는 그의 사랑하는 동지요, 후배들을 둘러보자 미안한 마음이 솟구쳐 울렁거렸다. 자신을 믿고 함께 달려온 동지들이다. 동휘 옆자리에 앉아 졸고 있는 젊은 볼셰비키 김아파나시, 앞자리에 앉아 창밖을 물끄러미 쳐다보며 무엇인가 골똘히 생각하는 김철수, 그의 옆에서 수첩을 꺼내 들고 펜으로 끄적거리며 기록하고 있는 사관 계봉우, 이들이야말로 동휘의 마음을 붙들어주고 있는 위로자들이었다. 옆칸에는 홍도, 장기영, 김진, 장도정 등 이번 대회에서 수고한 상해파 동지들이 함께하고 있었다. 이제 모두 그들의 고향이나 다름없는 연해주로 되돌아가고 있는 것이다. 자유시 참변에서 살아남은 후 체포되었다가 석방된 빨치산 부대 장교들과 군인들도 있었다. 그들 중에 이준의 아들 이용도 끼어 있었다. 그들의 얼굴을 하나씩 둘러보니 축 늘어진 어깨들이 큰 싸움에서 지고 돌아가는 패잔병들 같기도 했다. 그러다가 문득, 계봉우의 곁에 김립이 없다는 사실이 와락 덮치듯 다가오자 서글픈 감정으로 동휘의 눈시울이 붉어졌다. 항상 좌우에서 동휘를 보좌하던 두 사람 중에 하나가 빠지고 나니, 한쪽 어금니가 빠진 듯 한쪽 허리가 시리듯 허전하다.

"장군, 일세 생각 이제 그만하십죠. 그 동무 천국서 편히 쉬고 있을 겜다."

복도 건너편 자리에 앉아 있던 김하구가 붉게 물든 동휘의 얼굴 마음을 읽은 듯 말문을 연다. 오랜 고향 친구의 장례를 치르고 동휘를 돕겠다고 부랴부랴 이 먼 곳 베르흐네우진스크까지 찾아 올라왔던 것이다. 잠든 줄 알았던 김성우(아파나시)가 게슴츠레 눈을 뜨며 거들었다.

"장군, 앞으로 일만 생각하기죠. 지난 일들은 다 잊기죠."

그리고 몸을 옆으로 돌리며 다시 눈을 감았다. 젊음은 잠이 많다. 그래서 꿈을 꾼다. 끝까지 자신을 믿고 따라준 충직한 사람들이다.

"그나저나 한형권이가 국민의회와 이르쿠츠크파에 완전히 붙어 버렸는데, 이제 우리 당에선 제명을 해야 하지 않겠소이까?"

김철수였다. 재무를 맡기고 떠났던 그도 김하구와 함께 상하이에서

황혼객

올라왔었다.

"…."

동휘가 묵묵부답이다.

"그 새끼, 돈 궤짝을 맡겨 놓았더니 유다처럼 우릴 배신해?"

분이 안 풀린 목소리다.

"다 우리 잘못이다. 일세가 나누지 못한 자금을 형권이가 나누었다고 생각하시오."

동휘의 말에 모두 입을 다물었다. 어둠이 창가에 드리우고 있었다.

"그나저나 곧 국민 대표 회의가 상해서 다시 열릴 터인디 장군께서는 안 가실랍니까?"

김철수가 동휘를 쳐다보며 다시 물었다. 그 말에 동휘가 고개를 가로 저었다.

"동무들이나 가시오. 나는 해삼위에 남아 뒤에서 돕겠소."

한형권에 의해 20만 루블의 거금을 손에 쥐게 된 국민의회와 이르쿠 츠크파는 기세를 몰아 국민 대표 회의 개최를 서두르고 있었다. 동휘는 이제 상하이에 만정이 떨어진 듯 내려갈 마음이 전혀 들지 않았다. 상하 이에 내려간 그 순간부터 그의 인생에서 너무나 큰 슬픔과 갈등과 비극 들이 몰아닥쳤던 것이다. 게다가 더 이상 연합을 위한 무슨 모임에 기대 를 걸기 싫었다. 그저 지치고 피곤했다.

"철수 선배가 내려가소. 난 장군 곁에 남을 테요."

홍도가 말했다. 사회 혁명당에서 합류했던 철수와 홍도! 둘 다 당연 히 상하이로 내려갈 것이라 생각했던 동휘는 홍도를 물끄러미 바라보았 다. 믿음직한 얼굴이다.

적기단(赤旗團)이 창설되었다. 1923년 1월 10일 블라디보스토크 신한촌의 백산 학교에 모인 46명의 혁명 청년들이 자발적으로 조직하고 개최한 대회였다. 국제 공산당 소속 이델손과 김아파나시, 홍파, 최계립, 최동욱 등이 집행부로 나서 젊은 지도 그룹을 형성하였다. 비록 국제 공산당으로부터는 인정을 못 받았지만 고려 공산당의 군사부 척후병으로 적기단을 창설한 것이다. 이들은 최계립을 단장, 홍파(이민환)를 부단장으로 선출하고 빨치산 부대를 조직하여 참모부에 이용, 마진, 장기영을 선임하였다. 적기단의 본부는 만주에 두기로 하였고 남만, 북만, 동만에 각각 지역 사령부를 만들었다. 러시아에서 밀려난 고려 공산당은 이제 중국 만주로 눈길을 돌릴 수밖에 없었다. 만주에서는 중국 공산당과 협력하면서 둔전(屯田)식 공동체를 만들고 조선의 광산과 공장에 단원들을 파견하여 활동하기로 하였다. 아울러 조선의 해방 운동에 걸림돌인 일제 주요 시설에 대한 폭탄 테러와 친일파와 변절자와 밀정들을 암살하는 것을 목표로 하는 한편, 각지에서 혁명 운동을 벌이고 있는 동지들과 그 가족들을 돕는 '국제 혁명자 후원회, 모플(MOPR)'을 조직하였다. 적기단 기관지 〈벼락〉이 창간되었고, 적기단의 창단 취지와 선포문이 상하이 독립신문에도 게재되었다.

"적기단은 앞으로 민족 혁명이나 공산 혁명을 가리지 않고 조국의 해방을 위한 활동이면 무조건 돕고자 한다."

그들은 적기단의 역사적 뿌리를 동휘와 김립이 만들었던 철혈광복단이라고 밝히고 있었다. 적기단을 배후에서 만든 인물이 동휘라는 것을 누구나 다 알고 있었다. 그 취지문에도 항상 좌우 연합을 위해 노력했던 동휘의 생각이 배어 있었다. 그러나 이 모든 조직 활동의 전면에서 동휘는 빠졌다. 동휘와 김하구는 적기단의 고문으로만 이름을 올렸다. 혁명의 세대 교체가 일어난 것이다.

연해주에서 동휘의 명성과 영향력은 여전히 무시할 수 없었다. 보이딘스키의 통제를 받는 고려국은 형식상 상해파 위원으로 동휘의 이름을 올려놓고 있었다. 그러나 주요 요직은 한명세를 앞세워 국민의회파와 이르쿠츠크파가 장악하고 있는 것과 마찬가지였다. 그들은 동휘를 배제하려다가 여러 번 곤란을 겪었던 과거의 경험을 살려서 동휘의 눈치를 보고 배려하는 시늉을 보였다. 연해주 고려인 사회에서 동휘의 존재 자체가 그들을 압박하고 있었기에 각종 행사에서는 형식상 동휘를 높여줄지라도 실질적 권한은 주지 않는 이중적 책략을 썼던 것이다. 국제 공산당으로부터 오는 주요 정보 라인에서 동휘는 항상 배제되었다. 국제 공산당 동양부 측에서도 한명세를 능력 있는 일꾼이라고 추켜세우는 반면, 동휘는 "비공산주의자 또는 더러는 반공산주의자적 요소를 지닌 인물"로 평가하고 있었다.

1923년에 들어서자 상하이에서는 임정 개조 운동을 둘러싸고 국민 대표 회의가 치열하게 전개되고 있었다. 동휘는 임정 탈퇴 이후 국민 대표 회의의 필요성을 처음부터 주장했던 사람 중 하나로서, 대표를 선발하여 보내지 않을 수 없었지만 직접 참가하지는 않았다. 3월 7일 개회식에 맞추어 축전을 보내었을 뿐이었다. 상해임정을 부정하고 아예 새로운 정부를 만들자는 목표를 두고 국민 대표 회의 개최를 오래전부터 주장했던 신채호, 박용만 등이 연해주에서 온 국민의회파와 이르쿠츠크파의 원세훈, 문창범, 윤해 등과 합세하여 창조파로 활동하였다. 반면 상하이의 안창호와 여운형이 서로군정서에서 온 김동삼 등과 합세하여 상해임정의 정통성을 인정하되 개혁을 하자는 개조파로 활동하고 있었다. 연해주에 있던 고려 공산당 상해파에서는 김규면, 박애, 장기영, 김철수, 윤자영 등이 참가하여 개조파로 활동했다. 동휘가 국무총리로 활동했던 상해임정 자체를 부정할 수는 없었기 때문이었다. 과거 동휘의 측근이었던 한형권은 이제 완전히 전향하여 창조파로 활동하고 있었다.

동휘는 멀리서 또다시 개조냐 창조냐를 두고 독립운동 진영에서 치열한 싸움이 벌어졌다는 소식을 들었다. 과거 자신이 국무총리로 부임하기 직전 벌였던 승인이냐 개조냐의 싸움이 떠올랐다. 똑같은 판박이 싸움이 벌어진 것에 대하여 실망을 넘어 체념 같은 한숨이 새어 나왔다. 개조든 창조든 절대로 상해임정 기호파의 고집을 꺾을 수 없음을 알고 있었기 때문이었다. 상해임정은 처음부터 이 대회의 개최 자체를 부정하고 반대하고 있었다. 그러나 안창호와 김철수의 중재 노력으로 겨우 상해임정의 참가를 유도하였으나 결국 의견 조율에 실패하여 개조파가 대회장에서 나가버렸다. 창조파가 독자적으로 새로운 정부 "한(韓)"을 구성하고 폐회를 하자, 상해임정의 내무 총장 김구가 내무령 1호를 발동하여 국민 대표 회의의 해산을 명하고 말았다.

"내가 안 된다고 하지 않았소?"
그 소식을 전해 들은 동휘가 담담히 말했다.

국민 대표 회의가 무산된 후 연해주로 돌아온 윤해, 원세훈, 신숙 등의 창조파는 연해주에 임시정부를 다시 세우려다가 러시아 공산당에 의해 국외로 모두 추방당하고 말았다.

*

1924년 1월 21일 레닌이 사망하였다. 그 직전에 동휘가 고려국 위원직에서 물러났다. 알렉산드라를 통해 볼셰비키들과 연결되어 공산주의 정당 활동을 활발히 벌이던 성재 이동휘의 공식적인 사회주의 혁명 활동이 거기서 일단락된 셈이었다. 물론 그 이후로도 동휘는 많은 활동을 지속했다. 그러나 주로 동휘의 명성을 필요로 하는 후배들을 위해 그들의 요청에 의해 돕는 역할이 대부분이었다. 공직에서 물러난 동휘는 블라디보스토크 교육부의 후원을 받아 신한촌 내에 동포들을 위한 고려도서관을 만들어 그 책임자가 되었다. 레닌의 죽음은 동휘의 인생에 있어서도 하나의 정점을 형성하였다.

그로부터 1년 후 레닌 서거 1주년을 맞이하여 동휘가 블라디보스토크의 신문 〈선봉〉에 "레닌동무 서거 제일주년을 추회하면서"라는 글을 게재하였고, 〈동아일보〉에도 〈사랑하는 내지 동포들에게〉라는 글을 기고하였다. 특히 동아일보의 글 안에는 민족과 백성을 사랑하는 사회주의 노혁명가 이동휘의 삶의 입장과 철학이 잘 나타나 있어 많은 사람들의 감동을 자아냈다. 중국과 일본의 정치적 변화에 따른 동아시아 정세, 일제의 핍박과 굶주림을 피하여 만주와 연해주로 건너올 수밖에 없었던 해외 동포들의 간고한 역사와 형편을 회고하고, 얼마 전 굶주림 속에서 얼어 죽은 박춘혁이라는 어린이의 비극적 이야기를 꺼냄으로써 사회의 구조적 모순을 끄집어내었다.

"지주의 곳간에는 곡식이 썩어 나가고 돈궤에는 동녹이 끼이면서도 이같이 어린이가 죽어 나가야만 하는 참상이 바로 제국주의와 자본주의의 본 모습이 아니오? 사망의 그늘에 앉아 있는 무산 군중이 살아날 길은 오직 사회 구조를 바꾸는 근본적 변화만이 해답일 것이외다."

동휘의 글에는 여전히 힘이 넘쳐났고, 불의를 참지 못하여 군수에게 화롯불을 뒤집어 씌우고 뛰쳐나왔던 젊은 개혁자의 기상이 살아 있었다. 그러나 제국주의에 맞서고 사회 개혁을 위해 혁명 운동을 할지라도 폭력적 공포 수단을 쓰지 말고, 일반 대중에게 교육적 선전 수단으로 그들을 대오각성시켜야 함을 강조했다. 아울러 민족주의의 편협에서 벗어나 비록 일본인이라 할지라도 같은 생각을 가진 무산 계급 혁명가들과는 함께 연대할 것을 권유함으로 레닌 서거 1주기를 맞아 그가 크렘린 궁에서 받았던 가르침을 잊지 않고 전달하였다. 그 무렵 또 다른 신문 〈시대일보〉는 노혁명가 이동휘를 직접 찾아가 인터뷰 기사를 실었다. 〈시대일보〉는 최남선이 창간한 신문이었다. 동휘는 일제의 핍박 속에서 곤고한 삶을 살고 있는 내지 동포들을 위로하면서 자신은 독립을 위해 해외에 망명한 이후에 파란과 굴곡의 세월을 보냈으나 결과로 이룬 것이 없어 매우 죄송하다는 아픈 심경을 토로하였다. 그 기사로 인해 〈시대일보〉는 발간 정지 처분을 받고 말았다.

59

"오마니! 기홀병원이 무슨 뜻이디요? 기홀이라는 선교사가 세운 병원인가요?"

학교를 파하고 집으로 가는 길에 어머니를 만나러 병원에 들린 손정도의 장남 원일이 문득 생각난 듯 물었다. 그의 옆에는 막 소학교에 입학한 코흘리개 원태가 형의 손을 꼭 잡고 있었다. 두 누나가 상하이로 떠나고 난 뒤, 이제는 원일과 원태가 할머니 심부름을 하였다.

"고거이 아니디. 지금 임자가 다니는 광성고보를 세우신 홀 선교사님 알디? 그분을 기억하기 위해 세운 병원이라서 기홀(紀忽)이라고 이름을 지은 거이야. 알갓서?"

"아하 기렇구만요. 천국 가신 홀 선교사님을 기억하기 위해서요?"

원일은 학교 교장실에 붙어 있었던 설립자 윌리엄 홀 박사의 사진이 생각났다. 그의 검은 구레나룻 수염을 떠올리며 이제야 깨달았다는 듯이 고개를 끄덕였다.

"오마니, 그럼 나도 홀 선교사님을 기억할라요."

원태가 끼어들었다. 원태는 어른들이 형 원일과 대화할 때 틈을 보아 끼어드는 습관이 있었다. 비록 병원의 잡역부로 일을 하고 있었지만, 기홀 병원은 그 당시 평양에서 세워진 최초의 근대식 병원이었기에 어린 원태는 어머니가 공연스레 자랑스러웠다. 어머니가 머리에 흰 수건을 쓰고 청소를 하는 것도 신기했다. 박신일이 원태의 머리를 쓰다듬으며 재미있다는 듯이 잔잔히 웃었다.

"기렇고 말고. 아 원태 요 새키 기특하고나야. 니 선교사님을 기억하고 나중에 의사가 되어 필시 피양(평양)으로 돌아오라. 그럼 이 오마니가 올마나 니가 자랑스럽겠나?"

"예, 오마니, 저는 꼭 의사가 돼서 피양에 다시 오갔시요."

"홀 선교사님은 원칸 캐나다 사람이었디랬디. 피양에 들어오신 최초의 서양 의사였드랬어. 게다가 너네 아바지가 다니시던 남산현교회를 세우시고 광성학교까지 세우셨디랬디. 우릴 위해 좋은 일 수태 하신 분이디. 기리다가 청일전쟁이 터디디 않았깐? 선교사님이 자기 몸 안 돌보고 부상병들을 밤낮루 치료하시다가 고저 몹쓸 세균에 감염이 되어 돌아가셨드랬디 뭐간? 쯧쯧."

어린 원태가 무슨 생각을 하는지 슬픈 표정으로 눈을 깜빡이며 듣고 있었다.

"부인 로제타 홀은 그때 막 돌이 지난 아들 셔우드를 데리고 있댔어. 게다가 뱃속에 딸 에디스를 임신 중이었으니 올마나 기가 막혔겠나? 기린데 남편의 사역을 이어받겠다고 부인께서는 미국에서 모금을 해서 인 즘 다시 피양을 찾아오셨드랬어. 기리고 이곳에 이 큰 병원을 세우셨으 니 올마나 훌륭하신 분이냐?"

로제타는 스크랜턴 목사가 경성 정동에 여성들만을 위한 의료 기관 으로 세운 보구여관에서 1890년 첫 사역을 시작하였다. 뉴욕의 같은 병 원에서 일했던 윌리엄 홀은 그녀를 사랑하여 처음 다짐했던 중국 선교 를 포기하고 조선으로 뒤쫓아 들어왔다. 캐나다인 윌리엄과 미국인 로 제타는 벙커 선교사의 주례로 조선 최초의 서양 결혼식을 올렸다. 두 사 람은 평양을 사역지로 정하고 학교와 병원과 교회를 세우기 위해 평양 으로 들어갔으나 청일전쟁이 일어나는 바람에 3년이 채 못 되어 로제타 는 사랑하는 남편 윌리엄을 잃었다. 그러나 미국으로 떠났던 로제타는 홀의 유업을 잇기 위해 다시 평양으로 돌아왔고, 1897년 남편의 이름을 기념하여 기홀 병원을 세웠다. 그뿐만 아니라 그녀가 가르치던 맹인 아 이 봉래를 위해 미국서 점자를 배우고 돌아와서 1898년 조선 최초의 맹 아 학교를 평양에 세웠다. 평양으로 오자마자 로제타 홀은 남편에 이어 유복자 딸 에디스까지 이질로 먼저 천국으로 보내야 했다. 그녀는 거기 서도 물러서지 않았다. 천국으로 간 딸 에디스를 생각하며 부녀자와 아 동만을 위한 병원 광혜여원까지 세웠다. 그녀는 그 후로 43년간 한국에 서 사역하며 조선 여자 의학 강습소(경성여자의학전문대학, 현 고려대 의대) 와 동대문병원(현 이화여대병원)을 세우는 등 한국의 의학 발전에 큰 기 여를 하였다. 그녀가 보구 여관 시절에 키운 여성 의료인 김점동을 미국

황혼객

에 유학시켜 최초의 여성 의학 박사 박에스더를 만들기도 하였다. 어머니와 함께 들어온 두 살짜리 아들 셔우드 역시 장성한 후 토론토의과대학을 졸업하고 한국으로 다시 들어왔다. 그는 크리스마스 씰을 만들어 한국의 폐결핵 퇴치 운동에 크게 기여했으나, 씰을 팔아 모은 돈으로 한국인의 독립 자금을 지원했다는 혐의로 1940년 추방당하였다. 그의 아들 프랭크 홀 역시 한국에서 봉사하였다.

로제타가 평양에서 시작한 시각장애인 교육은 동휘의 제자 송암 박두성이 만든 훈맹정음으로 이어졌고, 로제타의 영향과 후원을 받아 해방 직후 나환자를 돌보던 이영식 목사에 의해 대구맹인학교(현 대구대학교)가 설립되었다. 그것이 남쪽에서 장애인 재활 교육 및 특수 교육의 시작이 되었다.

*

1925년 이승만이 탄핵을 당한 후, 상해임정은 대통령제를 폐지하고 미국에 가 있던 도산 안창호를 국무령으로 불러들였다. 그러나 상하이에 도착한 도산은 평안도 서도인이 자신들을 통솔하는 것을 원치 않는 기호파 인사들의 반대로 13일 만에 쫓겨나고 말았다. 특히 임정 안에서 세력을 구축하기 시작한 백범의 반대가 심했는데, 그것이 도산의 마음을 더 크게 상하게 했다.

"일제 놈들은 우리의 30년 원수이나 기호파 놈들은 우리 서북인들의 500년 원수디? 해석! 길티(그렇지) 아니하오? 이런 경우가 어찌 있을 수 있단 말이오. 자기들이 불러 놓고 나를 내치다니, 허헛, 참!"

베이징을 거쳐 해석을 만나기 위해 길림을 방문한 안창호가 울분을 참지 못하고 말을 내뱉었다.

"허허, 도산 형님이 이번에 단단히 화가 나셨구려. 당최 흥분을 안 하시는 양반을 이리 모욕을 주었으니. 에이! 몹쓸 사람들, 쯧쯧….'

손정도 자신이 모함을 받아 쫓겨날 때의 기억이 새롭게 떠오르는지 헛기침을 하였다.

"이번에 오다가 북경서 신채호를 만났는데, 우리 서도파가 림정 초기에 기호파 리승만을 대통령으로 추켜세운 것에 대하여 고거이 큰 실수였다고 아직도 되뇌이고 있더이다. 정말 그때 우리가 잘못한 것인지….'

"허허, 단재는 성미가 면도칼 같고, 자기 주장이 무쇠쪽 같은 사람이라 그럴 거외다. 그가 리승만을 리완용보다 더 큰 역적이라고 탄핵을 주장한 것이 어쩌면 그 당시 민심의 반영이었는데, 우리가 미국에 너무 기대를 걸다가 그 민심을 놓친 것 같소이다. 결국 그의 주장대로 탄핵이 되고 말았으니 말입네다."

"단재와 성재가 리승만의 탄핵을 들고나와 주장했을 때, 그걸 막아낸 것이 결국 나와 해석이 아니었소? 허허, 그 동무들… 은혜도 모르고….'

"그랬디요. 그때는 그것이 림정을 살리는 길이라 생각했으니 말입네다."

"기렇다고 그 당시 성재를 세울 수는 없었디 않소? 그가 당최 공산주의자만 되지 않았어도… 허허.'

안창호는 자신의 결정에 대해 못내 아쉬움을 가지면서도 변명처럼 반문하였다.

"성재 형은 성미가 급해도 올곧은 사람입네다. 이 아우는 그가 무슨 공산주의를 신봉해서 레닌을 만났다고 생각지는 않소이다. 성재가 팔도에 이름난 부흥사였다는걸 모르는 사람이 누가 있겠소이까? 어찌하든 일제와 맞설 독립군을 일으키고 전쟁을 통해 나라를 되찾겠다는 일념밖에는 없었던 사람이었디요. 그의 책사 김립이 그를 레닌에게로 이끌어 간 것이디…."

"…."

"도산 형님, 이제 림정 일은 잊으시고, 이 아우와 함께 이곳 북만에서 우리가 망명 초기에 꿈꾸던 대로 동포들을 모아 리상촌을 만들고 독립군을 키워냅시다."

문이 열리더니 박신일이 밥상을 들고 들어왔다. 갖은 고초를 겪어 귀밑머리가 희끗희끗하였고, 여전히 손등은 거칠게 터져 있었으나 얼굴은 환한 미소로 천사처럼 빛나고 있었다. 손정도가 길림으로 거처를 옮긴 후, 그는 평양에 있던 아내와 세 아이, 원일, 원태, 인실을 길림으로 불러들였다. 3년 반 만에 재회한 손정도의 식구들은 비록 가난했지만 오랜만에 단란하고 행복한 가정을 꾸려가고 있었다. 손정도는 길림성 밖 멀지 않은 곳에 50평 남짓 붉은 벽돌집으로 교회를 지어 길림 한인 교회 목회를 시작했다. 해석 특유의 걸레목회와 해박한 설교가 다시 빛을 내고 소문이 나자 인근 한인들이 몰려들기 시작하여 200명으로 곧 불어났다. 길림 한인 교회는 의지할 곳 없이 떠돌아다니던 이주민 동포들의 삶의 애환을 담아내는 구심점이 되었을 뿐 아니라, 쫓겨 다니는 독립운동가들의 은신처 역할까지 했다. 주일학교와 야학을 열어 못 배운 동포들을 말씀으로 가르치는 것은 물론, 맏아들 원일이 함께 나서서 우리말과 우리글, 중국어, 산수, 음악, 체육까지 가르치며 그들을 교양 계몽하는 데에도 힘썼다.

매년 추수감사절과 크리스마스 명절 때에는 두 부부가 성심으로 잔치를 준비하여 성도들을 먹이고 선물을 나누어 주었다. 때로는 손정도 목사가 직접 분장을 하고 나타나 광대놀음까지 하며 성도들을 포복 졸도하게 웃김으로 이민자의 삶에 지친 그들을 위로하였다. 그의 목회 철학은 "위로는 하나님을 공경하여 섬기고 아래로는 사람을 사랑하여 구제한다."라는 말로 압축되었다. 그는 기독교가 구원과 사랑의 종교일 뿐 아니라 세상과 사회를 발전시키고 평화롭게 잘 살게 만드는 것도 하나님의 뜻이라고 굳게 믿고 있었다. 그러하기에 나라를 되찾되 과학발전의 추세를 부지런히 따라 배움으로 사회를 문명화시키고 정치적으로도 하나님의 정의가 실천되는 그런 나라를 만들어야 한다는 것이었다. 기독교의 진리가 한인 사회를 일치단결시켜 독립 의지를 키울 뿐 아니라 부한 자가 가난한 자를 스스로 돌아보아 사회적 평등을 이루는 것이 하나님의 뜻이라고 생각했다. 일제의 핍박 속에 나라 잃은 슬픈 민족으로 살아가면서도 그 꿈과 소망을 실천하기 위해 몸을 불살랐다. 해석은 종종 교회에서도 독립군을 위한 노래를 지어 성도들과 함께 마치 찬송가처럼 4부 합창으로 부르곤 하였다.

불지 마라 저 바람아
만주벌에 떨며 가는
우리 용사
바람 소리 사무칠 때
내 조국 생각나누나
바람 소리 사무칠 때
내 조국 생각 간절타

찾아오는 독립운동가에게는 독립 자금과 여비를 아끼지 않고 베풀면서도 정작 자기 식구들은 주로 헐레빵이라고 불리던 러시아식 검은 빵으로 허기를 채우는 일이 많았다. 유산으로 받은 큰 재산을 결코 자신과 가족을 위해 쓰지 않았고, 어려운 사람들을 구제하는 일과 장차 땅을 사서 이상촌 마을을 건설하겠다는 계획을 착실히 쌓아 나가고 있었다.

 "해석, 그렇다면 어디 터를 보아 둔 곳이 있소?"
 "도산 형님이 오시기를 기다리며 여기저기 많이 돌아보았소이다. 길림성 목단강 경박호수 근처에 아주 좋은 농지가 있더이다. 내일 우리가 그곳을 한번 같이 가서 봅시다."

                                    *

 "아바지, 밖에 손님 오셨습네다."
 교회와 붙은 관사 내실에서 성경을 읽으며 주일 설교 준비에 몰두하던 손정도는 막내딸 인실이 소리치는 바람에 정신이 들어 무심코 미닫이문을 열어 내다보았다. 행색이 초라한 조선 아낙네가 머리에 커다란 보따리를 이고, 한 손엔 허름한 가방을 들고 다른 한 손엔 예닐곱 살 어린 아들의 손을 붙잡고 서 있었다. 오랜 행로에 지친 듯 그들이 입은 낡은 무명옷은 온몸이 땟국물과 먼지투성이었다. 아낙의 옆에는 열 서너 살 되어 보이는 큰 아들과 또 열 살 정도 먹어 보이는 둘째 아들이 손을 잡고 나란히 서 있었다.
 "누구… 누구시오? 아니 이게 누구요? 제수씨 아니시오?"
 손정도 목사가 벌떡 일어나 버선발로 쪽마루를 밟고 성큼 마당으로 내려섰다. 올망졸망 세 아들을 데리고 나타난 여인은 손정도 목사의 숭실중학 후배 김형직의 아내 강반석이었다. 그녀는 조선 말기의 교육자요, 평양 대부흥 이후 칠골 교회 장로였던 강돈욱의 딸로 태어나 김형직의 아내가 되었다. 남편이 숭실중학 동창생들과 더불어 조선 국민회라는 독립운동 조직을 만들어 활동하다가 평양 감옥에서 옥고를 치른 후, 일제 경찰을 피해 강반석은 남편과 함께 조선에서 가장 추운 지방인 압록강 근처 중강진으로 올라가서 피해 살았다. 그 후로 소식이 끊어졌다가 이태 전 민족 유일당 결성을 위해 흩어진 독립운동가들이 모일 때 손정도는 잠시 김형직과 반가운 해후를 하였는데… 이렇게 갑자기 그의 아내 강반석이 식솔들을 이끌고 나타난 것이었다.

"형직이는…? "

강반석이 소리 없이 고개를 좌우로 젓는 것을 보고 손정도는 그에게 이미 어려운 일이 발생했음을 깨달았다.

손정도의 시선이 가운데 서 있는 큰아들에게 움직였다.

"네가…? "

"목사님 제가 성주입네다. 아바님께서 소천하시기 전에 어머니를 모시고 동생들과 함께 손목사님을 꼭 찾아가라 하셨드랬습네다…."

그의 손에는 주소를 적은 낡은 수첩이 들려져 있었다.

"네가 성주냐? 이리 컸단 말이냐? "

"예, 제 동생 철주와 영주입네다."

손정도는 버선발로 달려가서 아이들의 손을 차례로 잡아보며 안으로 끌어올렸다.

"여보, 어서 날래 나와 보오. 형직이네 식구가 왔소."

부엌에서 저녁을 짓던 박신일이 물에 젖은 두 손을 앞치마에 닦으며 무슨 일인가 놀란 표정으로 걸어 나왔다.

"인츰 밥을 차려 들어오시오. 아이들이 배를 곯아 울상이 아니오? 토장국에 김치부터 가져오고, 아이들이 좋아하는 쫀드기 떡도 만드시오."

*

　도산이 길림에 왔다는 소문이 퍼지자 남녀노소를 가리지 않고 찾아와, 강연 요청이 쇄도하였다. 1924년에 발표했던 도산의 〈동포에게 고하는 글〉은 대공주의(大公主義)에 입각한 민족 번영의 길을 제시하였고, 갈 길 잃은 동포들은 큰 희망을 갖게 되었다. 그러던 중 도산이 길림에 나타났다는 소식을 들은 사람들은 도산이 묵고 있던 삼풍여관으로 몰려와 직접 부탁을 하며 그의 강연을 듣고 싶어 했던 것이다. 해외 동포들에게 여전히 큰 기대를 한몸에 받고 있던 민족 지도자 도산은 그들의 청을 뿌리치지 못하고 결국 강연회를 허락했다. 길림시 전체에 도산의 강연에 대한 벽보가 붙자 도시 전체가 떠들썩하였다. 조양문 밖 대동공창에서 열린 그 강연회에 500여 명의 군중이 몰려 발 디딜 틈이 없었다. 그날 강연 제목은 〈조선 청년의 진로〉였다.

　"조선 청년들이여 내 말을 들으시오. 우리 민족의 수양이 부족하여 일제에게 나라를 빼앗겼으니 이 어찌 통탄할 일이 아니겠소? 그러나 이 또한 우리 책임이니 우리 각자가 인격 수양을 통해 부지런히 배우고 실력을 양성하여 나라를 되찾아야 할 것이오. 각 개인의 인격이 모여 우리 민족의 인격이 완성되는 것이오."

　그 강연은 도산의 〈실력 양성론〉과 〈민족 인격 완성론〉에 기초를 두고 있었다.

　"그를 위해 우리 조선 청년들은 어려서부터 정직과 성실로 자신의 몸을 쳐서 훈련해야만 하오. 첫째도 정직이요, 둘째도 정직이요, 셋째도 정직이라오. 불의하고 거짓된 관리들로 인해 나라를 빼앗겼으니 이제 그대들이 나라를 되찾기 위해서는 정직함을 되찾아야 하오."

　정직한 인격으로 수양된 청년들이 나라를 위해 자신을 희생할 각오를 하고 일어서야 한다는 것이었다. 그 옛날 진남포 시장 바닥에서 사자후를 토해 내며 안중근과 이승훈을 변화시켰던 그의 애국주의 연설이었다. 그의 사상은 기독교 사회주의적 성격이 강하였고, 신앙으로 자신의 모든 재산을 나누어준 톨스토이의 사상과도 맥을 같이하고 있었다. 여기저기서 '과연 도산이로고' 하는 찬탄과 함께 고개를 끄덕이며 경청하는 사람들이 많았다. 빽빽이 모인 군중 뒤편 한 구석에 최근 길림에 도착한 어린 소년 김성주가 고개를 삐죽이 내밀고 그 강연을 듣고 있었다.

강연 3일째, 일제 밀정의 신고로 인해 중국 길림성 독군 장쒀린(장작림)의 헌병과 경찰 수백 명이 강연장을 에워싸고 도산 안창호와 함께 수백 명의 사람을 체포하여 경찰청으로 데려가서 구금하는 사건이 발생했다. 독립운동 세력을 뿌리뽑기 위해 혈안이 되어 있었던 일제의 모략이었다. 그 당시 일제는 중국 군벌 장쒀린의 아들 장쉐량(장학량)에게 압력을 넣었고, 경찰들에게 그 모임을 공산주의 강연이라고 거짓 호도하였던 것이다. 도산이 묵고 있던 삼풍여관은 손정도가 고향 지인을 불러와 차린 곳으로 해외 독립지사들의 은신처와 연락 거점 역할을 하고 있는 곳이었다. 독립운동가들의 색출에 눈을 부릅뜨고 있던 길림의 일본 영사관 바로 코앞에 위치하고 있어서 그 누구도 삼풍여관이 독립지사의 거점임을 의심하지 않았다. 적의 허를 찌르는 해석의 지혜였던 것이다. 그러나 도산에게 몰려든 동포들로 인해 삼풍여관이 결국 노출되고 말았던 것이다. 그날 마침 해석은 일이 있어서 출장 중이었는지라 체포를 면하였다. 해석은 도산이 일제 경찰에게 넘어가서 고초를 당치 않도록 그의 석방을 위해 이리저리 뛰어다니며 탄원 운동을 벌인 끝에 20일 만에 석방을 시켰다. 그 당시 길림 지역에서 큰 영향력을 발휘하던 해석이 있었기에 가능한 일이었다.

황혼객

김성주는 길림 육문중학에 입학하였다. 그리고 독서회를 조직하여 그 당시 학생들 사이에서 유행하던 마르크스 레닌주의 사상에 빠져들었다. 그 무렵 독서회 모임은 손정도 목사의 길림 한인 교회 청소년부 예배당에서 주로 열렸는데, 그 모임이 발전하여 길림소년회가 되었다. 손정도의 장남 원일이 회장을 맡았던 소년회는 그가 물러난 이후 김성주가 회장이 되었고 더욱 사회주의 이념적인 색채를 강하게 띠게 되었다. 김성주의 두 살 아래 후배인 원태는 길림중학을 같이 다니며 둘은 형제처럼 가까이 지냈다.

손정도 목사는 자신의 후배 김형직의 가족을 끔찍이 위하여 돌보아 주었고, 김성주의 학비를 계속 대 주고 있었다. 명절 때마다 가장이 없는 그 가족을 불러 함께 식사를 하고 위로하기도 했다. 그러나 해석의 전적인 지원과 배려로 길림 교회를 중심으로 독서회와 소년회 활동을 하던 김성주는 그 당시 중국의 동북 군벌 장쭤린 정부의 공산주의 배격 운동으로 인해 군벌 당국에 체포되고 말았다. 처음엔 일본과 맞서던 장작림이 일본 제국 조선 총독부 경무국장 미쓰야와 〈미쓰야 협정〉을 맺어 오히려 공산당을 쫓아내는 데 더 심혈을 기울이고 있었던 것이다. 그 바람에 이제 독립운동가들은 일제 경찰에 쫓기는 동시에 중국 경찰에게도 쫓겨 다니는 신세가 되고 말았다. 해석은 자신의 자녀들을 시켜 김성주의 옥바라지를 돕게 하였고, 그가 석방되도록 지역 군벌 장쉐량에게 뇌물까지 주어 가면서 뒤에서 백방의 노력을 가하였다. 김성주는 체포된 지 7개월 만인 1930년 5월 초에 석방되자 해석을 가장 먼저 찾아가서 인사를 드렸다.

"목사님, 이 은혜를 잊지 않겠습니다."

"성주야, 이제 길림을 떠나거라. 이곳도 더 이상 안전하지 않다. 나도 너를 더 가까이하고 싶지만 지켜줄 자신이 없구나."

그 무렵 해석의 병세는 벌써 깊어지고 있었다. 안창호와 함께 꿈꾸었
던 이상촌 건설도 현실 정세가 급박하게 돌아가며 점차 가능성이 희미
해져 갔다. 상해임시정부가 유명무실해진 상황에서 민족 대표자 회의
도 결렬되자 동북 지역의 독립운동 단체는 정의부, 참의부, 신민부의 3
부로 나뉘어졌다. 그러나 그들조차 이념과 지역에 따라 이합집산하면서
여전히 분열과 대립 속에서 싸우고 있어서 해석의 마음을 더 아프게 하
였다. 압록강 바로 위에 위치한 참의부는 상해임시정부와 연결하여 참
의장 김승학을 중심으로 국내 진공 작전을 시도하며 일본과 맞서고 있
었고, 북간도 지방의 신민부는 장제스(장개석)의 국민당과 손을 맞잡고
간도 지방의 친일 세력들을 척결하는 한편 독립군을 탄압하는 장쉐량
군벌과도 맞서고 있었다. 상해임정에서는 서간도의 지도자 이상룡을 국
무령으로 임명하여 정의부에 속한 민족주의 세력을 다시 끌어들이고자
했으나, 상해임정을 더 이상 신뢰하지 않는 대다수의 인사들이 입각을
거부함으로 그 시도는 실패하고 말았다. 해석은 장춘, 길림 지역에서 활
동하던 정의부를 후원하였는데, 안창호의 영향을 받아 무력 투쟁보다는
군민의 식산흥업에 힘쓰는 정부를 만들고자 했다. 해석은 그 당시 북만
주의 여러 독립운동 세력의 정치적 신념을 초월하여 하나로 만들기 위
한 민족 유일당 운동을 펼쳤다. 좌익 계열에서도 1925년 조선 공산당
이 창립되자 1926년 5월 중국 내 동북에 거주하는 조선인들을 상대로
조선 공산당 만주 총국을 결성하였다. 국내에서는 신간회 운동이 일어
나면서 이상재, 안재홍, 권동진 등 일제에 비타협적 민족주의자들과 소
설가 홍명희, 변호사 허헌 등의 사회주의자들이 연합하여 좌우 합작 운
동이 활발히 일어나고 있었다. 그에 따라 해석은 양기탁, 류동열, 정이

형, 오동진 등과 함께 민족주의자와 공산주의자가 연합한 고려 혁명당을 만드는 일에 지원을 아끼지 않았으나 그 일도 결국 실패로 돌아갔다. 1928년 12월 제3차 코민테른 대회에서 1국 1당 원칙이 발표되면서 만주의 조선 공산당은 중국 공산당에 편입되고 말았다.

*

쑨원(손문)과 장제스의 국민당은 신해혁명 이후 영미 제국주의와 손을 잡으며 중국을 통치하였다. 그에 반발한 천두슈(진독수)가 1921년 소비에트의 지원을 받으며 공산당을 창당하였다. 1925년 국공합작을 주도했던 손문의 사망 이후 1927년 제1차 국공합작이 결렬되면서 내전이 벌어졌다. 국민당의 손이 미치지 못했던 동북 지역은 지방 군벌 세력인 장쭤린의 뒤를 이어 그의 아들 장쉐량이 장악하고 있었다. 한편 만주 지역의 조선인들의 인구가 자꾸 늘어나자 중국 한족들은 위협을 느끼고, 조선인들에게 불리한 토지와 소작 제도로 법 개정을 하였고, 장쉐량 군벌은 독립지사들을 쫓아내려는 일제와 손을 잡고 독립군들을 마구 체포하고 있었던 것이다. 때마침 길림성 장춘에서 관개수로 공사를 둘러싸고 조선족 농민과 중국 한족 사이에 무력충돌이 일어났다. 사망한 인명피해는 없었다. 그러나 이 사건을 빌미로 중국인과 조선 사람 사이를 이간질하려는 일제의 음모에 의해 그에 편승한 조선일보가 7월 2일 장춘에서 조선 동포들이 중국인에 의해 다수 살해되었다는 가짜 뉴스를 전국 호외로 뿌렸다. 이에 격분한 조선 사람들이 국내에 거주하고 있는 중국인들과 그들의 상점에 무차별 폭력 테러를 가하기 시작했다. 이 사태는 인천에서 시작하여 경성, 평양, 부산, 천안 등지로 퍼져나가며 127명의 사망자와 수백 명의 부상자를 내는 큰 사건으로 발전하였다. 호떡집에 불났다는 말이 이때부터 유행하기 시작했다. 만보산 사태는 일제가 만주사변을 일으키는 빌미와 신호탄이 되었다.

1931년 9월 18일, 일제는 결국 만주사변을 일으켜 동북삼성을 무력으로 점령한 후 만주국을 세웠다. 만선 철도를 스스로 폭파시키는 자작극을 벌인 후 중국 장쉐량 군벌의 소행이라고 몰아붙이며 만주를 침공하였다. 대륙 침략의 야욕을 숨기며 만주 개발에 박차를 가해온 일본 제국주의는 망해버린 나라 청나라의 마지막 황제 부의(溥儀)를 내세워 꼭두각시 정부 만주국을 세우고 식민지로 삼아버린 것이다. 자금성에서 쫓겨나 텐진에서 망명 생활을 하던 부의는 청조복벽(淸朝復闢)을 꿈꾸며 일제와 손을 잡았으나, 일본은 그를 만주 침략의 도구로 이용하였다. 일제는 만주를 통치하기 위해 오족협화(五族協和)를 정책으로 내세워 일본족, 조선족, 만주족, 한족, 몽골족의 다섯 형제 민족이 함께 잘 사는 나라를 만들겠다고 선전하였다. 1등 국민 일본인에 이어 내선 일체를 외치며 조선인을 2등 국민으로 추켜세웠다. 그리고 조선 반도에 있던 많은 조선인들을 선전·동원하여 만주국으로 끌어들였다. 일제는 조선인들을 만주를 다스리기 위한 제2 지배 계층으로 삼았고 그들 중 일부는 스스로 기꺼이 일본 제국주의의 마름이 되기도 하였다. 그 시절 반도 내에서 억압받고 가난하게 살던 조선인들에게 만주는 마치 서부 개척 시대의 신대륙 미국처럼 자신의 인생을 바꿀 수 있는 기회의 땅으로 비쳐지기도 하였다. 그래서 경상도, 전라도를 비롯한 전국의 많은 청년들이 자신의 야망과 꿈을 이루기 위해 만주로 만주로 몰려들었다. 그 청년들 중에 일본 천황 폐하에게 충성맹세를 혈서로 쓰고 만주 군관 학교에 입학한 청년 다까끼 마사오 즉 박정희도 있었다. 만주사변 직전의 조선족 인구는 60만 정도였으나 만주국 수립 이후 급증하여 태평양전쟁을 치르고 일본이 패망한 직후에는 216만가량으로 늘어 있었다. 조선 말기 굶주림을 피하여 1차 이주자들이 발생했고 을사늑약 이후 만주사변 이전에는 독립운동을 위해 2차 이주자들이 많이 들어갔다면, 1931년 만주사변과 1937년 중일전쟁 이후에 들어간 3차 이주자들은 훨씬 더 큰 숫자였다. 더러는 강제징용과 징집으로, 더러는 위안부 성노예로 끌려갔지만, 만주의 꿈을 좇아 입신양명을 위해 자발적으로 들어간 조선인들도 있었다. 폭풍우처럼 몰아닥치는 전쟁의 도가니 속에서 많은 이들이 나라 없이 떠도는 부초가 되어 살아가야만 했다. 더러는 독립투사로, 더러는 밀정으로, 그리고 두려움에 싸여 갈팡질팡하는 민초로.

서간도와 북간도에서 활동하던 수많은 독립운동가들이 만주국의 형성 이후에 절망하였고, 오히려 변절하여 독립군을 잡아들이는 간도 협조회와 간도 특설대에 들어가서 밀정으로 활동하였다. 그 대표적 인물이 간도 협조회를 만들어 독립군 사냥의 최고봉이 되었던 김동한이었다. 자유시 참변 이후, 밀정으로 변절하여 암약하던 김동한은 만주사변이 일어나자 본격적으로 모습을 드러내며 활동을 개시했다. 그는 연길현의 일본 헌병 대장과 단짝을 이루어 온갖 유언비어를 날조하고 이간질하여 독립군 진영을 교란시켰으며 밀정을 투입하여 독립군들을 잡아들였다. 그뿐만 아니라 그들을 고문하고 회유하여 자신과 같은 밀정을 재생산하는 방법으로 조직을 강화해 나갔는데, 그가 전향시켜 밀정이 된 독립군이 무려 수천 명에 이를 것이라는 추측까지 있을 정도였다. 1940년 그가 독립군에 의해 민족 반역자로 처단 참수된 이후, 일제는 김동한을 잃은 것을 애석하게 여겨 욱일 훈장을 수여하고 그의 죽음을 애도하는 큰 행사까지 열었다. 그리고 제2, 제3의 김동한을 만들어 내기 위해 그의 치적을 기리는 연극 공연까지 했다. 간도 협조회가 독립운동가들을 교란시키기 위한 심리 첩보 조직이었다면 간도 특설대는 독립군 토벌을 위해 동북 항일 연군 또는 조선 의용군과 맞서 싸우며 민간인 학살까지 자행한 실전 특수 부대였다. 간도 특설대 출신으로 대표적 인물은 만주 봉천군관학교에 자원해 들어갔던 백선엽이 있었다. 그는 후일 한국전쟁의 영웅이 되었다.

일제에 붙어서 가장 불행했던 한 인생이 있었다. 마지막 황제 부의였다. 만주사변 직전 부의를 이용하려는 다른 제국주의 국가들도 있어서 부의를 사이에 두고 치열한 외교전과 구애가 물밑에서 진행되었다. 영국도 만주에 눈독을 들이고 부의가 자기편에 서기를 바라고 있었으나, 결국 부의는 대영 제국 대신 일본 제국을 선택하였다. 그러나 그의 선택은 일본의 패망과 더불어 중국 본토를 호령하던 청나라 만주국을 영원히 역사 속에서 사라지게 했다.

60

해삼이 많이 난다고 해서 해삼위(海蔘威)라고 불리던 블라디보스토크는 삼면이 바다로 둘러싸여 있다는 의미도 동시에 지닌 반도 도시였다. 남쪽의 표트르만을 중심으로 블라디보스토크 반도 좌우에 아무르만과 우수리만이 자리 잡고 있어서 어디서든 바다를 접할 수 있는 최적의 항구였다. 명색이 부동항이라 일컬었지만, 그것은 겨울에 바다가 얼지 않는 남쪽의 따뜻한 항구를 갖고 싶어 했던 러시아인들의 바람이었을 뿐, 영하 15도의 혹독한 추위가 계속 이어지는 한겨울에는 신한촌 앞바다가 꽁꽁 얼어붙어 얼음 위를 걸어 조선까지 가기도 했다. 왼쪽의 아무르

만에서 올려다보이는 산 언덕바지에 신한촌이 있어 고려인들이 몰려 살고 있었다. 고려인들이 만든 판잣집들이 갯바위에 붙은 굴딱지처럼 다닥다닥 붙어 있었다. 시베리아의 통나무를 켜서 만든 나무집이지만 안에는 조선식 온돌로 부엌 구들과 방을 만들었다.

동휘가 시베리아 열차를 타고 베르흐네흐진스크 회의를 마치고 블라디보스토크에 도착했던 날, 기차역에 아버지 이승교와 아내 강정혜가 나와 있었다. 상하이에서 임시정부 국무총리가 되어 독립전쟁을 일으키겠다고 떠난 아들이 지구를 한 바퀴 돌아 모스크바를 거쳐 마치 패잔병처럼 다시 고향집으로 돌아온 것이다. 아버지 승교는 아무 말 없이 아들을 껴안아 주었다. 정혜는 옆에서 손도 한번 못 잡아 보고 남편의 짐보따리만 챙겨 들었다. 신한촌의 중심거리라고 할 수 있는 하바롭스카야 거리 3번지에 동휘의 살림집이 있었다. 오래전 동휘가 상하이로 내려간 다음 날, 일제 경찰이 급습하여 동휘의 아버지 이승교(이발)와 첫째 사위 정창빈을 체포해 갔던 그 집에 여전히 아내 강정혜가 시아버지를 모시고 같이 살고 있었다.

평생 아들 동휘의 정신적 후원자였던 아버지 이승교였다. 동휘가 강화도 진위대장으로 지낼 때 고향 단천을 떠나 한성으로 이사하여 이용익 대감의 보성각에서 일하면서 동휘를 도왔다. 동휘가 구례선 선교사와 동역하기 위해 성진으로 올라가자 다시 단천 고향집으로 옮겼고, 동휘의 망명 이후 온 가족을 이끌고 훈춘으로 뒤따라 망명하였다. 동휘가 블라디보스토크로 옮기자 함께 이사하여 이름을 이발로 고치고 김치보, 강우규 등과 함께 노인단을 결성하여 만세 운동에 가세했다. 동휘의 상하이 시절, 손녀딸 인순이와 손녀사위 정창빈의 장례를 치른 후 아들을 돕기 위해 둘째 손녀딸 의순이와 함께 상하이로 다시 내려갔다. 그러나 이제 다시 혁명 사업을 마무리하고 블라디보스토크로 돌아오는 아들을 맞이하기 위해 미리 블라디보스토크에 와 있었던 것이다.

"그간 수고했다. 잘 돌아왔다."
"아부지 면목이 없슴다. 제가 부족해서…."
"그런 말 하지 말라. 동휘 니는 여전히 우리 민족의 희망이다."
"나라의 독립은커녕 우리 인순이와 창빈이까지 잃고…."
떠날 때 애교덩이로 할애비 품에 안기던 손주 생각에 동휘는 말문을 잇지 못했다. 텅 빈 집안을 둘러보니 쓸쓸함이 구석구석 배인 듯 아프게 느껴졌다.

그날 밤, 오랜만에 만난 아버지와 아들은 독한 러시아 보드카로 주거니 받거니 회포를 풀다가 마침내 아들 동휘가 대성통곡을 하고 울음을 터뜨렸다.
"아부지, 내가 사랑하던 이들이 다 떠나갔슴다. 애통해서 내 어찌 살겠슴까? 하나님이 내게 벌주시는 겝니까? 아부지이! 아부징이! 내 좀 살려주소. 나 죽소. 어엉, 엉엉…."
민족의 지도자요, 대장군이요, 혁명가였던 그도 아버지 앞에서는 그냥 어린 아들이었고, 그래서 무너져 내릴 수 있었다. 그날 밤 동휘는 그동안 쌓아 왔던 억눌린 모든 감정을 쏟아내었다.
"동휘야, 내 아들아, 니 잘못 아니다. 니는 할 만큼 했다. 이 아부지가 다 안다."
아버지 승교는 나라를 세우는 동량이 되라고 외아들 동휘에서 어린 시절부터 요구했던 자신의 신신당부가 아들의 인생에 큰 짐으로 남아 있음을 깨달았다.

"이제 그만 쉬거라. 고향집에 왔으니 근심 내려놓고 이제 아부지와 같이 살자."

"예, 아부지, 이제 저도 여기서 삽니다. 지쳤습다."

"그래, 하늘이 할 일을 니가 다 못한다. 독립은 혼자 하는 게 아니다. 아무 염려 말거라."

지켜보던 아내 강정혜가 옷소매로 눈시울을 훔치며 아랫목에 이부자리를 깔았다. 그리고 축 늘어진 거구의 남편을 시아버지와 함께 겨우겨우 끌어다 뉘었다.

*

아침이 한참 지났는데, 겨울의 블라디보스토크는 아직도 희미한 새벽 여명이 깃든 모습이었다. 페인트가 절반은 벗겨진 덜컹거리는 현관문이 열리자 커다란 덩치의 남자가 거리로 나섰다. 희끗희끗한 반백의 머리에 얼굴에는 인생의 깊은 주름살이 패이기 시작했으나 단정하게 깎은 콧수염이 인상적인 그 남자는 갑자기 불어온 싸늘한 돌풍을 피해 얼굴을 돌렸다. 동휘였다. 양손을 낡은 검정색 코트 주머니에 넣고 오른쪽으로 방향을 틀어 걷기 시작하더니 얼마 지나지 않아 어느 건물 앞에 잠시 멈추어 섰다. 오래전 권업회관이 있던 자리였다. 처음 블라디보스토크에 도착하여 동포들을 모아 놓고 큰 연설을 하던 그 자리에 멈추어 서서 잠시 추억을 반추하는 듯하더니, 길을 건넜다. 그곳에는 한인들의 집회소로 사용되는 스탈린 구락부가 있었다. 3·1 운동 시에는 이곳 한인회관에서 독립운동의 모의도 하고, 매년 기념 행사도 하곤 하였다. 동휘의 아버지 이발 선생이 회장이 되어 3·1 운동 1주년 기념 행사를 치른

곳도 바로 이곳이었다. 이제 이곳이 고려인 도서관이 되어 있었다. 동휘
는 조선에서 기증받은 조선말백과사전과 각지에서 수집한 도서들을 정
리하며 이곳을 드나드는 청소년들에게 책을 빌려주고 또 옛 독립운동
이야기를 들려주기도 하였다.

　도서관에서 책 정리를 마치고 나온 동휘는 바로 붙어 있는 옆 건물로
들어갔다. 그곳은 한때 러시아 정교회로 쓰이던 곳을 개조하여 한인 장
로 교회로 사용하던 건물이었으나 지금은 다시 러시아 정교회로 되돌
아가 있었다. 구례선 목사를 통해 개척리에서 처음 목회를 시작한 최관
흘 목사가 이곳 신한촌으로 옮겨온 후 교회로 사용했던 곳이다. 그의 헌
신적인 전도 목회가 명성을 얻으며 많은 동포들이 신한촌의 장로 교회
인 이곳 삼일교회로 몰려들어 700명 이상의 성도가 이 정교회를 빌려
서 예배를 드릴 때가 있었다. 그러나 1911년 장로교에 대한 핍박이 시
작되고 최관흘 목사가 감옥에 다녀온 이후 모든 장로교인들은 러시아에
서 추방을 당하게 되었다. 최관흘은 잠시 하얼빈으로 몸을 피했고, 그곳
에서 막 선교지로 들어온 손정도 목사를 만나, 그가 시작하는 첫 사역을
도와주었다. 그러다가 가츠라 총독 암살 배후로 거짓 누명을 쓰고 체포
되어 국내 압송을 앞두고 기다리고 있을 때, 정교회 젊은 사제였던 오와
실리 신부가 그를 찾아와 면회했다. 3년간 연해주 한인들을 위해 헌신
했던 최관흘 목사의 인품을 존경하는 많은 한인들을 위해 러시아 정교
회로 개종을 하면 풀려날 수 있다는 것이었다. 나중에 김알렉산드라의
두 번째 남편이 되었던 오와실리는 최관흘 목사를 진지하게 설득하였
다. 최관흘 목사는 깊은 고민을 거듭한 이후 큰 결단을 하게 되었다. 장
로교단을 지킬 것인가? 성도들을 지킬 것인가? 이 갈림길에서 1912년
말 최관흘은 블라디보스토크로 돌아가 러시아 정교회로 개종한 후 사

제가 되어 그의 목회를 이어갔다. 이 사실을 알게 된 평양의 노회에서는 최관흘을 배교자로 여겨 장로교 선교사에서 파직을 하였다. 그러나 최인노껜찌 바실리비치로 이름을 바꾼 그는 러시아 정교회 안에서 오히려 더 큰 부흥을 일으키며 동포 사회의 영적인 지도자로 영향력을 미쳤던 것이다. 동휘가 이곳에서 권업회 활동을 하던 그 시절에 전도자로서 최관흘 목사와 가까이 지낸 일이 있었기에, 블라디보스토크로 돌아오자마자 동휘는 그의 행적을 찾아보았다. 최관흘의 선교 사역도 러시아 혁명 이후 다시 큰 타격을 입게 되었고, 소문에 의하면 그는 다시 장로교 목사로 되돌아가 1922년경 신한촌에서 사라져 버렸다고 전해 들었다.

교회 안에 들어가니, 정교회의 성모 마리아 조각상들이 여기저기 보였고 흰 수건을 쓴 늙은 여인들 몇 사람이 드문드문 앉아서 기도하는 모습이 눈에 들어왔다. 동휘는 요즘 매일 하루에 한 번씩 정교회 안에 들어와 혼자 기도하고 나가는 습관이 생겼다. 처음에는 일찍 세상을 떠난 큰딸 인순이와 맏사위 정창빈, 그리고 손자를 위해 무엇인가 해야겠다는 죄책감으로 기도를 시작했다. 그러다 보니, 동휘 자신의 인생도 돌아보며 먼저 천국 간 여러 동지들, 전덕기 아우와 쑤라와 일세의 얼굴도 떠오르고 자연히 기도가 길어지게 되었다. 한때 그렇게 뜨겁게 믿었던 자신의 신앙이 과연 허상이었는지, 아니면 그 신앙을 버려두고 혁명의 길에 들어섰던 자신이 헛된 몽상에 빠졌던 것인지 분간이 잘 안 갈 때도 있었다. 그날도 평상시처럼, 조는 듯 마는 듯 고개를 숙이고 기도하고 있는데 자신에게 다가왔던 많은 사람들이 다시 떠올랐다. 동휘에게 목회의 길을 가라고 간절히 설득하던 구례선 목사도 떠오르고, 아름다운 레나 사모의 귀티 나던 그 얼굴도 떠올랐다. 레나는 남편과 함께 러시아 개척리를 방문했을 때 최관흘 목사의 교회 성도들의 오해를 받아 죽을 뻔하다가 리동휘 장군 때문에 살아났다고, 자기에게 몇 번이고 되뇌이며 그 이야기를 해 주었던 것이다. 그러나 그 모든 생각의 마지막에는 항상 인순이가 있었다. 인순이를 생각하며 눈물을 흘리고 있었는데, 그 날따라 정교회 사제단 뒤에 십자가에 매달려 있는 예수상이 마치 살아 있는 듯 자애로운 눈길로 동휘를 내려다보고 있었다.

"예수님, 당신이 정말 부활하셔서 지금도 살아 계시나요?"

오랜만에 이 생각이 불현듯 동휘의 가슴을 헤집고 지나갔다.

"그렇다면 왜 우리 불쌍한 인순이를 그렇게 일찍….'

그때 갑자기 자애롭게 미소 짓던 예수의 얼굴이 잠시 인순이의 얼굴로 바뀌며 동휘에게 무슨 말을 건넨 것 같았다. 갑자기 눈앞에 나타난 인순이를 보며 놀란 동휘의 두 팔이 저절로 올라갔다.

"인순아, 네가 지금 살아 있구나. 우리 아가, 내가 너를 좀 만져 보자."

동휘가 손을 뻗어 인순이의 손을 잡았는데, 그 손목에 큰 못 자국 구멍이 나 있었다.

"인순아, 네가 언제 이렇게? 많이 아팠겠구나. 우리 아가, 내가 잘못했다. 불쌍한 우리 인순아."

인순이 앞에 엎드려 두 손목과 발등에 나 있는 못 자국을 한참 어루만지며 울고 있다가, 다시 올려다보니 인순이의 눈에도 눈물이 흥건히 고여 있었다.

"인순아, 울지 마라. 이 애비를 용서해 다오."

그 순간, 온몸에 전기가 통한 듯 흠칫 몸을 떨며 동휘가 잠에서 깨어났다. 예수상은 여전히 높은 곳에서 인자한 모습으로 그를 내려다보고 있었다. 그때 동휘의 귀에 잔잔히 그러나 또렷이 들려오는 목소리가 있었다. 아니, 오래전, 동휘가 강화도에서 큰 회심을 하고 예수를 믿을 때 들렸던 바로 그 목소리였다.

"진리를 알지니, 진리가 너를 자유케 하리라."

그 신비스러운 체험이 있은 후, 동휘는 자신의 호를 대자유(大自由)라고 바꾸었다. 동휘의 공산당 활동은 그 후에도 지속되었으나 그의 삶은 다시 서서히 바뀌기 시작했다.

모든 공직에서 물러난 후 고려 도서관장으로 살아가던 동휘는 생계를 이어가기가 힘들 만큼 경제적 궁핍에 처해 있었다. 그때 동휘를 도와준 사람이 김아파나시였다. 적기단 창단 시 잠시 관여했던 아파나시는 곧바로 러시아 공산당 사업으로 뛰어들었다. 그 당시 하바롭스크 변강 당위원회 선전·선동 부장 및 소수 민족 부장을 겸하고 있던 아파나시는 동휘를 원동변강 모플 위원회에서 고려인들을 관리하고 돌보는 책임자로 추천하였다.

"성재 장군님, 제가 돕게 되어 기쁩니다. 저도 마침 고려부 책임자를 물색 중이었는데 잘 오셨습니다."

"아파나시 동지, 장군은 뭘, 그냥 이제 동지라고 부르오. 내가 이제 거꾸로 도움받는 처지가 되었구려."

"모플 활동을 통해 인근 지역의 우리 고려인들을 찾아다니시며 돕는 일입니다. 이 일이 정말 중요합니다. 동포들의 단합을 도모할 뿐 아니라 여전히 숨어서 독립운동을 하는 동지들도 도우실 수 있을 것입니다."

"고맙소. 아파나시 동지. 내 열심히 이 일을 해 보리다."

동휘는 누구를 만나든 항상 겸손하고 온유한 모습을 지니게 되었다.

*

동휘의 모플 활동은 연해주 변강도시뿐 아니라 원동변강 지역을 넘어 만주에서 활동 중인 독립투사들을 돕는 일까지 닿아 있었다. 변강 각 도시에 흩어진 고려인 마을마다 지부를 세우고 어장, 탄광, 목재소뿐 아니라 농장과 각종 사업소에 모플 기관을 설립하여 작업의 능률을 높이고 수확량 중의 일부를 모플 의연금으로 갹출하여 모플 위원회에서 사용하게 했다. 이 일은 아주 오래전 동포 사회에서 일어났던 권업회 활동과 그 정신을 같이하고 있었다. 그 당시 동휘가 연해주에 처음 발을 디딘 후, 산산조각 나 있었던 동포 사회를 순방하면서 권업회 활동을 통해 일치 연합시켰던 경험이 큰 도움이 되었다. 동휘가 각 지방을 방문하여 동포들의 단합을 호소하고 회원을 모집할 때 동휘의 연설에 감동한 사람들이 너도나도 권업회에 가입하여 한때 회원이 8,000명을 훌쩍 넘은 일도 있었던 것이다. 그 시절을 회상하며 동휘는 각 지방마다 방문하여 사업소에 모플 돌격대를 만들어 공동체 정신을 함양하고, 독립군들을 돕기 위한 모플 의연금을 모았다. 그러나 그것은 강제로 모은 것이 아니었다. 성재 이동휘 장군이 나타났다는 소문을 들은 지역 사람들이 몰려들어 그의 구수한 입담이 섞인 혁명 투쟁의 경험과 감동적인 연설을 듣는 동안 자발적으로 호주머니를 털어서 낸 돈이었다. 김하구를 파견하여 만주 지역 동포들에게도 모플 조직을 만들게 하였고, 궁극에는 국내에까지 그 지경을 확대하였다. 그리하여 국내에서 조선 공산당으로 활동하다가 검거되어 서대문 형무소에 수감되어 있는 사람들을 후원하는 일까지 벌였다.

1925년 4월 당시 국내에서는 조선 공산당 조직을 두고 또다시 파벌 싸움이 시작되고 있었다. 김재봉, 김찬, 조동호, 조봉암 등이 주축이 되어 조선 공산당을 조직했는데, 이들은 주로 이르쿠츠크파에 적을 두었던 인물들이라 국민의회파와 상해파를 배제하고 있었다. 자유시 참변에 대한 책임 소재 공방으로 인해 이르쿠츠크파와 국민의회파가 이미 갈라서 있었던 것이다. 이에 반발하여 최창익의 서울 청년회, 신철의 북풍회, 이남두의 노동당이 국민의회파의 지지를 받으며 등장하였다. 상해파는 파벌을 없애겠다고 조선 공산당과 서울 청년회 사이에서 중재 노력을 했으나, 이는 또 다른 파벌을 만들어 서울 청년회와 상해파가 연합하고, 국제 공산당 보이딘스키의 지지를 받는 ML파가 다시 등장하는 결과를 초래하였다. 이로 인해 서로 간의 갈등과 밀고로 많은 수감자가 국내에 발생하자, 동휘는 이들 수감자들을 공평하게 돌보기 위해 모스크바까지 방문하여 재정적 지원을 호소하는 모플 활동을 전개했던 것이다. 동휘가 돌보았던 대상은 상해파를 넘어서서 이전의 적수였던 이르쿠츠크파와 국민의회파 소속 공산당을 가리지 않고 망라하였다.

그러던 중에 1927년 12월 소련 공산당 15차 대회 이후 대규모 사회주의 집단화 운동이 전개되면서 3년간 반우파 투쟁이 시작되었다. 이는 연해주 한인 사회에도 직격탄이 되었는데, 토호라 불리는 원호인 부유 계층이 타도 대상이 되어 300개 이상의 부유 농장이 몰수되었고 토호들이 추방되었다. 그리고 모든 농장들이 집단 농장으로 바뀌면서 그동안 황무지에서 벼농사를 일구어 개척해왔던 한인 농촌이 완전히 다른 모습으로 변하게 된 것이다. 그와 동시에 벌어진 당 청결 운동 과정에서 그 당시 당·정·군의 한인들의 주요 요직을 거의 모두 장악하고 있던 이르쿠츠크파와 국민의회파 인사들이 대거 숙청되었다. 반우파 투쟁은 그들의 과거 이력을 모두 들추어내었는데, 원호인으로서 제정 러시아 시대 받았던 혜택들과 혁명 이후에 일제와 손을 잡고 백군을 도와 활동했던 친일 경력들뿐 아니라 감추어졌던 비리들까지 다 찾아내었다.

"흉악한 토호들을 몰아내자."

"가면 쓴 이류분자들을 색출하라."

등의 과격한 구호들이 쏟아지면서 당 청결 심사를 벌였다. 무리한 집단화 과정에서 토호로 몰려 억울하게 땅을 **빼앗겼던** 부농들이 대거 러시아를 탈출하여 국외로 도망갔다. 집단 농장(콜호스)이 되면 여자와 아이들도 다 공동 소유하게 된다는 흉흉한 소문 때문에 겁을 먹고 달아난 사람들도 있었다. 또한 친일 행적이 밝혀진 부농들은 멀리 우랄이나 시베리아의 탄광이나 벌목장으로 추방되기도 하였다. 그런데 이 과정에서 상해파는 청결 대상이 하나도 없었던 반면, 국민의회 계열은 문창범, 한명세, 최고려, 김하석 등이, 이르쿠츠크파 계열은 남만춘, 채동순 등이 청결 대상에 올랐다. 아편대왕이라는 오명을 지닌 문창범은 토호로 몰려 체포된 후 우수리스크 감옥에서 사망하였고, 한명세 역시 불법으로 아편장사를 한 사실이 들통이 나서 곤욕을 치렀다.

"성재 장군, 세상에 어찌 이런 일이 다 있단 말이오. 그저 우리 상해파를 괴롭히던 천적들을 하늘이 한꺼번에 다 도려내는 것 같아서 어째 마음이 쏨쏨하오."

동휘의 곁에 비가 오나 눈이 오나 항상 붙어 있는 김하구가 고려 도서관으로 급히 달려와 이런 소식들을 전해주며 가슴을 쓸어내렸다.

"그 동무들도 고생들이 많았는데, 우리 한인들의 힘이 약화되는 것 같아 영 기분이 안 좋소."

동휘는 한때 한솥밥을 먹었던 문창범이 체포되었다는 소식에 마음이 언짢았다.

"그나저나 그 김하석이 놈이 자신이 백군에게 달라붙었던 과거를 변명하느라 또 선봉 신문에 장군에 대한 악담을 늘어놓았다 하오."

"무엇이라? 내 김하석이 이놈만은 아무리 용서할라 해도 도무지 용

266   황혼객

서가 안 되오."

자유시 참변을 일으켰던 주범인 김하석은 동휘가 몸서리를 치며 미워하던 사람이었다. 그러나저러나 이 과정에서 한인 사회는 수많은 한인 부농들이 사라지고 지도자가 유실되는 손실을 보고 말았다. 반면 상해파 출신으로 정직, 청결한 삶을 살았던 김아파나시가 한인 사회의 새로운 젊은 지도자로 급부상하는 결과를 가져왔다.

*

원동변강 모플 위원회 고려부 책임자가 된 동휘는 매우 보람있는 나날을 보내고 있었다. 동휘의 모플 활동은 해가 갈수록 점차 범위를 넓혀 갔다. 시베리아 열차의 출발점인 블라디보스토크에서 기차를 타고 위로 올라가다 보면 아르쫌 지방을 스쳐 지나가고 동포들이 많이 모여 사는 니콜스크(우수리스크)가 있었다. 한때 이상설과 문창범이 이곳에서 터를 잡고 활동했던 곳이다. 그 위로 계속 올라가면 왼쪽으로 흥개호(싱카이 호수)를 끼고 진동촌(스파스크달리)이 있고 그 위로 자유시 참변에서 살아남은 박일리야가 부대를 재정비하여 이용, 김규면과 함께 고려 혁명 군정 위원회를 만들었던 이만(달레레첸스크)이 나왔다. 동휘는 이 도시들을 방문하고 동포들이 모여 사는 인근의 작업장들을 돌아볼 때마다 과거 독립군으로 활동하다가 흩어진 옛 동지들을 만나고 교제하는 또 다른 기쁨과 위로를 느꼈던 것이다. 어느 날 진동촌을 지나가다가 홍범도가 근처에서 농장을 한다는 소문을 듣고 일부러 찾아갔다. 농장에는 오래전 홍범도와 함께 싸우던 의용군 출신들이 흩어져서 벼농사와 콩, 옥수수를 가꾸고 고추를 심고 있었다. 그들이 동휘를 먼저 알아보고 달려와 꾸벅 절인사를 하였고, 홍범도에게 안내해 주었다. 여기저기 허수

아비가 서 있는 논두렁을 지나 농장 끄트머리에 아카시아 나무와 사과나무를 심어 놓은 듯 과수원이 나왔는데, 구석에서 웅크리고 앉아 무언가 들여다보고 있는 사내가 있었다.

"홍장군 그간 잘 지내셨소?"

농장 끄트머리에서 머리에 얼기설기 짠 감투를 눌러서 뒤집어쓰고 벌집을 치고 있던 홍범도가 뒤를 돌아다 보았다. 몇 걸음 다가와 감투를 벗어 누군가 살피던 홍범도는 꿈쩍 놀란 듯한 표정이다.

"이게 누구시오. 성재 장군 아니시오? 여기엔 어쩐 일로?"

"하하하, 내가 홍장군이 여기 계신다는 소문을 듣고 일부러 찾아오지 않았겠소?"

"아이구, 이 먼 길을 공연히… 송구스럽소이다."

홍범도는 무엇인가 계면쩍은 얼굴로 주춤거리며 서 있었다.

"홍장군, 멀리서 동무가 자원방래하였는데, 이리 우두커니 서 있게 할 셈이오? 허허."

"아닙니다. 어서 들어가십시다. 누추하지만 내가 묵는 안채로…."

농장 안에 아담하게 지어 놓은 통나무집에 동휘를 끌고 들어가니, 늙수레한 여인이 그들을 맞이하였다. 그 곁에는 어린 손녀딸이 치마폭에 붙어 있었다.

"여보, 어서 인사하오. 성재 리동휘 장군이시오."

여인은 놀란 듯 잠시 입을 벌리고 멈추어 섰다가 고개를 구십 도로 꺾어 다소곳이 절을 하더니 급히 부엌으로 줄행랑치듯 사라졌다.

그날 밤, 하루를 홍범도의 집에서 묵으며 늦은 밤까지 두 사람은 오랜 회포를 풀었다. 홍범도가 느지막이 재혼한 과부 이인복은 따뜻한 밥상에 고추를 넣어 매콤하게 끓인 된장찌개에 찐 옥수수와 감자를 한 소쿠리 삶아 들고 들어왔다. 으적으적 풋고추를 된장에 찍어 먹으며 홍범도가 집에서 몰래 담근 동동주 작은 항아리를 둘이서 비워 버렸다. 동휘는 유쾌하게 웃으며 오래전 홍범도와 권업회에서 처음 만났던 일에서 시삭하여, 광복군 정부 시절과 한인사회당의 빨치산 전투에 이르기까지 두 사람이 한배를 타고 독립운동을 하던 좋았던 추억만을 끄집어내어 분위기를 돋우었다. 처음에는 서먹서먹하게 대하던 홍범도도 술기운이 오르자 호탕하게 껄껄 함께 웃으며 술대접을 주거니 받거니 하였다.

"성재 장군, 내 오늘 참 기분이 좋소. 장군이 나를 잊지 않고 찾아와 주시니 고맙소, 고마워. 허허허."

"홍장군, 이제 우리가 다 늙어 가는 주제에 장군은 무슨 장군이오. 그냥 형 아우 하며 지냅시다. 하하하."

"아니, 그럼, 내가 손위니 성재가 아우가 되지 않소?"

"좋소이다. 내가 이제부터 형님이라 부를 터이니, 나를 아우 삼으소. 자, 형님 절 받으시오."

술 취한 동휘가 벌떡 일어나 꾸벅 절을 하니, 놀란 홍범도도 후다닥 같이 맞절을 한다. 천민 출신의 의병장 홍범도에게 임정 국무총리였던 리동휘는 감히 넘보기 힘든 존재였던 것이다.

"범도 형님, 아니 형님 아호가 여천이니 이제 여천이라 하겠소. 그리고 이제부터 나를 성재라 부르지 말고, 대자유라 불러주오. 내가 호를 바꾸었다오. 흐흐."

"대자유라… 그 호 한번 멋지오. 그럼 대자유 아우니임… 이렇게 부르면 되겠소? 으흐흐."

"옳다마다, 바로 그거요. 여천, 나는 요즘 세상에서 가장 큰 자유를 누리고 산다오, 내 인생에서 이렇게 기뻤던 적이 없소. 가는 곳마다 우리 동지들이 반갑게 맞이해 주니 기쁘고, 오늘은 여천 형님을 만나서 이리 술 한잔 하니 더 기쁘고… 이런 자유가 또 어디 있단 말이오? "

다음날, 해가 중천에 떴을 때, 두 사람은 이웃집에서 낚싯대를 빌려 들고 근처의 흥개호로 나갔다.

"허허, 사냥꾼이 무슨 낚시를 하오. 그냥 오늘도 농장이나 둘러보고 술 한잔 더 합시다."

"여천, 내가 이름난 낚시꾼 아니오? 근처에 흥개호를 두고 낚시 한번 못 하고 돌아가면 천추의 한이 될 것이오. 이 아우를 위해 함께 갑시다."

대자유는 낚시에 취미가 없다고 뒤처지는 여천을 간신히 달래서 이끌고 집을 나섰다. 논두렁길을 따라 한참을 걸어가니 멀리서 푸르스름하게 아지랑이를 피워 올리는 호수가 아련하게 보이기 시작하였다. 마침내 흥개호에 도착한 두 사람은 호숫가 백사장을 피해 솔밭 아래 바위 섬 위에 자리를 잡았다. 미리 준비해 온 미끼를 낚싯바늘에 정성스레 꿰어 넣고 추를 달아 최대한 멀리 낚싯줄이 떨어지도록 낚싯대를 휘둘렀다. 낚시꾼 대자유의 동작 하나하나를 사냥꾼 여천이 유심히 관찰하듯 바라보고 있었다. 범도의 낚싯대를 먼저 드리워 준 동휘는 자신의 낚싯대를 다시 힘있게 던졌다. 푸른 흥개호 호수면에 퐁당하고 낚시 추가 떨어지는 순간 파문이 일어 살포시 퍼져가기 시작했다.

화산암 바위 위에 납작한 나무 상자를 깔고 앉은 두 사람은 낚싯대를 드리운 채 한동안 말이 없었다. 낚시는 자신과 대화하는 법을 배우는 것이라고 논두렁 길을 걷는 동안 대자유가 말한 바 있어, 여천은 더욱 할 말을 잃고 낚시대만 바라보고 있었다. 그러자 어젯밤 동휘와 술기운에 더듬었던 자신의 지나온 삶이 다시 한번 요목조목 떠오르기 시작했다.

그리고 어느 지점에 이르자 갑자기 숨 막힐 듯 멈추어 서 버렸다. 시간이 무심하게 흘러갔다. 처음에는 조용히 그러나 나중에는 폭포수처럼, 그리고 다시 잠잠해졌다.

"여천께서 하시는 양봉은 잘 되시오?"

"그냥 취미로 하는 거외다. 한때 이만에서 양봉 협동 조합을 만들어 크게 해 보려 했는데, 로씨아인들의 집단 체제 속에선 쉽지 않았소. 지금 농사도 방해가 많소이다."

"그렇군요. 이 아우도 취미로 요즘 뽕나무를 키우며 양잠을 시작했다오. 징그럽던 벌레가 번데기가 되고, 하얀 누에고치를 만들어 명주실을 뽑는 것이 얼마나 신기한지…. 마치 우리 민족의 장래가 그렇게 될 것만 같아 희망을 품고 그 일을 하고 있소."

"허허, 부럽구려. 나도 그런 희망이 있으면 좋으련만…."

다시 어색한 침묵이 시작되었다. 누에고치가 실을 뽑듯 한 올 한 올 기억의 실타래가 풀어져서 물레에 감기는 것만 같았다.

"대자유 아우, 그때 꼭 상해로 내려가야만 했소?"

"…."

"나는 정말 아우가 우리 민족을 살릴 독립군 대장군이 되길 바랐소."

"고맙소이다. 부족한 아우를 그리 봐주셔서. 나도 그때 생각하면 가슴이 아리오. 허나 후회는 아무런 도움도 되지 않으니, 앞을 내다보고자 애쓸 뿐이오. 허허."

두 사람 모두 낚싯대를 붙들고 있었으나, 홍범도는 왱왱거리며 달려드는 일벌들을 쫓아내고 있었고, 동휘는 차분히 물레를 감았다. 그들을 태운 추억 열차가 나란히 뻗은 낚싯대처럼 평행선을 달리고 있었다.

"대자유 아우, 그대는 정말 자유하오?"

"아, 지금 뭐라 하셨소? 자유?"

깊은 혼자만의 묵상 세계에 빠져있던 동휘가 갑자기 깨어난 듯 반문했다.

"나는 그 자유가 무엇인지 아직 모르겠소!"

"자유란 기쁨이 샘 솟듯 하는 감정이오. 그리고 아무도 미운 사람이 없는 상태요. 그리고 어제처럼 사랑하는 처자와 좋은 동무와 함께 맛난 음식 먹으며 웃으며 사는 것이오. 내가 깨달은 자유는 그런 것 같소."

"아, 그러고 보니 어제 잠시 나도 그런 감정을 느꼈던 것 같소만⋯ 그게 술 안 마시고 맨정신에 되겠소?"

"흐흐흐, 여천, 자신을 묶고 있는 속박을 끊는 것이 먼저요. 술기운은 잠시 그것을 잊게 만들 뿐이오. 그것은 자유를 얻은 듯 잠시 착각하는 것일 뿐, 참 자유라 할 수는 없소."

"참 자유라⋯."

다시 두 사람 사이에 오랜 침묵이 흘렀다. 두 사람의 낚시 추 위에 떠 있는 찌는 미동도 하지 않고 망망대해와 같은 큰 호수 물 위에 올라타고 앉아 있었다. 두 손으로 붙들고 있는 낚시대를 타고 팽팽한 긴장감이 흘러가고 있었다. 한참 만에 홍범도가 정적을 깼다.

"대자유 아우, 내 참 미안하오."

"⋯?"

동휘는 잠시 범도를 쳐다보는 듯하더니 무심한 시선을 다시 찌에 돌렸다. 다시 침묵이 이어졌다.

"그때는 정말 뭐가 옳고 그른지 알 수가 없었소."

"형님, 그런 말 마소. 우리 중에 누가 옳고 누가 그르단 말이오. 그런 것 없소."

"내가 우리 동지들을 재판하던 그 자리에 앉았던 그 일로 인해, 지금도 악몽을 꾼다오."

홍범도는 깊은 한숨을 내쉬며 그 순간을 떠올리는지 눈을 감았다. 굵게 패인 이마의 주름이 펴지지 않고 눈썹이 파르르 떨리고 있었다.

"형님, 이제 자유합시다. 우리 모두가 피해자요, 더러는 가해자였다오."

그리고 사랑하는 맏딸 인순이를 죽인 것이 바로 자신이라는 그 죄책감과 속박에 묶여있던 자신이 어떻게 그곳에서 빠져나왔는지 이야기를 해 주었다. 홍범도는 간간이 고개를 끄덕이며 아무 말 없이 그 이야기를 듣고 있었다. 그때 미동도 않던 홍범도의 찌가 출렁이며 흔들렸다.

"형님 잡아당기시오. 얼른!"

동휘가 냉큼 달려와서 홍범도의 낚싯대를 함께 힘껏 들어올렸다. 낚시 바늘 끝에 커다란 물고기가 파르르 온몸을 비틀며 하얀 비늘에서 물보라를 사방에 뿜어대고 있었다. 지평선이 맞닿은 화창한 창공에서 퍼덕이는 그 물고기는 마치 자유를 향해 날아가고픈 두 사람의 마음을 그대로 표현하는 듯했다.

"으하하하, 월척이요, 월척! 형님이 대백어 월척을 낚았소."

그날 저녁, 두 사람은 얼큰한 대백어 매운탕으로 속을 풀었고, 여천 홍범도는 원하던 자유를 얻었다. 그러나 몇 년 후 두 사람은 전혀 다른 길을 걸으며 인생을 마무리했다.

61

1931년 손정도의 죽음은 동북 지역 민족주의 항일 투쟁에 큰 타격을 입혔다. 그에 따라 상해임정도 지리멸렬하게 축소되었고 백범 김구가 고독하게 매일매일 일기를 긁적이며 땔감이 없어 한기가 도는 사무실을 지키고 있을 뿐이었다. 오히려 의열단을 통한 암살 테러 투쟁이 항일 투쟁의 맥을 이어가고 있었다. 1926년 민족 혁명당을 창당했던 김원봉, 윤세주 등 의열단은 1931년 만주사변이 일어나자 상하이에서 안창호, 이동녕 등 우익 진영과 독립 전선 통일 동맹을 형성하였다. 이것이 발전하여 후일 좌우 합작 독립군 조선 의용대가 된다. 김규식, 지청천, 신익희 등 국내외 남쪽 우파와 사회주의자 최창익, 허정숙, 안광천 등이 합세하여 중국 우한에서 조선 의용대를 창설, 중국 군대와 함께 항일 전선에 뛰어들게 된다. 민족 독립운동가를 체포하려는 일제 경찰들은 의열단 단장이며 조선의용대 대장 김원봉에게 최고의 현상금 100만 원을 내걸었다.

1932년 청년 이봉창과 윤봉길이 거사를 일으키기 전까지 상해임정은 거의 잊혀진 존재였다. 윤봉길은 상해임정의 김구를 찾아갔고, 안창호는 윤봉길의 상하이 홍커우공원 폭탄 테러 거사 이후 그 배후로 지목되어 체포되었다. 윤봉길의 거사를 함께 도모한 김구는 거사 직후 몸을 피하면서 임정의 다른 요인들에게 피신할 것을 알렸지만 안창호에게는 알리지 않았다. 체포된 안창호는 국내로 이송되어 서대문 형무소에서 극심한 고초를 겪었다.

그 무렵 상하이, 베이징, 톈진을 오가며 유자명, 백정기 등과 함께 아나키스트 운동의 대부로 활동하던 우당 이회영도 세상을 떠났다. 다물단, 흑색공포단 등을 조직하여 항일구국연맹 의장으로서 일본 총독부 요인 암살 및 중국 내 일본 영사관 폭탄 테러 등으로 맹활약을 벌이던 중, 만주의 지하 조직을 확장하겠다고 노구의 몸을 이끌고 배를 타고 떠

황혼객

나려다가 측근들의 밀고에 의해 다롄항에서 체포되었다. 눈엣가시와 같은 테러리스트의 수괴를 생포한 일제는 다롄 영사관 지하 감옥에 가두고 취조에 들어갔다. 극심한 고문을 이기지 못한 이회영은 65세의 나이로 1932년 11월 7일 유치장에서 파란만장한 그의 생애를 마감했다. 일제는 이회영이 유치장에서 목을 매어 자결했다고 발표하였으나 그의 처참한 시신을 보았던 목격자의 증언과 일제가 서둘러 화장으로 처리한 점 등을 미루어 짐작할 때, 흑색공포단 단원들과 이회영의 가족은 일제의 고문에 의한 사망임을 의심치 않았다. 만주로 떠나기 전 치밀하게 움직이며 중국인으로 변장했던 이회영을 4등 선실에 잠입한 일제 경찰이 바로 지목하여 색출 체포한 것은 그의 동선을 알고 있었던 측근의 밀고가 없이는 불가능한 것이었다. 흑색 공포단 단원 백정기는 이회영의 아나키스트 활동을 반대하던 그의 조카 이규서와 상해임정 의정원 의원 연병호의 아들 연충렬을 우당을 일제에 넘겨준 밀정으로 여겨 처단하였다. 정부 조직의 어떤 지위와 감투도 받으려 하지 않았고, 우익 민족주의자도 아니요, 좌익 공산주의자도 아닌 모든 권력 지향적 조직에서 벗어나 무정부주의자로 포악한 일제 권력에 맞서서 독자적인 항일 투쟁의 길을 외롭게 이어 갔던 우당은 그렇게 불귀의 객이 되고 말았다.

(우당의 원수를 갚았던 백정기는 그다음 해 상하이에서 일본 공사 아키라 암살 모의 육삼정 의거에 가담했다가 역시 조선인 밀정에 의한 사전누설로 체포되어 일본으로 압송된 후 1934년 옥사했다. 해방 직후 살아남은 아나키스트 박열, 이강훈에 의해 백정기, 이봉창, 윤봉길의 유골이 함께 일본으로부터 수습되어, 1946년 7월 6일 최초의 국민장으로 장례를 치렀으며 효창공원 3의사 묘에 안장되었다.)

우당에 비해 상대적으로 젊고 온건파인 안창호는 일제의 고문에 조금 더 버텼다. 국내로 이송된 후 서대문 형무소에서 간경화와 위장병으로 고생하는 그를 윤치호, 김성수, 이광수가 보석금을 마련하여 석방시켰다. 잠시 석방된 후에도 그는 몸을 사리지 않고 전국 각지를 다니며 강연을 계속하였다.

만주사변 이후 민족주의 계열의 항일 운동은 크게 위축되었다. 그러나 동북의 조선인들은 중국 공산당에 가입하여 항일 운동을 계속해 나갔다. 장제스의 국민당 군대는 일본에 맞서기보다 오히려 공산당 토벌 작전에 나섰다. 1931년 장시에서 흩어진 공산당들을 모아 중화 소비에트 공화국을 창시한 마오쩌둥은 국민당 토벌대와 맞서기 시작했다. 국민당 군대들이 곳곳에서 약탈과 부녀자 겁탈을 자행하는 동안 공산당은 마을마다 찾아다니며 정직하게 식량을 구하고 농민들을 돕고 그들의 자녀들을 가르치며 인심을 얻었다. 그러나 숫자와 무기 화력에서 밀리는 홍군은 1934년 10월부터 장시성 루이진에서 출발하여 산시성 옌안에 이르기까지 1년간 9,500km, 약 이만오천 리의 행군으로 대장정을 벌이며 국민당 군대를 피해 다녀야 했다.

*

그 무렵, 국내에서는 전 조선의 세간을 떠들썩하게 만들었던 큰 사건이 벌어졌다. 1934년 10월 2일 야심한 밤을 타고 누군가 함경남도 북청군 신창주재소 무기고 벽을 부수고 들어가 장총 6정과 권총 2정을 비롯한 탄약 700여 발을 탈취해 달아난 기상천외한 사건이 일어났다. 그는 21일 경성으로 가는 열차에서 검거될 때까지 19일 동안 아홉 차례나 홍길동처럼 동에 번쩍 서에 번쩍 신출귀몰하듯 한 행적으로 총을 들고 나타나 총격전을 벌이는 등 일제 경찰력을 교란시켰다. 그를 수배하여 검거하기까지 일경은 무려 연인원 20,000명에 20,000원의 거금을 투입해야 할 정도로 혼비백산하였다. 일본이 만주를 침략하여 전시 국가로 만들어 가던 시절에 벌어진 일이라 이는 일제에게 더 큰 충격을 안겨주었다. 이 사건을 일으킨 사람은 전북 삼례 출신 독립운동가 김춘배였다.

전라북도 삼례는 예로부터 충청도에서 전라도로 내려가는 교통의 요지에 있어서 역참(驛站)이 위치한 고을이었다. 역참은 조선시대 중앙정부의 국가 행정 문서를 전달하기 위해 전령들이 달려와 말을 갈아타던 곳이었다. 삼례 역참은 전주로 내려가는 육로와 군산으로 빠져 흐르는 만경강 수로가 만나는 지점에 위치하여 전라북도 12개 역참을 총괄하는 정보통신과 무역의 중심지였다. 만경강을 건너기 직전 전령이 역참에 들어와 찰방과 역리에게 중앙의 정세를 전달하고 담소하며 쉬는 동안 역노비들은 파발마에게 여물을 주고 마구들을 닦아 주며 새로 갈아탈 말을 준비하곤 하였다. 삼례는 논농사가 잘되는 곡창 지역이기도 하였기에 삼례시장에는 각종 곡식과 피복과 유기 등 전국 각지의 물품이 몰려들었다.

호남평야와 재령평야가 있어 전라도와 황해도는 대대로 탐관오리와 대지주들의 양곡수탈이 가장 심했던 고장인지라, 경상도 경주 월성 출신 최제우가 일으킨 동학이 가장 거세게 옮겨붙었던 곳이다. 1892년 교주 최제우의 신원운동을 위해 몰려든 수천 명의 동학도가 삼례벌에 가득했고, 1894년 동학의 2차 봉기 시에 전봉준이 삼례에서 수만 명의 동학도를 집결시켜 한성으로 진격을 시도하기도 하였으니, 삼례 출신 중에 동학도가 아닌 자를 찾아보기 힘들다는 말이 있을 정도였다. 그러나 전봉준이 일본군에게 체포된 1894년 12월 이후 거꾸로 정부군이 치고 내려와 동학 접주들을 체포 검거하기 시작했다. 이때 많은 동학도들이 기독교 선교사 밑으로 들어가서 몸을 피하는 일이 벌어졌다.

동학이 처음 일어날 때에는 관의 폭정과 지주의 수탈에 저항할 뿐 아니라 척양척왜(斥洋斥倭)의 기치를 외치고 서학인 천주교에 반발하여 일어난 민중종교였다. 그러나 황해도 솔래에서 일군에게 쫓기던 동학도들을 캐나다 선교사 맥켄지가 십자가 깃발 아래 찬송가를 부르며 감추고 살려준 사건 이후로, 기독교에 대한 적개감이 사라지고 지도부의 지시에 의해 척양의 구호가 공식적으로 빠지게 되었다. 그로 말미암아 쫓기던 동학 접주들이 자신의 신변보호를 위해 신약 성경 쪽 복음을 몸에 소지하고 다니는 일이 빈번하게 일어났다. 그 소문이 퍼지면서 많은 동학도들이 기독교에 귀의하게 되었는데, 그 중 한 사람이 삼례 출신 한학자요, 한의사였던 김헌식이었다. 김헌식은 그 당시 마침 전라북도에 도착하여 각 고을을 순회하며 전도활동을 벌이던 미국 남장로교 선교사 맥쿠첸(마로덕) 밑에 들어가서 조사가 되었다. 처음엔 피신을 위해서였으나 점차 기독 신앙이 깊어지면서 마로덕 선교사와 함께 1903년 삼례 최초의 교회(현, 삼례제일교회)를 설립하여 창립교인이 되었고, 이어서 기독교 영신학교(현재 삼례중앙초등학교)를 세웠다. 그에게는 아들이 다섯 있었는데, 장자 김계홍은 삼례교회의 중심 인물로서 초대 장로가 되었다. 포목상을 하며 논농사 소작을 하던 둘째 아들 김창언에게는 아들이 둘 있었는데 장남 김성배에 이어 둘째 아들 김춘배가 1906년 태어났다.

김춘배가 영신학교 4학년이던 시절 삼례교회 교인들 대부분이 간도로 망명한 큰 사건이 벌어졌다. 평화롭게 어린 시절을 보내던 김춘배에게는 일생에서 잊을 수 없는 일이 발생한 것이었다.

"길동아, 늬집에 시방 큰일 났어야. 싸게싸게 포목점으로 달려 가부러야!"

길동의 영신학교 동무가 옛날 역참 마구간 안으로 숨이 턱에 닿을 듯 달려오며 소리를 질러대었다. 길동은 김춘배의 어린시절 이름이었다. 삼례역참은 대한제국 시절 근대적 전신전화 시설이 시작된 이후 폐쇄되었으나 역참 마구간 자리는 한 귀퉁이에 남아 있었다. 그곳에는 역참 역노비로 평생을 살아왔던 한 늙은이가 마지막 남은 노쇠한 말 한 마리를 돌보고 있었다. 말을 너무 좋아하는 어린 소년 길동은 삼례역참에 놀러 가서 그 노인과 종종 시간을 보내곤 했다. 어린 길동은 그 노인을 따라다니며 노인으로부터 오래전 흑색 파발마를 탄 전령들이 먼지구름을 타고 역참으로 들어오던 이야기를 신기하게 들었다. 그리할 때면 길동은 자신이 파발마를 타고 질풍노도처럼 달리던 전령이 된 듯한 흥분에 빠져들었다. 학교를 파한 후에 아버지 김창언이 하는 삼례시장 포목점에서 일손을 돕곤 했던 길동은 틈틈이 눈치를 보아 역참터로 말 구경을 나왔다. 형 성배와는 달리 공부에 취미가 없었던 길동은 그날도 포목점 일을 돕다가 아버지 심부름을 핑계 삼아 삼례시장 바닥을 돌아다니다가 역참터로 슬그머니 빠져나온 것이었다.

"길동이 왔냐? 오늘도 말 한번 타볼랴?"

마지막 파발마를 자식처럼 여기며 애지중지 손질하는 노인은 길동이 오면 손주처럼 여기고 반겨주었다. 그를 도와 마구를 정리하고 말 안장과 말의 갈기를 닦아주는 일을 마치고 나면 노인은 번쩍 길동을 안아 말 잔등에 한 번씩 앉도록 허락하였다. 길동은 그 재미에 매일 하루 한 번씩 역참터를 찾았고, 말 잔등에 앉아 말을 타고 벌판과 산악지대를 질주하며 달려가는 꿈을 꾸곤 했다. 얼마전 집안을 다녀간 먼 친척 목사님이 멀리 북간도 지방에 말 타는 독립군들이 모여 있다는 소식을 전해줄 때 길동은 가슴이 두근거리기도 했다.

"이 놈이 지금은 늙어서 힘을 못 써야. 소싯적엔 삼례 역참에서 전주 관내까지 바람처럼 거시기하게 달리던 천리마였던 것이랑께. 길동아, 겁일랑 붙들어매고 고삐를 세게 잡아채 보더라고잉."

그날도 늙어 구부러진 말 위에 올라타 노인으로부터 말타는 법을 배우며 오래전 파발마가 마구간에 득실득실하던 역참시절 이야기를 듣고 있었다. 그때 길동에게 청천벽력과 같은 소식이 전해졌다.

"길동아, 뭣하냐잉? 싸게 내려와 아버지 상점으로 가보라니께. 귓구녕이 막혔는가?"

내처 달음박질쳐서 시장 안으로 달려간 길동의 눈앞에 펼쳐진 것은 일본인 대지주 이토 밑에서 일하는 조선인 마름들이 몽둥이를 들고 쳐들어와 아버지가 애지중지하던 포목점을 때려부수면서 난장판으로 만들고 있는 모습이었다. 울고 불며 그들을 막아서려던 길동이 덩치 큰 마름의 손아귀에 들려 포목점 한 구석으로 내동댕이쳐졌다. 한참을 두들겨 부수던 그들은 남아 있던 포목 비단을 몽땅 껴안고 떠나버렸다. 포목점 안은 아버지가 평소 아끼던 비단들이 여기저기 찢겨진 채 흩어져 있어서 왜놈 토비들이 다녀간 전쟁터를 방불케 했다. 길동은 정신나간 사람처럼 앉아 있는 어머니 아버지의 눈치를 살피며 한쪽 구석에 서서 서럽게 울었다. 김창언이 붙여 먹던 논마지기에 일인 지주에게 바치던 이자를 못 준 것을 핑계로 포목점을 부수고 경작권을 빼앗아 버린 것이다.

을사늑약 전후로 비옥한 전라북도 지역의 농지를 둘러본 일인들 중에는 영농사업에 눈독을 들이고 들어온 오사카 지역의 대농지주들이 있었다. 그들은 근대적 수리관계법으로 토지를 빼앗다시피 매입한 후, 일본인 이민자들을 불러들여 자작농으로 고용하는 한편 영세한 조선인 소작인들에게는 고리대금사업을 시작했다. 병탄이후 동양척식회사를 만든 일제는 저수지를 파고 수리조합을 운영하며 토지개량사업의 미명하에 조선인 자작농과 소작인들에게 관개 수로의 물대기를 빌미로 과대한 공사비와 물세를 부과하였다. 곧이어 커다란 미곡창고를 세우더니 양곡을 일본으로 빼앗아 가기 위해 삼례에서 군산에 이르는 철도를 부설하여 수탈의 거점으로 삼았다. 일인 대농지주들이 기하급수적으로 늘어나면서 그에 영합한 조선인 대지주들과 마름들에 의해 본격적인 일제의 양곡 수탈이 시작되었고 소작인들의 경작권까지 빼앗아갔다. 수탈자들은 군산 김제 정읍의 대지주 이와자키 겐타로와 구마모토 리헤이, 그리고 교통의 요지 삼례에 들어온 이등농장의 이토 조베헤 같은 인물이었다. 그들은 돈을 빌려주고 6할, 7할의 소작료를 요구하면서 모든 농기구와 비료값마저 소작인들에게 물렸고 돈을 갚지 못한 소작인들은 결국 농지를 빼앗기고 말았다. 재래식 농사로는 일인 대농장의 화학비료와 최신 농기구로 하는 신식 농사를 따라갈 수 없어서 소작료를 바치기가 힘들었던 조선농부들은 어쩔 수 없이 일인 지주에게 농기구와 비료를 비싼 이자로 빌릴 수밖에 없었다. 조선시대 양반지주가 비록 4할, 5할의 가렴주구로 착취를 하였어도 최소한 그들은 농기구 값을 물리지는 않았고 소작인들의 경작권은 보장을 해 주었다. 그러나 일제가 들어오면서 그들의 간계로 인해 토지를 빼앗기면서 조상 대대로 짓던 논농사마저 못 하게 된 농부들은 결국 고향을 떠나 유리방황하면서 산속에 들어가 화전민이 되기가 일쑤였다.

"농지를 빼앗기고 포목점까지 박살이 났으니, 이제 우리가 가솔들을 먹여 살리겠습니까? "

한학자 김헌식은 집안의 경제를 책임지고 있던 둘째 아들 창언의 울음 섞인 성토를 묵묵히 듣고 있었다. 그날 밤 그는 늦은 시간 다섯 아들을 사랑채로 불러모아 대책회의를 열었다.

"그렇다고 우리 김해 김씨 가문이 아버님 한의원까지 접고 다른 이들처럼 지리산에 들어가 화전을 붙일 수야 없지 않겠소? "

삼례교회 집사 다섯째 김창선이 눈을 부릅뜨고 말했다.

"첫째야, 네 생각은 어떠냐? "

아버지 김헌식의 질문 앞에 교육사업과 전도사업에 몰두하던 삼례교회 장로 김계홍은 눈을 감고 기도를 하는지 한참 동안 말이 없었다. 한참 만에 눈을 뜬 김장로 눈가에 이슬이 맺혀 있었다.

"아버님, 요즘 총독부에서 지시가 떨어져 주재소 순사들의 교회를 향한 핍박도 거세지고 있습니다. 간도에는 오히려 신앙의 자유가 있고, 우리 민족끼리 뭉쳐 독립운동도 할 수 있다 하니 우리가 결단을 내려 거처를 옮김이 좋을 듯합니다. 병탄이후 한성의 삼한갑족 리회영 대감 일가를 따라 경상도 안동에서도 많은 가문들이 서간도로 이주하였다 들었은즉, 우리 호남인들도 독립운동에 가세하는 것이 마땅하다 여겨집니다."

장남의 한 마디에 동생들은 모두 깊은 탄식과 한숨을 내쉬었다. 그만큼 김계홍 장로의 말 한마디는 무게가 있었던 것이다.

"그렇다면 형님, 우리는 북간도로 옮겨감이 옳겠소이다. 기호 영남의 양반들이 몰려 있는 서간도에서 우리 호남인들이 어찌 어깨를 펴고 살겠소이까? 천대받던 관북지방 사람들이 몰려있는 북간도가 차라리 낫겠소. 그곳에 가서 다시 농지를 개간하고 한의원과 포목점을 열면 되지 않겠소? "

황혼객

둘째 김창언의 말에 모두 고개를 끄덕였다.

더 이상 고향을 지킬 수 없다고 판단한 김헌식은 육십구 세의 노구에도 불구하고 1918년 2월 24일, 장독이 쨍하고 깨지는 추위 속에서 다섯 아들과 며느리 손자들을 포함한 가솔 30인을 데리고 떠났다. 평소 존경받던 김헌식 선생과 김계홍 장로가 움직이자 함께 따라나선 삼례교회 교인들이 줄을 이었고 결국 80여 명이 소리소문없이 나뉘어 경성과 원산으로 떠났다. 열두 살 길동은 형 성배의 손을 붙잡고 삼례 역참터를 지나갈 때 연거푸 뒤를 돌아보며 소매로 눈물을 훔쳤다. 그들은 어둠이 채 가시지 않은 미명의 시간에 새벽 첫차를 타고 삼례역을 출발하였고, 청진과 회령을 거쳐 연길현으로 집단 이주를 감행했다. 이는 전라도 지역에서 일어났던 가장 큰 규모의 집단 이주 사건이었을 뿐 아니라 한 교회 성도가 집단 이주한 유례가 없는 일이기도 했다.

연길현 천보산 밑둥에 터를 잡은 김헌식 일가는 교회를 세우고 농지를 개간하면서 아이들에게 반일의식과 독립운동의 정신부터 가르치기 시작했다. 미처 정착도 하기 전, 이듬해에 터진 3·1 만세 운동 때에는 전 가족이 서전 평야로 달려가서 목 터져라 만세를 불렀다. 일제에게 삶의 터전을 빼앗기고 쫓겨나다시피 간도로 들어왔던 김헌식 일가의 울분이 만세운동에서 함께 표출되었다. 둘째 아들 김창언은 간도에서도 포목상을 하면서 두 아들을 키웠는데, 첫째 김성배는 김약연이 경영하던 명동중학교에 들어갔고, 둘째 김춘배는 영신중학을 다니다가 1925년 일본인 히다까가 학교를 인수하여 광명중학으로 이름을 바꾸자 중도에 학업을 그만두었다. 김성배는 학교를 졸업하고 구춘선 장로가 주도하던 간도국민회에 들어가서 항일활동을 하였고, 자유시 참변 이후에는 오동진, 지청천, 김동삼이 주도하던 정의부에 들어가 활동하던 중 총상을 입기도 하였다. 학교를 중퇴하고 아버지 포목상 일을 돕던 동생 김춘배도 그 형의 영향을 받아 정의부에 들어가 군자금 모금에 뛰어들었다. 정의부 의용군에서 활약하던 김춘배는 일인 부자의 집을 털어 군자금을 모았고 간도 영사관을 습격하던 중 1927년 천보산 간도총영사관 경찰에 검거되었다.

김춘배는 6년 징역 언도를 받고 청진감옥소에서 복역하였다. 형무소 노역 중 칼을 항문에 숨긴 후 필사적 탈옥에 성공하였으나 회령에서 강을 건너다가 붙잡히는 바람에 형량이 늘어나 결국 1934년 5월 4일 함흥 감옥에서 출옥하였다. 그 당시, 평양신학교를 나온 후 북청에서 목회를 하고 있던 형 김성배 목사는 옥살이를 하던 동생을 위해 제수와 어린 조카를 함께 돌보고 있었다. 출옥 후 북청의 김성배 목사를 찾아가 8년 만에 처음 여덟 살 아들의 얼굴을 보게 된 김춘배는 숨돌리기도 전에 다시 독립자금을 모아 만주로 돌아갈 계획을 세우기 시작했다. 김춘배는 흥남 감옥소 재소 중에 깊이 공산주의를 받아들였으며, 감옥에서 배운 재봉술로 양복점에 취직하였으나 일거수일투족을 일경에게 감시당하는 생활을 하였다. 출옥 6개월 만에 군자금 모집을 위한 비장한 결심을 아내에게 밝힌 후 신창 주재소 습격 사건을 벌인 것이다.

탈취한 장총과 탄약을 마대자루에 넣어 김성배 목사의 교회 벽장에 숨겨 놓고, 그날 밤 김춘배는 권총 두 자루를 가슴에 품은 채 아내와 아이가 잠들어 있는 자기 집으로 그림자처럼 스며들어 갔다. 지난 8년을 옥바라지 하며 남편이 나오기만을 기다리며 살아온 아내 전명숙과 아버지 없이 자란 아들 종수를 한 번 더 보고 떠날 생각이었다. 새근새근

황혼객

잠들어 있는 그들의 모습을 보자 김춘배도 가슴이 무너져 내렸다. 곧 일경들의 포위망이 좁혀 들어올 것이고 아내가 당할 고초를 생각하니 바늘로 찌르듯 가슴이 쓰렸다. 차라리 자기 손에 이들의 목숨을 끊고 떠나는 것이 낫겠다는 생각도 들었다. 인기척을 느낀 듯 아내가 눈을 부스스 떴다.

"여보, 언제 왔어요?"

실눈을 뜬 아내가 허리가 아픈 듯 방바닥을 짚고 일어나 앉았다. 어느새 아내는 둘째 아이를 임신하고 있었던 것이다. 그 모습을 보니 더욱 비장하여 김춘배는 권총을 꺼내들었다.

"여보, 나를 원망하시오. 그러나 나는 당신을 너무나 사랑하기에 살려두고 떠날 수 없소."

아내가 일경에게 당할 고초를 생각하며 권총을 겨누어 방아쇠를 당기려던 김춘배의 손이 부르르 떨리고 있었다. 그러나 도무지 아이까지 죽일 수는 없는지라 부모 없이 자랄 아들 종수를 생각하니 기가 막혔다. 떨고 있는 아내를 내려다보던 김춘배는 총구를 거두며 말했다.

"여보, 곧 일경이 들이닥칠 것이오. 그러나 24시간만 버텨 주시오."

다음날 붙잡혀 간 전명숙은 남편이 달아날 수 있는 시간을 벌기 위해 이를 악물고 모진 고문을 버텨 내었다. 그러나 뱃속에 있는 아이를 생각하며 더 이상 버틸 수 없다고 판단한 그녀는 결국 남편의 행동을 실토하고 말았다. 신출귀몰한 행적으로 함경도 일대를 휘저어 놓은 후, 신창 역장 아내를 볼모로 하여 경성행 기차를 탔다가 19일 만에 검거된 김춘배는 전국 신문의 경쟁적인 대서특필로 인하여 조선 13도뿐 아니라 해외 동포들에게까지 유명인사가 되었다.

"어찌하여 경성행 기차를 탔으며, 무슨 계획을 꾸미고 있었는가?"

"나는 고향 삼례와 전주로 내려가 일본놈 부자들을 권총으로 협박하여 군자금 30,000원을 모아 만주로 떠날 계획이었다."

공판장에 몰려든 사람들 앞에서 재판관의 질문에 김춘배는 당당하게 대답했다. 어린 시절 자기가 보는 앞에서 아버지의 전답과 포목점을 빼앗아 갔던 일인 대지주들에 대한 복수를 김춘배는 계획했던 것이다. 그는 삼례가 낳은 홍길동이었다.

이 사건은 김춘배가 검거된 이후 총독부 기관지 매일신보를 비롯, 동아일보, 조선일보, 조선중앙일보 등 주요 일간지가 헤드라인 호외로 대대적인 보도를 할 정도로 유명한 사건이었다. 〈관북 천지용동시킨 신창 총기대도난사건(매일신보)〉, 〈근래 희유의 함남권총사건(동아일보)〉, 〈장총권총팔정과 실탄칠백발탈취(조선일보)〉 등의 보도가 나갔고, 세간의 이목이 집중되어 공판장에 방청객들까지 몰려든 보기 드문 사건이었다. 김춘배는 결국 무기징역을 언도받고 1942년 7월 8일 서대문 형무소에서 숨을 거두었다.

3·1운동 전후 시기에는 독립운동가들의 국내 진공 작전이 시도된 바 있었으나, 일제의 군사력이 만주까지 점령한 이후 국내 진공은 엄두를 못 내고 쫓겨 다니던 독립운동 진영에게 김춘배의 의거는 큰 자극제가 되었다. 그 영향을 받아 1937년 6월 동북항일연군의 김일성(김성주)과 박금철, 최현 등이 백두산 자락의 함경북도 갑산군 보천보의 면사무소를 습격하여 교전을 벌임으로써 세간을 놀라게 한 사건이 발생하였다. 이 사건 역시 동아일보가 호외로 크게 보도함으로 김일성의 이름을 전국적으로 알리는 계기가 되었다.

황혼객

김춘배의 조부 김헌식이 가솔을 이끌고 북간도로 집단 이주한 이후, 그 일가에서는 많은 이들이 독립운동에 참여했을 뿐 아니라, 목회자와 신앙인들을 배출하여 조선족 사회에 큰 영향을 끼쳤다. 기독교 명문사학 명동학교를 다녔던 김성배가 결국 목회자의 길을 걸었던 것에 비해, 영신학교가 일본인에 의해 광명학교로 넘어간 이후 공산주의 운동에 노출되어 일제에 반기를 들었던 김춘배는 열혈 독립운동가로 변신하였다. 김헌식의 다섯째 아들 김창선의 장남 김형배는 훈춘교회 담임 목사로 섬기다가 해방후 청진으로 목회지를 옮긴 후 한국전쟁 시 순교하였다. 삼남 김원배 장로는 중국 문화혁명의 혹독한 시기를 거치면서 목숨 걸고 신앙을 지켰고, 그의 가문에서는 일제 시기와 문화혁명 및 한국전쟁을 거치며 순교자들이 속출하였다. 김원배는 중국의 개혁개방 이후 연변 최초의 신학교를 만들어 제자들을 키웠다. 연길교회를 다시 크게 일으켰으며 룡정, 도문 등 조선족 자치주의 35개의 교회를 세우고 목회자를 키워낸 신앙의 아버지가 되었다.

　　일제시대 김헌식 일가의 북간도 망명기는 동학과 기독교와 공산주의가 불가분의 관계 속에서 항일 운동사에 관여하고 있음을 단적으로 보여주는 실례가 되었다. 김헌식 일가가 떠나고 3·1 만세 이후 전라도 지방에서는 일제의 가혹한 수탈에 저항하는 소작 쟁의가 끊임없이 일어났다. 해방이 될 때까지 주로 전라도와 황해도 지방을 중심으로 무려 14만 건이 넘는 쟁의가 발생하였는데 힘 없는 농민들의 편에 서서 싸워 준 것은 사회주의와 공산주의 세력이었다.(남쪽 사회에서 공산주의자로 지목되어 빛을 보지 못하던 독립운동가 김춘배에게 1990년 8월 15일 노태우 정부는 건국훈장 독립장을 추서하였다.)

　1935년 1월 혹한의 추위 속에 모플 활동으로 아르쫌 탄광에서 의연금을 모은 동휘는 수청(파르티잔스크)으로 다시 발걸음을 돌렸다. 눈보라가 몰아치는 악천후 속에서 주변의 만류를 무릅쓰고 가족들이 기다리는 블라디보스토크로 내려가려던 그가 굳이 수청으로 향했던 이유는 무엇이었을까?

　"여보, 내가 이번에 아르쫌을 거쳐 수청 지역까지 한 바퀴 둘러보고 올 예정이오. 그러니 오래 걸릴 수 있으니 그리 아오."
　동휘가 떠나면서 남긴 말이었다.
　"누가 나그네 동무 아니랄까봐 늘그막에도 날 이렇게 과부처럼 내버려두고 다니오?"
　항상 그렇듯이 가방을 꼼꼼히 챙겨주면서도 강정혜는 서운한 마음을 넌지시 비치곤 했다.

　독립운동가의 아내들은 남편을 늘 나그네라고 불렀다. 훌쩍 집을 나갔다가 잊혀질 만하면 한번씩 들르는 남편을 나그네로 생각하고 살았던 것이다. 하긴 백군에게 쫓겨 다니고 감옥에 갇히고 멀리 상하이로 내려가 버리던 시절에 비하면 10년 넘어 이렇게 남편과 붙어서 함께 살고 있는 이 세월이 정혜에게는 꿈만 같았다. 동휘는 이제 혁명가가 아니라 어려운 사람, 옥에 갇힌 사람들을 위해 모금을 하고 서로 돕고 살아야 한다고 호소하는 그 일을 더욱 좋아하는 것 같았다. 그에게 있어서 모플 활동은 이제 삶의 전부처럼 되어 있었다.

나이가 들어갈수록 남편 동휘는 혁명가라기보다는 세상살이를 전해 주는 이야기꾼으로 변하고 있었다. 소년들을 붙들고 도서관에서 책을 읽어 주는 도서관장이요, 손자들에게 독립의 꿈을 심어 주는 할아버지였다. 이야기꾼 할아버지가 동네에 나타나면 동네 꼬맹이들이 소리치며 쫓아왔다.

"모쁘르 제두쉬카! 라스까즈! (모플 할아버지, 옛날 이야기 해줘요!)"

동휘가 멈추어 서서 뒤돌아보면 조무래기들이 금세 둥그렇게 몰려들어 옛날 독립군 이야기를 해달라고 매달렸다. 동휘는 오래전 강화도에서 자기를 쫓아 달려오던 아이들을 떠올렸다. 그때가 바로 손에 잡힐 듯 아른거렸다. 세월이 참 빠르게 지나갔다.

"날씨가 매서운데, 수청은 봄바람 불면 가면 아이 되오?"

"그렇지 않소. 마을마다 작년 모플 활동 결산도 해야 하고… 또….."

"이그, 또 그 동무래 만나러 가는 거 아니오? 누가 모를 줄 아오? 안 해보다 어찌 그 동무를 더 이뻐하오?"

강정혜가 눈을 흘겼다. 정혜는 남편 동휘가 그 먼 길을 마다치 않고 수청을 다니는 이유가 그곳에 있는 동무를 만나기 위함이라는 걸 알고 있었다.

"인차 다녀오리다."

기차역으로 향하는 남편의 뒷모습을 배웅하며, 정혜는 왠지 모를 서운함에 가슴을 쓸어내렸다.

유라시아 대륙의 동쪽 끝을 따라 북에서 남으로 뻗어 내린 시호테알린 산맥의 끝자락에 위치한, 그리고 남으로는 동해로 나가는 길목에 수청이 있었다. 산악과 해안을 연결하는 수청에는 여전히 많은 한인들이 살고 있었다. 해안 지방 어촌마을과 수청 탄광의 모플 활동을 위해 동휘는 수청을 자주 다녔다. 빨치산의 후예들이 몰려있고 독립운동의 정신이 어느 지역보다 높았던 수청 지방은 동휘가 옥에 갇힌 독립운동가들을 위해 모금을 하기에 가장 좋은 지방이기도 했다.

볼셰비키 혁명군의 영향이 원동에까지 미치지 못하던 때, 연해주 내의 체코군의 봉기를 빌미로 미, 영, 프, 일의 제국주의 간섭군이 밀고 들어왔다. 연해주가 다시 러시아 백군의 지배하에 놓이던 그 시기에 국민의회와 한인 부호 원호인들은 다시 백군 편에 붙었고 적군과 치열한 내전이 시작되었다. 그 시기를 노려 일본군에 의한 4월 참변이 일어났다. 1920년 4월 4일, 일본군 전함이 서치라이트를 비추는 가운데 시작된 함포사격으로 블라디보스토크 시내 공공 기관이 무참히 파괴되었으며, 연해주와 아무르주에 주둔해 있던 일본군은 각 도시마다 총공격을 감행하여 하바롭스크 한 도시에서만 하룻밤 사이에 2,500명이 살해되었다. 한인들의 피해는 더욱 심했는데 끔찍한 일제의 만행을 피해 수청으로 숨어든 독립군들이 그곳에서 빨치산을 형성하고 일본군과 백군에 맞서 접전을 벌이며 치열하게 저항했다. 이때 수청을 방어하기 위해 집결한 자위단의 이름이 '창해 소년단'이었다. 김규면을 단장으로, 총사령관에는 일본군 기병중위 출신이었다가 탈출하여 독립군이 된 김경천이 맡았다. 창해 소년단은 김경천의 휘하에서 훈련받은 1,000명 가까운 병사를 거느리고 홍건족 마적 떼를 궤멸시키며 일본 군대가 수청 지역으로 다시 출몰하지 못하도록 방어진을 구축했다. 그 당시 김경천은 백마 탄 장군으로 칭송받으며 수청 지방 한인들을 보호하였다. 그리고 1920년 그해 9월 수청에서 한인사회당 군사부인 대한 신민단의 주도로 '연해주 한인 총회'를 결성했다. 그리고 김규면의 지시에 따라 빨치산 부대들은 만주에서 간도 참변을 피해온 독립군들과 통합하여 연합 전선을 구축하기 위해 자유시로 집결하고 있었다. 곳곳에서 빨치산 독립군으로 활약하던 박일리야의 니항 부대, 최니콜라이의 다반 군대, 김표드르의 이만 군대가 모두 자유시로 옮겨가고 있었다. 그러나 여전히 백군과 일본군들의 공격이 지속되고 있는 가운데, 수청 지방의 한인들을 무방비 상태로 두고 갈 수 없다고 판단한 김규면은 군사의 일부를 수청 지방에 남겨두었다. 그 결과 자유시 참변을 면할 수 있었고 그들에 의해 수청 지방의 빨치산 독립군들은 명맥을 유지하며 일제로부터 한인들을 보호할 수 있었던 것이다. 그리고 그곳은 빨치산의 도시라는 별명을 얻게 되었다.

"무엇이오? 최관흘 목사가 아직 살아 있소? 그가 수청에 있다는 게 정말이오?"

한인 대표자 회의에서 개조파로 활동하다가 중국 혁명에 동참하던 김규면이 1927년 국공합작이 결렬된 이후 연해주로 돌아왔었다. 오랜만에 블라디보스토크를 방문한 백추 김규면은 동휘를 만나기 위해 고려도서관을 찾았다. 두 사람은 서로 눈물이 글썽하여 끌어안고 뜨거운 재회를 가졌다. 김규면과 대화하던 중 최관흘 목사에 대한 뜻밖의 소식을 듣게 되자 동휘는 너무 놀라 펄쩍 뛰듯 반문하였다.

"제가 1917년 내지에서 일제에 순복하는 대한기독교회에 반발하여 대한성리교를 만들었던 것 기억하시지요? 그때 의식 있는 목사들을 이끌고 블라디보스토크로 왔을 때, 이미 최관흘 목사는 장로교를 떠나 정교회 사제가 되어 있었어요. 그때부터 가까이 지냈습니다. 침례교를 뛰쳐나온 저나 장로교에서 배교자로 출교당한 그 사람이나 동병상련의 마음이 있었던 거지요."

동휘도 그 당시가 떠오른 듯 고개를 끄덕였다.

"그랬었지. 당시 하얼빈에서 같이 붙들린 감리교의 손정도는 끝까지 배교를 하지 않고 끌려간 데 반하여, 장로교의 최관흘이 정교회로 배교했다는 것이 더 문제가 되었지."

"그렇습니다. 그때는 오해를 받았지만 최관흘을 찾아갔던 오와실리 신부를 통해서 들은 바, 최관흘 목사의 배교는 배교가 아니라 오히려 믿음의 본질을 되찾는 과정이었음을 나중에 알게 되었지요."

"그 해가 구례선 선교사가 해삼위를 다시 방문했던 때 아니었소?"

"맞소이다. 최관흘이 배교했다는 소문이 떠돌자 그것을 확인하기 위해 구례선 선교사가 왔었던 거요. 자신이 보낸 선교사에게 나쁜 소문이 돌자 마음에 걸렸던 것이지요. 그러나 정교회 사제로서 그가 벌이고 있는 놀라운 사역과 전도의 열매를 보고 구례선은 아무 말 없이 돌아가 그를 변호해 주었지요."

"그래서 그 이후 최관흘 목사는 어찌 되었소?"

"제가 해삼위에서 태평양 서원을 만들어 성경을 팔면서 독립 자금을 모으고 있을 때, 혁명이 일어나면서 정교회가 핍박을 받게 되었습니다. 개종한 이후 로씨아 정교회의 교리 문답사가 되어 한인들을 가가호호 방문하며 더 큰 영향을 미치고 있었는데, 그것이 어려워진 것이지요. 그러자 최관흘 목사는 다시 청진의 장로교 함북 노회에 편지를 써서 그동안의 경과를 보고하며 도움을 청했습니다. 물론 그의 편지는 충격적인 내용이었고 장로교를 발칵 뒤집어놓을 만한 사건이었죠."

"흠… 그에게는 교단이니 신학이니 하는 것보다 복음을 전하는 것이 항상 더 중요했군. 과연 진정한 복음 전도자의 참 표본이 아니오?"

"제가 수청에서 연해주 한인 총회를 만들고자 빨치산 독립군들을 모으기 위해 한인 마을들을 돌아다닐 때, 그곳에서 최관흘 목사를 다시 만났습니다. 그는 여전히 홍건적에게 겁탈당하고 왜적에게 죽임 당한 마을

마다, 집마다 찾아다니며 함께 울며 위로의 복음을 전하고 있었습니다."

"흠… 정말 놀라운 일이오."

"그의 복장 역시 거의 빨치산이나 다름없었기 때문에 의심받을 일도 없었구요."

"최관흘, 복음의 빨치산이라, 정말 믿기 힘든 이야기오."

"제가 자유시를 향해 떠나갈 때 수청 한인들을 위해 우리 신민단 중에 룡정 명동학교 학감을 하던 박경철을 남겨서 빨치산 운동을 계속하도록 했던 일 기억하시나요? 그들이 우리 한인사회당 연회주 지부격인 연해주 한인 총회를 만들고 김경천을 사령관으로 하는 통합 부대를 만들었던 것입니다. 그 빨치산 부대 가운데 최관흘 목사가 있었습니다."

동휘는 그의 말을 들으며 한동안 얼어붙은 듯, 차가 식는 줄도 모르고 목석처럼 앉아 있었다.

"1922년쯤이었던가? 함북 노회는 그의 전도의 열매를 인정하여 마침내 최관흘을 장로교 목사로 복권시켰다오. 그의 요청에 따라 수청의 깊은 곳 내지의 우지미교회로 다시 파송하였는데, 그리고 그의 소식은 거기서 끊겼다고 들었소이다.".

왼손잡이 김규면이 오른손으로 차를 마시고 있었다. 상하이 청년 동맹회 연석회에 난입한 10여 명의 테러리스트가 쏜 총에 맞아 부상을 입은 후 왼팔을 잘 쓰지 못하였다.

"보이딘스키가 보낸 화요파 측의 자객이었소. 그때 리용 동지가 재빨리 덮쳐서 날 보호하지 않았다면 이미 죽은 목숨일 거요."

김규면은 그 후로 블라디보스토크에서 동양서적 판매원으로 일하면서 빨치산을 돕는 일을 계속했다. 1933년 전러 중앙 집행 위원회로부터 연해주 해방 전쟁에서 그가 끼친 공적을 인정받아 포상까지 받았으나 계속되는 모함과 체포 위협에 시달리다가 모스크바로 이주했다.

*

대자유가 된 이후, 동휘는 자유를 만끽하였다. 모플 활동은 그에게 어디든지 갈 수 있는 자유를 주었다. 스탈린의 반우파 운동 이후에 종교에 대한 탄압은 더욱 거세어져서 정교회 사제들은 80% 이상이 체포되어 추방되거나 처형되었다. 오와실리처럼 볼셰비키 혁명에 동참한 사제들도 많았다. 당 활동을 하는 사람들은 물론 일반인들도 교회에 나가는 것은 쉽지 않았다. 교회당 안에 들어가 보면 이미 은퇴한 노인들이 삼삼오오 모여서 기도를 하는 모습이 간간이 눈에 띌 뿐이었다. 그러나 동휘는 그의 직장인 고려인 도서관 바로 옆의 정교회에 매일 하루에 한 번씩 들러서 기도를 했다. 이미 그도 은퇴한 노혁명가로서 그것이 크게 문제가 되지 않았다. 더구나 고향에 돌아온 노혁명가가 일찍 죽은 자신의 딸과 사위 그리고 손자를 위해 기도한다는 것을 주변 사람들은 다 알고 있었다. 그가 교회에 들어가는 모습을 보면 모두들 고개를 끄덕이고 혀를 차며 혁명의 제단에 사랑하는 딸과 사위 손자를 바친 혁명가에게 보내는 존경심과 동정심을 표했다.

모플 활동을 통해 동휘는 가는 곳마다 옛 동지들을 만났다. 그 중에 더러는 오래전 삼국전도회에서 뜨겁게 신앙 생활을 같이 하던 사람도 있었고, 그가 구례선 선교사와 함께 다닐 때 전도하여 예수를 믿게 했던 사람들도 있었다. 그들과 자연스럽게 옛이야기를 나누다 보면 서로 눈물짓고 마음이 따뜻해지는 것을 경험하였다. 어려운 동포가 있으면 모플을 통해 서로 돕게 만들고, 의연금을 모아 독립군을 도왔다. 그 바람에 1932년 10월 12일에 하바롭스크에서 열린 원동변강 모플 열성자 대회에서 그는 훈장을 받기도 하였다. 동휘는 여전히 연해주 동포 사회에서는 존경받는 노혁명가였고 은퇴한 공산당원이었다. 그러나 그는 복음의 빨치산이기도 했다.

수청 우지미 산기슭에서 화전을 일구며 고아들과 함께 살고 있는 최관흘을 만났을 때, 두 사람은 서로를 알아보고 화석처럼 굳어져 한참 동안 움직일 줄 몰랐다.

"진리가 무엇이오? 말해주시오."

칠흑같이 어둡고 깊은 밤, 두 사람 사이에는 모닥불이 환하게 비치고 있었다. 자작자작 장작이 쪼개지며 타 들어 가는 소리가 밤 공기를 타고 퍼져나갔다.

"진리란 변하지 않는 것이오. 사상도 변하고 신학도 변하고, 고향도 변하고 교단도 변할 수 있으나, 변하지 않는 것이 있소. 그것이 진리요."

"그대가 평북 정주에서 태어나 장로교 목사가 되었고, 연해주에서는 정교회 사제가 되었고, 이제 수청에서 다시 복음의 빨치산으로 살아가는 것, 그것이 당신의 인생이었다면 그 속에서 변하지 않는 진리는 무엇이었소?"

"사람이오. 참 사람이오. 거짓이 없는 참 사람으로 살아가는 것, 그것이 나에겐 진리였소."

"그것이 가능하오?"

최관흘이 빙그레 웃었다.

"참 사람으로 오신 분을 우린 이미 만나지 않았소?"

따뜻한 장작불의 온기가 팔을 벌려 두 사람을 껴안았고, 불꽃이 쉬지 않고 위로 타오르고 있었다.

*

수청에서 아르쫌으로 돌아오는 길은 멀었다. 버스에서 내려 눈보라가 몰아치는 광야를 걸어가는데, 옷깃을 여밀 수 없을 만큼 바람이 거세었다. 한 치 앞을 내다볼 수 없이 쏟아지는 눈은 금세 무릎까지 쌓였고, 무인지경에서 방향을 잡을 수 없었다. 한기가 온몸으로 파고들기 시작했다. 가지 말라던 아내의 얼굴이 떠올랐다.

'여보, 미안하오. 고생만 시키고….'

그의 파란만장한 삶 속에서 만났던 수많은 사람들의 얼굴이 전광석화처럼 지나가고 있었다. 전덕기와 김우제, 구례선 목사의 얼굴들이 차례로 떠올랐다. 그들은 모두 웃고 있었다. 동휘는 푹푹 빠져드는 눈 속에서 어디론가 한 걸음씩 걷고 또 걸었다. 가도 가도 끝이 없는 길. 그가 걸어왔던 혁명의 길이 그와 같았다. 숨이 차올랐다. 이제 거의 끝까지 온 것 같은데… 돌아가신 아버지 이승교의 얼굴도 보였다. 그가 동휘를 안으려는 듯 두 손을 뻗었다. 인차 오너라. 아들아. 그 뒤에서 인순이가 어린 광우를 안고 환하게 웃으며 손짓하고 있었다. 아부지, 수고했어요. 멀리서 희미한 불빛이 보였다. 아내 정혜의 얼굴도 스치듯 지나갔다. 그녀만 안타깝게 울고 있었다. 저기까지만 가면… 최목사가 했던 말이 희미하게 생각났다. 참 사람… 진리… 따뜻한 장작불이 타오르고 있었다. 아 따스하고나. 이제 살았다. 여보, 나 집에 왔어. 나 목 말라.

아르쫌에 사는 고향 친구 이씨가 집 앞에 쓰러져 있는 동휘를 발견하고 안으로 끌어들였을 때, 동휘는 이미 의식이 없었다. 그의 몸은 얼음처럼 차가워져 있었다. 그가 어떻게 거기까지 왔는지 알 수 없었다. 그들은 동휘를 따뜻한 아랫목에 눕히고 한약재를 달여 숟가락으로 떠먹였다. 의식을 잃은 동휘의 입에서 무심한 한약이 흘러내렸다. 그런데 그는 무슨 꿈을 꾸는 듯 그의 입은 살며시 웃고 있었다. 의사가 고개를 저었다. 다음날 동휘의 의식이 약간 돌아오자 그들은 급히 아르쫌 탄광 모플 위원회에 연락하여 자동차를 수배했다.

블라디보스토크 그의 집에 도착하자마자 신한촌 의사들이 몰려들었고, 동휘를 살려 보려고 최선을 다했으나 소용이 없었다. 동휘는 그의 사랑하는 아내 강정혜와 막내 아들 가족 그리고 주변의 여러 혁명 동지들에게 둘러싸인 채로, 1935년 1월 31일 오후 7시 그가 그토록 보고 싶어 하던 맏딸 인순이가 있는 천국으로 갔다.

*

대자유 리동휘 선생의 장례는 5일장으로 치러졌다. 연해주의 신문 〈선봉〉은 "조선 민족 해방 운동과 계급 투쟁을 위해 30년간 맹렬하게 투쟁하던 붉은 빨치산 리동휘 동무는 정월 31일 19시에 병으로 세상을 떠났음을 모든 붉은 빨치산들에게 부고한다."라고 기사를 냈다. 동휘의 사망 소식은 소련 공산당 기관지 〈프라우다〉에 실림으로 국내에도 알려졌다. 〈동아일보〉가 먼저 부고를 내면서 안창호의 소감을 실었고, 각 매체가 앞다투어 보도했다. 삼천리사는 각 신문사, 사상 단체, 교회 단체를 연합하여 윤치호를 앞장세워 추도회를 열고자 했으나 일제의 방해로 실패했다.

나흘간 인근 연해주의 많은 동포들이 그의 빈소를 다녀갔다. 그중에는 가까운 동무도 있었고, 과거에 반목하던 적들도 있었다. 그들은 한결같이 동휘의 인생을 회고하며 안타까움과 슬픔을 표하였다. 동휘의 시신은 깨끗이 염을 하여 러시아식 화려한 관 안에 눕혀졌다. 그 옆에는 한때 실신했다가 깨어난 강정혜가 넋을 잃은 사람처럼 앉아서 남편의 마지막을 지키고 있었다. 셋째 딸 경순과 막내아들 우석의 가족이 함께하였다. 상하이에 두고 온 둘째 딸 의순을 기다렸으나 그 당시 사위 오영선의 병이 깊어 장례식에 시간을 맞추지 못했다.

　1935년 2월 4일 정오, 동휘를 안장한 영궤가 집안을 나왔다. 김하구, 장도정 등 상해파의 오랜 동지들이 관을 운구하였다. 날씨는 싸리 눈발이 조금씩 날리며 잔뜩 찌푸린 구름이 낮게 깔려 있었다. 그가 늘 머물던 스탈린 구락부 고려 도서관 앞까지 이동할 때, 하바롭스카야 길거리는 여인들의 울음소리로 뒤덮였다. 강정혜는 관을 붙들고 울다가 다시 한번 실신했고, 그의 아들 우석이 급히 안아 어미를 부축했다. 어느 중년의 여인이 달려나와 가는 길을 가로막고 관 앞에 엎드려져 오열했다.
　"성재 아버지! 우릴 두고 이리 가면 어찌하오. 성재 아부지이!"
　함께 늘어선 여인들의 통곡 소리가 거리에 출렁였다. 남정네들도 모두 벌건 눈시울을 부릅뜨고 있었다.
　"강화도에서부터 성재 아버지를 따라 예까지 와서, 조선의 독립만을 고대하고 살았는데, 이렇게 황망히 가시면 우리 조선은 누구를 믿고 살아가오."
　여인의 부르짖음이 하늘에 사무친 듯 그때 구름이 걷히고 반짝 해가 비추었다.

포시에트 엠뗴스 정치 부장 김아파나시가 장례식을 지휘하는 가운데 그의 영결식이 성대하게 거행되었다. 장례식에는 원동변강 모플 위원회와 블라디보스토크 빨치산 위원회 등 각종 단체에서 깃발을 들고 참석하였다. 구슬픈 악대의 조가가 그친 후에, 성재 이동휘 장군의 약력 소개가 있었고 한인 지도자들이 차례로 나와 추도사를 낭독하였다. 애간장을 태우는 그 추도사를 들으며 장례식에 모인 남녀노소 중에 눈물과 통곡이 터지지 않는 자가 없었다. 특히 학생들을 데리고 나와 장례식에 참석했던 조선사범학교의 교무 부장 박모이세이 교수의 애끓는 추모사에 모두 흐느꼈다. 민족의 큰 사람을 잃은 슬픔이 거리를 메운 동포들의 가슴을 휘젓고 지나갔다. 영결식이 끝나고 동휘의 영궤는 그가 사랑하던 동지들의 손에 이끌려 한 걸음씩 나아갔다. 그가 매일 인순이와 만나 대화하던 정교회 앞을 지날 때 관이 멈추었고, 교회에서 매일 만나던 러시아 할머니, 할아버지들도 함께 나와 작별을 고했다. 동휘의 장지는 시베리아 횡단 열차의 두 번째 출발점인 프또라야 레치카 역이 내려다보이는 산기슭에 자리 잡았다. 하관을 한 후, 꽃잎 대신 솔잎을 뿌렸고 함경도에서 찾아온 문상객 중 누군가 고향의 흙을 한 줌 관 위에 뿌렸다.

성재 대자유 이동휘, 우리 민족의 완전한 독립을 바라며 평생을 달려왔던 그는, 하나된 조국이 시베리아 대륙을 향해 뻗어가는 그의 바람을 담아 그곳에 묻혔다. 그의 육신과 한평생을 함께했던 그의 열망과 기쁨도, 아픔과 눈물도, 그리고 믿음과 소망도 그곳에 함께 묻혔다. 그리고 더 이상 분열과 배신과 고통과 죽음이 없는 나라로 영면하였다. 대 자유였다.

63
(남은 자들)

국내외에 많은 교회를 개척하고 수많은 사람들에게 복음을 전했던 부흥사 이동휘에게 베풀어진 하늘의 은총이었을까? 동휘는 참극을 보지 않고 죽었다. 그가 죽은 후 얼마 지나지 않아 연해주 동포 사회는 스탈린의 폭정하에서 차마 눈뜨고 볼 수 없을 만큼 끔찍한 강제 이주의 폭압적 회오리에 휩쓸리고 말았다. 20만에 달하던 연해주 한인 동포들이 어느 날 그들이 일구고 가꾸던 모든 삶의 터전을 빼앗긴 채 시베리아 철도에 실려 중앙아시아로 끌려가 내동댕이쳐졌던 것이다.

그것은 인류가 저질렀던 가장 끔찍한 범죄요, 국가 테러리즘의 극치였다. 이 강제 이주의 반인륜적 자료를 반세기 만에 폭로했던 우즈베키스탄의 고려인 변호사 김블라디미르는 이렇게 외쳤다.

"기억하라! 다시는 이 세상에 등장해서는 안 될 이 무서운 괴물을!"

동휘가 죽던 그 해, 레닌그라드 제17차 당 대회에 참가했던 볼셰비키 당원 1,961명 중 1,108명이 처형되었다. 스탈린의 반대파 숙청이 시작된 후, 원동 지역에 있던 저명한 볼셰비키들이 거의 죽임을 당했다. 11,000명의 중국인이 체포되었고, 수많은 소수 민족을 비롯한 한인 지도자 2,500명이 출당, 체포, 처형되었다. 여기에는 당 청결 운동 시에 제외되었던 상해파 인사도 예외가 없었다. 특히 17차 당 대회에 참가하여 원동 지역 대표로 연설까지 했던 가장 장래가 촉망되던 한인 지도자 겸 핵심 당간부 김아파나시까지 1936년 일본 스파이로 체포되었다. 그의 죄목을 찾지 못한 군사 검찰국은 결국 '상해파 반혁명 그룹'이라는 죄목으로 그를 우랄산맥 우파시로 3년간 추방했다. 후일 거의 유일하게 살아남은 상해파 독립운동가 이인섭의 수기에 의하면 그때 같은 죄목으로 체포된 상해파는 김미하일, 장도정, 김진, 홍도, 박일리야, 김알렉세이 등 수십 명에 이르렀고 그들에게 씌워진 죄목은 이동휘의 장례식 참석이었다. 그때 학생들을 데리고 와서 추도사를 했던 박모이세이가 함께 체포되어 출당 및 처형되었다. 그러나 이것은 비극의 전조에 불과했다.

일본과의 전운이 감돌던 시기, 스탈린은 일본인과 외모가 비슷하고 언제든 일본인의 편에 돌아서 밀정이 될 수 있다고 판단되는 고려인들을 원동 지역에서 격리하여 중앙아시아로 강제 이주시킬 것을 결정했다. 1937년 중일 전쟁이 터지자 고려인 집단 거주지 우수리스크에서 소련과 일본군 사이에서 빈번한 충돌이 일어났다. 소련은 원동 고려인 18만 명을 중앙아시아로 이주시키기 위해 1급 비밀 결의안을 채택한 후 즉시 명령을 하달, 실행에 옮겼다. 오랫동안 준비되어 왔던 이 계획을 실행하기 위해 그들은 당원, 관리, 군장교, 교사, 작가, 언론인 등 지도 계층을 먼저 체포하고 처형하기 시작했다. '조선의 레닌'이라 불리던 고려인의 상징적 기대주 김아파나시는 김알렉산드라의 입김이 서려 있던 우랄 유배지에서 그녀가 심문받던 하바롭스크 형무소로 이송되어 15분 비밀 재판 후에 재산 몰수와 사형 언도를 받았고, 그날 즉시 총살되었다. 소련 공산당과 연해주 고려인을 위해 헌신했던 김아파나시는 이렇게 허무하게 38년의 생을 마감했다. 그와 함께 일했던 당간부 김미하일, 한인사회당과 고려 공산당 상해파의 핵심 인물이었던 박진순, 촉망받던 사회주의 리얼리즘 고려인 작가 조명희, 고려인 빨치산 부대 창설자 중 한 사람이었던 한창걸, 자유대대 연대장으로 자유시 참변을 일으켰던 주역 오하묵, 이르쿠츠크 고려 공산당 김만겸 등이 이때 체포되어 연이어 희생되었다. 고려인 사회의 지도급 인사들을 먼저 제거하여 저항의 싹을 아예 제거하려는 음모였다.

강제 이주 1주일 전 혹은 2~3일 전에 통보를 받은 고려인들은 오랜 세월 가꾸어 온 모든 삶의 터전을 뒤돌아보며 황급히 꾸린 짐보따리 몇 개와 어린 아이들을 이끌고 '검은 상자'라 불린 짐칸 컨테이너에 가축처럼 실렸다. 그해 유난히 풍년이 들어 기뻐하며 추수를 앞두었던 고려인들은 종자로 쓸 볍씨와 밀, 호밀, 귀리를 겨우 챙겼고, 어떤 이는 울면서 조상의 묘에서 흙을 한 줌 수건에 싸기도 하였다. 주변의 러시아인들은 황망히 떠나는 고려인의 모든 재산이 자신들에게 돌아올 것을 기뻐하며 값비싼 물건들을 빼앗고 챙기기에 바빴다. 물샐틈없는 러시아 군인들의 삼엄한 경비 속에 임산부와 노인들도, 젖먹이와 병자들도 한꺼번에 짐짝처럼 실렸다. 1937년 9월 9일 밤, 첫 기차 50량이 출발할 때, 창문이 없는 화물차 속은 칠흑 같은 어둠 속에서 아비규환의 비명으로 가득 찼다. 블라디보스토크 역사는 짐승처럼 울부짖는 울음과 저주의 뒤섞인 굉음 속에 빠져들었고, 객차를 탄 어떤 이는 창문을 내다보며 "원동변강이여 잘 있거라. 우리는 반드시 돌아온다."라고 절규하였다. 화물차에는 한 사람이라도 더 싣기 위해 아래 위로 칸을 막아 허리를 못 펴도록 두 개 층을 만들었고, 가축을 수송할 때도 반드시 따라가는 수의사조차 그들에겐 없었다.

3~4주간 달린 시베리아 열차 속에서 그들은 추위와 굶주림에 떨어야 했고, 멈추어 서는 역에서 뛰어나가 빵과 우유 등 닥치는 대로 먹을 것을 사서 먹어야 했다. 빈 벌판에 기차를 세워 놓고 남녀노소 우르르

내려가 용변을 보면 그 근처는 대소변의 악취로 코를 틀어막아야 했다. 소독약도 어떤 약품도 없이 옷에는 이가 바글거렸고 어떤 이는 화물칸 안에서 병사하여 멈추어 서는 다음 역에 통곡으로 시신을 묻고 떠나야 했다. 달리는 기차 안에서 홍역에 걸린 어린이 60%가 사망하였다. 병자들은 곧바로 들것에 실려 버려졌기 때문에 아픈 이들은 앓는 티를 내지 않으려 이를 악물어야 했다. 가족이 없는 시신은 야간을 틈타 달리는 차 밖으로 던져졌다. 달리는 기차 안에서 아이가 태어나기도 했다. 어떤 화물칸에서는 싸움과 약탈과 겁탈이 자행되었고, 인민 재판이 벌어지기도 하면서 생지옥이 연출되었다.

그 아비규환의 열차 속에 독립군 장군 홍범도가 타고 있었다.

블라디보스토크를 출발한 기차는 독립운동가들의 모든 애환과 쟁투와 분열의 현장을 검증하고 답사하듯, 우수리스크와 하바롭스크와 치타와 베르흐네우진스크를 통해 바이칼호를 건넜으며, 이르쿠츠크역을 거쳐 쉬지 않고 달렸다. 최초의 기차는 카자흐스탄의 우슈토베에 도착하여 이주민을 부려 놓았다. 그리고 연이어 도착한 기차들은 알마아티, 크즐오르다, 카라간다 지역에 고려인들을 뿌려 놓았고, 10월 초가 되자 우즈베키스탄의 국경을 넘어 타슈켄트 인근의 초원과 광야 지역 황무지에 짐짝처럼 던져졌다. 10월 말에는 원동 지역의 모든 고려인들이 소개(疏開)되었고, 그 이후로 타 지역 내지에 살던 고려인들에 대한 2차 이주가 시작되어 12월 말에 완료되었다. 홍범도와 함께 크질오르다에 끌려가 정착했던 계봉우는 〈이두집해〉, 〈북방민족어〉, 〈조선문법〉, 〈조선역사〉 등 역사학자와 한글학자로 많은 저서를 남겼다.

인류 역사가 반드시 기억해야 할 이 무서운 범죄에 대하여 지구촌은 침묵했다. 고려인의 대변인을 자처하던 〈선봉〉신문도 한 줄의 기사를 내지 못했다. 소련 정부 역시 겉으로는 스탈린 정권의 국가적 대사업임을 찬양하면서도 실제로는 극비리에 진행하였다. 현지에 있던 외국 특파원들조차 한 장의 사진도, 한 줄의 기사도 내보내지 않았다. 오히려 이 일에 대하여 비난과 항의를 했던 유일한 나라는 일본이었다. 연해주의 고려인조차 자국 일본 제국의 신민임을 강조하며 소련의 강제 이주 조치에 대하여 강한 불만을 표시하였고 조사를 요구하였다. 일본의 이 같은 태도가 스탈린의 고려인 이주를 단행하도록 만든 이유이기도 했다. 스탈린의 강제 이주는 고려인들에게만 주어진 것이 아니었다. 그들의 경내에 있었던 독일인과 유대인을 비롯하여 동유럽과 발칸 지역의 수많은 소수 민족을 거꾸로 동쪽으로 이동시켜 삶의 근거를 빼앗음으로 전쟁 발발 후 독일 전선의 배신자들을 사전에 제거하였고 스탈린 독재 제국의 통제를 강화하였다.

카자흐스탄과 우즈베키스탄 광야의 맨바닥, 창문 없는 흙집을 맨손으로 파 내고 쌓아 올린 그해 겨울, 혹한과 굶주림 속에서 수만 명의 고려인들이 죽어 나갔다. 이 통한의 역사 속에서도 고려인들은 이를 악물고 눈물로 씨를 뿌리며 또다시 재기하였고, 그 결과 우리 민족은 한반도 인근 지역을 너머 유라시아 중심부까지 진출하였고 세계화의 씨앗으로 흩뿌려졌다. 망국과 일제를 통한 탄압과 독재를 경험하며 조선 반도를 떠나기 시작한 우리 민족은 도저히 갈 수 없는 그 나라, 그 땅까지 강제로 흩어졌다. 이를 일컬어 후일 학자들은 '코리안 디아스포라'라고 칭하였다. 그들이 끌려갔던 그 길은 과거 조상들이 건너왔던 바로 그 길이었고, 장차 그들의 후대가 다시 달려가야 할 미래의 꿈길이기도 했다.

황혼객

*

1925년, 구례선을 파송했던 캐나다에서는 전국적이고 전교회적인 연합 운동이 시작되었다. 교단과 신학을 초월하여 모든 교회가 초대 교회의 예수 그리스도 정신으로 하나가 되자는 목적이었다. 캐나다 감리교와 회중 교회는 여기에 동참한 반면, 장로교는 2/3가 참여하였으나 1/3은 반대하여 남게 되었다. 이에 따라 조선과 북간도에서 활동하던 많은 캐나다 장로교 선교사 중에 장로교를 택한 사람들은 본국으로 돌아갔고, 연합 교회를 선택한 사람들은 남아서 지속적인 선교 사역을 하게 되었다. 27년간의 조선 선교를 통해 성진 선교부에 욱정교회와 보신학교와 제동병원을 세우고, 조선 백성을 위해 젊음을 다 바치다시피 했던 구례선 선교사는 깊은 고민에 빠졌다.

깊은 밤, 서재에 앉아 기도하던 구례선은 나라를 되찾는 것이 곧 백성들을 위한 하나님의 뜻이라고 외치며 떠나갔던 성재 리동휘가 생각났다. 3·1 운동 때, 자기 집에서 독립선언서를 인쇄하며 함께 만세를 불렀던 그 감동이 되살아났다. 본국 장로교 선교부의 소환 명령을 어기고 남을 경우, 그는 이제 연합 교회로 교적을 바꾸어야 했다. 평생 장로교인으로 사셨던 부모님을 떠올리며 고민하던 그는 집 밖을 나가 자기가 사랑하고 아끼던 욱정교회를 둘러보았다. 3·1 운동 때 종탑에 올라가 미친 듯이 쳐대던 교회 종이 여전히 매달려 무심히 자신을 내려다보고 있었다. 목수였던 아버지 존 그리어슨이 아들의 사역을 돕기 위해 직접 건너와서 지어준 건물이라, 아버지의 손때와 체취가 느껴졌다. 교회를 나와 제동병원으로 건너갔다. 원산에서 블라디보스토크까지 큰 수술을 할 수 있는 유일한 병원이라고 소문이 나서 함경도의 모든 중환자들이 몰려왔었다. 입원 병상이 100여 개, 외래 진료 환자가 매년 2,000명 가까이 몰려들었다. 찾아온 환자를 무조건 살려야 한다는 신념으로 환자의 눈썹 아래에서 발가락까지 이 병원에서 안 해 본 수술이 없었다.

백사장으로 내려가 성진의 밤 바닷가를 거닐던 그리어슨이 무심코 중얼거렸다.

"이 동해가 원산에서 함흥, 성진, 청진, 라진을 거쳐 로씨아의 해삼위까지 이어져 있겠지?"

바로 그 길을 따라 그리어슨의 인생이 알알이 새겨져 왔던 것이다. 문득 언젠가 블라디보스토크에서 만났던 제자 최관흘 목사가 떠올랐다.

"최관흘은 지금 어디서 무엇을 하고 있을까?"

1917년 그를 만났을 때, 러시아 정교회 사제로 살면서도 확신에 찬 그의 기쁜 얼굴 앞에서 그를 조사하러 갔던 자기 자신이 오히려 부끄러웠던 것이다.

구례선은 결국 연합 교회를 선택하고 조선에 남았다. 그의 선택은 북간도에도 영향을 미쳐 그가 세운 은진중학교와 제창병원에 속한 후배 선교사들도 연합 교단을 택하여 조선인들을 향한 선교 사역을 지속하였다. 그리고 그 물줄기는 해방 이후에도 은진을 거쳐 간 많은 후배들을 통해 한국 사회에 전해졌다.

구례선이 사랑하던 아내 레나가 네 딸아이를 두고 다섯째 아이를 출산하다가 하늘나라로 가자 그는 깊은 슬픔에 빠졌고, 얼마 후 두 번째 아내 메리와 결혼했다. 메리는 케네시와 도리스 두 아이를 더 낳아 여섯 아이의 엄마가 되었다. 아버지 구례선이 63세였던 1931년 성진에서 태어난 막내딸 도리스는, 세 살 때 부모와 함께 캐나다로 돌아갔다.

구례선은 아름다운 성진 바닷가에 교회와 병원뿐 아니라 보신학교와 보신여학교를 세워서 교장을 맡아 학생들을 키워 왔다. 1931년 만주사변 이후, 일제 총독부는 다시 조선에 대한 말살 정치를 펼치며 선교사들의 사역에도 압력을 가해 왔다. 3·1 운동 시부터 조선인을 도왔던 요시찰 인물 구례선의 사역에 대해 일제의 간섭이 심했다. 총독부 교육 행정 당국의 사찰을 받은 보신 학교에 정식 교사 자격증이 있는 교사가 없다는 이유로 학교를 폐쇄하려 하였다. 구례선은 자기가 아끼던 제자 출신 교사 김세위를 급히 전액 장학금을 주어 교사 배양 학교에 보냈다. 정식 교사가 된 후에 최소 1년은 보신학교에 근무하여야 한다는 조건이었다. 김세위는 교회 성가대와 그가 만든 오케스트라 제성악단에서도 활동하며 구례선이 가장 아끼던 제자 중 하나였다. 그러나 김세위는 정식 교사가 되자마자 더 많은 보수를 받을 수 있는 보통 공립 고등학교 교사가 되고 말았다. 제자에게 배신당한 구례선은 너무 화가 나서 어느 날 병원을 찾아온 김세위와 말다툼을 벌이다가 그를 주먹으로 한 대 치고 말았다. 이 사건은 구례선의 오랜 한국 선교사 사역을 치욕으로 끝내게 만든 일로 비화되었다. 구례선은 경찰에 고발이 되었고 교회가 둘로 갈라지며 동료 선교사들의 구설수에까지 오르게 되는 아픔과 불명예를 안았다. 그토록 아꼈던 제동병원도 그 일로 인해 그가 키운 제자 김성우 부원장이 사직하면서 문을 닫았다. 김성우는 김영배에 이어 구례선의 조수가 되었던 사람으로 3·1 운동 시 함께 만세를 부르며 뛰쳐나가 성진 감옥에서 옥살이를 하였었다. 그 이후 경성의전에서 공부하고 동경제대 외과에서도 근무했던 실력파였으나 은혜를 잊지 않고 성진 제동병원으로 돌아와 구례선을 돕던 그의 오른팔이었다.

구례선은 동휘가 숨지던 해, 1935년 은퇴하여 38년간의 긴 조선 사

역을 마치고 고향 캐나다로 떠났다. 조선의 명의로 이름을 날리고 많은
의료인력을 양성했던 그였으나 후진국에서 의사생활을 했다는 이유로
돌아온 자기 고향에서는 인정받지 못하고 무시당했다. 캐나다에서 의료
개업을 할 수 없었던 구례선은 생계의 어려움을 겪어야만 했고, 그의 둘
째 부인 메리가 교사 생활을 하여 살림을 이끌어갔다. 캐나다 토론토에
서 말년을 지내던 구례선은 1945년 조선의 해방 소식을 기쁨으로 맞이
했다. 한국전쟁의 발발 소식에 가슴 아파하던 구례선은 자신의 어려운
경제 형편에도 불구하고 북쪽에서 내려온 피난민들을 돌보고 있었던 그
의 후배 스코트(서고도, William Scott)를 통해 거금의 후원금을 기탁했다.
스코트 선교사는 룡정 은진중학교와 함흥 영생학교 교장을 역임했던 사
람으로서 김재준 목사와 함께 한신대학 설립에 기여하였다. 25년간 김
세위를 생각하며 자신의 잘못에 대한 자책감으로 괴로워하던 구례선은
1957년 예천여고 교장이 된 김세위로부터 편지를 받았고, 두 사람은 서
로 용서하고 화해하였다. 구례선은 1965년 그의 생을 마침으로 조선을
향한 기나긴 여정을 마무리했다.

　3·1 운동을 수사하던 조선 총독부 자료에는 아래와 같이 적혀 있다.
　'성진예수교 선교사 구례선은 제동병원에서 스스로 독립선언서를 등사판으
로 다수 등사해 배부한 혐의로 내사 중에 있으며…' (1919년 3월 13일 독립운동
에 관한 건 제14보) '예수교도들을 선동한 혐의가 있는 구례선은 자택에서 신도
150 명이 모인 집회에서 조선의 독립을 암시한 바 있음.' (1919년 3월 23일 독립
운동에 관한 건 제24보)

　1968년 3월 1일, 대한민국 정부는 그리어슨(구례선)에게 독립 훈장
을 추서하였다. 그리고 성진(지금은 김책시)에서 태어난 그의 막내딸 도

리스 그리어슨(구복순)은 그 훈장을 간직하며 평생을 북한의 백성과 남북의 통일만을 위해 기도하며 살았다. 89세의 도리스는 토론토의 한 요양 병원에 누워서 2019년 3·1 운동 100주년이 되던 날, 우리말로 "만세! 만세! 만세!" 3창을 외쳤다.

*

1937년 일제가 중일 전쟁을 일으키자 중국에서 제2차 국공합작이 시작되었다. 일제는 중화민국의 수도 난징을 함락한 후 30만 명의 민간인을 무자비하게 학살하는 난징 대학살을 저질렀다. 김원봉이 통솔하는 조선 의용대는 장제스의 수하에 편입되어 항일 전선을 지속하였으나 실질적 전투에 참여하지 못하였고 후방 선전 업무만을 맡게 되었다. 이에 불만을 품은 화북 지역의 최창익이 김원봉에게 반기를 들었고, 김두봉, 김무정, 허정숙 등과 함께 조선 의용군으로 개칭한 후 마오쩌둥의 수하로 들어갔다. 그들은 중국 혁명군 제8로군에 편입되어 화북 옌안에서 해방을 맞을 때까지 항일 전투에서 큰 역할을 감당했다. 그래서 해방 후 북조선으로 들어간 그들을 가리켜 옌안파라고 불렀다.

1938년 3월 10일, 도산 안창호도 61세의 나이로 세상을 떠났다. 1937년 수양 동우회 사건으로 다시 구속된 이후 고문 후유증과 지병으로 인하여 고초를 겪었다. 사망이 임박한 상태에서 출옥한 후, 경성제국대학 부속 병원에서 임종하였다. 그는 혼수상태에서조차 일왕을 꾸짖고 우리 민족의 실력 배양을 주문하였다.

1939년 제2차 세계 대전이 발발한 후 일제가 동북에 있는 항일 무장 세력에 대하여 대대적인 토벌 작전에 돌입하자 동북항일연군에 속한 일부 조선 공산당들은 소련으로 그 거점을 옮겼다. 동북항일연군에서 활약하던 김성주도 이듬해 소련으로 건너갔다. 소련으로 건너간 동북항일연군은 하바롭스크 동북쪽 아무르강변의 원동변강 국경 수비대 88보병여단에 소속되어 해방을 맞았다.

명동학교와 명동교회를 세우고 섬기며 간민회를 만들어 간도의 대통령이라 불리던 김약연은 3·13 만세 운동 이후에 중국 감옥에 갇혔으나 그 바람에 간도 참변을 피할 수 있었다. 1928년 평양신학교에서 신학을 하고 돌아와 명동교회 목사로서 섬겼다. 그리고 명동학교가 은진중학으로 흡수된 이후 캐나다 선교사들이 세운 은진중학교와 명신여학교 이사장으로 그의 생애 마지막까지 어린 학생들에게 한문과 성경을 가르치며 교육자의 길을 갔다. 1942년 그의 임종이 가까워지자 그를 둘러싼 제자들이 유언을 남겨달라고 부탁했다. 그는

"너희가 내가 어떻게 살아왔는지 다 보지 않았느냐? 그런데 또 무슨 유언을 남기라는 말이냐?"

라고 반문하면서,

"나의 행동이 나의 유언이다."

라는 유명한 말을 남기고 세상을 떠났다.

윤봉길의 거사 이후, 세계인의 주목 속에서 다시 역사의 전면에 등장한 임시정부는 장제스의 후원까지 받으며 활동을 재개하였다. 이승만은 임시정부의 전권 대사로 임명되어 스위스 제네바의 국제 연맹에 한국의 독립을 청원하는 청원서를 제출한 후 연설을 하였고, 그곳에서 유태계 오스트리아인 프란체스카를 만나 결혼하였다. 1933년 이동녕 내각

은 일부 인사들의 반대에도 불구하고 백범 김구의 주장에 따라 이승만을 국무 위원으로 복권시켰고, 외무 위원회 외교 위원으로 선임하였다. 1940년 백범 김구가 중경에서 임시정부 주석이 된 후, 광복군을 창설하고 미국에 있던 이승만을 주미 외교 위원부 위원장으로 임명했다. 이승만은 일제가 미국을 공격할 것을 예언한 책 〈Japan Inside Out〉을 출간하여 주목을 받았다. 1941년 12월 7일 미국 하와이 진주만과 필리핀, 괌 등의 미군 기지에 대한 일본군의 폭격으로 태평양전쟁이 발발하자 미국, 영국, 캐나다 등 서방 국가들이 연이어 일본에 선전포고를 하였다. 그러자 이승만은 중경 임시정부를 미국이 승인하고 임정 광복군의 일본에 대한 선전포고를 인정해 달라고 치열한 외교적 노력을 기울였다. 1942년, 조선 의용대에서 홀로 남은 김원봉은 김구를 찾아가 광복군 총사령관 지청천 밑에서 부사령관이 되었다. 화북에서 팔로군에 속한 조선 의용군이 치열한 전투를 벌이는 동안, 광복군은 이승만의 외교력을 통해 그들이 연합군에 소속된 이후에 전쟁을 치르려고 계속 대기하였다. 임정과 광복군에 대한 승인과 무기 지원에 관한 끈질긴 요청은 1943년에도 지속되었으나, 프랭클린 루스벨트 대통령과 미 행정부는 계속 거절하였다. 1945년 2월 얄타 회담에서 프랭클린 루스벨트는 독일과의 서부전선에 여념이 없었던 소련의 스탈린에게 태평양전쟁의 참전을 요청하였고, 한국의 신탁 통치를 내밀히 제의하여 구두로 합의하였다.

1945년 8월 6일과 9일, 일본 히로시마와 나가사키에 원자폭탄이 떨어진 후, 소련은 일본에 선전 포고를 하고 만주국을 침공함으로 태평양전쟁의 연합국 승전국 대열에 합류하였다. 그러나 임시정부의 광복군은 끝끝내 미국의 승인을 얻지 못하고 해방을 맞이했다. 쇼와 일왕의 항복 선언 소식을 듣고 백범 김구는 억울하여 땅을 치고 가슴을 치며 울었다고 했다. 결국 광복군은 전쟁에 한 번도 참여하지 못한 채 일본에 속한 패전국 군대로 남게 되었다. 무장 해제를 당한 광복군은 개인 자격으로 그토록 그리던 조국으로 돌아가야만 했다. 북쪽으로 들어간 옌안파 독립운동가들도 무장 해제를 당한 후 개인 자격으로 들어가기는 마찬가지였다. 미국과 소련 어느 나라도 독립운동가들을 승전국 군인으로 인정할 생각이 전혀 없었고, 패전국 일본만을 상대로 대화했다. 남과 북의 해방 공간은 미국과 소련의 점령군 통치하에 들어갔고, 신탁 통치를 둘러싼 3년간의 아수라장으로 변하게 되었다.

미국 육군부 작전국의 지시로 미군 장교 본 스틸과 딘 러스크 등에 의해 순식간에 3·8선이 그어졌고 맥아더 작전 명령 1호로 수행되었다. 당시 육군 장관 보좌관이었던 딘 러스크는 후일 케네디와 존슨 대통령 시절 국무장관까지 역임한 인물로서 샌프란시스코 강화조약 시 일본의 독도 반환을 제외시키는 영향력을 행사한 친일 인사였다. 해방 공간에 떨어진 세 가지 숙제가 있었다. 신탁 통치와 친일 청산과 토지 개혁이었다. 이 숙제를 움켜쥔 채 남과 북은 이합집산과 정치 투쟁의 도가니로 변하였다. 북쪽에는 민족 지도자 조만식이 있었고, 남쪽에는 여운형이 있었다. 그들은 해방 직후 곧바로 남과 북에서 건국 준비 위원회와 인민 위원회를 수립하고 좌우 합작 운동을 시도하였다. 그러나 두 사람은 모두 백색 또는 적색 테러에 의해 암살·처형되어 제거되었다. 점령국 소련은 연소한 군인 김일성을 택하였고, 미국은 노회한 정치가 이승만을 선택하였다. 김일성은 친일 청산, 토지 개혁을 단행하여 친일 지주 세력과 그와 결탁했던 친일 종교 세력을 몰아내고 정권을 잡는 데 성공하였다. 북에서 토지와 재산을 잃은 많은 종교인들과 친일 세력들과 친일 경찰들이 공산당에 대한 분노와 두려움 속에서 월남하였다. 북한 정권은 정권 창출의 저항 세력인 그들이 월남하는 것을 의도적으로 허용하였고, 남쪽에 있던 많은 지식인 학자들을 유인하여 거꾸로 월북시켰다.

동아일보 사주 김성수는 타협적 민족주의자로 친일 활동을 하던 지식인 세력을 규합하여 한민당(한국 민주당)을 창당하였다. 그들은 자신들의 친일 행적을 가려 줄 정통성을 확보하기 위해 임정 봉대를 선언하고, 귀국 후 국내 기반이 필요했던 임시정부의 이승만, 김구와 손을 잡았다. 친일파와 독립운동가의 대립 상황은 동아일보의 의도적인 신탁 통치 왜곡 보도 이후에 순식간에 반탁과 찬탁의 새로운 프레임으로 바뀌었다. 모스크바 3상 회의 발표 하루 전에 나온 호외에서 동아일보는 미국은 우리의 즉각 독립을 주장했으나, 소련이 신탁 통치를 주장한다는 거짓 보도를 내었다. 사실은 반대였다. 전국이 반탁의 물결에 휩싸였고 반탁을 하는 친일파는 애국자가 되고, 찬탁을 하는 독립운동가는 매국노가 되었다. 김원봉은 아무런 대안도 없이 무조건 반탁을 하는 우익 진영을 향해 쇄국을 애국으로 여기고 주장하던 어리석은 위정척사파에 빗대어 비판하였다. 최대 5년 이내에 미·소·영·중 4개국의 감독하에 미소 공동 위원회와 조선의 정당 단체가 합의하는 통합 임시정부 수립을 추진한다는 모스크바 3상 회의의 결의에도 불구하고, 결국 이승만은 46년 6월 전라도 정읍에서 남쪽만의 단독 정부 수립을 천명하였다. 백범 김구는 이에 반대하여 오랜 정치적 동지 이승만과 결별하였고, 이승만은 단독 정부 수립안의 유엔 통과를 위해 미국으로 도미하여 트루만 행정부의 승인을 받았다. 1905년 도미 이후, 이승만의 수많은 외교 노력 중에서 미국의 승인을 얻어낸 최초의 그리고 유일한 사건이었다.

단독 정부 수립의 타당성 조사를 위해 유엔에서 파견된 한국 위원회 위원장이었던 인도의 메논 박사는 낙랑 클럽 회장 모윤숙의 회유로 단독 정부 승인 쪽으로 선회하였다. 마지막까지 단독 정부 수립을 반대했던 캐나다 대표 조지 패터슨은 소리쳤다. "한 민족을 둘로 갈라놓고 단독 정부를 수립하면 내전이 일어날 것은 불 보듯 뻔한 일 아니냐?"라고. 남쪽 단독 정부 수립안이 유엔에서 통과되자 백범 김구는 분단만은 막아야 한다고 절규하며 좌우 합작, 남북 협상 쪽으로 선회하였다. 공산주의와의 합작은 몸이 두 쪽이 나도 절대 불가하다고 동휘에게 외쳤던 김구의 최후의 수단이었다. 그러나 너무 늦었다. 1948년 4월 19일 김구는 김규식, 이극로, 김원봉, 허헌 등과 함께 남북 연석자 회의에 참여코자 북행을 단행하였다. 이승만과 더불어 민족 반역자로 정죄받던 김구는 그날부터 북한에서 민족적 영웅이 되었다. 김구는 김일성을 만나 통일 정부를 촉구하는 공동 성명서를 발표하였으나, 이미 분단의 저울추는 기울어져 있었다. 김구는 단독 정부 수립을 위한 제헌 국회의원 선거가 실시되던 5월 10일 남으로 귀환했고, 이극로와 김원봉 그리고 허헌은 북에 남았다.

1948년 7월 10일 남쪽 제헌 국회에서 이승만을 대한민국 초대 대통령으로 선출한 후, 8월 15일 대한민국 정부가 수립되었다. 이어서 9월 9일, 북쪽에서는 조선 민주주의 인민 공화국이 수립되었고 김일성이 내각 수상으로 선출되었다. 정권을 잡은 이승만은 자신을 밀어 준 김성수 대신 이범석을 총리로 지명함으로 한민당과 결별하였고, 친일 보수 정당 한민당은 졸지에 친미 반공 자유당 독재와 맞서 싸우는 민주 야당이 되었다. 이승만의 정적이 되어 버린 백범 김구는 자신의 자택 경교장에서 49년 6월 안두희에 의해 총격 암살을 당했다. 현준혁, 여운형에 이어 좌우합작을 시도하던 인물들은 모두 그렇게 스러져 갔다. 자유당을 창당한 이승만은 공산주의에서 전향한 조봉암을 농림부 장관으로 전격 임용하여 농지 개혁을 단행하였다. 김성수와 같은 전라도의 친일 지주 세력을 약화시키고 농민들로부터는 큰 지지를 이끌어낸 신의 한 수였다.

한(韓)과 조선(朝鮮)으로 나누어진 남과 북은 냉혹한 국제 관계와 열강의 틈바구니 속에서 동족상잔의 피비린내 나는 전쟁터에 강제로 끌려간 가여운 어린 양이 되고 말았다. 그 시작은 소련의 핵개발이었다. 1949년 8월 카자흐스탄에서 성공한 소련의 핵실험은 미국 전역을 공포로 몰아넣었고 미 전역에서 소련 간첩 색출을 위한 매카시 광풍이 몰아닥쳤다. 1950년 1월 12일, 에치슨 라인 선언으로 한반도가 미국의 극동 방어선에서 제외되었다. 연이은 스탈린과의 비밀 회동 이후 중국으로 건너간 김일성은 마오쩌둥과의 동맹 파병 약속을 얻어내었고, 그것은 북한 정권과 김일성의 오판을 낳았다. 3·8선 최전방에 배치된 북한 인민군의 7개 주력 사단과 21개 보병 연대가 소련제 탱크를 앞세우고, 1950년 6월 25일 새벽 대남 기습을 감행하였다. 그 선봉에 섰던 10개 연대는 국공 내전에서 국민당을 몰아내는 데 혁혁한 공을 세우고 중국에서 건너온 동북 조선 의용군 출신을 포함한 조선족이었다.

전쟁 발발 후 긴급 소집된 유엔 안전보장이사회에서 소련 대표의 불참으로 인해, 기적과도 같이 유엔군 파견이 결정·통과되었다. 20세기 최대의 불가사의 중 하나였다. 미국의 주도로 60여 개국이 참여한 유엔군과 북한을 돕는 유일한 혈맹 중공군의 참전으로 밀고 밀리는 3년간의 끔찍한 전쟁을 치렀다. 축소판 세계대전으로 이 좁은 반도 땅덩어리를 폐허로 만들고도 결국 그 참혹한 전쟁을 끝내지는 못했다. 천만 이산가족의 울부짖음 속에서 전쟁이 장기화되자 통일 전쟁이 실패로 돌아간 것을 깨달은 김일성은 휴전을 끈질기게 주장했으나 이승만은 북진 통일을 외쳤고, 주변 강대국들은 꽃놀이패와 같은 이 전쟁을 쉽게 끝낼 생각이 전혀 없었다. 소련의 스탈린은 동유럽 국가들을 위성 국가로 만들기 위한 시간을 벌 필요가 있었기에 미군 병력을 한반도에 묶어 둘 계산으로 전쟁을 장기전으로 끌고 갔다. 반면 미국은 2차 대전 시 생산한 막대한 군산 복합체의 무기를 쏟아부으며 대공황 위기에서 벗어났다. 1차 대전 이후에 몰아닥친 대공황에서 얻은 교훈의 결과였다. 원산만에 정박한 미군 전함과 구축함에서 쏟아지는 원산 폭격에 의해 캐나다 선교사 푸트, 맥래, 구례선이 합심해서 세웠던 원산의 병원과 학교와 교회는 물론, 원산시 전체가 나무 한 그루 남지 않고 달 표면처럼 변했다. 그 속에서 일본은 도산 직전의 토요타와 같은 전범 기업이 기사회생하고 미쓰비시, 미쓰이 등의 전범 중화학 재벌기업이 다시 살아나는 등 엄청난 경제 특수를 누리며 패전국에서 벗어나 경제적 대도약의 발판을 마련했다. 수많은 참전국들이 젊은이들의 희생을 딛고 덩달아 경제 발전을 이루었다. 한국전쟁은 세계대전 이후 몰아닥칠 대공황을 방지하며 세계 경제를 돌리는 윤활유 역할을 하였다. 한반도를 그라운드 제로의 폐허 상태로 만들고, 살아남은 자들에게는 죽음의 공포, 증오와 분노, 이데올로기의 광란으로 몰아넣어 삼천만 민족에게 지울 수 없는 전쟁 트라우마를 남겼다. 이와 맞바꾼 대가로 세계 경제는 호황을 누렸다. 우리 민족만이 '폭망'하였다.

1953년 7월 27일의 정전 협정은 기나긴 70년의 새로운 전쟁의 시작이었고, 우리 민족은 동서 강대국 사이에 낀 냉전의 희생양이 되었다. 이승만은 북진 통일을 끝까지 고집하며 정전 협정에 반대하여 협정문에 사인을 거부하였다. 중공은 휴전 협정 시 미군 포로를 내어주는 대신 매카시 광풍 속에서 간첩 혐의로 가택 연금 상태에 있던 중공 출신 우파 천재 과학자 첸쉐션을 요구했다. 첸쉐션은 중국으로 건너가 마오쩌둥의 절대적 후원하에 중국의 원자탄, 수소탄, 인공위성의 개발에 성공하여 양탄일성(兩彈一星)의 아버지가 되었다.

7·27 정전 협정문에는 평화 협정을 맺을 때까지만 임시로 외국 군대의 주둔을 허락했으나, 그해 10월 1일 체결된 불평등 한미 군사 상호 조약에 의해 미군은 무기한으로 한반도에 주둔할 수 있는 근거를 마련했다. 미군은 한국에 대량의 전술 핵무기를 배치하기 시작했고, 한미군사훈련으로 북한을 위협했다. 그에 맞선 북한은 한반도 비핵화를 주장하면서 한편으로 핵개발을 시작하였다. 북한은 1958년 10월 중공군을 북한 땅에서 내보냈다. 그러나 미군은 물러나지 않았다. 평화 협정은 좀처럼 맺어지지 않았고, 휴전선 DMZ의 대치 상황은 끝없이 이어져갔다.

남과 북은 왕이 되고 싶었던 두 독재자에 의해 뼈아픈 분단의 세월을 이어갔다. 그 뒤에는 분단 특수를 유지하고 싶어하는 강대국들이 버티고 있었다. 하나 된 조국의 완전한 독립을 원했던 모든 독립운동가들의 염원은 그렇게 역사 속에서 묻혔다. 막판에 이승만과 갈라섰던 김구는 자유당 정권 내내 금기 인물로 낙인찍혔으나, 4·19 혁명을 무력화시킨 5·16 쿠데타 이후 박정희 시대에 들어서서 이순신과 어깨를 나란히 하는 민족적 영웅으로 화려하게 부활하였다.

손정도의 맏딸 손진실은 그녀의 소원대로 미국 시카고대학 가정학과를 졸업한 후 시카고에서 만난 부유한 한인 유학생 윤지창과 결혼하여 유복한 가정주부가 되었다. 윤지창은 윤치호의 이복동생이었다. 손정도 목사는 친일파로 변한 윤치호 집안과 사돈을 맺는 것을 꺼려 그 결혼을 반대하였으나 막을 수는 없었다. 장남 손원일은 아버지 손정도로 인해 옥고를 치른 후 중국으로 건너가 자형 윤지창의 도움으로 남계양행이라는 상회를 운영하여 큰돈을 벌었다. 그는 아버지와의 약속을 지키기 위해 난징중앙대학 항해과를 졸업하고 세계 일주선을 타며 항해술을 익혔다. 해방 후 그는 대한민국 초대 해군 제독이 되어 최초의 군함 백두산호를 진수하였다. 전쟁이 터지자 유엔군과 함께 인천상륙작전에서 큰 공을 세운 후 국방부 장관을 역임하였고 죽어서 동작동 국립묘지에 묻혔다. 둘째 아들 손원태는 세브란스 의전을 졸업한 후 네브라스카대학에서 공부하여 결국 의사가 되었다. 그는 어머니 박신일과의 약속을 지키기 위해 1991년 평양을 방문하였고 김일성 주석과 감격적인 해후를 하였다. 김주석의 유언에 따라 김정일 위원장은 1994년 그를 다시 평양에 초청하여 80회 생일 잔치를 크게 베풀어 주었으며 죽어서 평양 애국렬사릉에 묻혔다. 그의 형 손원일이 다녔던 광성중학은 해방 이후 김정일을 비롯한 북한 정권의 핵심 엘리트 양성 학교 남산중학이 되었고, 현재는 평양 1중으로 개명하였다. 광성 학교 동문들은 한국전쟁 시 피난하여 남쪽에도 기독교 미션 스쿨 광성중학을 재건하였다.

독립전쟁의 역사는 살아 있다. 빼앗긴 들판에서, 허리 잘린 반도에서, 하나 되기를 염원했던 독립운동가들 그리고 그들의 후예들, 그들이 살아서 외쳤고 죽어서 묻혔던 그곳에서 역사는 여전히 숨 쉬고 있다. 3·1 운동에서 보여주었던 노도와 같은 민중과 백성들의 함성과 외침과 만세 소리가 여전히 역사의 귓전에 살아 있기에, 언젠가 통일된 그날에 쏟아져 나올 전 세계 조선 민족과 한민족의 열화와 같은 기쁨과 환희의 순간을 향해, 그렇게 숨 쉬며 흘러가고 있다. 진리와 자유가 이 땅에 실현되는 그날을 꿈꾸는 남은 자들이 남과 북 어디엔가 지금도 숨어서 복음의 빨치산처럼 여전히 자신의 운명을 개척하며 살아가고 있기에.

(3부 끝)

황혼객

제4부

분단을
넘다

닫는 글 (유월, 대동강은 흐른다)

제4부

분단을
넘다

닫 는 글

.
.
.
.

<유월, 대동강은 흐른다>

"그래도 장손이니 잠시라도 다녀가는 게 낫지 않겠니? "

이른 아침, 지평선 위 아직 서늘한 냉기가 도는 코발트 빛 하늘을 가로지르며 산뜻한 은색 토요타가 달린다. 탄성체에 매달린 듯 길게 늘어지면서 시계 반대 방향으로 회전하던 자동차는 튕겨 나가려는 원심력을 이겨내며 중력의 고무줄 끝에서 아슬아슬하게 타원형 레인을 타고 넘어 직선 주로로 다시 미끄러졌다.

"허나 네 일에 지장이 생기면 안 되니 잘 생각하고 결정해라."

용수는 아침 햇살이 눈부신 출근길 고속도로에서 액셀을 거칠게 밟았다.

"알았어요."

핸들에 부착된 버튼으로 먼 나라 조국에서 걸려 온 아버지의 전화를 차갑게 끊었다. 경기도 파주시의 한 요양원에서 새벽에 돌아가셨다는 할아버지의 구부정한 어깨가 문득 떠올랐다. 세월의 무게를 짊어졌던 할아버지의 그 어깨는 어린 용수를 무등 태워 깔깔대며 웃게 만들던 빛바랜 사진의 그 장면 속에서 멈추어 섰다. 용수는 속도감으로 좁혀 드는 시야를 의식하면서 좌우로 갈라지며 달려드는 차선 조각들을 기억의 파편처럼 뚫어지게 응시했다. "굳이 일제 차를 탈 필요 있니?" 언젠가 아버지가 토론토 공항에 도착하여 시내로 들어가는 차 안에서 용수에게 말했던 기억이 떠올랐다. 갈증이 나서 오른손을 더듬었다. 마시다가 팽개쳐 둔 아이스커피 잔을 집어 들었다. 끓어오르는 부담감을 바수어 버리려는 듯 컵 속의 마지막 남은 얼음 몇 조각을 후르르 입속에 털어 넣은 후 어금니 사이로 아작아작 씹었다. 카 스테레오에서 매일 아침 같은 시간에 시작되는 토론토 모닝 스타의 중후한 디제이 목소리가 에어컨 바람에 실려 흩날리듯 새어 나오고 있었다.

"굿 모닝 레이디즈 앤 젠틀맨, 투데이 이즈 더 퍼스트 데이 오브 준, 뷰우티블 모닝 해즈 컴!"

(1)

용수의 아버지 서성식은 완벽한 사람이었다. 어디 한 군데 부족한 부분을 찾을 수 없는, 이상적 인간형의 전형이랄까? 최고의 학력에 지성과 감성 그리고 도덕성과 인류애까지 지닌 사람, 게다가 모범적이고 반듯한 가장이요, 남편이었다. 최소한 용수의 기억 속에 새겨진 아버지의 모습은 그랬다. 그래서 그것이 용수를 늘 숨막히게 했다. 그리고 감히 아버지의 말은 거부할 수 없는 중압감으로 용수를 옥죄어 왔다. 차라리 아버지가 명령을 하든지 지시를 하면 나았을 것이다. 그러나 대인관계에서도 완벽을 추구하는 그의 아버지는 아들에게조차 절대 무리한 명령을 하지 않았다. 항상 결정권은 아들에게 주어졌지만 아버지의 부탁이나 완곡한 선택적 질문은 이미 정답이 정해져 있기 마련이었다. 논리적으로, 도덕적으로, 피할 길이 없는 정답 앞에 용수는 늘 힘없이 굴복하곤 했다. 그런 복종은 용수를 어린 시절부터 이리저리 끌고 다녔고 어느새 습관으로 굳어져 갔다.

　그러나 그와 같은 굴복이 반복될 때마다 용수의 아랫배에서는 아버지로부터 탈출하여 도망가고픈 욕망이 더욱 강하게 끓어올랐다. 마치 팽팽하게 회전하는 돌팔매에 매달린 조약돌처럼 용수는 언젠가 줄이 끊어지는 순간, 자유를 향한 무한 공간 속으로 포물선을 그리며 튕겨 나가는 그런 상상을 하면서 어린 시절을 보냈다. 자유를 향한 무한 질주, 그 황홀한 상상… 그러나 사실은 그 갈망조차 결국 아버지의 혈통으로부터 물려받은 유전적 특징일 수 있다는 생각에 용수는 종종 다시 마음이 위축되곤 했다.
　"나는 무작정 달렸어."
　용수의 아버지는 그렇게 시작했다.
　"허름한 기와집과 쓰러져가는 스레트 집이 다닥다닥 어깨를 맞대고 이어진 좁은 동네였거든. 나는 대청마루 끝에 앉아서 늘 망을 보듯 기회를 엿보곤 했지. 그러다 보면 오후 햇살이 나른해지고, 동생을 업어 재우다 지친 어머니가 벽에 기대어 앉아 꼬박꼬박 졸 만한 시간이 다가오는 거야. 난 살며시 고양이 걸음으로 마당을 빠져나가는 거지. 그 숨죽이는 스릴이란 내겐 잊을 수 없는 추억이야. 대문을 빠져나오자마자 두리번거리지. 두근두근 흐흐흐. 우회전하여 오십 미터가량 달려가면 T자형 막다른 골목이 있었지. 코너에서 뒤를 잠시 돌아보고 인기척을 확인한 후 다시 오른편으로 돌아서면 곧 시야가 탁 트이지. 그 앞에 도랑을 건너는 작은 나무 다리가 있었어. 그 다리를 건너 개천을 타고 맞은편 길옆에 초라한 상점들이 늘어선 아득히 긴 길이 나타났어. 거기서 냅다 교차로까지만 달려가면 나는 시장 안으로 뛰어들 수 있었지. 그럼 나는 탈출에 성공하는 거야. 그러나 대부분 교차로에 이르기 전에 뒤에서 달려온 엄마의 손에 목덜미를 쥐어 채여 번쩍 들리고 말지. 아니면 길가의 동네 파출소에서 낯익은 순경의 손에 넘겨서 다시 집으로 돌아가곤 했지."

걸음마를 시작한 이후로 어린 시절 끝없이 집에서 탈출을 시도했었다는 아버지의 이 이야기를 귀에 못이 박히도록 들었다.

"어쩌면 그 질주는 붙잡히기 위한 일종의 놀이였는지도 몰라. 나는 반드시 안전하게 다시 붙잡혀 집으로 돌아가곤 했기 때문이지. 내가 항상 동네 골목에서 종종걸음으로 달려가는 것을 온 동네 아줌씨들도 다 알고 있었어. 때문에 항상 혀를 끌끌 차며, 아이고, 저 성식이 녀석 오늘도 또 뛰쳐 나왔네그랴. 잽싸기도 하지. 애게게, 넘어질라… 하며 그 달음박질 놀이를 무심히 구경하곤 했었어."

용수의 아버지는 이 이야기를 술에 취해서 들어온 날 종종 어머니에게 들려주곤 했는데 그 기억은 용수가 아주 어려서였던 것 같다. 사실이 이야기는 한참 후에 어머니로부터 전해 들었던 이야기가 대부분이었다. 왜냐하면 어느 순간부터 술꾼이었던 용수의 아버지가 술을 거의 입에 대지 않는 사람으로 변해 버렸었고 이 이야기도 세월 속에 숨어 버렸기 때문이다. 그리고 점차 용수의 기억 속에서도 사라져 갔지만, 용수의 뇌리 한구석에 여전히 아버지로부터 물려받은 탈출 유전인자를 작동시킬 준비를 하며 서늘하게 남아 있었던 것이다.

"딱 한 번 내가 탈출에 성공한 일이 있었어. 마침내 내가 시장 안으로 뛰어들었던 거야. 그때의 희열은 지금도 생생히 기억나. 왁자지껄한 시장 바닥의 좌판들과 상점 골목 사이로 달려갈 때 비릿한 생선 냄새와 칼칼한 새우 젓갈 냄새가 말이야. 시장 안에선 온통 냄새들의 향연이 질펀하게 벌어지고 있었지. 신선한 배추 냄새를 뚫고 지나가니 구수한 군밤 냄새 한쪽에선 달콤한 센베과자 냄새가 코끝을 간질였고, 고개를 돌려보니 무시무시하게 뻘건 살덩어리들이 매달린 고깃간의 피비린내까지, 그곳은 세상의 온갖 먹거리들이 일렁이며 기웃거리는 냄새들의 춤판이었어. 냅다 달리는 꼬맹이를 이리저리 피하며 오가는 바짓가랑이들과 치렁치마들에 싸여서 나는 잠시 자유를 만끽했던 것 같은데… 그때 내 또래의 꼬마가 엄마 손을 잡고 지나가다가 신기한 듯 뒤돌아 나를 바라보았어. 그 가느다란 눈초리가 가슴을 치고 들어왔지. 갑자기 두려움이 엄습하기 시작했어. 아무도 나를 붙잡아가지 않았다는 사실을 깨닫게 된 거지. 시장 한복판에서 천막 사이로 비친 동그란 하늘을 올려다보았어. 내가 태어나서 처음 느껴본 시리도록 푸른 실존적 감옥의 경험이었어. 그리고 울음을 터뜨렸지."

용수의 아버지는 그 시대 냄새나는 가난과 무지의 감옥에서 탈출을 시도하기 위해 공부를 시작했다. 저 멀리 골목 너머에 보이는 자유시장 안으로 뛰어들기를 갈망했던 한 소년은 한국 사회가 십 대 청소년들에게 몰아붙이던 대학 입시를 향한 또 다른 질주를 경주했다.

"난 그 시절을 생각하면 늘 떠오르는 시가 있지. 리상의 오감도라는 시, 기억나? 그래, 맞아. '13인의 아이들이 도로를 질주하오'라고 시작되는 그 장면 말이야. 사실 그 길은 막다른 골목으로 이어져 있었거든? 그것도 모르고 무작정 달린 것이지. 녀석들이 왜 달렸는지 알아? 끄윽… 흐흐, 그냥 달린 거야. 안 뛰면 불안해서. 모두가 달렸으니까 말이야."

용수의 아버지는 대학에 입학했다. 그리고 잠시 그 달리기는 멈추어 선 것 같았다. 지성의 전당이라 일컬어지던 상아탑 속에서 정신적 자유를 만끽하리라 기대했던 그는 대학 역시 또 하나의 냄새 나는 시장통임을 깨달아야 했다. 각종 부정 행위가 횡행하는 이기적 자아상들 속에서 용수의 아버지는 그저 무료하고 무관심한 발걸음으로 우왕좌왕 캠퍼스를 맴돌기 시작했다. 그러나 그 지루함은 오래가지 않았다. 데모대와 전투 경찰의 격돌 현장에서 매캐한 최루탄 연기를 피해 생사를 거는 달음박질이 다시 시작되었기 때문이었다. 이념의 갈등으로 쪼개지고 혼탁해진 분단 시대는 캠퍼스를 순식간에 혼돈 속으로 빠져들게 했다. 또 다른 절망과 두려움이 그를 몰아갔다. 옥상에서 분신과 투신으로 떨어지는 동년배들의 주검 앞에서 그는 진저리쳤다. 그래서 그 시절 용수의 아버지는 또 다른 탈출구를 찾아 시를 쓰고 술을 마시기 시작했다. 그 시대의 독배는 그의 육체와 정신을 마비시키기에 족할 만큼 독했다.

"그 시절은 정말 술 권하는 사회였거든… 끄윽. 10·26과 광주 혁명이 모두 아버지 재학 시절에 일어났으니까. 우린 데모대에 휩쓸려 학창 시절을 다 날려 보낸 셈이야. 참 불우한 시대였지만 한편으론 력동적인 희망도 있었어. 학생들의 힘으로 불합리하고 부조리한 그 사회를 바꾸어 보겠다는 용기들이 있었으니까 말이지. 그런데 말이야. 나는 그 용맹스러운 데모대 앞에 서는 것보다는 력사의 뒤 켠으로 움츠러들어 야행시를 긁적이는 걸 더 좋아했으니, 흐흐… 시대적 부조리에 몸으로 항거했던 송몽규보다는 나약한 백면서생 윤동주 편에 선 셈이지. 그런데 아이러니한 것은 그 당시 운동권에 앞장서서 당장이라도 평양으로 달려갈 것 같았던 녀석들은 지금 한국 사회의 기득권 계층에서 빌붙어 먹으려고 온갖 정치적 아양과 술수들을 쓰고 있는데, 겁 많은 글쟁이였던 내가 외려 이곳에 먼저 와 있으니 말이다, 하하, 인생이 우습지?"

나중에 평양서 만난 용수의 아버지는 그렇게 말했다.

"그런데 너 아니? 그 시절엔 대학생들이 대부분 교복을 입고 다녔어. 흐흐… 배지도 달고 다니고 말이야. 지금 네가 여기서 흔히 보는 것처럼 말이지. 북에 와 보니 그게 참 어색하다고 느껴지지? 그러나 그들에게는 그게 일상이요, 삶일 뿐이란다. 우리도 마찬가지였어. 개구리가 올챙이 시절 다 잊은 것과 같지. 그 시절은 마땅히 입고 다닐 옷도 없었고, 더구나 대학 마크가 달린 그 교복과 배지가 자랑스러워 우린 주로 군청색 교복을 입고 학교 마크를 달고 온 서울 시내를 활보하며 다녔지. 하하, 외출할 때는 꼭 배지를 달고 말이야… 강요된 자랑이나 스스로 달고 다닌 자기 자랑이나 어차피 자랑의 본질은 마찬가지지. 자랑이란 본질적으로 열등감의 표출이고 그것을 우월감으로 덧칠 포장하려는 엉큼한 권력 구조에서 나오는 거니까."

용수의 아버지는 평양까지 찾아온 아들이 기특했는지 한동안 전혀 입에 대지 않던 술을 한 잔 아들에게 받아주었다. 용수의 아버지는 아들이 오면 같이 마시려고 사 두었던 것이라 하며 술병을 들어 보여주었다. 상표가 '평양주'였다. 술 마시던 시절 그가 언제나 취중에 들어와서 잠자던 어린 용수를 번쩍 안아 올리며 "이 녀석이 크면 아들과 함께 대작하는 것이 내 꿈이야."라고 입버릇처럼 했던 기억이 그의 뇌세포 한 귀퉁이에 그때까지 잠재되어 있었던 모양이었다.

"더구나 그 시절엔 대학 재학 중에도 교련 시간이 있었고, 한 달간 전방 부대에 집단 입소를 해서 군사 훈련까지 받았거든? 그것이 그 시절 시대상이었어. 용수야, 아버지가 장발 단속에 걸려 파출소에서 앞머리를 바리깡으로 고속도로 내듯 깎인 것 아니? 껄껄, 그때 셀카 사진을 찍어 놨어야 하는 건데 말야. 요즘 이곳 통일 시장에 바짓가랑이 폭이나 무릎 아래 치마 길이를 검열하는 단속반이 있는 것과 마찬가지지."

평양이 자랑하는 평양 명주를 아들에게 부어 주며 용수의 아버지는 흐드러진 웃음을 털어놓았다. 용수의 아버지는 자신을 찾아 지구를 반 바퀴 돌아 날아온 아들이 기특하고 기뻤던지 술 한잔에 조금은 흐트러진 모습을 보였는데, 그것은 좀처럼 볼 수 없는 장면이었다. 아마도 그때가 처음으로 부자간에 깊은 이야기를 나눈 짧은 순간이었던 것 같다.

1980년, 군홧발에 무참하게 짓밟힌 민주화를 향한 열망이 유월의 함성을 지나 코스모스가 시들어가듯 절망과 죽음의 행진으로 이어지던 무렵, 알코올 중독 초기 증세를 보이던 용수의 아버지는 세 번째 탈출을 시도한다.

"네 엄마를 만나고 나서 난 이 녀자와 반드시 결혼해야겠다고 결심을 했지. 네 엄마는 청초한 모딜리아니의 초상처럼 어두컴컴한 지하 카페의 조명 밑에 그냥 우두커니 앉아 있었어. 왜 그녀가 오랫동안 나를 참아주었는지는 모르지만 거의 두 시간 동안 난 말없이 술잔만 죽이고 있었거든? 취기로 인해 조금씩 흔들리는 그 몽롱한 정물화를 뚫어지게 응시하고 있었던 거야. 그 시절 난 골초였어. 오른손 검지와 장지 사이 깊은 골에 담배 가치를 끼워 폼을 잡으며 내 청춘의 허무를 힘껏 빨아들이곤 했지. 량편 볼을 옴폭 오그라뜨리며 빠알간 고뇌가 입속으로 빨려 들어가는 것을 즐겼어. 연기가 기도를 타고 허파꽈리 틈새로 굽이쳐 속속들이 파고 들어가 순식간에 내 온몸을 나른하게 만들었지. 그 쾌감은 날 잠시 호흡 중지와 사고의 영동 상태로 하얗게 몰아가곤 했어. 한 3초간 내 속의 우주가 멈추어 서는 거지. 그리곤 내 거친 날숨에 맞추어 폐부 깊숙이 숨어 있던 인생의 타다 남은 절망의 실오라기들을 한데 모아 작고 동그란 입술을 통해 허공으로 뿜어내는 거야. 난 그때 깨달았어. 내가 만일 이 녀자를 붙잡는 데 실패한다면 난 그저 알코올중독자로 전락하여 어느 추운 겨울 동네 골목 귀퉁이에 쓰러져 오그라진 채로 떨면서 하릴없이 죽고 말 것이라는 것을 말이야. 트랙의 출발선상에서 몸만 풀다가 제대로 직선 주로를 달려보지도 못하고 말이지. 아마 어쩌면 서른을 못 넘겼을 수도 있었겠지. 난 이미 커피잔을 쏟을 정도의 수전증과 불면증에다 아침마다 시작되는 편두통과 위장병으로 온몸이 망가져 가고 있었거든. 이십 대의 나이에 술에 찌들어 그렇게 허무하게 죽고 싶진 않았어. 그래서 두려움을 느꼈던 것 같아."

공학과 음악의 만남, 고장난 기계음의 불협화음으로 실타래처럼 엉켜 있던 그의 인생이 바흐의 대위법적 정렬화음과의 운명적 만남을 통해 풀려 갔다. 그 인연의 끈이 한 올 한 올 이어지던 어느 날, 남자는 지하 카페의 어두운 침묵을 박차고 일어나 정물화 속 여자의 손목을 잡아채고 세상 바깥으로 나갔다. 어둠이 깔린 거리를 두리번거리던 그는 인근 꽃집에서 화사한 장미꽃 한 다발을 사 들고 여자 집으로 쳐들어갔다. 용수의 아버지는 첫 대면한 예비 장인과 술상을 펼치고 끈질긴 대작을 하다가 결혼을 선언하고 마침내 그 허락을 받아내었다. 그리고 백일만에 결혼을 하고 곧바로 용수를 낳았던 것이다.

*

"아니, 녀자가 조심을 해야지. 벌써 아이를 배면 어떻게 해?"

남자가 버럭 화를 내며 여자를 거세게 몰아붙였다. 남자는 여전히 학생 신분이었고, 도무지 아이를 가질 만한 경제적 정신적 여유가 없었다. 남자는 여자에게 병원에 가서 속히 아이를 지우라고 일방적 지시를 비수처럼 날리고 학교로 달려 나갔다. 대학원 논문 막바지에 여념이 없었던 남자는 그냥 단순하게 여자의 뱃속에 생긴 혹 하나만 떼어 내면 되는 정도로 가볍게 생각했던 것 같다. 방구석에서 한참 동안 겁에 질려 서럽게 울고 있었던 여자는 남편이 나가고 나자 힘없이 주섬주섬 병원 갈 채비를 하고 있었다. 그날 그때 불현듯 여자의 한 친구가 예고도 없이 집을 찾아왔다. 여자와 어린 시절 오랜 교회 친구였던 그녀의 끈질긴 설득과 회유 끝에 결국 여자는 아이를 낳기로 결심했다. 내 삶과 죽음을 갈라 놓을 운명의 순간 그냥 우연처럼 그런 일이 벌어진 것이다. 그리고 여러 달 후에 나 서용수가 피투성이로 태어났다. 새벽에 전치태반으로 인한 하혈이 시작되었고, 남자는 여자를 이불에 싸서 택시에 태우고 절체절명의 위기 상황에서 새벽 미명의 이 병원 저 병원을 전전하였다. 수도꼭지를 틀어 놓은 듯 콸콸 쏟아져 나오는 피는 이불을 붉게 물들였고, 여자는 실신하였다. 병원에서는 아슬아슬한 수혈이 시작되었다. 내 생명은 처음부터 태어나기 위해 다른 사람의 피의 도움을 받아야 했고, 몇 시간의 진통 후에 어렵게 나는 세상의 빛을 보게 되었다. 1987년 유월의 함성을 지르며 자궁이라는 어둡고 작은 우주 속에서 갇혀 있던 나는 놀랍고 신비한 빛의 세계로 그렇게 빠져나왔다. 그것이 나의 첫 탈출기였다.

내 오랜 기억의 사진첩에서 끄집어내어 편집한 이야기는 이러하다. 막 돌잔치가 끝난 며칠 후, 할머니와 할아버지 사이에서 잠을 깬 나는 평소처럼 부지런히 네 발로 기어서 아버지와 어머니가 잠들어 있는 옆방 문을 밀치고 들어갔다. 그러나 그 방은 텅 비어 있었고, 나는 빈방에 우두커니 앉아 상념에 잠겼다. 그리고 갑자기 텅 빈 우주가 두 번째 자궁처럼 몰려와 나를 감싸 안았고 나는 우주 고아가 되었다. 그리고 할아버지와 할머니 손에서 어린 시절을 보내게 되었다. 나는 매일 서편으로 뚫린 아파트 발코니에 서서 수인(囚人)처럼 철창 사이로 푸른 하늘을 쳐다보았다. 그러다가 꼬리에 연기를 물고 비행기가 날아가는 모습만 보면 어여쁜 검지 손가락을 허공 사이로 내밀고 무엇인가 야단치듯 손가락질을 하며 살쾡이처럼 소리를 질러대었다. 그것은 내 부모를 거두어 간 무심한 하늘에 대한 내 나름대로의 거센 항의였다. 나머지 시간은 그저 시무룩하게 앉아서 하루 종일 앨범만 뒤척이고 있었다. 그 앨범 속에는 어느 아리따운 신랑 신부가 어린 색동 돌잡이를 사이에 두고 찍은 행복한 사진들이 다소곳이 미안한 웃음을 띠고 들어 있었다. 나는 그 사진들을 이리 밀치고 저리 넘기며 혼자만의 생의 깊은 고민에 빠져들었다. 나를 보듬고 있던 이들은 누구이며 이들은 왜 갑자기 사라졌을까? 할아버지는 그런 내가 안쓰러워 무등을 태우고 동네 슈퍼에 자주 나가셨다. 뒤에서 따라오던 할머니는 쌈짓돈을 꺼내어 항상 같은 슈퍼에서 작은 바나나 한 개를 사서 껍질 절반을 벗겨내고 내 고사리 손에 쥐어주었다. 그러면 약간 왼발을 절던 슈퍼 주인 아낙네가 끌끌 혀를 차며 오늘도 용수 왔네. 불쌍도 하지. 뭐 이런 말을 내뱉었던 것 같다. 그것은 사실 내가 지어낸 자기 연민에 불과할 것이 분명할지라도 난 그렇게 기억해 낼 만한 충분한 개연성을 확보하고 있다.

그 시절 할아버지가 어린 나를 데리고 긴 여행을 한 적이 한 번 있었다. 끝도 없이 흔들거리는 시외버스를 타고 구불구불 언덕과 강과 산을 넘어 강원도 동해안 최북단 고성의 통일 전망대를 찾아갔던 것이다. 그때는 난 그곳이 어디인지조차 몰랐지만 할아버지는 나를 무등 태운 채 전망대에서 내려다보이는 북녘땅을 우두커니 바라보며 망부석처럼 멈추어져 있었다. 오랜 침묵의 시간이 흘러갔는데도 표현하기 힘든 어떤 긴장감 속에서 나는 감히 떼를 쓰지도 못하고 가슴 졸이며 소변이 마려운 것을 애써 참았던 기억이 아련히 있다. 전망대에서 내려온 할아버지는 고성 장터의 어느 허름한 국밥집에 들어가 어린 내가 땀 흘리며 국밥을 떠먹는 동안 처연하게 앉아 소주 한 병을 홀로 시름시름 따라 마셨다.
"흥, 그게 다 북에 두고 온 옛 마누라 생각에 그런 게야. 난 그저 허깨비를 붙들고 한평생 살았어."

훗날, 할아버지 장례를 치르고 온 가족들이 모였을 때, 할머니가 소주잔을 비우면서 푸념처럼 알려주었다. 평생 할아버지를 구박하던 할머니는 몇 달 후에 할아버지를 따라 서둘러 세상을 떠났다.

그 일 이후에도 개울물 같은 실오라기 시간들이 졸졸 소리 내며 흘렀고 또 냇물처럼 더 굵어진 시간들이 때로는 콸콸 흙탕물을 튕기며 흘러갔다. 내 손때 묻은 사진첩 속의 젊은 부부의 기억이 점차 엷어지고 할아버지와 할머니가 내 인생의 유일한 보호자인 것처럼 각인되던 무렵의 어느 추운 겨울날, 나는 갑자기 내가 그토록 저주를 퍼붓고 손가락질하던 비행기를 타고 미국 보스턴으로 날아갔다.

"네 아빠는 그때 MIT의 연구원으로 미항공우주국 NASA의 매우 큰 프로젝트를 수행하고 있었어. 아주 잘나가는 젊은 과학자였지. 교수라기보다는 사업가에 더 가까웠던 매서운 눈초리의 유대인 지도 교수도 네 아빠를 어떻게든 붙들려고 월급을 올려 주고 미국 영주권을 내 주겠다고 잡아끌고 있었거든. 어쩌면 우린 아주 미국에 눌러앉아 살아갈 그런 운명이었을 거야. 그렇게 되었다면 우린 아마 수영장이 딸린 근사한 2층 양옥 저택에서 주말에는 과수나무 밑에서 바비큐 냄새를 피우면서 그렇게 살았겠지. 주일에는 난 커다란 미국 교회의 오르간 반주자의 자리에서 우아하게 회중을 내려다보면서 말이야. 그 일만 일어나지 않았다면 말이지."

언젠가 내가 만주 바람이 흩날리는 연변의 한 언덕에서 엄마와 산책할 때 평생 교회 반주자였던 그녀가 말해주었다.

아버지의 혁명적 변화에 의해 보스턴대학을 졸업한 촉망받던 젊은 음악가, 어머니의 인생도 독립운동가의 아내로서의 삶을 좇아가는 폭풍 가운데 함께 휩쓸렸다. 아버지는 늘상 우리나라가 통일이 되기 전에는 아직 완전한 독립을 이룬 것이 아니라고 말하곤 했기 때문에 그들은 자칭 독립운동가로 살아갔던 것이다. "네 아버지는 나를 힘들게 하기 위해 태어난 남자야." 평양에서 다시 만난 어머니는 석양이 깃든 캠퍼스를 밤길 산책하다가 푸르스름한 빛을 내는 영생탑과 주체사상 연구소 앞에서 쓸쓸히 웃으며 나에게 그렇게 말했다. 그러나 그런 불평 속에서도 어머니는 연변으로, 평양으로 늘 남편을 따라다녔다. 그만큼 그녀는 아버지를 사랑했다.

아무튼 그 시절 무슨 일이 일어났을까?

무신론자에 술 중독자였던 아버지는 교회 반주자 어머니를 만나 프러포즈 없이 강압적이고 일방적인 결혼을 감행했다. 결혼식을 앞두고 교회에서 결혼식을 올리고 싶다는, 아니, 주례만이라도 목사님을 모시게 해 달라고 애원하는 어머니의 간청을 사정없이 뿌리쳤다. 심지어 결혼식 당일 어머니의 친구들이 와서 불러 주기로 한 축가조차 아버지의 취향에 맞지 않는 노래라고 중지시켰다고 하니 가히 그의 완고한 자기중심성을 엿볼 수 있다. 결혼 후 교회를 나가 주겠다고 했던 약속은 전혀 지켜지지 않았고, 그저 결혼을 위한 미끼에 불과했음이 드러나고 말았다. 자기 마음대로 주변을 괴롭게 하는 그의 행태는 갓 태어난 아들에게까지 이어져 매일 밤 자정을 넘기고 취중에 들어와 자고 있는 어린아이를 번쩍 거꾸로 들어 올려 깨워 울리곤 했다고 한다. 그런 중에서도 어머니가 교회 반주로 집을 비운 날이면 갓난아이를 품에 안고 담배를 뻐끔뻐끔 피워대며 무엇인가 원고를 끄적이곤 했다. 아버지를 평양에서 만났을 때에도 그는 여전히 글을 쓰고 있었다. 나중에 깨달았지만 그 역시 아버지의 정신적 탈출기의 한 페이지를 장식하기 위한 몸부림의 한 장면이었다. 결국 나는 그 같은 아버지의 탈출 유전인자가 몰아가는 인생의 고뇌를 이겨내기 위한 희생물로서 아주 험난한 어린 시절을 보냈던 것이다.

용수의 가계(家系)는 술로 시작해서 술로 끝이 나는 그런 족보를 지닌 가계였다. 평양이 고향이라는 그의 고조할아버지는 기생의 도시 류경(柳京)에서 화류계의 걸출한 위인으로서 온 동네가 알아주는 모주꾼이었다고 했다. 한평생 풍류를 즐기며 취해서 다니다가 말년에 술기운에 실족하여 동네 다리에서 떨어진 후에 병을 얻어 돌아가셨다고 하였다. 그를 이어 그의 증조할아버지는 조선말 국운이 기우는 것을 한탄하며 망국 이후에는 일절 문밖 출입을 안 하고 술만 퍼 드시다가 마침내 술독에 빠져 돌아가셨다고 들었다. 그런데 그 이후에 일종의 돌연변이가 발생했는데, 서성식의 할아버지 대에 이르러 나타난 두 분의 형제가 일절 술을 입에 대지 않는 분이셨다는 것이었다. 그러나 그 내용을 살펴본즉, 그 형제는 어린 시절 당신들의 어머니가 지아비의 술 행각 때문에 너무나 고생하는 것을 뒤에서 눈물겹게 바라보다가, 우리 형제는 평생 입에 술을 대지 말자는 비장한, 일종의 도원결의(桃園結義) 같은 것을 했다는 것이었고, 그 결과 그 두 분은 술 대신 공부를 열심히 하여 국내외 학계에서도 유명한 학자들이 되셨다는 것이었다. 특히, 이 대목에서 서성식의 할머니, 즉 용수의 증조 할머니는 아들들에게 술만 마시지 않는다면 너희들도 앞으로 얼마든지 뛰어난 학자가 될 수 있다고 힘주어 강조를 하곤 했다고 하였다.

닫는 글

평양서 만난 서성식 교수는 그의 아버지 서종규옹으로부터 당신이 학자의 길을 포기하면서까지 술꾼으로 전락할 수밖에 없었던 뼈아픈 시대 상황, 즉 6·25전쟁 통에서 벌어진 처참한 피난길을 타고 내려오다가 가족과 헤어지고 붙들려 인민군이 된 이야기, 거제도 포로 수용소에서 석방된 후에 처음엔 거지 행색으로 지내다가 늦은 나이에 고학으로 다시 대학생이 된 이야기, 격동의 시대를 살아내며 4·19와 5·16으로 이어지는 술 권하는 사회에 대한 변명을 귀에 따갑게 들었다고 술기운이 오름에 따라 벌겋게 늘어놓았다. 그리고 곧 이어 전후세계 냉전의 아들로 태어나 술의 계보를 이어가야만 했던 서교수 자신의 이야기로 넘어갔다.

"나는 필사적으로 윤동주로부터의 탈출기를 시도했던 거란다. 그런데 결국 돌고 돌아 윤동주의 고향 북간도를 거쳐 그가 다닌 숭실중학이 있던 평양으로 다시 붙들려 오고 말았지 뭐냐? 흐흐흐."

아버지 서성식은 윤동주의 포로였다.

분노와 좌절의 파도타기를 하며 시작된 아버지 서성식의 80년대 캠퍼스는 대낮에는 작렬하는 태양 아래서 화염병과 투석전으로 붉게 타올랐다가 밤이면 분출된 울분을 삭이며 다음날의 전열을 가다듬기 위한 벌건 쇳날을 알코올에 쑤셔 박아 식히는 담금질이 이어지곤 했다. 이 같은 낮과 밤의 힘겨루기를 반복하는 동안에 어느새 서성식은 박사 과정을 막 통과한 촉망받는 젊은 과학자로 변신해 있었고, 자타가 공인하는 강한 남자의 면모로서 손색없는 조건들을 갖춰 나가고 있었다. 석사 후배들의 논문 지도를 하며 실험실과 연구실을 순회하고, 도서관에서 잠시 머리를 싸매다가 발군의 실력을 과시하는 세미나로 주위를 놀라게 한 후, 그를 영웅으로 키워준 주신(酒神) 박카스를 찬미하기 위해 그를 목놓아 기다리는 술집의 요정들을 향해 또다시 발길을 돌리는 것이었다.

무지막지한 군부 독재의 횡포를 두고 무작정 흥분하는 동료와 선후배들 앞에서 정치와 권력의 내재적 은유를 구조적으로 분석하고 해체하는 작업을 냉철하게 진행하는 아버지 성식은 이미 좌중을 압도하고도 남는 힘을 소유하고 있었다. 더구나 그 시절 천박하게 진행되던 정치권의 힘의 논리와 구습에서 벗어나지 못하는 재야 운동권의 헤게모니 싸움을 서성식은 그의 독특한 사회 비판의 수술대 위에 올려놓았다. 민주화 운동에 의한 사회적 돌풍 현상을 프랑스 대혁명 이후 서구 근대 사회 형성 과정에서 빚어진 바 있었던 지식 계층에 의한 권력 투쟁의 자체 모순성의 연장선으로 갈파하고, 자신은 의연한 역사 속의 타자(他者)로서 시대의 사회 병리를 구조주의(構造主義)의 메스로 차갑게 해부하고 있었다. 그러나 밤이 깊어갈수록 서성식의 시퍼런 이성의 칼날도 광기 어린 알코올의 담금질 속에서 점차 무디어가고, 마침내 춤과 노래와 유희가 맥주 거품처럼 넘쳐 오르는 광란의 축제가 벌어지고 마는 것이었다.

　　술이 깨고 난 다음 날 새벽, 아무도 그를 돌아보지 않는 미명의 시간에, 아버지 서성식은 왜소하고 초라한 시인으로 홀로 남았다. 지난밤 붉은 혈기로 타올랐던 그의 두 뺨은 가느다란 실핏줄로 오그라든 채 부석부석한 버짐 부스러기를 날리는 창백함으로 변해 있었다. 술잔을 녹일 만큼 뜨거웠던 그의 두 손에는 도마뱀을 쥐었을 때의 섬뜩한 냉기가 차갑게 돌고 있었다. 밤의 전사로서의 황홀했던 자신의 모습이 공포 영화가 끝나고 난 직후의 잔상처럼 서늘하게 흐르고 있었지만…, 돌이킬 수 없는 독배를 마셔 버린 사람 서성식은 심호흡을 한번 크게 한 후, 그의 앞에 비추이는 강한 남자로의 환영을 향해 또다시 변신하기 위하여 시리디 시린 아침 햇살을 양미간에 모아 찌푸린 채 다시 집을 나서는 것이었다. 그러나 지끈거리는 그의 머릿속에는 여전히 포효하는 한 마리 맹수가 위풍당당하게 군림하고 있었다. 결국 그는 나약한 시인을 창으로 찔러 죽이고 어머니와 결혼에 성공하였다. 그리고 돌잔치 증명사진을 남긴 채 할아버지에게 어린 나를 맡기고 미국으로 유학을 떠났다. 그 시절 그는 잠시 승리에 도취한 개선 장군과 같은 흥분을 만끽하고 있었다.

나의 할아버지는 모 신문사 편집국장을 역임하셨는데 어떤 연고로 회사에서 잘린 이후에 이리저리 친분을 따라 공기업을 전전하다가 퇴직한 분이셨다. 술만 안 취하면 무골호인이라 법 없이도 살 수 있는 분이라는 주변의 평가에도 불구하고 할머니는 "너희 할아버지는 법의 보호가 없이는 절대로 못 살 위인이야."라고 타박을 놓곤 했다.

그런 할아버지와 할머니 밑에서 어린 시절부터 비운의 운명을 안고 자라던 나는 어느 날 공중으로 두둥실 떠올라 미국이라는 신세계로 보내졌던 것이다. 그날 이후 나는 언젠가 또 내가 살던 곳에서 갑자기 짐을 챙겨 떠나야만 할지 모른다는 두려움 속에서 살게 되었다. 그것은 평소에 날마다 만나 인사하며 익숙했던 가게 아줌마 같은 주변의 사람들과 갑작스러운 이별을 당할 수도 있다는 피해의식 속에서 사는 것을 의미했다. 아니나 다를까, 눈발이 세차게 사선으로 흩날리던 보스턴의 어느 추운 겨울날, 할아버지와 할머니는 허공을 향해 두 손을 사선으로 흩뿌리며 절규하며 우는 나를 뿌리치고 또 황망히 공항에서 빠져나갔다. 나는 그날부터 새로운 보호자로 다시 등장한 내 부모에게 눈치를 보며 아양을 떨어야 하는 신세가 되었다. 말도 통하지 않는 이 막막한 세상에서 그들마저 또 사라져 버릴 수 있다는 상상이 나를 옥죄어 왔다. 금발 머리들이 오가는 반지하 아파트의 냄새 나는 카펫 복도를 타고 한참 걷다 보면 밖으로 통한 철문이 나타났고, 누군가의 힘에 의해 그 철문이 열리기를 기다려야 했다. 문이 열릴 때마다 치즈 냄새와 바닷가 생선 비린내가 섞인 것 같은 약간 느끼한 냄새가 몰려왔고, 눈앞에는 콘크리트 바닥의 삭막한 주차장이 숨 막힐 듯 펼쳐졌다. 그곳에는 따스한 놀이터가 있는 동네 골목의 살가운 정취도 나를 반겨주던 절름발이 슈퍼 아줌마의 판에 박힌 수다도 내 어린 시절의 고독을 조금씩 잘근잘근 베어 물고 조심스럽게 삼키던 반쯤 상한 바나나의 향긋한 추억도 더 이상 존재하지 않았다. 대형 마트에서 사 온 징그러울 만치 커다란 바나나 송이가 늘 싱크대 위에 덩그러니 놓여 있었지만 나는 그것이 갈색으로 문드러질 때까지 먹지 않았다. 바나나는 내 아픈 이별들을 떠올리는 트라우마의 통로였기 때문이다. 그러다가도 그 두려움이 감당할 수 없을 만큼 엄습했을 때면 나는 바닥에 나동그라져서 사지를 허공에 대고 흔들어대며 마치 간질병 발작이라도 도진 듯이 한바탕 울곤 했다.

그러나 내 부모는 그에 요동치 않았고 악착같이 공부를 계속했다. 아침마다 그런 나를 어떤 낯선 서양 여자에게 떠맡기고 어디론가 사라졌고, 악을 쓰며 울다가 지친 내가 잠들고 나면 해 질 무렵 불현듯 나타나 집으로 데리고 가곤 했기 때문에 나는 하루하루 피 말리는 이별 연습을 통해 조금씩 자아가 성장해 갔다. 그것은 내가 내칠 수도 거부할 수도 없이 그저 불가항력적으로 다가오는 생의 이별에 대한 나 자신의 혹독한 체험과 훈련으로써 체득되었던 것 같다. 그리고 그 같은 훈련의 결과로 떠남과 이별은 그 후로 내게 무시로 다가오는 일상처럼 되어 버렸고, 잊어 버릴 만하면 또다시 똬리를 튼 뱀 대가리처럼 고개를 들고 일어나곤 하는 징그러운 사건들이 되어 내 기억의 앨범 속에서 차곡차곡 쌓여 갔다.

내 어린 시절 아버지에게 어떤 일들이 일어났는지 내가 다 알 수는 없다. 향기로운 풀꽃이 빼죽빼죽 내게 인사하던 대학 캠퍼스 중앙의 확

터진 잔디밭 나무 그늘 아래서 나는 어머니와 함께 돗자리를 깔아 놓고 한가로이 점심 도시락을 까먹곤 했다. 모든 사람들이 다 퇴근하고 난 이후 적막한 아버지의 실험실에 놀러 갈 때면 나는 빈 책상을 골라 컴퓨터 자판을 두드리며 혼자서 무료한 시간을 보내야 했다. 아버지는 사각의 모니터 안의 세상에서 늘 무엇인가 들여다보며 골똘히 생각하느라 내 존재를 종종 잊어 버리곤 했기 때문이다. 그러나 일요일이 되면 우리 세 가족은 영락없이 교회를 향했다. 우리가 다니던 교회는 그 시절 대부분의 작은 유학생 교회가 그랬듯이 큰 미국 교회를 빌려서 오후에 한인 예배를 별도로 드렸다. 무슨 연고인지 모르나 외려 그토록 거부하던 교회를 어느새 아버지가 열심을 내어 다니기 시작했던 것 같다. 아버지는 처음엔 절반은 사교 목적으로 절반은 김치 얻어먹는 재미로 다녔다고 술회하곤 했지만, 나중엔 분명 아버지가 주도적으로 그리고 스스로 몰입했음이 분명했다. 확실히 어떤 변화가 있었다. 아버지는 종종 그것을 파스칼적 체험이 가져다준 인생의 코페르니쿠스적 대반전이라고 말하곤 했는데 나는 그 의미를 이해하기 힘들었다. 아무튼 그 따위는 어린 내가 아랑곳할 바는 아니었고 그 무렵 나는 점차 안락하고 행복한 미국 생활에 흠뻑 젖어 들어가고 있었다. 쾌적한 환경의 미국 학교와 친구들과도 친숙해졌다. 영어에도 귀가 뚫려 말문이 터지면서 이별의 트라우마도 차츰 잊혀지고 내면의 상처도 아물고 치유될 만한 시간이 흘러가고 있었다. 안단테 칸타빌레처럼 그렇게 유려한 음색과 박자 속에서 물 흐르듯 노래하듯이, 그러나 바흐의 대위법이 지닌 긴장감 속에서 나와 어머니의 시간이 흘러갔다.

그날은 특별한 행사가 있었는지 아침부터 아버지와 어머니는 평소에 입지 않던 검정색 정장을 입고 약간 긴장한 모습으로 교회로 향했다. 내게는 퍽이나 익숙해진 은은한 파이프 오르간 소리를 들으며 어머니가 성가대 연습을 마치고 나오기를 기다리던 그런 어느 주일 오후였다. 나는 친구들과 어울려 한여름의 물총 놀이에 정신이 빠져 교회 정원을 뛰어다니고 있었다. 그날 막 교회 현관을 나서던 어머니는 내가 쏟아낸 물보라에 흠뻑 젖었는데, 어머니는 놀라지도 않았고 화를 내지도 않았으며, 얼굴에 흥건한 물방울을 닦아내듯 자연스럽게 손등으로 눈가의 물기를 훔쳐내었다. 그리곤 다가와서 나를 꼭 껴안았고 한참 동안을 그렇게 그녀의 치마폭에서 놓아주지 않았다. 나는 그때 어머니의 향수 냄새와 꽃 내음 풀 내음이 섞인 야릇한 추억의 향연을 잠시 만끽하면서 졸음이 몰려왔고 영원히 시간이 멈추면 좋겠다는 생각을 했다. 어머니의 허리춤에서 잠시 고개를 갸우뚱 내민 내 시선의 끝자락에 검정색 정장 수트를 입은 아버지가 멀리 서 있었다. 그 순간 나는 아주 신비로운 푸르스름한 기운이 그에게서 안개처럼 뿜어져 나오는 것을 보았다. 아버지도 역시 눈가가 이슬에 젖어 있었다.

그리고 얼마 후, 우리 가족은 잿빛 먼지와 석탄 연기가 자욱한 중국으로 떠나갔다. 1994년 유월, 내 나이 일곱 살에 벌어진 사건이었다. 그리고 삼 년 후에 동생 문수가 태어났고, 아버지는 또다시 북녘땅 평양으로 한 걸음 더 나아갔다.

(2)

실크로드 육로 여행!
그것은 서성식 교수의 오랜 꿈속의 꿈이었다. 2010년 봄, 평양에서 출발하여 압록강을 건넌 기차를 타고 베이징까지 내처 달려온 서성식은 설레는 마음으로 조선족과 한인들이 몰려 사는 왕징 거리의 한 아파트를 찾아갔다. 그곳에는 이미 소문을 듣고 몰려든 18인의 각양각색인 사람들이 외인구단처럼 모여들었다. 남녀노소를 가리지 않고 한국인, 조선족, 한족, 키르기스인 등 다양한 언어를 구사하는 민족들이 함께 있었다. 구석에 앉아서 기도하는 사람, 점심을 못 먹어서 라면을 끓여 먹는 사람, 떠날 장비를 챙기며 가방을 다시 싸는 사람… 그 틈에 끼여 서성식 교수 역시 짐을 점검하고 있었다. 중국과 북한을 오가며 두 대학을 세우는 일에 젊음을 바쳤던 지난 15년 넘어 긴 세월을 뒤로하고, 이제 인생의 새로운 전기를 맞이하고자 하는 기대감으로 이 여행을 시작했다.

표 부장이라 불리는 안내자가 들어오더니 가방 속에서 불필요한 책과 카메라들을 모두 두고 가라고 지시했다. 여정 속에서 방해만 된다는 것이다.

"려행 안내서도 다 빼라고요?"

참가자들은 볼멘 목소리에 어정쩡한 표정으로 할 수 없이 짐을 정리하기 시작했다.

"책을 들여다 보고 있으면 책 밖의 세상이 눈에 들어오지 않습니다. 이번 려행은 철처히 비텍스트(non-text) 려행이 될 것입니다."

표 부장은 대략적인 경로를 설명했다. 이번 여정은 톈산북로로 넘어가며 앞으로 열두 개 나라 국경을 넘을 것이라고 무표정하게 말했다. 중국 국경을 넘어 카자흐스탄-키르기스스탄-타지키스탄-우즈베키스탄-투르크메니스탄-이란-터키-시리아-레바논-요르단-이스라엘까지 이어질 예정이라고 했다. 그러나 도중에 예기치 않은 변수에 의해 일정이 변경될 가능성에 대해서도 항상 염두에 두라고 말했다. 미처 서로를 소개도 하기 전에 표 부장의 출발 신호에 의해 그들은 갑자기 가방을 챙겨 들고 밖으로 튀어 나갔다. 어두움이 깔린 왕징거리를 빠져나온 18명의 팀원들은 기동타격대처럼 베이징 서역을 향해 떠났다. 안내자의 지시에 따라 순간적으로 택시를 나누어 타고 배낭을 메고 손가방을 끌고 기차역 계단을 오르내렸다. 달리는 일행들의 얼굴에서 긴장감이 감돌았다. 기차에 올라 짐칸에 가방을 올리고 침대칸에 자리를 잡고 겨우 숨을 돌렸다. 그제야 희미한 형광등 아래 처음 만난 팀원들의 얼굴이 눈에 들어왔다. 서로 인사를 하고 이름을 익히기 시작했다.

서성식은 비로소 벼르고 벼르던 큰 여행을 떠났다는 실감이 드는지 어둠이 깃든 창밖을 내다보며 상념에 잠겼다. 어린 시절부터 무작정 내처 달려 도망가던 그 버릇이 다시 도진 것이다. 문득 아침에 읽었던 성경 구절이 떠올랐다. '보라 내가 오늘날 너를 렬방 만국 위에 세우고, 너로 뽑으며 파괴하며 파멸하며 넘어뜨리며 건설하며 심게 하였느니라.' 이번 여행을 통해 일어날 일련의 사건들을 상징하는 말처럼 느껴졌다. 이어서 단재 신채호가 베이징에 의열단의 무장 항일 투쟁을 위한 방법론을 천명했던 〈조선혁명선언〉이 머릿속을 맴돌기 시작했다.

"조선 민족의 생존을 유지하자면, 강도 일본을 쫓아내어야 할 것이며, 강도 일본을 쫓아내려면 오직 혁명으로써 할 뿐이니, 혁명이 아니고는 강도 일본을 쫓아낼 방법이 없는 바이다…."

먼저 혁명으로 구 세력을 파괴하지 않고서는 새로운 나라를 건설할 수 없다는 주장이었다. 그동안 그가 편협된 생각으로 세우고 만들어왔던 유형·무형의 건축물들을 모두 무너뜨리고 새로 세우라는 말 같았다.

닫는 글

토양을 움켜쥐고 알곡들이 자라지 못하게 가로막고 있는 잘못된 잡초들이 있다면 아예 그 뿌리째 뽑아버리라는 명령처럼 다가왔다. 서 교수는 자신 안에 있는 편협과 자신 밖에 존재하는 모든 편협으로부터 자유케 되는 그런 여행이 되기를 기대하는 마음으로 가슴이 부풀어 오르기 시작했다.

베이징에서 시안으로, 시안에서 란저우로 야간 기차가 달린다.
"시안(西安)과 란저우(蘭州)는 중국 전역을 사방으로 련결하는 물류 류통의 매우 중요한 거점 도시입니다. 간쑤성의 수도 란저우는 서북쪽의 신장 우루무치로 들어가는 관문이기도 하지만, 서남쪽에는 티베트의 라싸로 들어가는 길이 련결되어 있어요. 그리고 북쪽에는 후이족 자치주인 닝샤가 있고 남쪽에는 청두와 쿤밍으로 련결되어 있어서 남방의 여러 소수 민족들이 올라오는 나들목이고요. 그야말로 사통팔달로 중국의 모든 민족들이 만나고 부딪히는 매우 중요한 도시입니다."
표 부장이 설명했다. 표 부장이라는 50대 중반의 대머리 사내는 25년간 실크로드와 아시안 하이웨이의 여러 경로를 따라 베이징에서 예루살렘까지의 육로 여정을 매년 다닌 탓에 남들이 갖지 못한 탁월한 식견과 통찰력으로 실크로드 여정의 전체적인 길잡이 역할을 하고 있었다.

란저우에서 다양한 소수 민족들을 만나며 하루를 묵은 후에, 우루무치까지 가는 시외버스를 탔다. 좁은 버스 안에 세 줄로 2층 침대를 배열하다 보니, 침대에 누우면 앞뒤 사람의 발과 머리가 서로 포개지며 마치 관속에 들어 있는 것처럼 꼼짝달싹하기 힘들었다. 2층에 자리를 잡고 누우니 창밖에 란저우 시내가 빗겨 지나가기 시작했다. 버스 정류장에서 출발하자 곧 란저우대학 정문이 보이고 시가지의 정겨운 모습들이 눈에 들어왔다. 잘 정비된 도시 베이징과 시안에서는 느끼기 힘든 아직은 중국의 옛 향수가 남아 있는 듯한 야릇한 감정들이 일어났다. 오래전 중국 땅을 처음 밟았을 때, 그 시절의 베이징이 아마도 이런 수준이었던 것 같다. 지금은 너무나 큰 변화가 일어났다. 베이징과 상하이는 더 이상 그 당시 중국의 기준으로 생각할 수 없는 국제도시가 되었다.

시가지를 벗어나 312번 고속도로를 타기 시작하자, 곧바로 민둥산들이 민망한 모습으로 볼품없는 알몸을 드러냈다. 끝없는 광야가 나타난 것이다. 벌거벗은 불모지에 가끔 토굴처럼 생긴 집들이 들어서 있기도 하지만 대부분 무인지경이다. 산과 산을 잇는 송전탑과 고압선만이 이곳에 사람들이 지나간 흔적들을 남기고 있었다.

"이제 우리는 만리장성을 따라 간쑤성을 타고 북서쪽으로 올라가면서 신장으로 향하게 됩니다. 신장에 들어서면서 점차 타클라마칸 광야가 시작됩니다. 북쪽의 톈산산맥과 남쪽의 쿤룬산맥 사이의 광대한 지역이 불모지로 남아 있지요."
표 부장이 설명했다.
"사막이 아니고 광야인가요? 그 차이가 뭐죠?"
서성식이 질문했다.
"사막보다 더 큰 개념이 광야입니다. 단순히 모래만 있는 사막보다도 광야는 더 황량한 곳이죠. 돌밭과 모래언덕과 더러는 진흙과 민둥산이 뒤섞인 지역입니다. 우리 인간사의 모든 폐허들이 집약된 곳을 상징합니다. 이 광야를 통과해야 새로운 세상으로 들어갈 수 있어요."

란저우를 출발한 버스는 하염없이 광야를 달렸다. 광야에서 가장 큰 문제는 화장실과 식사였다. 가다가 멈추어 서는 곳이 화장실이었다. 텅 빈 광야에 풀어 놓으면 각자 알아서 멀찌감치 달려가 볼일을 보아야 했다. 여자들이 더 문제였다. 화장실 때문에 제대로 먹지도 못하는 여자들도 있었다. 길가에 쓰러져가는 판잣집 같은 식당에 몰려 들어가 주는 대로 받아먹고 떠나야 했다. 위생을 따질 겨를도 엄두도 나지 않았다. 오직 생존을 위한 자기 관리만이 있을 뿐이었다.

광야에 어둠이 깔리기 시작하자 기온이 뚝 떨어지더니 차 안에 한기가 들었다. 창밖에는 눈발이 날리기 시작했다. 만리장성의 흔적들이 드문드문 끊이지 않고 달리는 차창 밖에서 역사적 유물답게 다가섰다가는 다시 물러서곤 했다. 갓 대학을 졸업한 듯이 보이는 한 젊은 처녀가 소리 지른다.

"야호, 눈이 내리네요. 신난다. 근데 오늘 저녁은 기온이 떨어지려나 봐요."

조선족 청년이 맞받아 대답한다.

"광야에 눈이 덮이니 운치가 있슴다. 그나저나 눈길에 미끄러지지 않으려면 운전에 조심해야 할 것 같은데… 너무 과속하는 것 아닌가?"

표 부장이 호탕하게 웃었다.

"하하, 각자 눈에 대한 반응이 다르군요. 눈과 비는 이 광야에서는 생명과도 같은 거지요. 말라비틀어져 죽어가던 생명을 살리는 생수가 내리는 것과 마찬가지니까요. 비록 눈 때문에 려행 중인 우리가 지체되고 좀 불편하더라도 광야의 생명을 생각하면 큰 도움이 되는 겁니다. 항상 내 중심적 사고에서 벗어나 전체를 생각해야지요. 재미있는 이야기 하나 해 줄까요?"

으스스 추위를 느끼듯 버스에 옹기종기 모여 걸터앉은 사람들이 스웨터와 잠바를 껴입기 시작했다. 드문드문 만리장성의 부서진 잔해들이 사라질 듯하다 다시 나타나며, 어둠 속에서 푸르스름한 빛을 발하고 있었다. 역사는 저렇게 웅장하게 세워졌다가 덧없이 스러져 가는가 보다.

"최근 몇 년간 이스라엘에는 가뭄이 심하여 갈릴리 호수와 사해의 수위가 심각하게 내려가서 큰 걱정거리였거든요. 이스라엘은 갈릴리 호수 물이 마르면 살 수 없는 나라이기 때문에 아주 큰 문제였지요. 그런데 한국서 이스라엘에 성지순례를 다녀온 어느 교단 출신 목사님들 일행이 이런 간증을 하는 겁니다. 려행 기간이 우기였음에도 불구하고 순례 기간 중 비 한 방울 없이 날씨가 그렇게 맑았다고 좋아하면서 하나님이 자기들의 기도에 응답해 주셨다는 겁니다. 한쪽에서는 비가 오도록 애타게 기도하고 있는데 말입니다. 도대체 하나님이 어떤 기도를 들어주셔야 하나요?"

다들 멋쩍은 웃음을 짓는다.

"그 목사님들 기도빨이 더 셌던 모양이네요. 흐흐…."

누군가 부끄러운 듯 고개를 움츠리며 말했다.

"사실은 인간들의 리기심이 이런 모습일 때가 얼마나 많은지 몰라요. 전체를 생각하지 않고 자기 방식과 욕심대로 멋대로 기도하고 혼자 만족하는 거지요. 이번 려정에서 전체를 볼 수 있는 눈들을 키우실 수 있기를 바랍니다."

표 부장이 당부했다.

버스가 만리장성이 거의 끝나가는 듯이 보이는 곳에 멈추어 섰다. 모두들 용변을 보러 뛰어가느라 분주했다. 남자들은 모두 만리장성의 한쪽 귀퉁이에 도열하여 역사적인 용무를 치르고 있었다. 서성식은 그 모습을 곁눈질로 훔쳐보다가 이 뜻깊은 용변을 보기 위해 만 리 길을 달려왔다고 생각하니 쓴웃음이 나왔다. 바로 옆에 〈만리장성제일구(萬里長城第一口)〉라고 큰 간판을 내건 식당이 있었다. 그곳에서 저녁 식사를 하고 갈 모양이었다. 들어가 보니 모두들 추위를 녹이느라 화롯불 주위에 손을 펴고 웅크린 채 모여있었다. 식사를 기다리는 동안 이름 모를 중국차를 호호 불어 가며 마셨다. 지난 며칠간 달려온 길들을 생각하니 아득하기만 했다. 이제 시작에 불과한데 앞으로 얼마나 이 길을 달려가야만 할지?

표 부장이 설명했다.

"만리장성이 끝나는 쟈유관이라는 지점부터 서서히 위글족 자치구 신장 지역으로 진입한다고 보면 됩니다. 둔황을 지나면 곧 신장으로 넘어갑니다. 본격적인 타클라마칸 사막이 펼쳐지고요. 그리고 이제는 만리장성이 아니라 칼 징(坎兒井)이 시작됩니다. 우루무치 가기 직전의 투루판 지역이 칼징이 퍼져있는 대표적인 곳입니다. 칼징은 약 2,000년 전 한나라 시절부터 만들기 시작한 인공 지하수로인데, 실크로드를 따라 신장과 중앙아시아 중동까지 사막 지역에 물을 공급하는 아주 중요한 수단입니다. 이란에서는 카나트라고 부르지요. 아주 상징적이지 않습니까? 만리장성이 겉으로 드러난 공개적인 구조물이라면, 지하 수로인 칼징은 사막에서 보이지 않게 땅속으로 흘러가며 생명수를 공급하고 있어요. 이제 모슬렘 지역에서 우리의 행동이 어떻게 변해야 하는지를 실감 나게 표현해 주고 있는 셈입니다. 지금부터는 조심해야 합니다. 지하수처럼 드러나지 않게 행동해야 합니다."

사막의 달콤한 멜론, 하미과(哈密瓜)로 유명한 하미와 투루판을 거쳐 마침내 우루무치에 도착하니 자정이 넘었다. 장장 서른 다섯 시간을 달린 것이다. 눈발이 날리고 있었고, 온몸을 에워싸는 강추위가 엄습해왔다. 위구르족이 운영하는 작은 호텔에 여장을 풀었다. 그리고 거의 닷새 만에 기분 좋은 샤워를 하고 잠자리에 들었다.

그 다음날은 오랜만에 야외로 나갔다. 마이크로 버스를 빌려 타고 산길로 들어서니, 마치 알프스의 설경을 그림에 담아놓은 듯한 아름다운 목장 지대가 나타났다. 중국 신장에도 카자흐족이나 키르기스족 같은 다른 소수 민족들도 많이 섞여서 살고 있음을 처음 알게 되었다. 키르기스족이 사는 산족 마을에 들어가기 직전에, 안내하는 사람이 우리 일행 중 누가 혹시 성경을 가지고 왔는지 물었다. 이 지역에서는 불신 검문이나 급습을 당했을 때 그것이 문제가 될 수 있기 때문에 성경을 휴대하지 말라는 충고를 하기 위함이었다. 출발 전 표 부장이 성경을 빼놓으라고 지시했던 것이 조금씩 이해가 가기 시작했다. 벌써 모슬렘권으로 깊이 들어가기 시작한 것이었다.

버스가 멈추자 키르기스 마을의 주름진 할머니와 손녀딸이 우리를 마치 가족처럼 맞이해 주었다. 화창한 날씨와 맑은 공기, 소와 양과 닭이 어우러진 한가한 농장의 풍경에 심취되어 우리 일행은 마치 어린아이들처럼 풀밭을 뛰어다녔다. 양들이 거니는 모습과 젖소를 짜는 아낙네의 부드러운 손길을 만끽하며 가슴을 쓸어내리듯 바라보았다. 잠시 후 농장에서 일하는 청년이 곧 어린 양 한 마리를 잡기 시작했다. 특별히 양을 잡는 곳이 따로 있는 것도 아니었다. 농장 청년이 어린 양 한 마리를 끌고 와서 집 앞의 마당에서 그 머리를 감싸고 안았다. 날카로운

닫는 글

칼로 순간적으로 양의 목을 베자 붉은 피가 거침없이 바닥에 쏟아졌다. 얼음이 반쯤 녹은 빙판 위에 양의 피가 흘러가자 물과 피가 붉게 얼룩지며 마치 데칼코마니의 무늬를 형성하듯이 번져가기 시작했다. 붙들려 쓰러진 양은 그 목을 비튼 채로 전혀 반항을 하지 않았다. 약간의 신음 소리 같은 것이 새어 나오기도 했지만 거의 요동함도 없이 순순히 그 죽음을 받아들이는 것이 신기했다. 서성식은 말로 형용하기 힘든 감동이 마치 목이 멘 것처럼 가슴 깊은 곳에서 올라오기 시작했다. 성경을 읽으며 그저 상상만 하던 이 장면들을 이스라엘 백성은 늘 생활 속에서 반복적으로 보고 느끼며 그렇게 살아왔구나 하는 새로운 이해가 생겼다.

완전히 피를 다 빼낸 양의 다리부터 가죽을 벗기기 시작하여 완전히 알몸을 뽑아내더니, 기다란 나무 장대에 걸어놓았다. 그리고 다시 배를 갈라 내장을 따로 뽑아내어 담으니 한 대야에 가득 찼다. 양고기는 부엌으로 옮겨 곧바로 큰 가마솥에 집어넣어 삶기 시작했다. 더 이상 죽은 양의 가죽과 내장과 삶는 장면을 보고 싶지 않았다. 양고기가 삶아지는 동안 몇몇 동료들과 간단한 등산을 했다. 키르기스 산족 청년이 빠른 발걸음으로 앞장서고 산길에 올라서니, 상쾌한 바람과 절경이 눈앞에 펼쳐졌다. 여기저기 방목하는 양과 소들이 눈에 뜨였고, 산길에 흩어져 있는 배설물들을 이리저리 피해서 달려가는데, 더러 그것이 발에 밟혀도 그다지 싫지는 않았다. 조선족 젊은 신혼부부가 눈밭의 강아지처럼 좋아하며 깡충깡충 뛰어다니는 모습이 보기에 좋았다. 기특하고 예쁜 친구들이었다. 달콤한 신혼의 꿈에 빠져있을 시간에 더 넓은 세상을 보기 위해 이 여정에 함께 뛰어든 것이다. 아주 특별한 친구들이라 여겨졌다.

등산을 마치고 농장의 나지막한 벽돌집 안으로 들어가니 마치 조선족의 옛 구들처럼 부엌과 아랫목이 함께 붙어 있는 실내가 정겨웠다. 따스한 아랫목에 둥글게 모여 앉아 따끈한 양고기 국물을 한 대접 먼저 마시고 고기를 뜯어 먹기 시작했다. 전혀 냄새도 없이 구수한 그 양고기가 입에서 살살 녹아내리듯 맛있었다. 양을 잡는 장면을 본 직후라, 약간의 거리낌이 있을 줄로 생각했는데 전혀 그렇지 않았다. 순순히 내어준 그 목숨만큼이나 그 고기도 연하고 부드러웠다.

일행은 카자흐스탄으로 넘어가는 국경 세관에서 몇 시간을 기다리고 있었다. 날씨는 회색빛으로 꾸물대며 당장이라도 비를 뿌릴 것만 같았다. 국경도시 일리에서 조금 더 들어간 곳에 꾸월꺼즈 변경 세관이 나타났다. 중국 쪽에서 버스에 실었던 모든 짐을 다시 내려서 일행이 세관을 통과하는 동안 그 버스가 카자흐스탄 쪽으로 가서 우리를 기다렸다. 마침 중국 세관원들의 점심 시간에 걸려서 그들은 대합실에서 두 시간 이상을 기다려야만 했다. 여기저기 해바라기 씨를 까먹는 중국 사람들과 귀국하는 이국적인 외모의 카자흐스탄 사람들이 뒤섞여 있어서, 여기가 바로 국경임을 스스로 드러내고 있었다.

지난밤, 저녁 일곱 시경 국경을 통과하는 국제 고속버스를 타고 우루무치를 출발하여 밤을 새워 산길을 달려왔다. 톈산산맥의 자락을 굽이굽이 돌아 달리는 2층 버스를 타고 하염없이 내리는 함박눈을 차창 밖으로 물끄러미 바라보다가 잠이 들었다. 새벽녘에 문득 잠을 깨어보니, 버스가 고장이 났는지 산 중턱에 멈추어 있었다. 소변이 마려워 잠시 내려서 아직 푸르스름한 어둠이 깔려있는 주변을 둘러보니 버스 바퀴가 서 있는 곳 바로 밑에 가파른 산비탈이 눈에 띄어 가슴이 섬뜩했다. 이렇게 위험한 길을 눈 속을 헤치며 밤새 달려왔단 말인가? 그저 아무것도 모르고 깊은 잠에 빠져 있었던 것이 그나마 다행이었다.

중국 측 세관원들이 세세히 짐을 조사하고, 여권과 비자를 꼼꼼히 살핀 이후에 한 사람씩 통과시켰다. 중국 세관을 넘자마자 곧바로 눈앞에 카자흐스탄 출입국 사무소가 와락 다가왔다. 늘 붉은색 오성기만 보다가 연한 하늘빛 카자흐스탄 국기가 펄럭이는 모습을 보니 정말 이제 중국을 넘어가는구나 하는 실감이 났다. 서성식에게 갑자기 감동이 밀려왔다. 중국과 북한에서 일했던 지난 17년 동안, 연길, 장춘, 선양, 다롄, 베이징, 톈진, 상하이 등 오직 동쪽 경계를 건너서 서울과 평양을 오가던 그가 마침내 중국 대륙의 서쪽 경계를 그것도 육로를 통해 건너가는 것이다. 갑자기 출렁이는 깊은 감회가 몰아닥쳤다. 그것은 마치 인생의 후반전을 여는 하나의 상징적인 사건처럼 여겨졌다. 이런 것을 두고 터닝 포인트라고 말하는 것일까? 왠지 모를 서늘한 기분이 등줄기를 타고 흘러내렸다.

세관을 넘는 그 길에 엄청난 숫자의 컨테이너들이 국경을 넘기 위해 꼬리에 꼬리를 물고 줄을 서서 기다리는 모습이 장관이었다. 그만큼 국경 무역이 활발하다는 증거이고, 그에 따른 물류 유통이 이미 중국과 중앙아시아 사이에서 일어나고 있다는 것을 알 수 있었다. 서성식은 그 모습이 진기하여 몰래 디지털카메라를 꺼내 들어 사진을 찍으려 했다.

"변경에서는 카메라를 절대 꺼내 들면 안 됩니다. 자칫 빌미를 잡혀 우리 팀 전체가 붙들릴 수 있습니다."

언제 보았는지, 표 부장이 날카롭게 일침을 놓았다.

서서히 기울어져 가는 석양을 바라보며 카자흐스탄의 4차선 고속도로를 달리는데 갑자기 긴장이 일시에 풀리는 기분을 느꼈다. 비 내린 오후의 청명한 하늘처럼 상큼한 기분이 몰려왔고, 멀리 눈 덮인 톈산산맥의 줄기가 한 폭의 그림엽서처럼 펼쳐졌다. 신장과는 전혀 다른 자유로운 분위기가 상쾌한 산들바람처럼 불어왔다. 중국과 북한의 경계를 넘을 때처럼 국경선 하나를 사이에 두고 이렇듯 분위기가 달라진다는 것을 실감했다.

도로변의 한 식당에 들어가니, 약간 서양식 분위기가 나면서 신장 지역과 차이를 느끼게 했다. 음식은 큰 차이가 없었는데, 벌써 가격이 중국에 비해 크게 비쌌다. 두 나라의 물가 차이에 의한 경제적 부담이 와락 다가왔다. 아직 갈 길이 먼데, 회계를 맡은 처녀가 근심 어린 눈빛으로 메뉴판을 살펴보고 있었다. 푸짐하게 먹던 중국 식단과는 달리 식당에서 공짜로 주는 딱딱한 빵을 남김없이 수프에 찍어 먹고 길을 재촉하여 떠났다.

밤길을 달려 카자흐스탄 알마티에 도착했을 때, 거리가 폭설에 뒤덮여 있었다. 자정이 가까웠지만 눈빛에 환하게 드러난 거리 풍경은 마치 유럽의 어느 도시에 도착한 듯한 이국적 풍광이었다. 일행은 서 교수와 오랜 친분이 있는 후배 부부의 안내를 받아 한인들이 세워 놓은 게스트하우스에 여장을 풀었다. 방 배정을 하고 편한 옷으로 갈아입은 사람들의 표정이 한결 가볍고 흥분된 모습들이었다. 마침내 기나긴 중국 여정을 마치고 두 번째 나라 카자흐스탄에 들어온 것이다. 아직 종착지 이스라엘까지 열 개 나라의 국경을 더 건너야 한다고 생각하니 까마득했다.

다음날 그들 일행은 사샤라 불리는 고려인 청년의 안내를 받아 알마티 시내를 둘러보았다. 유럽풍의 건축 양식으로 지어진 다운타운을 지나다닐 때, 건널목에 서자마자 차들이 보행자를 위해 멈추어서는 것을 중국인들이 신기하게 여기며 자기들끼리 쳐다보고 고개를 끄덕였다. 보행자를 무시하고 마구 달리는 중국의 차량과는 대조적인 모습이었다. 비록 모슬렘 국가이지만 구소련의 지배를 받는 동안 러시아 정교회의 문화적 영향 안에서 유럽식 전통들이 스며들어와 있는 것이었다.

서성식 교수는 사샤와 밀착하여 다니면서 마치 취조하듯이 그의 집안 배경에 대해 질문을 퍼부었다. 사샤는 처음엔 약간 경계하듯이 거리를 두더니 식사 자리에서 점차 친해지자 허물없이 자기 조상들이 겪었던 험난한 역사를 이야기해 주었다. 경술국치 이후 새로운 삶의 터전을 찾아서 더러는 독립운동을 위해 지금의 블라디보스토크 지방으로 건너갔던 고려인들이 불모지를 개간하며 신한촌을 만들어 점차 지경을 확대해 나가고 있었다. 그러나 러일전쟁 이후 연해주는 일본과 러시아의 충돌로 인한 세력 다툼의 각축장이 되었고, 국제적 분쟁 지역의 틈바구니에서 고려인들은 이리저리 내몰리며 살 수 밖에 없었다. 나라 없는 백성의 설움이었다. 그 설움이 부어 오르던 절정의 순간에 비극적 사건이 터졌다. 2차 대전의 발발을 앞두고 고려인들이 일본의 앞잡이가 될 수 있을 것이라는 우려를 내세워 1937년 스탈린 정권이 강제로 고려인들을 기차 컨테이너에 짐짝처럼 싣고 중앙아시아 무인지경 벌판에 부려 놓았다는 것이다. 그 와중에 수많은 노약자들이 끔찍한 환경 속에서 병들고 굶주려 숨졌다고 했다.

"화물칸 위아래를 판자로 가르고 2층으로 사람을 빼곡히 앉혀서 이동 중에 앉아서 대소변을 보기는 십상이었고 화물칸 안에서 아이까지 출산하기도 했다고 합니다. 가끔씩 정거장에 멈출 때마다 이미 죽어 나간 시체들을 눈물로 버리고 떠나야 했다는 거예요."

사샤가 전해 들었던 그 음울한 역사가 서성식의 의식의 혈관 속으로 점적 방울처럼 흘러들어와 전이될 때, 형언키 힘든 분노가 일어났다. 홀로코스트와 버금가는 인류사의 오점, 도무지 역사 속에서 지울 수 없는 범죄 행위 중 하나였다. 그런데 우리는 왜 모르고 잊고 살았을까? 그런데 비극을 담담히 풀어내며 스스럼없이 웃고 있는 사샤의 얼굴에는, 새 희망의 빛이 서렸다.

그 당시 그들이 겪어야만 했던 환란과 핍박은 이해할 수 없는 분노의 세월이었겠지만, 이제 오랜 시간이 지나고 보니 그 고려인들이 중앙아시아에 존재한다는 것 자체가 경이로운 일이 되었다. 우리 민족에게는 실크로드를 함께 경영할 수 있는 보배로운 존재가 되고 만 것이다. 사샤의 고조부는 우즈베키스탄에 겨우 정착하여 시장 바닥에서 김치 장사를 하며 러시아 속의 카레이스키로 열심히 살아남았다. 그러나 러시아가 무너지고 우즈베크가 독립한 후에 러시아에 충성하던 고려인들의 위치는 다시 애매해졌고 그 와중에 수많은 한인 선교사들이 들어와 교회를 세우자 사샤의 부모는 자신들을 인정해주는 그들을 도와 일하게 되었다. 그러던 중에 점차 우즈베크가 강성 모슬렘으로 돌아서자 또다시 기독교에 대한 탄압과 핍박이 시작되어 카자흐스탄으로 넘어왔으며 종국에는 원래 고향인 블라디보스토크로 돌아갈 예정이라고 말했다. 그 이야기를 들으며 서성식에게는 약소 국가의 백성으로 태어난 탓에 한 세기를 역사의 소용돌이 속에서 이리저리 내몰리며 생존의 발버둥을 쳐왔던 중앙아시아 고려인들의 한 맺힌 생애가 결코 남의 일같이 여겨지지 않았다. 이 모든 상흔들이 여전히 분단으로 갈라져 있는 조국의 현실에서 아직도 끝나지 않은 전쟁으로 이어지고 있는 것이다.

닫는 글

"그런데 아세요? 우리 민족을 이곳 중앙아시아로 강제 이주시킬 때, 반대로 동유럽이나 중앙아시아에 살던 유대인들이 거꾸로 극동아시아로 이주해 왔다는 사실을요? 지금도 연해주에 있는 비로비잔이라는 도시는 유대인 자치주의 수도로 되어 있고 유대인들이 모여드는 시나고그가 있습니다. 이스라엘 건국 후에 많은 유대인들이 이스라엘로 돌아갔지만 말입니다."

표 부장이 말했다.

"중앙아시아 대부분 나라가 원래부터 모슬렘 국가였다고 생각하면 오산입니다. 모슬렘이 발흥한 이후 아바스 왕조의 원정대가 쓰나미처럼 동진하면서 모슬렘으로 강제 개종시킨 것이죠. 6세기 이전에는 대부분의 중앙아시아 국가들에 경교라고 불리던 기독교가 퍼져 있었기 때문에 오히려 기독교 국가에 가까웠다고 보시면 됩니다. 강제로 모슬렘화 되는 과정에서 얼마나 많은 순교자들을 낳았는지 아신다면 깜짝 놀라실 것입니다. 특별히 아프가니스탄은 순교자의 나라라 칭해도 과언이 아닌 나라입니다. 하라트라는 한 도시에서만 그 당시 100만 명이나 되는 기독교 순교자가 나왔으니까요."

모두들 처음 들어보는 의외의 역사적 사실에 놀라는 표정들이었다. 하긴 한국 땅에 두루 퍼진 기독교도 겨우 1세기 전에 들어온 것이니 종교적 상황은 역사적 산물로 변화되기 마련이라는 생각을 했다.

"실크로드의 령유권 쟁탈을 두고 모슬렘의 동진과 당나라 현종 시대의 서진 정책이 충돌할 때 그 중심에 있었던 사람이 고구려 류민으로서 당나라 장군이 되었던 고선지입니다. 그가 파미르고원을 1만 마리 낙타 부대를 이끌고 넘어가 기습 공격하여 압바스의 대군에게 정복당한 토번, 즉 지금의 티벳을 격파한 것은 세계 전쟁사에 길이 남을 대첩이었지요."

듣고 있던 조선족 청년이 문득 깨달은 듯 소리쳤다.

"아, 우리 민족 장수인 고선지가 아니었다면 중국이나 조선도 벌써 모슬렘 국가가 되어 있었을 수도 있었겠네요?"

표 부장은 미소를 지으며 약간 고개를 끄덕이고 말을 이어나갔다.

"그러나 모슬렘의 2차 침공 때 지금의 카자흐스탄과 키르기스스탄 경계인 탈레스 평원에서 고선지가 패전을 함으로 당나라가 땅을 많이 빼앗기고 현재의 모슬렘 경계선이 형성된 것입니다. 그 사건 이후로 포로로 잡혀간 중국인들에 의해 제지법, 도자기, 차 등 중국의 많은 문물이 서방 세계에 전해진 계기가 되었고요."

서성식 교수는 이 실크로드 상에 얼마나 많은 지난한 역사의 눈물과 피 흘림들이 있었는지 서서히 깨달아가면서 한층 더 여행의 무게감을 어깨에 느끼기 시작했다.

"그 당시 실크로드는 세계 경제를 움직이는 물류 류통의 중심축이었기 때문에 그것을 차지하기 위한 투쟁이 치열했던 것이죠. 14~15세기에 콜롬버스에 의한 해상 류통의 시대가 열리기 전에는 말입니다. 그 이후에 비로소 지중해와 대서양 태평양 그리고 인도양으로 이어지는 해상 류통의 패권 전쟁 시대가 시작된 것입니다. 스페인과 네덜란드 대영 제국을 거처 지금의 미국이 그 패권을 이어받았죠."

"아, 그리고 마침내 20세기에 들어 비행기가 발명되면서 항공 류통의 시대가 시작된 거네요. 육로에서 해상으로 이제 우주 항공으로… 와 이 길을 달려가니까 력사가 보이는 것 같아요."

표 부장의 설명을 끊고 조선족 청년이 마치 크게 깨달았다는 듯이 소리치며 끼어들었다. 표 부장은 껄껄 웃으며 고개를 가로저었다.

"흐흐흐, 중력의 제한 때문에 물동량으로 보면 아직 해상이나 육로 류통을 당할 수가 없어요. 다만 위성을 쏘아 올리고 대륙간 탄도 미사

일이나 핵 폭격기 같은 무기로 공중을 제압하여 육로와 해상 류통을 장악하기 위한 전쟁이 더 치열하게 전개될 것입니다. 미소 냉전이 20세기 후반부의 력사였다면, 이제 새로 부상하는 중국과 그것을 저지하기 위한 미국 사이의 우주적 패권 싸움이 21세기 력사의 전반부를 장식할 것입니다."

실크로드 여행의 의미가 역사를 꿰뚫고 지나가는 세계 경제의 패권 전쟁으로까지 이어지고 있었다. 일행은 새삼 흥미와 함께 현장에서의 깨우침에서 오는 묘한 긴장감을 동시에 느꼈다.

"이제 여러분들이 달려갈 이 길에 중앙아시아에서 중동의 모든 나라에 중국인들이 고속도로와 터널 공사를 하고 가는 곳마다 중국인들이 세워놓은 물류 창고와 대형 상가와 시장들을 보게 될 것입니다. 중국은 21세기의 새로운 실크로드 전략으로 미국에 맞설 것입니다."

"신 실크로드라… 중국이 이제 모든 길은 베이징과 상하이로 향하도록 길을 닦는다는 말이군요?"

"미국은 막강한 군사력을 앞세운 랭전의 전리품으로 세계 경제를 주도해 왔지요. 70년대부터 중동의 석유패권까지 장악하면서 중동의 호르무즈 해협에서부터 한중일의 동아시아까지 잇는 해상을 미해군이 독점·관리하였구요. 그 결과 중국을 세계의 생산 기지로 활용해 왔잖아요? 그러나 그 가운데 중국은 조용히 산업 경제를 일으키면서 IT 기술까지 꾸준히 키워왔지요. 조만간 잠자던 룡이 다시 깨어날 겁니다. 중국이 다시 세계의 중심이 되는 중화사상의 부흥을 꿈꾸고 있는 거예요. 언젠가 오래전 서양을 능가했던 문화적 우위를 쟁취하여 미국을 앞지를 날을 계수하고 있는 것이랍니다. 1949년 10월 국부 손문의 사진을 걸어 놓고 시작한 중화 인민 공화국이 2049년 미국을 제압하고 G1으로 올라서겠다는 100년의 마라톤 경주를 시작한 것입니다. 그것을 중국의 꿈,

중국몽(中國夢)이라 부르지요."

"중국인 특유의 도광양회(韜光養晦)를 해온 셈이네요."

사막의 석양이 지자 갑자기 서늘함을 느끼며 서성식은 혼잣말하듯 중얼거렸다.

일행은 키르기스스탄 톈산산맥 자락에 숨어 있는 유대인 시나고그 공동체를 발견하여 그들과 함께 유대인의 최대 명절 유월절을 함께 지냈다. 이집트에서 400년간 노예 생활을 하던 유대인들이 파라오 왕의 핍박을 피해 모세와 함께 홍해를 건넌 그 사건을 기억하는 것이다. 전 세계에 흩어진 유대인들이 아직도 그 명절을 의미 있게 지키고 있는 모습을 보면서 유대 민족을 세계 속에서 강인하고 독보적인 존재로 지탱하게 한 그들만의 신앙심을 경이로운 눈으로 바라보았다.

키르기스스탄에서 타지키스탄으로 가는 길은 황홀하면서도 아찔했다. 키르기스의 수도 비슈케크에서 두 대의 지프차를 빌려 톈산산맥의 등줄기를 타고 험준한 산길을 달렸다. 이름도 생경한 잘랄라바드를 거쳐 오쉬라는 도시까지 달려가는 데 무려 열 시간이 넘는 꼬박 하룻길이었다. 톈산의 눈 덮인 능선과 수목으로 수놓은 절경과 군데군데 에메랄드빛의 호수들이 조화를 이룬 황홀한 경치를 만끽하며 달려갔다. 키르기스의 남쪽으로 내려가자 모슬렘의 힘이 더욱 강하게 느껴졌다. 마치 한국의 거리에 십자가가 줄지어 교회가 있듯 마을 마을마다 모스크가 줄지어 나타났다. 사우디와 터키에서 잘랄라바드 같은 도시에 이슬람 신학교를 세우고 강한 이슬람 선교사들을 배출하고 있다고 했다. 그로 인해 약화되었던 중앙아시아의 모슬렘이 다시 강성으로 변하고 있으며 새로운 동진 정책이 펼쳐지고 있다는 것이다.

따사로운 톈산의 햇살을 만끽하며 그들은 오쉬라는 도시에서 이틀을 유했다. 온갖 민족이 뒤섞여 오가는 한가로운 거리를 산책하고 뒷산에 올라 시내를 내려다볼 때만 해도 며칠 후에 우즈베크족과의 민족적 충돌에 의해 피비린내 나는 유혈사태의 시가전이 벌어질 곳이라는 것을 전혀 눈치챌 수 없었다. 아침에 오쉬를 떠나 다시 하룻길을 달려가는데 신기하게도 키르기스스탄 영내에 섬처럼 우즈베키스탄 국토가 고립되어 있는 도시들이 나타났다. 이곳이 역사 속에서 얼마나 민족적으로 민감한 분쟁 지역이었는지 실감할 수 있었다. 숨쉬기 힘들 정도의 흙먼지가 덜컹대는 차 안으로 스멀스멀 기어들어 왔다. 일행은 콜록콜록 기침을 하면서 손수건으로 코와 입을 싸매어 가리고 눈만 내놓고 있었다. 마치 탈레반처럼 변해 버린 서로의 몰골을 쳐다보며 키득키득 웃기까지 했다.

바티켄이라는 도시를 거쳐 타지키스탄으로 넘어가는 시골 국경 이스타니에 도착하니 해가 뉘엿뉘엿 기울고 있었다. 주변에 시골 장터가 서 있어서 사람들이 오가며 꽤나 붐비고 있었다. 동네 이발소며 작은 주점이 길가에 늘어서 있는 모습이 아주 오래된 풍경화 속으로 갑자기 떠밀려 들어온 듯한 착각 속에 빠지게 했다. 마을의 모든 것이 마치 소극장 연극 무대의 소품들처럼 정감이 넘쳐났다. 고깔처럼 생긴 키르기스스탄 전통 모자를 쓰고 어슬렁거리는 동네 노인들 사이를 동네 개구쟁이들이 몰려다니기도 하고, 건달처럼 느껴지는 청년들이 떼를 지어 다니고 있었다. 좁은 길 한 켠에 고물 택시가 빵빵거리며 클랙슨을 누르고 먼지를 날리고 있었다. 지폐를 손에 들고 흔드는 환전상이 다가섰다가 말이 안 통하자 그냥 싱겁게 물러섰다. 시장의 좌판에서는 이름 모를 과일과 채소를 얹어 놓고 어여쁜 처녀와 뚱뚱한 아줌마가 경쟁하듯 알아들을 수 없는 말로 손짓하며 호객을 하였다.

바로 그 앞에 국경이 있었다. 컨테이너 박스 두 개가 30m 간격으로 나란히 놓여있는 것이 두 나라 국경 사무실이었다. 일행은 그곳을 건너기 위해 두 시간 이상을 몸짓으로 줄다리기를 하며 실랑이를 벌여야 했다. 여권을 들여다보던 국경 수비대 군인들이 처음에는 손사래를 치며 거친 모습으로 우리들을 밀쳐냈다. 그들로서는 처음 보는 동양인들이 이 외진 동네를 찾아온 것이 무척 당황스럽고 기이한 일이 아닐 수 없었다. 아마도 중국 한족들의 비자에 무슨 문제가 있는 듯 벌금을 물리려는 것 같았다. 그러나 서로가 전혀 말이 통하지 않는 상태에서 질문도 대답도 오직 손짓과 발짓으로 하는 수밖에 다른 도리가 없었다. 그들 중 아무도 영어를 할 줄 아는 사람이 없었고, 이미 키르기스 민족이었던 일행한 사람이 자기 고향 비슈케크에서 주저앉았기 때문에 통역할 사람도 없었다. 온 동네 사람들과 꼬마들이 몰려들어 이상한 종족을 구경하듯 일행을 둘러싸고 있었다. 표 부장이 앞에 나가 군인들과 대치하고 있는 동안 긴장된 시간들이 지나갔다. 지프차 안에서는 여자들이 겁먹은 표정으로 밖을 내다보고 있었다. 여기까지 달려왔는데 일이 안 풀려서 만일 되돌아가야 한다면 보통 심각한 문제가 아닐 수 없었다.

서성식은 그 장면을 하릴없이 지켜보다가 지쳐서 신기한 시장통을 어슬렁거리며 구경하느라 잠시 자리를 떴다가 돌아왔다. 그런데, 말이 통하지 않아 신경질만 내던 군인들이 그 사이에 갑자기 태도가 바뀌어 있었다. 처음엔 차 안에 있는 여자들의 기도 덕인가 했는데 알고 보니 조선족 청년이 안주머니에서 대장금에 나온 이영애 씨의 사진을 건네주며 가지라고 했다는 것이다. 환호성을 지르면서 사진을 돌려보며 자기들끼리 웃고 떠들던 그들이 그냥 보내주기로 합의를 한 것 같았다. 조선족 청년이 씨익 웃으며 안주머니에서 각종 한류 스타들의 사진들을 꺼내서 우리 일행에게 보여주었다.

"실크로드 상에선 한류 스타 사진이 마패와 같은 힘을 지닙니다."

군인들이 싱글벙글 웃으며 그들 일행을 한 사람씩 컨테이너 박스로 불러들였다. 컴퓨터도 없는 사무실에서 여권에 적힌 이름들을 유치원생이 그림을 그리듯이 자기들의 국경 장부에 볼펜으로 베껴 쓰다 보니 시간이 오래 걸릴 수밖에 없었다. 국경을 통과하는 순간 이미 어두움이 깔리고 있었다. 아마도 한국인으로서는 처음 이곳 이스타니 시골 국경을 건넌 사람들일지도 모르겠다고 서성식은 생각했다.

국경이란 무슨 의미일까? 수많은 역사 속의 전쟁과 피 흘림 속에서 민족 간에 국가 간에 서로 건너가지 못 하도록 금을 그어 놓은 그 국경들을 건널 때마다 서성식은 긴장감 속에서도 쓰나미와 같은 많은 생각의 파도들이 무더기로 몰려옴을 느꼈다. 표 부장이 물었다.

"왜 국경을 넘을 때 민족마다 지불해야 하는 비자 값이 다른 줄 이해가 됩니까? 비자라는 것은 두 나라 국경 사이에 과거에 얼마나 많은 피흘림이 있었는지, 조상들이 저지른 죗값을 치르는 과정입니다. 중앙아시아에서는 한국인보다 중국인들이 훨씬 많은 죄를 이 지역에서 저질렀기 때문에 더 많은 돈을 내는 것이지요. 하하하."

그리고 보니 평양에 들어갈 때도 미국인은 160불을 내야 하는데, 캐나다인은 50불만 내던 것이 생각나서 서성식은 고개를 끄덕였다.

아, 평양에서 예루살렘까지… 그 긴 여정 속에 넘어야 할 국경들을 생각하며 인류사에 벌어진 수많은 피 흘림의 죗값을 치르는 인고의 여행임을 점차 깨달아갔다. 남과 북의 통일이 넘어야 할 그 분단의 장벽은 이제 이 긴 여정을 달려가기 위한 첫 출발점에 불과하다는 것을 서성식은 알게 되었다. 그리고 서성식은 이름도 모르는 타지의 한 여관에서 뒤척이며 잠 못 이루는 긴 밤을 맞이했다.

아침에 깨어나 짐을 챙겨 떠나는 여행길, 수많은 종족들을 만나고 스치면서 시간의 강물은 여상히 흘러갔다. 여행을 떠난 지 석 달이 지났다. 이란 최대의 모슬렘 사원인 마샤다 사원에 들어가 새까맣게 몰려든 모슬렘 교도들의 우는 사자와 같은, 아니 어쩌면 밀려오는 해일 소리와 같은 섬뜩한 기도 소리를 들었다. 페르시아 수산 궁전의 유적지에서는 선지자 다니엘의 시신을 모셨다고 하는 모스크에 들어가 죽은 시체 앞에서 경배하는 모슬렘들의 신앙을 보았고, 쿠르드인들이 몰려있는 이란과 터키 국경 세관을 통과하며 눈 덮인 아라라트 산을 비껴갔다. 내전의 폭풍 전야와 같은 시리아와 레바논을 통과할 때 길거리 건물마다 박혀있는 총알 자국과 무너져 내린 잔해들 속에서 수많은 테러와 전쟁의 상흔들을 바라보았다. 피의 역사가 만들어놓은 겹겹이 가로막힌 분리 장벽을 체험하며 그 경계를 넘어야 했다. 그리고 마침내 삼엄한 경계 태세의 이스라엘 알렌비(Allenby) 국경으로 들어가기 위해 요르단강을 건너는 순간, 이제 인류사의 마지막 전쟁이 벌어질 그 정점에 다다른 것을 깨달았다.

코발트 빛 하늘이 화사하게 황금빛으로 물든 예루살렘 성벽 위에 내려앉은 유월의 어느 날, 서성식은 수많은 군중 사이에 끼여 통곡의 벽 앞에 서 있었다. 그곳에서 서성식은 사리원과 개성을 지나 북쪽 판문각에서 내려다보았던 분단의 경계선을 회상했다. 답답함과 막막함, 어찌할 수 없는 절망감이 몰려왔다. 과연 이 벽이 무너질 수 있을까? 남과 북의 분단 역사와 이스라엘과 팔레스타인의 오래된 증오의 장벽이 동시에 떠올랐다. 두 장면이 하나로 포개지듯 한 몸의 고통으로 다가왔고 그래서 그들과 함께 우리 민족의 역사를 생각하며 통곡했다. 카인의 후예들에 의해 펼쳐진 그 잔혹한 역사가 이제 그만 멈출 수 있기를 소원하면서 정통 유대인들이 허리를 굽혀가며 간절히 기도하는 그 기도 소리 틈에서 서성식 역시 유월의 함성을 질러대었다.

(3)

데이빗 문수는 헤드셋과 연결된 구글 글라스를 머리에 두른 채 토론토 다운타운의 한 고층 아파트 자기 방 안에 태권도 선수처럼 자세를 취하고 엉거주춤 서 있다. 그는 벌써 몇 시간째 "아포클립스 II"라는 워 게임(War Game)에 몰두하고 있다. 텅 빈 방안의 내벽은 보호 쿠션이 둘려져 있으며 바닥에는 낙상하지 않도록 매트리스가 깔려 있다. 천정의 사면 모서리에는 쉴 새 없이 움직이는 카메라가 달려있고 거실의 컴퓨터와 무선으로 연결된 특수 제작한 웨어러블 센서(Wearable Sensor)들의 보조 기구들이 그의 양팔과 허벅지에 부착되어 있다. 시계는 새벽 다섯 시를 가리키고 창밖에는 여명이 돋고 있다. 그의 셔츠는 땀에 흥건히 젖어 있다. 그는 계속해서 빠른 몸놀림으로 무엇인가 가상의 적과 치열한 전투를 벌이는 동작을 취한다. 반쯤 열린 셔츠의 가슴팍에 강인한 근육질의 몸매가 실제 전사를 연상케 한다. 더러는 스텔스 전투기의 조종간을 잡은 듯한 모습으로 더러는 헤엄치듯 양팔을 번갈아 저어가다가 갑자기 육박전으로 치열한 발차기를 보이기도 한다.

문수의 시야가 좁혀지며 대동강 변 주체사상 탑을 빗겨 달려가다가 날카로운 브레이크 파열음을 내며 우회전하여 대동교를 쏜살같이 건너다. VR 스크린 안에서 문수가 탄 백색 스마트 카가 질주한다. 평양시는 세계 최초로 스마트 무인 자동차만 주행하는 도시가 되어 있다. 네 발 달린 바퀴와 날개가 있어 수직 이착륙이 가능한 최신형 스마트 카가 평양 시내를 가로지르고 있다. 스마트 카 위에서 고공 주행을 하며 따라오는 백색 드론을 통해 실시간 위성에서 데이터를 전송받고 있다. 전방에서는 검정색 공격형 드론들이 저공 비행으로 총알과 화염을 내뿜으며 다가와 빠른 속도로 스쳐 지나간다. 방탄유리에 튕겨져 나가는 크리스털 탄력 음이 날카롭게 레이스의 긴장감을 더하고 있다. 소형 미사일로 공격해 올 때는 스마트 카의 수직 상승 버튼으로 점프하여 가볍게 공격을 따돌린다. 뒤따라오는 검은색 폴리스카의 추격을 따돌리기 위해 인민대학습당을 왼쪽으로 바라보며 김일성 광장으로 질주하던 스마트 카는 만수대 언덕으로 올라갈 듯하더니 급히 우회전하여 옥류교 쪽으로 달려가다가 다시 좌회전하여 옥류관 냉면집을 지나 카 레이스를 벌이듯 모란봉을 향한 좁은 골목길로 돌진한다. 좌우 보도엔 놀란 눈빛의 행인들이 지친 얼굴들을 찡그리며 얼핏얼핏 스치듯 지나간다. 별안간 나타나 무서운 기세로 마주 달려오는 자살 폭탄 트럭과 충돌하려는 순간, 장면이 순간 이동 하듯 바뀌어 문수는 어느새 이스라엘의 므깃도 평원에서 B2 스텔스 전투기를 몰고 전차 부대를 공격한다.

오늘 이 게임에 함께 참여하고 있는 네 명의 전사들은 평양 출신으로 스위스 취리히공대 전자공학과 박사 과정에 있는 인체 공학 및 센서 전문가 정무림(아벨)과 예루살렘 히브리대학 재학 중인 신학생 박흰돌(피터), 브라질 상파울대학 컴퓨터공학과의 젊은 여교수로 가상현실·증강현실(VR·AR) 전문가 제갈민영(까로) 그리고 토론토대학에서 지구환경공학과 국제 관계를 동시에 전공하는 대학원생 서문수(데이빗)다. 까로는 거제도 포로수용소에서 제3국행을 택하여 브라질로 갔던 반공 포로 출신의 이주민 3세이기도 하다. 이들은 아포칼립스 온라인 게임상에서 우연히 만난 코리안 디아스포라 청년들이지만, 데이빗 문수와 아벨 무림은 이미 평양에서 몇 년 전 잠시 대면한 일이 있다. 아버지 서성식 교수를 따라 고3 시절을 평양에서 보낸 데이빗은 그곳에서 교환 학생으로 평양의 학생들과 한 교실에서 공부했다. 그리고 그곳 캠퍼스 안에서 아버지 서성식의 지도 학생이었던 정무림을 스치듯 지나가며 몇 번 본 일이 있었다. 그는 걸어갈 때 고개를 자라목처럼 빼어 약간 숙이고 눈길을 위로 치켜세우는 버릇이 있었다. 데이빗의 아버지는 종종 무림을 평양에서 썩히기엔 아까운 천재라고 말하곤 했다. 결국 그는 서성식 교수의 주선으로 스위스로 유학을 갔고, 문수는 평양에 앉아 인터넷 사이트에 접속하여 그의 형 용수가 미리 가서 자리를 잡은 토론토의 여러 대학에 지원하였는데 운 좋게 합격하였다. 토론토대학에서는 남쪽 국적의 학생이 북쪽 대학의 성적표를 보내오자 처음엔 호기심을 가지고 문의 서신을 보내왔다. 도대체 네 정체가 뭐냐라고. 사실상 자신의 정체성에 대하여 늘 의문을 가지고 살아오던 문수에게는 참 곤란한 질문이었다. 한국인이면서도 중국서 어린 잔뼈가 굵은 문수는 오히려 평양서 보냈던 그 시절에 비로소 분단 현실을 체감하였고 자신의 민족 정체성을 발견하였기 때문이다.

이들은 3년 전 기존의 "아포클립스"라는 가상현실 게임에서 만나 서로의 닉네임으로 사귀어 오던 중 온라인 토론을 벌이다가 어느 순간 절친들이 되었다. 그들이 그토록 가까워진 데에는 조국을 떠나 이민자로 흩어진 디아스포라로 이중적 삶을 살아야 했던 그들의 공통분모가 분명히 작용했을 것이다. 그들은 한동안 게임뿐 아니라 디아스포라의 민족 정체성에 대한 격렬한 토론까지 즐겨하곤 했다. 아무튼 아포클립스에 미친 네 명의 전사들이 의기투합하였고, 최근에는 각자 자신의 전공 분야를 종합하여 신개념 게임벤처회사를 차렸다. 장차 확장성 있는 증강현실을 고도화하기 위해 각종 센싱 기능과 시공간을 오가는 4차원 그래픽을 향상시키는 것은 물론 게임 옵션에 정치, 경제, 역사 코드를 메뉴화하여 인시츄(in-situ)로 시뮬레이션을 가능하게 했다. 세계가 놀랄 만한 토탈 역사 게임 "아마겟돈"을 출시하기 위해 야심 차게 새로운 프로젝트를 진행 중이다. 따라서 이들의 게임은 단순한 오락을 넘어 지금 자신들이 개발 중인 신상품 게임을 구현하기 위한 시운전 중인 것이다. 중앙아시아 우즈베크에서 태어난 고려인 출신 신학생 피터는 성경적 예언을 토대로 인류 최후의 전쟁 아마겟돈에 대한 시나리오를 작성하고, 데이빗은 구글 어쓰 기반의 입체형 지리정보시스템을 활용하여 평양에서 예루살렘에 이르는 모든 지형지물 및 역사 유물과 사건들을 세밀하게 입력하는 작업을 하였고, 까로는 3차원 가상현실 증강현실 테크닉을 혼합하여 입체감과 현장감을 가일층 업그레이드하였으며, 구글 글라스 안에서 4차원 시공간을 순간 이동으로 수시로 오갈 수 있도록 했다. 그리고 평양 출신 천재소년 아벨은 실제 인체에 부착된 센서들이 좀 더 현실감 있게 이미지와 소리 그리고 때로는 냄새까지 제공하도록 해서 마치 전쟁터의 포화 속에서 실제로 전투를 치르는 듯한 환상을 창출하였다. 역사 속에 발생했던 과거의 사건들에 변수를 주어 그것이 후대의 현실 속 상황 변화를 일으킬 수 있도록 만듦으로써 게임 중에 자연히 세계사와 국제 관계, 정치, 경제, 문화를 아우르는 종합 지식을 얻게 하는 학습 효과까지 노리고 있다. 게임이 진행되는 중에 세 번의 공간 이동과 각기 과거와 미래로의 한 번씩의 시간 이동을 허용함으로써 전사들이 치명적 위험에 처했을 때 목숨을 구할 수 있는 카드로 사용한다. 특별히 과거로의 시간 이동은 이미 벌어졌던 사건을 재조정할 수 있는 유일한 기회이기에 판을 뒤집을 수도 있는 매우 중요한 변수가 된다. 이것이 게임의 묘미를 극대화하는 작용을 한다.

게다가 최근에는 전 세계에 흩어진 디아스포라 코리안들이 함께 참여하도록 유도하기 위하여 12기사단 제도를 만들어 게임 점수에 의해 벤처 사업단에 이사진으로 참여할 수 있는 기회를 열어 놓았다. 12기사단 중에서 상위 3인에게 블록체인 기반의 코인 배당을 통해 주주가 되게 하여 경영진에 진출할 수 있도록 여지를 열어놓음으로써 치열한 경쟁을 불러일으키고 있다. 가장 선두에서 치고 올라오고 있는 기사가 캘리포니아 출신 미국 2세 사업가 케빈, 중앙아시아에서 블라디보스토크 연방대학에 유학 와서 재학 중인 고려인 사샤, 아부다비에 있는 뉴욕주립대 분교에서 경제학을 공부하는 한국 유학생 주성빈이다. 의외로 게임 강국 한국이 다른 게임과는 달리 아마겟돈 게임에서는 약세를 보이고 있다. 본토에 있는 사람들의 성적이 저조한 이유는 이 게임의 특성상 세계사적 관점에서 전체 판을 볼 수 있는 시야가 대단히 중요하기 때문이다. 그것이 이 게임의 고득점자 분포가 이중국적자 또는 타 문화권 경험자들에게 훨씬 유리하게 전개되고 있다는 분석이 나오는 이유이다. 오랜 세월 분단 상황 속에서 마치 섬나라처럼 갇힌 공간에서 성장한 한국 본토인들이 이념적 양극화에 의해 통일을 향한 국제 정세를 읽는 판단력이 현저히 떨어진다는 것을 드러내고 있다.

게임은 평양에서 시작하여 예루살렘에서 끝나게 디자인되었다. 물론 시작 도시를 뉴욕, 케이프타운, 헬싱키 등 다른 대륙의 다른 도시로 선택할 수 있도록 메뉴가 들어가 있지만 종착역은 항상 예루살렘이 되어야만 한다. 그것이 아마겟돈 전쟁의 묘미이다. 평양에서 출발하는 그룹에는 주로 코리안 디아스포라들이 몰리게 되어 있다. 그래서 이들이 온라인상에서 만난 것이다. 한반도 상황을 풀어가면서 동아시아와 실크로드를 타고 가서 마침내 이스라엘과 연합군 사이에서 벌어지는 인류 최후의 전쟁 아마겟돈으로 치닫게 된다. 그 과정에서 중국의 일대일로 정책과 맞물려 물류 상황과 국제 정세를 읽는 순발력이 치밀하게 요구되기도 했다.

오늘은 평양서 태어난 아벨과 남쪽 국적이지만 연변에서 태어나서 자라난 데이빗이 만나서 한 팀을 이루었다. 그에 맞서 브라질 이민 3세 출신의 까로와 우즈베크 사마르칸트에서 태어난 고려인 피터가 한 팀이 되어 게임을 시작했다. 피터는 부모가 크리스천이 되는 바람에 모슬렘 움마 공동체에서 추방당한 후 아프리카 케냐로 옮겨 자라다가 예루살렘의 유학생이 된 친구다. 그러나 한 편이라는 것은 첫 시작점일 뿐 중간의 다양한 변수와 옵션에 따라 적군과 우군이 수시로 바뀔 수도 있다. 한반도의 정치적 변수가 평화적 분위기로 몰려가면 아벨과 데이빗은 한 팀으로 활약하지만, 도중에 적대적 관계가 형성되거나 심지어는 핵전쟁까지 발발하게 되면 그들은 순식간에 적이 되고 만다. 그러나 마침내 주변 강국을 아우르는 외교 협상을 통해 평화 통일을 이루어내게 되면 이 둘은 막강한 힘을 가진 통일 군사 대국으로 올라서서 동아시아의 패권 종주국이 될 수도 있다. 아울러 이 과정에서 중국과 주변 강국 그리고 중앙아시아와 중동의 많은 나라 군대들을 동원하여 자신의 편으로 만들어야 하는 치열한 외교전과 군사전이 펼쳐진다. 한편 동쪽에서 군대가 밀려오는 동안 이스라엘과 중동을 중심으로 한 치열한 공방이 별도로 벌어진다. 쿠르드와 시리아 난민이 어디로 포진되느냐 또는 유럽 연합의 정치적 상황이 어떻게 전개되느냐에 따라 유럽과 아프리카 대륙의 많은 나라 군사력이 재편되며 이스라엘을 에워싼 중동 국가의 연합 전선이 달라진다. 더러는 러시아와 중국이 중동 국가의 편으로 변하기도 하고, 한반도의 통일에 따라 중국이 오히려 아시아 연합국으로 합세하여 유럽 연합과 미국의 편이 되어 러시아와 중동을 압박하기도 한다.

미중 패권 전쟁의 변수 중에서 무역전쟁은 물론 AI 첨단 우주 정거장에서 이루어지는 비트코인 우주 화폐로 전쟁 자금을 조달해야 하고, 달과 화성의 패권을 두고 다투는 우주 전쟁, 그리고 핵전쟁뿐 아니라 생물학 세균전에 이르기까지 모든 변수가 동원된다. 아마겟돈 게임의 최대 강점은 수시로 변하는 국제 정세와 경제 상황 코로나 바이러스와 같은 전염병의 창궐, 그리고 심지어는 지진, 해일, 미세먼지와 같은 자연재해들까지 실제 변수로 투입하여 매일매일 업데이트되기 때문에 하루도 같은 상황으로 게임을 할 수 없다는 데 있다. 따라서 이 게임은 수시로 세계 정세와 경제 상황들 그리고 자연 재해와 환경 오염 변수들까지 실제 상황으로 이해하고 변수들을 신속하게 취하고 유리하게 선점할 수 있는 자들만이 승자가 되고 고수의 반열에 오를 수 있는 것이다.

이들은 포스트 코로나 시대의 급변하는 초대면(Supertact) 사회와 6G 빅데이터 인프라의 급성장에 발맞추어 게임을 설계하였다. 아포클립스 II의 시운전이 끝나는 대로 내년 유월을 목표로 "아마겟돈, 최후의 전쟁(Amageddon, the Last War)"이라는 이름으로 세계 게임시장을 뒤흔들 깜짝 출시를 위해 세밀한 작전을 짜고 있다. 게임의 유포와 시장 점유율을 높이기 위해 한류 케이팝 스타를 동원한 다양한 온라인 광고를 기획하고 있으며, 영상 작가이며 데이빗의 형인 대니얼 용수가 획기적인 홍보 동영상을 이미 제작하여 유튜브와 각종 SNS에 뿌릴 만반의 준비를 갖추어 가고 있다. 세계적 게이머들과 평론가들의 반응과 시장의 추이를 보고 주식 상장 시점에 대하여도 논의가 진행되고 있다.

이 게임을 개발하는 동안 4인의 공동 창업자 코리안 디아스포라들은 사업 파트너이면서 동시에 막역한 친구가 되었다. 그들이 살아온 어린 시절의 제각기 색다른 경험과 환경이 오히려 시너지 효과를 내어 게임의 메뉴와 내용을 풍성하게 했다. 더러는 부모에게 받았던 강압과 뼈아픈 상처들까지도 내놓고 나누는 가운데 마치 온라인상의 혈맹 동지가 되어갔다. 그뿐만 아니라 비록 게임상이라 할지라도 아벨과 데이빗은 어떻게 해야 주변 정세를 극복하고 통일에 이를 수 있는지를 가늠하는 통일 전략 모의 게임을 통해 서서히 소위 통일 전문가로 변신해 가고 있었다. 가끔 서로 핀트가 빗나가 핵이 터지는 경우도 있었지만 대부분 일본 열도에 떨어뜨리곤 서로 통쾌하게 웃곤 했다.

데이빗: 어이 아벨, 오늘 게임에선 통일 기간이 3년밖에 안 걸렸어. 낄낄 신기록 갱신이야. 핵 위기를 기상천외한 외계인 출몰로 중국과 미국의 주식시장을 폭락시켜서 막아 버린 수가 오늘의 백미였지 않수?

아벨: 아, 존간나 새끼, 형님에게 어이가 뭔가? 그게 다 내가 외교력을 발휘하여 절체절명의 순간에 깜짝 북남 수뇌회담을 이끌어낸 덕 아니간? 야, 니 오늘 카자흐스탄 군대를 왜서 탈레스 평원에서 인차 공격하지 않고 우물딱그려서 중국 아새끼들이 거꾸로 뒤지게 만드니?

데이빗: 아이고, 천재 형님, 말쌈이 그리 힘해서 우짜간대요? 그건 있디 말입니다? 고선지 장군이 기다리던 지원군을 당나라 군대서 제때 안 보내서 그러티 말입니다. 파미르고원을 낙타 부대를 이끌고 넘어가 기습 공격을 한 거이는 좋았는데 말입니다. 그 승리에 도취해서 방심한 자업자득이었고요잉. 그리고 압바스 군대 2차 공격이 원체 기세가 강해서리 잠시 카자흐를 내어주고 중원을

지키는 게 결과적으론 더 좋았거든요? 형님 혈기에 자칫 동아시아 전체가 다 모슬렘화될 뻔하지 않았드랬어요?

까로: 자, 싸우지들 말고, 오늘 내가 만든 이스라엘 기상 변화는 어땠어? 련합군이 몰살 직전에 구사일생으로 살려냈잖아? 므깃도 평원을 에워싼 모슬렘 련합군이 갑자기 회오리바람에 휩쓸려 날아가는 장면 그래픽이 기가 막히지 않았니? 근데 말이… 이스라엘군의 기습적 공격으로 예루살렘을 탈환하고 제3성전을 세우는 바람에 순식간에 전쟁이 터진 거, 난 이 부분이 늘 맘에 안 들어. 아마겟돈을 일으키는 요인 변수를 좀 더 늘여야겠어.

피터: 암튼 3차원 그래픽은 정말 짱이야. 내 몸이 순식간에 회오리에 완전 빨려 올라가는 것처럼 느껴지는 환상이었어. 근데 누나, 그림은 좋았는데 아벨이 이번에 추가한 돌비 음향 센서가 사막의 모래바람을 이스르엘 평원까지 몰고 갈 때 중간에 잡음이 생기면서 끊기는 버그가 났어요. 다시 한 번 들여다 봐야 해. 프로 게이머들을 잡으려면 이런 디테일을 놓치면 안 돼요.

데이빗: 아벨 형, 끝내기 전에 슬랙(slack)으로 우리끼리 잠시 이야기해요. 비밀 작전 짜야죠, 흐흐흐. 다음게임에서는 지난번 우리가 함경남도 단천에 구축해 놓은 남북해양수산협력센터에서 만나 접선하고 동해안 고속철을 타고 블라디보스토크로 올라가 시베리아를 횡단합시다. 통일 후 우리나라가 동북아경제공동체의 주도권을 잡으려면 동해안 북방쪽을 개발하는 것이 중요해요. 동해를 21세기 지중해로 만들어야 한다고요.

아벨: 아 새끼, 서울-평양 메가시티를 만들고 기냥 단둥으로 치달아 올라가자는데 왜 기리 고집이 세니? 좋다. 기럼 내가 이번엔 평양-원산간 고속철 타고 동해안으로 올라가 단천 센터에 가서 다음 여정에 필요한 히토류 광물자원을 먼저 구매할 터이니 너는 포항제철과 김책제철소를 련결하는 동해안 신경제방략을 세워보라.

데이빗: 오우케이, 좋은 생각! 그럼 나는 포항 영일만에서 출발하는 크루즈

를 타고 남북 청소년 울독(울릉도와 독도) 캠프에 참가한 후에 울릉도-원산간 크루즈로 들어갈게요. 남북 청소년 캠프를 울독에서 연다고 광고 때리면 12기 사단 녀석들도 엄청 관심을 가질 터이니, 그 중에 똑똑한 동무 하나 골라서 다음 번 여정에 참여시킵시다.

데이빗은 비 오듯 쏟아진 땀을 닦아내며 동지들과 게임 복기를 마친다. 이 게임을 한판 뛰고 나면 헬스장에서 마라톤 뛴 것만큼이나 체력 소모가 크다. 평상시 기초 체력을 다지지 않으면 쉽지 않은 게임이지만 게임의 중독성 때문에 전쟁이 치열할수록 게임 시간은 더 길어진다. 또한 재미와 더불어 학습과 운동을 겸할 수 있어 젊은 층들에게는 세 가지 프로모션이 가능하다. 전쟁이 끝나도 모니터만 끄고 토론토 데이빗의 집에 위치한 워크스테이션 게임 서버는 항상 켜둔다. 지난 게임의 각종 데이터들을 로깅(logging)하여 분석하는 포스트 프로세싱(post-processing) 프로그램이 돌아가고 있다. 데이빗은 격전지에서 승리하고 돌아온 전사처럼 흰 타올을 어깨에 걸치고 아파트 문을 나간다. 인적이 없는 시간, 적막한 엘리베이터를 타고 수영장으로 내려간다. 아무도 없는 콘도 지하 수영장에 불을 켜고 들어간다. 모든 전쟁의 상흔을 다 떨쳐내려는 듯 찬 물 속으로 머리부터 곤두박질치며 다이빙한다. 데이빗은 쏟아지는 분무를 잠시 즐기며 깨끗이 샤워를 하고 다시 방으로 올라간다. 옷을 갈아입은 후 하얀 시트를 젖히고 침대에 쓰러진다. 그의 졸린 손이 스르르 올라가서 더듬듯이 커튼을 친다. 오늘 같은 날은 해가 중천에 오를 때까지 그는 전화벨 소리도 못 듣고 곯아떨어질 것이다. 데이빗은 꿈을 꾼다. 게임 속에 파묻혀 잠을 잔다. 그 잠 속에서 다시 게임을 한다. 게임 속의 승리자, 통일코리아의 대통령이 되어 조국을 일떠 세우는 그런 꿈, 그 꿈은 평양에 있을 때 북쪽의 동무들과 어깨동무하며 갖게 된 것이다. 통일의 함성에 반도 전체가 떠나갈 듯 뒤흔들며 다가온 다. 무림 동무! 그 영광의 날까지 우리 함께 굳세게 싸우자요! 그런 미 소를 지으며 깊은 잠에 빠진다.

(4)

　용수와 문수는 할아버지의 영정 사진과 화장 후 남은 재를 담은 유해 함을 들고 평양 순안 공항에 내렸다. 대학 병원에 시신 기증을 했던 고 서종규 옹의 남은 유해는 일 년 후에 한 줌 재가 되어 가족들의 품에 안 겼다. 그리고 실향민 할아버지가 그토록 그리던 고향 땅에 마침내 죽어 서 그 뼛가루를 뿌리게 된 것이다. 새로 건설한 평양 신공항이 산뜻하게 느껴졌다.

　"와우, 옛날 시골 공항과는 딴판이네. 형, 완전 짱이다. 그치?"

　오랜만에 평양에 온 문수가 눈이 휘둥그레지며 형 용수를 바라본다. 열 살 터울 형제가 이제 어느덧 어깨를 나란히 하는 장정이 되었다. 형 제는 평양의 한 국제 대학에서 일하고 있는 아버지 서성식 교수 덕분에 남들이 가기 힘든 땅을 쉽게 밟는 것이다. 평양서 한때 학교를 다녔던 문수와 달리 용수는 이번이 두 번째 단기 방문인 셈이다. 몇 년 전 아버 지의 부탁으로 다큐멘터리를 만들기 위해 평양에 들어간 것이 첫 방문 이었다. 중국으로 나가는 평양의 과학기술대학 수학 여행팀과 동행하여 기차를 타고 압록강을 건넜던 것이다.

　용수는 2주일간 평양의 학생들과 베이징과 다롄, 길림과 백두산, 연 길 등지를 방문하면서 밀착 취재하는 동안 동시대를 사는 남과 북의 청 년들로서 서로 만났다. 때마침 유월 이십오일, 생애 처음 외국 땅으로 건너갈 때 6·25 전쟁 시 끊어진 압록강 철교를 건너다보며 발갛게 얼굴이 상기되어 흥분하던 평양의 학생들이 다시 생각났다. 처음 며칠의 어색함도 여행이 가져다 주는 낭만적 매력이 용매가 되어, 대련의 바닷가 모래사장에서 몸으로 부딪치고 비바람 몰아치는 백두산을 함께 오르면서 완전히 풀어졌다. 그리고 그들은 친구가 되었고 서로를 깊이 마음으로 껴안았다. 마지막 날, 그들이 다시 평양으로 떠나는 기차에 오를 때 평양의 한 친구가 안타깝게 손을 흔들며 말했다.

"용수야, 잊지 말자 우리 우정, 통일된 조국에서 다시 만나자."

카메라 렌즈 속에서 남과 북의 청년들의 눈시울이 붉어졌다.

수학여행을 떠나기 전 평양서 만났던 아버지 서성식 교수는 용수에게 평양 소주를 따라주며 말했다. 이것이 네 할아버지가 그토록 그리던 고향의 술이다. 돌아갈 때 한 병 가지고 가서 할아버지께 올려드려라. 그러나 용수의 출장 일정이 너무 바빠서 미처 한국을 들를 틈을 얻지 못했다. 언젠가 서울 갈 때 가져가서 따라 드려야지 하고 토론토 아파트 거실 선반 위 올려놓았던 평양 소주는 결국 주인을 잃고 말았다. 그리고 거꾸로 이제 그 평양 소주가 태평양을 넘어 고향 땅 평양을 다시 밟은 것이다.

"너희 할아버지는 평생 고향을 그리워하며 그 땅을 다시 밟을 꿈을 꾸며 사셨다. 그래서 더 술을 드셔야만 했지. 이제 백골이 진토가 되어 결국 그 땅에 돌아오셨구나."

장성한 두 아들에게 또다시 술을 부어주면서 서성식 교수가 말한다.

"나는 고향을 그리며 눈물짓는 할아버지 세대의 그 허망한 꿈에서 벗어나기 위해 미국이란 나라의 아메리칸드림을 꿈꾸며 도망갔었는데, 결국은 다시 붙잡혀 이곳 평양에 와서 살게 되었다. 고향으로 회귀하려는 끈질긴 유전인자 때문에 말이다. 하하."

용수는 잔을 비워 아버지에게 따라드리며 곰곰이 생각하다 묻는다.

"그럼 우리도 아버지로부터 물려받은 그 유전자 때문에 이곳에 다시 온 것인가요? "

"헛헛, 부전자전이겠지… 글쎄 말이다. 우리 집안에 흐르는 도대체 무슨 놈의 질긴 연줄이길래 이리도 지독하단 말이냐. 하하하? "

"굳이 이름을 부친다면 귀향 유전자? 아니 아버지가 그토록 바라시는 통일의 열망을 담은 통일 유전자라고 하는게 좋겠네요."

용수가 쓸쓸히 멋쩍은 웃음을 짓는다. 그 역시 아버지의 그늘에서 벗어나고자 늘 탈출기를 벌여 오지 않았던가? 그러나 이제 다시 원점으로 돌아온 기분이다.

"글쎄 말이다. 우리 집안의 가계 안에는 두 가지 상반된 유전자가 공존해 왔던 것 같다. 한쪽에서는 이 현실을 벗어나 도망가려는 탈출 유전자요, 다른 한쪽에서는 우리를 고향으로 잡아끌어 결국 하나 되게 만드는 통일 유전자… 그 틈바구니에서 우리들의 인생이 각축전을 벌인 셈인 게지. 허나, 우리 집안의 탈출 유전자보다는 민족 공동체 전체를 아우르는 통일 유전자가 우성으로 더 강력한 모양이다. 그토록 끈질겼던 내 인생의 탈출기도 결과적으로 보면 고향 땅을 그리워하며 민족 공동체의 통일을 향해 달려가도록 만든 마중물이 된 셈이었으니 말이다."

문수는 오랜만에 돌아온 고향처럼 평양의 밤공기가 너무나 상쾌하다. 아버지와 형의 그런 무거운 대화보다는 평양에 다시 돌아왔다는 사실이 흥분되고 기쁘기 그지없다. 학창 시절 이곳에서 사귀고 함께 학습하고 운동하던 동무들이 유난히 그리워진다.

"아바지, 우리 동무들은 지금 다 어데가 있습네까? 보고파 미치겠습네다. 아바지가 대외사업부 동지들께 부탁해서 인차 그 동무들 한번 만나게 해 주실 수 없삽네까? 혁주, 귀봉이, 정태, 렬국이 아새끼들 모두

보고프다야….”

장난끼가 넘치는 문수의 입에서 자연스럽게 평양 사투리가 다시 튀어나온다.

“글쎄다. 한번 내일 알아보자. 쉽진 않을 거이니 너무 기대는 말거라.”

“그 동무들 만나서리 오랜만에 옛이야기 해대면서 대동강 맥주를 벌컥벌컥 들이키고파요, 아바지… 땡볕 흙먼지 나는 운동장에서 축구 끝나고서리 마시대던 기 맥주 맛이란 평생 잊을 수 없을 거야요.”

문수에게는 통일이 어떤 추상적 개념이나 멀리 떨어진 이야기가 아니다. 이미 오래전 한 교실 안에서 남과 북의 통일을 이루었으니 말이다. 주말에는 그 동무들과 뒤축이 다 떨어진 신발을 허공에 날리면서 맨땅에서 축구를 했었고, 함께 식당에서 밥을 먹고 함께 땀 흘리고 발가벗고 샤워를 했었다. 그에게 통일은 벌거숭이 알몸처럼 이미 가까이 다가와 있었다.

“돌아가신 너희 할아버지에게 통일은 환상이요, 꿈에 불과했다. 졸지에 가족과 헤어져 이산가족이 되어 버렸던 그 세대들에게는 허리 잘린 광복이란 그저 반쪽짜리 독립일 뿐 여전히 일제와 전쟁의 포로가 되어 살아간 포로 1세대라고 말할 수 있지. 통일을 간절히 바라고 고향을 그리워했지만 그 세대들에게는 너무나 큰 전쟁의 상흔들이 많아서 오히려 통일을 두려워하기까지 했던 것이다. 그에 비해 아버지 세대는 전쟁도 겪지 않았으면서도 그 상처를 근대사의 유산으로 고스란히 물려받았지. 이념의 포로가 되어 포로 2세대로서 버거운 냉전 시대를 살아가야만 했지. 첨예한 냉전 구도 속에서 통일은 추상적 이데올로기로 다가왔고 그것을 위해 소리 높여 구호도 외쳐보았지만, 공허한 메아리만 되어 돌아올 뿐이었다. 통일 운동을 하고 수많은 NGO 단체들을 만들어서 북의 닫힌 문을 두드렸던 사람들이 바로 포로 제2세대인 지금의 50대와 60

대 그리고 더러는 이제 70대로 들어선 그이들이었지. 그러다가 마침내 기적적으로 그 길을 열어 여기까지 와서 외국인이 대학을 세우고 이쪽 학생들을 가르치는 행운을 얻은 것이란다. 하지만 우리 2세대의 역할은 여기까지다. 통일 시대를 살아갈 너희 3세대를 키워내고 너희들이 걸어 갈 길을 닦는 것이 아버지들의 몫이었다. 그러나 너희는 다르다. 너희들 이야말로 바야흐로 통일의 열매를 따는 세대가 될 것이니…."

문득 서성식 교수는 맏아들 용수의 얼굴에서 자신의 모습을 발견한 다. 냉전 시대의 그늘에서 힘겹게 살아낸 서성식 교수의 역사적 고뇌가 용수의 얼굴에서도 거뭇거뭇 임신한 여인의 기미처럼 나타나 있는 것 이다. 그 시절 아버지의 이념과 신앙 때문에 어린 용수가 따라다니며 함 께 그 고난의 세월을 대물림하며 겪어야만 했던 흔적이 보였다. 하지만 동생 문수에게는 도무지 그런 모습을 찾을 수 없다. 그에게 북쪽은 보고 싶은 동무들이 살고 있는 그리운 곳일 뿐이다. 그 두 아들의 모습을 물 끄러미 번갈아 바라보던 서성식 교수는 마치 아들들에게 유언을 남기듯 예언적 말을 던진다.

"용수에게는 내가 너무 미안하구나. 네가 태어나기 전부터 이 아버지 에게 버림을 받았고 어린 너를 팽개치고 떠나버린 모진 부모였으며, 구 김살 없이 자라야 할 너를 네 의사를 무시하고 이리저리 끌고 다닌 나쁜 아빠였지. 어린 네가 얼마나 맘고생이 많았을까 요즘 생각하면 가슴이 아린다. 그래서 네가 어린 시절의 그 힘든 환경에서 벗어나고파서 카메 라 렌즈 속 세상에서 새로운 미래를 꿈꾸며 들여다보게 된 것이 아니겠 니? 그러나 그로 인해 너는 어려서부터 남들이 알 수 없는 아프고 가난 한 세상을 보았고 그들과 더불어 살았던 값진 경험을 하게 된 것이란다. 용수, 너는 깊은 내면의 성찰과 함께 시대를 뛰어넘는 통찰력을 가지고 장차 다가올 폭풍우와 같은 통일 력사를 기록하는 이 시대의 눈과 귀가 될 것이다."

용수의 두 눈에서 아버지 앞에서는 한 번도 보이지 않았던 이슬이 맺힌다. 늘 이해하기 힘든 환경적 변화 속에서 속으로만 두려움과 울분을 삭이면서 살았던, 그러나 아버지 앞에서는 늘 순종하는 착한 아들로만 살아왔던 용수의 오랜 응어리가 풀어지는 순간이었다.

"문수, 너는 네 어머니와 내가 십 년을 기도해서 낳은 아들이다. 형과는 달리 온갖 사랑과 축복을 받고 자랐으니 네 기상과 믿음이 남달라서 너는 장차 통일 시대를 직접 경영하고 이끌어 갈 사람이 될 것이다. 네가 이미 이곳 북쪽에서 지내며 사귄 수백 명의 동무들이 각계각층에서 자리를 잡아가고 있으니, 통일이 되면 그들과 함께 새로운 나라를 만들어 가도록 해라. 그러나 네가 살아갈 시대는 남과 북의 통일을 넘어서서 전 세계에 흩어진 800만 디아스포라와 함께 가는 영적 삼국 통일의 시대가 될 것이다."

평양의 초여름 저녁 고즈넉한 밤벌레 소리가 세 부자의 가슴 사이를 이리저리 휘저으며 공명을 일으키고 있었다.

다음 날 아침 서성식 교수는 두 아들을 데리고 사리원과 개성을 거쳐 판문점을 방문했다. 역사의 아픈 상처가 얼음장의 깨어진 금처럼 갈라진 후 70년의 세월이 흘렀지만 여전히 건너갈 수 없는 비극의 현장을 아들들에게 직접 보여주고 싶어서였다. 그러나 용수와 문수는 그런 아버지의 마음을 아는지 모르는지 아니면 알고도 짐짓 모른 척하는지 그저 소풍 가는 어린아이들처럼 밝고 쾌활한 수다들을 쏟아내고 있었다. 항상 운전석 옆자리를 좋아하는 문수가 쏟아지는 햇살을 피해 검은 선글라스를 끼고 앉아 있었다. 오랜만에 만난 형제가 서로 애틋하게 우애를 나누는 그 모습이 서 교수의 마음을 따뜻하게 녹였다. 그러나 한편 냉전 시대를 살아온 자신의 마음과는 거리가 있는 듯한 아들들과 격세지감도 느껴야만 했다. 눈부신 햇살 속에 마치 관광객들을 맞이하기 위한 공원으로 탈바꿈한 정전 회담 장소에 들어가서 북측 안내 장교의 장황한 선전을 듣는 동안 용수와 문수는 서로 번갈아 포즈를 잡아 가며 사진을 찍느라 바빴다. 유엔군 총사령관 클라크가 정전 조인을 한 이후 겁이 나서 깃발도 안 챙기고 줄행랑을 쳤다는 익살스러운 북측 장교의 설명을 들으면서 둘러선 외국인 관광객들이 모두 폭소를 터뜨릴 때 두 아들이 서로 시선을 마주치며 쓴웃음을 짓는 모습을 서 교수는 바라보았다. 그야말로 비극의 현장에서 펼쳐지는 한바탕 희극이었다. 피의 역사를 연극 세트장으로 포장한 지구상에서 유일한 냉전을 상품화한 산책 공원 속의 한가로운 진풍경이었다.

판문각에 올라가서 남쪽을 내려다볼 때 잠시 용수와 문수도 침묵에 잠겼다. 한 시간만 달려가면 바로 부모·형제가 사는 저 땅을 더 이상 갈 수 없어 여기서 서로 멈추어 서야만 한다는 그 야릇한 감정이 잠시 적막한 숨죽임을 만들었다. 그러나 젊음의 용솟는 피는 그 적막을 오래 참아내지 못했다. 서 교수는 용수가 건네준 카메라로 긴장한 북측 장교를 두 아들 사이에 나란히 세워 놓고 사진을 찍었다. 자유 세계의 젊은이들만이 취할 수 있는 재미있는 표정과 손짓 포즈로 사진을 찍을 때 카메라 속 북측 장교는 부동자세로 더 어색한 웃음을 지었다. 아마도 그 사진은 오랜 세월이 흐른 후 통일 시대를 살아갈 두 아들이 그 자손들에게 조국의 웃기면서도 슬펐던 옛이야기를 설명해 주는 두고두고 보존될 서 교수 가정의 역사적 사진이 될 것이었다. 돌아오는 길에 개성의 민속촌과 조선시대 성균관대학 그리고 박연 폭포를 들리는 동안 세 부자는 온종일 행복했다. 긴 분단의 고통 속에 주어진 짧은 휴가와 같은 시간이었다.

그 다음 날 오전 세 부자는 북측의 안내원 남녀 두 사람과 함께 승합차를 빌려 타고 남포갑문을 찾아갔다. 남포는 용수의 할아버지가 태어나고 자란 어린 시절 고향이라고 들었다.

"너희 할아버지는, 함경도 함흥의 영생여고를 다니던 시절 태극기를 들고 3·1 만세를 불렀다고 늘 자랑스럽게 이야기해 주시던 너희 증조할머니의 영향으로 어려서부터 신앙을 가지셨던 거란다. 그 할머니는 함경도와 평안도를 오가던 리동휘 장군의 소개로 네 증조할아버지께 시집을 오게 되었고. 시집온 이후에도 일제 시대 내내 평양–신의주 간 열차를 타고 다니며 매 역마다 내려서 전도를 하던 유명한 전도부인이셨지. 그래서 너희 할아버지를 윌리엄 홀 선교사가 세운 유서 깊은 평양의 광성중학으로 보내신 것이지."

대동강 물이 서해로 흘러 들어가는 것을 막아 거대한 저수지처럼 갑문을 만들어 5만 톤급 선박이 들어서게 했다고 했다. 갑문을 내려다보도록 만든 전망대 위에 올라가 세 부자는 청명하게 맑은 산하를 두루 훑어보았다. 생선 비늘처럼 눈부시게 반짝이는 햇살이 수면 위로 총총히 번져갔고, 그 너머로 멀리 나지막한 조선의 산들이 첩첩산중을 이루고 있었다.

"남포는 일제 시대에는 진남포라고 불렸단다. 1886년 이곳에서 대동강을 타고 올라온 미국 상선 제너럴셔먼호에 통역자로 동승했던 토마스 선교사가 배에서 내린 후 성경 몇 권을 전해 주다가 바로 참수당하여 피를 흘렸다고 알려진 그 길목이란다. 조선의 쇄국 정책과 외세가 부딪히는 관문이었고 신미양요를 촉발시켰던 사건이 되었지."

문수는 아버지 서성식 교수의 설명을 들으며 고개를 끄덕이고 있었다.

"결국 그 외세를 타고 들어온 기독교가 평양에서 1907년 대부흥을 일으키면서 조선의 근대사에 큰 영향을 미치게 된 것이란다. 그 후에 남포와 강서와 평양은 안창호, 양기탁, 손정도, 안중근, 이승훈, 조만식 등의 민족 지도자들의 활동 근거지가 되기도 했던 곳이지만, 그들의 면면을 살펴보면 모두 기독교인이라는 공통점이 있었다는 것을 알 수 있지. 젊은 시절 음주로 방탕한 세월을 일삼던 조만식이 평양 대부흥이 일어났던 장대현교회에 발걸음을 옮겼다가 그 열기에 놀라 충격적으로 기독교를 받아들이고 숭실학교에 입학하여 민족 교육가로 변신한 것이 그 한 실례란다. 강서 출신 손정도 목사도 과거 시험 보러 평양을 가던 중에 회심한 사건도 마찬가지이지. 해방 직후 전쟁이 터지기 전까지 교회의 분포만 보아도 북쪽에 교회가 3,000여 개 있었음에 비해 남쪽은 절반도 채 안되었거든. 그만큼 평양은 한때 조선 기독교의 뿌리가 되었던 도시였고 동양의 예루살렘이라고 불리우던 특별한 도시였지."

서성식 교수는 남포항 부둣가에 서서 평양이 있는 동쪽을 바라보면서 지나온 근대사를 회고하는 듯 지그시 눈을 감고 뭔가 생각에 잠긴다.

그들 곁에서 2~3미터 떨어진 거리에 남자 안내원 서 씨가 빗겨 서서 서성식 교수의 강의를 감시하는지 경청하는지 열심히 엿듣고 있었다.

"안내 아저씨를 기럼 이제부터 삼촌이라 불러야겠시요? 일 없습네까? 하하하."

같은 서 씨임을 알고 문수가 좋아하자, 안내원은 헛기침을 하며 대답했다.

"삼촌이 뭐이간? 큰 형님이라 부르라. 우리 서 씨들은 한 다리 건너면 다 친척이다. 길티 않습네까? 서 교수님? 흐흐흐."

"서 선생 고향은 어디시오?"

서성식도 갑자기 그에게 관심이 가는지 음료수를 한 병 권하며 물어

보았다.

"나는 함경도 함흥이 고향입네다. 우리 할마니가 만삭이 되어 우리 아바지를 낳으랴 친정 함흥에 와 있을 때 전쟁이 터졌다 하더이다. 할아바지가 전쟁 통에 실종되는 바람에 우리 가족이 수태 고생했드랬디요."

서 교수는 물끄러미 그의 얼굴을 쳐다보았다.

"민족과 백성 그리고 사회 정의를 위해 자신의 인생 모든 것을 희생하던 그 당시 소수의 기독교인 중에서 대다수 민족 지도자가 나왔던 것을 생각하면 지금 형식과 위선으로 가득 찬 남쪽의 기독교와는 너무나 큰 차이가 있었단다. 3·1독립선언서에 서명한 33인 중 절반이 크리스천이었던 것이나 당시 목숨을 걸고 첫날 만세를 불렀던 일곱 도시 중에서 경성 하나를 제외하곤 나머지 여섯 개 도시가 모두 북쪽의 도시들이었던 것만 보아도 알 수 있지. 그 도시들이 너희가 지금 서 있는 남포를 포함하여 평양 안주 선천 원산 의주 이 여섯 개 도시인데, 한결같이 그 당시 북쪽에서 큰 기독교 부흥을 일으켰던 도시들이었어. 아무튼 이곳 남포가 바로 그 외세를 평양으로 들이던 관문이었다고 보면 된단다."

"그랬던 기독교가 왜 요즈음은 개독교로 불릴 정도로 한심해졌죠?"

항상 비판적인 시각을 놓지 않는 용수가 이해하기 힘들다는 표정으로 힐끗 쳐다보며 질문을 툭 던지더니 다시 카메라 앵글 안으로 빨려 들어갔다. 무관심한 듯 안 듣는 체했지만 용수도 귀를 열어 놓고 아버지의 강의를 듣고 있었던 것이다. 용수는 요 며칠 카메라 속에 비친 남포항과 평양에서 어떤 기독교의 발자취도 좀처럼 찾기 힘든 지금의 현실을 생각하며 커다란 격세지감을 느꼈다.

"중요한 질문을 했구나. 그걸 이해하려면 너희가 근대사 150년을 알아야 하고 서북 지방의 기독교가 일제 시대에 어떻게 보수와 진보로 갈

닫는 글

라졌는지, 그리고 일제 말기로 들어서면서 왜 친일로 넘어가게 되었는지 그 력사를 배워야 한단다. 미국 선교사와 캐나다 선교사의 차이, 평양 숭실중학과 룡정의 은진중학의 력사를 배워야 하는 게지. 강서 남포 지방의 안창호 선생의 이야기뿐 아니라 함경도 단천의 리동휘 장군의 력사도 함께 알아야 이해가 되는 것이란다. 오늘 밤에 그 이야기를 깊이 있게 하도록 하자."

"아버지, 밤에는 그냥 푹 쉽시다. 아빠를 만나면 늘 강의 때문에 피곤해요."

용수가 미간을 찡그리며 말했다.

"허허, 녀석은? 네가 아빠랑 지낼 시간이 앞으로 얼마나 남았다고 그 소리냐?"

"형, 왜 그래? 난 첨 듣는 이야기들이라 넘 재밌는데?"

서 교수는 한 배에서 난 두 아들이 어떻게 이렇게 다를까 생각하며, 남과 북의 갈라진 민족을 떠올렸다.

"남포항은 1894년에 일어난 청일전쟁에서 일본이 청나라 함대를 물리쳐 몰아내고 평양을 차지함으로 한반도 강점의 발판을 마련하게 된 계기가 되었던 곳이기도 하지. 결국 극우 군국주의 일본이 일으킨 청일전쟁과 러일전쟁에서 참패한 청나라와 제정 러시아가 무너지게 됨으로 말미암아 그 반작용으로 20세기의 거대한 두 공산주의 국가가 탄생했으니, 세계사의 판도를 뒤바꾼 계기가 바로 조선 반도에서 일어난 셈이다."

"오, 예! 남포항에서 참 많은 일들이 일어났군요. 갑자기 력사가 재밌어지는데요, 아빠?"

개구쟁이 문수가 팔짱을 끼고 듣고 있다가 오른손 주먹을 쥐고 허공에 들었다 놓으며 제스처를 보였다.

"3·1 운동의 여파로 중국에서 5·4 운동이 일어나고 베트남과 인도에서 연쇄적인 독립운동이 일어난 일이나, 1987년 민주화 운동의 충격이 1989년 중국 천안문 사태를 일으켰고, 그것이 련쇄적으로 동구권 국가의 민주화 항쟁으로 이어졌던 것도 마찬가지다. 그때나 지금이나 한반도는 렬강의 각축장으로 세계사를 움직이는 방아쇠 역할을 하고 있단다."

"신기하네요. 우리나라처럼 작은 나라가 세계 력사의 중심에 늘 서 있었다니요!"

문수의 눈이 다시 동그래지면서 놀란 표정을 지었다.

"그러니 장차 통일을 둘러싸고 진행될 한반도의 력사가 결국 21세기 세계사를 움직이는 대전환점이 될 것이 분명하단다. 그래서 통일 시대를 미리 살아보기 위해 문수 네가 평양의 한 교실에서 통일을 련습한 것이지. 그 일이 남과 북의 막힌 담을 허무는 력사적 사건이었다는 것을 알게 될 날이 반드시 올 것이다."

문수도 그 이야기에 숙연해졌다. 그리고 아마겟돈에서 만난 무림을 떠올리며 언젠가 그와 함께 펼쳐나갈 통일 코리아가 갑자기 기대가 되기 시작했다.

"지금의 력사는 이스라엘을 중심으로 한 중동아시아 축과 한반도를 중심으로 한 동아시아 축이 맞물려서 21세기 력사의 수레바퀴를 움직이고 있다고 보면 된단다. 평양과 예루살렘이 맞붙어 있는 시대인 게지."

서성식 교수는 오랜만에 만난 두 아들에게 마른 개펄에서 밀물 만난 물고기가 퍼덕이듯이 흥이 나서 역사 강의를 했다. 용수의 귀에도 서서히 할아버지의 고향 땅 남포의 시장바닥에서 100여 년 전 나라와 민족의 부국 양명을 위해 큰소리로 외쳐 강연하던 도산 안창호 선생의 목청이 들리는 듯했다. 그 군중 사이에 끼여 고개를 기웃거리던 낡고 초라한 흰옷 입은 작은 소년을 머릿속에서 그려보았다. 반면 문수는 자신이 개발하던 아마겟돈 게임의 시발점에 서 있다는 흥분에 겨워 아버지 서성식 교수의 강연에 세심히 귀를 기울이고 있었다. 게임에 삽입할 그래픽을 위해 주변을 둘러보며 배경 사진을 찍느라 여념이 없었다. 문수가 쓰고 있는 구글 선글라스가 쉬지 않고 3차원 그래픽 녹화를 뜨고 있었다. 도착하자마자 안내원 서 씨에게 부탁하여 외국인에게 허락된 평양이동통신 데이터를 산 문수는 그것을 최대한 활용하고 있었다. 최근에 중국 조선족 사업가와 합작회사를 만든 후에 5G 영상 데이터가 구현되기 시작하였던 것이다.

"형, 넘 덥지? 오늘 점심은 랭면이 어때?"

이마의 땀을 손등으로 훔쳐내며 문수가 소리쳤다. 용수는 서해 갑문에서 떠나는 순간까지 남포항의 구석구석을 예술 작품 찍듯이 이리 빙글 저리 빙글 앵글을 바꾸며 아쉬운 마지막 한 장면까지 잡아내고 있었다. 문수의 구글 글래스에서 입력된 동영상들도 실시간 그 모습을 지켜보는 동지들에게 전송되었다. 그들을 실은 승합차가 다시 평양 쪽을 향해 시내를 관통할 때는 고향을 그리는 아벨이 참지 못하고 새끼손가락만 한 홀로그램으로 튀어나와 데이빗 문수의 눈앞에서 아른거리며 길 안내를 하기도 하고 참견했다. 그 사이에도 서교수의 설명은 계속됐다.

"평양 광성중학에 진학한 후 장대현교회를 다니며 일찍 개화되신 너희 할아버지가 전쟁 통에 어쩔 수 없이 고향을 등지고 남으로 내려와 실향민이 된 것도 모두 이런 력사적 배경을 안고 있단다."

평양으로 돌아온 세 부자는 옥류관 냉면으로 여름 더위를 식히며 식사를 한 후 오후에 다시 대동강 변으로 나갔다. 그리고 대동강 물이 에두르며 흘러가는 강 한가운데의 섬 양각도의 한적한 곳을 찾아갔다. 할아버지의 유해를 강물에 흘려보내는 간단한 예식을 치르기 위해서였다. 그 섬의 모양이 양의 뿔을 닮았다고 양각도(羊角島)라고 부른다고 했다. 문수는 양각도로 향한다는 안내원의 말을 듣고 온몸에 전기가 통한 듯 찌릿하게 놀랐다. 아마겟돈 전쟁의 시작을 알리는 양각 나팔 쇼파르를 연상하며 두근거리는 가슴으로 긴장이 되었다. 20세기의 비운의 역사를 타고 고향을 떠났다가 마침내 뼛가루가 되어 고향 땅으로 돌아온 할아버지의 인생을 생각하며 동승자들은 자기도 모르게 엄숙함을 느꼈다. 그 섬을 향해 낡고 작은 승합차로 털털거리며 타고 가는 동안 어색한 침묵이 흘렀다. 그것을 깨려는 듯이 안내원 서 씨가 짐짓 생색을 내며 말했다.

"이거이 결코 쉽지 않은 일입네다. 공화국의 특별 배려로 오늘 허락이 난 거외다. 그동안 서성식 동지가 조국을 위해 몸 바쳐 일한 공로를 특별히 인정하신 장군님의 은혜임을 잊어서는 아니 되오."

여자 안내원이 맞다는 듯 고개를 끄덕이고 있었다.

차량에서 내려서 한참, 갈대 사이를 헤치고 나아가니 강이 나타났다. 따가운 초여름 유월의 햇살이 얼굴을 간지럽히고 흔들리는 갈대 그림자가 그들의 얼굴에 이리저리 세월의 빗살무늬를 수놓고 있었다. 준비한 할아버지의 영정 사진을 들고 강가를 향해 문수가 앞장섰고, 흰 장갑을 낀 서성식이 유해함을 들고 뒤를 따랐다. 두 사람은 강가에 미리 준비해 둔 작은 나룻배에 올랐다. 나룻배는 말뚝에 묶인 채 늘어진 밧줄을 강가에서 한 척가량 드리우고 흔들리며 매달려 떠 있었다. 서성식은 아버지의 유해함을 열고 잠시 기도하듯 묵상하더니 뼛가루를 한 움큼씩 집어 강물에 흘려보냈다.

"아버지, 이제 꿈에 그리던 고향에 왔으니 편히 쉬세요."

어지러운 강바람을 타고 하얀 가루가 공중에서 회오리지듯 아쉬움으로 맴돌다가 마침내 강물 위로 떨어져서 흔적도 없이 사라져갔다.

"할아버지, 통일을 위해 하늘에서도 기도해 주세요."

문수가 한 손을 입가에 오므려 붙인 채 흘러가는 강물을 향해 소리친다. 갑자기 돌풍이 일듯, 한 바탕 바람이 휩쓸려왔다. 그 바람 사이로 대동강 변의 갈대숲이 서로의 몸을 부대끼며 내는 울음소리가 오랜 역사 속에서 흘러간 수많은 피와 눈물의 한 맺힌 절규와 함성처럼 느껴졌다. 그 외침은 마치 고향으로 돌아온 한 노인의 소원 풀이를 지켜보는 수많은 증인들의 환호성과 갈채처럼 갈대숲을 뒤흔들며 퍼져갔다. 강가에서 용수는 그 장면을 이리저리 앵글을 잡아가면서 부지런히 그의 카메라에 영상으로 담았다. 그리고 삼각대 위에 카메라를 고정시켜 올려놓더니 자기가 매고 있던 배낭을 내려 무엇인가 부스럭거리며 찾았다. 용수는 토론토에서 다시 가지고 온 평양 소주를 꺼내 들고 나룻배 위로 올라갔다. 그리고 쭈그리고 앉아 할아버지의 영정 사진을 물끄러미 쳐다보았다. 인자한 웃음 속에도 깊이 팬 눈동자에 서린 실향민의 우수가 덧칠한 유화처럼 짙게 묻어 있다. 어린 용수를 무등 태우고 처연하게 북녘땅을 바라보던 그 순간 그 모습이 불현듯 떠올랐다.

"할아버지 죄송해요. 살아계실 때 미리 고향의 술 한잔 올려드리지 못해서요. 할아버지 정말 미안해요. 엉엉."

갑자기 용수가 할아버지 사진을 어루만지며 오열하기 시작했다. 그 모습을 바라보며 서성식 교수와 동생 문수도 눈시울을 붉혔다. 멀리서 바라보던 북측 안내원 동지들도 헛기침을 하며 뒤돌아서서 눈물을 훔쳤다. 한참을 울던 용수가 마음을 추스른 듯 소주를 따서 대동강 물에 할아버지와 함께 흘려보냈다. 할아버지의 뼛가루가 눈부시게 반짝이며 강물 위에 떨어졌다. 그때 안내원 서 씨가 성큼성큼 다가와서 배에 오르더니, 마지막 남은 뼛가루 한 움큼을 손에 잡아 강물에 뿌렸다. 그의 눈이 붉게 충혈되어 있었다. 아무도 묻지 않았고 아무도 답하지 않았다.

한 세기를 풍미했던 전쟁과 분단의 시대를 아프게 살았고, 그러나 곧 임박한 새로운 통일과 연합의 시대를 살아가게 될 할아버지와 아버지와 그 아들들이었다.

*

서 교수는 두 아들과 함께 평양역에서 하룻길 기차를 타고 압록강을 건넜다. 과거 일제 시대에 독립투사들이 타고 다녔던 그 완행열차였다. 단둥에서 하룻밤을 보낸 후 시속 320km의 고속 열차로 갈아탄 그들은 선양을 거쳐 베이징까지 쉬지 않고 달렸다. 강 하나를 사이에 두고 20세기와 21세기가 공존하는 100년의 속도감 차이를 피부로 느끼며 그들은 두 시간이면 갈 수 있는 그 길을 이틀에 걸쳐서 마침내 인천 공항에 도착했다.

오랜만에 자유 세계에서의 늦잠을 오전 내내 즐긴 서 교수는 헐렁한 트레이닝 체육복 차림으로 두 아들을 위해 라면을 끓여 주었다. 오랜 평양 생활에서 익힌 그만의 생존 노하우로 라면에 토마토를 썰어 넣었다.
"형, 평양 통일시장에서도 남쪽 신라면을 숨겨 놓고 파는 거 알아? "
얼굴이 상기된 채 후후 입김을 불어 가며 라면을 건져 올리는 문수는 오랜만에 만난 아빠 앞에서 어린 시절 응석을 보여주듯 그저 수다스럽다.
"그래? 신기하군."
장남 용수는 시종 말을 아꼈다.
"우린 오늘부터 한국 탐방기를 시작한다. 알았지? "

"예썰, 넘 기대되요."

신나하는 문수와 부담스러운 얼굴로 뻘쭘하게 쳐다보는 용수가 대조적이다. 서 교수는 외국에서 자라 정작 조국의 산천을 잘 모르는 두 아들을 위해 일주일 간 특별 휴가를 내었다. 서해안 인천 월미도에서 출발하여 목포까지 내려가고 한려수도 남해를 휘돌아 동해안 국도를 타고 철책선 끝 고성 통일 전망대까지 올라갈 계획을 세웠다. 날씨만 좋으면 포항 영일만에서 울릉도와 독도까지 다녀올 생각이었다.

오후 햇살이 약간 늘어질 무렵, 서 교수는 아들들을 데리고 먼저 양수리 두물머리를 찾았다. 가끔씩 시간이 날 때마다 머리를 식히고 산책하기 위해 찾는 곳이었다. 노모의 주름처럼 낡고 찌그러진 자그마한 국민차에 장성한 두 아들을 태우고 함께 강변도로를 달리니 차 안이 풋풋한 땀 냄새와 여름 햇살로 가득했다. 오랜만에 잡아보는 운전대가 서툴게 느껴지며 야릇한 흥분을 자아냈다.

"문수야, 오늘이 며칠이냐?"

서 교수가 뒤에 앉은 둘째를 힐끔 돌아보며 물었다.

"어… 류 월 십 일 아니에요?"

열심히 핸드폰 게임을 하고 있던 문수가 머리를 치켜들며 말한다.

"그래 맞다. 문수야, 넌 6·10 만세 사건을 아니?"

커브를 돌면서 서 교수가 묻는다.

"아빠, 또 강의예요? 그냥 오랜만에 머리 좀 식히며 갑시다."

앞자리에 앉아 창문 밖으로 카메라를 들이밀고 나른한 한강의 오후를 담아내고 있던 용수가 이마를 찡그리며 퉁명스레 말했다. 그러나 서 교수는 아랑곳하지 않는다.

"3·1 운동 이후 더욱 삼엄해진 일제의 경계와 체포령 속에서도 온몸으로 자유를 찾아 항거했던 학생들과 민중들의 함성을 막을 수 없었던 것이다. 그 만세 운동의 정신이 4·19와 5·18로 이어졌고, 군사 독재를 끝내는 류월 항쟁의 외침으로 60년 만에 다시 살아났던 것이란다."

북한강과 남한강 물이 만나는 곳, 양수리! 그 상징성 때문에 서 교수는 이곳을 좋아했다. 최근에는 중국 관광객들에게까지 이름이 나서 조용한 산책이 어려워졌지만, 아들들과 함께 이번 여행의 종착지로 그곳을 찾은 까닭이 있었다. 관광객들이 북적이는 상가를 피해 산책로를 따라가다 보면 두 물이 만나는 끄트머리에 겹겹이 쌓인 첩첩 산 풍경이 강물에 반사되어 잠겨있는 한 폭의 그림이 감탄을 자아내게 하였다. 그리고 그곳에 실향민 시인 황명걸 씨의 시비가 있었다. 그 시를 아들들에게 보여주고 싶었다.

〈두물머리에서〉

… 내 고향 평양 유동
양각도를 품은 대동강가, 두물머리 닮아
양평을 제이의 고향 삼아 살며
두물머리에 나가 대동강을 그린다.

아침에는 북한강 물안개에 할머니 뵙고
저녁에는 남한강 잔물결에 삼촌들 만나고
사방이 시원히 트인 두물머리에 서서
북한강 남한강 두 물이 합수해 한강 이루듯
남북이 하나 되어 고향길 열리길 비네.

두물머리에서 대동강을 그리던 노시인의 애절한 마음이 서 교수와 두 아들들에게 눈물이 되어 첨벙 적셔졌다. 며칠 전, 대동강 강가에 서 있던 그들이 지금 압록강을 건너 한강의 두 물줄기를 바라보고 있는 것이다. 흐르는 강물이 두 줄기 눈물처럼 그렇게 그들의 가슴을 휘저었고 정적의 시간이 몰려왔다. 지난 세기 피와 고름과 땀에 찌들어 검붉은 덩어리로 얽히고 설켰던 시공간의 실타래가 술술 풀어지면서 강 속으로 녹아 들어갔다. 함성과 부르짖음과 총탄과 피 흘림과 비명 소리와 곤봉과 최루탄과 물대포와 울부짖음이 일렁이는 촛불의 파도를 타고 두둥둥 떠내려갔다. 그 속에서 옛이야기 소곤대듯 재잘거리며 소리 내어 흐르는 온갖 사건의 파편 부스러기들이 세월의 용매에 녹아들어 한순간 거세게 몰려왔다가 세 사람의 가슴 속을 후벼내고 있었다. 백두대간 골짜기를 타고 반도를 수놓듯이 저미며 굽이굽이 흘러왔던 피와 눈물에 젖은 강들의 역사를 그들은 그렇게 쉽사리 건너왔던 것이다. 수다스럽던 문수가 한참을 시비 앞에 그렇게 말없이 서 있었고, 용수는 그 옆에서 카메라를 조심스럽게 회전시키며 그 만남의 물결을 켜켜이 담아내고 있었다. 그 긴장감을 깨뜨리지 않으려는 듯 가늘게 누빈 물비늘들이 석양에 반짝이며 조심스레 떨리고 있었다. 미끄러지는 물살을 바라보던 서 교수는 서해 바다를 문득 떠올렸다. 결국 그 물들이 흘러가 화해하며 서로 만날 그곳, 며칠 전 남포 갑문에서 바라보았던 눈부신 그 바다였다. 그래, 우린 내일 바다로 간다. 그곳에서 다시 대동강을 만날 것이다. 서 교수는 그렇게 생각했다. 그리고 두 아들을 번갈아 바라보았다. 그들이 바다였다.

유월, 대동강은 흐른다.

감사의 글

세월(歲月)은 결국 가고야 만다. 하루하루, 해와 달의 움직임이 조화를 이루며 흘러가고 있음이 얼마나 고마운 일인가. 우리는 눈물과 아픔으로 아롱진 150년의 세월을 끈질기게 살아냈다. 그 흐름 속에서 빠져나와 내가 서 있는 것이다.

2017년 평양서 나와 토론토에서 격동의 2018년을 보내며 이 책을 쓰기로 작정했던 그해 겨울, 그로부터 지금까지 각고의 세월을 보냈다. 정확히 30년 전, 1990년 미국 보스턴에서 시작된 통일의 꿈이 포항을 거쳐 북간도로 건너간 이래, 평양을 두루 돌아 토론토에 잠시 닻을 내렸다. 그 후로 지난 3년, 가장 격동적이며 희망과 좌절이 교차하던 순간들이 흘러갔다. 그리고 나는 지금도 그 꿈을 간직한 채 포항에 있다. 그 긴 여정 가운데 어느 누구도 깨닫지 못했던 근현대사의 감추어진 역사와 력사적 비밀들을 알게 되었다. 그것이 이 소설을 가능케 했다. 그래서 내 인생 발걸음을 인도하신 하나님께 감사치 않을 수 없다. 이 모든 것이 내가 계획하지 않았던 세월이요, 여정이기에 감사한 것이다.

먼저 토론토대학 방문교수로 동아시아 도서관을 사용할 수 있도록 도우신 박철범 교수님과, 그곳에서 빌려본 수백 권의 저서들, 그 저자들께 감사드린다. 이동휘에 대한 많은 저술과 논문을 쓰신 반병률 교수님을 비롯한 서정민, 김방 교수님과 구례선 선교사님의 막내 따님 도리스에게 감사와 존경의 인사를 드리고 싶다. 91세의 그녀는 병상에 누워서도 찾아뵐 때마다 반갑게 맞이해 주며 여전히 코리아의 통일을 위해 기도하고 있다. 도리스의 〈조선을 향한 머나먼 여정〉을 번역해 주신 한신대학의 연규홍 총장님, 그리고 손정도 목사님에 대한 탁월한 평전을 써 주신 감신대학교 이덕주 교수님 등 헤아릴 수 없는 분들의 선행 연구와 저술의 도움을 받았다. 아울러 그동안 미국 선교사에 비해 상대적으로 묻혀 있었던 캐나다 선교사들의 행적과 업적을 발굴하여 전시관을 만들어 세상에 알리는 데 매우 중요한 역할을 한 토론토의 〈비전 펠로우쉽〉의 최선수 이사장님과 한환영 대표님, 영원한 친구 윤종칠 장로 내외분에게도 감사를 드린다. 이 모든 분들의 앞선 헌신이 있었기에 근현대사 150년의 독립운동사와 선교개척사라는 큰 퍼즐 그림을 맞출 수 있었다.

지난 3년간 토론토와 샌프란시스코와 포항을 비롯하여 한국에서 다시 만났던 많은 분들을 통해 격려와 위로를 받지 않았다면, 이 책은 완성되지 못하였을 것이다. 통일비전교실을 시작하도록 권면하셨던 캐나다 동북아교육재단의 한석현 이사장님, 그분을 통해 통일을 꿈꾸는 하나드림 사람들이 모였고, 그 꿈들이 토론토와 S/F와 LA를 거쳐 다시 한국으로 건너왔다. 국제 정세의 급변 속에서 갈 바를 알지 못하고 망설이고 있던 나에게 포항의 한동대학에 내려갈 수 있도록 결단의 단초를 주셨던 이재훈 목사님, 부족한 후배를 품어 주시듯 받아 주신 장순흥 총장님, 그리고 외로운 포항 생활에 활력을 불어넣어준 동료 교수들과 사랑하는 제자들에게 먼저 감사한다. 아니, 내가 지구를 한 바퀴 휘휘 돌아 이곳까지 오는 동안 만났던 각처의 후원자들과 연변과 평양의 모든 제자들, 동료들에게도 더 큰 감사를 드려야 한다. 그 만남들이 있었기에 오늘의 내가 있는 것이다. 특별히 애증의 세월 속에서 내 인생을 연변과 평양으로 내딛을 수 있도록 이끌어 주셨던 김진경 총장님께도 깊은 감사를 드린다.

잊을 수 없는 사람들이 또 있다. 정직하고 합리적인 삶의 모습을 보여주었던 연변과 평양에서 만난 공산당원들은 내가 지닌 공산당에 대한 선입견들을 깨뜨릴 수 있도록 도와주었다. 백화점 매대에서 눈웃음 고운 목소리로 설명하던 평양 아가씨들, 통일시장에서 "오늘은 닭알 안 사시요? ", "아바지, 조국 사과 사시오." 소리치던 단골 어머니들, 모란봉 을밀대에서 함께 춤추자고 잡아끌던 아주머니들, 묘향산 계곡에서 대동강 맥주 한잔 따라주며 정을 주던 아저씨들, 금강산 칠보산 절경을 달리던 버스 안에서 우스개를 섞어가며 분단의 세월을 뛰어넘어 감칠맛 있는 설명을 해 주던 북측 안내원들, 그들이 보여준 따스한 정에 70년 묵은 의심의 체증들이 내려갔다.

내 친구요, 동역자들이 있다. 그들은 항상 내 편이었다. 평양까지 위문하듯 찾아와 준 상파울의 히까르도와 뉴질랜드 크라이스트처치의 최승관 친구, 브라질까지 믿음으로 따라와 준 최룡호 동무. 특히 브라질의 히까르도와 함께 보냈던 시간들은 그냥 아무 조건 없이 베푸는 사랑이 무엇인지 가르쳐주었다. 그 사랑을 함께 받았던 평양의 제자들과 언젠가 꼭 부부 동반으로 하와이 여행을 같이 가기로 약속했기에 나는 기필코 그 약속을 지킬 것이다. 그리고 지난 세월 고마움을 잊을 수 없는 동역자 하일호 박사 내외분, 한봉호 형님 내외분, 포항의 키맨 문희경 형님과 반정민 아우가 있다. 이들은 그냥 부족한 나를 품고 항상 물심으로 격려하며 도와주었다. 늘 영감 어린 가르침으로 우주적 시야를 일깨워주신 만복유통의 박 부장님, 그가 없이는 실크로드 여행은 아예 불가능했다, 연변과 평양을 함께 했던 케빈, 에릭, 화, 샘, 현수, 한수 및 흩어진 나그네 제자 선교사들에게도 고마움을 전한다. 그리고 부흥한국의 고형원 전도사와 영감과 지혜의 영적 어머니, 이상숙 님을 함께 모시는 어부네 가족들, 기독교통일학회와 한반도 평화경제회의의 모든 동지들을 비롯한 각처에서 퍼즐처럼 활동하는 모든 분야 통일 사역자들에게도 동역의 고마움을 전한다.

감사의 글

포항에서 새로 시작한 유라시아 원이스트씨 포럼의 모든 새 식구들께도 감사함을 전하고 싶다. 유라시아 대륙의 첫 해가 뜨는 경북도 영일만 포항과 울독 (울릉도와 독도)에서 시작하여 함경도를 거쳐 연해주 북간도로 결국 유라시아까지 다시 달려갈 꿈을 꾸게 함으로, 멈출 수 없는 내 꿈이 멈추지 않도록 해 주셨다. 포럼에 동참하신 모든 회원분들께 감사한다. 특히 포럼을 격려하시며 이 소설의 추천사를 써 주신 정세현 전 장관님, 송영길 의원님을 비롯하여 모든 목사님들과 교수님들께 감사한다. 전 세계를 다니며 만난 코리안 디아스포라 교민들과 민주평통 위원들도 내 든든한 동지들이었다.

이 책을 만드는 데 결정적 도움을 준 울독 출판의 소중한 두 제자가 있다. 아름다운 디자인과 정성스러운 편집으로 책을 마무리해 준 섬세하고 성실한 안정윤 자매, 동휘처럼 돈 계산에 밝지 못한 나를 곁에서 행정과 총무회계의 일로 도와준 민첩하고 믿음직한 이소명 형제… 이 두 사람에게 모자람이 없는 칭찬과 감사의 박수를 보내고 싶다. 그리고 전문적 교정으로 마무리를 도와준 국립국어원 외부 자문위원인 여동생 정경희에게도 감사한다. 책의 표지를 영감 어린 그림으로 그려 준 작가요, 화가요, 다큐멘타리 감독인 김우현 아우님에게도 큰 빚을 졌다. 그는 어디에도 빠질 수 없는 친구요, 동역자이다.

이제 마지막이다. 이 말을 아끼면서 여기까지 왔다. 먼저 부족한 아들을 위해 기도하는 두 어머니, 최현주, 라성실 님께 감사드린다. 어머니들을 두고 선교지로 떠난 장남 장녀를 위해 그 역할을 대신 감내해준 형제들에게도 감사한다. 내 사랑하는 아이들, 의영, 청비, 문영, 하나, 하임이가 있어서 힘들 때도 행복했다. 남들이 가지 않은 길, 평범하지 않은 선택을 할 때에도 아빠를 믿어 주고 따라와 준 너희들에게 변치 않는 존경스러운 아빠로 남는 것이 내 인생의 마지막 목표다. 그리고 내 평생의 애인동무이며 길동무인 최문선, 한동대 게스트룸의 원룸에서 깊은 밤 타이핑 소리를 참아 준 당신의 인내심이 없었다면, 이 책은 태어나지 못했을 것이다. 훌쩍 떠났다가 한참 만에 집에 돌아오는 나그네(남편) 동무를 보필했던 소설 속 강정혜와 박신일과 레나처럼 독립운동가의 아내로 선교사의 아내로 인생을 살아내어 준 것이 너무 고맙다. 낭비하기엔 너무나 아까웠던 당신의 음악적 재능과 감성을 나를 위해 연변과 평양에 묻어 버려야만 했던 아픔을 하나님께서는 아시고 헤아리실 것이다. 지난 세월 동안 남편인 내가 사역의 열매를 거두어 가는 동안, 당신은 자신의 모든 것을 내어주며 희생했다. 미국서 한국서 당신이 아끼며 모았던 살림살이가 40피트 컨테이너에 실려 중국을 향하던 1994년의 어느 여름날, 당신은 울었다. 그리고 25년 세월이 흐른 후, 그 모든 것을 연변에 나누어 주고 떠나왔다. 장춘의 한족 교회에 기증한 오르간을 싣고 용달차가 떠나던 날은 비가 추적추적 내렸다. 그러나 중학교 시절부터 당신 음악 인생의 심장과도 같았던 스타인웨이 피아노를 조선족 교회에 내어줄 때 당신은 대성통곡하고 다시 울었다. 그러나 이 소설이 진행되는 동안 그 피아노가 들어간 조선족 김원배 장로의 손녀인 연변과기대 제자의 교회가 삼례 교회에서 망명한 뿌리깊은 독립운동가 집안과 이어져 있음을 알게되어 깊은 감사가 솟아났다. 쇼팡의 발라드와 바하의 토카타로 시작해서 가요와 락과 재즈마저 포용하고, 이제 모든 것을 버리고 모든 것을 취할 수 있는 진정한 컨템퍼러리 삶의 선율을 담아내는 세상 속의 크리스천 뮤지션으로 거듭난 당신을 축복한다.

이 책에 담긴 모든 독립운동가와 선교사들께 감사한다. 그 중에서 여명과 혁명과 운명의 아픈 세월을 통과하여 정금같이 빛나는 역사/력사의 세 주인공으로 활약해 주신, 우리에게 깊은 교훈과 감동과 용서와 화해와 통합의 길을 가르쳐 주신, 구례선과 리동휘, 그리고 손정도… 세 분에게 지극한 사랑과 존경과 감사를 올려 드린다.

감사의 글

부록

표1. 출생지별 개화기 및 일제시대 주요 등장인물들

예) 리용익(명천54): 1854년 명천 출생

함경도 북간도 연해주	리용익(명천54), 구춘선(온성57), 송병준(장진58), 최재형(경원58), 리준(북청59), 구례선(핼리팩스, 성진68), 김약연(회령68), 문창범(경원70), 리동춘(회령72), 리동휘(단천73), 엄인섭(경흥73), 함태영(무산73), 최린(함흥78), 계봉우(영흥80), 김규면(명천80), 김립(명천80), 김하구(명천80), 현순(함흥80), 서일(경원81), 김태석(양덕82), 전일(길주82), 정창빈(영흥83), 김알렉산드라(연해주85), 김철훈(명천85), 리종호(명천85), 한명세(지신허85), 허헌(명천85), 김만겸(연해주86), 김하석(연해주86), 윤해(명천88), 김동한(단천92), 한형권(경흥), 홍도(함흥95), 박진순(연해주97), 송창근(경흥98), 김아파나시(연해주00), 김재준(경흥01), 주세죽(함흥01), 윤동주(룡정17), 문익환(룡정18)
평안도	서상륜(의주48), 안병찬(의주54), 강우규(덕천55), 리승훈(정주64), 홍범도(평양68), 길선주(안주69), 량기탁(강서71), 하란사(평양72), 리갑(평원77), 최관흘(정주77), 안창호(강서78), 류동열(박천79), 차리석(선천81), 선우혁(정주82), 손정도(강서82), 정재면(평원82), 방응모(정주83), 조만식(강서83), 오동진(의주89), 리광수(정주92), 량세봉(철산96), 김동인(평양00), 주요한(평양00), 손진실(강서01), 박흥식(용강03), 한경직(평원03), 장지락(룡천05), 손원일(강서09), 김일성(평양12), 백선엽(강서20)
황해도	리건창(개성52), 리건승(개성58), 박은식(황주59), 노백린(송화75), 리승만(평산75), 김구(해주76), 주시경(봉산76), 장유순(개성77), 김필순(장연78), 안명근(신천79), 안중근(해주79), 정재관(황주80), 서병호(장연85), 김순애(장연89), 박희도(해주89), 안공근(신천89), 김마리아(장연91), 권애라(개성97)
강원도	류인석(춘천42), 박용만(철원81), 모윤숙(원산10)
한성	고종(52), 박성춘(62), 남궁억(63), 오세창(64), 리회영(67), 리시영(69), 조성환(75), 리강(77), 조완구(81), 박서양(85), 리위종(87), 지청천(88), 리범석(90), 최남선(90), 정인보(93), 김활란(98), 방정환(99), 리봉창(00)
경기도	리범진(고양52), 리완용(광주58), 민영익(경기60), 박영효(수원61), 류완무(인천61), 려준(용인62), 리인직(이천62), 전덕기(이천75), 신숙(가평85), 려운형(양평86), 오영선(양주86), 조소앙(파주87), 박두성(강화89), 려운홍(양평91), 안재홍(수원91), 신익희(광주94), 조봉암(강화98)
충청도	리상재(한산50), 김옥균(공주51), 리종일(태안58), 권동진(괴산61), 손병희(청주61), 윤치호(아산64), 리상설(진천70), 정순만(청원73), 정춘수(청주73), 한용운(홍성79), 리동녕(천안79), 신규식(청원80), 신채호(대덕80), 김좌진(홍성89), 조동호(옥천92), 류자명(충주94), 조병옥(천안94), 박헌영(예산00), 류관순(천안02), 윤봉길(덕산08)
경상도	최제우(경주24), 리승희(성주47), 리상룡(안동58), 장지연(상주64), 리용구(상주68), 배정자(김해70), 김진호(상주73), 김규식(동래81), 장건상(칠곡82), 리태준(함안83), 김두봉(부산89), 리극로(의령93), 김원봉(밀양98), 김단야(김천99), 로덕술(울산99), 현진건(대구00), 박열(문경02), 박정희(구미17)
전라도	리수정(곡성42), 전봉준(고창54), 라철(보성63), 서재필(보성65), 최흥종(광주80), 김철(함평86), 송진우(담양90), 김성수(고창91), 김연수(고창96), 김철수(부안93), 백정기(부안96), 김춘배(삼례06)

(개화기와 일제시대에 쓰던 발음대로 이름을 력사체로 표기하였음)

사진1. 구례선 선교사의 막내딸 도리스(구복순)와 정진호 교수

사진2. 이동휘 선생의 가족사진

이동휘 선생, 부인 강정혜, 부친 이승교
장녀 인순, 차녀 의순, 삼녀 경순, 장남 우석

사진3. 손정도 목사의 가족사진

손정도 목사, 부인 박신일, 장녀 손진실(우측)
장남 손원일(왼쪽), 차남 손원태(가운데)

그림1. 독립운동 학교 및 단체

그림2. 북간도 연해주 독립운동 거점 약도

그림3. 3대 임시정부 설립 및 통합과 이동경로

그림 4. 한국광복군과 조선의용군 이동경로

그림5. 고려인 강제이주 경로

<출생일 순 등장인물 색인> (이름, 아호 또는 별칭, 생몰일, 출생지, 주요활동)

- **요한 캘빈**(1509-1564): 기독교 장로교 창시자, 종교 개혁자, 하나님의 은혜의 구원 교리 강조

- **정제두**(하곡)(1649-1736): 한성, 정몽주의 후손, 양명학의 거두, 강화학파, 실학 사상에 큰 영향을 미침

- **요한 웨슬리**(1703-1891): 기독교 감리교의 창시자, 성결한 삶과 가난한 자들을 위한 실천적 삶 강조

- **박규수**(환재)(?-1877): 한성, 연암 박지원의 손자, 평양감사, 우의정, 동도서기 개화파

- **리유원**(귤산)(1814-1888): 한성, 이조참판, 성균관대사성, 형조판서, 고종시 영의정, 이석영의 양부, 소론

- **리호준**(21-01): 이완용의 수양아버지, 이조참의, 한성부판윤, 노론, 대원군의 친구

- **최제우**(수운)(24-64): 월성(경북), 유불선 교리를 종합하여 동학 창시, 대구 감영에서 처형

- **리유승**(35-07): 한성, 이회영, 이시영의 아버지, 이항복의 9대손, 한성부판윤, 이조판서

- **맥켄타이어**(37-05): 스코틀랜드 출신의 장로교선교사, 존 로스 선교사와 함께 선양에서 조선글 성경번역

- **로버트 J. 토마스**(40-66): 영국 웨일즈출신 선교사, 미 무장상선 제너럴 셔면호에 통역관, 대동강변에서 27세 순교

- **이토 히로부미**(41-09): 1868년 메이지유신 내각총리, 89년 제국헌법제정, 1906년 조선초대통감

- **류인석**(의암)(42-15): 춘성(강원), 유학자, 의병장, 13도의군 총재, 한홍동

- **존 로스**(42-15): 스코틀랜드출신의 장로교 선교사, 봉천 동관교회, 조선글 성경번역

- **김홍집**(도원)(42-96): 한성부, 일본 수신사, 박규수 문하, 이시영의 장인, 갑오개혁, 아관망명시 피살

- **김대락**(백하)(45-14): 안동, 1910년 서간도 집단 망명, 백하일기

- **해리스**(46-21): 선교사, 감리교 감독, 친일파, 스크랜턴과 갈등

- **남도천**(?-?): 함북, 김약연, 김하규, 문병규의 스승, 함께 북간도로 집단 이주

- **리승희**(성산)(47-16): 성주(경북), 한주학파, 국채보상운동, 이상설과 함께 한흥동 건설

- **제이콥 쉬프**(47-20): 프랑크푸르트, 독일계 유대인, 미국 이민 금융재벌로 러일전쟁 시 일본을 도움

- **가쯔라 다로**(48-13): 가쯔라-태프트 밀약, 이토 내각의 육군대신, 러일전쟁 을사늑약 한일병탄시 일본내각총리

- **서상륜**(48-26): 의주(평북), 맥켄타이어, 존 로스에게 복음을 받음, 성경번역, 솔내교회/새문안교회

- **한규설**(강석)(48-30): 한성, 조선 후기 무신, 참정대신으로 을사늑약 반대하다가 파면당함, 조선교육회

- **김헌식**(49-25): 삼례, 한학자, 한의사, 마로덕 선교사와 삼례교회 영신학교, 1918년 연길 천보산으로 집단이주

- **하세가와 요시미치**(50-24): 제2대 조선총독, 청일/러일전쟁 승리 공로로 남작, 조선주둔 주차군 사령관, 총독 무단통치

- **리상재**(월남)(50-27): 충남 한산, 박정양 비서, 갑신정변, 미국공사, 독립협회, YMCA, 신간회, 조선일보 사장

- **리승교**(이발)(51-28): 단천, 이동휘의 아버지, 아전, 보성각 편집인, 대한매일신보, 훈춘 망명, 노인단

- **김옥균**(51-94): 공주, 박규수의 문하, 급진개화파, 갑신정변, 홍종우에게 암살

- **스티븐슨**(51-08): 워싱턴 D.C. 일제 통감부에서 일하던 친일 미국외교관, S/F에서 장인환/전명운에게 피격 암살됨

- **리건창**(영재)(52-98): 개성, 강화학파, 양명학자, 암행어사, 승정원 승지

- **리범진**(52-11): 고양, 조선말기무관, 이위종의 아버지, 이범윤의 형, 친러파, 주러 공사, 병탄후 자결 순국

- **테라우치 마사타케**(52-19): 초대 일제 총독, 을미사변 사주, 105인사건 조작, 무단통치

- **고종**(주연)(52-19): 조선의 마지막 왕이며 대한제국 건양광무황제

- **오신도**(52-33): 평양, 손정도의 어머니, 대한애국부인회 총재, 군자금 모금으로 체포, 평양형무소 옥고

- **서경조**(52-38): 의주, 솔내교회 건립, 평양 신학 목사, 상하이 망명

- **전봉준**(54-95): 고창, 녹두장군, 동학혁명 전라도 고부농민봉기, 처형

- **허위**(왕산)(54-08): 선산(경북), 구한말 의병장, 13도 창의군, 서대문형무소 사형 순국

- **엄상궁**(54-11): 고종의 후궁, 아관망명에 관여, 순헌황귀비, 영친왕의 모친, 숙명, 진명여고 건립

- **리용익**(석현)(54-17): 북청, 광산왕, 근왕주의 친러파, 내장원경, 내탕금지기, 김현토에게 암살, 충숙공

- **안병찬**(54-21): 의주, 법무주사, 서북학회, 변호사, 상해임정 법무차장, 사회과학연구소, 이르쿠츠크파 고려 공산당, 피살

- **안태훈**(베드로)(?-05): 해주, 안중근의 부친, 신천으로 이사, 진사, 동학군 토벌, 김창수 구출

- **김백선**(산남)(?-96): 양평, 94년 포수군을 조직, 동학군토벌, 을미사변 후 의병활동 중 항명으로 처형

- **김형선**(55-?): 황해 수안, 천도교, 황해도 수안에서 3·1 만세운동 주관

- **고무라 주타로**(55-11): 오비번(미야자키현) 출신, 하버드 로스쿨, 가쯔라 내각의 외무상, 포츠머드 회담 조인

- **강우규**(왈우)(55-20): 덕천(함경), 한의사, 만주 요하 신흥촌 광동중학, 노인단, 사이토 암살 폭탄 테러, 장로교

- **류길준**(구당)(56-14): 한성, 한국최초의 일본과 미국 유학생, 개화파, 흥사단조직, 노동야학회

- **스크랜턴**(56-22): 감리교 목사 및 선교사, 상동교회, 상동청년회, 해리스 감독과의 충돌로 성공회로 개종

- **우드로 윌슨**(56-24): 미국 제28대 대통령, 민족 자결주의, 국제연맹, 1차대전 후 노벨평화상

- **리범윤**(56-40): 고양, 간도 관리사, 일제강점기 권업회 총재, 의군부 총재, 신민부 고문

- **윌리엄 태프트**(57-30): 미국 27대 대통령, T. 루즈벨트 시 국무장관, 가츠라-태프트 밀약, 한일병탄 시 미 대통령

- **구춘선**(57-44): 온성(함북), 구례선이 전도, 룽정교회, 하마탕교회, 대한국민회, 기독교

- **아펜젤러**(58-02): 미국 출신 감리교 목사, 선교사, 우남의 스승, 한국선교회 창설, 배재학당 설립

- **박제순**(평재)(58-16): 용인, 을사늑약시 외부대신을 지낸 을사5적 중 1인, 이완용(학부대신), 이근택(군부대신), 이지용(내무대신), 권중현(농상부대신)

- **시오도어 루스벨트**(58-19): 미국 25대 대통령, 러일전쟁 후 포츠머드 회담, 노벨평화상 수상

- **최재형**(58-20): 경원(함북), 최표트르 세표노비치, 권업회, 안중근의 후원자, 연해주 독립운동가의 대부

- **리건승**(경재)(58-24): 개성(?), 이건창의 아우, 강화학파, 양명학자, 계명의숙 설립, 대한자강회, 서간도 망명

- **송병준**(58-25): 장진(함남), 오위도총부사, 일진회, 정미칠적, 백작, 친일반민족행위자

- **리종일**(58-25): 태안, 제국신문 사장, 천도교회월보 과장, 보성사 사장, 언론인, 독립운동가

- **리완용**(일당)(58-26): 광주(경기), 육영공원 졸업, 순종의 가정교사, 을사5적, 총리대신, 고종폐위 독살

- **리하영**(금산)(58-29): 동래, 친일반민족행위자, 대한제국기 외부대신, 법무대신, 중추원 고문 등을 역임한 관료

- **알렌**(안련)(58-31): 알렌 공사, 미 북장로교 선교사 겸 의사, 황실전문의

- **리상룡**(석주)(58-32): 안동, 협동학교, 경학사, 신흥무관학교, 임정, 유교

- **사이토 마코토**(58-36): 일본 해군, 미국 유학파, 해군대신, 제3대 및 제5대 조선 총독으로 문화 통치, 내각총리

- **리준**(일성)(59-07): 북청(함남), 와세다대, 검사, 개화파, 독립협회, 신민회, 헤이그 특사, 이용부친, 감리교

- **언더우드**(원두우)(59-16): 영국 런던, 뉴욕대학, 미국장로교 선교사, 제중원, 정동 새문안교회, 연희전문학교, 피어선대학교

- **박은식**(백암)(59-25): 황주(황해), 독립협회, 황성신문, 대한매일신보, 신한혁명단, 임정, 대종교

- **민영익**(운미)(60-14): 경기도, 민씨 외척의 수장, 온건개화파, 갑신정변시 중상, 알렌이 치료

- **홍석구**(빌렘)(60-36): 프랑스인 천주교 신부, 선교사, 안중근 순국시 고해성사 집전

- **에비슨**(60-56): 캐나다 북장로교 선교사, 의사/약사, 토론토대 생리학교수, 제중원, 세브란스 설립자

- **제임스 홀**(60-95): 캐나다 온타리오, 퀸즈 의대, 미감리교 선교사, 평양 광성학교 건립, 남산현교회 개척

- **맥켄지**(61-95): 케이프 브레튼, 달하우지의과대학, 파인힐 신학교, 소래교회 담임, 김세학당

- **민영환**(계정)(61-05): 한성, 동부승지, 이조판서, 한성부부윤, 경술국치에 자결 순국

- **류완무**(61-09): 인천, 김구 구출, 노령 권업신문, 장지연 영입

- **손병희**(의암)(61-22): 충주, 최시형 수제자, 일본망명, 동학 3대 교주, 천도교 개칭, 보성학교, 3·1 운동 주도

- **박영효**(춘고)(61-39): 수원, 고종의 매제, 조선말기 문신, 급진개화파, 갑신정변, 갑오개혁, 태극기 도안

- **권동진**(애당)(61-47): 괴산, 한성육군사관학교, 을미사변, 일본 망명, 천도교, 동덕여대, 대한협회, 33인, 신간회

- **리인직**(국초)(62-16): 이천, 도쿄 정치학교, 이완용 비서, 혈의 누, 국민신보

- **조마리아**(62-27): 안중근의 모친, 국채보상운동 참여

- **려준**(62-32): 용인, 서전서숙 창립, 오산학교, 신흥강습소, 서로군정서, 대종교

- **박성춘**(62-33): 한성, 백정, 무어선교사와 에비슨에게 복음을 받음, 곤당골교회, 백정해방운동

- **라철**(홍암)(63-16): 보성, 대종교 창시자, 서일 등과 함께 북간도로 옮겨 독립운동, 자결

- **말콤 팬윅**(63-36): 캐나다 마캄, 나이아가라 사경회에서 선교헌신, 원산에서 침례교 사역

- **게일**(63-37): 토론토대학 문학부, 최초 내한 캐나다선교사, 연동교회, 한글학자

- **남궁억**(63-39): 한성, 독립협회, 계몽운동가, 언론인, 시인, 작사·작곡가

- **차도선**(63-39): 갑산, 대한제국 진위대 출신, 정미년 군대해산 후 의병, 홍범도와 함께 활약한 의병대장

- **헐버트**(63-49): 미국 선교사, 독립운동가, 헤이그 특사 파견 사전 작업, 한글 발전에 영향

- **장지연**(위암)(64-21): 상주, 애국계몽 운동가, 언론인, 시일야방성대곡, 친일

- **리승훈**(남강)(64-30): 정주, 독립운동가, 오산학교, 신민회, 개신교 장로, 민족대표 33인

- **윤치호**(좌옹)(64-45): 아산, 미국에모리대학, 독립협회, 대한제국 중추원의관, 한성부 판윤, 감리교

- **오세창**(위창)(64-53): 한성, 언론인, 한성순보, 을미사변, 민족대표 33인, 만세보, 독립촉성국민회, 서울신문

- **서재필**(송재)(65-45): 보성, 갑신정변, 필립제이슨, 의사, 독닙협회, 감리교

- **하디**(하리영)(65-49): 캐나다 온타리오, 토론토의과대학, YMCA, 부산, 제중원, 원산 회개 운동, 신학세계 창간

- **로제타 홀**(65-51): 펜실베니아 여자의과대학, 보구여관의료선교사, 평양맹아학교, 이화여대/고려대의과대학

- **손문**(이센)(66-25): 광동 향산현, 하와이 이민, 홍콩의과대학, 삼민주의, 신해혁명, 중화민국 국민당, 국공합작

- **노블**(노보을)(66-45): 미감리회 선교사, 배재학당, 평양선교회

- **리회영**(우당)(67-32): 한성, 상동청년회, 신민회, 헤이그특사 파견, 서간도 망명, 신흥무관학교, 아나키스트

- **김현토**(67-?): 강화, 블라디보스토크의 동양학원, 일제 밀정으로 의심, 이용익 암살

- **리용구**(해산)(68-12): 상주, 시천교 창시, 일진회, 친일반민족행위자

- **김약연**(규암)(68-42): 회령, 명동학교 교장, 간민회/국민회, 평양신학교, 명동교회 목사, 은진중학 이사장

- **홍범도**(여천)(68-43): 평양, 포수, 의병장, 권업회, 한인사회당, 봉오동, 청산리 전투, 크질오르다 유배

- **맥래**(마구래)(68-49): 캐나다장로교선교사, 함흥지역 선교부, 제혜병원, 함흥 영생남녀학교 설립

- **구례선**(그리어슨)(68-65): 핼리팩스, 캐나다 북장로교, 성진선교부 개척, 욱정교회, 제동병원, 보신학교, 리동휘와 동역, 회령선교부, 룡정선교부, 연해주 개척

- **레나 그리어슨**(구례선): 구례선 선교사의 첫째 아내

- **박성환**(운파)(69-07): 한성, 한성무관학교, 대한제국 육군참령, 대한제국군대 해산 후 자결

- **길선주**(영계)(69-35): 안주, 평양대부흥의 주역, 평양신학교 1회졸업, 33인 중 1인

- **리시영**(성재)(69-53): 한성, 승정원부승지, 한성재판소장, 신흥무관학교, 임정법무총장, 대한민국 초대 부통령

- **리상설**(보재)(70-17): 진천(충청), 양명학, 성균관장, 서전서숙, 헤이그특사, 권업회회장, 신한혁명단 본부장

- **레닌**(70-24): 볼셰비키혁명, 소비에트연방공화국, 레닌주의 창시, 국제 공산당 운동

- **리필주**(70-42): 한성, 대한제국 군인, 상동교회, 상동청년학원 체육교사, 신민회, 목사, 33인

- **배정자**(다야마 사다코)(70-52): 김해, 이토히로부미의 양녀, 밀정, 하란사 독살, 총독부 촉탁, 위안부 송출업자

- **량기탁**(우강)(71-38): 강서, 게일의 조사, 독립협회, 신민회, 대한매일신보, 임정

- **문창범**(70-38): 경원, 권업회 우수리스크지부장, 전로한족회중앙총회, 대한국민의회의장, 임정교통총장 등

- **강돈욱**(묵계)(71-43): 평양, 창덕학교 설립자, 칠골교회장로, 강반석의 아버지, 김성주(김일성)의 외조부

• **어니스트 베델**(72-09): 유대계 영국인 기자, 대한매일신보창간, 한국의 독립, 언론의 자유를 위해 투쟁

• **하란사**(낸시)(72-19): 평양, 본명 김란사, 이화학당, 오하이오 리언대학 학사, 이화학당 학감, 이강공 망명 추진 중 독살

• **치체린**(72-36): 마르크스주의 이론가, 정치인, 멘셰비키, 볼셰비키

• **김창환**(주당)(72-37): 한성, 한성육군무관학교, 신흥무관학교 교관, 서로군정서, 대한통의군, 민족혁명당

• **리동춘**(우화)(72-40): 회령, 위안스카이 통역, 길동서숙, 간민교육회, 간민회

• **강정혜**(72-?): 이동휘의 아내, 인순, 의순, 경순, 우석 네 자녀를 둠.

• **정순만**(73-11): 청원(충북), 3만중 1인, 독닙협회, 신민회, 해조신문, 대동공보

• **리동휘**(성재, 대자유)(73-35): 단천, 한성무관학교, 보창학교, 강화도 진위대장, 구례선 조사, 라자구사관학교, 한인사회당 위원장, 임정국무총리, 상해파 고려 공산당 위원장, 원동지역 모플위원회

• **엄인섭**(73-36): 경흥, 안중근/김기룡과 의형제, 동의회, 권업회, 밀정, 15만원 탈취 사건 밀고

• **정춘수**(73-53): 청주, 감리교인, 친일반민족행위자, 기독교조선감리회연맹 이사장, 일본 기독교 조선교단

• **김진호**(73-60): 상주, 상동학원 역사교원

• **함태영**(송암)(73-64): 무산, 한성법관양성소, 3·1 만세 48인 복역, 평양신학교, 평리원검사, 부통령, 한신대학교 이사장

• **케이블**(74-45): 미감리회 선교사, 독립 지지, 협성신학교

• **존 무어**(문요한)(74-63): 미감리회 선교사, 평양 광성학교교장, 손정도를 남산재교회로 인도

• **전덕기**(75-14): 이천, 상동교회 전도사 목사, 상동청년회, 신민회, 헤이그 특사 주동, 105인 사건 주동, 고문 후유증으로 사망

• **노백린**(계원)(75-26): 송화(황해), 공군, 일본육사졸업, 한국무관학교, 신민회, 임정 교통총장, 국무총리

• **장작림**(장쭤린)(75-28): 중화민국 봉천군벌, 정치인, 친일 성향

• **남형우**(수석)(75-43): 고령(경북), 독립운동가, 대한민국임시정부 법무총장

• **조성환**(청사)(75-48): 한성, 육군무관학교, 신민회, 임시정부 군무부장, 북로군정서 군사부장, 광복군 창설

• **리승만**(우남)(75-65): 평산, 배재학당, 협성회, 독립협회, 프린스턴박사, 임정 대통령, 대한민국 초대 대통령

• **주시경**(한힌샘)(76-14): 봉산(황해), 배재학당, 독닙협회, 신민회, 국어 문법 체계 수립

• **김구**(백범)(76-49): 해주, 본명 김창수, 안악 양산학교, 신민회, 임정 경무국장 및 주석, 남북연석자회의, 암살 당함

• **빌헬름 픽**(76-60): 독일 공산주의자 정치인, 국가주석, 리동휘와 리극로 모스크바로 안내

• **리갑**(77-18): 평원, 일본 육사 후 대한제국 장교, 독립협회, 신민회, 러시아 망명

• **홍진**(만오)(77-46): 서울, 한성법관양성소, 평리원판사, 한성임시정부, 상해임시정부 의정원의장, 국무령

• **장유순**(호문)(77-52): 개성, 신흥무관학교, 유하현, 퉁정, 대종교 원로원 부원장

• **리강**(의친왕)(77-55): 한성, 고종의 아들, 미국 웨슬리안 대학 유학, 망명시도 중 체포, 창씨개명 거절, 천주교 귀의

• **최관흘**(77-?): 정주, 평양신학교 2기, 러시아선교사, 삼일교회, 추방 후 하얼빈 선교, 정교회사제, 수청 우즈미 선교

• 신돌석(78-08): 영덕, 을미사변 후 일어난 최초의 평민 의병대장, 밀정에 의해 암살 당함

• 김필순(78-19): 장연, 배재학당, 세브란스 1기 졸업, 통화에서 독립군 주치의, 중국 영화황제 김염의 아버지, 서병호와 김규식의 처, 치치할에서 독살당함

• 김동삼(일송)(78-37): 안동, 협동학교, 신흥무관학교, 독립군 서로군정서, 정의부

• 안창호(도산)(78-38): 강서, 경신학교, 독립협회, 만민공동회, 점진/대성학교, 서북학회, 신민회, 흥사단, 실력양성론

• 최린(고우)(78-58): 함흥, 메이지대학, 손병희와 조우 천도교입교, 보성전문 교장, 3·1 운동 기획, 친일

• 리강(오산)(78-60): 용강(평남), 하와이 노동 이민, 샌프란시스코 공립협회, 연해주 신민회, 임정의정원원장

• 안중근(도마)(79-10): 해주, 천주교, 돈의학교, 동의단지회, 대한의군, 이토히로부미 격살, 동양평화론

• 안규홍(79-11): 보성, 머슴 출신 의병장, 정미의병을 일으켜 용맹을 떨침, 순국

• 박정서(무림)(79-?): 평양, 서전서숙 창립 멤버, 명동서숙 숙장, 룡정교회

• 안명근(79-27): 신천, 안중근의 사촌동생, 안악사건, 105인 사건

• 진독수(천두슈)(79-42): 베이징대학 교수, 중국공산당 창당, 코민테른 혁명가, 트로츠키주의 혁명가

• 리동녕(석오)(79-40): 천안, 신민회, 상동학교교사, 서전서숙, 신흥무관학교, 권업회, 해조신문, 임정 주석

• 트로츠키(레온)(79-40): 유대인, 레닌과 함께 볼셰비키혁명 주도, 마르크스주의 이론가, 스탈린과 대립, 암살

• 한용운(만해)(79-44): 홍성, 3·1 운동 33인 불교계 대표, 시인, <님의 침묵>, 창씨개명 반대 운동

• 류동열(79-50): 박천(평북), 샌프란, 대한제국장교, 신민회, 한인사회당, 고려 공산당, 임정군무총장, 광복군

• 스탈린(79-53): 소련의 정치가, 볼셰비키 혁명 트로이카 중 한 사람, 소비에트공산당 서기장/주석

• 김립(일세)(80-22): 명천(함북), 보성전문법학, 신민회, 서북학회, 권업회, 한인사회당, 임정 국무원 비서장

• 신규식(예관)(80-22): 청원(충북), 육군무관학교, 쑨원 신해혁명, 임정 법무총장, 임정 분열에 비관 단식 자살

• 정재관(80-30): 황주, 미주 공립협회/ 대한인국민회, 연해주 권업회, 대동공보 주필

• 신채호(단재)(80-36): 대덕, 성균관, 독닙협회, 신민회, 권업회, 아나키스트, 국민대표회의 창조파, 조선상고사

• 김하구(80-?): 명천, 와세다대학, 궁내부 주사, 한인신보 주필, 한인사회당, 상해파 고려 공산당, <선봉> 주필

• 크라스노체코프(80-37): 원동 인민위원회 위원장, 김알렉산드리아를 외무상으로 등용, 리동휘의 후원자

• 조지 쇼(80-43): 아일랜드 출신의 상인, 안동, 이륭양행, 연통제, 한국의 독립운동가를 도움

• 계봉우(뒤바보)(80-56): 영흥(함남), 역사학자, 한인사회당, 리동휘와 함께 상해파 고려 공산당, 크질오르다 유배

• 현순(80-68): 함흥, 정동교회 목사, 협성회, 안창호의 연해주 특사, 임정 외무위원, 워싱턴구미위원부

• 김규면(백추)(80-69): 경흥(함북), 침례교 목사, 신민단, 한인사회당, 봉오동전투, 삼둔자전투, 상해파 고려 공산당

• 박신일(80-70): 강서, 손정도의 처, 기홀병원 근무, 독립운동가

• 서일(81-21): 경원, 중광단, 북로군정서, 대한독립군단 총재, 대종교, 자유시 참변으로 자결

- **박용만**(우성)(81-28): 철원, 3만 중 1인, 하와이, 상하이에서 암살 당함

- **리장녕**(81-32): 천안, 이동녕의 종제, 무관학교 졸업, 신흥강습소

- **차리석**(동암)(81-45): 선천, 숭실중, 대성학교, 신민회, 상하이흥사단, 독립신문 편집국장, 임정국무위원 비서장

- **김규식**(우사)(81-50): 동래, 언더우드 조사, 프린스턴 영문학, 파리강화회의, 좌우합작운동

- **조완구**(우천)(81-54): 한성, 임시정부와 임시의정원에서 활동, 한국독립당

- **윤세복**(단애)(81-60): 밀양, 독립운동가, 대종교, 대종학원

- **김승학**(희산)(81-65): 의주, 한성사범학교, 임시의정원 평안도대표의원, 임시정부 학무부총장, 독립신문 사장

- **신팔균**(82-24): 충북 진천, 육군무관학교졸업, 신흥무관학교 교관

- **손정도**(해석)(82-31): 강서, 숭실중학, 하얼빈 선교사, 동대문교회, 정동교회, 유관순 스승, 3·1 운동 배후 조직, 임정 의정
  원원장, 교통총장, 대한적십자사 총재, 인성학교 교장, 길림교회 목회

- **정재면**(벽거)(82-62): 숙천(평남), 본명 정병태, 상동청년학원, 신민회, 명동학교, 금릉신학, 은진학교, <기독공보>사장

- **장건상**(소해)(82-74): 칠곡, 와세다, 인디애나주립대, 상하이 동제사, 임정 외무차장, 이르쿠츠크파 고려 공산당

- **선우혁**(선혁)(82-?): 정주, 105인사건, 신한청년당, 임정 교통차장, 흥사단, 인성학교 교장

- **김태석**(82-?): 양덕(함남), 니혼대학 법학부, 경무총감부 고등경찰, 강우규, 황상규 검거, 이강공 체포

- **정창빈**(83?-19): 영흥, 계봉우의 추천으로 신민회 가입, 효자, 1911 망명, 리동휘 첫째 사위

- **리태준**(대암)(83-21): 함안, 세브란스의전, 몽골의료선교, 한인사회당, 의열단 활동

- **안무**(83-24): 일제강점기 만주 독립군 부사령관, 봉오동전투에 참전, 독립운동가

- **최진동**(명록)(83-41): 온성, 동생 최운산, 최치흥과 함께 3형제가 독립군을 배양 지원, 봉오동 전투, 친일 경력

- **조만식**(고당)(83-50): 강서, 숭실학교, 오산학교, 실력양성운동, 조선민주당

- **방응모**(계초)(83-50): 정주, 친일언론인, 금광업 사업가, 1933년 조선일보 매입사장, 조광 잡지, 1950년 납북

- **리관직**(83-72): 공주, 육군무관학교 졸업, 협동학교 교사, 신민회, 신흥무관학교

- **박상진**(고헌)(84-21): 울산, 양정의숙, 상덕태상회, 조선국권회복단, 대한광복회

- **오와실리**(오영준)(?-?): 연해주, 독립운동가, 러시아정교회신부, 김알렉산드라의 두 번째 남편

- **김알렉산드라**(쑤라)(85-18): 시넬리코보(연해주), 사회주의운동가, 극동인민위원회 외무위원장, 최초 한인 볼셰비키

- **황병길**(85-20): 경원, 안중근과 단지동맹, 대한광복군 육군참모, 북로군정서 군무부장

- **운게른**(85-21): 오스트리아 출신 러시아 백위파 장교, 악명높은 남작, 이태준을 체포 사살함, 외몽골의 군벌

- **리종호**(85-32): 북청, 리용익 손자, 교육자, 서북학회, 신민회, 권업회, 라자구사관학교

- **한명세**(85-?): 연해주 지신허, 러시아사회혁명당, 이르쿠츠크파 공산당 중앙위원 역임, 사회주의 운동가

- **강학린**(85-37): 성진, 욱정교회 목사, 제동병원 앞에서 독립선언서 낭독, 성진 3·1 운동 주동, 1년 4개월 옥고

- 김철훈(85-38): 명천, 대한국민의회, 러시아공산당 한인지부 위원장, 전로한인공산당 위원장

- 박서양(85-40): 한성, 백정 박성춘의 아들, 세브란스 1기 졸업, 통정 구세의원, 대한국민회 군의

- 안희제(백산)(85-43): 의령, 양정의숙, 백산상회, 대종교

- 리유필(춘산)(85-45): 의주, 상해임정 내무총장, 한국노병회 이사장, 인성학교 교장

- 안정근(청남)(85-49): 신천, 임정 의정원 의원, 안중근의 동생, 딸 안미생은 김구의 며느리

- 허헌(긍인)(85-51): 명천, 보성전문/메이지대학법학, 인권변호사, 조선로동당, 김일성대학총장

- 김하석(86-?): 연해주, 한인사회당, 대한국민의회, 이르쿠츠크파 고려 공산당, 밀정

- 신숙(강재)(85-67): 가평, 문창학교, 국민대표회의 부의장, 한국독립군 참모장, 재만동지회 위원장

- 서병호(85-72): 장연(소래), 서상륜 양자, 최초 유아세례자, 경신학교, 상해신한청년당

- 김철(86-34): 함평, 임시정부 교통부차장, 임시정부 국무원 회계검사원 검사장

- 려운형(몽양)(86-47): 양평, 신한청년단, 임정개조파, 고려 공산당, 조선중앙일보, 좌우합작운동

- 강기덕(86-?): 원산, 보성전문학교, 3·1 운동 48인, 학생대표, 함남기자연맹, 신간회, 51년 입북

- 슈미야츠키(보리스)(86-38): 이르쿠츠크 동양비서부 부장, 이르쿠츠크파와 연합하여 상해파를 공격 자유시 참변을 일으킴

- 오영선(86-39): 양주, 한성무관학교, 신민회, 라자구사관학교 교관, 임정 의정원, 리동휘 둘째 사위

- 김만겸(86-38): 연해주, 대한국민의회부회장, 한인 공산당, 사회과학연구소, 이르쿠츠크파 고려 공산당

- 리재명(87-10): 선천, 일신중학 졸업, 이완용 암살 시도, 개신교

- 리위종(87-17): 한성, 이범진 아들, 헤이그 특사, 블라디보스토크 항일 운동, 볼셰비키 장교

- 조용은(소앙)(87-58): 파주, 성균관, 메이지대학, 무오독립선언서, 임정 외무부장, 삼균주의, 좌우합작 남북협상

- 원세훈(춘곡)(87-59): 정평(함남) 전로한족회중앙총회, 대한국민의회 부의장, 해방 이후 한민당 국회의원

- 장개석(장제스)(87-75): 중화민국의 군인, 중국국민당 총재, 중화민국 국민정부 주석

- 부하린(88-38): 소련의 혁명가, 정치가, 마르크스-레닌주의 이론가, 저술가, 공산주의 ABC

- 윤해(88-39): 명천, 한성정부 평정관, 청구신문 주필, 국민의회 대표, 파리강화회의, 국민대표회 부의장

- 김경천(88-42): 북청, 일본 육군사관학교, 김광서, 신흥무관학교 교관, 청해청년단, 고려혁명군

- 리용(추산)(88-53): 북청, 이준의 아들, 보성전문, 간민회, 임정동로사령관, 상해파, 조선의용군, 도시경영상

- 지청천(백산)(88-57): 한성, 배재학당, 육군무관학교, 일본육군사관학교, 서로군정서, 정의부, 광복군총사령관

- 리규갑(원서)(88-70): 아산, 독립운동가, 목사, 상해임정 의정원 의원, 국회의원

- 정인과(88-72): 순천(평남), 숭실전문, 임정의정원 부의장, 외무차장, 프린스턴/콜럼비아대, 친일

- 리인섭(88-79): 평양, 광성학교, 정미의병, 남만주 망명, 연해주, 옴스크에서 볼셰비키 활동, 한인사회당

- 김좌진(백야)(89-30): 홍성, 대한제국 육군무관학교, 기호흥학회, 북로군정서 사단장, 청산리전투, 신민부, 피살

- **리춘숙**(관오)(89-35): 정평(함남), 보성전문학교 법과, 일본주오대, 임정 군무차장, 신간회

- **안공근**(요한)(89-39): 신천, 임정, 한인애국단, 김구와 갈등후 암살 당함

- **오동진**(송암)(89-44): 의주, 독립운동가, 대한청년단연합회 교육부원, 광복군총영 총영장, 정의부 군사부위원장

- **박희도**(89-52): 해주, 평양숭실, 연희전문, 민족대표 33인, 친일감리교목사, 동광, 조선임전보국단

- **김두봉**(백연)(89-60): 부산, 배재학당, 한글학자, <조선말본>, 조선의용군총사령관, 북한 내각총리

- **박두성**(송암)(89-63): 강화, 보창학교, 한성사범학교, 제생원 교사, 훈맹정음 완성, 맹인의 세종대왕

- **석호필**(스코필드)(89-70): 토론토대학 세균학자, 캐나다감리교선교사, 언론인, 3·1 운동의 실상을 해외에 알림

- **김순애**(89-76): 장연, 대한애국부인회 회장, 상해한인여자청년동맹 간부 등을 역임한 독립운동가

- **리은숙**(89-79): 공주, 이회영의 두 번째 아내, 서간도 망명 수기 서간도 시종기 출간

- **칼미코프**(이반)(90-20): 백위파 장교, 김알렉산드라를 체포 심문 처형, 길림성에서 사망

- **김상옥**(한지)(90-23): 한성, 동대문감리교회, 대한광복단, 의열단, 종로경찰서 폭탄 투척

- **황상규**(백민)(90-41): 밀양, 대한광복단, 북로군정서, 상해임정, 의열단, 김원봉의 스승이며 고모부

- **송진우**(고하)(90-45): 담양, 성리학, 와세다대학, 민족대표 48인, 동아일보 사장, 신간회, 한민당 총재, 암살 당함

- **원한경**(언더우드2세)(90-51): 한성, 뉴욕 대학, 경신학교 교사, 연희전문학교 교장

- **최남선**(육당)(90-57): 한성, 와세다대학, 소년잡지, 기미독립선언서 작성, 동명, 시대일보, 친일, 반민특위

- **리용태**(90-66): 제천, 서간도망명, 대종교 경의원장

- **리범석**(90-72): 한성, 신흥무관학교 북로군정서 대한광복군, 대한민국 초대 국무총리

- **박일리야**(91-38): 경원, 사할린의용대, 상해파 고려 공산당 군무위원, 자유시참변 시 니항군대 사령관

- **김마리아**(91-44): 장연, 연동여학교, 수피아신학교, 도쿄여자학원, 2·8 독립선언, 3·1 운동, 시카고대학교

- **김성수**(인촌)(91-55): 고창, 친일사업가, 교육자, 언론인, 정치인, 고려대학, 동아일보 사주, 한민당

- **안재홍**(민세)(91-65): 수원, 와세다대, 시대일보, 신간회, 조선일보, 조선어학회, 건준, 찬탁, 좌우합작운동, 납북

- **려운홍**(근농)(91-73): 양평, 여운형의 동생, 경신학교, 대한인국민회, 우스터대학, 신한청년당, 파리강화회의

- **윤현진**(우산)(92-21): 양산, 메이지대학 법학과, 대동청년당, 임정 재무차장

- **김동한**(92-37): 단천, 대성학교, 간도교육회, 권업회, 상해파 고려 공산당, 밀정, 간도협조회, 욱일훈장

- **남만춘**(92-38?): 아무르주, 러시아정교회신학교, 사관학교졸업, 볼셰비키, 이르쿠츠크 고려 공산당

- **한창걸**(92-?): 포시에트, 러시아공산당원, 고려혁명군정청 위원, 수청빨찌산부대

- **리광수**(춘원)(92-50): 정주, 천도교, 상해임정 독립신문 주필, 조선일보 주필, 소설가, 친일반민족행위자

- **조동호**(유정)(92-54): 옥천, 측량학교, 동제사, 신한청년당, 임정 임시 사료 조사 편찬 부원, 독립신문 기자, 동아일보

- **최창식**(92-57): 한성, 오성학교, 임시정부 법무총장, 대한교육회 편집부장, 대한노병회

410

• 김영배(?-?): 함경도, 보신학교, 세브란스 의전, 제동병원 구례선의사 조수, 제생의원 개업

• 리인순(93-19): 단천, 리동휘의 맏딸, 국자가 길동여학교 교사, 정창빈과 결혼, 블라디보스토크에서 사망

• 최고려(93-?): 니콜스크, 대한국민의회, 이르쿠츠크파 고려 공산당 중앙위원, 고려혁명군

• 정인보(위당)(93-50): 한성, 이건방 문하 양명학자, 연희전문 교수, 동아일보 논설위원, 조선사연구

• 보이딘스키(93-53): 코민테른 극동국 동양비서부 책임자, 이르쿠츠크 고려 공산당 및 화요파 후원자

• 장택상(창랑)(93-69): 칠곡, 에딘버러 중퇴, 미군정 수도경찰청장, 로덕술 기용, 남로당 탄압, 국무총리

• 마오쩌둥(모택동)(93-76): 후난성 샹탄, 중국 공산당, 중화소비에트공화국 창시, 대장정, 중화인민공화국 초대 주석

• 리극로(고루)(93-78): 의령, 상해동제대학, 독일빌헬름대학, 베를린대학, 조선어학회, 최고인민회의부의장

• 김철수(지운)(93-86): 부안, 와세다대 정치학과, 우장춘 의식화, 신아동맹단, 상해파 고려 공산당, 조선공산당

• 셔우드 홀(93-91): 서울, 제임스 홀과 로제타 홀의 아들, 토론토의과대학, 조선결핵요양소, 크리스마스 씰

• 김형직(94-26): 평양, 숭실학교, 조선국민회활동으로 평양감옥 수감, 중강진 림강으로 이주, 김성주의 부친

• 김원벽(94-28): 은율, 경신학교, 숭실전문학교, 연희전문학교, 3·1 운동학생대표, 옥고, 시대일보

• 오면직(94-38): 안악, 양산중학중퇴, 진남포경찰서 폭탄투척, 임정경무국, 김립 암살, 옥관빈 암살, 의열단

• 조명희(포석)(94-38): 진천, 중앙고보, 도쿄대학, 고려인 시인, 소설가, 극작가, <선봉> 편집인,

• 장덕수(설산)(94-47): 재령, 김구 제자, 와세다대, 동아일보부사장, 조선임보전국단 이사, 한민당, 암살

• 신익희(해공)(94-56): 광주(경기), 임시정부 내무총장, 국회의장, 백의사, 3대 대통령 선거유세 중 사망

• 리영식(성산)(94-81): 성주, 계명학교, 고베신학교, 대구애락원 나환자교회, 간도명월구 제일교회, 대구맹아학교

• 류자명(우근)(94-85): 충주, 후난대학교 농학박사, 의열단, 아나키스트, 유일하게 남과 북에서 모두 훈장을 받음

• 김성우(94-?): 성진, 보신, 협신, 영생, 경성의전, 제동병원 부원장, 3·1 운동 옥살이, 동경제대 박사

• 리의순(95-45): 단천, 이동휘의 차녀, 명동여학교 및 해삼위 삼일학교 교사, 애국부인회, 상해적십자사 활동

• 신석우(우창)(95-53): 한성, 와세다대학, 조선일보 사주, 임정교통총장

• 정재달(95-?): 진천, 고려공산청년회 중앙총국위원, 사회주의운동가, 화요파

• 홍도(95-?): 함흥, 한성임시정부, 상해임정, 사회혁명당, 상해파 고려 공산당, 3회 코민테른, 적기단

• 오하묵(95-?): 포시에트, 한인사회당, 자유대대, 이르쿠츠크 극동 비서부

• 한형권(?-?): 경흥, 한인사회당, 상해파 고려 공산당, 임정특사, 레닌자금 2차 수령, 국민대표회의 창조파

• 박애(96-27): 연해주, 한인사회당, 코민테른대표(박진순, 이한영과), 극동공화국 한인부, 밀정혐의 총살

• 박영희(검추)(96-30): 부여, 독립운동가, 신흥무관학교, 북로군정서, 청산리전투, 신민부, 성동사관학교

• 백정기(구파)(96-34): 부안(전북), 아나키스트계열, 흑색공포단, 옥사, 최초 국민장 후 효창공원 3의사묘 안장

• 량세봉(96-34): 철산, 독립운동가, 대한광복군, 조선혁명군 총사령관

- **한위건**(96-37): 홍원, 오산학교, 경성의전, 3·1 운동 학생대표, 임정 내무위원, 와세대대학, 동아일보, 조선공산당

- **김미하일**(96-?): 연해주, 사회주의운동가, 한인사회당 부회장, 노보에쿠스코에의 구역 당서기 등을 역임

- **고창일**(96-50?): 경원, 달랴워스코크대학, 대한국민의회 파리대표, 이르쿠츠크파 고려 공산당, 외무부 차관

- **최창익**(96-57): 온성(함북), 와세다대학 정치학과, 조선민족혁명당, 조선의용대, 조선 인민공화국 부수상

- **배민수**(96-68): 청주, 평양 숭실, 조선국민회 평양감옥, 성진만세운동, 프린스턴신학 목사

- **김연수**(수당)(96-79): 고창, 교토제국대학, 경성방직, 남만방직, 삼양사

- **문재린**(승아)(96-85): 종성, 북간도 명동촌 집단 이주, 토론토대학 임마누엘 신학교, 문익환의 부친, 토론토 이주

- **박진순**(97-38): 니콜라에프, 모스크바대학, 한인사회당, 상해파 고려 공산당, 코민테른 대표

- **정이형**(97-56): 의주, 독립운동가, 일제강점기 대한통의부 제5중대장, 정의부 사령부관, 고려혁명단 위원

- **염상섭**(97-63): 한성, 소설가, 만선일보, 경향신문

- **리은**(영친왕)(97-70): 한성부, 엄귀비와 고종 사이에서 태어난 마지막 황태자

- **최봉설**(97-73): 연길, 간도청년회, 철혈광복단, 적기단, 15만원 탈취사건, 무장항일투쟁

- **권애라**(97-73): 개성, 여성독립운동가, 전도사, 이화학당, 극동인민대표회의에서 한민족 여성대표

- **박형룡**(죽산)(97-78): 벽동(평북), 선천 신성중학, 숭실전문, 프린스턴대학, 남침례신학, 산정현교회, 예장, 장신

- **윤보선**(해위)(97-90): 아산, 애딘버러대학, 대한민국 제4대 대통령

- **송창근**(만우)(98-51): 경흥, 신학자, 피어선신학원, 프린스턴, 덴버신학교, 장로교목사

- **김원봉**(약산)(98-58): 밀양, 신흥무관학교, 황포군관학교, 의열단장, 대한의용대 사령관, 대한광복군 부사령관, 월북

- **조봉암**(죽산)(98-59): 강화, 잠두교회, 화요회, 조선공산당, 제헌국회의원, 농림부장관, 농지 개혁, 사법살인 처형

- **우장춘**(98-59): 동경, 민비살해 가담한 우범선의 아들, 동경제국대학 농학과, 농생물학자, 원예육종학자

- **김활란**(우월)(98-70): 한성, 이화학당, YWCA, 보스턴/컬럼비아박사, 이대총장, 친일

- **김홍일**(일서)(98-80): 용천, 오산학교, 귀주육군무관학교, 고려혁명군, 의용군사령관, 육사교장, 외무부장관

- **방정환**(소파)(99-31): 한성, 아동문학가, 손병희 사위, 어린이의 날 제정

- **김단야**(99-38): 김천, 대구계성학교, 이르쿠츠크파 고려 공산당, 화요파 3인방, 조선일보, 국제레닌학교

- **림원근**(99-63): 개성, 선린상고, 상하이 유학, 허정숙과 결혼, 이르쿠츠크파 고려 공산당, 화요파, 조선일보

- **로덕술**(마쓰우라 히로)(99-68): 울산, 친일 경찰, 평양경찰서장, 반민특위에 체포, 국회프락치 사건으로 풀려남

- **리봉창**(00-32): 한성, 철도국직원, 상해임정, 한인애국단, 도쿄 히로이토일왕 투탄, 체포·처형

- **김아파나시**(성우)(00-38): 포시에트, 러시아공산청년동맹, 한인사회당, 상해파 고려 공산당, 적기단, 레닌 훈장, 총살

- **현진건**(빙허)(00-43): 대구, 작가, 소설가, 언론인, 독립운동가, 동아일보

- **김동인**(금동)(00-51): 평양, 숭실학교, 소설가, 2·8 독립선언, 친일반민족행위자, 매일신보, 내선일체와 황민화

- **주세죽**(코레예바)(01-53): 함흥, 영생여고, 상해음악, 박헌영 결혼, 동방노력자공산대학, 김단야 재혼, 크질오르다 유배

- **박영희**(01-53): 한성, 배재고보, 도쿄세이소쿠 영어학원, <신청년> 발간, 백조동인, 카프 활동, 친일 문학

- **박헌영**(이정)(00-56): 예산, 경성고보, YMCA, 승동교회, 이르쿠츠크파 고려 공산당, 화요파, 조선공산당, 남로당

- **최용건**(석천)(00-76): 태천(평북), 오산중학교, 운남군관학교, 조선공산당, 조선민주당, 총리

- **주요한**(00-79): 평양, 메이지학원, 임정의정원, <독립신문>, 시인, 언론인, 정치인, 친일

- **김재준**(장공)(01-87): 경흥, 중동학교, 프린스턴 신학부, 은진중학교사, 기장 한신대학 설립, 제자 문익환, 안병무, 서남동 등과 함께 민주화운동

- **손진실**(01-90): 강서, 이화학당, 대한애국부인회 서기, 상해 흥사단, 시카고대학 가정학과, 윤지창과 결혼

- **장학량**(장쉐량)(01-01): 중화민국의 군벌정치가, 시안사건, 47~91년까지 가택연금, 103세 호놀룰루서 사망

- **류관순**(02-20): 천안, 이화학당, 정동교회, 손정도 제자, 3·1 운동, 아우내 장터 만세 주도, 옥사, 열사

- **박열**(02-74): 문경, 아나키스트, 관동대지진 후 불령사 조직 천황 폭살 계획, 22년 복역, 재일거류민단 단장

- **허정숙**(02-91): 경성, 일본/상하이 유학, 임원근과 결혼, 이르쿠츠크파 고려 공산당, 화요파, 근우회, 월북

- **한경직**(추양)(03-00): 평원, 오산학교, 숭실전문, 프린스턴대학, 영락교회, 예장, 신사참배, 친미 반공

- **김기진**(팔봉)(03-85): 청원, <조선일보> 사회부장, <매일신보> 사회부장, 시인, 평론가

- **김성배**(04-84): 삼례, 영신학교, 명동중학, 정의부평양신학교, 북청교회, 삼례중부교회, 도미

- **장지락**(김산)(05-38): 룡천, 신흥무관학교, 황포군관학교, 중산대학 경제학과, 아나키스트, 조선민족해방동맹

- **김춘배**(06-42): 삼례, 영신학교, 만주 이주, 광명학교, 정의부 독립운동, 함남 권총의거

- **윤봉길**(매헌)(08-32): 덕산(충남), 독립운동가, 열사, 홍커우공원 폭탄 투척

- **손원일**(수항)(09-80): 강서, 손정도 장남, 난징중앙대학 항해과, 남계양행, 초대 해군 제독, 국방부 장관, 서독 대사

- **딘 러스크**(09-94): 3·8선을 그은 미국인, S/F 강화조약에서 독도 반환 제외, 미국 케네디/존슨 행정부 국무장관

- **김일성**(12-94): 평양, 화성의숙, 길림 육문중학교, 동북항일연군, 소련88보병부대, 북조선주석

- **손원태**(14-04): 평양, 길림 육문중학교, 세브란스의전, 네브라스카 의사, 김일성 주석과 평양 재회, 애국렬사릉

- **윤동주**(히라누마 도슈)(17-45): 룡정, 시인, 명동소학, 은진중학, 숭실중학, 연희전문, 릿쿄대학, 후쿠오카 형무소

- **박정희**(다까기 마사오)(17-79): 구미, 간도특설대, 조선공산당 활동, 5·16 쿠데타로 제5~9대 대통령 역임, 군사독재

- **강원용**(여해)(17-06): 이원, 은진중학교, 한신대학교, 좌우합작운동, 경동교회, 크리스천 아카데미 설립

- **문익환**(늦봄)(18-94): 룡정, 은진중학, 한신대학, 프린스턴대학, 장로교 목사, 통일운동가, 민주화운동, 시인

- **백선엽**(우촌)(20-20): 강서, 평양사범학교, 만주봉천군관학교, 간도특설대, 육군대장, 교통부장관, 인천대학설립

- **김원배**(23-13): 연길, 훈춘에서 성장, 문화혁명시 신앙을 지킴, 35개 교회를 세우고 신학교에서 목회자를 키워냄

- **구복순**(도리스)(31-): 성진, 구례선 둘째 부인 메리 사이에 태어난 막내 딸, <조선을 향한 머나먼 여정> 집필

여명과 혁명, 그리고 운명

구례선과 리동휘, 그리고 손정도

펴낸 날 초판 1쇄 2021년 3월 1일
            5쇄 2024년 6월 18일

지은이   정진호
펴낸이   정진호, 안정윤, 이소명, 구세연, 정경희, 김하빈, 이정호
표지그림 김우현

펴낸 곳 도서출판 울독
등록   2020.8.28. 제231-95-01410호
주소   경상북도 포항시 남구 포스코대로 138, 301호
전화   070-8808-1355
이메일   uldok.books@gmail.com

홈페이지 1eastseaforum.com
페이스북 facebook.com/Uldok
인스타그램 @uldok.books
계좌번호 국민은행 821701-01-621350
©정진호, 2021
ISBN   979-11-973386-3-2

        979-11-973386-0-1 (세트)